Ashley Carrington, Jahrgang 1951, studierte Jura sowie Theater-, Film- und Fernsehwissenschaft, bevor er sich dem Schreiben widmete. Der mehrfach preisgekrönte Autor lebt mit seiner Frau in Palm Coast, Florida.

Von Ashley Carrington sind außerdem erschienen:

Jessica oder Alles Glück hat seinen Preis (Band 02838)
Belmont Park (Band 3235/Band 03135)
Jessica oder Die Liebe endet nie (Band 03152)
Jahreszeiten der Liebe (Band 03155)
Küste der Verheißung (Band 03165/60712)
Verlockendes Land (Band 03166/60713)
Flammende Steppe (Band 03168)
Die Rose von Kimberley (Band 03169)
Fluß der Träume (Band 03247/60716)
Die Gefangene der Sonneninsel und andere Geschichten (Band 60020)
Die Herren der Küste (Band 60318/60717)
Der Sohn des Muschelhändlers (Band 60573)
Hickory Hill (Band 60715)

Vollständige Taschenbuchausgabe August 1997
Droemersche Verlagsanstalt Th. Knaur Nachf., München
Dieses Taschenbuch ist auch unter der Bandnummer 03167 erhältlich.

Umschlaggestaltung Agentur Zero, München
Umschlagabbildung »Feiertag in Mentone«, 1888,
von Charles Conder
Satz MPM, Wasserburg
Druck und Bindung Ebner Ulm
Printed in Germany
ISBN 3-426-60714-X

2 4 5 3 1

Ashley Carrington

Blut und Diamanten

Roman

Knaur

Dedicated to
Mary and Peter Terry,
Highgrove House, Kiepersol, Eastern Transvaal.
Thank you for an unforgettable time
in your mountain-top paradise!

Kimberley-Mine, um 1872

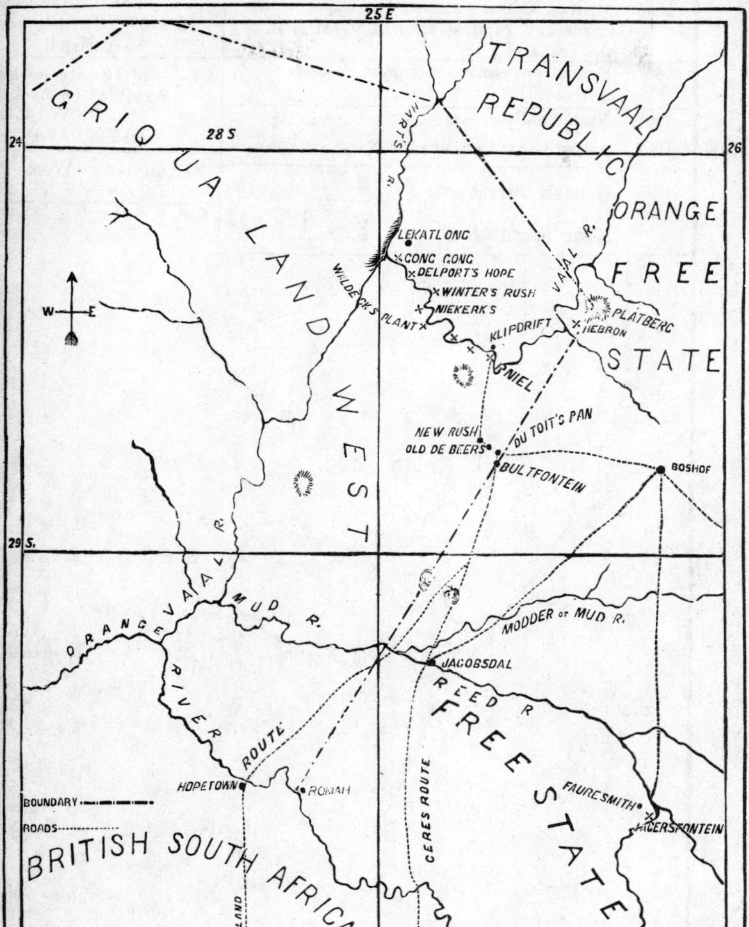

MAP OF ADAMANTIA.—Corrected to Sept. 1873.

SOUTH AFRICA IN 1871

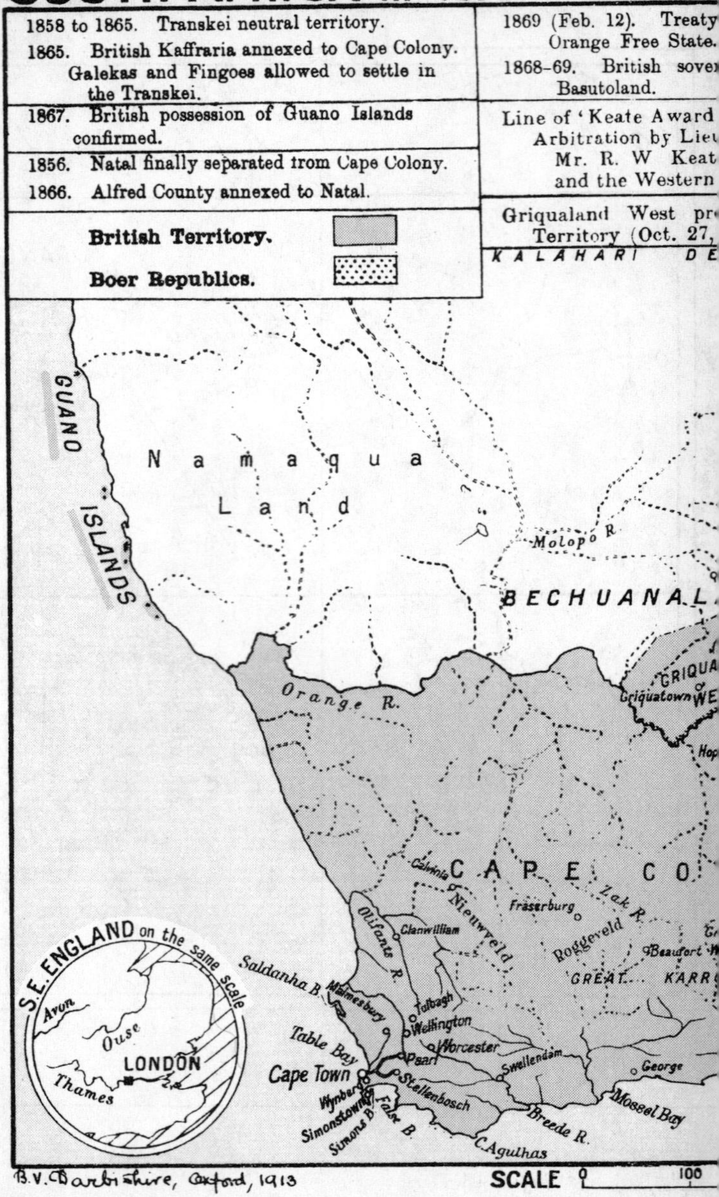

To face page 248

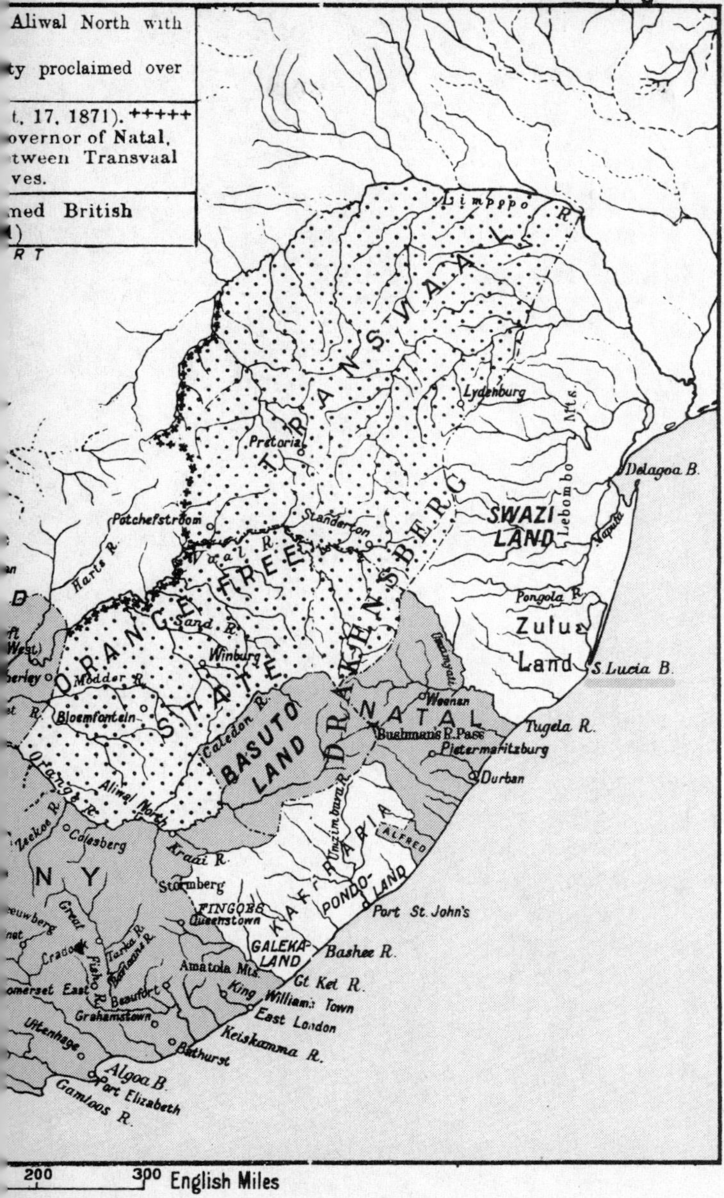

Teil I

Griqualand

1

Zwölf Ochsen zogen den klobigen Planwagen über die weite Ebene im sonnendurchglühten Herzen des südlichen Afrika. Rotbrauner Staub stieg unter den Hufen der dahintrottenden Tiere auf. Die massigen Schädel mit dem mächtigen Gehörnen hielten sie gesenkt, als duckten sie sich unter der Dezemberhitze, die wie eine unsichtbare Last über der ausgedörrten Halbwüste lag.

Auf dem primitiven Kutschbock, der aus einer breiten Holzkiste mit einer alten Decke als Polster bestand, saß ein junger Mann von einundzwanzig Jahren. Sein Name war Daniel Lundquist, und obwohl er unter der heißen Sonne Afrikas zur Welt gekommen war und keine andere Heimat kannte als das *veld,* wie die Buren die freie Natur nannten, hieß er bei vielen doch nur »Der Schwede«.

Er war von hochgewachsener, breitschultriger Gestalt und hatte von seinem schwedischen Vater das gelockte blonde Haar und die markanten Gesichtszüge geerbt, deren Vorzüge nicht so sehr in ihrer Schönheit als in ihrer Einfachheit und Klarheit lagen. Von seiner Mutter, einer burischen Farmerstochter aus Grahamstown am Great Fish River, hatte er die bernsteinbraunen Augen und das entwaffnende Lächeln, das einem unkomplizierten und prinzipiell zuversichtlichen Wesen entsprang. Über der muskulösen, sonnengebräunten Brust trug er eine Jacke aus Antilopenfell. Aus demselben strapazierfähigen Material war auch seine speckige Hose. Sein Gesicht, das vom täglichen Leben unter freiem Himmel bei Wind und Wetter gezeichnet war und um die Augen schon einen Kranz winziger Fältchen aufwies, schützte ein Lederhut mit breiter Krempe vor der sengenden Kraft der Sonne. Anders als die meisten Buren, die in seinem Alter darauf versessen waren, sich einen Bart wachsen zu lassen, griff er täglich zu Rasierseife und Rasiermesser. Wie lästig die morgendliche Prozedur manchmal auch war, erschien sie ihm doch als das kleinere Übel.

Daniel Lundquist verdiente sich seinen bescheidenen Lebensunterhalt als fahrender Händler und setzte damit die Tradition seiner verstorbenen Eltern fort, die östlich des Limpopo River im moskitoverseuchten Lowveld vom Gelbfieber dahingerafft worden waren. Drei Jahre lag der Tod seiner Eltern zurück, und seitdem zog er, nur von seinem schwarzen Gefährten Molefe vom Stamm der Khoikhoi begleitet, in unregelmäßigen Bahnen zwischen dem Limpopo River im Nordosten und dem Orange River im Südwesten hin und her. Für einen Vogel, der sich in die Lüfte erheben und geradewegs seinem Ziel entgegenfliegen konnte, lagen gute achthundert Meilen zwischen diesen beiden großen Flüssen, in deren Grenzen sich die freien Burenrepubliken Transvaal und Orange Freistaat gebildet hatten. Für einen *smouse,* einen fahrenden Händler, der mit einem schwerfälligen Ochsenwagen, auch Feldschoner genannt, zu abgelegenen Farmen und Bantustämmen unterwegs war, addierten sich die gewundenen Wegstrecken jedoch schnell zu einer doppelten Länge. Deshalb geschah es nicht selten, daß er ein dreiviertel Jahr und mehr benötigte, um von einem Fluß zum anderen zu kommen.

Diesmal hatten er und Molefe für ihren Treck zurück nach Süden zum Orange nur sieben Monate gebraucht. Sie hatten einmal keine Abstecher nach Westen ins *Bechuanaland* gemacht, sondern waren auf einer verhältnismäßig geraden Route durch das Mittelstück des Transvaal gezogen.

Aber ob sie nun sieben oder elf Monate unterwegs waren, war letztlich ohne Bedeutung. Zeit war kein Faktor, der in ihrem Leben eine wichtige Rolle spielte. Wenn ausreichend Futter für die Ochsen vorhanden war und die Tiere nicht unter Krankheiten litten, dann legte ein gutes Gespann auf normalem Terrain in der Regel seine zwei bis drei Meilen in der Stunde zurück. Es war gut, wenn sie an einem Tag achtzehn Meilen schafften, aber es war auch gut, wenn es nur zehn wurden. Sie sorgten sich nicht darum, wie schnell sie vorankamen. Sie nahmen alles mit gottgefälliger Gelassenheit hin, und das Wort Eile war ihnen fremd. Ihr Zuhause war der Wagen und das *Veld,* wo immer sie sich befanden. So war es gewesen, seit sie sich erinnern konnten, und der Gedanke, daß es einmal anders sein könnte, kam ihnen gar nicht.

Der Wagen rumpelte schwerfällig über eine Bodenwelle. Daß Daniel Lundquist die gut dreißig Fuß lange Peitsche, an einem biegsamen Bambusrohr von mehr als Manneslänge befestigt, über den Köpfen der Zugochsen knallen ließ, geschah mehr aus einem Reflex, der ihm in den Jahren auf dem Kutschbock in Fleisch und Blut übergegangen war, als daß er daran einen bewußten Gedanken verschwendete. Es klang wie ein Pistolenschuß in der drückenden Stille der scheinbar menschenleeren Wildnis, und für einen Augenblick stemmten sich die Tiere ein wenig energischer ins Joch. Doch schon nach einem halben Dutzend Schritten fielen sie wieder in ihren behäbigen Trott zurück. Das regelmäßige Knallen der Peitsche allein vermochte die erfahrenen Zugtiere nicht mehr in Trab zu versetzen. Um das zu erreichen, mußten sie die *fore slock,* das Lederende, das wie ein Rasiermesser tief in Rücken und Flanken einschneiden konnte, schon auf ihrer Haut spüren. Doch zu diesem Mittel griff ein erfahrener *karweier,* ein Fuhrmann, nur im Notfall.

Daniel Lundquist schenkte den Ochsen nicht halb soviel Aufmerksamkeit wie der Landschaft, die sich von Horizont zu Horizont dehnte. Molefe, der an der Spitze des zwölfköpfigen Gespanns ging und mit der *sjambok,* der kurzen Handpeitsche, bewehrt war, wußte noch besser als er, wie die Tiere zu lenken waren und was jeweils getan werden mußte, um die Disziplin und eine gleichmäßige Geschwindigkeit zu wahren. Bei einem solch langen Gespann war jeder *Karweier* für einen kundigen *voorloper* dankbar. Denn seine wichtige Aufgabe bestand darin, dafür Sorge zu tragen, daß die Leittiere auf den mehr oder weniger pfadlosen Wegen der Wildnis die richtige Richtung beibehielten und daß sie gefährliche Stellen mit spitzem Gestein oder Rissen im Boden mieden, die vom Kutschbock aus nicht so leicht zu erkennen waren.

Das Land, das sie auf ihrem Weg zum Orange River durchquerten und das viele als Niemandsland bezeichneten, wurde im Nordosten vom wogenden Grasland des Highveld, im Süden von der Halbwüste der Großen Karroo und im Nordwesten von der Kalahariwüste umschlossen. Es kam selbst einer halben Wüste gleich, denn der Boden war sandig und steinig, und die spärliche Vegetation bestand zum überwiegenden Teil aus genügsamen, niedrig wachsenden Sträuchern, hier und da ein wenig sprödem, strohartigem Gras sowie Kameldornbäumen und Schirmakazien. Man konnte tagelang unterwegs sein, ohne einer anderen Menschenseele zu begegnen.

Daniel Lundquist liebte dieses karge, sonnendurchglühte und weite Land, das sich, wohin er auch blickte, wie ein Ozean aus Sand, Steinen und spärlicher Vegetation von einem hitzeflirrenden Horizont zum anderen erstreckte und bis auf eine kleine Anhöhe hier und da, *kopje* von den Buren genannt, flach wie ein Teller war. Diese scheinbar endlosen Landschaften Afrikas mochten auf andere abweisend und mit ihrer Lebensfeindlichkeit erschreckend wirken, für ihn waren sie der Inbegriff des natürlichen Friedens und der Zeitlosigkeit.

Der Eindruck vom menschenleeren Niemandsland täuschte jedoch. Die Bastards, die aus einer Rassenmischung aus Weißen, Hottentotten und Buschmännern hervorgegangen waren, lebten verstreut in kleinen Sippen in diesem wüstenähnlichen Landstrich, ebenso die zu den Bantus gehörenden Koranas. Hier und da hatten sich auch einige Buren niedergelassen und dem kargen Boden, auf dem Vieh erstaunlicherweise recht ordentlich gedieh, bescheidene Farmen abgerungen. Händler und Missionare waren ihnen gefolgt, und die gestrengen Männer, die den heidnischen Wilden das Wort Gottes brachten, fanden wenig Gefallen daran, daß dieser Volksstamm sich mit dem ihrem Empfinden nach anstößigen Namen Bastards schmückte und ein Nomadenleben führte. Die Versuche der Missionare, sie seßhaft werden zu lassen, scheiterten kläglich. Erfolg hatten sie jedoch in ihrem Bemühen, die Stammesbezeichnung Bastards aus der Welt zu schaffen. Sie gaben ihnen kurzerhand den Namen Griquas, und sie sorgten dafür, daß er sich im Laufe der Jahre auch durchsetzte, zumindest auf Karten und in offiziellen Dokumenten. Die Mehrzahl der burischen Siedler in diesem Gebiet zeigte sich jedoch weniger bereit, diese Neuerung anzunehmen. Sie nannten diese Schwarzen, die zum Teil einen Weißen in ihrer Ahnenkette aufweisen konnten und somit zu einem Achtel oder einem Sechzehntel weißes Siedlerblut in ihren Adern hatten, mit der ihnen eigenen Sturheit auch weiterhin Bastards, weil sie eben genau das in ihren Augen waren. Was die Siedler aber annahmen, war die Bezeichnung Griqualand für dieses Gebiet, an dem weder die britische Kapkolonie noch die beiden freien Burenstaaten Interesse zeigten – jedenfalls noch nicht.

Daniel Lundquist beobachtete gerade eine kleine Herde Antilopen, die in der Ferne in Richtung Süden durch das dürre Buschland zog und sich damit praktisch parallel zu ihnen bewegte, als ein Ruck durch den schweren Ochsenwagen ging.

»Baas ...! Baas Daniel!«

Molefes Stimme riß ihn aus seiner versonnenen Beobachtung der Tiere. Er blickte wieder nach vorn und bemerkte sofort, daß die Ochsen auf einmal einen Schritt zugelegt hatten.

Der Schwarze vom Stamm der Khoikhoi, für die man mittlerweile auch die Bezeichnung Hottentotten verwandte, was später wie das Wort Kaffer einmal zu einem Schimpfwort werden sollte, gab seine Position an der Spitze des Ochsengespanns auf und ließ sich vom Wagen einholen.

»Weißt du, was das heißt, Baas?« rief Molefe, noch bevor Daniel Lundquist mit ihm auf einer Höhe war. Er lachte und entblößte dabei seine makellos weißen Zähne.

Von der Statur her war er das Ebenbild des jungen Buren auf dem Kutschbock. Sein stattlicher, muskulöser Körper, an dem nicht ein Gramm Fett zu finden war, schien aus dem dunklen Ebenholz des Matabelelandes geschnitzt und von weichen Wollappen in tagelanger schweißtreibender Arbeit blank poliert worden zu sein. Seine Bekleidung bestand aus einer Art Umhang, den er sich aus der Haut eines Ochsen angefertigt hatte, und einer knielangen Hose aus grobem Leinen. Festes Schuhwerk lehnte er ab. Er empfand Stiefel als unerträglich beengend und zudem als völlig sinnlos. Die Hornhaut seiner Fußsohlen stand, was die Unempfindlichkeit betraf, den Stiefelsohlen seines *baas'* in nichts nach. Eine Kette aus Elefantenhaar, an der drei Löwenzähne baumelten, schmückte seinen Hals, und an jedem Unterarm trug er drei fingerbreite, kunstvoll gehämmerte Armreifen aus Messing. In der rechten Hand hielt er die *Sjambok,* während er in der linken seinen *kerrie* trug, einen Stock aus Hartholz mit einem rund geschnitzten Knauf, der sich auch gut als Schlagwaffe eignete, wenn man damit umzugehen verstand, und Molefe wußte sehr gut, wie man sich gegen Mensch und Tier mit einem Kerrie erfolgreich zur Wehr setzen konnte. Einmal hatte er einem in Panik geratenen, wild gewordenen Ochsen mit einem einzigen Schlag den Schädel zertrümmert und damit ein Unglück noch im letzten Moment abgewendet.

»Die Ochsen legen sich ins Zeug, Baas! Und sieh nur, wie Kaiser und Groot Ossenbuil die Köpfe gehoben haben!«

Daniel Lundquist nickte. »Ja, sie riechen das Wasser, Molefe«, sagte er und erwiderte das fröhliche Lächeln des Hottentotten. Molefe war zwei Jahre älter als er und der Sohn der schwarzen Hebamme, die ihn, Daniel, zur Welt gebracht hatte. Seit er denken konnte, war Molefe sein Begleiter gewesen. Sie waren zusammen aufgewachsen, und auch wenn sie eine andere Hautfarbe besaßen und damit in diesem Land zwei grundverschiedenen Klassen angehörten, so hatte er, das einzige Kind seiner Eltern, Molefe doch immer wie einen Wahlbruder betrachtet – und später, nach dem Tod seiner Eltern, wie einen Partner. Daß er dennoch der *baas* war, der Herr und Boß, stand für ihn dazu in keinem Widerspruch.

»Der Vaal River kann nicht mehr weit sein!« Molefe setzte seinen nackten Fuß auf das gebogene Tritteisen seitlich am Kutschbock

und schwang sich zu Daniel Lundquist hinauf, um einen besseren Fernblick zu haben.
»Vielleicht noch drei, vier Meilen«, schätzte der Bure mit dem Spitznamen »Der Schwede« und deutete auf die grüne Linie, die sich vor ihnen von den eintönigen Farben aus Grau und Rotbraun abhoben, welche im Hochsommer die Farbpalette vom Griqualand bestimmte.
Diese unregelmäßige, gezackte Linie versprach Schatten und Kühlung und ein ausgiebiges Bad, setzte sie sich doch aus den grünen Büschen und weit ausladenden Weidenbäumen am hügeligen Ufer des Vaal zusammen, der wenige Tagereisen weiter südlich in den Orange River mündete. Das Ende ihrer Reise war nahe.

2

Träge wie eine Riesenschlange floß der Vaal mit unzähligen Windungen durch das öde Griqualand und segnete es an seinen Ufern mit einem schmalen Streifen saftiger Vegetation. In regenreichen Monaten wies der Fluß mit seinen vielen kleinen, von Gras und Buschwerk überwucherten Inseln an manchen Stellen eine Breite von bis zu vierhundert Fuß auf. Doch jetzt, nach einem langen und pulvertrockenen Sommer, füllten die trüben, schlammigen Fluten nur die Hälfte des Flußbettes aus.
Daniel Lundquist und Molefe überquerten den Vaal bei Klip Drift, wo eine Furt das Übersetzen erleichterte. Es blieb dennoch ein hartes Stück Arbeit, die zwölf Ochsen und den schweren Planwagen auf die andere Flußseite zu bringen. Die Uferbänke fielen steil zum Wasser hin ab, an manchen Stellen bis zu sechzig Fuß. Ein solch starkes Gefälle auf kurzer Strecke ohne Schaden zu überwinden, erforderte viel Geschick und Erfahrung.
Sie kampierten zwei Tage am Südufer des Vaal, um den Ochsen eine verdiente Ruhepause zu gönnen. Ganz in der Nähe lag die kleine Siedlung Pniel, eine deutsche Missionsstation, die schon

vor mehr als zwei Jahrzehnten von Angehörigen der Berliner Missionsgesellschaft gegründet worden war. Als sie weiterzogen, statteten sie der bescheidenen Ansammlung armseliger Lehmhütten einen Besuch ab. Aber große Geschäfte waren hier nicht zu machen, und nach einer knappen Stunde waren sie schon wieder unterwegs.

Daniels Ziel war die Siedlung Hope Town am Orange River. Dort machte er bei seiner Rückkehr stets für ein, zwei Wochen Station, um Freunde wiederzusehen und sich mit frischen Vorräten und Handelswaren aller Art einzudecken, bevor er sich wieder nach Süden wandte und durch den Freistaat und Transvaal in Richtung Limpopo River treckte.

Auf ihrem Weg nach Hope Town kamen sie an einigen einsam gelegenen Farmen vorbei. De Kalk, die von der Burenfamilie namens Jacobs mehr schlecht als recht bewirtschaftet wurde, lag jedoch ein wenig abseits ihrer Route. Die Jacobs lebten mit ihren Kindern in einem winzigen Zweizimmerhaus, das reetgedeckt und aus Lehmziegeln errichtet war, sich aber immerhin einer kleinen überdachten *stoep*, einer Veranda, rühmen konnte.

»Wozu dieser Umweg, Baas?« fragte Molefe, den es nun nach Hope Town zog. »Bei den Jacobs haben wir doch noch nie ein Geschäft gemacht, das auch nur ein paar Tropfen Schweiß wert gewesen wäre.«

Daniel zuckte mit den Schultern. »Sie freuen sich aber immer, wenn wir bei ihnen haltmachen. Und ihr Kaffee ist der beste zwischen Vaal und Orange River.«

Der junge Erasmus Jacobs saß mit seinen Geschwistern im spärlichen Schatten einer Akazie und spielte mit ihnen *klip-klip,* ein Kinderspiel, das sich um fünf Kiesel drehte. Als er das Ochsengespann sah, sprang er auf.

»Der Schwede ist da!« rief er freudestrahlend, denn er wußte, daß Daniel Lundquist ihm und seinen Geschwistern immer eine kleine Leckerei zusteckte, und so sollte es auch diesmal sein.

Daniel ließ die Ochsen eingespannt, denn länger als auf einen Becher Kaffee wollte auch er nicht bleiben. Erasmus' Vater war draußen bei seiner Herde, und so hielt er auf der kleinen Veranda mit Mevrouw Jacobs ein kleines Schwätzchen, während er ihren guten Kaffee genoß. Denn eine Kanne Kaffee stand immer auf der Veranda eines jeden Buren bereit. Und wer des Weges kam, auch jeder Fremde, war nach altem Brauch unaufgefordert eingeladen, sich zu bedienen. Die vorbehaltlose Gastfreundschaft der Buren rühmten sogar diejenigen Engländer, die sonst kein gutes Haar an den bulligen, bärtigen Siedlern in der Wildnis ließen.

Viel Neues gab es nicht zu berichten. Sie unterhielten sich über die lange Trockenheit und natürlich auch über die Briten, die 1806 in der Tafelbucht von Kapstadt mit ihrer Besatzungsflotte gelandet waren und die Kolonie an sich gerissen hatten. Dreißig Jahre später hatten Tausende von freiheitsliebenden Buren die Kolonie in dem längst zur Legende gewordenen *Großen Treck* verlassen, um jenseits der Grenzen der Kapkolonie und der britischen Vorherrschaft eine neue Heimat zu finden. Diese jahrelangen, entbehrungsreichen Trecks über das Highveld und die Drakensberge hatten nach verlustreichen Kämpfen mit den Xhosas und Zulus schließlich zur Gründung der beiden unabhängigen Burenrepubliken Transvaal und Orange Freistaat geführt. Aber die Jacobs hegten wie Daniel den Verdacht, daß die Briten ihren Einfluß im südlichen Afrika auf Dauer nicht auf die Kapkolonie beschränken würden und wohl schon längst ihr Auge auf das Land nördlich des Orange geworfen hatten.

Daniel hatte seinen Becher geleert und befand sich wieder im Aufbruch, als Mevrouw Jacobs ihm vom Besuch ihres Nachbarn Schalk van Niekerk erzählte, dessen Steckenpferd die Mineralogie war.

»Sie wissen ja, wie verrückt er nach außergewöhnlichen Steinen ist. Neulich hat er mir doch tatsächlich einen kleinen Glaskiesel abkaufen wollen, den Erasmus irgendwo auf dem Veld gefunden hat«, berichtete sie, während sie ihn zum Wagen begleitete. »Sie haben ihm bestimmt einen fairen Preis gemacht«, scherzte Daniel.

»*Magtig,* und ob ich das getan habe!« versicherte sie lachend. »Ich habe ihm den Stein geschenkt. Es war doch bloß ein gewöhnlicher Glaskiesel.«

»Jedem sein Steckenpferd. Grüßen Sie Ihren Mann von mir, Mevrouw Jacobs«, verabschiedete sich Daniel von ihr, schwang sich auf den Kutschbock und trieb die Ochsen an. Das mit Schalk van Niekerk und dem Glaskiesel hatte er schon wieder vergessen, noch bevor De Kalk außer Sicht geraten war.

Die Farmen Dutoitspan und Bultfontein lagen nur wenige Meilen weiter südlich. Um Bultfontein machte er gern einen Bogen, denn Cornelis du Plooy, dem die Farm gehörte, war ein streitsüchtiger Geselle, und seine fast taube Frau, die mit Vorliebe über ihre Nachbarn herzog und dabei mehr Gift verspritzte als ein Dutzend Puffottern, war eine genausowenig angenehme Gesellschaft.

Doch auf Dutoitspan kehrte er gern ein, denn mit Adriaan van Wyk verstand er sich recht gut. Eigentlich hatte Adriaan van Wyk die Farm ja in Dorstfontein umbenannt, als er sie vor sieben Jahren ihrem Vorbesitzer Paulus du Toit abgekauft hatte. Der neue Name hatte sich in der Nachbarschaft jedoch nicht durchgesetzt. Die Einheimischen hielten am alten Namen Dutoitspan fest – und so sollte dieses karge Stück Land auch in die Geschichte eingehen.

Was Dutoitspan den benachbarten Farmen voraushatte, war die *pan,* die große Mulde inmitten der flachen Landschaft, in der sich aufgrund der besonderen Bodenbeschaffenheit Wasser sammelte, ohne rasch zu versickern. Eine Pan konnte nur das Wasser auffangen, das nach Regenfällen vom höher gelegenen Umland in die Mulde rann, oder aber sie wurde von einer schwachen, meist schlammigen Quelle gespeist. Letzteres war auf Dutoitspan leider nicht der Fall, so daß es immer wieder Jahre gab, in denen die Pan im Hochsommer so aus getrocknet und rissig unter der Glutsonne lag wie das übrige Land. In diesem Jahr stand das brackige Wasser immerhin noch einen guten Fuß hoch, wie der Bure nicht ohne Stolz erwähnte.

Daniel und Molefe blieben zwei Stunden auf der Farm von

Adriaan van Wyk, und wenn am Schluß nicht die Begebenheit mit dem schwarzen Viehhirten, einem Griqua, gewesen wäre, hätte sich Daniel später kaum mehr an diesen Aufenthalt erinnert.

Daniel hatte Adriaan van Wyk zwei Sägeblätter, eine solide Axt und einige Ellen Stoff für dessen Frau verkauft. Danach hatte er sich zu den van Wyks an den Tisch gesetzt und sich den Hammelbraten mit Kohl und Kartoffeln sowie das Pflaumenkompott zum Nachtisch schmecken lassen.

Als die beiden Männer nach dem Essen ihre Pfeifen füllten und sich auf die Stoep setzen wollten, sah Daniel einen hageren, grauhaarigen Schwarzen in zerlumpter Kleidung bei Molefe am Wagen stehen. Gestenreich redete der alte Griqua auf ihn ein, und seine flehende Stimme wurde lauter und lauter.

»Was will der senile Kaffer von deinem Burschen?« fragte Adriaan van Wyk, ungehalten über die mittägliche Störung, und schrie barsch zu Molefe hinüber: »Sag ihm, daß er verschwinden und sich gefälligst um die Ziegen kümmern soll!«

Daniel legte ihm beruhigend eine Hand auf den Arm. »Ich sehe mal nach, was da los ist«, sagte er und ging rasch zu Molefe und dem Griqua hinüber.

Molefe machte eine entschuldigende Miene. »Tut mir leid, Baas, aber der Kerl läßt sich so wenig abwimmeln wie eine Schmeißfliege«, grollte er.

»Was will er?« erkundigte sich Daniel ruhig.

Molefe verzog das Gesicht. »Tabak, was sonst. Aber er kann natürlich nicht bezahlen. Dafür will er uns diesen Kiesel hier andrehen«, sagte er und hielt Daniel einen haselnußgroßen Stein hin, der aussah, als wäre er aus frostigem Glas. »Baas van Niekerk bringt die Kaffern hier in der Gegend offenbar auf die einfältigsten Gedanken. Ein Quarzstein für ein Päckchen Tabak, soweit kommt es noch!«

»*Mooi klippe,* Baas! Schöner Stein!« betonte der ergraute Griqua. »Nur ein Päckchen. Habe schon seit Monaten kein Tabak mehr nicht. Ein halbes Päckchen, Baas, nur ein halbes!« Flehend sah er

ihn an und legte dabei die Hände vor der knochigen Brust zusammen.
Daniel schaute in das verhärmte Gesicht des alten Mannes und vermochte ihn einfach nicht wegzuschicken. Sie hatten eine gute Reise hinter sich, und da konnte er sich hier und da ein wenig Mildtätigkeit schon leisten.
Er nahm den Stein aus Molefes Handfläche. »Gib ihm ein Päckchen.«
»Ja aber . . .« begann dieser zu protestieren.
»Schon gut, Molefe. Zerbrich dir nicht weiter den Kopf. Gib ihm den Tabak einfach«, schnitt er ihm das Wort ab, nicht unfreundlich, aber doch bestimmt.
Molefe seufzte geplagt. »Du treibst uns noch mal in den Ruin, Baas.«
Der alte Griqua bedankte sich überschwenglich, daß es Daniel schon peinlich war, und schnell wandte er sich ab, um zu Adriaan van Wyk zurückzukehren. Er hielt den Stein noch immer in der Hand und wollte ihn auf dem Weg zur Stoep wegwerfen, doch um den Stolz des alten Mannes nicht zu verletzen, steckte er ihn ein.
»Was wollte der Alte, Schwede?« fragte der Farmer.
»Ein bißchen Tabak erbetteln«, antwortete Daniel und setzte sich auf einen der Armstühle, deren Sitzflächen und Rückenlehnen aus geflochtenen *riems,* Lederstreifen, bestanden.
»Kaffer!« brummte der Farmer abschätzig. »Gib ihnen Tabak und eine Flasche Fusel, und sie wähnen sich im Paradies auf Erden.«
Daniel fühlte sich versucht, die Partei der Schwarzen zu ergreifen, denn solche Pauschalurteile mißfielen ihm, wie sie seinem Vater mißfallen hatten. Aber nach dem guten und allzu reichhaltigen Essen fühlte er sich zu wohl und träge, um sich mit Mijnheer van Wyk in eine Grundsatzdiskussion einzulassen.
Als die Mittagssonne ein wenig von ihrer brennenden Kraft verloren hatte, verließen Daniel und Molefe DUTOITSPAN und treckten weiter. Zwei Stunden vor Einbruch der Dunkelheit

spannten sie die Ochsen aus und schlugen ihr Nachtlager zwischen zwei Kopjes auf.

Im Sommer schlief Daniel wie Molefe unter freiem Himmel, so war er es seit seiner Kindheit gewöhnt. Das Buschland erwachte zu seinem nächtlichen Leben, und wie Diamanten funkelten die Sterne, die das Kreuz des Südens bildeten, über ihnen am samtschwarzen Firmament. Der Himmel über Afrika, ob bei Tag oder bei Nacht, zählte zu den großen Wundern der Natur, an denen sich Daniel niemals satt sehen konnte.

Als er sich schließlich auf die Seite drehte und schlafen wollte, bohrte sich etwas unangenehm in seinen rechten Oberschenkel. Er griff in die Hosentasche und fand den Stein des Griqua. Schon wollte er ihn hinaus in die Schwärze der Nacht werfen, besann sich dann jedoch eines anderen. Der Glaskiesel fühlte sich besonders schwer und zugleich angenehm in der Hand an.

Ich behalte ihn als Talisman, beschloß er und steckte ihn in seinen ledernen Geldbeutel. Vielleicht bringt er mir ja Glück.

In der Woche darauf erreichten sie Hope Town am Orange River. Anfang Januar brachen sie wieder Richtung Nordosten auf. Als Daniel sich von seinem Freund Ryk van Dyke verabschiedete, dem in Hope Town die Schank- und Billardstube WITTE BOOM CANTEEN gehörte, da ahnte keiner von ihnen, daß dieser Treck der längste sein und sie weit über den Limpopo River hinaus führen würde. Und hätte ihm jemand im Dämmerlicht dieses anbrechenden Januartages gesagt, daß dieser Treck für viele Jahre, ja Jahrzehnte sein letzter sein und er danach nie wieder als fahrender Händler auf einem Kutschbock sitzen würde, Daniel Lundquist hätte es für einen gelungenen Witz gehalten und schallend darüber gelacht.

3

Zweiundzwanzig Monate später, im November 1869, kehrten Daniel Lundquist und Molefe nach Hope Town zurück – und sie hatten das Gefühl, in einen ihnen völlig fremden Ort zu kommen. Sie erkannten Hope Town nicht wieder. Das Hope Town, das sie vor fast zwei Jahren verlassen hatten, war eine überschaubare Ansammlung bescheidener einstöckiger Wohnhäuser und Läden entlang einer staubigen Hauptstraße gewesen, wo in der Sonne dösende Hunde selten einmal ihren Platz mitten auf der Straße einem näher kommenden Gefährt räumen mußten. Und solange sie sich erinnern konnten, bildete der Marktplatz mit dem zurückgelegenen *outspan* für die schweren Ochsenwagen und dem weiß gekalkten Bau der Holländisch-reformierten Kirche das Zentrum der verschlafenen Siedlung, in der die Zeit so träge dahinfloß wie die braunen Fluten des Orange.

Doch nichts von dem, was einmal war, traf jetzt noch auf Hope Town zu. Die Siedlung schien aus den Nähten zu platzen, nein, das Opfer eines Überfalls geworden zu sein. Zelte, Wellblechhütten und provisorische Schuppen umgaben das Dorf wie mit dem festen Ring einer Belagerungsarmee. Und auf den Straßen ging es so hektisch und lärmend zu, wie Daniel es nur von Markttagen in großen Städten her kannte. Reiter, Pferdewagen aller Art und schwerbeladene Fuhrwerke bevölkerten die Straße und machten sich gegenseitig den Weg streitig. Die Luft war erfüllt von ungeduldigen Rufen, Verwünschungen und lästerlichen Flüchen, und dieses erregte Stimmengewirr vermischte sich mit dem Wiehern nervöser Pferde und dem Knallen vieler Ochsenpeitschen. Auch die Männer und Frauen, die zu Fuß unterwegs waren und in den seltsamsten Aufzügen dahineilten, waren von derselben Hektik erfaßt. Niemand schien Zeit zu haben.

»*Magtig ...!* Träume ich das, Baas, oder geht es hier wirklich zu wie in einem aufgescheuchten Bienenstock?« sagte Molefe fassungslos. »Wo kommen bloß all die Leute her?«

Mit offenem Mund blickte er um sich. Sämtliche Rassen waren

auf der Straße vertreten: schwarze Kaffern und braune Malaien, gelbe Kulis und Weiße aus aller Herren Länder. Und unter den Weißen fanden sich sämtliche sozialen Klassen. Da saß auf einem Ochsenwagen, der zum Transport von Diamantensuchern umgebaut und mit vier primitiven Sitzreihen versehen worden war, ein Seemann in derber Kluft Seite an Seite mit einem elegant gekleideten Dandy mit Seidenweste und Rüschenhemd, und da teilte sich die biedere Kaufmannstochter mit dem verstörten Blick unter dem Schutenhut eine harte Planke mit dem drallen, sehr offenherzig gekleideten Schankmädchen aus der Hafengegend von Kapstadt.

»Das mit den Diamanten muß tatsächlich stimmen«, sagte Daniel, ebenfalls überrascht von dem, was sich seinen Augen darbot. Daniel hatte auf den Farmen, die sie in den letzten Wochen aufgesucht hatten, Gerüchte und Andeutungen gehört, daß eine Horde von Glücksrittern zum Vaal strömte, weil man dort angeblich Diamanten finden konnte. Voller Verachtung hatten sie von den *uitlanders* gesprochen, die von den Diamanten angelockt wurden wie Geier von stinkendem Aas und die wie Ratten in der Erde wühlten, statt einer anständigen, gottgefälligen Arbeit nachzugehen. Doch auf das, was er nun in Hope Town zu Gesicht bekam, war auch er nicht vorbereitet gewesen.

Den Geschichten, die ihnen in letzter Zeit zu Ohren gekommen waren, hatte er auch deshalb keine große Bedeutung zugemessen, weil schon immer Prospektoren in diesen Regionen nach Bodenschätzen gesucht hatten, ohne daß sich viel daraus ergeben hätte. Er hatte die Sache daher für eines jener bekannten Strohfeuer von Spekulanten und Aufschneidern gehalten und geglaubt, daß es sich nur um vereinzelte Funde handelte, von denen die Rede war. Auch daß so viele Menschen zum Vaal strömen sollten, hatte er so nicht für bare Münze genommen. Denn wenn ein burischer Farmer von ganzen Horden von *verdomden uitlanders* sprach, dann mußte man wissen, daß ihm gewöhnlich schon eine Handvoll Engländer in seinem Bezirk reichte, um von einer halben Invasion zu reden.

Jetzt aber stellte Daniel mit großer Verwirrung fest, daß keine der vermeintlichen Übertreibungen der Wirklichkeit auch nur halbwegs gerecht wurde. Dieses Hope Town war ihm fremd, und zum erstenmal hatte er Mühe, auf dem Outspan einen Platz für sein Ochsengespann zu finden.
Kaum hatte er mit Molefes Unterstützung seine Ochsen in die Lücke bugsiert und die Bremse angezogen, als ein korpulenter Mann aus dem Schatten des Vordachs bei der Tränke trat und zu ihm kam. Ihm fehlte der rechte Arm, und die linke Hand war verkrüppelt.
»Macht zwei Shilling«, sagte er ohne jeden Gruß. »Wenn Sie auch noch über Nacht bleiben, kostet es drei. Wasser und Futter werden extra berechnet.«
Daniel sah den Mann verständnislos an. Er wußte erst gar nicht, wovon die Rede war. »Zwei Shilling? Wofür?«
»Na, daß Sie hier mit Ihrem Wagen und Ihren Ochsen stehen dürfen, Mister.«
Daniel war im ersten Moment sprachlos. Dann trat eine erboste Miene auf sein Gesicht. »Ich habe immer hier gestanden und nie auch nur einen Penny dafür gezahlt. Das wäre mir und jedem anderen auch niemals in den Sinn gekommen. Das hier ist ein öffentlicher Outspan, und ich weiß nicht, woher Sie ...«
»Sie sind offenbar nicht ganz auf der Höhe der Zeit, Mister!« fuhr ihm der Einarmige barsch ins Wort. »Das hier ist mal ein öffentlicher Outspan gewesen, aber das war, *bevor* man drüben am Vaal Diamanten gefunden hat. Jetzt kostet es Geld, wenn Sie mit Ihrem Gespann hier stehenbleiben wollen.«
»Mit welchem Recht ...« begann Daniel erregt, und Molefes Miene zeigte flammende Empörung.
»Machen Sie mir keinen Ärger, Mister!« herrschte ihn der Einarmige an, der nicht zu den Einheimischen von Hope Town gehörte. »Ich habe den Platz gepachtet, und ich nehme einen verdammt fairen Preis. Wenn Sie hinter HOUTMAN'S EMPORIUM stehen wollen, müssen Sie einen Sixpence mehr zahlen. Aber wenn Ihnen sogar zwei Shilling noch zuviel sind, suchen Sie sich

gefälligst draußen vor dem Ort einen Platz. Doch glauben Sie ja nicht, daß Sie dann billiger davonkommen. Die Kaffern, die Sie anheuern müssen, um Ihren Wagen zu entladen und mit neuen Waren zu beladen, kosten Sie eine Menge mehr als zwei Shilling. Also, was ist? Stehlen Sie mir nicht die Zeit, sondern entscheiden Sie sich. Wenn Sie nicht zahlen wollen, verschwinden Sie von meinem Outspan. Ich kriege die Lücke schon gefüllt.«

»Zahl ihm keinen lausigen Penny nicht, Baas!« stieß Molefe wütend hervor.

»Hast du Stimmen gehört, Kaffer?« blaffte der Mann ihn an. »Habe jedenfalls nicht gehört, daß dich jemand nach deiner Meinung gefragt hat!«

Daniel war versucht, seinem Zorn Luft zu machen und dem Burschen zu zeigen, daß er so nicht mit sich und Molefe umspringen ließ. Zudem waren zwei Shilling eine glatte Unverschämtheit. Zum Teufel mit dem Outspan! Er würde sich draußen einen Lagerplatz suchen. Dann aber dachte er an das viele Elfenbein, das er von den Mashona, Matabele und den Bamangwato eingetauscht hatte. Molefe und er waren noch nie so weit nordwärts vorgedrungen, und mehr als einmal hatten sie auf diesem Treck ihr Leben riskiert. Vielleicht war es unklug, mit einer so wertvollen Fracht außerhalb des Ortes bei den schäbigen Zelten und Wellblechhütten zu kampieren. Mit Sicherheit trieb sich unter den Leuten, die am Vaal ihr Glück machen wollten, auch eine Menge Gesindel herum, das nur darauf wartete, andere auszunehmen. Unter diesen außergewöhnlichen Umständen waren die zwei Shilling möglicherweise gut angelegt.

»Verdammter Wucher!« grollte Daniel, zog seinen Geldbeutel hervor und zahlte die zwei Shilling.

»Wenn Sie nach Sonnenuntergang noch hier sind ...« begann der Einarmige, während er die Münzen einsteckte.

Daniel machte eine ärgerliche Bewegung. »Ja, ich weiß, dann ist noch ein Shilling fällig.«

»Prächtig, daß Sie es endlich begriffen haben«, höhnte der Mann. »Aber vergessen Sie es auch nicht!«

Daniel ersparte sich eine Erwiderung darauf und sagte mit gedämpfter Stimme zu Molefe: »Ich werde erst einmal zu Ryk van Dyke hinübergehen und einige Erkundigungen einziehen. Du bleibst solange hier und läßt den Wagen nicht aus den Augen.«
Molefe nickte mit grimmig entschlossener Miene und schlug sich mit der Sjambok auf die Brust. »Du kannst dich auf mich verlassen, Baas!« versicherte er und fügte mit einem zornigen Blick auf den Rücken des Einarmigen hinzu: »Statt der zwei Shilling hättest du ihm deine Fäuste zu schmecken geben sollen!«
Daniel zuckte mit den Schultern. »Glaube nicht, daß uns das viel genutzt hätte. Sieht so aus, als wären wir tatsächlich nicht mehr ganz auf der Höhe der Zeit. Mal hören, was Ryk van Dyke zu berichten hat.«

4

Daniel ging über den Platz und mußte gehörig aufpassen, dabei nicht unter die Räder der Fuhrwerke und Pferdekutschen zu kommen. Die Witte Boom Canteen lag auf der anderen Seite gleich neben dem Geschäft von Jan Houtman, bei dem man alles kaufen konnte, was ein gut sortierter Laden in diesem Teil der Welt gewöhnlich an Lebensmitteln, Haushaltswaren, Stoffen, Kurzwaren, Schuhwerk, Waffen, Werkzeugen und anderen Gerätschaften im Angebot hatte, und das war eine ganze Menge. Daniel fiel auf, daß die Veranda von Houtmans Geschäft mit Kisten vollgestellt war. Der Laden selbst und das Lager boten offensichtlich nicht mehr Platz genug für all die Waren, die er in Erwartung guter Geschäfte geordert hatte.
Ihm fiel auch auf, daß mehrere Häuser, die bei seinem letzten Aufenthalt den Einheimischen noch als ganz normale Wohnhäuser gedient hatten, nun zu Pensionen, Läden und Schankstuben geworden waren. Über zwei Eingangstüren las er Schilder mit der Aufschrift »Diamantenhändler« in burisch und englisch. Jeder schien an dem Diamantenfieber, das diesen abgelegenen Winkel

Afrikas erfaßt hatte, auf die eine oder andere Art profitieren zu wollen.
Auch die Canteen von Ryk van Dyke kannte er kaum wieder. Nicht daß sich in dem langgestreckten L-förmigen Raum mit dem Billardtisch in der Ecke viel geändert hätte. Die einfache und zweckmäßige Einrichtung aus schweren Holztischen und derben Stühlen mit ledergeflochtener Sitzfläche und dem mächtigen Tresen aus Gelbholz war dieselbe geblieben. Doch wo sich früher kaum mehr als ein Dutzend Zecher gleichzeitig auf ein Bier oder ein Glas Branntwein eingefunden hatte, da drängte sich nun, zur frühen Nachmittagsstunde, eine bunte und lärmende Menschenmenge.
Die Luft war zum Schneiden. Tabakrauch von Zigarren und Pfeifen hing als dichter, blau wabernder Dunst unter der Balkendecke. Das einzig Positive an dem stinkenden Rauch, der einigen Pfeifen und billigen Zigarren entströmte, war, daß er den noch übleren Geruch mancher Körperausdünstungen gnädig überdeckte.
Daniel hatte im ersten Moment das beklemmende Gefühl, keine Luft mehr zu bekommen. Dann schob er sich durch die Menge zur Theke und schnappte dabei links und rechts aus dem Zusammenhang gerissene Gesprächsfetzen auf.
»... mit dem Dampfer CELTIC ... eine Odyssee von achtunddreißig Tagen ... hätte einem blinden Passagier nicht schlimmer ergehen können als mir ...«
»Es heißt, man braucht die Glitzersteinchen bloß aus dem Sand zu sieben ...«
»Eigentlich wollte ich ja heiraten, aber als ich am Morgen der Trauung den Bericht über den STAR OF SOUTH AFRICA las, habe ich die nächste Passage nach Kapstadt gebucht ...«
»... was heißt hier Kartenhai? Wenn die Digger den ganzen Tag im Dreck nach Diamanten gewühlt haben, steht ihnen abends der Sinn bestimmt nach 'n bißchen Ablenkung – und die werde ich ihnen bieten ...«
»... wollte bloß 'n paar Felsbrocken für 'ne Feuerstelle zusammentragen, und da fand er direkt unter dem ersten Stein 'nen

Diamanten so groß wie 'n verdammtes Hühnerei. Von Stund an war er 'n gemachter Mann ...«

»Die armen Schweine, die jetzt in Kapstadt festsitzen und nicht wissen, wie sie zum Vaal kommen sollen. Bei der INLAND TRANSPORT COMPANY sind alle Plätze schon auf Wochen im voraus ausgebucht – und dabei nehmen die Kerle noch zwölf Pfund für die Tortur, die man zehn Tage lang auf diesen Karren erdulden muß ...«

»Manch einer soll die Höllenfahrt nicht überstanden haben. Habe von einem gehört, dem die Füße so angeschwollen sind, daß er sich, wahnsinnig vor Schmerz, das Messer ins Fleisch gerammt hat. Ob er's überlebt hat ...«

»... dreißig Fuß im Quadrat pro Claim, mehr darf man sich nicht abstecken ...«

»*Magtig,* nein! Wo kämen wir denn auch hin, wenn sich ein Kaffer einen eigenen Claim abstecken dürfte. Ihn an der Ausbeute zu beteiligen, ist ja wohl großzügig genug!«

Die erregten Stimmen, die aus allen Richtungen auf Daniel eindrangen, machten ihn ganz wirr im Kopf. Der Lärm war wie ein tosender Wasserfall. Nach den Monaten, die er mit Molefe im Mashona- und Bechuanaland verbracht hatte, war er diese Seite der Zivilisation nicht mehr gewöhnt.

Mittlerweile hatte er sich bis in die zweite Reihe hinter dem Tresen durchgekämpft, und sein Blick suchte Ryk van Dyke. Er sah zuerst nur zwei junge Burschen und einen schnauzbärtigen Glatzkopf, die hinter der Theke alle Hände voll zu tun hatten, Branntwein, Bier und Rum auszuschenken. Dann entdeckte er Ryk van Dyke. Er steckte gerade den Kopf durch den Vorhang aus bunten Perlenschnüren, der im Durchgang zu einem privaten Hinterzimmer hing.

»Ryk!« rief Daniel. Er versuchte das Stimmengewirr zu übertönen und winkte mit seinem breitkrempigen Lederhut in der Hand.

Letzteres lenkte die Aufmerksamkeit des Schankwirts auf sich, zumal Daniel Lundquist die meisten Umstehenden um einen Kopf überragte.

Ryk van Dyke, der mit seiner gedrungenen korpulenten Gestalt in der Menge untergegangen wäre wie ein Ochse in einer Herde Giraffen, lachte über das runde Gesicht, das von einem struppigen dunklen Vollbart eingefaßt wurde.
»*Alle wereld,* Daniel der Schwede ist zurück!« schrie Ryk erfreut und winkte ihn zu sich.
Daniel begab sich zu ihm hinter die Theke, und sie tauschten einen ebenso kräftigen wie herzlichen Händedruck. »Schön, dich wiederzusehen, Ryk. Aus der WITTE BOOM CANTEEN ist ja der reinste Hexenkessel geworden. Aber ich nehme an, du hast keinen Grund, dich darüber zu beklagen, oder?«
Ryk lachte. »Hast du bei Pniel oder Klip Drift über den Vaal gesetzt?«
»Nein, wir sind diesmal direkt von Westen und nur über den Orange River gekommen«, antwortete Daniel. »Wir waren bei den Mashona und im Matabeleland und haben auf dem Rückweg einen größeren Abstecher zu den Stämmen im Bechuanaland am Rand der Kalahariwüste gemacht. Erst ein gutes Stück westlich der Korana Mountains haben wir einen Haken nach Südosten und zurück nach Hope Town geschlagen.«
»Na, wenn du noch nicht am Vaal gewesen bist, dann weißt du auch nicht, was ein Hexenkessel ist.«
Daniel machte eine etwas hilflose Geste. »Ryk, um ehrlich zu sein, ich bin völlig erschlagen. Ich habe in den letzten Wochen Gerüchte gehört, aber auf das hier ... also, darauf bin ich wirklich nicht vorbereitet gewesen. Ich habe im ersten Moment geglaubt, mich in die falsche Stadt verirrt zu haben. Hope Town ist nicht mehr die Siedlung, wie ich sie einmal gekannt habe.«
»Wenn ich Zeit hätte, mal in Ruhe darüber nachzudenken, würde ich bestimmt zum selben Ergebnis kommen. Aber wir sind hier viel zu sehr damit beschäftigt, über Nacht ein Vermögen zu machen, Daniel, um über vergangene Zeiten nachzugrübeln«, sagte Ryk scherzend und ernsthaft zugleich.
Daniel verzog das Gesicht. »Ja, indem man beispielsweise zwei Shilling für einen Platz auf dem Outspan verlangt!«

»Das sind doch nur Brosamen, Daniel.« Ryk schlug ihm auf die Schulter. »Du bist diesmal eine Ewigkeit weggewesen. Ich habe dich beinahe schon für tot gehalten, irgendwo verscharrt jenseits des Limpopo. Schön, daß dem nicht so ist und du noch nicht zu spät dran bist, um dir deinen Anteil an diesem gewinnträchtigen Spektakel zu sichern.«
»Was ist denn überhaupt geschehen, Ryk? Wie ist es bloß zu diesen kolossalen Veränderungen gekommen?«
»Du hast eine Menge verpaßt. Ich werde dir erzählen, was sich hier ereignet hat, aber laß uns nach hinten gehen, da haben wir mehr Ruhe«, sagte Ryk und schob ihn durch den Perlenvorhang in das kleine Hinterzimmer, das so einfach möbliert war wie der Schankraum der Canteen. Es gab einen runden Holztisch mit vier Stühlen, einen schmalen Eckschrank sowie ein Schreibpult, an dem Ryk van Dyke gewöhnlich Aufträge zusammenstellte und seine Buchhaltung machte.
Daniel setzte sich an den Tisch, während Ryk zwei Gläser und eine Flasche von seinem besten Brandy holte. Er goß ein, und nachdem sie angestoßen und einen Schluck genommen hatten, begann Ryk seinen Bericht.
»Wenn wir einem dankbar sein müssen, dann ist es Schalk van Niekerk. Wäre er nicht so verrückt gewesen, sich ausgerechnet die Mineralogie als Steckenpferd zu wählen, dann gäbe es keine Diggercamps an den Ufern des Vaal, und dann wäre Hope Town noch immer ein verschlafenes Nest. Und die Jacobs von De Kalk hätten auch nie erfahren, daß ihr Sohn mit Kieseln gespielt hat, die tausend Pfund und mehr wert sind.«
Daniel stutzte. »Die Jacobs?«
Ryk nickte. »Es war im Dezember 1866, als Schalk van Niekerk seinen Nachbarn einen Besuch abgestattet und diesen besonderen Stein bei dem jungen Erasmus bemerkt hat.«
»*Magtig,* ich erinnere mich daran!« rief Daniel. »Er wollte ihn Mevrouw Jacobs abkaufen, und sie hat ihn fast für einen Narren gehalten und ihm den Stein geschenkt.«
»Richtig, und viele andere haben ihn ebenfalls für einen Narren

gehalten, als er davon sprach, daß es sich bei dem Stein um einen Diamanten handeln könnte. Ich weiß gar nicht, durch wieviel Hände und unter wieviel skeptische Augen er gekommen ist. Er gelangte schließlich nach Colesberg zu Lorenzo Boyes, einem hohen Verwaltungsbeamten. Das war schon Mitte 1867. Dieser zog einen Chemiker zu Rate. Aber auch der war sich seiner Sache nicht ganz sicher. So kam der Stein nach Grahamstown und schließlich nach Kapstadt, wo der französische Konsul und ein Diamantenexperte, ein gewisser Louis Hond, den Stein zweifelsfrei als einen Diamanten von 21 1/4 Karat bestimmten, mit einem Wert von mindestens fünfhundert Pfund. Wie es heißt, hat Schalk van Niekerk ihn aus Trägheit und Desinteresse am Feilschen weit unter Preis verkauft, denn er hat nur dreihundertfünfzig Pfund dafür bekommen.«
»Nur?« Daniel schüttelte wie benommen den Kopf. »Dreihundertfünfzig Pfund sind doch ein Vermögen!« Er glaubte nicht, daß er für all sein Elfenbein, das er auf seiner Reise eingetauscht hatte, auch nur zweihundertfünfzig Pfund erhalten würde.
»Ja, für dreihundertfünfzig Pfund muß ein gewöhnlicher Arbeiter schon ein paar Jahre schuften«, gab Ryk schmunzelnd zu. »Habe im letzten *Advertiser* gelesen, daß ein Knecht in England sich glücklich schätzen kann, wenn er im Jahr vierzehn Pfund Lohn erhält, und ein gewöhnlicher Buchhalter kommt selten über vierzig Pfund, und in anderen Ländern sieht es nicht viel besser aus. Kein Wunder, daß Tausende von überall her zu uns an den Vaal strömen, um hier ihr Glück zu machen. Doch zurück zu Schalk van Niekerk. Fair, wie er ist, hat er den Jacobs von den dreihundertfünfzig Pfund die Hälfte abgegeben. Aber dieser erste Stein, dem sie später den Namen *Heureka* verliehen haben, hat noch nicht viel Staub aufgewirbelt. Die Leute haben einfach nicht daran geglaubt, daß das mehr als nur ein Zufall sein sollte. Und der Bursche aus London hat alle Skeptiker mit seiner Strauß-Wander-Diamanten-Theorie bestätigt.«
»Welcher Bursche aus London?«
Ryk warf ihm ein belustigtes Lächeln zu. »Dieser James R.

Gregory, ein erfahrener Mineraloge mit all den Diplomen und so, hat sich eingehend am Vaal und Orange River umgesehen und dann kategorisch ausgeschlossen, daß die Erde in dieser Region diamantenhaltig ist. Aber er mußte ja den Fund des *Heureka* und einiger anderer kleiner Diamanten erklären, die danach noch aufgetaucht sind. Tja, und da ist er auf eine wirklich originelle Theorie verfallen. Er hat nämlich öffentlich und wiederholt erklärt, daß diese Steine von Straußen aus ganz anderen Gegenden an diesen Ort gebracht worden sind.«
Daniel furchte die Stirn. »Wie bitte?«
»Ja, das hat er wirklich behauptet!«
»Und wie soll das so ein Strauß anstellen?«
Ryk grinste breit. »Na ja, so ein Strauß pickt doch schon mal einen Stein mit auf. Oder so ein Oberflächendiamamt kann sich im Gefieder festsetzen, wenn sich die Vögel im Sand niederlassen oder ihre Eier ausbrüten. Wie auch immer, dieser feine Londoner Experte hat das ernsthaft behauptet und seine Theorie sogar richtig wissenschaftlich ausgeführt. Tja, und die meisten Leute haben ihm auch geglaubt. Nur ein paar clevere Burschen wie Lorenzo Boyes und Louis Hond haben sich davon nicht täuschen lassen. Lorenzo Boyes hat mit einigen Kompagnons schon Ende letzten Jahres in Colesberg die DIAMOND METAL AND MINERAL ASSOCIATION gegründet und mit Nicolaas Waterboer, dem Häuptling der Griquas, Verhandlungen über eine alleinige Konzession für alle Schürfrechte auf dem Griquaterritorium aufgenommen. Die sind sich dann auch gleich mit den Lilienfeld-Brüdern in die Haare geraten.«
»Die beiden Händler hier aus Hope Town?« fragte Daniel überrascht nach.
Ryk nickte. »Ja, Leopold und Martin Lilienfeld. Sie sind ja schon immer clevere Burschen gewesen und haben ein lukratives Geschäft bereits meilenweit gerochen, wenn andere noch im geschäftlichen Tiefschlaf gelegen haben. Und mit dem *Star of South Africa,* den sie geschickt an sich gebracht haben, ist ihnen ein ganz großer Coup gelungen, aber gleichzeitig haben sie sich die Clique

um Lorenzo Boyes von der Diamond M. & M. Association zu Erzfeinden gemacht. Denn sie pochen auf ihr Abkommen mit Nicolaas Waterboer und behaupten, daß Schalk van Niekerk diesen Stein nie an die Lilienfeld-Brüder hätte verkaufen dürfen, ja daß der Kaffer, von dem van Niekerk den Diamanten hatte, kein Recht besaß, diesen an ihn zu veräußern. Sie sind mittlerweile vor Gericht gezogen. Der Streitwert lohnt sich ja auch, denn der Diamant hat $83^1/_2$ Karat auf die Waage gebracht, war lupenrein und hat Schalk van Niekerk mit einem Schlag um elftausenddreihundert Pfund reicher gemacht. Die Leute um Lorenzo Boyes schätzen den wahren Wert jedoch eher auf gut und gern dreißigtausend Pfund, wenn er erst einmal geschliffen ist. Und weißt du, wofür Schalk van Niekerk ihn eingetauscht hat? Er hat diesem Griquahirten namens Swartboy fünfhundert Schafe, zehn Rinder und ein Pferd für den Stein gegeben – und der war damit so glücklich wie van Niekerk vermutlich mit seinen elftausenddreihundert Pfund.«

Der Bericht seines Freundes barg für Daniel eine unglaubliche Überraschung nach der anderen. Er dachte an den Stein, den ihm der schwarze Hirte auf Dutoitspan für den Tabak gegeben hatte. In den letzten Wochen hatte er schon mehrfach überlegt, ob der Stein nicht vielleicht doch einen gewissen Wert besaß. Nun ergriff ihn eine eigenartige Erregung, die fast an die Gewißheit grenzte, seit beinahe zwei Jahren einen Diamanten mit sich herumzutragen.

»Als das mit dem *Star of South Africa* durch alle Zeitungen ging, in den Burenstaaten, in der Kapkolonie und auch in Übersee, da begann das große Diamantenfieber – und der Wettlauf zum Vaal«, fuhr Ryk van Dyke fort. »Du glaubst gar nicht, wie viele Digger zum Vaal strömen. Die Leute zahlen zwölf Pfund und mehr, um auf einem der besseren Karren der Inland Transport Company, die so etwas wie einen regelmäßigen Zubringerdienst zwischen Kapstadt und dem Vaal unterhält, einen Sitzplatz zu ergattern. Die Fahrt auf diesen offenen Kastenwagen, die von acht Pferden gezogen werden, dauert volle zehn Tage, und ich habe von mehr als nur

einem gehört, daß es eine unglaubliche Tortur ist. Und wer heute in Kapstadt ankommt und sich eines dieser pinkfarbenen Tickets kauft, muß sich in Wartelisten eintragen und sich mehrere Wochen gedulden, bis er endlich an der Reihe ist. Wer nicht genug Geld hat, der muß sich damit begnügen, für ein paar Pfund mit einem burischen Ochsengespann zu reisen, und du weißt ja, wie lange so ein Treck von Kapstadt zu uns dauert.«
»Bei besten Bedingungen mindestens vierzig Tage, zwei Monate sind die Regel und zehn Wochen keine Seltenheit«, sagte Daniel und nahm einen Schluck Brandy. Immer wieder gingen seine Gedanken zu dem Stein, den er in seinem ledernen Geldbeutel mit sich trug. Wenn es denn wirklich ein Diamant war, wieviel Karat mochte er dann haben?
Ryk griff zur Flasche und füllte ihre Gläser auf, ohne etwas um Daniels abwehrende Geste zu geben. »Ich sage dir, die Leute lassen sich die verrücktesten Dinge einfallen, um zu den Diamantenfeldern am Vaal zu kommen, und nicht wenige verlieren dabei ihr Leben, noch bevor sie die Große Karroo durchquert haben. Die ganz armen Schlucker, die ihr letztes Hemd für die Schiffspassage hergegeben haben, machen sich tatsächlich zu Fuß auf den Weg. Keiner weiß, wie viele von diesen Männern und Frauen elendig verhungern und verdursten, sich in den Bergen die Knochen brechen oder von wilden Tieren im Veld gerissen werden. In jeder Canteen zwischen Klip Drift und Kapstadt hört man derartige Horrorgeschichten, und die Skelette, auf die man entlang des Weges immer wieder stößt, sprechen eine sehr beredte Sprache. Aber das Diamantenfieber ist fast immer stärker als die Stimme der Vernunft.«
»Sag mal, warum bist du denn noch immer hier, statt auch am Vaal nach Diamanten zu graben?« wollte Daniel plötzlich wissen. Ein spöttisches Lächeln huschte über das runde Gesicht des Schankwirts. »Daß man sich nach den Diamanten nur zu bücken braucht, ist eine von vielen Legenden, die zwischen hier und Feuerland kursieren. Natürlich passiert es schon mal, daß man einen Diamanten beim Sammeln von Feuerholz einfach so vor

seinen Augen liegen sieht. Aber das sind die Ausnahmen. Wenn du Diamanten finden willst, mußt du dir am Ufer einen Claim abstecken, eine Fläche von maximal dreißig Fuß im Quadrat sind erlaubt, und nach den Steinen schürfen. Und das ist verflucht harte Arbeit, die nicht immer von Erfolg gekrönt ist. Ich habe es ein paar Wochen versucht, ohne auch nur einen lausigen Diamantsplitter gefunden zu haben, und dabei habe ich die Erde so sorgfältig gesiebt und die Steine sortiert wie der Digger, der aus dem Claim neben mir in derselben Zeit fünf hübsche Steine mit insgesamt 84 Karat geholt hat. Und das hat mich dann daran erinnert, daß immer Tausende nachzumachen versuchen, was doch nur wenigen gelingt, nämlich durch pures Glück auf diamanthaltiges Gestein zu stoßen.«

»Und du meinst, du hast die Flinte nicht zu früh ins Korn geworfen?«

Ryk schüttelte den Kopf. »Mir ist eingefallen, daß ich nur Zeit vergeude, indem ich nach Diamanten grabe, während ich mich doch schon im Besitz einer Goldgrube befinde, die mit hundertprozentiger Sicherheit satte Gewinne abwirft, solange dieser Diamantenrausch anhält.«

»Du meinst damit deine Canteen hier, nicht wahr?« fragte Daniel.

Ryks Antwort überraschte ihn. »Falsch. Die WITTE BOOM CANTEEN habe ich an den Glatzkopf und seine beiden Neffen verpachtet. Du hast Glück, daß du mich heute hier angetroffen hast. Ich hatte noch ein paar persönliche Sachen abzuholen.« Er deutete mit dem Kopf auf zwei Kisten, die in der Ecke standen. »Ich habe eine Canteen im Camp der Digger auf dem Südufer des Vaal eröffnet und sie THE MIDNIGHT CRADLE genannt. Eigentlich ist es nicht mehr als ein großes Zelt mit einem Tresen, aber für feste Gebäude hat in den Camps auch keiner Zeit. Ich sage dir, die Geschäfte laufen phantastisch!«

»MIDNIGHT CRADLE? Wie kommst du nach WITTE BOOM CANTEEN ausgerechnet auf so einen Namen?«

Ryk lachte entwaffnend. »Die Diamantenfelder sind fest in der

Hand der Uitlanders, Daniel. Wir Buren sind in der Minderheit. Engländer, Australier und Amerikaner machen mehr als zwei Drittel der Digger aus, und als Geschäftsmann hat man sich den veränderten Bedingungen anzupassen, wenn man Erfolg haben will. Eine *cradle* ist übrigens ein Kasten mit zwei oder auch drei untereinander angebrachten Sieben mit verschiedener Maschenstärke. Das oberste ist das gröbste und das unterste das feinste Sieb. Mit so einer Cradle siebt man die steinige Erde. Aber das wirst du ja bald mit eigenen Augen sehen.«
Daniel nippte an seinem Glas, denn er hatte allen Grund, einen klaren Kopf zu behalten, und blickte ihn fragend an.
Ryk zwinkerte ihm zu. »Ich sehe doch, wie gebannt du an meinen Lippen hängst, Daniel.«
»*Magtig*, das sind einfach faszinierende Geschichten, die du da erzählt hast.«
»Ach was, dir steht das Diamantenfieber ja schon auf dem Gesicht geschrieben! Dich hat es gepackt wie all die anderen, gib es nur zu.«
Daniel fühlte sich wie ertappt. »Übertreib mal nicht. Ich war mit dem, was ich bisher hatte, recht zufrieden.«
»Ja, weil dir bisher nichts Besseres in den Sinn gekommen ist, als wie dein Vater als Smouse übers Land zu ziehen«, erwiderte Ryk.
»Ich hätte Farmer werden können«, hielt Daniel ihm vor und wußte selbst, wie wenig überzeugend das klang.
»Die Scholle zu beackern, liegt dir nicht im Blut.«
»Aber das Leben eines Diamantendiggers, ja?«
»Dieses Fieber kann jeden packen, und ich spreche aus Erfahrung. Ich gebe dir jedoch einen guten Rat, Daniel.«
»Ich bin ganz Ohr.«
»Laß die Finger von den Diamanten, und vergiß es, dir einen Claim abzustecken und wie die anderen Digger von Sonnenaufgang bis Sonnenuntergang mit Spitzhacke und Schaufel in der Erde zu wühlen.« Er machte eine Pause. »Besinn dich auf das, was du den meisten anderen voraus hast.«
»Und das wäre?«

»Dein Wagen und deine Ochsen. Mit ihnen wirst du zwar nicht über Nacht zu einem reichen Mann, aber du kannst doch sicher sein, daß du beständig eine Menge Geld verdienst. Weißt du, was inzwischen für hundert Pfund Fracht, egal welcher Art, von Kapstadt nach Pniel gezahlt wird? Sage und schreibe vierzig Shilling!«

Daniel sah ihn ungläubig an. »*Magtig*, das ist ja mehr als viermal so hoch wie vor zwei Jahren.«

»Und die Frachtraten werden noch weiter steigen. Die Händler kommen mit dem Nachschub an Zelten, Werkzeugen und tausend anderen Dingen, die in den Camps gebraucht werden, gar nicht nach. Und die Preise sind für alles und jedes astronomisch in die Höhe geschnellt. In einem primitiven Diggercamp am Vaal zu leben ist bestimmt teurer als in einem netten Hotel in Paris oder London. Wieviel Tonnen Fracht kannst du mit deinem Gespann transportieren?«

»Zehn Tonnen.«

»Dann kannst du pro Fuhre satte zweihundert Pfund einstecken!«

Daniel machte große Augen. Für einen Gewinn von zweihundert Pfund hatte er bisher mindestens zwei Jahre durchs Land kutschieren und sich auf manche Gefahren einlassen müssen.

»In diesen Größenordnungen mußt du jetzt denken, Daniel! Und laß dich nicht von den verdammten Steinen locken. Dein sicherster Claim ist dein Wagen«, riet Ryk ihm nachdrücklich. »Leute wie wir, die Händler, sind hier die sicheren Gewinner. Es hat schon seinen guten Grund, warum Männer wie Lorenzo Boyes und die Lilienfeld-Brüder nicht selbst hinaus auf die Diamantenfelder gezogen sind, sondern Handelsgesellschaften gegründet haben und *von* den Diggern leben, ob sie nun fündig werden oder nicht. Die Lilienfelds haben sich mit Louis Hond und einigen anderen cleveren Geschäftsleuten zusammengeschlossen. Die Gruppe ist unter den Diggern allgemein als die HOPE TOWN COMPANY bekannt. Sie haben übrigens BULTFONTEIN aufgekauft.«

»Die Farm vom alten Querkopf Cornelis du Plooy?« stieß Daniel hervor. »Sag bloß, da hat man auch Diamanten gefunden?«

»Nicht nur da, auch auf DUTOITSPAN«, teilte Ryk ihm mit. »Aber diese *dry diggings,* wie die Schürforte fern vom Fluß genannt werden, sind nicht halb so ergiebige wie die entlang des Vaal und unheimlich mühsam, weil einfach das Wasser zum Waschen der Erde fehlt. Außerdem gibt es auf den Farmen ständig Ärger. Adriaan van Wyk erlaubt auf seiner Farm nur Buren, gegen eine monatliche Gebühr von sieben Shilling und Sixpence nach Diamanten zu schürfen. Es sollen auch nur zweihundert Digger sein, die sich da abrackern, und das Wasser, das sie zum Leben herankarren müssen, kostet wohl mehr, als sie an Diamanten aus dem Boden holen. Und die HOPE TOWN COMPANY vergibt überhaupt keine Schürfrechte, sondern läßt DUTOITSPAN unter der Aufsicht von Cornelis du Plooy von Kaffern bearbeiten. Am besten vergißt du die Diamantenfarmen gleich wieder; denn da gibt es für einen aufgeweckten Burschen wie dich nichts zu holen. Bleib bei deinen Leisten, und du hältst alle Trümpfe in der Hand.«

»Ich werde darüber nachdenken.«

»Tu das.« Ryk leerte sein Glas und erhob sich. »Nimm es mir nicht krumm, aber ich muß jetzt los. Wir sehen uns ja bestimmt am Vaal River.«

»Worauf du dich verlassen kannst.«

Ryk beschrieb ihm, an welcher Stelle des Flusses er ihn und seine Canteen THE MIDNIGHT CRADLE finden konnte, und nach einem Händedruck und gegenseitigen guten Wünschen gingen sie getrennt ihrer Wege.

5

Daniel schwirrte der Kopf von all den unglaublichen Neuigkeiten, die er von Ryk erfahren hatte, und er konnte es schon jetzt nicht erwarten, zum Vaal zu kommen und selbst zu sehen, was dort vor sich ging. Ryks Worten nach mußten Tausende von Diggern die Flußufer bevölkern und Diamanten aus der Erde holen, zumindest einige von ihnen. Er versuchte sich das bildlich vorzustellen, doch es wollte ihm nicht so recht gelingen.

Er zwang sich, zuerst einmal die Dinge in Angriff zu nehmen, die getan werden mußten, bevor er überhaupt darüber nachdenken konnte, ob er später in Richtung Vaal aufbrechen sollte. Deshalb begab er sich zu Jan Houtman, mit dem er seit Jahren Geschäfte machte und von dem er wußte, daß er ihm das Elfenbein der Matabele und Bamangwato abkaufen würde.

Jan Houtman, ein Klotz von einem Mann mit einem geradezu biblischen Bart, hatte in seinem Geschäft alle Hände voll zu tun, und als Daniel mitbekam, was derzeit für einen Sack Mehl oder für eine einfache Schaufel zu zahlen war, glaubte er erst, sich verhört zu haben. Ryk hatte nicht übertrieben, die Preise waren tatsächlich in atemberaubende Höhen gestiegen.

Endlich hatte Jan Houtman Zeit für ihn. »Ah, der Schwede läßt sich auch mal wieder bei uns blicken!« begrüßte er ihn mit der ihm eigenen Leutseligkeit. »Was soll's denn sein – Picke, Schaufel und Cradle?«

»Vielleicht später, zuerst einmal habe ich Ihnen etwas anzubieten«, antwortete Daniel. »Ich habe den Wagen voller Elfenbein.«

Jan Houtman konnte nicht glauben, daß Daniel Lundquist von dem Tumult der vergangenen Monate nichts mitbekommen hatte und gerade erst völlig unvorbereitet von seiner letzten großen Handelsreise nach Hope Town zurückgekehrt war.

»Ein Wagen voll Elfenbein ist auch kein schlechter Start, um es hier zu was zu bringen, Schwede. Gehen wir und sehen wir uns die Stoßzähne mal an«, schlug er vor und begab sich mit ihm hinüber zum Outspan, wo er mit Daniel in den Wagen kletterte und das Elfenbein begutachtete.

»Nun ja, mit Diamanten ist im Moment ein besseres Geschäft zu machen, aber Elfenbein hat auch seinen guten Preis, besonders wenn es von so prächtiger Qualität ist wie das hier. Ich denke, wir werden uns auch diesmal handelseinig werden.«

Das wurden sie auch, und noch vor zwei Jahren wäre Daniel der Erlös wie ein kleines Vermögen vorgekommen. Doch er mußte seine Vorräte auffüllen und wollte auch eine Schürfausrüstung erstehen, und nachdem Daniel seine Einkäufe getätigt und sie miteinander abgerechnet hatten, blieben ihm gerade noch siebzig Pfund.

»Die Zeiten haben sich geändert, Schwede«, bedauerte Jan Houtman, als er Daniels betretenes Gesicht bei der Aufstellung seiner Rechnung sah. »Aber was halten Sie davon, wenn Sie für mich Waren aus Kapstadt holen? Ich zahle Ihnen pro hundert Pfund Fracht einen Aufschlag von fünf Shilling auf die zur Zeit übliche Frachtrate. Im Augenblick würde Ihnen das mit meinem Bonus einundzwanzig Pfund pro Tonne Fracht bringen, und das sicherlich nicht nur für eine Fuhre. Ich brauche ganze Wagenladungen Zelte, Bohlen, Wellbleche und Gerätschaften aller Art. Was halten Sie davon?«

»Danke, Mijnheer Houtman, ich werde mir Ihr Angebot durch den Kopf gehen lassen.«

Jan Houtman nickte mit einem wissenden Blick in den Augen, die unter buschigen Brauen lagen. »Ach was, Sie werden wie all die anderen zum Vaal ziehen und nach *mooi klippe* graben«, sagte er seufzend.

Daniel machte eine vage Geste, wünschte ihm einen guten Tag und verließ Jan Houtmans Emporium. Er hatte seiner Ungeduld jetzt seit fast zwei Stunden die Zügel angelegt. Nun drängte es ihn mit aller Macht, in den Laden des nächsten Diamantenhändlers zu kommen und herauszufinden, ob der Stein des Griquahirten etwas wert war und wenn ja, wieviel.

Ein entsprechendes Geschäft zu finden, war nicht schwer. Die einzige Schwierigkeit, der Daniel sich ausgesetzt sah, war zu entscheiden, welches er aufsuchen sollte. Allein in seiner unmittelbaren Nähe machte sich ein halbes Dutzend Aufkäufer auf beiden Seiten der Straße gegenseitig Konkurrenz.

Er begab sich nach kurzem Zögern in den Laden von Cornelius Dewitt. Das Schild DIAMANT KOOPER – DIAMOND MERCHANT über der Tür hob sich mit seinen sorgfältig ausgemalten und kunstvoll abgesetzten Buchstaben sowie seinen liebevollen Rand-

verzierungen deutlich von den sichtlich hastig angefertigten Ladenschildern der anderen Diamantenhändler ab.
Das Geschäft bestand nur aus einem kleinen Raum mit einer Schlafpritsche in der hinteren Ecke und einem Tisch am Fenster, hinter dem Cornelius Dewitt saß.
Daniel war überrascht, einen Mann vor sich zu sehen, der kaum älter sein konnte als er selbst. Er hatte mit einem erfahrenen Kaufmann in mittleren Jahren gerechnet und wäre am liebsten wieder gegangen.
»Gott zum Gruße, Mijnheer. Womit kann ich Ihnen zu Diensten sein?«
»Ich möchte wissen, was der hier wert ist«, sagte Daniel und suchte unter all den Münzen in seinem Geldbeutel nach dem Stein. Er fand ihn und reichte ihn Cornelius Dewitt.
Dieser klemmte sich eine kleine Lupe ins rechte Auge, nahm den Stein zwischen Zeigefinger und Daumen und hielt ihn ins Licht.
Mit klopfendem Herzen stand Daniel vor dem Tisch. Sein Mund war vor Aufregung ganz trocken. Hatte er all die Zeit einen Diamanten als Talisman bei sich getragen? Warum, um alles in der Welt, ließ sich der Bursche bloß so lange Zeit? Wie töricht von ihm, sich von einem hübsch gemalten Schild beeinflussen zu lassen. Er hätte das Geschäft der Gebrüder Lilienfeld aufsuchen sollen. Da konnte er sicher sein, daß sie was von Diamanten verstanden.
Cornelius Dewitt gab schließlich ein Schnalzen von sich, das alles bedeuten konnte – Anerkennung wie auch Geringschätzung darüber, daß jemand ihm einen wertlosen Glaskiesel zur Begutachtung brachte.
Daniel vermochte die Spannung der Ungewißheit nicht länger hinter einer Maske scheinbarer Gelassenheit zu verbergen. Er wollte endlich wissen, woran er war. Und so platzte aus ihm die Frage heraus: »Nun sagen Sie schon! Ist es ein Diamant oder nicht?«
Der junge Diamantenhändler sah ihn verblüfft an. »Zweifellos, Mijnheer.«

Ein Schauer durchlief Daniel. »Und ... und wieviel Karat hat er?«
»Das werden wir gleich sehen«, sagte Cornelius Dewitt und legte den Stein auf eine kleine Waage. Er nickte, als fände er seine eigene Schätzung bestätigt. »Auf ein Fünftel Gramm genau 64 Karat, Mijnheer.«
Daniel hatte das Gefühl, die Hand nach einem festen Halt ausstrecken zu müssen. Er erinnerte sich daran, was ihm Ryk über den *Heureka* und den *Star of South Africa* erzählt hatte. Sein Stein hier war gut dreimal so groß wie der *Heureka* und nur ein Drittel kleiner als der *Star*, und der hatte Schalk van Niekerk elftausenddreihundert Pfund eingebracht.
Daniel riß sich zusammen. »Und was ist er wert?«
»Ich mache Ihnen einen guten Preis, Mijnheer. Wenn Sie mit hundertfünfzig Pfund einverstanden sind, kommen wir ins Geschäft.«
Daniel sah ihn entrüstet an. »Hundertfünfzig Pfund für einen Diamanten von 64 Karat? Für wie dumm halten Sie mich? Geben Sie meinen Stein sofort wieder her!«
Cornelius Dewitt blieb gelassen und reichte ihm den Stein zurück. »Der Preis, den ich Ihnen genannt habe, entspricht dem Wert dieses Diamanten.«
»Was Sie nicht sagen!« Daniels Worte klangen wie eine Beleidigung.
»Ich nehme an, Sie sind neu und haben noch nicht viel Erfahrung mit Diamanten.«
»Das geht Sie gar nichts an!« Daniel zog die Kordel des Geldbeutels zusammen und wandte sich zum Gehen.
»Nein, aber mit Ihrer Unerfahrenheit können Sie sich in sehr unangenehme Situationen bringen, von denen die peinlichen noch nicht einmal die schlimmsten sind. Wenn Sie mir einen Augenblick zuhören, kann ich Sie vor zukünftigen Enttäuschungen bewahren.«
Daniel blieb stehen.
»Es ist nicht die Karatzahl, die über den Wert eines Diamanten entscheidet, Mijnheer. Ein Stein von 10 Karat kann leicht einen

Preis von achthundert bis tausend Pfund bringen, wenn er von einem feinen Weiß und vollkommen ist, also keine Einschlüsse aufweist. Dann zahle ich gern hundert Pfund pro Karat. Doch wenn ein Stein viele Einschlüsse hat, kann es sein, daß er nicht einmal ein Pfund pro Karat wert ist«, erklärte Cornelius Dewitt. »Ihr Diamant ist von mittlerer bis bescheidener Güte, aber immerhin doch ein hoffnungsvoller Fund.«

Daniel fühlte sich wie ein dummer Junge, und ihm schoß das Blut ins Gesicht. Darüber ärgerte er sich am meisten. »Danke für die Lektion«, knurrte er.

»Jeder fängt mal an, und mit Diamanten zu handeln ist um einiges komplizierter als Schilder zu malen.«

Daniel warf ihm einen Blick zu, als verstünde er nun alles.

»Ja, ich war Schildermaler, Mijnheer«, bestätigte Cornelius Dewitt, und als hätte er Daniels Gedanken erraten, fuhr er leicht spöttisch fort: »Aber wenn Sie gleich zu den Gebrüdern Lilienfeld gehen, um sich von diesen *Experten* ein Angebot machen zu lassen, dann vergessen Sie bitte nicht, daß Leopold und Martin noch vor anderthalb Jahren so wenig von Diamanten verstanden haben wie ich. Sie haben den *Heureka* in der Hand gehabt und ihn, wie alle anderen Kaufleute von Hope Town, für einen wertlosen Stein gehalten. Damals haben sie gelacht und abfällige Bemerkungen darüber gemacht, daß in dieser Gegend Diamanten vorkommen sollen, und heute sind sie Experten und groß im Geschäft. So schnell geht das, Mijnheer.«

Daniel fühlte sich ein wenig beschämt und rang sich zu einem entschuldigenden Lächeln durch, denn er sah ein, daß er dem jungen Mann unrecht getan und sich durch seine Unwissenheit zum Narren gemacht hatte. Dann hastete er hinaus.

Er suchte noch drei weitere Diamantenhändler auf, so auch die Lilienfelds. Im Gewicht waren sie sich alle einig. Die 64 Karat, die Cornelius Dewitt ermittelt hatte, bestätigten auch ihre Waagen. Daniel lernte dabei, daß ein Karat dem Gewicht von einem Fünftel Gramm entsprach und daß eine Unze Diamanten somit 142 Karat besaß. Doch was den Wert seines Steines betraf, so lagen die Angebote der anderen Händler alle unter dem von Cornelius Dewitt. Die Lilienfelds waren mit hundertvierzig Pfund am nächsten, das schlechteste war hundertzwanzig Pfund. Daniel leistete dem jungen Mann, den er so voreilig als Gauner beurteilt hatte, nicht nur in Gedanken Abbitte. Er kehrte zu ihm zurück und entschuldigte sich für seine Unfreundlichkeit. Zudem wollte er wissen, warum er ihm ganze zehn Pfund mehr als die Lilienfelds geboten hatte.

»Jeder kennt die Lilienfelds, wenige kennen mich. Deshalb muß ich besser sein, wenn ich mit ihnen konkurrieren will, und ich bin entschlossen, mir meinen Platz in der Riege der Diamantenhändler zu erkämpfen. Deshalb gebe ich mich mit einer geringeren Gewinnspanne zufrieden als die Großen und schon Etablierten«, erklärte Cornelius Dewitt mit bereitwilliger Offenheit.

In einer spontanen Anwandlung streckte Daniel ihm die Hand hin. »Tut mir leid, daß ich mich so töricht aufgeführt und geglaubt habe, mir ein Urteil über Ihre Qualitäten als Diamantenhändler herausnehmen zu können, Mijnheer Dewitt!«

Cornelius Dewitt ergriff die ausgestreckte Hand und sagte fast vergnügt: »Nicht der Rede wert. Das bin ich schon gewohnt. Leider habe ich die Züge meiner Mutter geerbt, und die sah mit dreißig noch wie ein junges Mädchen aus. Ich schätze, wenn mir die ersten grauen Haare wachsen, werde ich beginnen, distinguiert auszuschauen.«

»Bis dahin werden Sie schon steinreich sein«, erwiderte Daniel lachend.

»Worauf Sie sich verlassen können! Also, nehmen Sie mein Angebot an, Mijnheer . . .?«

»Lundquist, Daniel Lundquist.«

»Sie sind Schwede?« fragte der junge Diamantenhändler überrascht.

»Nein, Bure wie Sie. Man nennt mich nur den Schweden. Das verdanke ich meinem schwedischen Vater. So haben wir wohl alle eine gewisse Erblast zu tragen«, scherzte er. »Was nun den Stein

betrifft, so habe ich nicht vor, ihn zu verkaufen. Es ist mein erster Diamant, ich möchte ihn behalten – als Talisman.«
Cornelius Dewitt nickte. »Das kann ich verstehen, und wenn Sie es sich finanziell leisten können, um so besser. Dort, wo Sie den Stein gefunden haben, werden bestimmt noch mehr sein, und dann ist immer noch Zeit, um miteinander ins Geschäft zu kommen.«
»Die nächsten Diamanten, die ich finde, werde ich zu Ihnen bringen, Mijnheer Dewitt«, versprach Daniel und war über seine eigenen Worte überrascht, brachten sie doch zum Ausdruck, daß er nach Diamanten schürfen wollte. Er hatte sich innerlich schon für die Diamantensuche entschieden, bevor es ihm bewußt geworden war. Ryk van Dyke und Jan Houtman hatten ihm das angesehen.
»Das ist ein Wort, Schwede. In welchem Camp haben Sie denn Ihren Claim?«
Daniel lachte ihn an. »Ich habe noch gar keinen, ich muß mir erst noch einen Claim abstecken.«
»Ja, aber dieser Diamant.«
»Oh, den habe ich von einem alten Griquahirten ...« Daniel machte eine kurze Pause, damit die Pointe auch gut zur Geltung kam, »... eingetauscht für ein Päckchen Tabak.«
Cornelius Dewitts Augen wurden ganz groß.
Daniel grinste. »Sie hören von mir, Cornelius!«
Verständnis los schaute der junge Diamantenhändler ihm nach und schüttelte dann mit einem leisen Lachen den Kopf. »Was für eine verrückte Welt«, murmelte er und war sicher, daß er den Schweden wiedersehen würde.
Daniel kehrte gemächlichen Schrittes zu Molefe zum Outspan zurück. Seine anfängliche Enttäuschung, daß der Diamant in seiner Tasche nicht mehrere tausend Pfund wert war, hatte sich verflüchtigt. Hundertfünfzig Pfund waren eine enorme Summe, vor allem wenn er daran dachte, daß ihn der Stein bloß ein lächerliches Päckchen Tabak gekostet hatte, und den Kafferntabak bekam man für gerade mal vier Pence das Pfund. Nein, er

hatte allen Grund, sich zu freuen. Er besaß genug Geld, um sich in das aufregende Abenteuer der Diamantensuche zu stürzen. Für eine Weile würde es eine willkommene Abwechslung zu seinem bisherigen Leben sein.

Molefe hockte auf der Wagendeichsel, dem *disselboom*, und schmauchte seine Pfeife, die er sich selbst geschnitzt hatte. Wie verabredet, hatte Jan Houtman das Elfenbein von seinen Schwarzen inzwischen abholen und auch alles, was Daniel bei ihm gekauft hatte, zum Wagen auf dem Outspan bringen lassen. Sowohl die Säcke und Kisten mit dem neuen Proviant als auch die Schürfausrüstung mit der Cradle und dem Sortiertisch waren schon im Wagen verstaut.

»Auf Houtmans Wort ist Verlaß«, sagte Daniel.

Molefe nickte und wartete.

»Wir sind in den letzten Jahren viel unterwegs gewesen.«

»Wir sind unterwegs, seit ich denken kann, Baas.«

»Gibt nicht mehr viele Ecken zwischen dem Orange und dem Limpopo und zwischen Bechuanaland und Delagoa Bay, die wir nicht kennen, was, Molefe?«

Der Schwarze nickte bedächtig. »Haben überall unsere Spurrillen und genug Ochsendung hinterlassen, um einen Kraal um halb Bechuanaland bauen zu können.«

»Manchmal ist es schon ein recht mühseliges Leben und reichlich eintönig.«

»Ist mir bei den Matabele nicht so vorgekommen«, entgegnete Molefe trocken.

Daniel lachte belustigt auf. Die Matabele hatten sie wochenlang als Gefangene gehalten, und mehr als einmal hatte es so ausgesehen, als würden sie den nächsten Sonnenaufgang nicht mehr erleben.

»Du hast recht. Da hatten wir anfangs mehr Aufregung, als uns lieb war. Vielleicht ist es an der Zeit, daß wir uns von diesen Trecks mal eine längere Ruhepause gönnen.«

Molefe warf ihm einen spöttischen Blick zu. »Am Vaal?«

Daniel grinste. »Gut geraten.«

»Was ich in den letzten Stunden so aufgeschnappt habe, Baas, also danach geht es am Vaal jetzt auch ganz schön aufregend zu.«
»Digger, auch wenn es *Uitlanders* sind, reichen den Matabele nicht das Wasser, nicht einmal den Bamangwato«, erwiderte Daniel und erzählte ihm von dem Stein des Griqua, der sich als 64karätiger Diamant erwiesen hatte.
»Was kann man sich denn für so einen Stein kaufen?« wollte Molefe wissen.
Daniel war von Kindesbeinen an mit den Wertvorstellungen der Schwarzen aufgewachsen. Vieh und Land waren für sie der einzige Maßstab für den Reichtum eines Mannes oder Stammes. Geld besaß für sie nur insofern einen Wert, als man dafür Rinder, Schafe und Ziegen kaufen konnte. Zu Geld, das irgendwo in einer Kassette aufgehäuft lag oder gar in einer Bank verwahrt wurde und nur als Zahl auf einem Kontoauszug existierte, fehlte ihnen jeder Bezug.
Deshalb gab Daniel nun zur Antwort: »Sieben bis acht gute Ochsen kriegt man schon dafür.«
Mit Erstaunen und ganz neuem Interesse sah Molefe ihn an. »*Magtig!* Acht Ochsen ...? Warum haben wir uns dann mit Tabak und Reis und Elfenbein abgegeben?«
»Weil man den Stoßzahn eines Elefanten immer noch schneller findet als einen daumennagelgroßen Diamanten unter Tonnen von Gestein und Erde – besonders wenn man nicht weiß, wo man nach ihnen suchen soll.«
»Natürlich am Vaal!«
Daniel lachte. »Also hast du nichts dagegen, daß wir vorerst nicht wieder auf Treck gehen, sondern die nächste Zeit damit verbringen, Diamanten zu suchen?«
Molefe bedachte ihn mit einem Blick, als hätte Daniel an seinem Verstand gezweifelt. »Laß uns die Ochsen einspannen und zum Vaal aufbrechen, Baas!«
»Nein, nicht mehr heute«, sagte Daniel erleichtert, daß sein Vorhaben auch Molefes Zustimmung fand, und schaute am Kirchturm vorbei nach Westen. Die Sonne stand schon tief über

den Dächern von Hope Town. »Heute gönnen wir uns ein wenig Vergnügen. Wir bleiben heute nacht hier und feiern das gute Ende unserer Reise. Ich denke, das haben wir uns redlich verdient.«
Dagegen hatte Molefe nicht das geringste einzuwenden. Ganz im Gegenteil, er war einem ordentlichen Schluck nicht abgeneigt, und seit er das letztemal eine Frau in seinen Armen gehalten und ihren nackten, hingebungsvollen Körper ausgekostet hatte, waren schon einige Monate vergangen. Es war an der Zeit, daß der Körper auch in dieser wollüstigen Beziehung mal wieder zu seinem Recht kam. Vermutlich ging es seinem Baas nicht anders. Daß sie ihren Brandy nicht in denselben Schankstuben trinken und sich auch nicht im selben Haus die Leidenschaft für eine Nacht kaufen würden, bedurfte keiner besonderen Erwähnung. Es verstand sich von selbst. So lagen die Dinge in diesem Land nun mal. Nicht einmal ihre Freundschaft vermochte diese Barriere zu überwinden.
»Spannen Sie ein, oder bleiben Sie über Nacht, Mister?«
Daniel drehte sich um und sah den einarmigen Pächter auf der anderen Seite des Wagens stehen.
»Wie könnte ich die günstige Gelegenheit verpassen, für nur einen Shilling mehr die Nacht auf Ihrem Outspan zu verbringen«, gab Daniel frohgelaunt zur Antwort und schnippte ihm die Münze zu.
»Hält sich wohl für 'n Komiker«, brummte der Outspan-Pächter humorlos und wandte sich zum Gehen.
»Warten Sie!« rief Daniel. »Besorgen Sie mir einen Burschen, der auf meinen Wagen und meine Ochsen aufpaßt.«
Die verkniffene Miene des Pächters entspannte sich sichtlich. »Bei mir kommt nichts weg. Sogar die Kutscher von der INLAND TRANSPORT COMPANY vertrauen mir über Nacht ihre Wagen an! Der Service kostet aber noch einen Sixpence extra, Mister.«
»Sollen Sie haben!« Daniel warf ihm ein zweites Geldstück zu.
»Ganz zu Ihren Diensten!« katzbuckelte der Einarmige.
Drei Shilling und Sixpence! Daniel schüttelte in fröhlicher Ver-

wunderung den Kopf. Mein Gott, noch vor einem Tag hätte er nicht im Traum daran gedacht, auch nur einen halben Penny für einen Platz auf einem Outspan zu zahlen. Und ein Kaffernjunge als Aufpasser hätte von ihm vielleicht eine Threepencemünze als Lohn erhalten.
Aber was waren jetzt, da die Diamanten an den Ufern des Vaal auf sie warteten, schon drei Shilling und Sixpence? Bald würden sie reich sein!
Lachend sprang er vom Disselboom.

6

Was früher mal eine einsame Strecke gewesen war, auf der man bestenfalls einmal pro Tag einem anderen Fuhrwerk oder Reiter von einer der abgelegenen Farmen begegnete, erinnerte Daniel jetzt an eine Ameisenstraße, auf der es in beiden Richtungen mit hektischer Geschäftigkeit zuging. Seit sie Hope Town vor zwei Tagen verlassen und sich auf den Weg zum gut achtzig Meilen entfernten Vaal begeben hatten, gehörten sie einem scheinbar endlosen Treck an. Er setzte sich hauptsächlich aus schwerfälligen Ochsenwagen, gewöhnlichen Fuhrwerken, soliden Landauern, einachsigen Cape Carts, hochrädrigen Spidern, eleganten Cabriolets sowie aus Reitern zu Pferd oder auf Basuto-Ponys und Mauleseln zusammen. Dazu kam dann noch die bedauernswerte Schar jener Glückssucher, die sich nicht einmal einen Platz auf einem langsamen Ochsenwagen hatten leisten können und zu Fuß zu den Diamantenfeldern unterwegs war. Wie von der Gluthitze geprügelt, wankten viele von ihnen, mit allen möglichen Gerätschaften beladen, über die staubige Straße. Wer nicht wußte, daß sie sich diese Qualen freiwillig auferlegt hatten, hätte sie für Sträflinge halten können, die hier einer besonders grausamen, Geist und Körper zermürbenden Strafe unterzogen wurden. Einige hatten aus Decken oder einer Bahn Segeltuch sowie ein paar Stöcken an einer Akazie oder an einem größeren Strauch eine Art Zelt errich-

tet. In deren Schatten ließen sie die Hitze des Tages dösend verstreichen, um in den etwas kühleren Nachtstunden ihren Fußmarsch zu den Camps am Vaal fortzusetzen. Immer wieder wurden besonders die Männer und Frauen auf den langsam vorbeirumpelnden Fuhrwerken um eine Kanne Wasser gebeten.
Es war kein geordneter Treck, der sich da wie ein Bandwurm mit zahlreichen und unterschiedlich großen Lücken zwischen den einzelnen Gruppen und Gefährten dem Fluß mit seinen diamanthaltigen Ufern entgegenwand. Eine auch nur irgendwie geartete Ordnung gab es so wenig wie Rücksicht auf den anderen. Wagen, Reiter und Marschierer, sie alle bewegten sich mit unterschiedlichem Tempo gen Nordosten. Das sechzehnköpfige Ochsengespann drängte eine Gruppe ausgelaugter Männer mit schwerem Gepäck auf dem Rücken genauso rücksichtslos von der Straße und zwischen die niedrigen Dornenbüsche, wie die schnelleren Pferdewagen die dahintrottenden Ponys und Esel zum Ausweichen zwangen. Und der Kutscher des Wagens mit den besten und ausdauerndsten Pferden scherte sich keinen Deut darum, daß er alle anderen in Staubwolken hüllte, wenn er unverschämt dicht und schnell an ihnen vorbeizog. Er hatte im Gegenteil ein spöttisches Lächeln für diejenigen übrig, die er hinter sich ließ und die daher bedeutend später am Vaal eintreffen würden – wenn er womöglich schon seinen ersten großen Diamanten gefunden hatte.
»Gottverdammter Narr!« fluchte Daniel, als wieder einmal ein offener Wagen, von vier prächtigen Pferden gezogen, herangeflogen kam. Er erhaschte einen flüchtigen Blick auf die beiden jungen, elegant gekleideten Männer auf der Rückbank. Sie sahen so aus, als kämen sie geradewegs von einem teuren englischen College und betrachteten es als einen Heidenspaß, halb um die Erde zu reisen, um später ihren Freunden von ihrem Abenteuer auf den Diamantenfeldern von Afrika erzählen zu können. Der Kutscher, ein Inder in einem ehemals weißen Gewand und mit einem Turban, dessen strahlendes Weiß ebenfalls schon längst den Kampf gegen das stumpfe Rotbraun der Halbwüste verloren

hatte, bestätigte den Eindruck, daß zu den Diggern auch bald zwei junge britische Snobs gehören würden.
Im nächsten Moment verschwanden Pferde, Wagen und Insassen hinter der gewaltigen Staubwolke, die das Gefährt wie einen schmutzigen Schleier hinter sich herzog.
Daniel wandte den Kopf ab, konnte jedoch nicht verhindern, daß Staub und feine Sandpartikel ihn umhüllten und zum Husten brachten. Er hörte laute Flüche und Verwünschungen, die den beiden Snobs nachgerufen wurden.
Auch die beiden werden noch ihr Lehrgeld zahlen müssen, tröstete sich Daniel in seinem Groll über diese Rücksichtslosigkeit. Er kannte das Land und seine ungeschriebenen Gesetze nur zu gut. Es war ebenso grandios wie unbarmherzig. Fehler verzieh es nicht. Wer das afrikanische Veld unterschätzte, ganz besonders die Halbwüsten im Herzen des südlichen Afrika, und zudem nicht über einen eisernen Willen verfügte, den brach es so schnell und gnadenlos, wie eine Hyäne eine unaufmerksame Antilope erlegte.
Entlang des Weges fand man genügend Anzeichen für die Erbarmungslosigkeit dieses Landstrichs. Alle paar Meilen stieß man auf die ausgebleichten Skelette von Ochsen, Pferden und Eseln, die erschöpft zusammengebrochen, verendet und den Aasfressern der Wildnis überlassen worden waren. Aber auch von den so voller Hoffnung erfüllten zum Vaal eilenden Männern und Frauen bekamen so manche den Fluß ihrer Träume von schnellem Reichtum nie zu Gesicht. Die einzigen Steine, die ihnen vergönnt waren, bildeten einen kleinen und wertlosen Haufen über ihrem Grab auf dem Veld zwischen silbrigen Dornensträuchern und sprödem Heidekraut. Nur wenige dieser Grabstellen wiesen ein Holzkreuz mit einer eingeschnitzten Inschrift auf, die verriet, wer unter dem schäbigen Haufen Sand und Steine begraben lag. Die meisten Toten mußten sich mit einem anonymen Grab begnügen, das keinen noch so flüchtigen Hinweis auf das Leben und Sterben des Unglücklichen barg, der hier seine letzte Ruhestätte gefunden hatte.

Daniel wischte sich mit dem karierten Halstuch über das verschwitzte, eingestaubte Gesicht. Vor zwei Tagen waren sie von Hope Town aufgebrochen, und mittlerweile hatten sie den Modder River hinter sich gelassen, der seinem Namen in diesem Jahr mit dem kläglich schlammigen Rinnsal in seinem Bett mehr als gerecht wurde. Bis zum Vaal waren es jetzt noch gute drei Tage. Und alles deutete darauf hin, daß es glühendheiße Tage sein würden. Die Dürreperiode des Winters schien den Frühling mit seinen herbeigesehnten Regenfällen zu überspringen und geradewegs in einen früh einsetzenden Hochsommer überzugehen. Die Sonne brannte von einem wolkenlosen, blendend grellen Himmel. Die Hitze, die über dem ausgedörrten Land waberte, schien aus einer unsichtbaren Esse zu strömen.

»Baas!«

Daniel blickte nach vorn zu Molefe, der mit der Sjambok nach links deutete und dann eine fragende Geste machte. Im Westen erhoben sich, etwa eine dreiviertel Meile von der Route des Trecks entfernt, mehrere kleine Kopjes. Auf einer der sanften und überwiegend mit kleinwüchsigen Sträuchern bedeckten Anhöhen ragten zwei Schirmakazien auf. Ihr spärlicher Schatten jedoch war kein Anreiz, aus dem Bandwurm der Wagen und Marschierer auszuscheren und dort Rast zu machen. Akazien gab es auch hier und da entlang der Strecke, die von den eisenbeschlagenen Rädern schwerbeladener Ochsenfuhrwerke und den Pferdewagen ausgefahren war. Doch Molefe und er wußten, daß jenseits des Hügels eine Wasserstelle existierte. Was sie dort erwartete, war alles andere als eine blühende Oase, nämlich ein kleiner Tümpel, der nicht einmal als Pan bezeichnet werden konnte. Die Quelle, die ihn speiste, sprudelte nur sehr schwach, dafür aber beständig und versiegte nicht einmal während der ärgsten Trockenheit.

Daniel prüfte kurz den Stand der Sonne. In der nächsten Stunde würde sie ihren Zenit erreichen und damit ihre volle, sengende Kraft. Es war ratsam, Mensch und Tier bis zum frühen Nachmittag eine Rast zu gönnen. Den Ochsen würde es guttun, ihren

Durst am Tümpel stillen zu können, und allein das war den Umweg wert.
Auf Daniels Zeichen hin packte Molefe die beiden Leitochsen, Kaiser und Groot Ossenbuil, am Joch und dirigierte sie, unterstützt von der Sjambok, aus der Kolonne. Schwerfällig fügte sich das Ochsengespann und scherte aus. Daniel sah, daß ihnen einige verwunderte Blicke folgten, aber niemand dachte daran, es ihnen nachzumachen. Ein Burengespann, das vom Hauptweg der Diggerroute abbog, um zu einer entfernt gelegenen Farm zu kommen, war, was die Leute dachten, die ihnen kurz nachschauten, sofern sie denn überhaupt Vermutungen über den Grund ihres Ausscherens anstellten.
Eine halbe Stunde später führten Daniel und Molefe die Ochsen an die Wasserstelle. Der Tümpel hatte keine zwanzig Schritte Durchmesser und war nicht mal knietief, doch die Tiere waren kaum zu bändigen. Gierig soffen sie das muffig riechende Wasser. Als unter den Ochsen endlich wieder Ruhe eingekehrt war, spannten Daniel und Molefe das Vordach aus dickem, wetterfestem Segeltuch seitlich am Wagen auf. Und nachdem sie ihren ersten Durst mit einigen Zügen aus ziegenledernen Schläuchen gestillt hatten, entzündeten sie ein kleines Feuer, um eine Kanne Kaffee zu kochen. Sie teilten sich einen breiten Streifen *biltong,* sonnengetrocknetes Fleisch, und verzehrten den Rest des frischen Brotes. Daniel leistete sich den Luxus, eine Konservendose mit eingemachten Pflaumen zu öffnen.
»Bist du sicher, daß du nichts davon willst?« fragte Daniel, als er schon die Hälfte aus der Dose gelöffelt hatte.
»So sicher, wie ich weiß, daß Groot Ossenbuil und Kaiser eine Handvoll Hafer einem Sack Tabak vorziehen«, brummte Molefe und stopfte sich seine Pfeife.
»Die Pflaumen sind wirklich gut. Probier sie doch mal!« redete Daniel ihm zu und hielt ihm die Dose hin.
Molefe schob sie von sich. »Du weißt doch ganz genau, daß die einzigen Früchte, die ich nicht ausstehen kann, Pflaumen sind. Und ausgerechnet davon hast du eine ganze Kiste gekauft.«

»He, sieh mich nicht so vorwurfsvoll an! Was kann ich denn dafür, daß Houtman bloß noch Pflaumenkonserven auf Lager gehabt hat. Du kannst sogar von Glück reden, daß ich die Kiste überhaupt noch bekommen habe. Ein Bursche aus Graaff-Reinet hätte sie mir beinahe vor der Nase weggeschnappt.«

»Besorg mir eine Dose Apfelmus oder eine Ananas, dann habe ich Grund, von Glück zu reden, Baas«, erwiderte Molefe mit gespieltem Ingrimm und zündete seine Pfeife mit einem brennenden Akazienzweig an.

»Ich sage dir, du wirst so viele Diamanten finden, daß du in Apfelmus baden und dir eine Ananasplantage kaufen kannst«, entgegnete Daniel in einem Anfall von grenzenlosem Optimismus und lachte ihn an.

»Darf ich das auch gegen tausend Rinder und drei Frauen eintauschen?«

»Das mit den tausend Rindern geht in Ordnung und das mit der ersten Frau auch. Aber was die anderen beiden betrifft, so regelst du das besser mit deiner ersten.«

Sie sahen sich an und brachen wie Kinder in schallendes Gelächter aus. Danach kümmerte sich Molefe um den Kaffee, und Daniel dachte mit gemischten Gefühlen an die wilde Nacht zurück, die er in Hope Town verbracht hatte. Er hatte in der WITTE BOOM CANTEEN und in zwei anderen Schankstuben fröhlich und großzügig dem Alkohol zugesprochen. Dann hatte es ihn nach einer Frau verlangt, und in einem Wellblechschuppen am Rande der Siedlung hatte er sein Verlangen auch zur Genüge stillen können. Ester war der Name der jungen Frau mit Brüsten wie feste Herbstbirnen gewesen, und sie hatte keinen Wunsch unbefriedigt gelassen.

Als er sich jetzt wieder daran erinnerte, wie geschmeidig ihr Körper gewesen war und wie wunderbar sich ihre nackte Haut unter seinen Händen angefühlt hatte, da schoß ihm das Blut erneut in die Lenden und verschaffte ihm eine schmerzhaft harte Erektion.

Was die Stimme seiner Vernunft jedoch nicht billigte und ihn mit

Schuld und Unbehagen erfüllte, war die Tatsache, daß es sich bei der Prostituierten um eine Schwarze gehandelt hatte, ein Griquamädchen – und daß er es genossen hatte. Nicht nur dieses Mal, sondern auch all die anderen Male zuvor. Noch nie hatte er eine weiße Frau nackt gesehen, geschweige denn mit ihr geschlafen, und daß er eigentlich auch kein Verlangen danach hatte, bereitete ihm die stärksten Schuldgefühle, denn er wußte, daß das nicht richtig war.

Aber wer sonst als ein schwarzes Mädchen ließ sich in diesen abgelegenen Winkeln Afrikas finden, das sich der Prostitution hingab? Eine weiße Dirne hätten die Einwohner von Hope Town niemals in ihrer Siedlung geduldet. So lagen die Dinge nun mal im Hinterland. In den großen Städten, besonders in denen mit einem Hafen, sah das vielleicht anders aus, und da gab es gewiß Freudenmädchen in allen Hautfarben. Doch auf dem Land war ihm noch nie ein weißes Freudenmädchen begegnet.

Mit fünfzehn hatte er seine Unschuld auf einer Farm bei Potchefstroom in den Armen eines schwarzen Hausmädchens verloren, das zwei Jahre jünger und genauso begierig darauf gewesen war, herauszufinden, was man denn nun mit dem eigenen und dem anderen Geschlecht zusammen so alles machen konnte. Wunderschöne lustvolle Sachen, wie sie beide festgestellt hatten. Und es hatte ihn fast verrückt gemacht, daß sich ihm erst zwei Jahre später eine neue Gelegenheit geboten hatte, diese Erfahrung mit einem anderen schwarzen Mädchen zu wiederholen. Das war in Bloemfontein gewesen. Dort hatte er zum erstenmal den Mut gefunden, sich mit brennenden Ohren nach einem Freudenhaus zu erkundigen und Geld für diese besonderen, lustvollen Dienste zu zahlen. Bei den Bamangwato hatte einmal eine Schwarze sechs wunderschöne Wochen das Lager mit ihm geteilt, und er war versucht gewesen, sie mitzunehmen, als sie schließlich weitergezogen waren. Sie wäre auch mit ihm gekommen, wenn er sie darum gebeten und ihrem Vater den Brautpreis gezahlt hätte. Doch er hatte diesen Schritt nicht gewagt. Eine Schwarze zur Frau zu nehmen, machte einen Weißen zwangsläufig zum Au-

ßenseiter, und er wußte nicht, ob er damit leben konnte. Er bezweifelte es.
In Gedanken versunken nahm Daniel den Becher entgegen, den Molefe ihm reichte. Vorsichtig schlürfte er den heißen Kaffee und sagte sich, daß es für ihn allmählich Zeit wurde zu heiraten. Natürlich eine Weiße. Er war jetzt dreiundzwanzig, und in dem Alter war ein Bure gewöhnlich schon einige Jahre verheiratet und Vater von ein, zwei Kindern. Buren heirateten früh und meist mehrmals in ihrem Leben, denn Kindbettfieber, körperliche Auszehrung durch Arbeit auf dem Feld und im Haus sowie andere Schicksalsschläge bescherten den Frauen häufig eine bedeutend kürzere Lebenserwartung als ihren Männern.
Aber so einfach ist das nicht, wenn man ein Smouse ist, gestand Daniel sich ein. Auf vielen Farmen im Transvaal und im Orange Freistaat war er ein gerngesehener Gast, und so manche hübsche Farmerstochter hatte ihm mehr oder weniger deutlich zu verstehen gegeben, daß sie sich glücklich schätzen würde, seine Frau zu werden. Doch keine hatte die Frau eines fahrenden Händlers sein und sich mit einem Ochsenwagen als Zuhause zufriedengeben wollen. Bedingung war immer gewesen, daß er sein rastloses Leben aufgab, mit seiner Frau im Haus des Schwiegervaters lebte oder sich auf einem eigenen Stück Land niederließ.
Aber das Leben eines Farmers war das seine nicht. Allein schon die Vorstellung, dem Boden Jahr für Jahr den Lebensunterhalt für eine wachsende Familie abringen zu müssen und dabei den Launen der Natur hilflos ausgesetzt zu sein, war ihm ein Alptraum. Er liebte das Land, die Weite und das Leben unter freiem Himmel, aber nicht als sein Knecht, denn nichts anderes war ein Farmer, und wenn er noch so viele Kaffern für sich arbeiten ließ.
Daniel lehnte sich mit einem Seufzer gegen das Wagenrad in seinem Rücken und wehrte die Müdigkeit nicht ab, die von ihm Besitz ergriff. Ihm fielen die Augen zu, und wenig später schlief er ein.
Als er aufwachte und die Lider hob, befand sich der Glutball schon wieder auf seiner absteigenden westlichen Bahn. Doch es

war noch immer elendig heiß. Daniel schätzte, daß es etwa drei Uhr sein mußte.
Noch schläfrig und träge an Geist und Gliedern, blickte er nach Südwesten und beobachtete die Vögel, die etwa eine bis anderthalb Meilen von ihrem Lagerplatz entfernt in relativ niedriger Höhe kreisten. Er zählte mehr als ein Dutzend. Es waren Geier.
»Siehst du die Geier dort drüben, Molefe?«
Ein langgezogenes Gähnen war die Antwort. Sein schwarzer Gefährte hatte es sich unter dem Wagen auf einer Decke bequem gemacht. Er kam nun hervorgekrochen und richtete sich neben ihm auf.
»Tatsächlich. Vorhin waren sie noch nicht da, Baas.«
»Wird irgendein Tier in der Mittagshitze verendet sein«, nahm Daniel an und griff nach der Kaffeekanne, die in der Glut des heruntergebrannten Feuers stand.
»Ja, vermutlich.«
Irgend etwas in der Stimme Molefes gab Daniel das Gefühl, zu gleichgültig zu sein. »Hast du vielleicht einen anderen Verdacht?«
Der Schwarze zuckte mit den Schultern. »Kann alles mögliche sein, was die Geier angelockt hat.«
»Du meinst, auch ein Mensch«, sprach Daniel aus, was in Molefes Worten mitschwang.
»Wir sind nicht allzuweit von der Route der Digger entfernt, Baas.«
Sich bei der Hitze auf einen Fußmarsch von hin und zurück drei Meilen einzulassen, nur um festzustellen, daß dort zwischen den Büschen ein kranker Steinbock oder ein Ameisenbär krepierte, war nichts, worum sich Daniel riß.
»Warum sollte sich jemand so weit davon entfernen?«
»Warum hat ein Warzenschwein Warzen?« antwortete Molefe mit einer scheinbar absurden Gegenfrage.
Doch Daniel verstand. Es gab für vieles auf der Welt keine Erklärung, die den Sinnhunger und das Kausalitätsdenken der menschlichen Vernunft befriedigte. Zumindest gab es häufig keine *offensichtliche* Erklärung.

»Also gut«, seufzte Daniel und stellte die Kanne wieder in die Glut zurück. »Wenn du so versessen auf einen Marsch durch den Busch bist, sehen wir nach, was die Geier angelockt hat.«
»Ich kann auch allein gehen«, bot Molefe an.
»Zu zweit schwitzt es sich zwar nicht weniger, dafür aber doch angenehmer«, spottete Daniel, stand auf und holte sein *boer roer*, sein Gewehr, aus dem Wagen. Er konnte Tiere nicht leiden sehen.
Sie waren keine zweihundert Schritte in der prallen Sonne gegangen, als sie schon in Schweiß gebadet waren. Die Luft flirrte über dem Veld, und die Dornensträucher tanzten im Hitzeglast wie kleine Derwische.
»Habe ich dir schon mal die Geschichte von dem Kaffer erzählt, der zu den Eskimos kommt und sein Biltong lutschen muß, weil es gefroren ist?«
»Mindestens hundertmal, Baas«, antwortete Molefe trocken. »Die Geschichte erzählst du doch immer, wenn dir die Hitze zu sehr zusetzt.«
Daniel grinste. »Ich habe sie von meinem Vater. Der hat mir beigebracht, an etwas Eiskaltes zu denken, wenn die Hitze unerträglich ist. Es hilft wirklich ... na ja, zumindest ein bißchen.«
»Ich stelle mir lieber die Geschichte mit dem stolzen Buren vor, der in die Hölle kommt, wie er da auf glühenden Gittern geröstet wird und wie entsetzlich heiß es da unten ist«, erwiderte Molefe mit Unschuldsmiene. »Und dann finde ich die Mittagshitze nur noch halb so schlimm.«
»Das mit dem Buren in der Hölle hast du mir auch schon hundertmal erzählt«, hielt nun Daniel ihm vor.
»Na und? Wenn du mir mit deinem Kaffer bei den Eskimos kommst, fällt mir einfach immer der Bure im Höllenfeuer ein, Baas.«
Sie tauschten ein breites, freundschaftliches Grinsen aus, und Daniel stieß ihn mit dem Kolben seines Gewehre leicht an. »Dein lockeres Mundwerk wird dich eines Tages noch in ernste Schwierigkeiten bringen!« warnte er ihn scherzhaft.
»Dann erzähle ich die Geschichte mit dem einfältigen Kaffer bei

den Eskimos, und ich werde mit ein paar Schlägen davonkommen«, entgegnete Molefe scheinbar leichthin.
Diese Erwiderung bewirkte ein Unbehagen in Daniel, das fast an Schuldgefühl grenzte, und er warf seinem schwarzen Freund einen prüfenden Blick von der Seite zu. Doch Molefes Miene verriet weder Vorwurf noch Bitterkeit.
Schweigend setzten sie ihren Marsch über das Veld fort. Sie scheuchten eine Schlange auf, die blitzschnell in einem verfilzten Gebüsch Zuflucht suchte.
Nach etwa einer Meile gelangten sie auf eine kleine Anhöhe. Die Geier waren einen Augenblick wie zum Greifen nahe, gaben dann aber ihre niedrige Flughöhe auf und schraubten sich rasch höher in den gleißenden Himmel, als witterten sie die Gefahr, die von den beiden Männern ausgehen konnte.
»*Magtig!*« stieß Daniel bestürzt hervor, als sein Blick die vor ihnen liegende Senke erfaßte, über der die Geier in gieriger Erwartung auf Beute gekreist hatten. »Du hast recht gehabt, Molefe. Kein sterbendes Tier hat die verfluchten Aasfresser angelockt, sondern ein Mensch!«
»Hoffentlich kommen wir nicht zu spät.«
Sie rannten los. Es waren etwa hundertfünfzig Yards bis zu der sandigen Mulde, in der die Gestalt in gekrümmter Haltung lag, mit dem Gesicht im Sand und die Hände in die rote Erde gekrallt. Neben der Gestalt sahen sie einen derben Jutesack, der mittels einiger Lederriemen zu einem primitiven Rucksack gemacht worden war. Der Stiel einer Schaufel, dessen Blatt sich unter dem Jutestoff deutlich abzeichnete, ragte oben heraus. An ihm hing ein Sieb mit einem quadratischen Holzrahmen.
Ein junger Bursche, der wie auch immer vom Weg abgekommen und ein Opfer seiner eigenen Überschätzung geworden ist, mutmaßte Daniel, während er sein Gewehr von der Schulter streifte und sich neben die Gestalt kniete. Der schmächtigen Figur und den schmalen Füßen nach, die in lächerlich weibischen und völlig abgetretenen Stiefeletten steckten, mußte es sich eher um einen Jugendlichen als um einen ausgewachsenen Mann handeln.

»Lebt er noch?«
»Keine Ahnung, Molefe. Drehen wir ihn auf den Rücken.«
Vorsichtig drehten sie ihn um. Sie blickten in ein schmales ausgezehrtes Gesicht, das von Monaten der Strapazen und Entbehrungen gezeichnet war. Kurzes Haar, dessen natürliche dunkelblonde Farbe von all dem Dreck und Staub nur noch zu erahnen war und wie gerupft aussah, kam unter dem Hut zum Vorschein, dessen Bänder unter dem Kinn festgebunden waren.
Daniel stutzte plötzlich. Bis auf die Schuhe sprach die ganze Kleidung wie auch die Frisur dafür, daß sie es mit einem jungen Mann zu tun hatten. Und doch hatte er auf einmal ein merkwürdiges Gefühl.
In dem Moment stieß Molefe ungläubig hervor: »Baas, das ist kein Mann nicht! Das ist eine Frau!« Und er deutete auf die sanften Rundungen, die sich unter dem eigentlich viel zu weiten Hemd abzeichneten.
»*Donderslag*, ja, das ist mir auch gerade aufgegangen!« erwiderte Daniel, und seine Bestürzung wie seine Verwunderung hätten nicht größer sein können. Was hatte diese junge Frau in Männerkleidern hier draußen, so weit ab von der Route, zu suchen gehabt?
Er schob diese Gedanken jedoch schon im nächsten Augenblick beiseite, denn es gab wichtigere Dinge zu tun, als sich darüber den Kopf zu zerbrechen. Alles deutete darauf hin, daß diese Frau von quälendem Durst gepeinigt in dieser Senke nach Wasser gegraben hatte, bis die Kräfte sie verlassen hatten. Zuerst mußten sie feststellen, ob überhaupt noch Leben in ihr war. So reglos, wie sie vor ihnen im Sand lag, war mit dem Schlimmsten zu rechnen.
»Ist noch Atem in ihr?« fragte Molefe mit angespannter Stimme.
Daniel griff mit der Linken nach ihrem Handgelenk, um ihren Puls zu fühlen, während er sich fast gleichzeitig über ihr Gesicht beugte und ihr rechtes Augenlid hochschob. Er begegnete einem starren Blick aus einem Auge, dessen helles Blau ihn unwillkürlich an gewisse Bergzüge des Highveld erinnerte, die bei Ein-

bruch der Dämmerung in einem ganz besonderen weichen Blau schimmerten.

Das Auge bewegte sich, und er spürten einen schwachen, wenn auch unregelmäßigen Puls. »Sie lebt!« rief er und fühlte sich wie von einer schweren Last befreit. Doch nüchtern fügte er hinzu: »Noch! ... Wenn wir uns nicht sehr beeilen, stirbt sie, bevor wir sie zum Wagen gebracht haben.«

»Dann nichts wie los!«

Daniel legte sie sich über die Schulter, während Molefe den Jutesack der Frau und das Gewehr trug. Die ersten hundert Yards schien sie so leicht wie eine Feder zu sein, doch dann spürte er mit jedem Schritt mehr, wie ihr Gewicht zunahm und ihm die Beine schwer werden ließ. In Strömen rann ihm der Schweiß über Gesicht, Rücken und Brust. Er biß die Zähne zusammen und versuchte die atemnehmende Hitze und die Stiche in der Seite zu ignorieren. Er war zwar ein Mann von kräftiger Statur und Ausdauer, aber ein Dauerlauf über fast anderthalb Meilen in der brütenden Hitze und dann auch noch mit einer Last von rund hundert Pfund auf der Schulter, das brachte auch ihn an die Grenzen seiner Leistungsfähigkeit.

Mit keuchendem Atem und in Schweiß gebadet, taumelte er auf den letzten fünfzig Schritten seinem Feldschoner entgegen. Fast wäre er gestürzt, als er die Frau in den Schatten des Vordachs legte, so sehr zitterten ihm die Beine.

Molefe hielt schon den Wasserschlauch und ein frisches Leinentuch bereit.

»Ganz langsam ... zuerst nur die Lippen befeuchten und ein wenig in den Mund tröpfeln!« ermahnte Daniel seinen Gefährten überflüssigerweise, denn dieser wußte mindestens so gut wie er, wie man jemanden zu behandeln hatte, der völlig ausgetrocknet war.

Sie benetzten ihre staubverkrusteten, rissigen Lippen, die unter dem frischen Naß zuckten und sich zu öffnen begannen, und ließen dann jeweils ganz wenig Wasser auf einmal in ihren Mund rinnen.

Sie schluckte, und ein gequälter rauher Laut entrang sich ihrer Kehle.
Daniel wusch ihr mit dem nassen Lappen Gesicht, Hals und Arme, und mit dem brackigen Wasser, das Molefe aus dem Tümpel holte, tränkten sie ihre Kleidung von Kopf bis Fuß. Hätten sie es mit einem Mann zu tun gehabt, so hätten sie ihm Hemd und Hose ausgezogen. Doch ihre Hemmungen und die Regeln der Schicklichkeit, mit denen sie aufgewachsen waren, hinderten sie daran, auch mit einer Frau auf diese Weise zu verfahren.
Eine halbe Stunde später war sie noch immer ohne Bewußtsein, doch sie trank, was sie ihr einflößten. »Sie hat Fieber«, stellte Daniel fest, als er ihr die Hand auf die Stirn legte und spürte, daß sie glühte.
»Und was machen wir jetzt mit ihr?« fragte Molefe ratlos. »Der nächste Arzt ist in Hope Town. Kehren wir um?«
Daniel überlegte kurz und schüttelte dann den Kopf. »Nach Hope Town zurückzukehren, ist sinnlos. Wir könnten nicht vor übermorgen nacht dort sein. Aber ob sie stirbt oder durchkommt, entscheidet sich schon viel früher, nämlich heute nacht oder spätestens morgen im Laufe des Tages. Wir werden weiterfahren, sie mitnehmen und tun, was in unserer Macht steht. Den Rest müssen wir ihr und dem Herrgott überlassen.«
Molefe machte ein betrübtes Gesicht, nickte jedoch, denn er wußte, wie recht Daniel hatte. In solchen Fällen konnte auch ein Arzt nicht viel mehr tun als sie.
Daniel trug die Frau in den Wagen und bettete sie weich in seine schmale Koje, während Molefe die Ochsen einspannte. Eine Stunde später legten sich die Zugtiere wieder in die Riemen, und sie kehrten mit ihrem Feldschoner in einem flachen Bogen zum Treck zurück.
Molefe übernahm die Führung des Ochsengespanns vom Kutschbock aus, denn Daniel stieg ständig nach hinten in den Wagen, um der fremden Frau Gesicht, Nacken und Arme zu kühlen und ihr zu trinken zu geben. Sie war wie ein völlig

ausgetrockneter, harter, verschrumpelter Schwamm, der zuerst jeden Tropfen abweist, dann jedoch ganze Mengen von Wasser aufzusaugen vermag.

Er versuchte mit ihr zu sprechen, doch sie reagierte nicht darauf. Mit fieberheißer Stirn warf sie sich in der Koje hin und her und phantasierte.

Als er ihr wieder einmal das Gesicht abwusch, schrie sie voller Angst auf und versuchte mit kraftlosen Armen, ihn von sich zu stoßen.

»Nein, nicht ...! Nicht schlagen!« wimmerte sie, und ihre Sprache verriet, daß sie Engländerin war. »Tu mir nichts, ich flehe dich an ...! Ich werde alles machen, was du von mir verlangst, doch nur nicht schlagen!«

Bestürzt blickte er im Dämmerlicht des Planwagens auf die schmächtige Gestalt hinab, die seine Hände wegzustoßen versuchte. Welch gräßliche Alpträume sie wohl haben mochte? Waren es vielleicht traumatische Erinnerungen an Mißhandlungen, die sie quälten?

»Ganz ruhig«, redete er dann besänftigend auf sie ein. »Ganz ruhig. Niemand wird Ihnen etwas tun. Sie sind in Sicherheit, und niemand wird Sie schlagen.«

Ihre Gegenwehr erlahmte, doch das Wimmern hielt noch eine Weile an. Sie zog Arme und Beine wie ein Embryo im Mutterleib zusammen und preßte sich in die äußerste Ecke der Koje, als müßte sie sich so klein wie möglich machen, um nicht gefunden zu werden und Schlägen zu entkommen.

Daniel blieb diesmal über eine Stunde an ihrer Seite, denn ihm schien, als hätte seine beruhigende Stimme die Kraft, ihre Alpträume zu vertreiben oder ihnen doch wenigstens ihre beängstigende Intensität zu nehmen. Und er fragte sich, welch dunkles Schicksal diese junge Frau wohl nach Afrika verschlagen hatte.

Würde er es jemals erfahren?

Als die Nacht hereinbrach und sie sich zu einer Gruppe von Fuhrwerken gesellten, sah es nicht so aus, als ob ihr ausgezehrter

Körper noch genug Kräfte hätte, um das Fieber in ihr erfolgreich zu bekämpfen.

»Es sieht kein bißchen nicht gut aus«, seufzte Molefe bedrückt.

»Herr, laß sie noch einmal zu sich kommen, damit sie uns wenigstens ihren Namen nennen kann, der auf ihrem Kreuz stehen soll«, betete Daniel, der die ganze Nacht an ihrer Seite wachte.

Als die Sterne am Himmel verblaßten und der neue Tag heraufdämmerte, war das feurige Fieber noch immer nicht von ihr gewichen.

»Aber sie lebt, Molefe. Sie kämpft, sie kämpft mit jeder Faser ihres Körpers. Sie denkt nicht daran, sich so kurz vor dem Ziel von einem verfluchten Fieber in die Knie zwingen zu lassen«, machte sich Daniel selber Mut.

Molefe warf einen mitleidigen Blick auf die Frau in der Koje. »O ja, sie kämpft, Baas«, pflichtete er ihm bei, fügte jedoch wenig hoffnungsvoll hinzu: »Aber was nützt einem der größte Mut, wenn man keine Munition mehr hat? Viel Kraft hat sie nicht mehr übrig.«

Daniel schwieg, weil er dem nichts entgegenzusetzen wußte. Molefe hatte nur zu recht. Ein Blick genügte, um zu sehen, wie wenig Kraft noch in ihr war. Das ausgemergelte Gesicht, das bloß noch aus Haut und Knochen zu bestehen schien, sah schon wie das einer Toten aus.

Daniel hatte während der Nacht so gut wie keinen Schlaf bekommen, obwohl Molefe ihn mehrmals an der Koje der Kranken abgelöst hatte. Er hatte auf der anderen Seite gelegen und auf ihren Atem gelauscht, in der Angst, sie könnte sterben, sowie ihn der Schlaf übermannte und er nicht mehr über sie wachte.

Nun hatte er Mühe, seine Augen aufzuhalten. Das monotone Rumpeln des Wagens lullte ihn ein. Jemand schien Blei in seine Lider zu gießen.

Nur für einen Moment die Augen schließen und ein bißchen dösen, sagte er sich, lehnte sich gegen die Cradle, die im Mittel-

gang zwischen den beiden Kojen und Frachtkästen stand, und war im nächsten Moment eingeschlafen.
Eine Stimme weckte ihn.
Wie aus weiter Ferne drang sie an sein Ohr, schwach und zitternd. Eine *Frauenstimme!*
Er riß die Augen auf, fuhr hoch und stieß sich schmerzhaft an der Cradle. Doch er achtete nicht darauf, sondern starrte zu der Frau hinüber.
Sie hatte die Augen geöffnet und sah ihn an. Ein klarer Ausdruck lag in ihnen, wenn auch ihre Stimme kaum mehr als ein Flüstern war.
»Wasser . . .! Bitte . . . Wasser!«
Ein Schauer der Freude durchlief ihn. Endlich war sie zu sich gekommen! Sie war stärker als das Fieber gewesen. Die Engländerin würde leben, und sie brauchten sie nicht auf dem Veld zu begraben und unter einem namenlosen Kreuz und einem armseligen Haufen Steine zurückzulassen.
»Dem Herrn sei gedankt!« sagte er, griff zum Becher und füllte ihn mit Wasser. Damit sie trinken konnte, schob er ihr seinen linken Arm in den Nacken und hob ihren Kopf leicht an.
Sie trank mit großen Schlucken, ohne dabei den Blick von ihm zu nehmen, der ebenso von Angst wie von Verstörtheit erfüllt war.
»Es ist genug Wasser da«, sagte er in ihrer Muttersprache zu ihr und war froh, daß er zu denjenigen Buren gehörte, die von Kindesbeinen an zweisprachig aufgewachsen waren. Sein Vater hatte es so gewollt, und die perfekte Beherrschung der englischen Sprache war ihm bei den britischen Siedlern und Händlern auch stets von großem Vorteil gewesen. »Trinken Sie langsam, das bekommt Ihnen besser.«
»Wo . . . bin . . . ich?« stieß sie abgehackt hervor.
»An Bord von einem Buren-Expreß«, versuchte er sie durch einen Scherz aufzumuntern, doch als sich ihre ängstlich-verstörte Miene nicht entspannte, fuhr er sachlich fort: »Sie befinden sich in meinem Planwagen. Mein Name ist Daniel Lundquist. Wir,

Molefe und ich, haben Sie gestern mittag halbtot auf dem Veld gefunden. Wir hatten uns schon darauf eingerichtet, Sie begraben zu müssen.«
»Diese Mühe ... werde ich Ihnen ... ersparen, Mister Lundquist«, erwiderte sie mit schwacher, aber entschlossener Stimme, und sie funkelte ihn dabei an, als hätte er sie mit seiner Sorge, sie könnte sterben, beleidigt.
Daniel lächelte. »Sie wissen gar nicht, wie sehr mich das beruhigt. Ich begrabe nicht gern Leute, deren Namen ich nicht kenne.«
»Ich heiße Alice ... Alice Madigan«, sagte sie daraufhin, um dann völlig entkräftet in die durchgeschwitzten Decken zurückzusinken. Und bevor sie die Augen schloß und in einen Genesungsschlaf sank, aus dem sie erst wieder bei Einbruch der Dämmerung aufwachen sollte, murmelte sie noch wie eine Drohung: »Und bevor irgend jemand meinen Namen in einen Grabstein meißeln und mich unter die Erde bringen läßt, wird noch viel Wasser den Vaal hinunterfließen, Mister Lundquist!«

7

Die Straße zum Vaal war nichts weiter als ein breiter Streifen rotbrauner Erde, der von ungezählten Hufen und Wagenrädern eingekerbt und aufgerissen war. Vier Tage, nachdem Daniel und sein schwarzer Gefährte Alice Madigan vor dem sicheren Tod gerettet hatten, erklommen die Ochsen auf diesem durchfurchten Streifen die letzte steinige Hügelgruppe vor dem Fluß. Als sie über die Kuppe kamen und nichts mehr den Ausblick hinderte, lag der Vaal endlich vor ihnen – und mit ihm die Camps der Digger, die an immer neuen Stellen über Nacht wie Pilze aus dem Boden schossen.
»The Bend!« rief Daniel unwillkürlich und war von einer freudigen Erregung erfüllt, wie er sie bisher noch nicht einmal bei seinen profitabelsten Geschäften empfunden hatte. Das Abenteuer der Diamantensuche übte einen ganz eigenen Zauber aus.

Der eingestaubte Vorhang in Daniels Rücken wurde zur Seite geschlagen, und Alice Madigan stieß in beinahe atemloser Aufregung hervor: »Sind wir da?«

»Ja, das ist der Vaal. Der Fluß macht hier eine scharfe Biegung. Daher heißt die Stelle auch The Bend«, erklärte er.

»O mein Gott, endlich ...! Endlich habe ich es geschafft!« Aus ihrer Stimme klang unsägliche Erleichterung, aber auch ungläubiges Staunen, als hätte sie nicht wirklich daran geglaubt, daß sie ihr Ziel erreichen würde.

Daniel wandte sich kurz zu ihr um. Ihr Gesicht war noch immer eingefallen und trotz der Sonnenbräune von kränklicher Farbe. Es war ein Spiegel ihrer schlechten körperlichen Verfassung. Sie war noch weit davon entfernt, sich erholt zu haben. »Sie sollten aber besser in der Koje liegen bleiben, Miss Madigan.«

»Ich habe nicht mein Leben auf dem elenden Seelenverkäufer aufs Spiel gesetzt und erst recht nicht die Qual dieses entsetzlichen Marsches von Kapstadt aus auf mich genommen, um ausgerechnet jetzt in der Koje ein Nickerchen zu halten, Mister Lundquist«, entgegnete sie mit einer grimmigen Entschlossenheit, die nach allem, was er für sie getan hatte, schon fast etwas Brüskierendes hatte.

Daniel zuckte mit den Schultern und schaute wieder nach vorn. Er hatte nicht vor, sich mit ihr zu streiten. »Ganz wie Sie meinen.«

Im nächsten Augenblick war sie wie verwandelt. »Erlauben Sie, daß ich mich zu Ihnen setze?« fragte sie, sanft und demütig im Ton, als bereute sie ihre zurückweisende Erwiderung.

»Bitte«, sagte er einsilbig und wies auf den freien Platz neben sich.

Alice Madigan kletterte zu ihm auf den Kutschbock, und Daniel dachte kurz daran, wie wenig er über diese entkräftete junge Frau wußte, der er nun schon seit vier Tagen seine Gastfreundschaft gewährte.

Ihren nicht sehr ausführlichen Äußerungen nach lebte sie in Liverpool, wo sie in der Gastwirtschaft ihres Vaters gearbeitet hatte, und war Anfang September in Kapstadt angekommen. Wie so viele andere hatte auch sie sich mangels ausreichender finanzieller Mittel zu Fuß auf den über siebenhundertfünfzig Meilen langen Weg über die Berge und durch die Halbwüsten gemacht. Die Gruppe, mit der sie von der Küste aufbrach, mußte sie jenseits des Bergpasses von Bain's Kloof schon ohne sie weiterziehen lassen, da sie mit dem Marschtempo der anderen nicht Schritt halten konnte. Je mehr Wochen verstrichen und je erschöpfter sie wurde, desto öfter fiel sie zurück. Doch zum Glück gab es ja immer wieder neue Gruppen von Marschierern, denen sie sich für eine Woche oder doch wenigstens ein paar Tage anschließen konnte.

Als der Frühling in einen heißen Sommer überging und die Hitze ihr tagsüber die letzten Kräfte zu rauben drohte, setzte sie ihren Fußmarsch zum Vaal nur noch mit jenen Leuten fort, die tagsüber ruhten und nachts marschierten. Das Unglück, das beinahe zu ihrem Tod geführt hätte, passierte eines Nachts, als sie nur noch zwei Etappen von Hope Town entfernt war. Sie hatte Blasen an den Füßen und fiel immer mehr zurück. Als sie sich eine kurze Rast gönnte, übermannte sie der Schlaf. Daraus erwacht, fand sie sich völlig allein auf dem nächtlichen Veld vor. Niemand hatte auf sie gewartet.

Panik ergriff sie, und sie rannte in die Richtung, in der sie ihre Gruppe vermutete. Doch als sie weit und breit keine Anzeichen von ihr entdecken konnte, änderte sie die Richtung und wenig später noch einmal. Als die Sonne aufging, hatte sie völlig die Orientierung verloren, und ohne es zu wissen, führten ihre Irrwege sie in den folgenden Tagen in einem weiten Bogen an der Siedlung vorbei, während ihr Wasservorrat immer mehr zur Neige ging, bis der Wasserschlauch schließlich leer war. An die letzten anderthalb Tage konnte sie sich kaum noch entsinnen. Nur an den quälenden Durst, der sie fast um den Verstand gebracht hätte, würde sie sich bis ans Ende ihres Lebens erinnern ...

Das war alles, was Daniel von Alice Madigan erfahren hatte. Nicht mal ihr Alter hatte sie ihm verraten, und er hatte sich gehütet, sie danach zu fragen. Er schätzte jedoch, daß sie etwa in seinem Alter war, vielleicht ein, zwei Jahre jünger.

Nicht, daß er neugierig gewesen wäre und unbedingt mehr über sie erfahren wollte. Dafür war sein Interesse an ihr von zu flüchtiger Natur. Er hatte einfach angenommen, daß sie in den Tagen, die sie nun schon unter seinem Dach aus Zeltplane verbrachte, von sich aus mehr über sich erzählen würde. Aber darin hatte er sich zweifellos getäuscht, was jedoch ohne Bedeutung war. Wenn sie den Fluß erreicht hatten, würden sich ihre Wege wieder trennen, und damit hatte es sich dann.

»So, das ist es also!« sagte Alice Madigan nun neben ihm. »Der Vaal River und die Camps der Digger.«

Daniel kannte den Vaal als einen breiten Fluß mit braunen, langsam dahinfließenden Fluten, der sich mit seinen unzähligen Krümmungen durch ein ödes und auf den ersten Blick hin scheinbar menschenleeres Land wand, in dem allein die Stimmen und Geräusche der Natur die friedvolle Stille zu stören vermochten.

Wie anders bot sich ihm der Vaal und das Umland nun dar! Auf beiden Seiten des Flusses sprenkelten Tausende Zelte die Ufer. Ohne jede Ordnung und in jeder nur denkbaren Form standen sie hier dicht an dicht, während sie hundert Schritte weiter in großen Abständen errichtet waren. Anderswo gab es wiederum lange Reihen von Zelten, die sich wie mit dem Lineal parallel zum Fluß ausgerichtet erstreckten. Auf dem anderen Ufer bildeten sie dagegen Halbkreise oder standen in Gruppen von fünfzig oder hundert Zelten zusammen, die aus der Entfernung wie grauweiße Klumpen aussahen. Zwischen den Zelten fanden sich auch zahlreiche Hütten aus Wellblech sowie Unterkünfte aus sonnengetrockneten Schlammziegeln. Manche von ihnen machten einen so schäbigen und hastig errichteten Eindruck, daß man jedem stärkeren Windstoß eine gute Chance einräumen konnte, diese Hütten bei nächster Gelegenheit zum Einsturz zu bringen. Allein schon diese vielen tausend Zelte, Lehmhäuser und Wellblechhütten auf beiden Seiten des Flusses waren für Daniel und Molefe ein Anblick, der sie mit ungläubigem Staunen erfüllte. Auch nach dem, was sie in Hope Town gesehen hatten, hatten sie sich die Camps der Digger so nicht vorzustellen vermocht. Wie hätten sie sich auch zehntausend und mehr Menschen auf einem schmalen, vielleicht dreißig Meilen langen Landstrich vorstellen können, waren sie doch bis dahin selten einmal einem Viehhirten begegnet.

Es war aber nicht allein die gewaltige Zahl der Zelte, die mit unregelmäßigen Mustern das Land zu beiden Seiten des Flusses bedeckten, die Daniel und Molefe in Staunen versetzte. Zu dem Gewimmel der Zelte gesellten sich nämlich noch Wagen aller Bauart und Größe sowie Ochsen, Pferde, Esel, Schafe, Ziegen und Hunde. Es schien, als hätte eine gewaltige, nicht sehr auf Disziplin bedachte Armee samt ihres Nachschubtrosses entlang des Vaal ihr Lager aufgeschlagen, und zwar jedes der verschieden starken Regimenter an einem anderen Ort. Und die vielen Berge abgetragener Erde und durchsiebten Gesteins sowie die Claimgruben, die sich überall fanden und auch die Camps durchzogen, konnte man für ein kompliziertes und noch im Bau befindliches System von Wehranlagen halten.

In gewissem Sinne hatte auch tatsächlich eine Armee von den Ufern und dem Hinterland des Vaal Besitz ergriffen, und zwar die der Diamantenschürfer. Wie ein von tiefen Pockennarben durchfurchtes Gesicht verunstalteten die vielen Claimlöcher und Berge durchwühlter, aufgekippter Steine und Erde die Landschaft.

»All diese Zelte und Hütten! Was für ein Durcheinander!« sagte Alice Madigan verwirrt.

Daniel lachte auf. »Ja, nicht zu glauben, daß das wirklich noch derselbe Vaal ist, den ich schon so viele Male überquert habe.«

Molefe war zum Wagen gekommen, ein breites Grinsen auf dem Gesicht. »Sieht so aus, als wäre hier ein Schwarm von riesigen weißen Heuschrecken niedergegangen.«

»Ja, sieht wirklich so aus, Molefe.«

»Und jetzt, Baas?«

»Wir wollen Diamanten schürfen, richtig?«

»Richtig.«

»Also suchen wir uns eine vielversprechende Stelle, wo wir uns einen Claim abstecken und gleich morgen früh mit der Arbeit beginnen können.«

»Klingt gut. Aber wo ist eine vielversprechende Stelle und wie sieht so eine aus?«

Gute Fragen. Daniel machte ein nachdenkliches Gesicht. Er wußte sowenig wie Molefe, wo sie ihr Glück versuchen sollten. Doch ihm fiel auf, daß sich die Kolonne der Wagen hier im Angesicht des Vaal auffächerte und ein Großteil zuerst einmal auf dieser Seite des Flusses blieb. Die Leute konnten einfach nicht schnell genug mit der Suche nach den Diamanten beginnen. Es war früher Nachmittag, und eigentlich juckte es auch ihm in den Fingern, so rasch wie möglich nach Schaufel und Picke zu greifen. Aber er zwang sich zur Vernunft.

»Hier auf der Seite von Pniel«, er deutete mit dem Kopf zur Mission hinüber, die in dem Meer der Zelte und Wellblechhütten unterging wie ein Blatt im Ozean, »hier drängen sich die Leute mehr als drüben auf der anderen Seite, obwohl es da auch schon ganz schön voll ist. Aber auf dem Nordufer sehe ich noch mehrere freie Streifen, wo nur wenige Zelte stehen. Vielleicht haben wir deshalb drüben auf Klip Drift bessere Chancen.«

Molefe nickte.

Daniel wandte sich nun Alice Madigan zu. »Wenn Sie aber lieber hier am Südufer bleiben wollen, dann werde ich Sie gerne ...«

Sie ließ ihn erst gar nicht ausreden. »Nein, ich möchte auch lieber ans Nordufer, Mister Lundquist. Klip Drift klingt mir vielversprechender als Pniel.«

Insgeheim hatte Daniel gehofft, daß sie sich jetzt von ihnen trennen, ihr Bündel nehmen und ihrer eigenen Wege gehen würde. Aber nach vier Tagen, die er sich um sie gekümmert hatte, kam es auf ein, zwei Stunden mehr oder weniger nun auch nicht mehr an.

Auf dem Weg hinunter zur Furt durchquerten sie ein Camp und ein Feld von Claims. Die Gruben, dreißig Fuß im Quadrat, waren verschieden tief. Manche Digger hatten die rote Erde erst knietief abgetragen, während andere Schürfer schon so tief gegraben hatten, daß sie kaum noch über den Rand blicken konnten. Die Geräusche der Spitzhacken und Schaufeln, die sich in die Erde gruben und Blecheimer, Körbe und andere Gefäße füllten, vermischten sich mit dem unablässigen Rattern der Cradles sowie dem Stimmengewirr der Digger, dem Kauderwelsch der Koranas, Baralong und Hottentotten und dem Singsang der indischen und malaiischen Kulis.

Als sie zum Fluß gelangten, sahen sie zu ihrer großen Verwunderung, daß das Ufer streckenweise von tiefen Claims wie ein Schweizer Käse durchlöchert war – und zwar in unmittelbarer Nähe des Wassers. Wälle aus aufgeschütteten Steinen und Sand hielten das Wasser zurück.

Daniel verstand nicht, wie man überhaupt so nahe am Fluß einen Claim bearbeiten konnte. Aber so vieles von dem, was er entlang des Weges sah, verstand er nicht. Was waren zum Beispiel die Vorteile eines Claims so nahe am Wasser? Und wie groß war die Gefahr, daß die Seitenwände unter dem Druck der Fluten nachgaben? Warum waren da Stellen, wo sich viele Digger auf engstem Raum am Ufer drängten, und andere, die so gut wie unberührt waren? Nach welchen Kriterien steckte man sich überhaupt einen Claim ab?

Viele Fragen, auf die er keine Antwort wußte, bedrängten ihn. Er tröstete sich damit, daß er das, was die anderen gelernt hatten, sicherlich auch rasch lernen würde, und konzentrierte sich auf die Ochsen und seinen Wagen.

Der Vaal stand an der Furt nur hüfttief und floß gemächlich dahin, so daß sie ohne große Schwierigkeiten nach Klip Drift auf das Nordufer gelangten.

Ein großes Zeltlager, das dem von Pniel auf der gegenüberliegenden Seite in Ausdehnung und Betriebsamkeit nicht viel nachstand, bedeckte das Gelände jenseits des Ufers.

Schon nach hundert Yards blieben sie stecken. Ein Fuhrwerk versperrte den Hauptweg zwischen den Zeltreihen. Die hintere Achse war gebrochen. Von den mit Wasser gefüllten Fässern war ein gutes halbes Dutzend von der Ladefläche gestürzt und hatte

den sandigen Boden an dieser Stelle in Schlamm verwandelt. Der Kutscher und mehrere ihm zu Hilfe geeilte Männer bemühten sich, den Schaden zu beheben und den Weg wieder frei zu machen.
Endlich ging es weiter, und auf Daniels Zeichen hin lenkte Molefe die Leitochsen auf den Weg, der in östlicher Richtung durch die Zeltstadt führte. Nach einer Weile wurden die Zelte und Blechhütten weniger, und sie kamen zu einer Stelle oberhalb von Klip Drift, wo nur wenige Zelte weit verstreut standen.
»Ich denke, hier sollten wir unser Lager für die Nacht aufschlagen und unseren ersten Claim abstecken«, rief Daniel Molefe zu und sprang vom Kutschbock.
»Hier verschwenden Sie nur Ihre Zeit, Mister«, sagte da jemand in seinem Rücken. »Lassen Sie Ihre Ochsen besser eingespannt.«
Überrascht drehte Daniel sich um und sah sich einem kräftigen Mann mit ansprechenden Gesichtszügen und einem pechschwarzen Vollbart gegenüber. Er trug ehemals nußbraune und jetzt ausgebleichte, beulige Cordhosen und ein buntkariertes Hemd, das er über der Brust weit offenstehen hatte, sowie breite lederne Hosenträger. Hinter sich her zog er einen Handkarren, der mit allem beladen war, was ein Digger brauchte.
»Danke für Ihren Rat, Mister«, erwiderte Daniel mit eher mißtrauisch kühler Zurückhaltung als mit tatsächlicher Dankbarkeit.
Der Fremde lachte ihn an. »Na, einen dankbaren Eindruck machen Sie mir aber nicht gerade, Mister. Sie glauben mir nicht, stimmt's?« sagte er ihm offen ins Gesicht, und sein Englisch war eindeutig das eines Amerikaners.
»Das sollte Ihnen jedoch keine schlaflosen Nächte bereiten«, entgegnete Daniel spöttisch, hielt die Angelegenheit damit für beendet und wollte sich abwenden.
Für den Fremden war die Sache aber noch längst nicht erledigt. »Vergessen Sie Ihr Mißtrauen und nehmen Sie den Rat eines erfahrenen Diggers an. Hier holen Sie sich für nichts und wieder nichts Blasen an den Fingern. Lassen Sie sich das von einem gesagt sein, der hier schon viel kostbare Zeit vergeudet hat.«

»Darf ich fragen, womit wir Ihre Freundlichkeit zu verdanken haben?«

»Mein Name ist Sidney Fairchild«, antwortete er, ohne auf Daniels argwöhnische Frage einzugehen, »und wenn mich nicht alles täuscht, dann kommen Sie taufrisch vom Treck und haben von Diamanten, Claims und all diesen Dingen so wenig Ahnung wie ein New Yorker Zeitungsjunge von Biltong, Veld und Boer roer.«

Daniel machte eine ärgerliche Miene. »Wenn ich Ihnen einen Rat geben kann, dann den, daß Sie sich besser um Ihre eigenen Angelegenheiten kümmern!«

Sidney Fairchild nickte scheinbar verständnisvoll und ohne seinen freundlichen Gesichtsausdruck zu verlieren. »Das tue ich ja schon die ganze Zeit. Sonst hätte ich Sie ja gar nicht angesprochen. Ich möchte es nämlich nicht bei dem Rat belassen, sondern Ihnen das Angebot machen, für mich zu arbeiten. Ohne Bezahlung, dafür aber auf Beteiligungsbasis.«

Langsam wurde ihm dieser Sidney Fairchild lästig, und das wollte Daniel ihm nun auch deutlich zu verstehen geben. Wenn er Arbeiter brauchte, sollte er gefälligst Kaffern anwerben. »Hören Sie, Mister ...« begann er gereizt.

Sidney Fairchild hob rasch beide Hände. »Nein, bitte hören Sie mich an! Sie haben Wochen, vielleicht sogar Monate gebraucht, um zum Vaal zu gelangen«, sprudelte er heraus. »Da wird es Ihnen doch jetzt nicht auf fünf Minuten ankommen. Und ich habe Ihnen wirklich ein Geschäft anzubieten, das genauso für Sie von Vorteil ist wie für mich.«

»Zuhören hat noch nie geschadet«, kam es vom Kutschbock, bevor Daniel ihm etwas erwidern konnte.

Daniel warf Alice Madigan einen nicht eben freundlichen Blick zu und sah dann, wie Molefe mit den Schultern zuckte.

»Also gut, Mister Fairchild. Sagen Sie, was Sie zu sagen haben, aber machen Sie es kurz!«

Sidney Fairchild nickte erfreut, griff in seine Tasche und holte einen Stein von der Größe eines Kirschkerns hervor. »Schauen Sie

sich den gut an«, forderte er ihn auf, während er ihm den Stein zuwarf. »Er ist ein kleiner Diamant, richtig?«
Daniel begutachtete den Stein eingehend von allen Seiten, hielt ihn gegen das Licht und wog ihn in der Hand. »Ja, zweifellos«, bestätigte er, ohne jedoch wirklich einen blassen Schimmer zu haben, und gab ihn zurück.
Sidney Fairchild nahm den Stein, ließ ihn kurz in seiner Handfläche auf und ab springen – und warf ihn plötzlich so weit er konnte in Richtung Fluß.
Alice Madigan stieß unwillkürlich einen Laut der Bestürzung aus, und alle schauten sie dem Stein nach, der irgendwo am Ufer zwischen Gestrüpp fiel.
»Von wegen Diamant!« sagte Sidney Fairchild spöttisch.
»Das war einer von den wertlosen Narrensteinen oder *schlenters,* wie ihr Buren sie nennt. Mit so einem Diamanten erntet man bei jedem Aufkäufer kübelweise Spott, und ich sage Ihnen, man muß eine Menge lernen, ehe man in der Lage ist, die Spreu vom Weizen zu trennen und einen Blick für diamanthaltigen Boden zu entwickeln. Nichts, was man nicht lernen könnte, aber dieses Wissen fliegt einem nicht über Nacht zu.«
Daniel schwieg, als Sidney Fairchild nun eine Pause einlegte. Er dachte an seine Blamage im Geschäft von Cornelius Dewitt, und er hatte das Gefühl, daß es wirklich nicht schaden konnte, diesen Amerikaner in Ruhe aussprechen zu lassen.
»Zwei Meilen flußabwärts von Klip Drift gibt es einen neuen *rush*«, fuhr Sidney Fairchild fort, sich ihrer Aufmerksamkeit nun gewiß. »Ein Rush ist gewöhnlich so etwas wie ein Wettlauf zu einem neuen Ort, wo bisher noch keiner geschürft hat und wo plötzlich ein Digger fündig geworden ist. Täglich hört man von einem neuen Rush, und sie haben die verrücktesten Namen: Gong Gong, Delport's Hope, Forlorn Hope, Poorman's Kopje, Sixpenny Rush, Chinese Walk und wie sie sonst noch alle heißen. Manchmal ist was dran, aber meistens fallen die Hoffnungen so schnell wieder in sich zusammen wie ein Kartenhaus. Moonlight Rush, wo ich hin will, ist vielleicht nicht die sagenhafte Bonanza,

soll aber pro Claim im Durchschnitt einen ordentlichen Ertrag abwerfen, und nach der Pleite hier ist mir das im Augenblick lieber, als alles auf eine total unbekannte Karte zu setzen.«

»Was ist es genau, was Sie anzubieten haben, Mister Fairchild?« fragte Daniel nun und war geneigt, ihm zu glauben, daß es sich an dieser Stelle nicht zu schürfen lohnte.

»Sie kommen mit mir nach Moonlight Rush und arbeiten fünf Tage für mich auf meinem Claim. Was Sie an diesen fünf Tagen an Diamanten finden, teilen wir uns. Sechzig Prozent des Erlöses erhalte ich, vierzig gehen an Sie. Dafür bringe ich Ihnen alles bei, was ich im Laufe des letzten Jahres über Diamanten, Bodenbeschaffenheit und all diese Dinge gelernt habe. Sie machen sozusagen bei mir eine Lehre von einigen Monaten, haben aber an den restlichen zwei Wochentagen Zeit, Ihren eigenen Claim zu bearbeiten«, erläuterte er ihnen sein Angebot. »Ein Abkommen per Handschlag und ohne zeitliche Verpflichtung und somit völlig ohne Risiko für Sie. Denn wenn Sie nach einer Woche oder schon nach zwei Tagen meinen, Sie würden bei mir nichts lernen, können Sie und Ihre Frau gehen.«

»Sie ist nicht meine Frau«, stellte Daniel augenblicklich klar, räusperte sich und fuhr dann fort: »Ich habe Miss Alice Madigan nur eine Strecke Weges mitgenommen, weil sie reichlich entkräftet war.«

»Mir geht es schon wieder sehr viel besser, Mister Lundquist«, beteuerte sie rasch, als fürchtete sie, bei dieser sich anbahnenden Vereinbarung mit dem Amerikaner zu kurz zu kommen. »Auf jeden Fall bin ich kräftig genug, um meinen Teil leisten zu können.«

Sidney Fairchild schenkte ihr ein warmherziges Lächeln. »Was ich gesagt habe, gilt dann auch für Sie, Miss Madigan, unabhängig davon, ob Mister Lundquist und sein Begleiter die Vorteile meines Angebots erkennen.«

»Einen Augenblick!« ging Daniel energisch dazwischen. Er erkannte die Vorteile sehr wohl, war aber nicht bereit, das erstbeste Angebot ohne Feilschen um günstigere Konditionen anzuneh-

men. »Ihr Vorschlag klingt recht interessant, Mister Fairchild, hat aber einige Mängel.«
»Und die wären?«
»Sie sprechen von sieben Arbeitstagen, während ich nur auf sechs pro Woche komme«, hielt Daniel ihm vor.
»Ah ja, ich sehe, daß Sie den Sabbat, den Tag des Herrn, auch als Diamantendigger heilig halten wollen«, sagte Sidney Fairchild mit einem kaum merklichen Schmunzeln.
»Wie es die Heilige Schrift gebietet«, bestätigte Daniel, der zwar ein gläubiger Christ, in diesem Moment jedoch mehr daran interessiert war, einen weiteren Tag für sich, für Molefe und dadurch auch für Alice Madigan herauszuholen. »Und da zwei Tage Arbeit auf dem eigenen Claim ja wohl das mindeste sind, dürften vier Tage Lehrzeit auf Ihrem Claim pro Woche völlig ausreichend sein – natürlich bei einer Beteiligung von fünfzig statt vierzig Prozent.«
»Natürlich?« fragte der bärtige Amerikaner skeptisch.
»Ja, natürlich«, beharrte Daniel. »Unter dem machen wir es nicht – *keiner* von uns!« Ein warnender Seitenblick traf Alice Madigan. Sidney Fairchild zupfte an seinem dichten Bart, blickte mit pfiffigen Augen in die Runde und lachte dann auf. Er tat so, als müßte er sich geschlagen geben. »Na, dann bleibt mir natürlich nichts anderes übrig, als mich Ihren harten Bedingungen zu beugen, Mister Lundquist.« Sein Lächeln verriet jedoch, daß er mit dieser Vereinbarung überaus zufrieden war, und er streckte ihm die Hand mit den bedeutsamen Worten hin: »Schlagen Sie ein, Partner!«

8

Moonlight Rush war ein Uferstück, wo keine steilen Böschungen den Zugang zum Fluß erschwerten. Etwa zweihundert Digger hatten hier ihre Zelte errichtet und sich Claims abgesteckt. Es blieb jedoch genügend Platz für mindestens noch einmal so viele Schürfer, was ein deutlicher Hinweis darauf war, daß bisher noch

kein Claim besonders viele oder besonders wertvolle Diamanten hervorgebracht hatte.
»Aber was nicht ist, kann noch werden«, sagte Sidney Fairchild voller Zuversicht. »Die Claims haben ja auch gerade erst die gelbe Erdschicht erreicht.«
Daniel, Molefe und Alice Madigan wußten weder, was es mit der gelben Erdschicht auf sich hatte, noch nach welchen Kriterien der Amerikaner das bisher unbeanspruchte Gelände begutachtete. Sie folgten ihm halb freudig erregt und halb verunsichert, in was sie sich da bloß eingelassen hatten. Wenn einer von den Diggern zu ihnen herüberblickte, bemühten sie sich um einen möglichst erfahrenen Ausdruck, so als wüßten sie sehr wohl, wonach sie Ausschau hielten. In Wirklichkeit warteten sie nur darauf, wo Sidney Fairchild seine vier Pflöcke in den Boden rammte, um dann in unmittelbarer Nähe ihre eigenen Claims abzustecken.
»Nicht einen Inch mehr als dreißig Fuß im Quadrat!« erinnerte er sie, als er sich endlich für einen Platz entschieden hatte und Daniel und Alice Madigan jeweils rechts und links von ihm ihren Claim markierten. »Wenn ein Claim größer ist und sich plötzlich voller Diamanten erweist, hat jeder das Recht, die Fläche für sich in Anspruch zu nehmen, die über die erlaubten dreißig Quadratfuß hinausgeht. Und er kann sich seinen Claim *im* Claim abstecken, wo er will. Es versteht sich ja wohl von selbst, daß er natürlich immer da seinen Anspruch geltend macht, wo der andere, der die Vorschriften nicht befolgt hat, auf diamanthaltige Erde gestoßen ist.«
Daniel zog skeptisch die Augenbrauen hoch.
»Wir leben hier quasi in einem Niemandsland ohne Polizei«, fuhr Sidney Fairchild fort, als erriete er Daniels Gedanken. »Aber das heißt nicht, daß in den Camps und auf den Diggings das Faustrecht reagiert. Jedes Camp hat sein gewähltes Diggers-Komitee, und das sorgt dafür, daß die Vorschriften eingehalten werden. Wer wiederholt Ärger macht, wird kurzerhand aus dem Camp gejagt.«

»Das gefällt mir«, bemerkte Alice Madigan und schritt ihren Claim dreimal ab, um sicherzugehen, daß auch nicht eine Handbreit Boden zuviel innerhalb ihrer vier Pflöcke lag.
Daß Schwarze kein Recht auf einen eigenen Claim besaßen, brauchte Sidney Fairchild nicht erst zu erwähnen. Wer nicht weißer Hautfarbe war, konnte sich nur als Arbeiter verdingen und eine Beteiligung aushandeln, was allgemein üblich war. Daß Molefe an der Ausbeute seines Claims beteiligt war, gehörte für Daniel ganz selbstverständlich zu ihrer Partnerschaft. Molefe hatte bisher von jedem Gewinn sein Drittel erhalten, und dabei würde es auch bleiben.
Am nächsten Tag begann die Arbeit und mit ihr der versprochene Unterricht. »Manchmal findet man Oberflächendiamanten, aber das ist sehr selten. Die obere rote Sandschicht ist gewöhnlich diamantenarm. Es lohnt sich eigentlich gar nicht, sie zu sieben und zu waschen. Die Schicht, die einige Fuß unter der roten Erde beginnt und von schmutziggelber Tönung ist, kann schon eher ein paar mehr Karat pro Tonne enthalten. Aber am ergiebigsten ist das graue, fast schwarze Erdreich auf der Höhe des Flußbettes, besonders wenn es stark mit kleinem Gestein durchsetzt ist. Doch um diese Schicht zu erreichen, müssen wir hier mindestens zwanzig Fuß und tiefer graben.«
Alice Madigan, die auch so schon nicht gerade wie das blühende Leben aussah, wurde blaß, schluckte schwer und machte ein bestürztes Gesicht.
»Was andere können, schaffen wir auch«, sagte Daniel, um sie zu ermutigen, denn sie tat ihm leid, wie sie da neben ihm stand, in einem abgerissenen Kleid, das um ihren abgemagerten Körper schlotterte, und mit der Schaufel in der Hand.
»Das habe ich auch nicht einen Augenblick bezweifelt, Mister Lundquist!« antwortete sie bissig.
Daniel verspürte darüber einen Anflug von Ärger und dachte bei sich, daß sie in der brütenden Hitze kaum länger als eine Woche durchhalten würde. Und er würde ihr, zum Teufel noch mal, auch keine Träne nachweinen.

»Nach Diamanten zu schürfen ist mühsame und knochenharte Arbeit, Partner«, fügte Sidney hinzu. »Es hilft aber ungemein, daran zu denken, daß man dabei irgendwann im wahrsten Sinne des Wortes steinreich werden kann. Vielleicht morgen, vielleicht nächste Woche oder auch erst in ein paar Monaten. Denn die Diamanten stecken im Boden, das ist sicher!«

Die Arbeit war in der Tat hart, und nach einem langen Tag schmerzten sogar Daniel und Molefe die Knochen vom Nacken bis in die Füße. Doch Alice Madigan erwies sich als zäher und willensstärker als gedacht. Zwar schien es mehrmals so, als würde sie im nächsten Moment zusammenbrechen, aber es kam nie dazu. Mit stummer Verbissenheit leistete sie ihren Teil auf Sidney Fairchilds Claim und gönnte sich auch an den anderen Tagen keine Ruhe, sondern setzte die Arbeit auf ihrem Claim fort.

Daniel konnte nicht anders, als ihren eisernen Willen zu bewundern. Und er stimmte Sidney zu, als dieser am Sonntag feststellte: »Sie ist zäh wie Leder!«

Daniel bereute nicht, Sidney Fairchilds Angebot angenommen zu haben, zumal er erfuhr, daß diese Art von Arrangement zwischen Neulingen und erfahrenen Diggern auf den Diggings am Vaal gang und gäbe war. Schon nach wenigen Tagen hatte er das Gefühl, in Sidney nicht nur einen guten und rechtschaffenen Lehrer im Handwerk des Diamantenschürfens gefunden, sondern auch einen guten Kameraden, ja womöglich sogar einen Freund gewonnen zu haben. Sie kamen bestens miteinander aus, denn sie verstanden beide hart zu arbeiten, aber in ihrer freien Zeit auch die angenehmen Seiten des Lebens zu genießen.

Sidney Fairchild war zudem ein mitreißender Unterhalter, der nie um einen Scherz verlegen war und der Zukunft mit einer fröhlichen Zuversicht entgegenblickte. So verschlossen und wortkarg Alice Madigan bei der Arbeit und den Mahlzeiten war, so offenherzig und gesprächig zeigte sich der Amerikaner.

Gleich am ersten Abend erzählte er ihnen freimütig, daß er als Kind armer Eltern in New York aufgewachsen war und schon mit fünf hinaus auf die Straße mußte, um Streichhölzer und Zeitungen zu verkaufen.

»Mit acht schickte mich mein Vater im Winter zu einem Kohlenhändler, wo ich mit anderen Jungen bis zum Umfallen Kohle auf seine Fuhrwerke schaufelte. Ich glaube, damals habe ich angefangen, von Afrika zu träumen. Im Sommer durfte ich dafür in einer Gießerei der Junge für alle Dreckarbeiten sein und mich herumstoßen lassen. So ging es im Wechsel der Jahreszeiten, bis ich zwölf war. Da reichte es mir dann, und ich bin auf und davon. Mein erstes gutes Geld habe ich auf den Ölfeldern von Pennsylvania verdient. Dann habe ich mich einige Jahre als Schwellenleger bei der Eisenbahn verdingt. Das war keine schlechte Zeit, und ich habe viel gesehen – vor allem jede Menge Schwellen und Schienen. Auf diese Weise bin ich nach Westen und über die Rocky Mountains gekommen, aber leider etwas zu spät, um beim Goldrausch in Kalifornien noch eine Chance zu haben. Das Oberflächengold war schon abgetragen und ohne Geld und Maschinen nichts mehr zu holen. Dann bin ich nach San Francisco und habe da meine Enttäuschung in einer billigen Hafenkneipe ertränkt. In dieser Spelunke hatte ich ein paar lustige und äußerst spendierfreudige Mitzecher, die immer dafür sorgten, daß mein Glas nachgefüllt wurde. Als ich am nächsten Morgen von einem Eimer Salzwasser unsanft aus meinem Rausch geholt wurde, fand ich mich auf einem Walfänger wieder. Die Topaz, so hieß der Dreimaster, war bereits auf hoher See, und weder der Captain noch der Bootsmann hat sich dafür interessiert, daß mir Schiffsplanken zuwider sind und ich lieber Schwellen und Schienen verlege, als bei jedem Wind und Wetter in schwindelerregender Höhe Segel zu setzen und zu bergen. Aber ich habe in Null komma nichts gelernt, wie man das macht, natürlich mit nachdrücklicher Unterstützung der bewährten Lehrmeister namens Tauende und Tritt-in-den-Hintern. Das einzig Gute an der Reise war, daß mir an Bord der Topaz ein Lehrer, der gleichfalls schanghait worden war, Lesen, Schreiben und Rechnen beigebracht hat. Erst drei Jahre später gelang uns in einem Hafen die

Flucht. Das war in Australien. Aber auch da kam ich wieder einmal zu spät, um beim Goldrausch von Ballarat und Bendigo mitmischen zu können. Dafür habe ich gelernt, wie man in der Zeit, die ein Gentleman morgens zur Rasur braucht, ein Dutzend Schafe schert. Tja, und dann las ich eines Tages in der Zeitung vom Fund des *Star of South Africa.* Ich glaube, ich habe die Nachricht noch nicht einmal zu Ende gelesen, sondern bin sofort aufgebrochen. In Kalifornien war ich zu spät dran, und auch in Australien hatte ich den richtigen Zeitpunkt verpaßt, um mit Gold mein Glück zu machen. Deshalb sagte ich mir: Vielleicht ist das deine dritte und letzte Chance. Möglich, daß nichts dran ist an der Sache mit den Diamanten dort in der afrikanischen Wildnis, aber warum überzeugst du dich nicht selbst davon? Wenn es da wirklich Diamanten gibt und ein Viehhirte sie so einfach vom Boden aufheben kann, dann ist es Zeit, dich dorthin auf den Weg zu machen, bevor die große Stampede von Glücksrittern aus aller Herren Länder einsetzt und du nur wieder deren Staub zu schlucken kriegst. Diesmal willst du nicht zu spät kommen, Sidney Fairchild! Genau das habe ich mir gesagt, und ich habe auf dem nächsten Schiff, das nach Afrika ging, angeheuert – als Heizer. Dachte, das würde mich schon mal ein bißchen auf die afrikanische Hitze vorbereiten. Vor einem guten halben Jahr bin ich dann in Kapstadt eingetroffen, und wie ihr seht, habe ich sogar die zehn höllischen Tage auf einem Wagen der INLAND TRANSPORT COMPANY lebend überstanden. Und diesmal bin ich nicht zu spät dran. Es gibt am Fluß mehr als genug Diamanten!«

»Man muß sie bloß finden«, warf Molefe trocken ein.

»Wenn ich eines in meinem fünfundzwanzigjährigen Leben gelernt habe, dann dies, daß das Glück manchmal von etwas träger Natur ist und man ihm durch Hartnäckigkeit und Unbeirrbarkeit auf die Sprünge helfen kann«, erklärte Sidney zuversichtlich. Beständigkeit und Kondition waren in der Tat die großen Tugenden, die von einem Digger verlangt wurden. Daniel und Molefe besaßen sie, und Alice Madigan hatte zumindest den eisernen Willen dazu. Wie die Cradle zu handhaben und das kleine Gestein vom untersten, feinsten Sieb zu waschen und auf dem Sortiertisch nach Diamanten durchzukämmen war, all das und viel mehr brachte ihnen Sidney im Laufe der täglichen Arbeit bei.

»Vergeßt, daß Diamanten immer nur hell und klar wie Glas sind«, war eine der ersten wichtigsten Lektionen, die sie lernten. »Diamanten haben oft eine gelbe Tönung, manche sind sogar leicht rötlich. Aber wenn sie zu viele Einschlüsse, also Fehler, haben, dann ist auch der größte Diamant nicht den Schweiß auf der Stirn wert. Lieber zehn kleinen reine Steine als ein großer voller Einschlüsse. Und paßt auf, wenn ihr in der Erde diese dunkelroten Granatsplitter, Basalt und Quarzgestein findet. In solcher Gesellschaft fühlen sich Diamanten nämlich ausgesprochen wohl.« Er zeigte ihnen, worauf sie zu achten hatten – im Claim, an der Cradle und am Sortiertisch –, und wenn sie auch noch kein Glück hatten, so waren die Funde, die in anderen Claims in ihrer Nähe gemacht wurden, Antrieb genug, am nächsten Morgen wieder zu Schaufel und Picke zu greifen und in die Claims zu steigen, um weitere Tonnen von Erde und Gestein, *stuff* genannt, loszubrechen, nach einem *reef*, einer Diamantenader, Ausschau zu halten, den Stuff aus dem Claim zu schaffen, zu sieben, zu waschen und auf dem Sortiertisch mit einem Holzschaber mit Zinken zu kämmen und den *rubbish* dann andernorts abzuladen.

An den Sonntagen erstarb der Lärm der von Sonnenaufgang bis Sonnenuntergang ratternden Siebvorrichtungen, der scheppernden Eimer und schabenden Spitzhacken und Schaufeln fast völlig. Die Männer und die wenigen Frauen in den Camps entlang des Vaal ruhten sich von der schweißtreibenden, knochenharten Arbeit aus, vertrieben sich die Zeit mit Würfel- und Kartenspiel, balgten wie Kinder im Fluß herum, gingen Fischen und auf die Jagd oder dösten träge im Schatten eines Baumes und träumten davon, daß sie vielleicht schon am Montag auf ein reiches Diamantenvorkommen stoßen würden.

»Ich sehe mal, ob mir nicht ein Blesbock oder sonst etwas Gutes für den Topf vor die Flinte läuft, Baas«, sagte Molefe am ersten Sonntagmorgen und zog schon vor Sonnenaufgang los, um sein Jagdglück draußen auf dem Veld zu versuchen.
Nach dem Frühstück kam Alice Madigan zu Daniel. »Geben Sie mir Ihre und Molefes Sachen, die gewaschen werden müssen!« forderte sie ihn brüsk auf.
Überrascht sah er sie an. »Besten Dank für Ihr freundliches Angebot, aber ich kann meine Hemden und Hosen sehr gut selber waschen. Ich tue das seit Jahren, und Molefe ist ebenfalls geschickt in diesen Dingen.«
Ihr schmales Gesicht nahm einen unwilligen Ausdruck an. »Zieren Sie sich nicht, Mister Lundquist. Seit ich denken kann, habe ich für meinen Vater und meine Brüder Wäsche gewaschen. Tun Sie Ihre Sachen hinein.« Sie hielt ihm ihren Korb hin.
Ihr im Kern freundliches, im Ton aber so grob vorgebrachtes Angebot verwirrte ihn. »Wie ich schon sagte, Miss Madigan, ich bin sehr gut in der Lage, für mich selbst zu sorgen, auch was meine schmutzigen Hemden und Hosen betrifft. Ich brauche keine Waschfrau.«
»Ich bin auch nicht Ihre Waschfrau«, erwiderte sie gereizt, »aber Sie haben mir das Leben gerettet und mich mitgenommen. Dafür bin ich Ihnen einiges schuldig.«
Daniel winkte ab. »Ach, vergessen Sie das doch, Miss Madigan. Es war ein Zufall, daß wir Sie gefunden haben, und genaugenommen verdanken Sie Molefe Ihr Leben, denn wenn er nicht gewesen wäre, hätte ich wohl nichts um die Geier gegeben. Wie auch immer, ich habe bloß getan, was jeder andere an meiner Stelle sicher auch getan hätte. Sie sind mir wirklich nichts schuldig.«
»Ich weiß, was ich Ihnen schuldig bin, Mister Lundquist!« beharrte sie und funkelte ihn wütend an, als wollte er ihr etwas vorenthalten, worauf sie ein Recht hatte. »Und ich bin entschlossen, meine Schuld bei Ihnen abzutragen. Also machen Sie es mir nicht noch schwerer!«
Daniel blickte in ihr verkniffenes Gesicht. »Sie stehen nicht gerne

bei jemandem in der Schuld, auch wenn es nur eine eingebildete Schuld ist, nicht wahr?«
»Muß ich Sie zu Ihrer scharfsichtigen Beobachtung erst noch beglückwünschen, oder bekomme ich auch so endlich Ihre schmutzige Wäsche?« zischte sie.
Daniel gab auf und schüttelte den Kopf. »Wenn ich Ihrem grimmigen Blick und Groll entgehen kann, indem ich Ihnen meine Wäsche überlasse, dann sollen Sie sie haben, Miss Madigan. Was Sie jedoch mir oder sich damit beweisen wollen, ist mir ein Rätsel«, sagte er und warf in ihren Bastkorb, was eine Wäsche vertragen konnte.
Wortlos und mit zusammengekniffenen Lippen nahm sie den Korb auf und ging, und ebenso wortlos brachte sie Hemden und Hosen am Nachmittag wieder zurück. Löcher und eingerissene Nähte waren geflickt.
Von da an holte sie ihre schmutzigen Sachen jeden Sonntag ab. Daniel versuchte erst gar nicht mehr, sie davon abzuhalten. Er legte die Sachen schon am Samstagnachmittag zusammen, so daß er am nächsten Morgen nicht erst lange im Wagen zu suchen brauchte.
Er ließ es sich nicht nehmen, sich jedesmal bei ihr zu bedanken, denn sie war gründlich und übersah keinen lockeren Knopf und keine Naht, die aufzuplatzen drohte.
Am vierten Sonntag fragte sie, als er sich wieder einmal für ihre Sorgfalt und Mühe bedankte: »Würde es Ihnen etwas ausmachen, mich nicht mehr mit Miss Madigan anzusprechen?«
Er war auf der Hut und überlegte, ob er irgend etwas getan oder geäußert hatte, was sie ihm hätte krummnehmen können. Ihm fiel jedoch nichts ein, was bei ihr aber nicht viel zu besagen hatte. Auch ihr Tonfall, dem jede Aggressivität fehlte, war kein Garant dafür, daß sie ihm nicht im nächsten Moment anders kommen würde. Und so fragte er vorsichtig: »Wie möchten Sie denn angesprochen werden?«
»Alice genügt.«
Im ersten Moment war er sprachlos vor Überraschung. »Oh,

ja ... natürlich, gern, Miss Madigan ... ich meine, Alice«, sagte er dann verwirrt und wußte einmal mehr nicht, was er von ihr halten sollte. »Aber werden auch Sie auf den Lundquist verzichten und sich mit Daniel oder Schwede anfreunden können?«
Alice sah ihn einen Augenblick an, als müßte sie gut darüber nachdenken. Dann nickte sie auf ihre energische Art und antwortete trocken: »Ich denke, daran werde ich mich schon gewöhnen.« Es klang nicht so, als wäre es etwas Angenehmes, an das sie sich gewöhnen mußte.
Verdattert schaute er ihr nach, wie sie mit dem leeren Korb unter dem Arm zu ihrem schäbigen Zelt hinüberging. Eben hatte er noch den Eindruck gehabt, sie wollte mit ihrer Bitte ein versöhnliches Zeichen setzen und die kühle Zurückhaltung der letzten Wochen aufgeben, und dann kam solch eine ernüchternde Antwort.
Er wurde einfach nicht schlau aus Miss Madigan, pardon, Alice.

9

In der zweiten Woche des neuen Jahres 1870 gaben sie ihre Claims auf den Diggings von Moonlight Rush auf. Ihre Hoffnung, in der tiefen grauschwarzen Erdschicht auf Diamanten zu stoßen, hatte sich nicht erfüllt.
»Oh, wie trügerisch das Glück, das man im Mondschein sucht!« machte Sidney sich über sich selbst lustig.
Gemeinsam zogen sie erst nach Larkin's Flats, das ihnen aber zu weit vom Fluß gelegen war und zudem nicht sehr vielversprechend aussah, und dann zu den Diggings von Blue Jacket.
»Der Ort hatte den Namen von einem Seemann erhalten, der angeblich im Hafen von Kapstadt von einem britischen Kriegsschiff desertiert, den weiten Weg zum Vaal marschiert und am Tag nach seiner Ankunft an dieser Stelle auf eine sogenannte Diamantentasche gestoßen war, als er einen Strauch ausgerissen hatten. Die Diamanten, fast zwei Dutzend und von bester Qua-

lität, hatten sich zwischen den Wurzeln befunden und den Seemann mit einem Schlag zu einem reichen Mann gemacht.«

Daß sie zusammenbleiben würden, bedurfte keiner besonderen Absprache. Und so merkwürdig sich Alice manchmal auch benahm, so gehörte sie doch zu ihrer Gemeinschaft. Ohne daß es ihnen bewußt geworden war, hatte die wochenlange schwere Arbeit in den Claims von Moonlight Rush Seite an Seite in ihnen ein Gefühl der Zusammengehörigkeit entstehen lassen, ja sogar ein Band der Freundschaft, was das Verhältnis zwischen Daniel und Sidney anging.

Daß sich Daniel und Alice in Blue Jacket eigene Claims absteckten und nicht mehr einen Teil der Woche für Sidney arbeiteten, betrachteten alle als Selbstverständlichkeit. Sidney hatte ihnen alles beigebracht, was er wußte, und das war nicht wenig.

»Ich kann euch nichts mehr beibringen, Partner. Das einzige, was euch jetzt noch fehlt, ist die Prise Glück, und ich habe den Eindruck, als könnten wir hier bis zum Jüngsten Tag buddeln, ohne daß es uns in Gestalt von ein paar lupenreinen Diamanten begegnet«, hatte er an ihrem letzten Abend im Camp von Moonlight Rush gesagt und damit eine lebhafte Diskussion ausgelöst, die zu dem einstimmigen Entschluß geführt hatte, am nächsten Tag ihre Zelte abzubrechen und ihr Glück an einer anderen Stelle zu versuchen.

Daß sie in den sechs Wochen nicht einen einzigen Diamanten aus den drei Claims von Moonlight Rush geholt hatten, tat Daniels Begeisterung für das Leben eines Diggers nicht den geringsten Abbruch. Für ihn, der bisher geglaubt hatte, als fahrender Händler genau das zu tun, was ihm im Blute lag, war dies die größte Überraschung seit der näheren Entdeckung des weiblichen Geschlechts.

Daniel gefiel die Mischung aus harter Arbeit unter freiem Himmel, herzlicher Kameradschaft und dieser aufregenden, nie völlig versiegenden Erwartung, bald auf Diamanten zu stoßen.

Er fand auch Gefallen an dem lebhaften, bunten Treiben in den Camps, in denen alle Nationen vertreten waren. Nach Einbruch

der Dunkelheit, wenn Tausende von Lagerfeuern entlang des Flusses in der warmen afrikanischen Nacht aufleuchteten, als wollten sie den funkelnden Sternen am Firmament Konkurrenz machen, schlenderte er gern durch das Zeltlager. Und immer kam von irgendwoher Musik. Mal war es die getragene und geheimnisvoll klingende Melodie eines schottischen Dudelsacks, ein andermal drangen die Laute einer Mandoline, begleitet von rauhem Männergesang, aus einem Zelt, und wieder ein andermal spielte jemand Mozart auf der Geige. In Klip Drift, das sich bald schon eine Zeltstadt nennen konnte und das, wie Pniel auf der anderen Flußseite, ständig wuchs, hörte man hier und da auch flottes Klavierspiel. Einige Canteenbesitzer hatten die umsatzfördernde Wirkung eines Pianospielers erkannt und boten diese zusätzliche Art der nächtlichen Unterhaltung in ihren Schankzelten.
Ryk van Dyke rühmte sich, in seiner Canteen MIDNIGHT CRADLE in Klip Drift seinen Gästen als erster ein Piano *und* einen Klavierspieler präsentiert zu haben. Und Iwan der Wilde, so nannte sich der rotbärtige Klavierspieler, der eine Art Kosakenuniform trug, verstand es, die Finger über die Tasten fliegen zu lassen und für Stimmung in der Canteen zu sorgen.
»Und ob Iwan ein echter Kosak ist!« beteuerte Ryk van Dyke, als Daniel bei seinem ersten Besuch Zweifel daran anmeldete. »Er soll an einem Attentat auf den Zaren beteiligt gewesen sein, das jedoch mißglückt ist. Deshalb mußte er aus Rußland fliehen. Na ja, und irgendwie hat es ihn zu uns an den Vaal verschlagen. Er kam auf die Idee, die schweren Felsbrocken, die so viele Uferclaims blockieren und so mühsam abzutransportieren sind, einfach in tausend Stücke zu sprengen. Dummerweise ist das in die Augen gegangen – buchstäblich. Er hat dabei das Augenlicht verloren und ist seitdem so gut wie blind. Der Bursche hat mit Sprengstoff wirklich keine glückliche Hand gehabt. Dafür ist er am Piano aber um so besser.«
»Und wo hat er Klavierspielen gelernt? Auf dem Rücken seines Kosakenpferdes?« fragte Daniel spöttisch.

»Nein, bei einer Opernsängerin in Paris, mit der er in seinem französischen Exil ein jahrelanges Verhältnis hatte«, behauptete Ryk van Dyke, ohne eine Miene zu verziehen. »Aber das ist eine andere Geschichte.«

Eine Geschichte, die Daniel nie zu hören bekam. Doch es gab genug andere, die in den Camps von Mund zu Mund gingen. Viele davon waren so unglaublich und skurril, daß man fast schon wieder annehmen konnte, daß sie wahr waren, weil sich solche haarsträubenden Geschichten eigentlich nur das Leben selbst ausdenken konnte.

Daniel und Sidney machten es sich bald zur Gewohnheit, die Nacht vom Samstag auf den Sonntag in Klip Drift zu verbringen. Manche Zeltreihen bestanden aus einer Canteen neben der anderen. Es gab Billardstuben, einfache Restaurants, General stores, Läden von Diamantenhändlern, Bankniederlassungen, ein Postbüro und sogar mehrere Hotels – und alle waren sie aus Zeltplane. Wer wie das ROYAL ARCH, das angesehenste Hotel der von allen Diggern ebenso respektierten wie verehrten Missis Catherine Jardine, ein solides Lattengerüst unter dem Zeltstoff vorweisen konnte, hatte allen Grund, stolz zu sein.

Nach einer langen, harten Arbeitswoche bereitete es Daniel und Sidney ausgesprochenes Vergnügen, durch Klip Drift zu streifen, Bekannte wiederzutreffen, sich auszutauschen sowie hier ein Glas zu trinken und dort ein Kartenspiel zu wagen. Zudem bekam man auf diese Weise eine ganze Menge zu hören, und es lagen so einige Gerüchte in der Luft.

»Es heißt, die HOPE TOWN COMPANY steht in direkten Verhandlungen mit Präsident Brand von der Transvaal-Republik«, erfuhren sie Ende Januar von Ryk van Dyke. »Die Lilienfeld-Brüder und ihre Partner wollen erreichen, daß ihrer Gesellschaft die alleinigen Schürfrechte am Nordufer des Vaal zugesprochen werden, und das Syndikat soll auch seine Finger im Spiel haben.«

Sidney machte eine abfällige Handbewegung. Die HOPE TOWN COMPANY war bei den Diggern genauso unbeliebt wie die von Lorenzo Boyes und seinen Partnern gegründete DIAMOND ME-

TAL AND MINERAL ASSOCIATION, für die sich der Name *das Syndikat* eingebürgert hatte. »Wie kann der Transvaal mit diesen Ganoven über etwas verhandeln, was gar nicht zu ihrer Republik gehört?«

»Es deutet aber alles darauf hin, daß Präsident Pretorius und seine Regierung das Gebiet nördlich des Vaal für sich beansprucht, während Präsident Brand vom Orange Freistaat die Hand auf alles Land südlich davon legen will«, gab Daniel zu bedenken.

Sidney schüttelte den Kopf. »Das ist doch lachhaft. Niemand hat dieses Stück Halbwüste haben wollen, soweit ich in formiert bin. Griqualand ist lange so etwas wie ein Niemandsland gewesen.«

»Es stand immerhin mal für einige Zeit unter britischer Protektion und nannte sich Orange River Sovereignty«, warf Ryk ein.

»Das war 1848. Fünf Jahre später haben die Engländer ihre Flagge wieder eingeholt, ihre Versprechungen widerrufen und die Griquas sich selbst überlassen, die dann das Gebiet um Bloemfontein auch prompt an den Transvaal verloren haben. Und seitdem hat sich keiner um den Rest des Griqualandes gekümmert. Aber nachdem jetzt überall Diamanten gefunden werden ...«

»Nicht überall«, bemerkte Daniel selbstironisch. »Ich kann dir mindestens drei Claims nennen, an denen bestimmt keiner interessiert sein dürfte.«

Sidney lachte. »Abwarten, Partner. Wir haben heute ja gerade erst die gelbgraue Schicht erreicht.« Und zu Ryk van Dyke gewandt, sagte er: »Die beiden Burenrepubliken mögen zwar einen wäßrigen Mund bekommen haben, sind aber letztlich ohne Chance. Die Briten werden das Rennen machen.«

»Und wieso bist du so sicher?« wollte Daniel wissen.

»Glaubt ihr denn wirklich, die Regierung am Kap und die Herrschaften in London werden zulassen, daß ein Gebiet mit so reichen Bodenschätzen in die Hände der freien Burenrepubliken fällt? Nie im Leben!« sagte Sidney im Brustton der Überzeugung. »Die Camps sind doch schon jetzt zehnmal intensiver mit der Wirtschaft der Kapkolonie verbunden als mit dem Transvaal oder dem Orange Freistaat. Und die Zahl der Engländer, die an den Vaal strömen, ist enorm. Es sollen jetzt bereits über achttausend sein. Allein schon das ist eine Trumpfkarte in der Hand der britischen Regierung.«

Ryk machte ein grimmiges Gesicht. »Zuzutrauen wäre es ihnen. Sie haben uns Buren ja auch 1806 die Kapkolonie abgenommen und uns in unserem eigenen Land unterdrückt, so daß es zum *Großen Treck*, zum Exodus, und zur Gründung der beiden freien Republiken außerhalb der Grenzen der Kapkolonie gekommen ist.«

Daniel wollte darauf hinweisen, daß das Beharren der Buren auf der unseligen Sklavenhaltung schwarzer Arbeitskräfte wesentlich zu den Konflikten zwischen Engländern und Buren beigetragen und schließlich zum *Großen Treck* geführt hatte. Aber da gab es am anderen Ende der Theke eine Rauferei, und ihr Gespräch fand damit ein sehr abruptes Ende.

Auf dem Rückweg nach Blue Jacket redeten sie wie so oft über die verschiedenen Theorien, wo die Wahrscheinlichkeit, Diamanten zu finden, am höchsten war. Dabei kamen sie auch auf die beiden Farmen DUTOITSPAN und BULTFONTEIN zu sprechen.

»Vielleicht sollten wir es mal dort versuchen«, meinte Daniel.

Sidney schüttelte den Kopf. »BULTFONTEIN kannst du gleich vergessen, Dan. Die Farm hat sich die HOPE TOWN COMPANY schon unter den Nagel gerissen. Sie haben zweitausend Pfund hingeblättert und Kaffern angestellt, die für sie nach Diamanten schürfen. Andere Digger dürfen überhaupt nicht auf ihr Land. Wozu auch? Die Ausbeute auf diesen Dry Diggings fern vom Fluß ist mager. Das gilt ebenfalls für DUTOITSPAN, selbst wenn sich da jeder einen Claim abstecken darf, sofern er Adriaan van Wyk nur die monatliche Lizenzgebühr von sieben Shilling und Sixpence zahlt. Aber ich sage dir, das ist hinausgeworfenes Geld. Ich habe mir die Dry Diggings auf DUTOITSPAN mal angesehen. Die Arbeit ist elend und mit der hier am Fluß nicht zu vergleichen. Da ist weit und breit kein Baum und somit auch kein Schatten, und Wasser ist so rar, daß es fast so kostbar ist wie Diamanten. Du mußt das Wasser kaufen, den Eimer für drei Pence. Nein, vergiß die Dry Diggings. Das ist nur was für ein paar Spinner, die sich in die Idee verrannt haben, daß es auch noch zwanzig Meilen und weiter vom Fluß entfernt Diamanten in Mengen gibt.«

Zwei Tage später fand Daniel seinen ersten Diamanten, als er einen Eimer voll *wash* auf dem Sortiertisch durchkämmte. Er brachte fast neun Karat auf die Waage, und er besaß die blauweiße Reinheit eines erstklassigen Steins.

Sidney freute sich so sehr, als hätte er den Stein gefunden. »Ich wußte doch, daß Blue Jacket uns Glück bringen würde!« jubilierte er. »Ich sage euch, damit ist der Bann gebrochen!«

Molefe führte einen Freudentanz auf und rechnete sich gleich aus, wieviel Stück Vieh er für seinen Anteil kaufen konnte, und sogar Alice vergaß ihre Zurückhaltung. Sie strahlte und lachte ihn mit einer unbekümmerten Herzlichkeit an, die Daniel noch viel stärker überrascht und berührt hätte, wenn er in diesem Augenblick nicht so sehr auf den Diamanten fixiert gewesen wäre.

Sein erster kostbarer Stein, den er aus seinem eigenen Claim zuTage gefördert hatte und der nach Jahrmillionen Gefangenschaft in der Dunkelheit tiefer Erdschichten nun bald geschliffen, poliert und Teil eines meisterlichen Schmuckstücks – sein wunderbares Feuer versprühen würde.

Dreckig und schweißüberströmt stand Daniel in der glühenden Januarsonne und schaute auf den Diamanten in seiner Hand.

Ihm war, als würde ein unsichtbares Feuer, das kalt wie Gletschereis und doch so sengend wie der Gluthauch eines gigantischen Buschfeuers war, von dem Diamanten auf ihn überspringen und sich in seine Seele einbrennen.

Daniel lachte mit den anderen, während er gleichzeitig erschauerte. Und ohne daß es ihm bewußt wurde, schloß sich seine Hand zu einer Faust um den lupenreinen Stein von neun Karat.

10

Erst viele Jahre später sollte Daniel erkennen, welch enorme Auswirkungen sein erster Diamantenfund auf seinen weiteren Lebensweg gehabt hatte. Diese neun Karat wurden zu einem inneren Wendepunkt in seinem Leben.

Noch bevor er den Diamanten zu Cornelius Dewitt brachte, der sein Geschäft von Hope Town längst nach Pniel an den Vaal verlegt hatte und ihm volle hundert Pfund zahlte, verkaufte er den Wagen und die zwölf Ochsen.

Molefe machte ein bedenkliches Gesicht, als Daniel ihn von seinem Vorhaben unterrichtete, und riet ihm davon ab. »Wer weiß, wozu es eines Tages gut sein kann, einen Wagen und ein Ochsengespann zu haben, Baas.«

»Die Ochsen kosten nur Geld, Molefe. Du weißt selbst, wie teuer hier alles ist. Futter für die Tiere ist da keine Ausnahme.« Die Ochsen befanden sich außerhalb von Klip Drift in einem kleinen Kraal der Koranas in der Obhut eines alten Kaffern, der nicht mehr kräftig genug war, um sich auf den Diggings als Arbeiter zu verdingen. »Und was sollen wir mit dem Wagen? Darin zu leben macht keinen Sinn, wenn man nicht ständig unterwegs ist. In einem geräumigen Zelt ist es viel angenehmer. Und zum Transport unserer Ausrüstung ist er zu schwer und zu klobig, um uns hier von Nutzen zu sein. Wenn irgendwo ein neuer Rush ausbricht, ist Sidney mit seinem Handkarren zehnmal eher da als wir mit unserem Feldschoner. Und das hat zur Folge, daß wir nie eine Chance auf die guten Claims haben.«

»Es war kein schlechtes Leben, das wir hatten, Baas«, sagte Molefe traurig.

»Es war ganz in Ordnung«, räumte Daniel ein, »aber doch nichts gegen das, was jetzt vor uns liegt.«

»Und was ist das?«

Daniel lachte. »*Magtig*, wir werden reich!«

»Und dann?«

»Vieles ist dann! Alles, was du dir nur vorstellen kannst, Molefe!

Dann kaufst du dir deine Viehherden und hast Zeit und Geld genug, um einen Weg zu finden, wie du drei Ehefrauen und all die vielen Kinder, die sie dir gebären werden, bändigen kannst.«
Molefe lachte nun auch, doch in seinen Augen verblieb ein Rest Wehmut. Er spürte sehr wohl, daß eine Zeit, die ihnen so viel bedeutet und gegeben hatte, unwiderruflich vorbei war und der Vergangenheit angehörte.
Daniel erzielte für das Gespann einen guten Preis und gab das meiste davon noch am selben Tag für zwei robuste Pferde sowie einen leichten Kastenwagen aus, der groß genug war, um ihre vier Zelte, ihre Diggerausrüstung und ihre wenigen persönlichen Sachen aufnehmen zu können. Die Ochsen zu holen und die störrischen Zugtiere einzuspannen, hatte jeweils mehrere Stunden in Anspruch genommen. Jetzt waren sie in der Lage, innerhalb von dreißig Minuten unterwegs zu sein, wenn die Nachricht von einem sensationellen Rush durchs Camp ging.
Über die beiden Pferde freute sich Molefe sehr, trösteten sie ihn doch über den Verkauf der Ochsen hinweg. Nun brauchte er nicht mehr zu Fuß auf die Jagd zu gehen, was sein sonntägliches Vergnügen auf dem Veld fern der Camps noch um einiges angenehmer machte.
Gelegentlich unternahm auch Daniel Ausritte. Doch er begab sich nicht auf die Jagd nach Wild, sondern suchte mit Sidney andere Camps auf und hörte sich um, wie hoch dort die Diamantenausbeute ausfiel. Manchmal nahmen sie auch Spaten und Picke mit, um an gottverlassenen Orten Probegrabungen vorzunehmen, immer in der Hoffnung, zufällig auf ein reiches Diamantenvorkommen, ein *reef*, zu stoßen.
Mehr als einmal bot Daniel auch Alice an, mit ihm auszureiten, doch sie hatte immer einen guten Grund, warum sie gerade nicht konnte. Manchmal hatte er das merkwürdige Gefühl, daß sie liebend gern mit ihm gekommen wäre und nur darauf wartete, daß er sie dazu überredete. Doch wenn er dann genau dies versuchte, setzte sie schlagartig ihre abweisende Maske auf und fuhr ihre Krallen aus. Nachdem er sich ein halbes dutzendmal

eine kratzbürstige Abfuhr eingehandelt hatte, unterließ er diese gutgemeinten Überredungsversuche.

Wenn sie nicht wollte, sollte sie eben im Camp bleiben und sich mit ihren tausend lächerlichen Kleinigkeiten beschäftigen, mit denen sie ihre wenige freie Zeit so nahtlos auszufüllen suchte, als hätte sie Angst vor einer einzigen Minute der Untätigkeit.

Als der Kaufmann Andries Brickstroem sich bis auf die Knochen blamierte, war jedoch auch Alice zugegen. Sogar sie hatte sich das Schauspiel mit dem Safe nicht entgehen lassen wollen und sich am späten Samstag nachmittag gemeinsam mit Daniel, Sidney und Molefe nach Klip Drift begeben.

Andries Brickstroem gehörte der größte Generalstore am Nordufer des Vaal, und es wurmte ihn, daß die STANDARD BANK eine Filiale in Klip Drift eröffnet und ihr Manager, Mister Cole, einen richtigen feuersicheren Safe aus Grahamstown mitgebracht hatte. Denn bisher hatte er die Diamanten vieler Digger in Verwahrung genommen und an der Gebühr, die er ihnen pro Woche in Rechnung gestellt hatte, ein gutes Geschäft gemacht. Um dieses Geschäft nicht völlig an die STANDARD BANK zu verlieren, hatte er nun seinerseits einen Safe geordert und von Port Elizabeth per Ochsenwagen kommen lassen.

Geschäftstüchtig, wie er war, hatte er dafür gesorgt, daß diese Neuigkeit und die Ankunft seines Safes in allen großen Camps um Pniel und Klip Drift bekanntgemacht wurde.

»Brickstroem kann wirklich zufrieden sein«, sagte Daniel. Auf beiden Seiten des Flusses hatte sich eine große Menschenmenge eingefunden. »Sieht so aus, als wollte sich keiner das Spektakel mit seinem Safe entgehen lassen.«

»Er weiß schon, warum er ihn an einem späten Samstagnachmittag, wenn keiner mehr an der Cradle stehen oder die Spitzhacke schwingen will, über den Fluß bringen läßt«, erwiderte Sidney, während sie sich ein Stück oberhalb der Anlegestelle des Fährdienstes HILL & PADDON PONT SERVICE in den Sand setzten.

»Ich wünschte, ich hätte einen Safe für meine Steine nötig«, seufzte Alice, die Tag für Tag verbissen ihren Claim bearbeitete,

die Cradle bediente und erst beim Schwinden des Tageslichtes mit überanstrengten, blutunterlaufenen Augen vom Sortiertisch aufstand, ohne bisher für all ihre Mühen auch nur einen minderwertigen Stein gefunden zu haben.
Daniel hatte schon eine tröstende, Mut machende Erwiderung auf den Lippen, dachte dann jedoch daran, wie schal sie sich angesichts seiner und Sidneys Funde anhören mußte. Nach dem Neunkaräter hatte er noch einen Stein von drei Karat in dem *wash* auf dem Sortiertisch gefunden, und Molefe hatte sogar einen Sechseinhalbkaräter vom mittleren Sieb der Cradle gepickt. Auch Sidneys Arbeit war von einem, wenn auch bescheidenen Erfolg belohnt worden, hatte er doch einen Stein von vier und einen von acht Karat gefunden. Zwar besaß keiner von diesen Steinen, die bisher nach dem Neunkaräter gefunden worden waren, auch nur annähernd dessen Reinheit, aber immerhin hatte Sidney für seinen besten Diamanten noch neun Pfund erhalten. Und bei den rasant steigenden Lebenshaltungskosten bedeutete jedes Pfund, das der eigene Claim in Diamanten abwarf, ein wenig mehr Sicherheit und Hoffnung. Jeder Stein, so minderwertig er auch war, stärkte das Gefühl, noch am Rennen teilzunehmen und vielleicht einmal ganz vorn mit dem Spitzenfeld durchs Ziel zu gehen. Aber auf jeden Gewinner kamen unzählige Verlierer. Täglich gaben Digger geschlagen auf, weil ihre Geldmittel erschöpft waren. Von Erfolglosigkeit und dem auch physisch zermürbenden Leben ausgelaugt, kehrten sie den Diggings den Rücken und fragten sich verständnislos, wie sie je daran hatten glauben können, es mit Spitzhacke und Schaufel am Vaal zu Reichtum zu bringen. Wie hatten sie bloß dieser Illusion verfallen und dafür ihre sichere Arbeitsstelle aufgeben können?
Daniel spürte in dem Moment des Schweigens, das ihrer bedrückten Bemerkung folgte, wie sehr Alice darunter litt, noch immer keinen Diamanten gefunden zu haben. Sie preßte die Lippen aufeinander, und ihm war, als schwömmen ihre Augen in Tränen, die sie nur mit Mühe zurückzuhalten vermochte.
Er wünschte, er hätte gewußt, wie er ihr helfen und ihr Zuver-

sicht geben konnte. Aber er bezweifelte, daß er in der Lage war, sie mit Worten oder Taten zu erreichen. Zwar nahm sie an, was er ihr an Lebensmitteln jede Woche durch Molefe in ihr Zelt bringen ließ, doch sie gab ihm tags darauf jedesmal mit barschem Ton zu verstehen, daß sie sich von keinem etwas schenken ließ und genau Buch darüber führte, wie hoch ihre Schulden bei ihm waren. Der einzige, von dem sie ein Geschenk annahm, und dem gegenüber sie sich auch bedeutend weniger schroff und abweisend verhielt, war Sidney, und das ärgerte ihn manchmal ganz gewaltig, ohne daß ihr Verhalten jedoch ihre Männerfreundschaft beeinträchtigt hätte.

Und auch jetzt war es Sidney, der in dieser Situation die richtigen Worte fand und Alice dazu brachte, ihre Sorgen zu vergessen.

»Kennt ihr schon die Geschichte von dem Digger, der Angst hatte, seine Diamanten immer mit sich herumzutragen, aber genausowenig Vertrauen zu dem Safe einer Bank oder Leuten wie Brickstroem hatte?« fragte er leichthin und mit einem ansteckend vergnügten Lächeln.

»Laß schon hören«, forderte Daniel ihn auf.

»Also, dieser Digger suchte nach einem perfekten Versteck für seine Diamanten«, erzählte Sidney, während auf der anderen Flußseite der Safe von einem Ochsenwagen gehoben und auf den Fährkahn von Hill & Paddon geladen wurde. »Weitab von seinem Camp fand er eines Tages, als er nach einer guten Stelle zum Fischen Ausschau hielt, einen großen, alten Baum mit einer kleinen Höhle im Stamm. Das war das ideale Versteck, denn er mußte auf einen der untersten Äste steigen, um seinen Beutel mit den Diamanten dort hineinlegen zu können. Mit Zweigen und Blättern verbarg er die Öffnung. Der Digger hatte einen ergiebigen Claim, und der Beutel mit seinen Diamanten in der Baumhöhle wurde immer voller. Eines Tages beobachtete ihn jemand, der Brennholz sammelte, wie er auf den Ast stieg und sich dort oben zu schaffen machte. Als er weg war, sah er nach, fand die Höhle – und die Diamanten. Nicht gerade der Rechtschaffenste unter Gottes Himmel, steckte er den Beutel ein. Aber zum

Schaden kam auch noch der Hohn, so jedenfalls war es vom Dieb gedacht, als er Kuhdung nahm und das Loch damit zuschmierte. In der Woche darauf kam der Digger zu seinem angeblich so sicheren Versteck und fand statt der Diamanten bloß noch getrockneten Kuhdung in der Baumhöhle vor.«

Molefe begann zu lachen, und auch auf Alices Gesicht zeigte sich ein Lächeln.

»Wartet, das Beste kommt ja erst noch!« rief Sidney. »Der Digger war natürlich ganz schön geknickt. Er kehrte zu seinen Freunden ins Camp zurück und erzählte ihnen, was er getan hatte und was geschehen war. Und dann sagte er zerknirscht: ›Ich weiß, die Wege des Allmächtigen sind rätselhaft, und vermutlich ist mir recht geschehen, weil ich so argwöhnisch war und meinen Mitmenschen nicht vertraut habe. Daß ich die Diamanten verloren haben, ist somit eine gerechte Strafe. Aber eins verstehe ich nicht: Wie, zum Teufel, hat die Kuh es bloß fertiggebracht, auf den Baum zu klettern?‹«

Sidney erntete für seine Geschichte schallendes Gelächter, und seine Beteuerung, sie habe sich wirklich so und nicht anders zugetragen, löste eine weitere Welle der Heiterkeit und des Gelächters aus.

Das Gelächter, das wenig später ausbrach, kam von beiden Flußufern und sollte Andries Brickstroem noch lange in den Ohren nachklingen. Denn durch eine Nachlässigkeit bei der Verteilung des Gewichts von Safe und Crew bekam der Fährkahn in der Mitte des Vaal plötzlich Schlagseite. Auf beiden Ufern erhob sich ein Chor von erschrockenen Stimmen, als der Safe nach Backbord stürzte – und über Bord ging.

Im nächsten Moment verwandelte sich der Schrecken jedoch in Verwunderung und dann in schadenfrohes Johlen, Lachen und Gepfeife. Denn statt in den Fluten zu versinken, wie man es von einem richtig schweren, feuer- und einbruchsicheren Safe ja wohl erwarten durfte, schwamm der mächtige Klotz von Andries Brickstroem munter auf den Fluten.

»Von wegen Safe!« schrie jemand. »Das Ding ist bloß aus Holz!«

»Er hat den Geldschrank mit Eisenfarbe angestrichen und uns für dumm verkaufen wollen!«

»Hochstapler!«

Die Menge grölte, und Andries Brickstroem stürzte mit hochrotem Kopf davon, von beißendem Spott und Hohngelächter verfolgt.

Alice lachte, daß ihr die Tränen kamen.

Und plötzlich geschah etwas, was Daniel weder in diesem Moment noch später erklären konnte. Ihm war, als zöge jemand einen Schleier von seinen Augen und als sähe er Alice zum erstenmal. Was er sah, überraschte und verstörte ihn.

Die Alice Madigan, die Molefe und er vor zweieinhalb Monaten im Veld kurz vor dem Verdursten gefunden hatten, hatte kaum noch etwas mit der Frau gemein, die jetzt vor ihm saß.

Das unregelmäßig kurze, struppige Haar war züchtig gewachsen. Bei der Arbeit trug sie es im Nacken zu einem Zopf zusammengebunden und unter einem ausgefransten Strohhut verborgen. Doch jetzt hielt sie ihren Hut in der Hand, und ihr Haar fiel in einer sanft gelockten dunkelbraunen Flut bis auf ihre Schultern.

Ihr Kleid schlotterte auch nicht mehr um einen knochigen, ausgemergelten Leib. Ihr Körper hatte sich erholt und an den richtigen Stellen zugenommen. Runde, sehr weibliche Formen zeichneten sich nun unter dem Stoff ab, wenn sie sich nach einem Eimer Erdreich bückte oder das schmerzende Kreuz durchdrückte. Dieselbe wunderbare Verwandlung war auch mit ihrem Gesicht geschehen. Verschwunden waren die abgehärmten Züge, die sich über Knochen spannende Haut und die kränkliche Färbung. Das Gesicht, das sich ihm jetzt im Profil bot, war das einer jungen, gesunden Frau, der harte körperliche Arbeit nichts von ihrem weiblichen Reiz nahm.

Wie benommen saß Daniel da und vergaß alles andere um sich herum. Er sah, wie sich ihre vollen Lippen bewegten, doch er hörte nicht, was sie sagten. Er nahm nur den feuchten Schimmer auf ihnen wahr, den ihre Zunge soeben auf ihnen hinterlassen

hatte, und er sah ihre seidigen Wimpern und das Strahlen ihrer Augen, das von einem unglaublichen Veilchenblau war.
Er hatte sie als häßliches, vertrocknetes Entlein aufgegabelt und dieses Bild von ihr all die Zeit in seinem Kopf bewahrt. Er hatte sie angesehen, ohne sie wirklich zu sehen und ohne die Veränderungen zu erkennen, die sich ganz allmählich mit ihr vollzogen hatten.
Aus dem häßlichen Entlein war fast so etwas wie ein hübscher Schwan geworden. Aber wieso *fast?* Alice Madigan war in der Tat hübsch!
»Kommst du auch?« fragte Sidney.
Daniel schreckte hoch. »Was ...? Ja, natürlich«, murmelte er und erhob sich.
Sidney reichte Alice seine Hand, um ihr aufzuhelfen.
Alice ergriff sie und lächelte ihn an.
Daniel verspürte einen schmerzhaften Stich von Eifersucht und schaute schnell weg.
Am Sonntag abend zog er mit Sidney wieder durch Klip Drift, trennte sich später aber von ihm und suchte sich ein schwarzes käufliches Mädchen, das sein Verlangen befriedigte. Als ihn die Lust übermannte, schloß er die Augen und vergaß, daß er in den Armen einer schwarzen Prostituierten lag.
»Alice!« keuchte er. »O Gott ... Alice!«

11

Daniel schämte sich für das, was er vorhatte, vermochte der Versuchung jedoch nicht länger zu widerstehen. Es war ein unbezähmbarer Drang. Er mußte Alice einfach folgen.
In allen Camps entlang des Flusses nutzten die Digger den Sonntag unter anderem auch dazu, sich den Dreck und Schweiß einer langen Arbeitswoche aus der Kleidung und vom Körper zu spülen. Der Einfachheit halber sprangen die meisten mit ihren Sachen in den Fluß und tollten mit ihren Kameraden herum wie

die Kinder, und damit hatte es sich dann, was die Sauberkeit betraf. Alle Hautfarben teilten sich dieses sonntägliche Vergnügen, ohne daß es irgendwelche Regeln oder gar Rassentrennungen gegeben hätte. Weiße und Schwarze badeten ganz selbstverständlich miteinander, wie sie auch noch Seite an Seite in den Claims arbeiteten. Der zerstörerische Geist der Apartheid hatte auf den Diggings noch nicht Einzug gehalten.
Auch Alice nahm sonntags ihr Bad, doch nicht direkt am Uferstück von Blue Jacket, wo Daniel, Sidney, Molefe und all die anderen aus dem Camp ins Wasser gingen, sondern sie begab sich mit ihrem Wäschekorb stets ein gutes Stück weiter flußabwärts.
Drei Wochen nach Andries Brickstroems Blamage folgte Daniel ihr nach kurzem inneren Ringen, als sie das Camp wie gewöhnlich gleich nach dem Frühstück verließ, um die Wäsche zu waschen und ihr Bad zu nehmen. Molefe und Sidney schenkten ihm keine Beachtung.
Er hatte seit jenem Samstag, als es ihm wie Schuppen von den Augen gefallen war, jeden Tag und besonders jede Nacht versucht, Alice aus seinen Gedanken und Träumen zu verbannen. Er hatte sich tausendmal einzureden versucht, unter einer Art von Campkoller zu leiden und sich diese Gefühle für sie bloß einzubilden. Es mußte sich einfach um Einbildung handeln! Es konnte nie und nimmer die *Person* Alice sein, die seine Gefühle so durcheinanderbrachte. Es war wohl vielmehr nur die Tatsache, daß sie eine *Frau* und tagtäglich in seiner Nähe war, was ihn so unverständlich reagieren ließ. Gut, sie hatte sich gewaltig gemausert und schaute mittlerweile wirklich recht hübsch aus, mit den richtigen weiblichen Formen an den richtigen Stellen. Aber ihr Aussehen war auch das einzige, was er an ihr ansprechend finden konnte. Es kam ja nicht von ungefähr, daß Alice und er sich so gut vertrugen wie Hund und Katze. Die Erklärung lag doch auf der Hand: Er hatte sich einfach zu lange sexuelle Enthaltsamkeit auferlegt, und das war für einen Mann in seinem Alter, der auf der Höhe seiner körperlichen Kraft und Männlichkeit stand, einfach ungesund. Nichts verdeutlichte das mehr als sein Wahn,

für Alice tiefe Gefühle entwickelt zu haben. Wenn er sich wieder regelmäßig holte, wonach sein Körper verlangte, würde sich dieses lachhafte Gefühl der Verliebtheit schon so schnell auflösen wie Morgentau im Sonnenschein.

Ja, darauf hatte er fest vertraut. Doch obwohl er sich sogar während der Woche mehrmals das Vergnügen gegönnt hatte, die Enthaltsamkeit der vergangenen Monate mehr als wettzumachen, hatte ihn das nicht von seinen aufwühlenden Gefühlen für Alice kuriert. Ganz im Gegenteil. Statt fröhlich, sexuell befriedigt und auch innerlich ausgeglichen zu sein, war er jedesmal mit einem schalen Nachgeschmack und regelrecht niedergeschlagen ins Camp zurückgekehrt. Und statt von ihr loszukommen, hatte sie sich mit jedem Tag und jedem Traum tiefer in seine Seele gegraben – und in sein Herz.

Er vermochte nun nicht länger der Erkenntnis auszuweichen, daß er sich so stark zu Alice hingezogen fühlte wie zu keiner anderen Frau bisher. Noch weigerte er sich, von Liebe zu sprechen. Wenn er über sich und Alice nachdachte, machte er durch die geschickte Wahl seiner Worte einen weiten Bogen um die Bezeichnung Liebe – wie um einen gähnenden Abgrund mit gefährlichen, leicht abbröckelnden Kanten. Er klammerte sich an weniger eindeutigen und folgenschweren Umschreibungen wie »aus Kameradschaft gewachsene Zuneigung« oder »Begehren« und »Anziehungskraft« fest. Doch seine Sehnsucht, ihr Gesicht zu berühren und ihre Lippen zu küssen, hatte einen anderen Namen – den verbotenen, der Liebe hieß. Nur wollte er ihn einfach nicht aussprechen, nicht einmal in Gedanken.

Was tue ich hier bloß? fragte sich Daniel, als er Alice flußabwärts folgte und darauf bedacht war, ein gutes Stück hinter ihr und stets im Schutz von Bäumen und Büschen zu bleiben.

Was ist bloß mit mir geschehen, daß ich ihr nachschleiche und mich so schändlich benehme?

Er fand darauf keine Antwort, wie er auch die Kraft nicht fand, sich dem starken inneren Drang zu widersetzen, umzudrehen und ins Camp zurückzukehren.

Sie hatten sich über eine halbe Meile von Blue Jacket entfernt, als Alice ihren abgeschiedenen Ort erreichte, wo sie die Wäsche wusch und im Fluß badete. Daniel blieb oberhalb der sanft zum Wasser hin abfallenden Böschung hinter einem Mimosenstrauch stehen, der ihm Schatten und Schutz vor Entdeckung bot.
Alice kniete sich neben eine große flache Steinplatte, die halb vom Fluß überspült wurde und sich somit gut als natürliches Waschbrett eignete, und begann mit ihrer Arbeit. Daniel stand dabei hinter dem Strauch und sah ihr zu. Er schämte sich und sagte sich mehr als einmal, daß er ein Narr war, so etwas ebenso Lächerliches wie Unmännliches zu tun. Aber es alles half nichts. Er beobachtete sie und wartete auch weiterhin mit klopfendem Herzen.
Alice arbeitete flink und zielstrebig, wie es ihre Art war, und da es nicht viel zu waschen gab, lag die Wäsche auch bald wieder ausgeschlagen, ausgewrungen und eingerollt im Korb. Nach einem kurzen, eher beiläufigen Blick in die Runde knöpfte Alice nun ihr Kleid auf und streifte es sich von den Schultern.
Scharf sog Daniel die Luft ein, als er sie in Leibchen und knielangem Schlüpfer nur wenige Dutzend Schritte von sich entfernt am Flußufer stehen sah. Ihre Leibwäsche war so verschlissen, daß sie fast durchsichtig schien. Sie klebte ihr wie eine zweite Haut am Körper.
Ohne Hast entledigte sie sich nun auch ihrer fadenscheinigen Leibwäsche. Nackt, wie Gott sie geschaffen hatte, stand sie im nächsten Moment in der Sonne. Daniel merkte gar nicht, daß er den Atem anhielt. Ganz unter dem Bann ihrer nackten, ihm vollkommen erscheinenden Schönheit starrte er zu ihr hinunter. Ihr Anblick war wie ein elektrischer Schock und löschte jeden bewußten Gedanken in ihm aus. Er war nur noch Augen und Gefühl.
Alice bückte sich nach ihrer Unterwäsche und warf sie zu ihrem Kleid. Dabei drehte sie sich etwas zur Seite. Ihre vollen Brüste wippten bei der Bewegung, und das dunkelblonde, dichte Dreieck zwischen ihren schlanken Beinen schien die Sonnenstrahlen einzufangen und wie ein goldenes Vlies zu leuchten.

Mit einem fröhlich unbeschwerten Aufjauchzen warf sie sich in die warmen Fluten des Vaal. Sie tauchte ganz unter, und so unbekümmert wie ein kleines Mädchen planschte sie herum, wagte sich jedoch nicht ins tiefe Wasser. Sie blieb in Ufernähe, wo ihr das Wasser gerade bis über die Hüften reichte.
Nach einer Weile kehrte sie zu der flachen Steinplatte zurück und machte sich daran, ihr Kleid und ihre Leibwäsche zu waschen. Nackt, wie sie war, hockte sie im Ufergewässer.
Daniel sah, wie die Wasserperlen von ihren Brüsten tropften und die braunen Fluten sanft zwischen ihren Beinen hin und her schwappten, während sie ihr grobes Leinenkleid über die felsige Waschplatte zog und dem festsitzenden Dreck mit der Bürste zu Leibe rückte.
Daniel befand sich wie in Trance.
Alice ...! Alice ...! Alice! hämmerte es im Rhythmus seines jagenden Herzens in seinem Schädel.
Er stand schon so lange reglos und in leicht vorgebeugter Haltung hinter dem Mimosenstrauch, daß sein rechtes Bein einzuschlafen drohte. Unwillkürlich verlagerte er sein Gewicht und trat dabei auf einen trockenen Ast.
Das Knacken des Zweiges kam Daniel so laut wie ein scharfer Peitschenknall vor, und er zuckte erschrocken zusammen, als Alice in ihrer Arbeit innehielt, den Kopf wandte und genau in seine Richtung blickte.
»Allmächtiger, bitte nicht!« flehte er. »Gib ihr nicht einmal eine Ahnung, daß ich hier sein könnte!«
Ihm war, als würde ihr Blick den Busch durchdringen, ihn seiner Tarnung berauben und seine ganze Schändlichkeit ans Licht zerren. Er fühlte sich plötzlich nackter und entblößter, als sie es jemals ohne Kleidung sein konnte. Übelkeit stieg in ihm auf.
Warum hatte er nur ...
Alice schaute weg, wischte sich eine nasse Haarsträhne aus dem Gesicht und wandte sich wieder ihrem Kleid zu. Sie rollte es zusammen, preßte soviel Wasser aus dem Stoff, wie es ihre Kraft zuließ, und breitete es dann über die Äste eines Strauches, wo die

Sonne es im Handumdrehen getrocknet haben würde. Dann schlüpfte sie in ihre Unterwäsche und setzte sich im Schneidersitz auf den Teil der Felsplatte, der aus dem Wasser ragte.
Bestürzt, wie knapp er einer Entdeckung entkommen war, und beschämt über sein Tun, zog Daniel sich vorsichtig zurück. Er wußte nicht, was ihn dazu getrieben und wie er mit dem ungeheuren Aufruhr der Gefühle, den Alice in ihm verursacht hatte, fertigwerden sollte. Was er jedoch wußte, war, daß er niemals vergessen würde, was er an diesem Sonntag morgen am Vaal gesehen hatte. Dieses wunderbare Bild von Alice, wie sie in vollkommener Nacktheit und natürlicher Anmut im Sonnenlicht stand, würde in seiner Erinnerung niemals verblassen.

12

Am Donnerstag der folgenden Woche erfuhr Daniel innerhalb kürzester Zeit höchstes Glück und tiefste Verzweiflung. Es begann mit dem, was am frühen Nachmittag geschah. Sidney und Molefe waren mit dem Pferdewagen unten am Fluß, um ihre Wasserfässer aufzufüllen. Daniel bediente die Cradle, während Alice in ihrem Claim die steinige Erde mit der Spitzhacke lockerte.
Plötzlich stieß sie einen gellenden Schrei aus, der jäh abbrach. Daniel ließ sofort den plumpen Hebel für den dreistufigen Rüttelsiebkasten los.
»Um Gottes willen, Alice!« rief er alarmiert, denn Unfälle waren auf den Diggings an der Tagesordnung. »Alice! Ist dir etwas passiert?« Er lief zu ihrem Claim hinüber. Erleichtert atmete er auf, als er sich über den Rand beugte und sah, daß Alice nicht in der gut fünfzehn Fuß tiefen Grube unter dem Erdreich einer eingestürzten Claimwand begraben lag. Sie kniete am Boden.
»Alice? Was ist passiert?« wiederholte er seine Frage, nun jedoch bedeutend ruhiger.
»Ich weiß es noch nicht ...! Ich bin mir nicht ganz sicher! ...

Allmächtiger, laß es wahr sein!« antwortete sie ihm mit atemloser, aufgeregter Stimme, richtete sich auf und kletterte hastig die primitive Holzleiter hoch, die aus der Grube führte. Dabei stützte sie sich nur mit der linken Hand ab. In der rechten hielt sie zwischen Daumen und Zeigefinger einen klaren, trapezförmigen Stein.

»*Magtig,* du hast einen Diamanten gefunden!«

»Ich bin mir nicht sicher, Daniel. O Gott, ich wünsche es mir ja so sehr«, stieß sie inbrünstig hervor und wäre um ein Haar von der Leiter gestürzt. Sie konnte gar nicht schnell genug aus der Grube kommen. »Sieh ihn dir an, und sag du, ob er etwas taugt.«

Daniel packte sie am Arm und zog sie auf festen Boden. Er lachte. »Warum soll es kein echter Diamant sein, Alice? Es ist bestimmt einer. Wurde doch auch höchste Zeit, daß du fündig wurdest.«

»Ich habe Angst, mich wieder einmal zu früh zu freuen. Die beiden wertlosen Saphire habe ich erst auch für Diamanten gehalten. Ich möchte mich nicht noch einmal so sehr freuen, um dann zu erfahren, daß ich mir dafür nicht mal eine Dose Bohnen kaufen kann.«

Er schmunzelte. »Laß sehen.«

Alice ballte die Hände zu Fäusten und preßte sie in flehentlicher Anspannung auf ihren Mund.

Daniel verstand längst so viel von Diamanten, daß ihm ein prüfender Blick reichte, um festzustellen, daß Alice zweifellos einen Diamanten gefunden hatte.

»Glückwunsch, Alice. Ein Stein von der richtigen kristallinen Zusammensetzung, wie Cornelius Dewitt sie mag«, sagte er voller Freude, daß ihre monatelange Pechsträhne nun endlich ein Ende gefunden hatte. Und spontan schoß es ihm durch den Kopf, daß dieser Fund vieles zwischen ihnen leichter machen würde. Wie falsch er mit dieser Einschätzung lag, das sollte er schon bald erfahren.

»Und wie sieht es mit Einschlüssen aus?« fragte sie, noch immer voller Skepsis und mit aller Macht gegen trügerische Hoffnungen gewappnet.

Daniel holte seine Lupe und die kleine Taschenwaage, die er jederzeit griffbereit auf seinem Sortiertisch in einer Zigarrenschachtel aufbewahrte. Wieviel der Stein wog und was er ungefähr wert war, ließ sich somit schnell ermitteln.

»Sein Gewicht liegt irgendwo zwischen sieben und acht Karat, und was die Einschlüsse betrifft ...« Daniel drehte den Stein unter der Lupe hin und her und sagte dann zu ihr: »Er ist relativ fehlerfrei, Alice. Für diesen Stein kriegst du bei jedem Händler mindestens zehn Pfund pro Karat.«

»Bist du dir sicher?« fragte Alice mit angestrengter Stimme und Miene. Sie sah so aus, als wäre ihr schlecht vor Aufregung.

»Absolut«, antwortete er und drückte ihr den Rohdiamanten wieder in die Hand. »Sidney und Molefe werden große Augen machen, wenn sie gleich zurückkommen. Wir werden deinen tollen Fund heute abend natürlich gebührend feiern.«

»O Gott!« flüsterte Alice mit erstickter Stimme, preßte die Hand mit ihrem ersten Diamanten an die Brust und begann plötzlich am ganzen Leib zu zittern. Ihre Augen füllten sich mit Tränen.

Daniel sah sie verwirrt an. Er hatte mit einem Jubelschrei und einem Freudentanz gerechnet, nicht jedoch mit solch einer Reaktion.

»Alice, das ist doch kein Grund ...« begann er.

In dem Moment warf sie ihm die Arme um den Hals und drückte sich so fest an ihn, als hinge ihr Leben davon ab. Daniel wußte nicht, wie ihm geschah. Sie zitterte und schluchzte. Er spürte ihre Tränen und ihren Körper und war überwältigt von seinen Gefühlen für sie. Zögernd legte er seine Arme um sie und strich ihr über das Haar. Ihm war, als erlebte er einen Traum.

»Alice ...«

Als hätte er ein magisches Wort ausgesprochen, wurde sie so plötzlich, wie sie zu zittern begonnen hatte, steif wie ein Brett. Das Schluchzen erstarb, und sie löste ihre Umarmung.

Daniel wollte sie noch nicht freigeben. Er wollte sie weiter in seinen Armen halten und ihren Körper spüren, den Druck ihrer Brüste und die flache Wölbung ihres Unterleibes an seinem

Oberschenkel, ihr Gesicht an seinem Hals und ihr Haar unter seinen Fingern.
Doch Alice legte ihm die Hände auf die Brust und drückte sich von ihm ab, den Kopf wie beschämt gesenkt.
»Es ... es tut mir leid«, murmelte sie.
»Da ist nichts, was dir leid tun müßte«, sagte er mit belegter Stimme.
»Es war die Freude, Daniel. Ich bin so glücklich, daß ich regelrecht den Kopf verloren habe.«
»Natürlich. Du hast ja auch einen prächtigen Diamanten gefunden, und ich freue mich von Herzen mit dir«, sagte er, und in einer blitzartigen, schockierenden Erkenntnis schoß es ihm durch den Kopf: Es war mehr als die Freude, und das weißt du so gut wie ich, Alice.
Sie wischte sich die Tränen vom Gesicht und versuchte zu lachen. »Wie kann man sich bloß so aufführen, nicht wahr? Es ist mir selbst ein Rätsel. Entschuldige, daß ich mich so kindisch benommen habe. Dieser Diamant ist für mich mehr als nur ein wertvoller Stein ... Diese siebzig Pfund ... ich meine ... In meinem ganzen Leben habe ich noch nie ...« Ihr Gestammel brach ab, und sie schüttelte den Kopf, als wäre es zwecklos, den Versuch zu unternehmen, ihm zu erklären, was sie so zu Tränen gerührt und insbesondere zu dieser spontanen Umarmung bewegt hatte.
Einen Augenblick standen sie sich in einem merkwürdigen, jedoch nicht unangenehmen Schweigen gegenüber und sahen sich an, als könnten die Augen besser ausdrücken, was Worte nur unzulänglich vermochten.
Dann kamen Digger von den umliegenden Claims, um zu erfahren, was für ein Fund bei ihnen gemacht worden war, und damit die eigenen Hoffnungen zu stärken.
Der magische Moment war dahin, und Alice stand den Diggern nur zu bereitwillig Rede und Antwort. Daniel hatte sogar den Eindruck, als umgebe sie sich mit ihnen wie mit einer Mauer. Eine Mauer, die ihn von ihr fernhalten sollte. Oder war es umgekehrt?
Daniel war verstört und wußte weniger denn zuvor, wie er ihr

Verhalten deuten sollte. Die verrücktesten Spekulationen rasten ihm durch den Kopf. Und er fragte sich, ob er ihr Wesen jemals würde ergründen können.
Wenig später trafen auch Sidney und Molefe ein. Als sie hörten, daß Alice einen erstklassigen Stein gefunden hatte, war die Freude groß.
Sidney strahlte über das ganze Gesicht. »Endlich mal wieder ein Grund zum Feiern, Partner!« rief er und boxte Daniel vor Freude in die Rippen. »Heute gehen wir alle nach Klip Drift und lassen die Korken knallen. Ryk soll richtigen Champagner bekommen und auch Mittel und Wege gefunden haben, das Zeug einigermaßen kalt zu halten. Nein, spar dir deinen Atem, Alice. Die Zeche geht auf Dan und mich, nicht wahr?« Er legte Daniel einen Arm um die Schulter und lachte ihn entwaffnend an. »Wir mögen zwar nicht so aussehen, aber wir haben uns noch eine Ahnung davon bewahrt, wie sich echte Gentlemen in solchen Situationen zu verhalten haben – natürlich den besonderen Umständen der Diggings und Klip Drifts angepaßt.« Er zwinkerte schelmisch in die Runde, einen halben Eimer Erdreich in seinem zottigen schwarzen Bart und lehmfarbene Schmierstreifen quer über seinem Gesicht wie ein Indianer auf Kriegszug.
»Sicher«, sagte Dan und haderte innerlich mit sich selbst, weil nicht er diesen Vorschlag gemacht hatte – und weil ihm immer ausgerechnet in Gegenwart von Alice diese unbeschwerte Lebensfreude abging, die Sidney auszeichnete und ihn so liebenswert machte. Noch nicht einmal jetzt vermochte er neidisch oder gar wütend auf ihn zu sein. Welchen Grund hätte er auch gehabt? Daß Sidney spontaner und mitreißender reagiert hatte als er? Nein, er hegte Sidney gegenüber nicht einmal einen Anflug von Unmut. Sidney war sein Freund. Wie hätte er ihm auch einen Vorwurf daraus machen können, daß er viele Dinge unbekümmerter anging und zudem nicht die geringste Ahnung hatte, was er für Alice empfand.
Sie hatten ihre gemeinsame Feier in Klip Drift, doch Alice bestand darauf, zuerst die Arbeit auf den Claims wie gewohnt bis

Sonnenuntergang fortzusetzen. Daß sich ihre Hoffnung, womöglich auf eine Diamantentasche gestoßen zu sein und in unmittelbarer Nähe des ersten Fundes noch mehr wertvolle Steine aus dem Erdreich holen zu können, nicht erfüllte, vermochte ihrer aufgekratzten Stimmung jedoch nicht den geringsten Abbruch zu tun.

»Ich bleibe besser hier und halte 'n Auge auf die Claims, Baas«, sagte Molefe, als die Sonne über dem westlichen Griqualand verglüht war. Schlagartig brach die Nacht herein, und Tausende von Lagerfeuern, Fackeln und Petroleumlampen tauchten die Camps entlang des Flusses in ein Lichtermeer.

Alice wollte jedoch, daß er mit ihnen nach Klip Drift kam. »Vergiß die Claims, Molefe. Wir sind ja nicht gerade auf eine Diamantenader gestoßen. Es wird schon keiner wagen, bei uns zu wildern. Dafür ist das Risiko zu hoch, geschnappt und vor das Diggers-Komitee gezerrt zu werden. Jeder weiß doch, wie rigoros Claimwildern geahndet wird. Der arme Kerl, den sie das letztemal verurteilt und durch den Fluß gezogen haben, hätte die schreckliche Prozedur beinahe nicht überlebt. Und der Fall liegt immerhin schon zwei Monate zurück.«

»Eben deshalb«, beharrte Molefe. »Hunde, die lange nicht mehr gekläfft und gebissen haben, verlieren ihren Schrecken, Miss Alice.«

»Ach was, wir arbeiten zusammen, und wir feiern auch zusammen, Molefe!«

Molefe war sichtlich unwohl in seiner Haut und warf Daniel einen hilfesuchenden Blick zu. Dieser ahnte, was der wirkliche Grund war, warum Molefe nicht mit ihnen nach Klip Drift wollte. Als Sidney und er ihn das letztemal mitgenommen hatten, waren sie in mehreren Schankzelten angepöbelt und aufgefordert worden, ihren »schwarzen Boy« gefälligst dort zu lassen, wo er hingehörte. Und unaufgefordert hatte man sie wissen lassen, welche Orte das waren: die Diggings während der Arbeitszeit und danach die Kafferncamps, nicht jedoch die Schankstätten der Weißen.

»Molefe macht sich nichts aus Champagner, Alice«, sagte Daniel. »Und wenn jemand einem etwas Gutes tun möchte, soll man sich auch nicht mit Händen und Füßen dagegen wehren. Es ist ganz in Ordnung, daß Molefe hierbleibt und ein Auge auf unsere Claims hält. Er will es so, und das sollten wir respektieren.«

Alice warf ihm einen verblüfften Blick zu, verfolgte die Angelegenheit jedoch nicht länger. Sie zuckte mit den Schultern und sagte mit flüchtigem Bedauern: »Schade, Molefe. Dann eben das nächstemal, abgemacht?«

Molefe nickte. »Ganz bestimmt, Miss Alice«, versicherte er mit einem Lächeln, dessen verborgene Traurigkeit allein Daniel bemerkte.

Auf dem Weg nach Klip Drift überließ Daniel die Unterhaltung ganz Sidney und Alice. Er dachte über Molefe nach und darüber, wie sich allmählich das Leben und auch die Atmosphäre in den Camps zu verändern begannen. Der Zustrom der Männer und Frauen, die auf den Diamantendiggings ihr Glück machen wollten, hielt nicht nur ungebrochen an, sondern schien mit jedem Monat anzuwachsen. Wie es hieß, war es keine Seltenheit, daß ganze Siedlungen in der Kapkolonie, im Transvaal und im Freistaat völlig verödeten, weil fast alle Bewohner Haus und Hof verließen, um sich auf den Weg ins Eldorado am Vaal River zu machen. Und jede Woche trafen in den Häfen der Kapkolonie restlos ausgebuchte Schiffe aus Übersee ein, deren Passagiere nicht schnell genug an den Diamantenfluß kommen konnten. Und vom Diamantenfieber der Passagiere aller Klassen angesteckt, folgte ihnen meist auch ein Großteil der Schiffsbesatzungen auf dem beschwerlichen Weg ins Landesinnere, angefangen beim einfachen Kohlentrimmer bis hin zum Ersten Offizier. Das Diamantenfieber machte vor keiner gesellschaftlichen Klasse und keinem Berufsstand halt. Wenn auch noch immer genügend Platz vorhanden war, so spürte man in den Camps und auf den Diggings doch schon den anhaltenden Zuwachs. Es trafen auch immer mehr Spekulanten und Geschäftsleute ein, die über ausreichende Geldmittel verfügten, und mit ihnen wuchs der Bedarf an schwarzen Arbeitskräften sprunghaft an. Mit dem Anschwellen der schwarzen Bevölkerung wich die unkomplizierte Form des Zusammenlebens der verschiedenen Hautfarben und die zumindest äußerlich scheinbare Gleichheit einem zunehmenden Rassismus. Es waren jedoch nicht nur erzkonservative Buren und amerikanische Niggerhasser, die immer stärker für eine Trennung zwischen Weißen und Farbigen jenseits der Arbeit eintraten. Der Rassismus fand auch zahlreiche Verfechter unter den angeblich aufgeklärten Europäern wie den Deutschen, Franzosen und nicht zuletzt den Engländern. Was Daniel aber am wenigsten verstand, war, daß die Farbigen diesen Rassismus untereinander genauso anwandten wie die Weißen auf sie. Ein Khoikhoi schaute voller Verachtung auf einen Korana hinunter, und ein Zulu wollte ums Verrecken nicht mit einem Baralong an einem Feuer sitzen. Und während für einen amerikanischen Neger, der seinen Herrn begleitete, alle Schwarzen Afrikas ausnahmslos primitive Wilde waren, galt dieselbe Diskriminierung zwischen Indern und chinesischen und malaiischen Kulis.

»... ein junger naiver Bursche aus London, der zu den Diggings kommt und es nicht erwarten kann, nach Diamanten zu schürfen. Einige Tage läuft er mit wachsender Verwirrung von einem Camp zum anderen. Schließlich faßt er sich in seiner Verzweiflung ein Herz und fragt einen alten Digger: ›Sagen Sie, Sir, wo ist dieses *veld*, von dem alle sprechen? Auf dem Schiff hat man mir gesagt, daß ich auf dem *veld* kampieren, mir vom *veld* mein Fleisch holen, mein Zelt auf dem *veld* aufschlagen und dann die Diamanten aus dem *veld* graben muß. Alle sprachen von nichts anderem als von dem *veld*, und ich will endlich mit dem Diamantenschürfen beginnen. Also, würde mir jemand, zum Teufel noch mal, endlich sagen, wo dieses verdammte *veld* überhaupt ist?«

Daniel hörte Sidneys Stimme, ohne aufzunehmen, was er da erzählte.

Alice lachte vergnügt.

»Sag bloß, du findest das nicht zum Lachen?« Sidney stieß ihn an.

Daniel fuhr aus seinen grüblerischen Gedanken auf. »Was?« fragte er.
»Na, was ich gerade erzählt habe!«
»Tut mir leid, ich habe das nicht ganz mitbekommen, Sidney«, entschuldigte sich Daniel.
»Von wegen nicht ganz«, bemerkte Alice mit einem spöttischen Lachen. »Du hast nicht ein Wort mitbekommen, Daniel. Du warst mit deinen Gedanken weiter weg von uns als der Mann im Mond!«
»Wie lautet der Urteilsspruch der Jury?« fragte Sidney mit verstellter Stimme ein imaginäres Gericht, um mit wieder anderem Tonfall sich selbst zu antworten: »Schuldig im Sinne der Anklage, hohes Gericht. Als Strafmaß wird festgesetzt, daß der Verurteilte die erste Flasche Champagner bei Ryk bezahlt und im Falle einer Wiederholung für die gesamte Zeche aufkommt.« Und mit dunkler Richter-Stimme fügte er warnend hinzu: »So sei es!«
Alice lachte, und Daniel sagte schmunzelnd: »Ich verspreche Besserung, Euer Ehren!«
»Das rate ich dir auch, Schwedenjunge!« drohte ihm Sidney scherzhaft. »Ich habe heute nämlich einen höllischen Durst, der dir ein gewaltiges Loch in deine Barschaft reißen wird, wenn du nicht bei der Sache bist!«
Daniel brauchte sich nicht groß anzustrengen, Alice und Sidney nicht zu enttäuschen. Mit wem hätte er auch lieber zusammensein wollen als mit der Frau, die er liebte, und seinem besten Freund?
Es wurde eine feuchtfröhliche Nacht, die von keinen Mißtönen getrübt wurde, auch von keinen unterschwelligen. Der Champagner in Ryk van Dykes Canteen war nicht so gut und auch nicht so kalt, wie Sidney angekündigt hatte. Aber dafür stimmte die Atmosphäre in der MIDNIGHT CRADLE, und nach der ersten Flasche fiel die mittelmäßige Qualität des Champagners sowieso nicht weiter ins Gewicht. Es wurde eine ausgelassene Feier, und sie hatten viel Spaß zusammen. Daniel fühlte sich mitgerissen vom Strom der Freude und Verbundenheit, und er hatte nicht die

geringste Mühe, aus sich herauszugehen und Alice und Sidney mit kuriosen Geschichten aus seinem Leben als Smouse zu unterhalten und zum Lachen zu bringen.
Daniel hatte das Gefühl, als hätte Alice endgültig ihren stachligen Panzer abgeworfen. Sie erschien ihm wie verwandelt. Immer wieder sah sie ihn mit einem warmen Lächeln an, und manchmal berührte sie ihn auch am Arm, wenn sie etwas erzählte und sich dabei von ihrem Temperament mitreißen ließ. Sie machte auf Daniel einen befreiten Eindruck, so als wäre ihr eine erdrückende Last von der Brust genommen und als könnte sie zum erstenmal frei atmen und sich des Lebens freuen.
Es war nach eins, als sie ordentlich beschwipst, doch nicht betrunken Arm in Arm, Alice in ihrer Mitte, durch das Camp von Blue Jacket wankten und dabei einen allseits bekannten Diggersong sangen, nicht besonders schön, aber dafür laut genug, um einige Hunde aus dem Schlaf zu holen und zum Kläffen zu bringen. Der Vollmond wies ihnen den Weg zu ihren Zelten.

»It's rocking at the cradle
and sorting all the day,
That's the life we diggers lead;
Rocking at the cradle
and sorting all the day,
That's the life we know ...«

»Kommt, laßt uns noch ein Bad nehmen!« schlug Sidney vor und stieß damit bei Alice und Daniel auf spontane Begeisterung. Die Nacht war warm, und eine Erfrischung war nach dem schweißtreibenden Rückweg von Klip Drift jetzt genau das richtige.
Sie liefen zum Fluß hinunter und warfen sich so, wie sie waren, in die Fluten. Die Luft war von einem schweren Duft warmer Erde und wilden Sträuchern erfüllt. Der Mond warf sein Licht auf den Strom und verwandelte ihn in flüssiges Silber.
Sie bespritzten sich gegenseitig mit Wasser und spielten Fangen

wie sorglose Kinder, die noch nichts von quälender Sehnsucht und bitteren Enttäuschungen ahnen.
Dann bekam Daniel Alice zu fassen. Sein Arm legte sich um ihre Taille, und für einen Augenblick spürte er sie wieder so nahe wie am Nachmittag, als sie sich an seine Brust geworfen und in seinen Armen gezittert und geweint hatte.
Sie sah ihn an, und ihr fröhliches Lachen klang aus wie ein Lied, das in den Schluchten ferner Berge verhallt.
»Gut, du hast gewonnen, Daniel. Und jetzt ist es Zeit, daß wir ein paar Stunden Schlaf bekommen«, sagte Alice und wand sich mit einer geschickten Drehung, die jedoch nichts Zurückweisendes hatte, aus seinem Arm. Damit war der einzigartige Zauber dieser nächtlichen Minuten im Fluß gebrochen, und in etwas nüchternerem Zustand kehrten sie zu ihren Zelten zurück.
Daniel zog seine nassen Sachen bis auf die Unterhose aus, hängte sie über eine der Spannleinen und schielte dabei zu Alice hinüber. Sie verschwand, klatschnaß, wie sie war, in ihrem Zelt.
Daniel lachte leise auf und schüttelte den Kopf. »Was hast du auch erwartet, du Narr«, murmelte er vor sich hin, und als er ausgestreckt auf seiner Decke lag, versuchte er sich daran zu erinnern, wie es sich angefühlt hatte, Alice in seinen Armen zu halten. Es wollte ihm nicht so recht gelingen.
Vielleicht im Traum, dachte er und überließ sich bereitwillig der alkoholschweren Müdigkeit, die ihn unwiderstehlich in den Schlaf zog.

13

Eine Hand, die ihn sanft berührte, und eine flüsternde Stimme weckten ihn. Er schlug die Augen auf und blickte benommen in die Dunkelheit. Verschlafen richtete er sich auf. Die Bilder seines Traums wirkten noch in ihm nach, und er brauchte einen Moment, um sich zu besinnen, wo er sich befand. Dann spürte er,

daß er nicht allein im Zelt war, und in derselben Sekunde nahm er die schemenhafte Gestalt an seiner Seite wahr.
»Molefe?« fragte er brummig.
»Nein, ich bin es.«
Daniel fuhr zusammen. »Alice?« stieß er ungläubig hervor und versuchte die Dunkelheit mit seinen Augen zu durchdringen.
»Ja. Ich muß dir etwas sagen, Daniel.«
Er war sprachlos vor Überraschung, und augenblicklich begann sein Herz zu rasen. Was wollte Alice mitten in der Nacht bei ihm im Zelt? Was wollte sie ihm mitteilen, was nicht bis zum Morgen warten konnte?
»Tut mir leid, daß ich dich geweckt habe«, sagte sie mit gedämpfter, ernster Stimme.
»Nein, das ist schon in Ordnung«, versicherte er hastig. »Was ist es, das du mir sagen mußt?«
»Ich verstehe mich nicht so gut auf Worte. Ich möchte dir deshalb auch lieber etwas geben als etwas sagen.«
»Du möchtest mir etwas geben?«
»Ja, das hier.«
Alice drückte ihm etwas in die Hand. »Was ist das?« fragte er verstört, denn er ahnte, was es war.
»Der Diamant, den ich gestern nachmittag gefunden habe. Er gehört dir.«
»Aber das ist doch Unsinn, Alice! Du hast ihn gefunden. Er ist der gerechte Lohn für viele Monate harter Arbeit, das Ende deiner Pechsträhne. Er gehört dir so sehr, wie einem etwas nur zustehen kann!«
»Ich wollte ja auch nicht sagen, daß er mir nicht gehört«, erwiderte Alice. »Ich weiß, daß ich mit diesem Diamanten tun und lassen kann, was ich möchte. Und ich möchte ihn dir nun mal schenken.«
»Unmöglich! Solch ein Geschenk kann und werde ich nicht annehmen, Alice!« wehrte er energisch ab und griff nach ihrer Hand, um ihr den Stein zurückzugeben. »Und wenn das irgend etwas mit deinen angeblichen Schulden bei mir zu tun hat, über

die du so penibel Buch geführt hast, dann laß dir endlich einmal gesagt sein ...«

»Ich weiß, was ich dir schuldig bin, Daniel, und ich weiß, daß ich nie in der Lage sein werde, diese meine Schulden bei dir abzutragen, und wenn ich so alt werde wie Noah«, fiel sie ihm mit einer merkwürdig sanften, ja fast zärtlichen Stimme ins Wort, die ihn augenblicklich verstummen ließ. »Aber ich kann dir etwas schenken.«

»Es gibt tausend Dinge, die du mir schenken kannst, die dich nicht einen Penny kosten und mir doch wertvoller sind als alle Diamanten der Welt«, entgegnete er ihr tief bewegt.

»Du weißt doch, wie viel du ...«

»Warte, bitte!« Er schwieg und hielt ihre Hand.

Alice holte tief Atem, als kostete sie das, was sie zu sagen im Begriffe stand, große Überwindung. »Ich habe noch nie in meinem Leben etwas besessen, was auch nur ein paar Shilling wert gewesen wäre. Als Kind bin ich in Lumpen herumgelaufen, und als junges Mädchen mußte ich die abgetragenen Sachen meiner älteren Geschwister anziehen. Nie habe ich etwas am Leib getragen, das nicht schon reichlich verschlissen und an vielen Stellen geflickt gewesen wäre. Ich bin in Armut aufgewachsen, und als mein Vater die Taverne übernahm und es uns ein wenig besser ging, da war dennoch kein Geld für mich übrig. Ich mußte auch weiterhin die abgelegten Sachen anderer Leute tragen und mir den Rücken krummschuften. Gelegentlich steckte mir eine mitleidige Seele einen Penny oder auch mal einen Threepence zu, aber ich wagte nicht, auch nur ein Geldstück zu behalten.«

»Hat er dich geschlagen?«

Sie lachte bitter auf. »O ja, mit schöner Regelmäßigkeit. Er hat mich wie einen Hund geprügelt, und lange habe ich geglaubt, diese Schläge auch zu verdienen.«

»Meine arme Alice«, sagte Daniel und spürte das starke Verlangen, sie in seine Arme zu nehmen und sie zu küssen und zu streicheln.

»Ich bin nicht mehr die arme kleine Alice. Diese Zeit habe ich endgültig hinter mir gelassen, als ich meinem Vater das Geld für die billigste Überfahrt gestohlen und England für immer den Rücken gekehrt habe. Niemand braucht mich zu bedauern«, wies sie sein Mitgefühl mit einem kurzen, ärgerlichen Aufbrausen zurück, um aber gleich in einem versöhnlichen Tonfall fortzufahren: »Ich habe dir nur davon erzählt, um dir klarzumachen, daß ich nie in meinem Leben über etwas verfügen konnte, was auch nur irgendwie von Wert gewesen wäre. Früher habe ich davon geträumt, einmal ein neues geblümtes Kleid und einen hübschen Strohhut mit einem Satinband zu haben und so herausgeputzt in einem Park spazierenzugehen. So kindlich naiv war einmal mein kühnster Traum. Und jetzt habe ich mit meiner eigenen Hände Arbeit einen wunderschönen Diamanten von sieben Karat aus der Erde geholt, einen Stein, der mehr als siebzig Pfund wert ist. Ich glaube nicht, daß du dir auch nur annähernd vorstellen kannst, was dieser Stein für mich bedeutet.«

»Vielleicht kann ich es wirklich nicht«, erwiderte Daniel berührt und von sehnsüchtiger Liebe erfüllt. »Aber wenn du derart empfindest, kannst du den Stein doch erst recht nicht einfach so verschenken.«

»Ich tue es nicht ›einfach so‹, Daniel. Ich will ihn dir zum Geschenk machen, weil ich vielleicht nie wieder in meinem Leben etwas besitzen werde, das so kostbar ist wie dieser Diamant.«

Er lachte leise auf. »Unsinn, du wirst noch viele Diamanten finden, Alice«, versicherte er. »Du hast eine Pechsträhne gehabt, nichts weiter. Es gibt hier noch massenweise Diamanten, die nur darauf warten, von uns aus dem Boden geholt zu werden. Und du bist zäh und wirst deinen gerechten Anteil bekommen, davon bin ich überzeugt.«

»Das mag sein, aber niemand weiß das mit Sicherheit. Ich kann morgen auf eine Diamantentasche mit ein, zwei Dutzend herrlichen Steinen stoßen oder gar auf ein Reef, ich kann aber auch nie wieder einen Diamanten finden«, beharrte sie. »Du kennst die Geschichten von den Pechvögeln der Diggings doch genausogut wie ich, Daniel.«

In der Tat, er kannte sie, dachte jedoch nicht daran, zuzugeben, daß alles möglich war, und weil er sich eines gewissen Aberglaubens nicht erwehren konnte, schwieg er darauf und zuckte mit den Schultern.

»Aber auch wenn ich noch viele Diamanten finde«, fuhr Alice fort, »so wird mir doch kein anderer Fund so viel bedeuten wie dieser hier.« Sie machte eine kurze Pause. »Ich habe noch nie jemandem etwas schenken können. Dies ist die erste und möglicherweise letzte Gelegenheit in meinem Leben, etwas zu verschenken, das schön und wertvoll ist. Ich möchte so sehr, daß du mein Geschenk annimmst. Wahrscheinlich habe ich sogar mehr davon als du. Ich kann es dir schlecht erklären, aber dir den Stein schenken zu können, gibt mir zum erstenmal in meinem Leben das Gefühl, jemand zu sein.«

»Du bist auch so ...«

»Bitte, weis mich nicht zurück, Daniel!« Ihre Stimme war ein geflüstertes Flehen.

Er war zutiefst aufgewühlt. Wie konnte er ihr Geschenk nach alldem, was sie gesagt hatte, noch zurückweisen? »Du läßt mir wirklich keine andere Wahl, nicht wahr?«

»Ich *bitte* dich, mir die Freude zu machen und den Stein anzunehmen.«

Er seufzte. »Also gut.«

»Und du wirst ihn mir nicht wieder irgendwie zustecken oder in meinen Claim schmuggeln?«

Er lachte, denn genau dieser Gedanke war ihm gerade durch den Kopf geschossen. »Auf was für Ideen du bloß kommst!«

»Gib mir dein Ehrenwort.«

»Alice, ich bitte dich!«

»Dein Ehrenwort. Sag es!«

Er gab sich geschlagen. »Nichts dergleichen wird geschehen, Alice. Ich werde deinen Stein behalten und in Ehren bewahren. Du hast mein Ehrenwort.«

»Was immer auch kommen mag?«

Er seufzte wieder. »Ja, was immer auch kommen mag. Mein Gott, bist du mißtrauisch. Bist du jetzt zufrieden?«

»Ja, so ist es gut.«
Daniel ließ den Stein zwischen seinen Fingern hin und her gleiten. »Eins verstehe ich immer noch nicht«, sagte er verwirrt. »Warum dieses Geschenk, das für dich doch ein so großes Opfer bedeutet? Womit habe ich das verdient? Weil ich dir das Leben gerettet, dich mitgenommen und dich in der letzten Zeit mit Lebensmitteln versorgt habe?«
»Damit hat es angefangen, aber das ist natürlich nicht der entscheidende Grund.«
»Und was ist der entscheidende Grund?« fragte Daniel mit belegter Stimme.
»Das, was du in mir angerichtet hast. Und ich möchte, daß du auch mir ein Geschenk machst und mir etwas gibst, wonach ich mich schon seit vielen Wochen verzehre.«
Sein Herz raste nun wie verrückt. »Alice ...«
»Ich möchte, daß du mich liebst, Daniel«, flüsterte sie. »Jetzt!«
»O Gott!« stöhnte er auf. War das nur ein extrem intensiver Traum, oder widerfuhr ihm die Erfüllung seines sehnsüchtigsten Wunsches tatsächlich?
Sie beugte sich vor und küßte ihn. Ihre Lippen glitten zuerst über seine Wangen und fanden dann seinen Mund. Diese Berührung jagte einen Schauer des Glücks und der Erregung durch seinen Körper.
Mit glühender Leidenschaft erwiderte er den Druck ihrer Lippen und zog sie in seine Arme. Sie sank mit ihm auf die Decke. Ihre Zungenspitze schob sich in seinen Mund, und Daniel stöhnte lustvoll auf, als sie auf seine traf und sie einander liebkosten.
Seine Hand strich über ihr Gesicht, zog die Linien ihrer Wangen und Augenbrauen nach, streichelte über ihr Haar und wanderte dann langsam über Rücken und Hüfte zu ihren Beinen. Ihr Kleid war hochgerutscht, und er spürte ihre nackte, wunderbar glatte Haut unter seinen Fingerkuppen. Seine Hand glitt unter dem Kleid an ihrem Oberschenkel hoch. Er rechnete damit, auf ihre Unterwäsche zu stoßen – doch unter dem rauhen Stoff war nichts als nackte Haut.

»Warte!« rief sie erregt, löste sich kurz aus seiner Umarmung und zog das Kleid über den Kopf.
Auch Daniel entledigte sich nun seines letzten Kleidungsstückes. Nackt und mit einem fast fieberhaften Verlangen nach dem Körper des anderen fielen sie sich in die Arme, küßten sich und ließen ihre Hände erkunden, was sie im Dunkel der Nacht nicht sehen konnten.
Daniel hatte das Bild vor Augen, wie sie nackt im seichten Uferwasser stand, und in seinem Geist sah er ganz genau, was seine Hände und Lippen berührten. Er bedeckte ihren Körper mit einer Flut leidenschaftlicher Küsse, und in demselben Maß, wie er sie mit Händen und Lippen erregte, liebkoste sie seinen Körper und steigerte seine Lust.
In einem Rausch sexueller Ekstase wurden sie schließlich eins. Ihre Körper fanden sich und verschmolzen in einem wilden Rhythmus.
Alice erstickte ihren langgezogenen Schrei, der aus der Tiefe ihrer Seele zu kommen schien, an seiner Brust, als die Lust ihren Gipfel erreichte und ihren Körper sich aufbäumen ließ. Daniel gelangte Augenblicke später zum Höhepunkt.
Schweißgebadet und schwer atmend lagen sie danach in der Dunkelheit. Daniel war überwältigt von der Leidenschaft und Lust, die sie einander gegeben hatten. Er lächelte in glückseliger Ermattung und strich mit zärtlicher Liebe über ihre Brüste.
Alice gab einen Stoßseufzer von sich. »Gut, daß es endlich geschehen ist«, sagte sie mit deutlicher Erleichterung. »Es war wunderschön, Daniel. Schöner, als ich es mir erträumt habe. Ich werde es nie vergessen.«
»O ja, es war schöner, als Worte es ausdrücken können«, stimmte er ihr zärtlich zu. Nichts, was er bisher mit einer Frau erlebt hatte, konnte sich mit dem Glücksgefühl und der sexuellen Erfüllung messen, die er soeben mit Alice geteilt hatte. »Und dabei ist es erst der Anfang.«
»Nein, es ist zugleich auch das Ende«, widersprach sie ganz ruhig, aber mit ernstem Nachdruck. »Es tut mir leid, wenn ich dir weh

tun muß, aber es wird nie wieder geschehen, Daniel.« Sie richtete sich auf und griff nach ihrem Kleid.

Verstört fuhr er hoch und packte sie am Arm. »Alice! Das kann unmöglich dein Ernst sein!« stieß er entsetzt hervor. »Sag, daß das nur ein schlechter Scherz ist.«

»Nein, ich meine es ernst. Was heute passiert ist, war etwas ganz Wunderbares und Einmaliges, aber es wird sich nicht wiederholen. Niemals!« bekräftigte sie, schüttelte seinen Arm ab und schlüpfte in ihr Kleid.

Ihre Worte trafen ihn wie Hiebe, und benommen wie ein schwer angeschlagener Boxer schüttelte er den Kopf. »Das kann ich nicht glauben, Alice. Ich liebe dich! Und ich weiß, daß auch du mich liebst. Du kannst mir doch nichts vormachen. Du hast dich nach mir verzehrt so wie ich mich nach dir. Versuche gar nicht erst, es abstreiten zu wollen!«

»Ich streite es auch nicht ab«, lautete ihre überraschende, rätselhafte Antwort. »Es stimmt alles, was du sagst. Ich liebe dich. Ich habe mich schon an dem Tag, als ich in deinem Wagen zu mir kam und dich an meiner Seite sitzen sah, in dich verliebt. Wie konnte ich auch anders, so gut aussehend und liebevoll, wie du bist?«

»Du hattest dich schon in mich verliebt, bevor wir noch den Vaal erreicht hatten?« fragte Daniel ungläubig in Erinnerung ihres barschen, kratzbürstigen Verhaltens ihm gegenüber.

»O ja!«

»Dann steckt in dir das Zeug zu einer großartigen Schauspielerin. Denn bis heute nachmittag habe ich geglaubt, du könntest mich nicht ausstehen.«

Sie lachte freudlos auf. »Ich wollte mich auch nicht in dich verlieben. In niemanden wollte ich mich verlieben, und ich habe mich all die Zeit dagegen gewehrt. Es tut mir leid, daß ich oft kurzangebunden und abweisend zu dir gewesen bin. Ich dachte, ich könnte so meine Gefühle für dich auf Distanz halten, bis ich dann erkannt habe, daß es sinnlos ist, die eigenen Gefühle verleugnen zu wollen. Deshalb bin ich heute nacht zu dir gekommen.«

»Ja, Gott sei gedankt, daß du aufgegeben hast, dir und mir etwas

vormachen zu wollen. Aber was soll denn nun das dumme Gerede, daß damit alles vorbei ist?« fragte er ganz durcheinander. »Wir lieben uns, richtig? Und damit endet doch nichts, sondern fängt erst alles an. Alice, ich meine es ernst. Ich möchte, daß du meine Frau wirst!«
»Niemals. Ich wünschte, ich könnte, aber ich kann nicht. Gerade weil ich dich liebe.«
»Das macht keinen Sinn!«
»O doch, es macht sehr viel Sinn, Daniel. Liebe ist nur ein anderes Wort für Gift. Und ich werde niemals zulassen, daß dieses Gift mein Leben zerstört!« Und ohne eine Erwiderung abzuwarten, sprang sie auf, schlug die Plane vor dem Eingang zurück und huschte hinaus in die Nacht.
Daniel stieß einen unterdrückten Fluch aus, suchte nach seiner Hose und zog sie hastig an. Dabei fand er den Diamanten, den sie ihm geschenkt hatte. Er steckte ihn in die Tasche und stürzte aus dem Zelt, ohne sich noch lange mit seinen Stiefeln aufzuhalten.
Er fand Alice unten am Fluß. Sie hatte Kieselsteine in der Hand und warf sie nacheinander, so weit sie konnte, ins Wasser.
»Bitte faß mich nicht an«, sagte sie ruhig, aber eindringlich.
»Hast du vergessen, daß du vor wenigen Minuten nackt in meinen Armen gelegen hast und wir uns geliebt haben?« stieß er gequält und wütend zugleich hervor.
»Ich sagte dir doch schon, daß ich es niemals vergessen werde. Es ist das Geschenk gewesen, das ich mir so sehnlichst gewünscht habe. Es war wunderschön, und dafür werde ich dir ewig dankbar sein.«
Daniel faßte sich an den Kopf. »Du mußt den Verstand verloren haben, Alice! Nichts von dem, was du sagst, macht auch nur den geringsten Sinn! Wie kannst du sagen, du liebst mich und hättest dir nichts sehnlicher gewünscht, als so geliebt zu werden, und im nächsten Augenblick davon sprechen, daß Liebe Gift ist, und so tun, als stünde irgendein dunkles Schicksal zwischen uns, das unsere Liebe unmöglich macht.«

»Ich werde dir sagen, was unsere Liebe unmöglich macht.« Alice wandte sich ihm zu. »Es ist kein dunkles, geheimnisvolles Schicksal, sondern die bittere Erfahrung meines Lebens. Wann immer ich jemanden geliebt habe, hat sich die Liebe jedesmal in Haß und Gewalt verwandelt. Ich habe meine Eltern geliebt, doch diese Liebe haben sie mir mit dem Ledergürtel und mit der Faust gründlich ausgetrieben. Und meinen beiden Schwestern ist es nicht anders ergangen. Oh, wie verliebt sie gewesen sind, sie und ihre Ehemänner, als sie sich das Jawort gaben. Und wie sehr ich sie um ihr Glück beneidet habe.« Mit einem höhnischen Lachen warf sie den Kopf in den Nacken. »Aber der Alltag hat dieser Liebe und Leidenschaft ein rasches Ende bereitet. Danach gab es nur noch Sorgen und Angst vor Demütigungen und Schlägen. Meine älteste Schwester hat ihr Baby verloren, weil ihr Mann sie im Suff grün und blau geschlagen und sie eine Treppe hinuntergestürzt hat – und er hat noch auf sie eingetreten, als sie schon blutend am Boden lag. Und mein Vater hat nach der Totgeburt nichts weiter dazu gesagt, als daß jede Frau die Prügel, die sie bezieht, auch verdient hat. Damit war die Sache für ihn erledigt, wie auch für die meisten anderen verheirateten Männer in unserem Viertel.«

»Mein Gott, das ist ja entsetzlich«, räumte Daniel bestürzt ein, »aber von diesen Ausnahmen kannst du doch nicht auf alle anderen ...«

»Es sind keine Ausnahmen!« fiel sie ihm mit schriller, erregter Stimme ins Wort. »Es sind vielmehr die Ehen, die ihr Glück bewahren können, die die Ausnahme von der Regel bilden. Mein Vater hat herumgehurt und Frau und Kinder geschlagen, meine Brüder und Schwäger haben es ihm nachgemacht, und viele andere, die in unserer Taverne verkehrt und in der Nachbarschaft gelebt haben, sind nicht viel besser gewesen. Ich habe mir geschworen, daß ich nicht in diese Falle gehen werde. Ich werde nicht vor der Liebe kapitulieren und die Kontrolle über mich und mein Leben aus der Hand geben, weil mich meine Gefühle für einen Mann schwach werden lassen. Du kannst mit Engelszungen reden, mich anflehen, mir tausend Schwüre leisten, ja sogar mit Selbstmord drohen – nichts wird mich dazu bringen, meinen Schwur zu brechen.«

Fassungslos sah er sie an. »Merkst du gar nicht, wie grausam du bist?« stieß er hervor. »Nicht nur gegen mich, sondern auch gegen dich selbst.«

»Sicher, ich tue dir sehr weh, und auch ich leide. Aber es war nur eine Nacht, und wir werden darüber hinwegkommen. Diese kurze Zeit des Schmerzes ist nichts im Vergleich zur Qual eines lebenslänglichen Leidens, wenn man sich zum Sklaven seiner Liebe gemacht und sich in den Fallstricken einer Liebesehe verfangen hat.«

»Und was ist, wenn du schwanger wirst und ein Kind von mir bekommst?«

Das brachte sie nicht aus der Ruhe. »Ich werde nicht. Ich kann nicht schwanger werden. Nicht heute.«

»Meinen Glückwunsch, Alice. Du hast wirklich an alles gedacht!« stieß er mit bitterem Sarkasmus hervor.

»Nein, nichts war geplant. Es hat sich so ergeben, weil es so sein sollte.«

»Dann willst du also auf eine eigene Familie und Kinder verzichten?«

Alice sah ihn überrascht an. »Wie kommst du denn darauf? Davon habe ich nicht gesprochen. Natürlich werde ich irgendwann einmal heiraten. Die Gesellschaft läßt einer Frau ja gar keine andere Wahl.«

»So, und wen willst du dann heiraten?«

»Natürlich jemanden, der mich liebt und anbetet und auch sonst ein liebenswerter Mensch ist«, antwortete sie mit einer selbstverständlichen Berechnung, daß es ihm die Sprache verschlug. »Eigentlich wärst du der Richtige gewesen, Daniel. Zu schade, daß ich mich in dich verlieben mußte.«

Daniel ballte die Fäuste. »Schämst du dich nicht, mir das ins Gesicht zu sagen?«

»Nein, ich schäme mich nicht dafür, daß ich ehrlich bin. Ich

bedaure nur, daß es so gekommen ist und ich dir damit Schmerzen bereite.«
»Dein zukünftiger Ehemann tut mir jetzt schon leid!« stieß Daniel mühsam beherrscht hervor, von Wut, Verständnislosigkeit und Verzweiflung erfüllt.
»Das sollte er aber nicht«, erwiderte sie, ohne sich im mindesten verletzt zu fühlen. »Ich beabsichtige schon, eine im konventionellen Sinn durchaus glückliche Ehe zu führen. Ganz sicher werde ich keinen Mann heiraten, den ich nicht von Herzen mag und respektiere und in dessen Gesellschaft ich mich nicht wohl fühlen kann. All das muß selbstverständlich gegeben sein. Nur wird auf meiner Seite keine Liebe und keine Leidenschaft den Blick trüben.«
»Vielleicht fragst du ja Sidney, ob er dich heiratet!« Gedankenlos rutschte es ihm heraus, voll ohnmächtiger Wut und innerer Qual. Er wußte nicht, wie er in diesem Moment ausgerechnet auf Sidney kam, und obwohl sein beißender Hohn keinen Zweifel daran ließ, wie seine Bemerkung zu verstehen war, erschrak er doch darüber, als hätte er intuitiv etwas berührt, was er eigentlich gar nicht wissen wollte.
Alice wandte sich halb zu ihm um und lächelte ihn versonnen an. »Du wirst lachen, aber daran habe ich auch schon gedacht«, sagte sie, als hätte er ihr einen guten Rat gegeben, den man sich durch den Kopf gehen lassen sollte. »Sidney ist wirklich ein lieber Kerl.«
Scharf zog Daniel die Luft ein. Er hatte das entsetzliche Gefühl, gleich die Beherrschung zu verlieren und zu jeder Tat fähig zu sein.
»Nun, noch hat es keine Eile«, sagte Alice da in das unerträgliche Schweigen und in einem Tonfall nachlassenden Interesses. »Warten wir ab, was die Zeit bringt.« Sie ließ die restlichen Steine, die sie noch in der Hand hielt, in den Sand zu ihren Füßen fallen, berührte Daniel in einer seltsam anmutenden, weil zögernden Weise mit den Fingerspitzen sanft an der Wange, als wollte sie ihn mit dieser merkwürdigen Geste um Entschuldigung für das

bitten, was sie ihm angetan hatte, und ging dann ohne Eile den Pfad zum Camp hinauf.
»Gott, laß mich aus dem Alptraum aufwachen!« flüsterte Daniel und sank zitternd in den warmen Ufersand. »Erhöre mich, und mach diesem Alptraum ein Ende!«
Doch alles blieb, wie es war. Aus dem Camp drang das vertraute Kläffen der Hunde, der Vaal floß weiter still und träge dahin, und über ihm in der schwarzen Kälte des Nachthimmels verloren sich die wenigen Sterne, die das Kreuz des Südens bildeten, in der Einsamkeit kosmischer Unendlichkeit.
Nichts hatte sich verändert, und dennoch war alles anders geworden.

Teil II

Vaal River

14

Florence Ashburn hatte Tränen in den Augen. Diese Hügelkette brachte sie noch zur Verzweiflung. Dabei stieg das Gelände gar nicht so steil an. Eigentlich handelte es sich bloß um einige etwas ausgeprägtere Bodenwellen. Es waren die zahlreichen Gesteinsbrocken und Dornenbüsche, die der hitzeflirrenden Landschaft ihr eintöniges Gepräge gaben und ihnen das Vorankommen so schwer machten. Als ob die sengende Sonne und die Qual, sich nun selber vor den übel zugerichteten Wagen spannen und die Arbeit von zwei Pferden leisten zu müssen, nicht schon Strafe genug gewesen wären.

»Hast du genug Atem geholt, Florence? Bist du wieder bereit?«

Florence Ashburn wandte sich um. Schmerzhaft scheuerten dabei die breiten Lederriemen des Zaumzeugs, das sie sich über die Schultern gelegt hatte, über die entzündeten Stellen rechts und links vom Hals. Ihr schmales, zartes Gesicht unter dem staubbedeckten Schutenhut war von Erschöpfung und aufkommender Verzweiflung gezeichnet.

»Ich weiß nicht, Horatio. Ich weiß nicht, ob wir es jemals bis auf die Kuppe schaffen, geschweige denn zum Vaal«, antwortete sie gequält.

»Aber was redest du denn da, Schatz! Natürlich werden wir es schaffen. Ich glaube es nicht nur, sondern ich weiß es so sicher, wie ich weiß, daß nichts unserer Liebe anhaben kann.«

Ihre Augen leuchteten auf. Ein Wort von ihm konnte Wunder wirken, so auch jetzt. Ihr war, als kehrte mit seinem Zuspruch augenblicklich wieder Kraft und Zuversicht in sie zurück. »Ach, Horatio ...«

Horatio Aurel Barclay stand hinter dem einachsigen Wagen. Er hatte Steine unter die Räder gelegt, damit das mit Koffern,

Proviantsäcken, Wasserschläuchen und Diggerausrüstung beladene Gefährt nicht zurückrollen konnte. Sein Rüschenhemd sah so mitgenommen aus wie ihr Kleid. Er trug es bei der Hitze weit offen und mit Ärmeln. Wie er es schaffte, seinen sandfarbenen Filzhut, dessen Band das Emblem des King's College von Cambridge zierte, bei diesen Strapazen in einem so ausgezeichneten Zustand zu halten, war ihr ein Rätsel. Er sah so aus, als hätte er ihn nie zu anderen Gelegenheiten getragen als beim Flanieren an Deck der S.S. Batavia – und natürlich in Cambridge und auf den Straßen von London. Daß er schon zwei Wochen afrikanische Wildnis mit all dem Schweiß, Staub und Dreck hatte erdulden müssen, sah man dem teuren Hut nicht an – zumindest nicht auf einige Schritte Entfernung.
Er lächelte sie aufmunternd an. »Nur Mut, mein Liebling. Wir haben es gleich geschafft. Das Ärgste liegt doch schon hinter uns. Wenn wir oben bei den Kameldornbäumen sind, gönnen wir uns eine längere Rast.«
Florence fühlte sich zerschlagen und am Ende ihrer Kräfte. Doch als sie sein lächelndes Gesicht sah, vergaß sie für einen Moment ihre schmerzenden Glieder, die wunden Stellen und die erbarmungslose Hitze. Wie sehr sie ihn doch liebte! Noch vor zwei Monaten hätte sie eine solche Liebe nicht für möglich gehalten. Horatio hatte sie nicht nur zur Frau gemacht, sondern ihr eine völlig neue, atemberaubend himmlische Welt geschenkt. Eine Welt der Liebe, Leidenschaft und Lebensfreude, von der sogar ihre Lieblingsschriftsteller in den vielen romantischen Büchern, die sie schon verschlungen hatte, ihr nicht einmal eine schwache Ahnung hatten vermitteln können. Was sie sich einmal unter Liebe und Glück und ehelichen Pflichten vorgestellt hatte, kam dem, was sie mit Horatio verband und erlebte, so wenig nahe wie ein trüber, regnerischer Novemberabend in Somerset einem strahlenden Sommermorgen in Kapstadt.
Als sie Horatio Aurel Barclay das erstemal erblickt hatte – und diese schicksalhafte Begegnung an Deck der S.S. Batavia an ihrem ersten stürmischen Tag auf See würde sie nie vergessen –,

da hatten seine stattliche Gestalt und besonders seine makellosen Gesichtszüge sie unwillkürlich an die vollkommenen Marmorstatuen griechischer Helden- und Göttergestalten aus der Antike erinnert. Eine weiße, locker gegürtete Tunika hätte ihm genauso wunderbar zu Gesicht gestanden wie der maronenfarbene und perfekt geschneiderte Mohairanzug, die rehbraune Seidenweste und die mokkadunkle Krawatte auf dem cremefarbenen Rüschenhemd.

Ja, Horatio war ihr moderner Apoll, und es erschien ihr noch immer als ein Wunder, daß ausgerechnet sie seine Liebe errungen hatte, und dabei dachte sie weniger an seine gesellschaftliche Stelle, die er als Neffe des berühmten Londoner Bankiers James Barclay einnahm, als an seine Persönlichkeit an sich.

Nicht, daß sie unter Minderwertigkeitsgefühlen gelitten hätte, was ihre Erscheinung betraf. Wie jede junge Frau von knapp achtzehn Jahren, so hatte auch sie täglich viel Zeit vor dem Spiegel verbracht und sich kritisch gemustert, um einerseits ihre körperlichen Vorzüge zu erkennen und hervorzuheben und andererseits ihre Schwächen möglichst gut zu verbergen. Und seit Tante Liz und Onkel Edward nach ihrem sechzehnten Geburtstag die Zeit für gekommen hielten, sie sozusagen für den Heiratsmarkt zuzulassen und sie offiziell zur Schau zu stellen, wie sie das Verhalten ihrer für sie sorgenden Verwandten insgeheim bezeichnete, seitdem war der dreiteilige Spiegel ihrer Frisierkommode in ihrer winzigen Dachstube in Dunster zu ihrem intensivsten Gesprächspartner geworden. Ihm hatte sie alle ihre Freuden und Enttäuschungen, Hoffnungen und Ängste anvertraut, und an Ängsten hatte es in dem letzten Jahr, seit ihrer Verlobung mit Lieutenant Charles Barnfork, in ihrem Leben keinen Mangel gegeben.

Florence Ashburn wußte, daß sie keine umwerfende Schönheit war, bei deren Anblick den Männern der Atem wegblieb. Niemand würde für sie sein Leben riskieren oder sonst etwas Verrücktes tun, um ihre Gunst zu gewinnen. Dazu reichte weder ihre äußerliche Attraktivität noch ihre Mitgift. Damit hatte sie sich

abgefunden, als sie nach dem schrecklichen Tod ihrer Eltern und dem überraschenden Bankrott der väterlichen Fabrik das schöne Haus in Bath hatte verlassen und als neunjährige, mittellose Vollwaise zu ihren Verwandten in Dunster hatte ziehen müssen. Elizabeth und Edward Pendleton hatten in den darauffolgenden Jahren viel Gutes für sie getan, es ihr in materieller Hinsicht an nichts fehlen lassen und sie nach *ihren* Prinzipien gottesfürchtiger Strenge und Disziplin erzogen. Aber gleichzeitig hatten sie sie doch nie vergessen lassen, daß sie ohne einen Penny zu ihnen gekommen war. Besonders Tante Liz hatte es verstanden, sich immer wieder scheinbar ganz allgemein über den abstoßenden Dünkel und den tiefen Fall der Hochmütigen auszulassen, und diese Gespräche, die mehr von Bibelzitaten und Seufzern erfüllte Monologe waren, hatte sie am liebsten in Gesellschaft ihrer Damen vom Kirchenkreis und vom Bridgeclub geführt. Doch Florence, die zu diesen Gelegenheiten hatte Tee und Gebäck servieren *dürfen*, hatte stets gewußt und gespürt, daß von ihren Eltern die Rede gewesen war, die in Bath ein großes Haus geführt und in Kreisen verkehrt hatten, die dem Besitzer einer Eisenwarenhandlung in Dunster und seiner Frau für immer verschlossen bleiben würden.
Tante Liz hatte ihrer Schwester insgeheim wohl nie verziehen, daß ausgerechnet sie das große Los mit dem Sohn des Gießereibesitzers gezogen hatte und fast so etwas wie eine Lady geworden war. Und wenn sie den tragischen Tod ihrer Schwester und deren Mannes auch zutiefst bedauerte (schon weil sie ihnen ein Leben in bitterster Armut gegönnt hätte!), so hatte sie den Bankrott ihres Schwagers doch als bittersüßen Triumph genossen.
»Arm wie ein Bettelkind ist sie zu uns gekommen«, pflegte Tante Liz mit scheinbar mitleidiger Miene und Stimme gern im Kreis ihrer Freundinnen und zu Kunden zu sagen. »Dem Himmel sei Lob und Dank, daß zumindest die Natur es ein wenig gut gemeint und ihr ein ansprechendes Äußeres geschenkt hat, da sie doch schon genug unter den Mängeln ihrer Herkunft, diesem gräßlichen Skandal, zu leiden haben wird.«

Eine hübsche Erscheinung war Florence Ashburn in der Tat. Ihre Haut war glatt und rein und besaß einen gesunden rosigen Schimmer, zumindest der Teil ihres Körpers, der nicht der unbarmherzigen Sonne ausgesetzt war, und ihr Gesicht bot einen reizvollen Anblick mit seiner ganz eigenen Mischung aus mädchenhaften und fraulichen Zügen. Ihre Taille hätte sie sich, dem Schönheitsideal der Zeit entsprechend, zwar gern um einiges schmaler gewünscht, aber dem konnte man mit einem gut geschnürten Korsett nachhelfen – unter normalen Umständen, nicht aber, wenn man unterwegs zum Vaal war und die Arbeit von Pferden leisten mußte. Daß sie einen schön geformten Busen besaß, nicht zuviel und nicht zuwenig, empfand sie als gerechten Ausgleich. Ihr größter Stolz und ganz sicherlich das, was jedem an ihr zuerst ins Auge fiel und im Gedächtnis haftenblieb, war ihr volles feuerrotes Haar. Es hatte zum Glück nicht die vulgäre Farbe von Karotten, sondern leuchtete in einem ganz seltenen, warmen Ton, als hätten sich Kupfer und Gold in ihrem Haar verbunden. Es war eine interessante, ungewöhnliche Farbe, die wunderbar mit dem dunklen Grüngrau ihrer Augen harmonierte.

»Florie, wollen wir es mal wieder angehen?«

Die Art, wie Horatio Barclay ihren Kosenamen aussprach, zauberte ein Lächeln auf ihr Gesicht. »Ja, versuchen wir es«, antwortete sie ihm.

»Braves Mädchen«, lobte er. »Ich zähle bis drei. Bei drei gibst du alles, was du kannst.«

Florence nickte, wandte sich wieder nach vorn, rückte die Gurte zurecht und wickelte die Riemen dreimal um ihre Handgelenke. Leicht vornübergebeugt und den Kopf gesenkt, stand sie im gespannten Pferdegeschirr und wartete auf sein Kommando.

»Eins ... zwei ... drei! Los!«

Florence legte sich mit aller Kraft in die Riemen und versuchte einen Schritt nach vorn zu machen. Schweiß trat ihr auf die Stirn, und ein scharfer Schmerz durchfuhr ihre Schulterpartie, doch sie ignorierte ihn. Sie mußten den Wagen endlich in Bewegung und auf die nächste Kuppe bringen.

Sie hörte Horatio keuchen und unterdrückt fluchen, während er sich gegen die Rückwand des Einachsers stemmte. Florence spürte, wie der Wagen sich bewegte.
»Er kommt!« schrie Horatio hoffnungsvoll. »Gut so ...! Er kommt! Jetzt nur nicht nachlassen, Florie. Wenn wir ihn erst am Laufen haben, kostet es uns halb soviel Kraft.«
Florence biß die Zähne zusammen. Ihr war, als versuchte sie durch einen zähen Sumpf zu waten. Sie wollte einen Schritt vorwärts machen, doch ihr Schuh rutschte über den Sand wieder zurück, und sie kam vielleicht eine Handbreit voran.
»Nicht nachlassen, Florie!« rief Horatio.
Florence Ashburn kämpfte. Sie wollte nicht aufgeben, sondern den Wagen auf diese elende Hügelkuppe zu den Kameldornbüschen bringen. Sie wollte nicht aufgeben. Jeder Schritt, den sie vorankamen, brachte sie dem Vaal und ihrem gemeinsamen Glück näher. Jeder Schritt war ein Schritt in die Freiheit, weg von der beklemmenden Welt von Dunster und weg von einer arrangierten Vernunftehe, die in einer indischen Provinzstadt in Gestalt von Lieutenant Charles Barnfork auf sie gewartet hatte.
Entsetzlich langsam quälten sie sich den Hügel hinauf. Zehn, fünfzehn Schritte vor der Kuppe rollte eines der Räder in eine kleine, nicht einmal handtiefe Rille im Boden – und augenblicklich geriet die Bewegung ins Stocken. Dieser kurze Moment genügte, um zum Stehen zu kommen und Florence das Gefühl zu geben, als hätte sie plötzlich einen Wagen aus Blei an den Gurten hängen.
Sie saßen wieder fest.
Horatio gab einen Fluch von sich, der so gar nicht zu einem Gentleman paßte.
Florence sackte erschöpft und mit zitternden Gliedern in den Sand. Tränen rannen ihr über das Gesicht. »Wir schaffen es nicht, Horatio«, schluchzte sie. »Es tut mir leid, aber ich bin einfach nicht kräftig genug. Ich bin schuld, daß wir auch das zweite Pferd noch verloren haben und nun nicht mehr weiterkommen. Es ist alles meine Schuld, und jetzt bin ich dir ein Klotz am Bein.«

Horatio schob rasch einen dicken Stein hinter ein Rad, griff zum Wasserschlauch und war im nächsten Moment bei ihr. Er hockte sich zu ihr in den Sand und legte seinen Arm tröstend um sie. »Sag doch so etwas nicht, Florie.«

»Aber es ist die Wahrheit«, schluchzte sie.

»Wenn ich das Pferd besser angebunden hätte, hätte es sich in der Nacht nicht frei machen und von unserem Lager entfernen können. Dann wäre es auch nicht dem Raubtier zum Opfer gefallen, und dann ...«

»Florie, bitte!« unterbrach er sie sanft. »Quäl dich doch nicht mit Dingen, die nun mal geschehen sind und sich nicht mehr ändern lassen. Und sprich vor allem nicht von Schuld. Wir haben auf dieser abenteuerlichen Reise beide unsere Fehler gemacht, aber das ist doch wohl ganz natürlich. Oder bist du schon mal auf eigene Faust durch solch eine Wildnis gezogen?«

Florence schüttelte den Kopf. »Die einzige Wildnis, die ich bis zu unserer Ankunft in Kapstadt gekannt habe, war der verwilderte Garten von Harriet Hillspoon, mit deren Tochter Frances ich eigentlich nicht verkehren durfte, und dieser Garten war gerade halb so groß wie der Marktplatz von Dunster.«

»Da hast du mir ja noch etwas voraus«, sagte er scherzhaft und in dem Bemühen, sie aufzumuntern. »Wenn jemandem etwas vorzuwerfen ist, dann allein mir. Und jetzt nimm erst einmal einen ordentlichen Schluck Wasser. Das wird dir guttun. Ich darf doch nicht zulassen, daß meine geliebte Wüstenblume austrocknet und ihren Kopf sinken läßt.«

»Ach, Horatio ...« sagte Florence zwischen Weinen und Lachen hin und her gerissen und nahm dankbar den Wasserschlauch entgegen. Sie zwang sich, nicht zu gierig zu trinken, obwohl ihr Wasservorrat mehr als ausreichend war, ein gewisser Trost in dieser Situation, denn sie versuchten abseits der normalen Route die Große Karroo zu durchqueren.

»Doch. Es war einfach ein Fehler, nicht auf die Warnungen der Einheimischen zu hören und mit nur zwei Pferden von Kapstadt aufzubrechen«, räumte er unumwunden ein. »Aber mehr sind in der kurzen Zeit, die wir für die Organisation unserer Flucht und Reise zu den Diamantendiggings hatten, nun mal nicht aufzutreiben gewesen, und wir mußten ja schnell aus der Stadt raus, um deiner Tante und der zukünftigen Schwiegermutter, dieser vertrockneten und eingebildeten Schachtel, zu entkommen.«

Ein schwaches Lächeln glitt über das Gesicht von Florence. Zu gern hätte sie gesehen, wie ihre Tante und Missis Edna Barnfork, die sie immer wie ein dummes Hausmädchen behandelt und an allem, was sie gesagt oder getan hatte, etwas auszusetzen gehabt hatte, wie diese beiden Ehekupplerinnen auf ihren Abschiedsbrief reagiert hatten.

Wie hatten sie bloß reagiert, als ihnen aufgegangen war, daß sie, Florence Ashburn, ganz und gar nicht vor Dankbarkeit zerfloß, die Ehefrau von Lieutenant Charles Barnfork, diesem rundgesichtigen und langweiligen Stockfisch von einem Mann, zu werden, sondern daß sie es vorgezogen hatte, mit einem der Passagiere durchzubrennen. Daß sie lieber alle Gefahren der Wildnis und die Risiken ihrer freien Entscheidung auf sich nahm, als in einer elenden indischen Provinzgarnison langsam die tausend Tode der Langeweile und der Demütigungen zu sterben, die auf die Ehefrauen junger Offiziere nun mal so unabwendbar warteten wie Hitze, Fliegen, Gin, Bridge, Gelbfieber und das erstickende Korsett unzähliger Konventionen. Und auf sie, Florence, hatte zudem noch die Härte gewartet, mit ihrer Schwiegermutter unter einem Dach zu wohnen, denn Missis Edna Barnfork hatte nach dem Tod ihres Mannes vor einem Jahr entschieden, zu ihrem Sohn zu ziehen – und ihm quasi als Geschenk eine Ehefrau mitzubringen. Wie mußte sie die Erkenntnis getroffen haben, daß daraus nichts würde und sie nun gezwungen waren, sich rasch ein paar süß-sauer verlogene Geschichten einfallen zu lassen, die erklärten, warum aus der angekündigten Eheschließung zwischen Lieutenant Charles Barnfork und Florence Ashburn nichts wurde. Vermutlich waren sich Tante Liz und Edna Barnfork erst einmal ohnmächtig in die Arme gefallen.

Daß sich in Florence beim Gedanken an die Empörung der

beiden Frauen über ihren Abschiedsbrief keine Gewissensbisse regten, sondern sich vielmehr das Gefühl einstellte, nun endlich eine langjährige Rechnung ständiger Bevormundung, moralischer Belehrung und unablässiger Demütigung unter dem Deckmantel aufopfernder geschwisterlicher Liebe beglichen zu haben, überraschte sie selbst. Sie fühlte sich buchstäblich befreit von Tante Liz und Missis Edna Barnfork. Nun, nicht nur einmal hatten sie ihr ja zu verstehen gegeben, daß sie *eigentlich* nicht gut genug sei, um die Ehefrau eines so prächtigen und vielversprechenden Offiziers wie Charles Barnfork zu werden. Wie oft hatte sie gehört, welch große Gnade es sei, daß seine Wahl bei seinem letzten Besuch in England, veranlaßt durch den Tod sein Vaters und die Klärung von Erbstreitigkeiten in der Familie des Verstorbenen, ausgerechnet auf sie gefallen sei. Als wäre sie ein Stück Möbel unter vielen gewesen, unter denen Lieutenant Barnfork die freie Auswahl gehabt hatte. Wie entsetzlich anmaßend! Und dabei war er weder ein Prinz noch gut aussehend oder gar vermögend. Er war nichts im Vergleich zu Horatio Barclay. Und auch wenn Horatio nicht einen Penny besessen hätte, hätte ihm der puddinggesichtige Langweiler von Lieutenant Stockfisch-Barnfork nicht das Wasser reichen können. Allein schon diesen Namen tragen zu müssen, wäre eine Strafe bis ans Lebensende gewesen.

Florence seufzte und vermochte sich einer gewissen Genugtuung, die an Schadenfreude grenzte, nicht zu erwehren. Jetzt konnten ihre Tante und Charles' Mutter ja vollauf zufrieden sein, daß der liebe, gute Charles sich nicht mit so einer schlechten Partie wie ihr zufriedengeben mußte. Sollte er es doch wagen, um die Hand der Tochter seines Regimentskommandeurs anzuhalten.

Sie dankte im stillen Gott zum x-tenmal, daß sie Horatio auf der S.S. Batavia begegnet war und daß sie einander vom ersten Moment an verfallen gewesen waren. Seine Liebe hatte sie vor einem unsäglichen Schicksal bewahrt. Befreit hatte er sie wie einen einsamen Vogel aus seinem goldenen Käfig. Wie gut nur, daß Liz und Edna schrecklich unter der Seekrankheit gelitten und die meiste Zeit todkrank in ihren Kabinen verbracht hatten. So hatten sie sie nicht am Gängelband führen und eine nähere Bekanntschaft mit Horatio verhindern können, was sie unter anderen Bedingungen zweifellos mit aller Strenge getan hätten. Nichts hatten sie der wunderbaren Liebesaffäre, die sich zwischen ihnen entwickelt hatte, entgegenstellen können. Und sie war fest davon überzeugt, daß eine höhere Macht dafür gesorgt und ihre schützende Hand über sie beide gehalten hatte – und es bestimmt auch weiterhin tun würde.

»Und wer konnte schon ahnen, daß sich eines unserer Pferde bereits kurz hinter Bain's Kloof die Knochen brechen und reif für den Gnadenschuß sein würde«, holte Horatio sie aus ihren Gedanken. »Wir hatten wirklich zuwenig Zeit in Kapstadt. Wir konnten ja schlecht vier Wochen auf den nächsten Platz in einer Kutsche der INLAND TRANSPORT COMPANY warten. Deine Verwandten hätten Himmel und Hölle in Bewegung gesetzt, um dich wieder zur Räson zu bringen und mir irgend etwas anzuhängen, um mich einsperren lassen zu können, zumindest lange genug, um mit dir weiter nach Kalkutta zu reisen.«

»Ja, das hätten sie ganz gewiß«, stimmte Florence ihm zu, und ihr schauderte bei dem Gedanken. Noch war sie nicht volljährig, und solange sie das Mündel von Edward und Elizabeth Pendleton war, galt ihr Wille und das, was ihr Herz verlangte, sowenig wie die Bitte eines Kindes. Eine sorgenvolle Falte bildete sich auf ihrer Stirn. Sie hatte in ihrem Abschiedsbrief eine falsche Fährte ausgelegt und geschrieben, daß sie den Dampfer nehmen würde, der in der Nacht ihres Verschwindens nach Australien ausgelaufen war. »Meinst du, sie sind darauf hereingefallen, daß ich angeblich mit dir nach Australien durchgebrannt bin?«

Horatio schmunzelte. »Ich gehe jede Wette darauf ein. Es weist ja auch alles darauf hin, nicht nur dein Brief, sondern auch die Unterlagen der Reederei. Es hat mich außer einer Menge Überredungskunst auch eine hübsche Stange Geld gekostet, damit der Sekretär des Schiffsagenten in Kapstadt unsere beiden Namen noch nachträglich auf die Passagierliste der S.S. TRADEWIND gesetzt hat. Und diese angeblich narrensicheren, offiziellen Unterlagen wird deine Tante kaum in Zweifel ziehen – zumal der einzige, der von dem kleinen Schwindel weiß, dieser hakennasige Sekretär, sich selbst in Richtung Vaal abgesetzt hat.«

»Ich hoffe, du hast recht, Horatio. Denn in Australien kann Tante Liz mich lange suchen lassen.«

»Keine Sorge. Was das betrifft, habe ich schon das Richtige gemacht«, versicherte er und fuhr mit bedrückter Miene fort: »Weniger richtig trotz der akuten Gefahr des Entdecktwerdens war, daß ich mir nicht genug Zeit genommen habe, nähere Erkundigungen über die vor uns liegende Strecke einzuholen und gewappnet zu sein. Ich habe wirklich nicht geglaubt, daß jenseits dieser doch so anmutigen Landschaft rund um Kapstadt solche Wüsteneien liegen und erst derart schroffe und zerklüftete Bergketten zu überwinden sind. Diesen Hauptvorwurf muß ich mir leider machen.« Er seufzte schwer. »Ich habe dich in diese schreckliche Situation gebracht. Wie konnte ich dir nur derartige Strapazen zumuten. Es war nicht recht, daß ich dich aus deiner heilen, beschaulichen Welt gerissen und dich solchen Gefahren ausgesetzt habe. Vielleicht wärst du mit diesem Lieutenant Charles Barnfork ja doch noch recht glücklich geworden ...«

»Nein!« rief Florence geradezu erschrocken und vergaß ihre Tränen, die Hitze und ihre schmerzenden Glieder. Der Gedanke, daß nun er sich bittere Selbstvorwürfe machte und vielleicht bereute, in was er sich da mit ihr eingelassen hatte, war unerträglicher als alles andere, was sie bisher erlitten hatte. »Du darfst so etwas noch nicht einmal denken, geschweige denn sagen. Ich habe es so sehr gewollt wie du.«

Er schob sich den Hut in den Nacken und machte eine vage Geste, die wohl der vor ihnen liegenden Halbwüste der Großen Karroo galt. »Du hast das gewollt? Nein, ich glaube nicht, daß du das hier gewollt hast, mein Schatz«, sagte er niedergeschlagen. »Und hätte ich gewußt, in was wir uns da einlassen würden ...«

Hastig beugte sie sich zu ihm vor und legte ihm ihren Zeigefinger

auf die Lippen. »Still, Horatio! Kein Wort mehr darüber. Ich liebe dich, und ich werde dir überallhin auf der Welt folgen – ohne zu klagen. Und ich werde so lange den Wagen ziehen, wie ich auch nur ein Quentchen Kraft in mir und dich an meiner Seite habe!«
Zärtlich sah er sie an. »Ach, Florie, ich liebe dich mehr, als ich dir sagen kann.«
Sie strahlte. »Das ist alles, was zählt, Horatio. Gemeinsam überwinden wir sämtliche Hindernisse. Niemand wird uns aufhalten, schon gar nicht diese lächerlichen Hügelketten.«
Er lachte auf und gab ihr einen Kuß. »Du bist wunderbar, Florie, und du hast recht. Wir werden es schaffen und zum Vaal kommen.«
»Und wir werden Diamanten finden!« fügte Florence mit neuem Mut hinzu, und ihre Augen sprühten ein Feuer wilder Entschlossenheit, das nur bedingungslose Liebe und grenzenloser Haß entfesseln kann. »Ich werde Tante Liz und Onkel Edward und vor allem den Barnforks beweisen, wozu ich in der Lage bin, und du wirst die Wette mit deinem reichen Onkel gewinnen und ihm zeigen, daß du nicht von seinem Vermögen und von dem deines Vaters abhängig, sondern sehr wohl fähig bist, es ihnen nachzumachen und es ohne fremde Hilfe zu etwas zu bringen. Zeigen wir es ihnen, Horatio!«
Einen Moment lang sah er sie mit einem versonnenen, ja fast wehmütigen Ausdruck an, und ihr war, als läge ein Schatten von Trauer über seinen Augen. Doch gleich darauf verschwand dieser Schatten, als sich seine Miene in ein fröhliches, verliebtes Strahlen verwandelte.
Er zog sie lachend in seine Arme und drückte sie an sich. Dabei rutschte ihr der Hut vom Kopf, und ihr Haar leuchtete trotz des Staubes wie ein flammender Busch in der Sonne.
»Florie, du bist unbezahlbar! Ich liebe dich, und du bringst mich dazu, die verrücktesten Sachen zu machen. Weißt du, was ich jetzt am liebsten mit dir tun würde?« Seine Hand streichelte über die straffen Rundungen ihres Busens.
Sie errötete noch immer, wenn er so etwas sagte, schmiegte sich

jedoch kurz an ihn und genoß es, ihn zu spüren und die Erregung, die seine Liebkosungen in ihr entfachten. Dann aber rief sie sich zur Ordnung, gab ihm einen Kuß und sagte mit halb schamhafter, halb sehnsüchtiger Stimme: »Fragst du mich das noch einmal, wenn wir die Hügelkette hinter uns gebracht und unser Nachtlager aufgeschlagen haben?«
»Worauf du dich verlassen kannst«, antwortete er lachend, löste seine Umarmung, hob ihren Hut auf und klopfte den graubraunen Staub ab. »Du hast natürlich recht. Wir müssen vernünftig sein. Sehen wir also zu, daß wir weiterkommen. Aber eins steht fest: Der Wagen ist zu schwer beladen. Einen Teil unseres Gepäcks müssen wir hier zurücklassen, einen großen Teil, um genau zu sein.«
Sie erhoben sich und unterzogen ihr Gepäck einer kritischen Prüfung, was sie entbehren und auf was sie auf gar keinen Fall verzichten konnten.
»Zum Teufel mit all den Gerätschaften zum Diggen. Von dem Zeug gibt es am Vaal bestimmt genug zu kaufen«, sagte Horatio und warf ihre gesamte Ausrüstung zwischen die Büsche: zwei Spaten, eine Schaufel, zwei Spitzhacken, mehrere Blecheimer und eine Cradle. Und da sie schon mal dabei waren, sich von allem Überflüssigen zu befreien und nur noch das Allernotwendigste zu behalten, schleuderte er auch gleich den eisernen Bratrost, das aufklappbare Dreibein und den dazugehörigen Kochkessel aus Gußeisen hinterher.
»Wir werden unseren Speiseplan eben eine Zeitlang so einfach gestalten, daß wir für Kochutensilien keinen Bedarf mehr haben«, sagte er mit betonter Munterkeit. »Wasser, harter Zwieback und Biltong werden uns genausogut zum Vaal bringen wie diese Konserven.«
»Ja, weg damit!« stimmte Florence ihm zu.
»Und nun zu unseren persönlichen Sachen.«
Sich all der nützlichen Gerätschaften zu entledigen, hatte Florence genausowenig Überwindung gekostet wie ihn. Jedes Pfund weniger Gewicht bedeutete ein Pfund weniger, das sie zu ziehen

hatten, und der Wagen war schon unbeladen schwer genug. Als es nun jedoch daran ging, sich von ihren persönlichen Dingen zu trennen, sah es ganz anders aus.

Florence schmerzte das Herz, als sie auf die hübsche Bett- und Tischwäsche blickte, die einen kleinen Koffer füllte und den Teil ihrer Aussteuer bildete, die sie bei ihrer heimlichen Flucht mitgenommen hatte. »Mein Gott, wie viele Jahre Arbeit habe ich in diese Stickereien gesteckt«, seufzte sie und fuhr mit den Fingerspitzen über die sauber gearbeiteten Ränder der Servietten und Decken, die obenauf lagen.

»Ja, wunderschöne Wäsche, Florie. Aber in den Camps wirst du dafür kaum Verwendung haben«, sagte Horatio.

»Ich weiß«, murmelte Florence, schloß den Koffer ganz behutsam und schob ihn vorsichtig, als sollte er bloß keinen Kratzer mehr als notwendig bekommen, unter einen Strauch. Dann beschwerte sie ihn mit zwei großen Steinen. »Vielleicht ... Ich meine, wenn sich irgendeine Möglichkeit ...« Sie ließ den Satz unbeendet.

Horatio nickte nur.

Am Schluß gestattete sich Florence als persönliches Gepäck bloß das, was in die Reisetasche aus Gobelin paßte, und das war nicht viel: ein zweites einfaches Tageskleid, etwas Leibwäsche, eine warme Strickjacke, Strümpfe, ein Schal aus Wolle und einer aus Seide, Handschuhe aus dünnem weißen Musselin, ein zweites Paar Stiefeletten, zwei Nachthemden sowie einige Erinnerungsstücke, von denen sie sich unter keinen Umständen trennen wollte, wie ein schon leicht vergilbtes Foto ihrer Eltern in einem Holzrahmen aus geschnitzten Rosenranken, eine abgegriffene, fleckige Tanzkarte von ihrem ersten Ball (auch wenn es nur ein Provinzball im Haus des Apothekers von Dunster gewesen war) sowie das ledergebundene Gesangbuch und die Reisebibel ihrer Mutter.

Horatio hatte kaum mehr in seiner abgewetzten Ledertasche. »So muß es gehen, Florie«, sagte er zuversichtlich und bereute zum x-tenmal, daß er sich auf diese Abkürzung eingelassen hatte. Sie würden ohne Pferde bestimmt eine Woche brauchen, um zur Route zurückzufinden, auf der all die anderen Wagen und Fuhrwerke in Richtung Vaal unterwegs waren.

Florence legte sich wieder ins Geschirr. Der Wagen war spürbar leichter zu ziehen, und sie kamen endlich auf die Kuppe zu den Kameldornbäumen. Dennoch blieb es eine schrecklich mühsame Arbeit. Sie schafften an diesem Tag noch etwa anderthalb Meilen, dann schlugen sie ihr Nachtlager auf.

»Vielleicht stoßen wir ja bald auf eine Burenfarm, wo wir ein Pferd oder ein paar Ochsen kaufen können«, machte Horatio ihr und auch sich selbst Hoffnung.

Florence war an diesem Abend zu erschöpft, um großen Hunger zu haben. Sie saß müde auf den Decken, die er ausgebreitet hatte, und kaute auf einem Stück Biltong. Die Sonne sank hinter den westlichen Horizont, und die Nacht brachte wie mit einem blitzschnellen Wurf Dunkelheit über das Land.

Die Flammen ihres Lagerfeuers fielen in sich zusammen.

Horatio zog sie sanft in seine Arme. »Schau, dieser klare Sternenhimmel. Ist die Natur nicht überwältigend?« flüsterte er und streichelte sie.

»Ja«, sagte sie sich leise und vergaß, wie müde sie eigentlich war. Horatio Aurel Barclay war nicht nur ein moderner Apoll, sondern auch ein Magier der Leidenschaft. Welch ein Wunder, daß er ausgerechnet sie auserwählt hatte, die sich solcher Empfindungen nicht im Traum für fähig gehalten hätte, um sie mit dem Zauber seiner Liebe und Leidenschaft zu beglücken.

Ich mag alles verloren haben, was einmal meine Welt und mein Leben ausgemacht hat, dachte sie in seliger Verwunderung, als er sie langsam entkleidete und ihren nackten Körper unter dem samtenen Nachthimmel zu küssen und zu liebkosen begann. Doch dieser Verlust hat mich in Wirklichkeit erst reich gemacht, unermeßlich reich. Ich bin der glücklichste Mensch der Welt. Niemand kann glücklicher sein.

15

Vier zermürbende Tage später stießen sie auf Jacobus Potgieter. Der Bure befand sich mit seinem Ochsengespann auf dem Weg zu seiner Farm KRUIDFONTEIN. Jacobus Potgieter war ein Bulle von einem Mann. Sein kantiger, mächtiger Schädel ließ Florence unwillkürlich an einen groben, zerfurchten Hauklotz denken, und in dementsprechend wuchtigen Proportionen hatte die Natur auch den Rest seines Körpers geschaffen. Sein grauer Bart war wie ein verfilztes Dickicht aus Silberdornsträuchern.

Jacobus Potgieter gewährte ihnen ohne Zögern seine Hilfe, indem er sie und ihren Wagen mit zu seiner Farm nahm, die von der Stelle ihres zufälligen Zusammentreffens noch eine gute Tagesreise entfernt lag. Doch mit Verständnis für ihre prekäre Lage konnten sie bei ihm nicht rechnen, geschweige denn mit Mitgefühl. Er gewährte ihnen auf seiner armseligen Farm seine Gastfreundschaft und wies ihnen in seiner Lehmhütte eine Kammer zu, wo sie schlafen konnten. Aber darüber hinaus gedachte er keinen Finger für sie zu rühren. Er hatte für sie und alle anderen, die dem Diamantenfieber verfallen waren und dafür rechtschaffener Arbeit den Rücken kehrten, nichts als Verachtung übrig. Und wenn er es auch nicht direkt aussprach, so ließ er sie doch spüren, daß er Uitlanders, ganz besonders Engländer, schon von vornherein nicht ausstehen konnte.

Jacobus Potgieter hatte zu ihrer Überraschung ein knappes Dutzend Pferde in einem seiner Viehkraals stehen, und Horatio war schon voll freudiger Hoffnung, als er die Tiere sah.

»Verkaufen Sie uns vier davon, Mijnheer Potgieter?«

»Nein«, antwortete der Bure auf seine wortkarge, einsilbige Art, mit der er sie schon vom Beginn ihrer Begegnung an auf Distanz gehalten hatte.

»Ich mache Ihnen einen guten Preis.«

»Nein!«

»Aber warum denn nicht? Was wollen Sie denn hier mit so vielen Pferden?« insistierte Horatio, ebenso verwundert wie verärgert,

während Florence in schweigender Hilflosigkeit neben ihm stand.
»Sie sind unverkäuflich!« erklärte der Farmer in einem Tonfall, der jeden Versuch, ihn umstimmen zu wollen, von vornherein sinnlos machte.
»Und wie kommen wir von hier weg?« fragte Horatio vorwurfsvoll.
»Marschieren Sie drei Meilen genau nach Westen, dann stoßen Sie auf die sogenannte Digger-Route zum Vaal.«
»Und wie weit ist es von hier bis zum Fluß?«
Potgieter zuckte mit den Schultern. »Werden wohl noch einige hundert Meilen sein.«
»Und die sollen wir zu Fuß bewältigen? Bei der elenden Hitze?« Horatio klang regelrecht empört, daß Potgieter ihnen das so selbstverständlich nahelegte, als handelte es sich nur um einen etwas längeren Spaziergang.
Der Farmer musterte ihn abschätzig. »Wer sich ins tiefe Wasser wagt, sollte sich *vorher* und nicht mitten auf dem Strom fragen, ob er überhaupt schwimmen kann und wie weit seine Kräfte reichen«, belehrte er ihn.
Horatio machte eine säuerliche Miene. »Danke für Ihren guten Rat, Mijnheer, aber wir haben mit unseren Pferden einfach verdammtes Pech gehabt, was jedem passieren kann, auch jedem Buren.«
»Kaum«, warf Potgieter trocken ein.
»... und jetzt sitzen wir hier fest«, fuhr Horatio mühsam beherrscht fort.
Florence spürte, daß Horatio kurz davorstand, vor Ärger zu explodieren. Und mit einem inständig bittenden Blick fragte sie rasch: »Gibt es denn sonst keine Möglichkeit, irgendwo Pferde oder Ochsen zu kaufen, Mijnheer Potgieter?«
Dieser sah sie an, zögerte einen Moment mit seiner Antwort und sagte dann mit einigem Widerstreben: »Vielleicht auf BUFFELSHOEK.«
»Ist das eine Farm hier in der Gegend?« fragte Florence nach.

Potgieter nickte. »Jan Badenhorst unternimmt gelegentlich Fahrten zum Vaal, um den Diggern Vieh und anderes zu verkaufen. Er könnte ein paar Ochsen abgeben wollen, vielleicht sogar ein, zwei Pferde.«
Horatios Gesicht hellte sich auf. »Na wunderbar. Wie weit ist es denn bis BUFFELSHOEK?«
»Zwei Tagesreisen.«
»Können Sie uns nach BUFFELSHOEK bringen?« fragte Horatio eifrig und mit einem zuversichtlichen Strahlen in den Augen. »Wir bezahlen Sie natürlich dafür.«
Der Bure nickte gelassen. »Ja, kann ich ... in etwa zwei Wochen, wenn ich die Arbeiten erledigt habe, die während meiner Abwesenheit liegengeblieben sind.«
Horatio war auf der Stelle ernüchtert, und der Ärger kehrte stärker denn je in seine Miene zurück. »Erst in zwei Wochen? Aber das geht nicht, Mijnheer Potgieter! Das ist unmöglich! Wir müssen schnellstens weiter. Mein Gott, wissen Sie, um wieviel Diamantensucher die Camps am Vaal innerhalb von zwei Wochen gewachsen sein werden? Um einige Tausende!« erregte er sich. »Nein, wir können unmöglich zwei Wochen untätig hier herumsitzen und darauf warten ...«
»Wenn Sie nicht warten wollen, müssen Sie sich zu Fuß auf den Weg machen, Engländer. Länger als zweieinhalb Tage werden Sie kaum brauchen«, fiel ihm Potgieter mit unverhohlener Gleichgültigkeit ins Wort. »Ich zeige Ihnen gern, in welche Richtung Sie und Ihre Frau zu gehen haben. Sagen Sie mir nur Bescheid.«
»Vielleicht können Sie uns ja wenigstens zwei Pferde ausleihen, damit wir nach BUFFELSHOEK kommen«, schlug Horatio vor und glaubte, damit den rettenden Kompromiß gefunden zu haben. Statt zwei volle Wochen würden sie so vielleicht nur ein paar Tage verlieren, denn natürlich mußten sie ja erst wieder nach KRUIDFONTEIN und die Pferde zurückgeben, bevor sie sich erneut in Richtung Vaal wenden konnten.
Potgieter schüttelte kurz und energisch den Kopf. »Die Pferde

stehen weder zum Verkauf noch zum Verleih. Punktum!« Damit drehte er sich um und ließ sie einfach stehen.

»Was für ein unverschämter, einfältiger, sturer Burenschädel!« stieß Horatio in ohnmächtigem Zorn hervor, als Jacobus Potgieter außer Hörweite war, und machte seiner Enttäuschung und Wut Luft, indem er auf äußerst unflätige Art über den Farmer und dessen Frau Bertranella, die er eine in zuviel Fett gewälzte, schmallippige Walküre nannte, herzog und kein gutes Haar an ihnen ließ.

Auch Florence hätte sich mehr Freundlichkeit und Entgegenkommen gewünscht, mochte jedoch nicht in Horatios Schmähung ihrer Gastgeber einstimmen. »Du darfst so etwas nicht sagen, Horatio. Das ist nicht nett, und ich mag solche Redensarten auch nicht. Die Potgieters haben uns geholfen und uns Ihre Gastfreundschaft gewährt, und allein dafür haben sie schon unsere Dankbarkeit verdient.«

»Eine reizende Art von Gastfreundschaft, das muß ich schon sagen!« zürnte Horatio, mäßigte jedoch seine Ausdrucksweise.

Besänftigend legte sie ihm ihre Hand auf den Arm. »Wir können nun mal nicht verlangen, daß sie unsere Wünsche vor ihre Arbeit stellen. Und warum sollen wir uns nicht zu Fuß auf den Weg nach BUFFELSHOEK machen? Wir brauchen ja nicht den Wagen zu ziehen, sondern müssen nur Wasser und Proviant für zwei, drei Tage mitnehmen. Den Wagen können wir von KRUIDFONTEIN abholen, wenn wir die Pferde gekauft haben.«

»Vorausgesetzt, unser feiner Gastgeber liegt mit seiner Vermutung richtig und dieser Jan Badenhorst verkauft uns auch tatsächlich Pferde«, sagte Horatio.

»Bleibt uns denn eine andere Wahl?«

»Nein«, räumte er mit finsterer Miene ein, und keiner von ihnen ahnte, daß die Nacht eine Überraschung und die Erklärung für Potgieters seltsames Verhalten bringen sollte.

Es war weit nach Mitternacht, als trommelnder Hufschlag sich KRUIDFONTEIN näherte. Horatio fuhr sofort aus seinem leichten, unruhigen Schlaf auf und horchte verwundert in die Nacht.

Neben ihm regte sich Florence. »Was ... was ist das?« fragte sie in schläfriger Benommenheit und richtete sich auf. Die stickige Luft in der kleinen Schlafkammer war zum Schneiden.

»Das ist Hufschlag!« rief Horatio aufgeregt, während das dumpfe Trommeln von eisenbeschlagenen Hufen über harte, ausgedörrte Erde rasch lauter wurde. Jemand jagte ein mehrköpfiges Pferdegespann mit wahnwitziger Geschwindigkeit über das nächtliche Veld, und sein Ziel war zweifellos diese Farm, die nur wenige Meilen abseits der Digger-Route zum Vaal lag.

»Ja, du hast recht«, murmelte Florence verwundert.

»Da sind mindestens ein halbes Dutzend Pferde im Anmarsch! Vielleicht eine Kutsche.« Auf dem Hof wurden Stimmen laut. Eine davon war die des Farmers. Horatio überfiel plötzlich eine Ahnung, die ihn elektrisierte, und schnell fuhr er in Hemd, Hose und Stiefel. »Ich schaue mal nach, was das zu bedeuten hat.«

Wenig später hörte Florence, wie ein von vielen Pferden gezogenes Gefährt im Hof von KRUIDFONTEIN eintraf und unter Geschrei und Peitschenknallen zum Stehen kam. Gerade war sie in ihr Kleid geschlüpft, als Horatio zurückkehrte. Er stürzte ihr förmlich entgegen.

»Dieser Schweinehund von Burenfarmer!« rief er und lachte dabei. »Er hat uns doch tatsächlich verschwiegen, daß die Postreiter auf ihrer Route Kapstadt–Pniel seine Farm anfahren! KRUIDFONTEIN ist eine der vielen Stationen, wo sie ihre Pferde wechseln. Du weißt doch, daß diese wahnsinnigen Burschen mit ihren achtköpfigen Gespannen die Strecke vom Kap zum Vaal innerhalb weniger Tage schaffen, weil sie nirgendwo eine Rast einlegen. So gut wie ohne Schlaf fahren sie Tag und Nacht durch und rasten an den Wechselstationen nur so lange, wie es nötig ist, um die erschöpften Pferde auszuspannen und frische ins Geschirr zu nehmen. Und auf dem Bock ist noch ein Platz frei! Einer von den beiden Passagieren hat zwei Stationen vor dieser aufgegeben. Die Strapazen waren zuviel für ihn. Carel, so heißt der Postreiter, nimmt mich mit. Wir sind uns handelseinig geworden. In einer halben Stunde geht es los!«

Die Worte sprudelten atemlos und ohne Pause zwischen den einzelnen Sätzen heraus.
Florence begriff im ersten Moment nicht, was er ihr sagen wollte.
»Ja, aber ... wenn ... nur noch ein Platz frei ist, nützt uns das doch gar nichts.«
»Wir müssen uns vorübergehend trennen, Florie.«
In ungläubigem Erschrecken sah sie ihn an. »Du ... willst allein weiter? Ohne mich?« stieß sie hervor, und ihr Magen meldete sich augenblicklich mit einem flauen Gefühl, das an Übelkeit grenzte.
Horatio faßte sie an den Schultern. »Schau mich nicht so entsetzt an, Florie! Ich verlasse dich doch nicht. Es geht hier nur darum, eine einmalige Chance zu nutzen.«
»Ja, aber ...«
»Mir wäre es auch zehnmal lieber, wenn wir zusammen zum Vaal reisen könnten«, redete er hastig weiter, ohne ihr Zeit für einen Einwand zu geben. »Aber wie die Dinge nun mal liegen, müssen wir uns eben für kurze Zeit trennen. Wir müssen einfach. Wenn ich diese Gelegenheit ungenutzt verstreichen lasse, treffen wir vermutlich erst in ein, zwei Monaten auf den Diggings ein. Und wer weiß, wie es dann dort aussieht und ob wir nicht schon zu spät kommen, um noch einen diamanthaltigen Claim abstecken zu können. Mit dem Postwagen kann ich dagegen schon in wenigen Tagen dort sein und dafür sorgen, daß wir nicht zu den unglücklichen Nachzüglern gehören. Und du möchtest doch auch nicht, daß wir all das für nichts und wieder nichts auf uns genommen haben, nicht wahr?«
»Nein, natürlich nicht«, sagte Florence verstört.
Er lächelte erleichtert. »Ich wußte, daß du vernünftig sein und einsehen würdest, was das Beste für uns beide ist.«
»Ich habe Angst, Horatio ...«
»Angst? Aber wovor denn?«
»Vor so vielem, Horatio«, sagte sie völlig durcheinander. Sie war kaum in der Lage, einen klaren Gedanken zu fassen. Es ging alles so schnell. »Wie soll ich denn, ganz allein auf mich gestellt, zum Vaal kommen?«

»Ich habe mit Potgieter geredet. Er ist zwar ein sturer Burenkopf, das steht fest, aber auf seine Weise wohl ein anständiger, gottesgläubiger Mann. Er hat mir versprochen, dich nach BUFFELSHOEK zu bringen …«

»Aber wie soll ich denn allein mit Pferd und Wagen fertigwerden?« wandte sie ein, während er nach seiner Reisetasche griff.

»Das brauchst du gar nicht. Jan Badenhorst wird dich bei seiner nächsten Handelsfahrt zum Vaal mitnehmen. Und Potgieter hat mir versichert, daß Badenhorst ein umgänglicher Mensch ist und es keine Schwierigkeiten geben wird.«

»Bitte laß mich nicht hier zurück, Horatio!« flehte Florence ihn an. »Ich liebe dich, und ich brauche dich. Ich bin in meinem ganzen Leben noch nie auf mich allein gestellt gewesen. Es macht mir angst, daß wir uns nun trennen sollen. Bitte überleg es dir noch einmal. Allein komme ich bestimmt nicht zurecht. Und wie soll ich dich wiederfinden? Es gibt doch so viele Camps entlang des Flusses, und jedes soll ein Labyrinth aus Hunderten, ja Tausenden von Zelten sein.«

»Unser Treffpunkt wird das ROYAL ARCH in Pniel sein. Das ist dort das beste Hotel, das von einer respektablen Dame namens Catherine Jardine geführt wird. Ich werde eine Nachricht hinterlassen, wo ich mich zur Zeit aufhalte. Und jeden Sonntagmorgen und jeden Mittwochabend werde ich dort sein. Du siehst, es ist alles bestens geregelt. Du hast wirklich keinen Grund, dir Sorgen zu machen. Du kommst einfach nur etwas später in Pniel an.«

Florence machte ein gequältes Gesicht, weit davon entfernt, beruhigt und überzeugt zu sein. »Trotzdem …«

Er nahm ihr Gesicht in beide Hände. »Weißt du denn nicht, wie sehr ich dich liebe?« fragte er zärtlich.

»O doch …«

»Ich liebe dich über alles, Florie«, beteuerte er inständig. »Du bist das Kostbarste, was ich habe – auch wenn ich einmal so viele Diamanten finden könnte, um darin zu baden. Und wenn ich nicht hundertprozentig überzeugt wäre, daß du bei Potgieter und Badenhorst in den besten Händen bist und sicher nach Pniel kommen wirst, würde ich nicht von deiner Seite weichen. Aber wir sind doch zum Vaal aufgebrochen, weil wir einander nicht nur lieben und zusammengehören, wie das bei einer Frau und einem Mann nur sein kann, sondern weil wir auch ein gemeinsames Ziel haben. Wir wollen Diamanten finden und es zu etwas bringen, um unseren Familien zu beweisen, was in uns steckt, nicht wahr?«

Sie nickte beklommen.

»Und diesem Ziel müssen wir jetzt leider ein kleines Opfer bringen, indem wir uns für ein paar Wochen trennen, so schwer es uns auch fällt. Aber was sind schon einige Wochen, da wir doch das ganze Leben vor uns haben? Andererseits können diese Wochen, wenn ich die Gelegenheit jetzt nicht beim Schopf packe, sehr wohl zwischen Erfolg und Mißerfolg entscheiden. Und willst du das?«

»Nein«, hauchte sie.

»Dann vertraue mir, Florie. Vertraue mir mit dem Wissen um unsere Liebe, daß ich das Richtige tue – für uns beide. Oder kannst du dieses Vertrauen nicht aufbringen?« Ein schmerzlicher, trauriger Unterton schwang in seiner Stimme mit.

»Doch ... natürlich ... nur ... ich ... ich weiß nicht mehr, was ich denken soll«, schluchzte sie und fühlte sich plötzlich beschämt, daß sie sich so selbstsüchtig ängstlich gebärdete und es an dem nötigen Vertrauen fehlen ließ, das ihre Liebe doch verdiente. »Ich vertraue dir blind, Horatio. Mein Leben vertraue ich dir an.«

»Dann soll ich also doch fahren?« vergewisserte er sich.

Sie biß sich auf die Lippe und nickte.

»Ich wußte, daß du tapfer und stark bist, Florie. Du wirst es auch nicht bereuen. Unsere Liebe ist so groß, daß sie alles überwinden wird.« Er umarmte und küßte sie, und sie klammerte sich an ihn. Dann löste er sich von ihr. »Es wird Zeit, Florie. Komm mit nach draußen. Carel wird gleich losfahren und bestimmt nicht auf mich warten«, drängte er, nahm ihre Hand und eilte mit ihr aus der Kammer.

Die acht frischen Pferde waren schon eingespannt, und auf dem schmalen Kutschbock saßen zwei Männer. Der eine, ein untersetzter Mann mit einer Halbglatze und einem breiten Backenbart, schien sich nur mit Mühe aufrecht halten zu können, während der andere, ein hagerer sehniger Bursche mit wildem Haar und zweifellos der Kutscher namens Carel, mit nervöser Energie mit dem Oberkörper vor und zurück wippte, die Zügel in der linken und die lange Peitsche in der rechten Hand.

Potgieter kam zu ihnen herüber und schaute Florence prüfend an. »Ihr Mann ist verrückt, Mevrouw. Kein Diamant der Welt ist diese gottlose Hatz wert.«

»Sagen Sie ihr, was wir vereinbart und wofür ich Sie im voraus bezahlt habe?«

Potgieter machte eine grimmige Miene, zuckte mit den Schultern und erklärte: »Sowie ich Zeit finde, fahre ich Sie nach BUFFELSHOEK. Jan Badenhorst wird bald selbst zum Vaal aufbrechen und Sie dann mitnehmen. Sie haben mein Wort.«

»Und er schwört es auf die Bibel!« betonte Horatio hastig, als fürchtete er, daß Florence es sich im letzten Augenblick doch noch anders überlegen könnte.

»Hören Sie, Uitlander ...« begann der Farmer ungehalten.

»Mister!« brüllte da der Kutscher ungeduldig über den Hof. »Steigen Sie gefälligst auf, wenn Sie Carel Donkers Post-Expreß nicht verpassen wollen!«

»Ich liebe dich, mein Schatz! Bis bald in Pniel im Hotel ROYAL ARCH. Du wirst sehen, wie schnell die Wochen vergehen. Ich liebe dich!«

Eine letzte rasche Umarmung, ein flüchtiger Kuß – und schon rannte Horatio zum Postwagen hinüber und kletterte auf den freien Sitz rechts von Carel Donker, der augenblicklich die Peitsche knallen ließ. Die Pferde legten sich ins Geschirr, und das leichte Gefährt mit seinen drei Passagieren auf dem engen Sitzbrett rollte vom Hof.

Horatio winkte und rief ihr etwas zu.

Florence verstand kein Wort und erwiderte sein Winken, ohne

daß sie sich dessen bewußt war. Ihre Augen füllten sich mit Tränen. Wie betäubt stand sie zwischen Viehkraal und Farmhaus. KRUIDFONTEIN. Ein einsamer Ort irgendwo in der Halbwüste der Großen Karroo, viele hundert Meilen von Pniel am Vaal entfernt.
»Horatio!« flüsterte sie beschwörend, und im nächsten Moment hatte die Dunkelheit das achtköpfige Gespann mit seinen drei Passagieren verschluckt.

16

Potgieter hielt Wort und brachte Florence zu Jan Badenhorst nach BUFFELSHOEK. Doch er hielt Wort auf seine Weise, indem er geschlagene zehn Tage verstreichen ließ, bevor er sich mit ihr auf den Weg machte.
Obwohl Florence auch auf BUFFELSHOEK noch eine gute Woche festsaß, waren die zehn Tage auf KRUIDFONTEIN doch am schlimmsten. Das Gefühl der Verlassenheit und Ungewißheit quälte sie wie ein offenes Geschwür. Ihr war, als wäre sie gestrandet und die Farm der Potgieters in einem endlosen Ozean eine winzige Insel, die auf keinen Karten eingezeichnet war. Stundenlang saß sie irgendwo im Schatten einer Akazie oder einer Hauswand, starrte abwesend vor sich hin und flüchtete sich in eine Gedankenwelt der Erinnerungen und Zukunftspläne, in der Horatio bei ihr und sie frei von Ängsten war. Auf diese Perioden, in denen sie kraftlos und wie gelähmt an einem Ort hockte und von dem Geschehen um sie herum kaum etwas mitbekam, folgten häufig Stunden zielloser Hektik. Dann lief sie fast am Rande einer Panik auf und ab, als würde sie immer wieder die Länge einer unsichtbaren Kerkerzelle abschreiten. Ruhelos pendelte sie zwischen zwei Punkten hin und her, und genausowenig, wie sie dabei ihre Hände ruhig halten konnte, die sie immerfort knetete, ineinander faltete und aneinanderrieb, vermochte sie

ihre Gedanken unter Kontrolle zu halten und einen Gedankengang länger als ein paar Augenblicke zu verfolgen.
Zuversicht und Vertrauen in ihre Liebe kämpften unablässig gegen dunkle Ängste und Zweifel, die sich wie Widerhaken in ihre Gedanken bohrten und sich nicht abschütteln ließen, sosehr sie es auch versuchte. Wann immer sie sich der gemeinsamen Tiefe ihrer Empfindung versicherte und sich sagte, daß Horatio keiner Macht der Welt zulassen würde, zwischen sie zu treten und sie voneinander zu trennen, meldete sich kurz darauf die entsetzliche Furcht in ihr, daß Horatio mit jeder Stunde, die verstrich, sich vielleicht nicht nur räumlich immer weiter von ihr entfernte.
Wenn sie auf KRUIDFONTEIN doch wenigstens etwas hätte tun können, um zumindest tagsüber zeitweise auf andere Gedanken zu kommen. Doch sowohl Jacobus als auch Bertranella Potgieter lehnten ihr Angebot, ihnen zur Hand zu gehen, nicht nur mit kühler Bestimmtheit ab, sondern gaben ihr auch noch unmißverständlich zu verstehen, daß sie ihnen bei der Arbeit nur im Weg stehen würde.
Zumindest damit hatte es auf BUFFELSHOEK ein Ende. Jan Badenhorst, ein kräftiger und gutaussehender Mann in den Vierzigern, und seine flinke, lebensfrohe Frau Sara nahmen sie mit großer Freundlichkeit auf, die fast schon an familiäre Herzlichkeit grenzte. Dasselbe galt für ihre große Kinderschar, vier Söhne und drei Töchter. Der älteste Sohn Gerrit war gerade achtzehn geworden, während die jüngste Tochter Rachel noch keine zwei war.
An Arbeit mangelte es auf BUFFELSHOEK nicht, und es bedurfte von Florences Seite nur einer zaghaften Frage, um dafür zu sorgen, daß Sara ihr mit Freuden eine ganze Reihe von Arbeiten herunterratterte, die sie ihr im Haushalt und bei der Versorgung der kleineren Kinder abnehmen konnte.
Florence stürzte sich mit dem Mut der Verzweiflung in ihre neuen Aufgaben, von denen sie im Grunde genommen so viel verstand wie von der Bewirtschaftung einer Farm – nämlich gar nichts. Doch was ihr an Wissen und Erfahrung mangelte, machte sie

durch guten Willen und Geduld wett. Und schon nach einem halben Tag auf der Farm der Badenhorsts glaubte sie zu wissen, warum auf KRUDFONTEIN eine so bedrückende, freudlose Stimmung vorherrschte und warum die Potgieters so verschlossene, grimmige Menschen waren, die sie nicht einmal von Herzen lachen gehört hatte: Es fehlte der Kindersegen auf KRUIDFONTEIN.

Daß Gerrit ihr auf seine liebevoll schüchterne Art dezent den Hof machte und nun tagsüber immer wieder wenig überzeugende Vorwände fand, um kurz ins Farmhaus zu kommen und sich in ihrer Nähe herumzutreiben, schmeichelte und amüsierte Florence im stillen, trieb ihr manchmal jedoch auch leichte Schamröte ins Gesicht. Denn Gerrit schien nicht überzeugt zu sein, daß sie verheiratet war. Zwar hatte Potgieter sie seinen Nachbarn als Missis Barclay vorgestellt, doch Florence vermutete, daß er und Bertranella ihnen von Anfang an nicht abgenommen hatten, verheiratet zu sein, nicht nur, weil sie keine Eheringe trugen. Und sie nahm an, daß Potgieter es sich nicht hatte nehmen lassen, die Badenhorsts nicht allein über die Umstände zu unterrichten, die sie und Horatio nach KRUIDFONTEIN und Florence nun nach BUFFELSHOEK geführt hatten, sondern auch über seine Ansichten, was ihren angeblichen Ehestand betraf.

Jan Badenhorst, der ein freundlicher, ruhiger und überaus umgänglicher Mann war, teilte Florence am Tag ihrer Ankunft zu ihrer großen Betroffenheit mit, daß er erst in einigen Wochen zum Vaal aufzubrechen gedenke. Doch schon vier Tage später änderte er seine Meinung und ließ sie wissen, daß sie am kommenden Montag lostrecken würden.

Der Farmer teilte ihr die freudige Nachricht beim Abendessen mit. Sein Sohn Gerrit nahm sie jedoch mit sichtlicher Überraschung und Betrübnis auf. Er faßte sich aber schnell wieder und sagte: »Ich werde euch begleiten und mich um die Herde kümmern.«

»Das wird nicht möglich sein«, machte Jan Badenhorst die Hoffnungen seines Sohnes, auf dem wochenlangen Treck zum Vaal

Florence täglich nahe zu sein, mit seiner scheinbar beiläufigen Antwort zunichte. »Deine Mutter kommt diesmal mit. Während unserer Abwesenheit wirst du deshalb hier auf BUFFELSHOEK gebraucht.«

Gerrit sah seine Mutter verwirrt an. »Du willst mit? Aber du hast doch immer gesagt, daß du die Camps am Fluß für einen gottlosen Ort hältst und darum betest, daß der Spuk rasch ein Ende hat!«

Sara wich dem Blick ihres Sohnes nicht aus, und sie bewahrte ihr sanftes Lächeln, während sie ihm mit fester Stimme antwortete: »Das ist wahr, und ich werde auch weiterhin zum Allmächtigen beten, daß bald wieder der Frieden und die Ruhe einkehrt, die der Herrgott in seinem göttlichen Plan für dieses Land vorgesehen hat. Aber das heißt nicht, daß ich mir dieses ... Treiben nicht einmal mit eigenen Augen ansehen möchte.«

Gerrit machte ein bestürztes Gesicht und wußte nicht, was er darauf sagen sollte. Er saß mit gesenktem Kopf vor seinem noch halbvollen Teller und bekam von da an keinen Bissen mehr hinunter.

Sara wandte sich Florence zu. »Entschuldigen Sie meine Offenheit, aber so denke ich nun mal über diese Diggings und das gottlose Gefolge, das leider die vielen im Kern doch guten Menschen nach sich zieht. Ich wollte Sie damit auf keinen Fall verletzen, geschweige denn über Sie urteilen. Wir mögen Sie alle, wie Sie ja wohl gemerkt haben. Und wie mein Mann so oft sagt: Jeder ist seines eigenen Glückes Schmied und muß wissen, woran er glaubt und was sein Glaube ihm erlaubt.«

»Natürlich«, murmelte Florence und wußte auf einmal, warum Jan Badenhorst seine Fahrt zum Vaal so plötzlich vorverlegt hatte und warum seine Frau nicht wollte, daß ihr ältester Sohn sie auf dem langen Treck begleitete. »Es tut vielmehr mir leid, daß ich Ihnen so viele Umstände und solche ... Unannehmlichkeiten bereite.«

Sara verstand die Anspielung und lächelte dankbar für ihre Einfühlsamkeit. »Die Natur hat ihre eigenen Gesetze. Manche muß man gottergeben hinnehmen. Andere kann man zumindest in ihrer Auswirkung auf das eigene Leben beeinflussen, wenn man nur früh genug die richtigen Vorsichtsmaßnahmen trifft«, sagte sie scheinbar rätselhaft für alle am Tisch, ausgenommen Florence und ihren Mann. Und wenn Gerrit nicht wie vor den Kopf geschlagen gewesen wäre und hingehört hätte, was seine Mutter zu Florence sagte, dann hätte auch er den tieferen Sinn ihrer Worte verstanden – und vor Scham und Zorn wäre ihm das Blut ins Gesicht geschossen.

Am Montag morgen brachen sie noch vor Sonnenaufgang mit dem Ochsengespann und einer kleinen Herde Schafe und Ziegen auf, die von drei Kaffern gehütet wurden. Florence war glücklich, daß es nun endlich losging.

Jan Badenhorst vergewisserte sich mit einem der Schwarzen, daß die zehn Ochsen auch richtig eingespannt und die Wasserfässer außen am Wagen gut festgezurrt waren. Indessen redete Sara mit ihrer ältesten Tochter, der vierzehnjährigen Elisa, und erinnerte sie noch einmal an ihre Pflichten gegenüber ihren jüngeren Geschwistern.

Gerrit, der im pechschwarzen Schlagschatten der Hauswand gewartet hatte, nahm diese Gelegenheit wahr, sich von Florence zu verabschieden.

»Florence?« rief er leise, als sie mit ihrer Reisetasche auf der Veranda erschien, und als sie zu ihm an die Hausecke trat, fragte er in seinem zwar fließenden, aber doch recht hölzernen Englisch: »Ich darf doch Florence zu Ihnen sagen, ja?«

»Aber natürlich, Gerrit«, versicherte sie ihm freundlich und wurde sich erst jetzt bewußt, daß er sie all die Tage nicht einmal direkt angesprochen hatte. Doch seine Blicke hatten mehr verraten, als er mit Worten zu sagen gewagt hätte.

»Ich würde meinen linken Arm dafür geben, wenn ich Sie auf dem Treck zum Vaal begleiten dürfte«, meinte er bedrückt.

»Gerrit, bitte! Sagen Sie doch so etwas nicht. Nicht einmal im Scherz!« Sie versuchte ihrer Stimme einen leichten, fröhlichen Klang zu geben.

»Ich ... ich ...« Er druckste herum, und Florence fürchtete einen Augenblick, er könnte ihr eine Liebeserklärung machen. Zu ihrer Erleichterung sagte er dann jedoch nur gequält: »Es ist mir ernst. Es hätte mir unendlich viel bedeutet, bei Ihnen sein zu dürfen. Aber Sie haben ja gehört, daß mein Vater es mir nicht erlaubt.«
»Was heißt denn, nicht erlaubt? Sie werden in Abwesenheit Ihrer Eltern nun mal auf BUFFELSHOEK gebraucht, Gerrit. Das ist eine verantwortungsvolle Aufgabe, und ich bin sicher, daß Sie Ihre Eltern nicht enttäuschen werden«, erwiderte Florence und wünschte im nächsten Moment, sie hätte das nicht so jovial ausgedrückt. Sie klang ja wie Tante Liz. Dabei war Gerrit älter als sie, wenn auch nur ein paar Monate.
Zum Glück faßte er ihre Entgegnung nicht so gönnerhaft auf, wie sie in ihren eigenen Ohren geklungen hatte. Vermutlich war er zu sehr damit beschäftigt, Worte zu finden, die das Gebot der Schicklichkeit nicht verletzten, denn er nickte und sagte: »Danke für Ihr Vertrauen, Florence. Aber ich wäre doch tausendmal lieber mit Ihnen gekommen. Wie die Dinge jedoch liegen ...« Er machte eine vage Geste und seufzte wehmütig. Dann strafften sich seine Schultern. »Ich möchte Ihnen ein kleines Abschiedsgeschenk machen.«
»Gerrit!« setzte sie zu einem sanften Protest an.
»Oh, es ist nichts besonders Wertvolles, jedenfalls nicht im handelsüblichen Sinn«, beeilte er sich zu versichern und holte aus seiner Hosentasche einen flachen ovalen Stein, der etwas kleiner als ihre Hand war. »Den habe ich einmal als kleiner Junge auf dem Veld gefunden, und ich habe ihn all die Jahre wie meinen Augapfel gehütet. Im Stein befindet sich die Versteinerung einer kleinen Echse. Er war sozusagen mein Talisman.« Er lachte verlegen, als schämte er sich dieses Geständnisses. »Jetzt möchte ich, daß Sie ihn haben, damit er Ihnen Glück bringt, Florence.«
Gerührt nahm sie den Stein entgegen, dem sie in der Dunkelheit jedoch nicht die geringste Außergewöhnlichkeit ansehen konnte. Aber auch wenn es nur ein ganz gewöhnlicher Kiesel gewesen wäre, hätte das der Bedeutung seiner Geste keinen Abbruch

getan. Es war die Absicht, die hinter diesem Geschenk stand, die zählte.
»Ich danke Ihnen, Gerrit, und ich verspreche Ihnen, daß ich Ihren Talisman so in Ehren halten werde, wie Sie es getan haben.«
»Ja, das würde mir viel bedeuten«, sagte er erfreut und setzte dann traurig hinzu: »Aber lassen Sie ihn besser nicht meine Eltern sehen.«
Sie schenkte ihm ein Lächeln. »Der Stein wird unser beider Geheimnis sein, Gerrit.«
»Gut.« Gerrit seufzte erneut. »Tja, dann ...«
»Nochmals lieben Dank, Gerrit. Ich werde Ihnen und Ihrer Familie nie vergessen, wie herzlich Sie mich aufgenommen und wie sehr Sie mir alle geholfen haben.«
»Ich wünschte, es müßte nicht dabei bleiben.«
Florence hielt es für klüger, den Abschied von ihm nicht länger hinauszuziehen. Schnell steckte sie den Stein in ihre Reisetasche.
»Ich glaube, ich gehe jetzt besser. Passen Sie gut auf sich auf, Gerrit. Alles Gute und Gottes reichen Segen.«
»Florence ...«
Sie tat, als hätte sie ihn nicht mehr gehört, und trat rasch aus der tiefen Schwärze des Schattens hinaus auf den Hof, um ihren Platz auf dem Kutschbock des Feldschoners einzunehmen.
Minuten später rumpelte der Wagen vom Hof. Florence wandte sich noch einmal um und winkte in die Dunkelheit zurück. Dann richtete sie ihren Blick nach vorn, und ihre Gedanken lösten sich von Buffelhoek, Gerrit und dem langsam dahinrollenden Wagen und flogen zu Horatio. Von nun an brachte jede Drehung der Räder sie ihrem Geliebten näher.

17

Zweiunddreißig Tage später erreichten sie den Vaal bei The Bend. Als Florence die Zeltstadt von Pniel vor sich liegen sah, erfüllte sie eine schwindelerregende, euphorische Stimmung.
»Die Diggings ...! Die Camps ...! Sehen Sie doch nur, Sara! Das da vorn muß Pniel sein! Und das Zeltgewimmel auf der anderen Seite ist bestimmt Klip Drift!« rief sie in ungestümer Begeisterung, und in diesem Moment war sie überzeugt, noch nie im Leben ein schöneres Bild vor Augen gehabt zu haben. Pniel war für sie gleichbedeutend mit dem Hotel ROYAL ARCH, und das wiederum war seit fast zwei Monaten das Symbol ihrer Hoffnung, das geheime Zauberwort für ihre Vereinigung mit Horatio nach einer so langen und schmerzlichen Zeit der Trennung.
Jan Badenhorst schmunzelte nur, während Sara fassungslos den Mund aufriß. Auf sie wirkten das ameisenhafte Durcheinander, der Lärm, diese weitgestreckten Zeltlager entlang des Flusses und die überall aufgerissene, von tiefen Löchern geschändete Erde abstoßend. Sie verabscheute die Diggings der Diamantenschürfer, das war ihrer Miene deutlich abzulesen.
Und kopfschüttelnd murmelte sie etwas von babylonischen Zuständen und einem modernen Sodom und Gomorra.
»Es sieht schlimmer aus, als es ist, Frau«, bemerkte Jan Badenhorst beruhigend. »Es gibt hier zahlreiche Gotteshäuser, wenn auch nur aus Zeltstoff, und sie sind am Sabbat gut besucht.«
»Ich sehe, was ich sehe, Jan Badenhorst!« erwiderte Sara streng.
Der Farmer antwortete ihr mit einem leichten Lachen, doch Florence bekam nicht mehr mit, was er sagte. Sie war erfüllt von einer Freude, die sich am liebsten in lautem Jubel Ausdruck verschafft hätte. Ihre Augen strahlten, und sie lachte jeden an, der ihnen nun auf dem Weg begegnete.
Vergessen waren die Strapazen, die sie nach dem Tod ihres letzten Pferdes als menschliches Zugtier zu ertragen hatte. Vergessen waren die schrecklichen Tage der Verlassenheit auf KRUIDFONTEIN. Vergessen waren auch BUFFELSHOEK und die zweiunddrei-

ßig langen Tage ihres Trecks. Endlich hatte sie den Vaal River erreicht, den verheißenen Ort, dem Horatio und sie so sehr entgegengefiebert hatten, seit sie sich ineinander verliebt hatten.
Horatio! Horatio! Horatio!
Ihr Herz sang ununterbrochen seinen Namen. Vorbei die entsetzliche Zeit der Einsamkeit und unerfüllten Sehnsucht. Sie konnte es nicht erwarten, ihn wiederzusehen, ihm in die Arme zu fliegen und ihn zu spüren, seine Lippen, seine Hände, die verzehrende Glut seiner Leidenschaft. Sie hatten ja so viel nachzuholen. Und sie würde niemals wieder zulassen, daß sie noch einmal für so lange Zeit getrennt waren.
Mit dem zehnköpfigen Ochsengespann und der Viehherde aus Schafen und Ziegen konnte sich Jan Badenhorst unmöglich nach Pniel hineinbegeben. Er wählte am südöstlichen Rand der Zeltstadt einen freien Platz aus, der ihm und seiner Frau sowie seinen drei Kaffern für die Dauer seiner Geschäfte als Lager dienen würde.
»Ich begleite Sie natürlich nach Pniel hinein, sowie wir die Ochsen ausgespannt und versorgt haben«, sagte Jan Badenhorst, der wie alle Farmer aus Leidenschaft die Versorgung des Viehs allen anderen Pflichten und Vorhaben voranstellte.
Florence lehnte das Angebot dankend ab. Das Ausspannen der gehörnten Ochsen nahm einige Zeit in Anspruch, und bevor der Farmer sich nicht davon überzeugt hatte, daß seine schwarzen Farmarbeiter einen sicheren Kraal aus Dornengestrüpp um das Vieh errichtet hatten, würde er sich keinen Schritt von seinem Lager entfernen. Darauf zu warten war mehr, als ihre Geduld nach zwei Monaten Trennung von Horatio zu ertragen vermochte.
Sara und Jan versuchten sie umzustimmen, doch Florence beharrte auf ihrem Entschluß. Es bestand ja auch keine Notwendigkeit, daß Jan sie begleitete. Es war hellichter Tag, jeder in Pniel und entlang des Flusses kannte das respektable Hotel THE ROYAL ARCH, und der Bure hatte ihr auf dem langen Treck mehr als einmal beteuert, daß eine weiße Frau in den Camps am Vaal nicht

um ihre Sicherheit zu fürchten brauchte. Es gab also keinen Grund, sich Sorgen zu machen und ihr auf dem Weg zum Hotel einen männlichen Begleiter mitzugeben.

Die Badenhorsts ließen ihr schließlich ihren Willen, und sie verabschiedeten sich voneinander mit einer Herzlichkeit, die ihr ganzes Zusammensein auf BUFFELSHOEK und auf dem langen Treck bestimmt hatte. Als Florence und Sara sich umarmten und einen Kuß auf die Wange austauschten, kam Florence plötzlich der Gedanke, daß sie in den zweiunddreißig Tagen nicht einmal über Gerrit gesprochen hatten. Sara hatte ihren ältesten Sohn mit keinem Wort erwähnt, aber kaum aus Mangel an mütterlicher Liebe, sondern weil das genaue Gegenteil der Fall war. Und darüber mußte Florence unwillkürlich lächeln. Sara hätte sich keine Sorgen zu machen brauchen. Sie, Florence, hatte ihr Herz schon an einen Mann verloren, und kein anderer Mann konnte das, was sie für Horatio empfand, in ihr erwecken.

»Möge Gott Ihnen einen ganz besonders tüchtigen Schutzengel zugeteilt haben«, meinte Sara mit einem bedeutungsvollen Blick auf die Zeltstadt. »Sie werden ihn hier bestimmt nötig haben.«

»Sara!« sagte Jan Badenhorst mit liebevoller Zurechtweisung. »Dies ist *nicht* Babylon oder gar Sodom und Gomorra. Außerdem wartet ihr Mann auf sie.«

»Ja, sicher«, erwiderte Sara trocken und warf ihm einen Blick zu, als hätte er etwas typisch männlich Närrisches gesagt.

Florence bekam den schnellen Seitenblick der Farmersfrau nicht mit, denn sie hatte sich nach ihrer Reisetasche gebückt. Ein letzter Gruß, und dann eilte sie mit fliegenden Rockschößen die Straße hinunter, die an hohen Bergen durchwühlter und durchsiebter Erde nach Pniel hineinführte. Das Durcheinander aus Zelten, Wellblechhütten, Lehmhäusern und einigen wenigen hölzernen Gebäuden fand sie ungeheuer aufregend, das geschäftige Treiben auf den Diggings zwischen den Zelten faszinierend und stimulierend das wahrhaftig babylonische Sprachengewirr, das an ihr Ohr drang, sowie das Rattern der Cradles, das Geräusch von Spaten und Spitzhacken und Eimern und Schubkarren, die von Steinen und Erde geleert wurden. Was für eine aufregende, wild exotische Welt! Um sie herum wurden Diamanten gefunden, während sie mit ihrer Gobelintasche an den Claims vorbeiging, Fuhrwerken auswich und Hunde verscheuchte. Und in solch einer Claimgrube würde sie nun bald an Horatios Seite arbeiten und nach Diamanten schürfen, um eines Tages als Missis Horatio Barclay reich und triumphierend nach England zurückzukehren – vielleicht sogar für einen kurzen Besuch in Dunster.

Einfach alles, was Florence auf ihrem Weg ins Zentrum von Pniel sah, steigerte ihre Hochstimmung. Der allgegenwärtige Staub und der Dreck und Lärm störte sie nicht im mindesten, auch nicht die Hitze und die Fliegen, die hier doch schon um einiges lästiger waren als auf dem Treck. Das gehörte nun mal zu dem phantastischen Abenteuer, in das sie sich mit Horatio gestürzt hatte. Sie würden ja nicht immer so leben, aber für eine Zeitlang würde es bestimmt wunderschön romantisch sein: ein Zelt am Fluß, ein eigener Diamantenclaim und sie an der Cradle, während Horatio im Claim die Spitzhacke schwang oder am Sortiertisch einen lupenreinen Diamanten zwischen dem wertlosen Gestein fand. Was würde sie später ihren Freunden und Bekannten in England nicht alles zu erzählen haben – und natürlich ihren Kindern und Kindeskindern. Tausend unglaubliche Geschichten, die sie unter der afrikanischen Sonne erlebt hatten, und alle doch so wahr wie der rotbraune Sand unter ihren Füßen.

Das Royal Arch hatte Florence schnell gefunden. Es befand sich im Zentrum der Zeltstadt, unweit des Flusses. Jeder kannte das Hotel und seine Besitzerin, Missis Catherine Jardine. Florence hatte sich keine Gedanken darüber gemacht, welcher Art das Hotel in Pniel sein würde. Horatio hatte es als das beste und respektabelste am Vaal bezeichnet, und Jan Badenhorst hatte das bestätigt. Unbewußt war sie deshalb davon ausgegangen, daß es sich bei dem Hotel um ein solides Gebäude handeln würde, wie sie sie von England und Kapstadt her kannte. Ihre Überraschung hätte daher nicht größer sein können, als sie sich nun einer langgestreckten, fensterlosen Zeltkonstruktion gegenübersah, an der einzig der Bretterboden und die Stützbalken solide waren. Daß in den Siedlungen der Digger auch ein Hotel nur aus Zeltplane bestand und sich von den anderen Unterkünften bloß durch seine Größe unterschied, wäre ihr im Traum nicht eingefallen.

»Mir scheint, hier ist vieles anders als gewöhnlich, und ich werde wohl noch viel zu lernen haben«, sagte sie ahnungsvoll zu sich, nachdem sie ihre Überraschung überwunden hatte. Aber warum sollte ein Hotel auch nicht aus Zeltstoff bestehen? Hauptsache, es war respektabel. Ach, noch nicht einmal das war wichtig. Entscheidend war allein, daß sie hier erfahren würde, wo Horatio ihren Claim abgesteckt und ihr Zelt errichtet hatte.

In geradezu jubilierender Hochstimmung betrat sie das ROYAL ARCH. Ihre freudige Erregung erhielt jedoch einen empfindlichen Dämpfer, als der sehr zuvorkommende ältere Mann hinter der primitiven Rezeption ihr mitteilte, daß ihm der Name Horatio Aurel Barclay noch nie zu Ohren gekommen sei.

»Bitte schauen Sie doch noch einmal nach, Sir. Mein ...« Sie hatte »Mann« sagen wollen, doch irgendwie schreckte sie im Angesicht dieses netten, schon leicht ergrauten Angestellten vor dieser Lüge zurück. »... mein Verlobter wollte hier eine Nachricht hinterlassen, und auf ihn ist Verlaß!«

»Das glaube ich Ihnen gerne, Miss«, versicherte er freundlich, »aber leider weiß ich nichts von einem Mister Horatio Barclay, und weder findet sich in meinem Buch noch drüben am allgemeinen Mitteilungsboard eine Nachricht für eine Miss Florence Ashburn.«

»Vielleicht hat Horatio ... hat mein Verlobter bei einem anderen Hotelangestellten etwas für mich hinterlassen, vielleicht bei Missis Jardine persönlich«, sagte Florence und klammerte sich an diese Hoffnung.

»Dann hätte sie mir das sicherlich mitgeteilt und in das Buch für solche Zwecke eingetragen, aber natürlich kann jeder mal etwas vergessen. Ich werde deshalb bei Missis Jardine nachfragen. Einen Augenblick bitte«, sagte er und verschwand hinter einem Vorhang.

Als er wenige Minuten später zurückkam, verriet seine bedauernde Miene, daß sich ihre Hoffnung nicht erfüllt hatte. Auch Missis Jardine war weder der Name Horatio Barclay bekannt, noch hatte sie eine Nachricht für eine Miss Ashburn in Empfang genommen.

Einen Augenblick war Florence ratlos, aber noch nicht wirklich besorgt. Sie sagte sich, daß Horatio womöglich von einem Camp zum anderen zog und deshalb gar keinen festen Aufenthaltsort hatte angeben können. Aber morgen war schon Mittwoch. Da würde er ja ins ROYAL ARCH kommen. Sie würde einfach hier auf ihn warten. Damit schloß sie aus, daß sie einander verpaßten.

»Haben Sie noch ein Zimmer frei?«

»Ja, Sie haben Glück, Miss Ashburn«, sagte er und freute sich, ihr wenigstens damit dienen zu können. Als sie jedoch hörte, wie teuer die Übernachtung war, blieb ihr beinahe die Luft weg.

Der Preis war gesalzen, und dabei konnte von einem richtigen Hotelzimmer wahrhaftig keine Rede sein. Der Raum, der wie alle anderen Zimmer von einem langen Gang abging, war nichts weiter als eine Kammer. Sie war von den Gästen zu ihrer Rechten und ihrer Linken nur durch eine doppelte Bahn Zeltstoff getrennt. Die Einrichtung als spartanisch zu bezeichnen, kam schon in die Nähe von Schönfärberei. Eine harte Feldpritsche diente als Bett. Dazu gab es einen Stuhl und einen kleinen Tisch der primitivsten Art. Die Waschgelegenheit bestand aus einer Blechschüssel und einer mit Wasser gefüllten Blechkanne. Vier Nägel an einem Eckbalken dienten als Kleiderhaken.

Florence sank auf den Stuhl und wußte nicht, ob sie ihrer Bestürzung nachgeben und weinen oder es einfach nur als romantisch-abenteuerlich betrachten und darüber lachen sollte. Aber das Lachen blieb ihr auf halbem Weg in der Kehle stecken, und sie schüttelte ungläubig den Kopf darüber, daß dies ein Zimmer des ROYAL ARCH war, von dem alle, die Pniel und die Diggings am Vaal kannten, mit solcher Hochachtung sprachen. Und dann dieser Preis!

Florence sollte jedoch bald herausfinden, wie immens teuer das

Leben in den Camps und Siedlungen war und daß Missis Jardine ganz und gar nicht in dem Ruf stand, für ihre einfachen, aber sauberen Zeltkammern unverschämt hohe Preise zu verlangen. Eine Zeltplane oder eine einfache Holzbohle kostete am Vaal einfach ein Vielfaches von dem, was man dafür in Kapstadt oder Graaff-Reinet bezahlen mußte. Der Transport über eine Strecke von mehr als siebenhundertfünfzig Meilen hatte nun mal seinen Preis, und die Nachfrage, die das Angebot bei fast allen Waren bei weitem überstieg, trieb die Preise zusätzlich in die Höhe. Ein Großteil des Baumaterials wie auch Vieh, Gemüse und andere Produkte wurden mittlerweile nicht mehr verkauft, sondern öffentlich versteigert.

In der ersten Nacht bekam Florence fast kein Auge zu. Obwohl es im Royal Arch wahrhaftig sehr gesittet zuging, hielt die Fremdartigkeit und Vielzahl der Geräusche und Stimmen sie vom Schlaf ab. Da knarrte das Balken- und Lattengerüst, der Zeltstoff bewegte sich mal raschelnd, mal schlagend wie ein Segel bei wechselnden Winden, da ächzten Bodenbretter unter schweren Stiefelschritten, Waschwasser schoß mit lautem, blechernem Klang in eine Schüssel, jemand plätscherte, prustete und seufzte erleichtert, aus mehreren Kammern war Schnarchen und Gemurmel zu hören, das Träumen entsprang, sowie das schwere Atmen und nicht immer erfolgreich unterdrückten lustvolle Stöhnen eines Paares beim Liebesakt. Dazu kamen all die anderen Geräusche, die in einer großen Siedlung wie Pniel auch des Nachts nie völlig erstarben: das Jaulen und Kläffen der Hunde, die fröhlichen oder streitbaren Stimmen später Zecher und Spieler und gelegentlich Hufschlag und das Knirschen der Räder eines Fuhrwerks, das bei Nacht eintraf oder schon Stunden vor Sonnenaufgang aufbrach.

Florence lag lange wach auf ihrer Pritsche, beobachtete die Wanderung des Mondes durch das Segeltuch des Daches und versuchte die wachsende Beklemmung abzuwehren, indem sie betete und sich immer wieder sagte, daß Horatio morgen, am Mittwochabend, wie verabredet ins Royal Arch kommen und sie in seine Arme schließen würde.

Bei Sonnenaufgang war Florence wieder voller Zuversicht.
Der Tag, der das Ende ihrer zweimonatigen Trennung bringen sollte, wurde ihr dennoch schrecklich lang, denn sie traute sich nicht, sich auch nur einen Schritt aus dem Zelt-Hotel zu begeben. Sie hatte Angst, nicht dazusein, wenn Horatio eintraf.
Endlich wurde es Abend. Doch Horatio kam nicht. Florence brachte beim Abendessen, das die vierzehn Gäste gemeinsam an einem langen Tisch einnahmen, keinen Bissen hinunter. Catherine Jardine, eine stattliche Frau mit einem beeindruckenden Busen und einer Vorliebe für federgeschmückte Hüte von der Größe eines Wagenrades, versuchte ihr nach dem Essen Mut zuzusprechen. Sie war inzwischen darüber informiert, daß Florence Ashburn und Horatio Barclay das ROYAL ARCH zu ihrem Treffpunkt bestimmt hatten.
»Wenn er zu einem der weit flußaufwärts oder flußabwärts gelegenen Diggings gezogen ist, wird er sich vielleicht nur einmal die Woche auf den langen Weg nach Pniel machen können. Hoffen Sie also auf den Sonntag«, munterte sie Florence auf, die gut ihre Tochter hätte sein können, und legte ihr einen Arm um die schmalen Schultern. Und dann, als wollte sie, daß Florence für den schlimmsten Fall innerlich schon ein wenig gewappnet war, fügte sie hinzu: »Wenn er Sie so liebt, wie Sie sagen, wird er ganz sicher kommen und Sie holen. Und wenn er nicht kommt, ist er Ihrer auch nicht wert.«
Allein der Gedanke, den sie sofort mit aller Macht verdrängte, jagte ihr einen eisigen Schauer durch den Körper. »O ja, er liebt mich über alles!« beteuerte sie. »Aber was ist, wenn ihm irgend etwas zugestoßen ist?«
»Sie haben sich mit ihm für jeweils Mittwochabend und Sonntagmorgen verabredet, nicht wahr?«
Florence nickte.
»Gut, dann nutzen Sie doch die Zeit dazwischen, um sich in Pniel, Klip Drift und den umliegenden Camps nach ihm zu erkundigen«, schlug Catherine Jardine vor. »Vielleicht treffen Sie ja jemanden, der Ihrem Verlobten begegnet ist oder von ihm

gehört hat. Und sollte er zufällig während Ihrer Abwesenheit ins Hotel kommen, dann wird er mir und Mister Fuller bestimmt nicht entgehen, so ausführlich, wie Sie mir Ihren Verlobten beschrieben haben.« Sie zwinkerte ihr zu. »Einen modernen Apoll übersehe ich ganz sicher nicht, meine Liebe.«
»Das ist eine ausgezeichnete Idee, Missis Jardine. Damit werde ich morgen früh sofort anfangen«, sagte Florence und errötete dabei leicht. Hatte sie der Hotelbesitzerin Horatio in zu glühenden, leidenschaftlichen Farben geschildert? Nein, ganz bestimmt nicht. Horatio war zweifellos kein Mann, der in einer Menge untertauchte. Er würde sich immer von seiner Umgebung abheben, ob in einem vornehmen englischen Club, an Bord eines Schiffes oder in den Camps – und darauf baute sie ihre Hoffnung.
Es hob ihre Stimmung, nun endlich selbst etwas tun zu können, statt untätig warten zu müssen. Daß Horatio mit dem Postwagen vor gut zwei Monaten in Pniel eingetroffen war, wurde ihr bei der Poststation bestätigt. Doch über seinen Verbleib wußte dort keiner etwas zu sagen. Ihre Erkundigungen über diese erste spärliche Information hinaus am Donnerstag, Freitag und Samstag blieben ohne Erfolg, aber das vermochte ihre Zuversicht nicht zu trüben.
»Am Sonntag kommt er bestimmt!« sagte sie laut zu sich, und wenn in Pniel auch niemand einem Horatio Aurel Barclay begegnet war oder von ihm gehört hatte, so tröstete sie sich damit, daß sie ihre Zeit mit etwas Nützlichem ausfüllte und auf diese Weise wenigstens schon mit der Zeltstadt und seinen angrenzenden Diggings vertraut wurde.
Der Sonntag kam und verging, ohne daß Horatio erschien und sie aus ihrer ebenso liebesgläubigen wie sorgenvollen Anspannung erlöste.
»Das sieht nicht gut aus, Florence«, stellte Catherine Jardine nüchtern fest, als die Dunkelheit hereinbrach und Florence nicht länger die Tränen zurückhalten konnte. »Es ist wohl an der Zeit, sich mit dem Gedanken vertraut zu machen, daß Horatio es mit

seinen Liebesschwüren nicht so ernst gemeint hat und nicht daran denkt, zu seinem Wort zu stehen und Sie hier abzuholen.«

»Nein! Niemals! Horatio ist kein Schuft und Lügner!« wehrte sich Florence mit geradezu panischer Entrüstung gegen diese Vermutung. »Sie tun ihm unrecht. Er liebt mich!«

»Dann würde er ja kommen«, entgegnete Catherine Jardine trocken.

»Ihm kann doch etwas zugestoßen sein. Vielleicht hat er sich ein Bein gebrochen ...«

»Dann hätte er bestimmt Mittel und Wege gefunden, Ihnen wenigstens eine Nachricht zukommen zu lassen, und Zeit genug hat er ja gehabt«, erwiderte Catherine Jardine. Sie hielt nichts davon, sich selbst zu täuschen und sich vor der Wahrheit in Illusionen zu flüchten, die früher oder später ja doch zerplatzen und den Schmerz noch größer machen würden. »Es gibt somit nur zwei Möglichkeiten: Entweder lebt Horatio Barclay nicht mehr, was sehr unwahrscheinlich ist, oder aber seine Liebe zu Ihnen ist nicht halb so stark, wie er Sie hat glauben lassen.«

Florence wollte davon nichts wissen. Am liebsten hätte sie sich die Ohren zugehalten. Nicht einmal hören wollte sie solche gemeinen, schrecklichen Unterstellungen. Und mit kopfloser Empörung machte sie der Hotelbesitzerin klar, daß es ihr nicht zustehe, ihren Verlobten so in den Dreck zu ziehen.

Catherine Jardine verstand den Schmerz und die Erregung der jungen Frau nur zu gut, um ihre Worte nicht persönlich zu nehmen und auf die Goldwaage zu legen.

Sie erhob sich, und ihr dunkelgrüner Taft raschelte. »Ich meine ja nicht, daß Sie alle Hoffnung aufgeben sollen, Florence. Aber verschließen Sie nicht die Augen vor der Wahrheit, und die lautet aller Wahrscheinlichkeit nach so, wie ich es gerade gesagt habe. Denken Sie darüber nach, und überlegen Sie sich, was Sie nun machen wollen. Versprechen Sie mir das?«

Florence preßte die Lippen aufeinander und verweigerte eine Antwort. Ihre ganze Haltung drückte wütende Abwehr gegen all das aus, was die Hotelbesitzerin Horatio unterstellt hatte, und

trotziges Beharren auf ihrem Glauben an die Aufrichtigkeit seiner Gefühle und Beteuerungen.
Catherine Jardine ließ sich davon jedoch nicht abschrecken, sondern tat so, als würde sie das gar nicht bemerken. »Wie steht es mit Ihren finanziellen Mitteln, Florence? Vielleicht sollten wir uns in den nächsten Tagen mal gemeinsam Gedanken darüber machen, wie Sie für sich sorgen können und welche Tätigkeit Ihnen liegt, sofern Sie auf den Diggings zu bleiben beabsichtigen. Nur machen Sie sich wegen Ihres Aufenthalts bei mir bitte keine Gedanken. Auch wenn Sie kein Geld mehr haben, setze ich Sie nicht auf die Straße.«
»Ich bin auf Almosen nicht angewiesen, ich habe Geld genug!« entgegnete Florence mit abweisender Schroffheit. »Ich kann schon noch selbst für mich aufkommen, Missis Jardine.«
Catherine Jardine überhörte auch das. »Wir reden bei Gelegenheit darüber«, sagte sie ruhig und ging.
Florence sank zu einem Häufchen Elend zusammen. Sie schämte sich und war ganz krank vor Sorge, wie es mit ihr weitergehen sollte. Sie hatte gelogen, was ihre Geldreserven betraf, Ihre finanzielle Situation sah erschreckend aus. Sie konnte sich das Zimmer im ROYAL ARCH höchstens noch einige Tage leisten. Dann hatte sie bloß noch ein paar Pennies in der Tasche und war sehr wohl auf Almosen angewiesen.
Eine weitere Woche verstrich, ohne daß Horatio erschien oder ihr eine Nachricht zukommen ließ. Florence war verzweifelt und wußte nicht, was sie tun sollte. Sie brachte es vor allem nicht über sich, ihre Scham zu überwinden und vor Catherine Jardine einzugestehen, daß sie schon seit Tagen kein Geld mehr hatte, um ihr Hotelzimmer zu bezahlen, und auf Hilfe angewiesen war. Sie wollte noch immer nicht die Hoffnung aufgeben, daß so etwas wie ein Wunder geschehen und Horatio doch noch kommen würde.
Das Wunder blieb aus, und dann hörte sie eines Tages, wie einer der Dauergäste, ein Diamantenhändler, zu Mister Fuller von der Rezeption sagte: »Da wird unsere liebe Catherine ja mal wieder

die mildtätige Samariterin spielen und dieses naive junge Ding mit durchfüttern müssen. Oder glauben Sie noch daran, daß unser liebeskranker Rotschopf genug Geld hat, um die Rechnung zu zahlen?«

»Missis Jardine hat mich angewiesen, Miss Ashburn nicht auf den offenstehenden Betrag anzusprechen«, gab Mister Fuller zurückhaltend zur Antwort.

»Wußte ich es doch!« sagte der Diamantenhändler voller Genugtuung. »Die Kleine ist pleite und hängt Catherine nun am Rockschoß. Ich habe schon letzte Woche mit Mister Shaw gewettet, daß dieser Barclay sich als Phantom erweisen und Miss Ashburn der lieben Catherine einiges Geld schuldig bleiben würde. Nun ja, auch wenn sie offenbar so gutgläubig und naiv wie ein Kaffernboy aus dem hintersten Kraal ist, so wird es ihr doch nicht schwerfallen, sich eine andere gute Partie zu angeln, denn an ihrem Aussehen gibt es ja nichts auszusetzen, wenn Sie mich fragen. Was meinen Sie, ob ich mal mein Glück bei ihr versuche?« Er lachte halb spöttisch, halb verlegen.

Als Florence das hörte, wäre sie vor am Scham am liebsten im Boden versunken. Man sprach unter den anderen Hotelgästen schon über sie und wußte, daß sie bloß so tat, als könnte sie ihren Aufenthalt auch wirklich bezahlen. Ja, man hatte sogar schon Wetten über sie und Horatio abgeschlossen. Was mochte noch alles über sie in Umlauf sein, von dem sie keine Ahnung hatte?

Florence wollte es nicht wissen, und sie wollte auch keinem von ihnen je wieder unter die Augen treten – weder dem dickleibigen Diamantenhändler noch den beiden Shaws, Mister Fuller und all den anderen Gästen, ja nicht einmal Missis Jardine mochte sie vorerst sehen. Und um sich diese schamvolle Selbsterniedrigung zu ersparen, packte sie ihre wenigen Sachen zusammen und stahl sich aus dem Hotel. In ihrer Kammer hinterließ sie ein kurzes Schreiben an Missis Jardine, in dem sie ihr für ihre Gutherzigkeit und Anteilnahme dankte, sich für ihr Davonstehlen entschuldigte und bei der Bibel schwor, ihre Rechnung mit Zinsen zu zahlen, sowie es ihr möglich sei.

Über vierzehn Tage irrte Florence durch die Camps, noch immer auf der Suche nach Horatio. Sie fand auf dem Weg von einem Lager zum anderen stets irgendeinen freundlichen Kutscher, der sie mitnahm, und so mancher versuchte, mit ihr anzubändeln, denn an Frauen herrschte ein großer Mangel in den Camps. Auf zehn Digger kam in der Regel noch nicht einmal eine einzige Frau, und unverheiratete weiße Frauen waren seltener als lupenreine Hundertkaräter. Sie fühlte sich aber nicht einmal belästigt oder gar gefährdet. Gerade die Tatsache, daß die Camps fast reine Männergesellschaften waren und viele Digger häufig ihre Frauen, Töchter und Schwestern zurückgelassen hatten oder noch ledig waren, sorgte dafür, daß sie sich sicher fühlen konnte. Denn wann immer sie jemanden ansprach und nach Horatio fragte oder angesprochen wurde, wußte sie, daß mindestens ein Dutzend Augenpaare auf ihr ruhte. Die Digger, durch die Bank anständige, hart arbeitende Männer und stolz auf ihren Ehrenkodex, warteten nur darauf, sie vor etwaigen Zudringlichkeiten bewahren zu können. Nicht von ungefähr sollten diese ersten Jahre der Diamantensuche, im Gegensatz zu den folgenden Jahren, auch als die »Gentlemen's Diggings« in die Geschichte eingehen.

Florence verkaufte einer Burin ihr zweites Kleid und erstand für das Geld zwei Decken, denn trotz der Hitze während des Tages begannen die Nächte nun allmählich kalt zu werden. Den Rest gab sie nach und nach für Lebensmittel aus, die erschreckend teuer waren.

Erschreckend war auch, wie sie mehr und mehr herunterkam. Je größer die Gewißheit in ihr wurde, daß Horatio sie getäuscht und sie sich selbst überlassen hatte, desto weniger Energie brachte sie auf, ihr Äußeres in Ordnung zu halten. Und neben dem quälenden Schmerz, sich in Horatio geirrt und in ihrer Liebe betrogen worden zu sein, wuchs eine andere, dunkle Angst wie ein Geschwulst in ihr, eine Angst, die sie mit aller Macht zu ignorieren versuchte.

Und dann kam der Tag Ende April, als sie alle flußabwärts

gelegenen Camps bis zur Mündung des Hart River in den Vaal nach Horatio abgesucht hatte und nach Klip Drift zurückkehrte, um nun flußaufwärts bis nach Hebron zu ziehen. Hätte sie jemand gefragt, warum sie ihre Suche noch immer nicht beenden wollte, so hätte sie keine vernünftige Antwort geben können. Ihr war nicht bewußt, daß sie ständig in Bewegung blieb, um vor der Wahrheit, der bitteren Erkenntnis der Verlassenheit, zu flüchten.

Am Nachmittag traf sie in Klip Drift ein. Bis auf die Reisebibel ihrer Mutter und die Fotografie ihrer Eltern, die sie in den beiden Decken eingewickelt mit sich trug, hatte sie alles versetzt. Ihre Barschaft war mittlerweile auf eine Threepencemünze und vier einzelne Pennies zusammengeschrumpft. Ihr knurrte der Magen. Seit dem frühen Morgen hatte sie nichts mehr gegessen. Sie wußte nicht, wohin sie sich wenden, wie sie zu Geld kommen und wo sie diese Nacht ihre Decken ausbreiten sollte.

Und da sah sie Horatio.

18

Zuerst glaubte Florence an ein Trugbild ihres Wunschdenkens. So verzweifelt hatte sie nach ihm gesucht, daß es ihr plötzlich ganz irrwitzig erschien, ihn nun wirklich gefunden zu haben – und dann auch noch in Klip Drift, sozusagen nur einen Steinwurf über den Fluß vom ROYAL ARCH entfernt.

Aber dieser schlanke, hochgewachsene Mann, der etwas oberhalb von ihr auf der anderen Straßenseite aus einem hübschen Einspänner stieg, die Zügel um die Bremsstange wickelte und sich dem Geschäft zuwandte, das sich von den anderen Gebäuden aus Zeltstoff dadurch unterschied, daß seine Front und die Veranda aus Brettern gezimmert waren, dieser Mann dort drüben war ihr Horatio.

Die Erkenntnis, daß ihre wochenlange verzweifelte Suche endlich ein Ende gefunden hatte, überfiel Florence mit einem Schwindelgefühl. Sie war auf einmal so schwach auf den Beinen, daß sie sich mit einer Hand an den Kisten abstützen mußte, die neben ihr am Straßenrand aufgestapelt waren, um nicht das Gleichgewicht zu verlieren. Und im selben Moment begann ihr Herz wie wahnsinnig zu schlagen, daß sie glaubte, es fülle ihre ganze Brust bis zum Bersten aus.

Horatio winkte einem Passanten zu und ging die zwei Stufen zur Stoep hinauf, elegant in nußbraune Hosen mit passender Weste gekleidet und mit federnden Schritten, so wie sie ihn in Erinnerung gehabt hatte.

Florence überwand den Schock, der sie einen Augenblick gelähmt hatte, preßte ihre Deckenrolle unter den Arm und lief über die Straße.

»Horatio ...! Horatio!« Gedankenloses Glücksgefühl, das für einen Moment jeglichen Argwohn und Zorn ausschaltete, verwandelte ihren Ruf in einen Jubelschrei und zauberte ein seliges Lächeln auf ihr müdes Gesicht.

Horatio zuckte zusammen und fuhr herum, als hätte ihn ein scharfer Peitschenschlag getroffen. Sein freundliches Lächeln erstarb, und seine feinen Gesichtszüge nahmen einen geradezu maskenhaften Ausdruck ungläubigen Erschreckens an.

Florence wollte ihm in die Arme fliegen, ihn lachend und weinend zugleich umarmen und alles vergessen, was sie durchlitten hatte seit jener Nacht, als er sie auf KRUIDFONTEIN zurückgelassen hatte. Doch sein jäh erblaßtes, entsetztes Gesicht ließ sie aus ihrem Tagtraum erwachen und die bittere Wahrheit erkennen.

Sie blieb vor den Stufen stehen und sah ihn verstört an, als hätte sie einen Fremden vor sich, der dem Mann, an dessen Liebe sie einst geglaubt hatte, zum Verwechseln ähnelte. »Wo bist du gewesen, Horatio?« fragte sie mit einem schrecklich würgenden Gefühl in der Kehle. »Wo warst du? Ich habe zwei Wochen im ROYAL ARCH auf dich gewartet, und als du nicht kamst, habe ich dich wochenlang in den Camps flußabwärts gesucht.«

Er schluckte, öffnete den Mund, brachte jedoch keinen Ton heraus.

»Wo warst du?« stieß sie mit schriller Stimme hervor.

Die Leute auf der Straße wandten sich nach ihnen um.
»Florence, ich bitte dich! Mach mir hier bloß keine Szene!« sagte er erschrocken und warf besorgte Blicke nach rechts und links.
Florence konnte nicht glauben, daß dies die ersten Worte waren, die er nach so langer Zeit der Trennung zu ihr sagte. Er beschwor sie, keine Szene zu machen! Das war es, was ihn in diesem Moment des Wiedersehens am stärksten bewegte. Es war so grotesk, daß sie beinahe gelacht hätte.
Sie schüttelte fassungslos den Kopf. »Das kann nicht dein Ernst sein, Horatio, daß du dir nach alldem, was du mir angetan hast, nun darum die größten Sorgen machst. Hast du mir nichts anderes zu sagen? Weißt du denn nicht, wie sehr ich dich liebe und wie verzweifelt ich auf dich gewartet und mich nach dir gesehnt habe?«
Er machte eine linkische entschuldigende Geste. »Ich hatte wirklich vor, auf dich zu warten, das mußt du mir glauben. Aber dann haben die Ereignisse hier am Vaal einen anderen Verlauf genommen, als ich es geplant hatte. Hier ist einfach alles anders als in der Welt, die wir bisher gekannt haben. Und irgendwie war ich dann auch überzeugt, daß du es dir anders überlegen und vermutlich gar nicht nachkommen, sondern nach Kapstadt zurückreisen würdest.«
»Was redest du da für ein wirres Zeug, Horatio?« Sie verstand überhaupt nicht, woher er diese absurde Vermutung nahm und worauf er eigentlich hinauswollte.
»Ich habe mich wohl geirrt«, murmelte er, ohne ihr ins Gesicht zu schauen. »Aber ich war wirklich überzeugt davon, daß du keine weiteren Strapazen mehr auf dich nehmen würdest.«
»Aber das ist ja haarsträubender Unsinn!« fuhr sie ihn erregt an. »Ich habe doch alles geopfert und hinter mir gelassen, um mit dir zusammenzusein!«
»Wie auch immer«, sagte er, als wäre ihr Einwand ohne jede Bedeutung. »Es tut mir jedenfalls leid, daß es so gekommen ist, Florie ...«
»Daß was wie gekommen ist?« Sein mangelndes Schuldbewußt-

sein und seine Gleichgültigkeit für das, was er ihr angetan hatte, brachten sie völlig durcheinander.

»Na ja, wir hatten eine wunderschöne Zeit, ja, die hatten wir wirklich, und damals wollten wir beide wohl auch dasselbe. Vielleicht hätte es ja tatsächlich funktioniert, wir wir es uns vorgestellt hatten«, sagte er mit gedämpfter Stimme und fuhr dann bedauernd fort: »Aber irgendwie wollte es das Schicksal nicht, daß wir zusammenbleiben, und dann passieren solche Sachen nun mal. Das ist traurig, doch so ist der Lauf der Welt.«

Florence empfand seinen bedauernden Tonfall als glatte Lüge und unerträgliche Unverschämtheit. »Von welchem Schicksal sprichst du?«

Er fuchtelte mit der Rechten vage durch die Luft und suchte sichtlich nach den passenden Worten, um sich dann in den Allgemeinplatz zu retten: »Mein Gott, du weißt doch, wie verrückt das Leben manchmal spielt.«

»Ja, das weiß ich«, erwiderte Florence, während sich die eisige Klammer um ihr Herz immer stärker zusammenzog. »Aber ich weiß nicht, wovon du redest. Du hast mir ewige Liebe geschworen!«

Er verzog das Gesicht zu einer nachsichtigen Miene, als würde er zu einem Kind von den höheren Gesetzmäßigkeiten der Welt sprechen, von denen es noch keine rechte Ahnung hatte. »Ja, wie man das eben so sagt, Florie. In der Liebe zählt allein der Augenblick, das Hier und Jetzt. Jedes Feuer, auch wenn es noch so heiß und hoch auflodert, fällt einmal in sich zusammen und hinterläßt nur kalte Asche. Mit der Liebe ist es nicht viel anders. Und überhaupt, nichts auf dieser Welt ist ewig, jedenfalls nichts, was wir Sterblichen tun und sagen.«

Florence war im ersten Moment sprachlos vor Erschütterung. Sie fühlte sich zusätzlich zu ihrem wilden Schmerz gedemütigt und verhöhnt. Horatio hätte sie ebensogut ohrfeigen können. »Dann hast du mich also angelogen und betrogen!« folgerte sie mit belegter, zitternder Stimme.

Horatio brachte es doch tatsächlich fertig, so etwas wie ein vorwurfsvolles Lächeln zustande zu bringen. »Wie kannst du so etwas auch nur denken, geschweige denn sagen, Florie? Ich habe dich so sehr geliebt, wie du mich geliebt hast ...«

»Du bist ein elender Lügner!«

»Damit triffst du mich, und ganz zu Unrecht«, beteuerte er mit einem Ernst, für den Florence keine Worte hatte. »Als wir uns an Bord der S.S. BATAVIA begegnet sind, waren wir beide zwei verlorene Vögel am Himmel der Einsamkeit, die einen Begleiter gesucht und gefunden haben. Und eine lange Strecke durch dieses fremde Land sind wir auch in wunderschöner Harmonie Seite an Seite geflogen. Doch dann haben uns die unergründlichen himmlischen Winde auseinandergetrieben, und das müssen wir einfach akzeptieren.«

Früher hatte ihr seine lyrische Ader gefallen, und sie hatte ihn für seine bildhaften Vergleiche und seine Fähigkeit, Gedichte und ganze Passagen aus Dramen zu rezitieren, bewundert. Nun jedoch erschien ihr sein Gerede als geschwollen, als leere Worthülsen, mit denen er sie geblendet hatte.

»Ich habe keinen *Begleiter* gesucht!« widersprach sie ihm heftig. »Ich habe dich geliebt ...« Ja, und was das Schlimmste war, sie liebte diesen gewissenlosen Schuft noch immer. »Und ich habe dir alles gegeben, was eine anständige, liebende Frau dem Mann ihrer bedingungslosen Liebe nur schenken kann.« Sie holte tief Luft. »Horatio ...«

Die Tür hinter ihm ging auf, und eine junge blonde Frau in einem wunderschönen pfirsichfarbenen Taftkleid trat aus dem Laden auf die Stoep. Auf dem Kopf saß keck ein kleiner Strohhut mit einem bunten Seidenblumengebinde, und ihre Hände, die in cremefarbenen Lochmusterhandschuhen steckten, spielten mit einem rüschenbesetzten Parasol.

»Julian, können wir jetzt losfahren?« fragte sie mit einer Stimme, die an das zaghafte Piepsen eines jungen Vogels erinnerte.

Horatio stand wie erstarrt.

»Julian?« fragte Florence verständnislos.

Die junge Frau lächelte mit kindlicher Ahnungslosigkeit. »Mein

Mann, Julian Jakes«, sagte sie und hakte sich mit liebevollem Stolz bei dem Mann ein, den Florence nur als Horatio Aurel Barclay kannte.

Florence hatte das Gefühl, als öffnete sich der Boden unter ihr. Ihr Herz stürzte in einen endlosen Abgrund der Hoffnungslosigkeit, während ihr Verstand einen klaren Gedanken zu fassen versuchte.

Horatio alias Julian bekam sich wieder unter Kontrolle und sagte mit bewundernswerter Geistesgegenwart und Kaltschnäuzigkeit: »Miss Ashburn kennt mich nur unter meinem Künstlernamen Horatio Aurel Barclay, Liebes.« Dabei tätschelte er ihren Arm. »Wir hatten das Vergnügen, uns auf der S.S. Batavia kennenzulernen, haben uns dann aber aus den Augen verloren.«

Liebes! Florence war, als bohrte sich ein Messer durch ihre Brust. Wie konnte er es wagen, dieses Mädchen in ihrer Gegenwart mit einem Kosewort wie »Liebes« anzusprechen! Und wie war es überhaupt möglich, daß diese Blondine, die eher jünger als gleichaltrig mit ihr war und so reizvoll wirkte wie eine gewöhnliche Suppe, bei der man die Würze vergessen hatte, wie konnte dieses unscheinbare Geschöpf die Ehefrau des Mannes sein, den sie, Florence, liebte und in dessen Armen sie höchste leidenschaftliche Verzückung erfahren hatte! Das konnte nicht sein, das durfte nicht sein! Und was sollte der Unsinn mit dem Künstlernamen.

»Finden Sie es nicht auch schrecklich aufregend, daß Julian auf allen großen Bühnen in London aufgetreten und nun hier bei uns am Vaal ist?« plapperte die junge Frau und lächelte verträumt. »Manchmal kann ich es gar nicht glauben, daß wir nun schon vier Wochen verheiratet sind. Jeden Morgen, wenn ich aufwache und Julian neben mir im Bett ... oh!« Sich der Unschicklichkeit ihrer Bemerkung bewußt werdend, brach sie ihren Satz ab und legte ihre freie Hand auf ihre Lippen, während ihr das Blut ins Gesicht schoß und ihre Wangen zum Glühen brachte.

»Mir ist nicht bekannt ...« begann Florence, sich aus ihrer inneren Starre lösend.

Julian Jakes fiel ihr, künstlich lächelnd, ins Wort. »Miss Ashburn, erlauben Sie mir, daß ich Ihnen meine Frau vorstelle – Missis Mabel Jakes, geborene Whitman.« Und während er seine Lippen zu einem Lächeln zwang, bedachte er sie mit einem flehentlich bittenden Blick.

»Nett, Sie kennengelernt zu haben, Miss Ashburn«, sagte Mabel rasch zu Florence und hatte es in ihrer Verlegenheit eilig, ins Geschäft zurückzukommen. »Ich warte auf dich bei Paps im Büro, Liebling.«

Florence hatte noch das Geräusch von raschelndem Taft in den Ohren, als die Brettertür hinter Mabel Jakes zugefallen war. Sie war wie betäubt, fühlte sich in ihrem Innersten wie abgestorben. Julian sah sie stumm an, als wüßte er nicht, wie er all das erklären, und schon gar nicht, wie er sie um Verzeihung bitten sollte.

»Warum?« brachte sie schließlich hervor.

Er zuckte beschämt mit den Schultern. »Ich wollte es nicht, das mußt du mir glauben, Florie ...«

»Sag nie wieder Florie zu mir!« zischte sie.

»... es ist einfach passiert«, fuhr er mit gesenktem Kopf fort. »Ich hatte schon gleich in der ersten Woche Glück mit meinem Claim. Ich fand einige Diamanten und kam damit zu Mister Charles Whitman, der nicht nur einen Field Store betreibt, sondern seit kurzem auch mit Steinen handelt. Und da habe ich Mabel kennengelernt. Mein Gott, ich war allein, und alles war so fremd. Ich habe mich mit Mister Whitman vom ersten Augenblick an verstanden, denn sein Traum war es mal, Schauspieler zu werden und den Hamlet zu spielen. Tja, und Mabel, seine Tochter, hat mich so angehimmelt und mir das Herz gestohlen. Und ehe ich wußte, wie mir geschah, war ich verheiratet.«

»Lüg mich doch nicht an! Du hast bei dem dummen Ding deinen Charme und deine Verführungskünste genauso gezielt eingesetzt wie bei mir. Hat dieser Mister Whitman denn noch andere Kinder? Etwa einen Sohn?«

»Nein, Mabel ist sein einziges Kind«, gestand er.

Sie lachte höhnisch auf. »Wußte ich es doch! Du hast dich hier als Schwiegersohn und als einziger Erbe ins gemachte Nest gesetzt. Darum hast du diese Mabel auch nicht so schändlich angelogen wie mich. Von wegen Neffe des Bankiers Barclay! Ein Schmierenschauspieler bist du gewesen!«

»Ich hatte meine Erfolge!« verteidigte er sich.

»Deshalb hast du England auch verlassen, weil du deiner großartigen Karriere in den Camps am Vaal die Krone aufsetzen wolltest, ja?« höhnte sie und kämpfte gegen die Tränen an. »Du bist ein Charakterschwein, Julian Jakes oder wie auch immer du wirklich heißt! Du bist ein mieser, berechnender Lump, der meine Liebe und Leichtgläubigkeit schamlos ausgenutzt hat. Du hast mit mir gespielt und mich, als du meiner überdrüssig warst, einfach weggeschmissen.«

»Das ist nicht wahr«, beteuerte er nachdrücklich, aber mit leiser Stimme und kam die zwei Stufen zu ihr herunter. »Vielleicht habe ich meine Fehler und Schwächen, aber als wir zusammen waren, da war nichts eine Lüge, da habe ich dich wirklich geliebt. Doch dann, als wir getrennt waren ...« Er machte eine gequälte Miene. »Ich weiß auch nicht, was da in mir geschehen ist, Florence. Was ich für dich empfand, ist irgendwie verblaßt, und mit jeder Woche, die verstrich, wurdest du einfach immer unwirklicher für mich. Ich habe nachher tatsächlich geglaubt, daß du nicht herkommen, sondern nach Kapstadt zurückkehren und doch noch deinen Lieutenant in Indien heiraten würdest ... und da habe ich mich von meinen Versprechungen und Verpflichtungen frei gefühlt.«

Florence schaute ihn eindringlich an und hatte plötzlich das bestürzende Gefühl, daß Julian wirklich an das glaubte, was er sagte. Wie auch immer er es angestellt hatte, sich selbst davon zu überzeugen, es war ihm gelungen. Und in diesem Moment erkannte sie, was für ein schwacher Mensch er war, sich seiner Gefühle und seiner selbst nicht sicher.

»Du mußt mir verzeihen, Florence!« beschwor er sie. »Und ich flehe dich an, meine Ehe nicht zu zerstören. Mabel weiß von nichts, und du wirst doch nicht so gemein sein, sie zum Gespött

der Leute zu machen, ihr Glück zu zerstören und sie für etwas leiden zu lassen, woran sie nicht die geringste Schuld hat. So eine rücksichtslose, unchristliche Tat würdest du doch bestimmt nicht auf dein Gewissen laden, nicht wahr?«
Florence konnte nicht glauben, daß er nach alldem noch den Mut, nein, die Unverfrorenheit besaß, an ihr Gewissen und ihren christlichen Glauben zu appellieren. Es raubte ihr die Sprache. Hatte er denn überhaupt den Schimmer einer Ahnung, was er ihr angetan hatte, ihr, einer jungen, unverheirateten und in jeder Hinsicht unerfahrenen Frau aus kleinbürgerlichem Haus? Sie bezweifelte plötzlich, daß sein Einfühlungsvermögen, ja seine Fähigkeit zu lieben und zu ermessen, was das bedeutete, so tief reichte. Er kannte nur die seichten Gewässer flüchtiger, rauschhafter Leidenschaften, nicht aber die tiefen und weiten Meere der Liebe, die nun ihr zum Verderben wurden.
»Ich gebe dir auch alles Geld, was ich habe, Florence«, redete er hastig weiter, und die Angst um sein schäbiges, berechnendes Glück stand ihm ins Gesicht geschrieben. »Es soll dein Schaden wirklich nicht sein, wenn du vor Mabel und meinem Schwiegervater Stillschweigen bewahrst. Vielleicht kann ich dich ja irgendwo unterbringen, natürlich auf meine Kosten, und wenn du mir verzeihst und mich noch immer sehen willst ...«
Ekel überkam sie, als sie begriff, welch erniedrigenden Vorschlag er ihr da machte. Er wollte sie als seine Geliebte aushalten. Sie schlug ihm das Geld aus der Hand. »Nicht einen lausigen Penny nehme ich von dir. Eher würde ich verhungern!« zischte sie voller Abscheu und Verachtung. »Ich werde deiner Frau und deinem Schwiegervater nichts davon erzählen, was für ein erbärmlicher Lügner und berechnender Lump du bist. Aber verzeihen werde ich dir nie. Im Gegenteil! Verflucht sollst du sein, Julian Jakes. Dreimal verflucht und gestraft!« Sie spuckte ihm ins Gesicht und rannte davon.
Drei Gassen weiter blieb sie hinter einer Wellblechhütte stehen, sackte nach vorn mit den Knien in den Sand und erbrach sich. Ihr Magen war leer, und es kam nur bittere Galle.

19

Trotz seiner körperlichen Erschöpfung hatte Daniel Mühe, Schlaf zu finden. Seine Gedanken hielten ihn lange wach. Fast jede Nacht quälte er sich mit diesen sinnlosen Grübeleien. Er wußte, daß es davon nicht besser wurde. Ganz im Gegenteil, er machte sich das Leben damit nur noch schwerer. Warum konnte er sich bloß nicht damit abfinden, daß Alice niemals ihm gehören würde?

Sollte er doch froh sein, daß ihn die eiskalte Dusche ihrer Zurückweisung schon so früh erwischt und sie ihm nichts vorgemacht hatte. Es hätte alles ja noch viel schlimmer kommen können, zumindest versuchte er sich das einzureden.

Aber nicht einmal das erwies sich als ein wirksamer Trost. Wenn sie ihm doch nur eine Chance gegeben hätte, sie von ihrer fixen Idee zu kurieren. Sie hatte mit ihm ein einzigesmal von der himmlischen Frucht gekostet und sie dann beide aus dem Paradies der gegenseitigen Liebe und Erfüllung ausgesperrt. Womit hatte er das verdient?

Unruhig wälzte sich Daniel von einer Seite auf die andere. Schließlich aber vermochte sein Bewußtsein, das einfach nicht zur Ruhe kommen und sich immer wieder mit denselben Gedanken im Kreis drehen wollte, sich den Forderungen seines ermüdeten Körpers nicht länger zu widersetzen. Schwerfällig wie ein alter morscher Baumstamm, der am Ufer liegt und langsam von der Strömung des Flusses erfaßt und mitgezogen wird, glitt er in den Schlaf.

Doch noch bevor er in die traumlosen Tiefen hinabgefallen war, riß ihn ein spitzer Schrei in das Bewußtsein zurück. Er fuhr auf und wußte sofort, daß Alice es gewesen war, die da geschrien hatte.

»O mein Gott!« kam es aus der Dunkelheit.

Ja, das war eindeutig ihre Stimme!

Daniel schleuderte die Decken weg, sprang aus dem Bett und griff zu seinem Gewehr. Er hielt sich erst gar nicht damit auf,

Hosen und Stiefel anzuziehen. So wie er war, mit nacktem Oberkörper und langen Unterhosen, stürzte er aus dem Zelt.
Fast im gleichen Augenblick kamen Molefe und Sidney aus ihren Unterkünften, und auch in anderen Zelten des Camps zeigte sich Bewegung.
»Wer hat da geschrien, Baas?« fragte Molefe, der offenbar tief und fest geschlafen hatte, benommen.
Daniel hörte gar nicht hin. Sein Denken und Fühlen, seine ganze Sorge galt allein Alice. Das Gewehr schußbereit in den Händen, rannte er so schnell er konnte die fünfzehn Schritte zu ihrem Zelt hinüber, in dessen Eingang er eine Gestalt am Boden liegen sah. Genaugenommen ragte nur ein Paar Beine aus der Zeltöffnung hervor.
»Das war Alice!« rief Sidney aufgeregt und mühte sich mit seinen Hosen ab. Da er dabei aber nicht stehenblieb, sondern wie Daniel und Molefe so schnell wie möglich zu Alices Zelt hinüberwollte und sich auch noch in seinen Hosenträgern verfing, erinnerten seine Bewegungen an jemanden, der an einem Wettbewerb im Sackhüpfen teilnahm.
In der Umgebung ihres Lagerplatzes wurden zahlreiche Stimmen laut, die besorgt und mit deutlicher Anspannung nach der Ursache für die nächtliche Aufregung fragten. Die Kameradschaft im Camp untereinander war jedoch nur ein Grund, weswegen alle innerhalb weniger Augenblicke hellwach waren. So mancher neue Rush hatte sich dadurch angekündigt, daß sich kleine Gruppen befreundeter Digger, die an anderer Stelle auf Diamanten gestoßen waren, im Schutze der Nacht aus ihrem alten Camp geschlichen hatten. Daraus hatte man gelernt. Denn niemand wollte bei einem neuen vielversprechenden Rush zu denjenigen Pechvögeln gehören, die den nächtlichen Exodus verpaßten, bei Anbruch des Tages ihr Camp halb verlassen vorfanden und auf den neuen Diggings zu spät erschienen, um noch Chancen auf einen guten Claim zu haben.
»Kein Rush, Freunde!« rief Sidney und zog die Hose im Laufen hoch. »Laßt die Zelte stehen, Männer. Hammer und Claim-

pflöcke werdet ihr heute nacht nicht brauchen. Was immer passiert ist, aber ein Rush ist es nicht.«

Daniel hatte indessen Alices Zelt erreicht. Er riß die Plane des Eingangs zur Seite. »Alice, bist du ...« rief er und brach mitten im Satz ab, denn er glaubten seinen Augen nicht trauen zu dürfen.

Bei der Gestalt, die halb im Zelt lag und halb außerhalb, handelte es sich um eine Frau von schmächtiger Figur. Sie lag mit dem Kopf neben der Holzkiste, in der Alice ihre Lebensmittel aufbewahrte und so vor Fliegen, Käfern und anderem Getier schützte. Irgend etwas kam ihm an der Frau bekannt vor, doch er wußte nicht, was es war, und er hatte jetzt auch nicht die Zeit, darüber nachzudenken.

Alice kauerte neben der Fremden am Boden und schüttelte verstört den Kopf. »Ich ... ich habe es nicht gewollt«, murmelte sie. »Ich dachte ... ich wußte nicht ... mein Gott, was habe ich bloß getan?«

Daniel ließ das Gewehr sinken.

»Ist mit Alice alles in Ordnung?« Sidney schob sich neben Daniel in den Zelteingang. »Heilige Makrele!« rief er, als er die reglos am Boden liegende fremde Frau erblickte. »Was hat denn das zu bedeuten?«

»Da fragst du mich zuviel«, antwortete Daniel und kniete sich neben die wie tot daliegende Gestalt. Er erinnerte sich plötzlich daran, daß er einmal so neben Alice gekniet und um ihr Leben gebangt hatte. Es erschien ihm eine Ewigkeit her zu sein.

»Sie ... sie ist in mein Zelt eingedrungen«, sagte Alice, und ihre zitternde Stimme verriet, daß sie noch immer unter Schock stand.

»Ist sie tot?« fragte Sidney bestürzt.

Daniel zuckte mit den Schultern. »Wenn wir Licht hätten, könnte ich mehr sagen. Aber so im Dunkeln herumzutasten ...«

»Hier, Baas«, meldete sich Molefe, und gleich darauf fiel von hinten Lichtschein über sie ins Zelt. Tüchtig und zuverlässig wie immer, hatte er an das Nächstliegende gedacht und eine Petroleumlampe angezündet.

Daniel wandte sich um und dankte Molefe, der nie den Kopf verlor, mit einem anerkennenden, freundschaftlichen Lächeln. Als er die Lampe auf die Kiste stellte und den Docht höher drehten, flutete ein Strom hellen Lichtes durch das Zelt. Und das erste, was Daniel ins Auge fiel, war Alice, wie sie da mit offenem Haar am Boden hockte – und daß nicht einmal das Nachtgewand aus dickem, warmem Flanell die erregenden Formen ihres Körpers zu verbergen vermochte. Zumindest nicht vor seinen Augen. Dort, wo der Stoff sich über ihren Brüsten wölbte, sah er nicht blau-grau karierten Flanell, sondern nackte Haut, den dunklen Hof ihrer Brustwarze und die Knospe, die unter seinen Lippen so hart geworden war wie ein Kirschkern.
Sidney sagte etwas mit erschrockener Stimme, und Daniel riß sich zusammen, verdrängte die peinigenden Bilder der Erinnerung und fragte: »Was hast du gesagt?«
»Das Blut ...! Sieh doch nur das viele Blut!«
In dem Moment bemerkte auch Daniel das Blut, das der Frau aus einer Wunde an der Stirn über das Gesicht floß. Eine Sekunde lang glaubte er, das Blut hätte auch ihr Haar getränkt. Doch dann erkannte er seinen Irrtum. Das Haar der Frau hatte von Natur aus diese ungewöhnlich rote Farbe.
»Das wollte ich nicht«, jammerte Alice. »Das wollte ich wirklich nicht ... Sie ist gestürzt und mit dem Kopf auf die Kante der Kiste gefallen ... Mein Gott, das habe ich wirklich nicht gewollt ...«
»Was genau ist denn bloß geschehen?« fragte Sidney, während Daniel festzustellen versuchte, ob die Frau noch lebte.
»Ich ... ich konnte nicht einschlafen ... und plötzlich hörte ich ein Geräusch ... Jemand wollte sich in mein Zelt schleichen«, berichtete Alice abgehackt, verschränkte die Arme vor der Brust und faßte sich an den Schultern. »Ich ... ich bin aufgesprungen und ... und habe zugeschlagen ...«
Daniel blickte auf.
»Aber warum hast du denn nicht gleich um Hilfe geschrien?« fragte Sidney.

Daniel glaubte die Antwort zu kennen, auch wenn Alice sie vor Sidney nicht aussprechen würde.
»Ich ... ich wollte ihm bloß eine Ohrfeige geben, weil ich dachte ...« Alice begegnete Daniels Blick und führte den Satz nicht zu Ende. Das Blut schoß ihr ins Gesicht, und rasch senkte sie den Kopf.
Ihm! Daniel zuckte innerlich zusammen. Damit meinte sie ihn. Er hatte also richtig vermutet. Alice hatte geglaubt, daß er sich zu ihr ins Zelt hatte schleichen wollen. Welch ein Wahn! *Magtig,* auch sie kam nicht von diesem Dämon los. Er hatte sie beide in seinen Krallen. Und sie hatte diesen Dämon geschaffen!
»Du wolltest einem Dieb, der nachts in dein Zelt eindringt und dir sonst etwas hätte antun können, bloß eine Ohrfeige versetzen?« Sidney schüttelte verständnislos den Kopf. »Das begreife, wer will.«
Daniel warf seinem Freund einen kurzen, verstohlenen Seitenblick zu. Sidney verstand wirklich nicht, welchen Eindringling Alice vermutete hatte und was in ihrem Kopf vorgegangen war, und das war auch gut so. Und zu ihr sagte er dann mit mühsam beherrschtem Zorn: »Sie hat Glück gehabt. Sie ist nur bewußtlos. Ihr Puls ist kräftig. Aber wenn du nicht willst, daß sie hier in deinem Zelt verblutet, solltest du etwas dagegen tun.«
Alice sah ihn stumm an. Unter ihrem linken Auge zuckte ein Muskel. Sie wußte, daß er sehr wohl begriffen hatte, was sie ihm da zugetraut hatte und wem die Ohrfeige zugedacht gewesen war.
»He, Partner, was ist denn jetzt auf einmal in dich gefahren!« rief Sidney verwundert, als Daniel sich erhob, sein Gewehr an sich nahm und aus dem Zelt marschierte, als ginge ihn das alles nichts mehr an.
»Mir reicht es.«
Sidney folgte ihm. »Aber du kannst doch Alice nicht vorwerfen, daß diese Frau sich in ihr Zelt geschlichen hat und sie bestehlen wollte. Alice hätte sich noch ganz anders zur Wehr setzen können«, sagte er verwundert, denn er wußte ja nicht, daß Daniel

etwas ganz anderes meinte. »Du kannst sie doch jetzt nicht mit dieser bewußtlosen, blutenden Frau allein lassen.«

Daniel zuckte mit den Schultern. »Es war ihre Ohrfeige, Sidney. Und warum soll ich ihr ständig helfen, ihre Probleme in den Griff zu kriegen?« erwiderte er laut genug, daß Alice es noch hören konnte. »Je mehr ich ihr helfe, desto mehr Probleme habe ich. Und die interessieren sie einen Dreck.«

»Sag doch so etwas nicht!« rief Sidney erschrocken. »Du weißt doch, daß das nicht stimmt.«

Er winkte ab, ohne sich umzublicken. »Bewahre dir deinen frommen Glauben, Sid, du wirst ihn brauchen«, entgegnete er sarkastisch. »Und jetzt geh zu Alice zurück. Sie baut auf dich.«

»Du bist unmöglich, weißt du das?« Sidney klang weniger verärgert als enttäuscht und bedrückt.

Daniel ersparte sich eine Antwort. An Schlaf war jetzt so schnell nicht mehr zu denken. Er brachte deshalb sein Gewehr ins Zelt, zog Hosen, Stiefel und einen dicken Pullover an, steckte Tabaksbeutel und Pfeife ein und ging zum Fluß hinunter. Wenn er mit sich und seinen Gedanken allein sein wollte, suchte er seit jener verhängnisvollen Liebesnacht mit Alice diese Stelle am Vaal auf, wo sie all seine Hoffnungen auf ein gemeinsames Glück zunichte gemacht hatte.

Kein Silber glitzerte in dieser Nacht auf dem Fluß. Der Vaal glitt wie ein Strom flüssiger Kohle dahin. Dunkle Wolken zogen dicht an dicht über den Himmel, gejagt von einem frostigen Wind, der an den Weiden zerrte, trockenes Laub von den Büschen fegte und wenig später würzigen Tabaksrauch mit sich riß.

Daniel wünschte, der Wind könnte auch seine Liebe zu Alice aus seinem Herz reißen und wie Staub in alle Himmelsrichtungen verwehen.

20

Etwa eine halbe Stunde später hörte Daniel Stiefelschritte, die über den Pfad vom Camp zum Fluß herunterkamen und auf die Stelle am Ufer zuhielten, wo er seine Pfeife rauchte. Er war nicht überrascht, daß es Sidney war. Irgendwie hatte er damit gerechnet.
»Dachte mir, daß ich dich hier finden würde«, sagte Sidney und setzte sich neben ihn in den Sand.
»Ist sie zu sich gekommen?«
»Ja. Ihr Name ist Florence Ashburn.«
»Hübscher Name für eine Diebin«, sagte Daniel gleichgültig und mit seinen Gedanken weit weg.
»Sie hatte Hunger und wollte nur etwas Brot stehlen, wie sie tränenreich versichert hat. Sie hat wohl beobachtet, daß Alice allein im Zelt schläft und ihre Lebensmittel neben dem Eingang in der Kiste aufbewahrt. Mir ist das Gesicht gleich bekannt vorgekommen. Diese Florence hat sich doch heute bei uns im Camp herumgetrieben.«
Daniel nickte. »Ja, jetzt erinnere ich mich auch. Habt ihr jemanden zum Diggers-Komitee geschickt, damit sie ihre gerechte Strafe bekommt?«
»Nein. Alice will die Sache nicht weiter verfolgen.«
»Ach nein, will sie nicht. Wie überaus großmütig von ihr. Wenn sie so weitermacht, wird sie eines Tages noch seliggesprochen.« Daniel zog heftig an seiner Pfeife, daß der Rauch in dichten Wolken aus seinem Mund quoll.
»Diese Florence Ashburn ist völlig fertig, Daniel. Die ist restlos erledigt, das erkenne sogar ich. Du müßtest sie mal sehen. Wie ein Häufchen Elend hockt sie am Boden und kriegt vor lauter Heulen kaum einen zusammenhängenden Satz heraus. Ihr Schluchzen ist wirklich erbarmungswürdig.«
»Was du nicht sagst«, bemerkte Daniel spöttisch. »Na ja, es hat ja wohl die gewünschte Wirkung, wenn sogar Alice sich darauf besinnt, daß sie so etwas wie ein Herz hat.«

Sidney seufzte. »Die Arme ist schwanger.«
»Wer, Alice?«
»Nein, diese Florence Ashburn natürlich. Soviel ich verstanden habe, ist sie auf einen Hochstapler hereingefallen, der sich erst seinen Spaß mit ihr gegönnt und sie dann sitzengelassen hat.«
Verratene Liebe, zerstörte Hoffnung – dies war Daniel nur zu sehr vertraut, und seine Gleichgültigkeit verwandelte sich in Mitgefühl. »Wenn Alice die Angelegenheit auf sich beruhen lassen möchte, soll es mir recht sein. Ich habe kein Interesse, sie vor den Kadi zu zerren und sie im Camp an den Prager gestellt zu sehen. Sie ist wohl auch so gestraft genug.«
»Ich bin froh, daß du so denkst.«
»Wenn du wüßtest, was ich denke, wärst du alles andere als froh«, murmelte Daniel.
Sidney hörte es nicht, denn er dachte noch über Florence Ashburn nach. »Was sie getan hat, war nicht richtig. Aber ich glaube nicht, daß sie ein schlechter Mensch ist. Sie war einfach nur hungrig, ratlos und völlig verstört.«
»Ja, solche Gemütszustände soll das Leben einem gelegentlich zumuten«, merkte Daniel selbstironisch an.
Sidney gab einen Stoßseufzer von sich. »Manchmal verstehe ich das einfach nicht ...«
»Wem sagst du das. Das Leben ein Buch mit sieben Siegeln zu nennen, käme der Wirklichkeit so nahe wie ein Fladen Ochsendung einem lupenreinen Diamanten.«
»Nein, das meine ich jetzt nicht, Dan. Ich meine Alice und dich.«
»Oh!« Daniel war auf der Hut.
»Ihr beide macht mir Sorgen.«
»Willkommen im Club, Partner.«
Sidney hob einen Stein auf und warf ihn ins Wasser. »Was ist bloß los mit euch beiden?« rätselte er. »Mir will einfach nicht in den Kopf, warum ihr euch ständig wie Hund und Katze ankeifen müßt.«
»Nimm das nicht so ernst, Sidney. Du kennst doch diesen Spruch: ›Was sich liebt, das neckt sich.‹ Wir lieben uns nun mal

heiß und innig«, erwiderte Daniel scheinbar leichthin und dachte, daß er sich hinter der Wahrheit in diesem Fall besser als hinter jeder Lüge verstecken konnte.
Und so war es auch. Sein Freund ignorierte seine Bemerkung wie einen allzu durchsichtigen Scherz, auf den es nicht einzugehen lohnte. »Es sorgt mich wirklich, Dan«, sagte er in dem ehrlichen Bemühen, zu verstehen und Abhilfe zu schaffen, wo immer das Problem liegen mochte. »Ich weiß ja, daß ihr euch von Anfang an nicht gerade wie ein Herz und eine Seele verstanden habt. Aber ich habe nie begriffen, was es euch so schwer macht, ein bißchen nett zueinander zu sein.«
Daniel verzog das Gesicht zu einer bitteren Miene und dachte: Was uns trennt, ist unsere Liebe füreinander. Aber wenn ich dir das sagte, würdest du es nicht glauben, so verrückt ist es. Ich kann es ja selbst nicht glauben.
»Ich meine, jeder von euch ist ... na ja, ist völlig in Ordnung und patent und liebenswert und hat eine Menge mehr gute Seiten als Fehler«, fuhr Sidney mit leichter Verlegenheit fort, denn noch nie zuvor hatte er so offen darüber gesprochen, wieviel ihm ihre Freundschaft bedeutete *und* wie sehr er an Alice hing. »Aber wenn ihr zusammen seid, dann fliegen immer wieder die Funken. Ich begreife einfach nicht, warum ihr nicht vernünftig miteinander umgehen könnt.«
»Frag doch mal sie, was das Problem ist.«
»Habe ich schon.«
»Und? Was hat sie gesagt?« Er tat so, als interessierte ihn ihre Antwort darauf nur am Rande, und stopfte die Asche in seinem Pfeifenkopf hinunter. In Wirklichkeit war er innerlich so angespannt wie ein Lederriemen, an dem ein zwölfköpfiges Gespann zerrte.
»Sie hat mir einen so blödsinnigen Spruch aufgetischt, daß er glatt von dir hätte sein können.«
»Welche Nettigkeit ist unserer liebreizenden Alice denn über ihre Lippen gekommen?«
»Sie hat gesagt, daß über dich zu reden so nutzlos sei wie über den

Staub und die Fliegen im Griqualand; mit dir wie mit den anderen Plagen müsse man sich eben abfinden, weil man nun mal nichts dagegen machen könne.«

Daniel vermochte sich ein Grinsen nicht zu verkneifen. »Ganz die charmante Alice, wie ich sie liebe, und nie um ein treffendes Wort verlegen.«

»Ach ja, und dann hat sie noch orakelhaft hinzugefügt, daß es besser sei, nicht wissen zu wollen, womit die Büchse der Pantola ...«

»Pandora«, korrigierte Daniel ihn.

»... ja, womit also diese Büchse der Pandora, die jeder in sich trage, gefüllt sei.« Sidney lachte auf. »Der Teufel mag wissen, was sie mit dieser blöden Büchse gemeint hat. Ich weiß jedenfalls nichts von einer Büchse, die ich in mir trage. Hast du eine Ahnung, was sie damit gemeint haben könnte?«

Daniel wußte es nur zu gut, doch er dachte nicht daran, es seinem Freund zu verraten – zu dessen eigenem Besten. Deshalb winkte er ab und sagte: »Vergiß es, Sid. Darüber zu reden ist so nutzlos wie darüber, warum Ochsen ihren Weg mit Ochsendung pflastern und nicht mit Fliegendreck.«

»Siehst du, genau das meinte ich vorhin! Ihr seid euch in vielem so gleich, daß mir einfach nicht in den Kopf will, warum ihr euch ständig in den Haaren liegt.«

»Übertreib mal nicht. Wüßte nicht, wann wir uns das letztemal lauthals gestritten hätten.«

»Ihr macht es auf die feinere Art, nämlich durch bissige, sarkastische Bemerkungen und derlei Geplänkel. Und ich sehe doch, wie ihr euch aus dem Weg geht. Vor ein paar Wochen hatte ich den Eindruck, daß ihr euch endlich besser versteht, und ich hatte wirklich die Hoffnung, daß ihr doch noch Freunde werden würdet. Aber diese Art Waffenstillstand, oder wie auch immer man es bezeichnen mag, ist leider nicht von langer Dauer gewesen.« Und betrübt fügte er nach einer kurzen Pause hinzu: »Jetzt ist es eigentlich noch schlimmer als vorher. Ihr wechselt kaum noch ein Wort, und wenn doch, dann springt ihr reichlich rauh und kratzbürstig miteinander um.«

»Das tut mir leid, Sid«, sagte Daniel mit aufrichtigem Bedauern und insgeheim regelrecht erschrocken, daß sein tatsächlich angespanntes Verhältnis zu Alice nach außen hin so deutlich zu erkennen war. »Ich werde versuchen, mich zusammenzureißen und ein wenig mehr Freundlichkeit und Nachsicht zu üben.«
»Ehrenwort, daß du ein bißchen netter zu Alice bist?«
»Wie könnte ich dir etwas abschlagen, Schwarzbart?« flachste Daniel. »Aber damit du endlich Ruhe gibst: Ehrenwort.«
Sidney seufzte erleichtert.
»Und jetzt laß uns bitte nicht länger über Alice und mich reden, sonst könnte man meinen, es gäbe nichts, was von größerer Bedeutung wäre.«
Einen Augenblick saßen sie in einträchtigem Schweigen. Sidney atmete die kühle Luft tief ein, fuhr sich über die nackten Unterarme und sagte dann versonnen: »Was für eine Nacht! Es liegt Frost in der Luft. Man merkt, daß der Sommer vorbei ist und nun der Winter Einzug hält. Ich habe geglaubt, daß ich mich nach den Monaten brütender Hitze auf die kühlen Tage und Nächte freuen würde, aber jetzt bin ich mir da nicht mehr so sicher.«
Daniel lachte trocken. »So manch einer wird sich gewaltig wundern, daß Halbwüste nicht gleichbedeutend ist mit heißen Tagen und Nächten das ganze Jahr hindurch. Gelegentlich fällt hier im Winter sogar ein wenig Schnee. Und die Dürre der letzten Jahre kann sich urplötzlich in einen sintflutartigen Regen verwandeln.«
»Ein Land der Extreme«, sinnierte Sidney.
»Ja, auf der Oberfläche gerade genug Vegetation, daß Kaffern und weiße Siedler mit ihrem genügsamen Vieh ein mageres Auskommen haben, und unter der Erde im dreckig graugelben Gestein unendliche Reichtümer in Form von Diamanten.«
»Auf die Unendlichkeit der Reichtümer würde ich jetzt gerne einen mit dir trinken, denn wenn wir den richtigen Zug ins Land des Reichtums auch noch nicht erwischt haben, so machen wir doch Fortschritte. Die sechs Diamanten, die wir letzte Woche gefunden haben, sind schon recht ermutigend, meinst du nicht auch?«

Daniel schwieg einen Moment, denn was er jetzt sagen wollte, fiel ihm nicht leicht. Aber er trug sich schon seit mehreren Wochen mit dem Gedanken, und was sich vorhin in Alices Zelt ereignet hatte, bestätigte ihn darin, daß es Zeit war, die Idee in die Tat umzusetzen.

»Ich werde das Camp verlassen.«

Sidney fuhr zu ihm herum. »Was?« stieß er ungläubig hervor. »Das kann doch nicht dein Ernst sein? Ausgerechnet jetzt, da unsere Claims einen ordentlichen Ertrag abwerfen?«

»Ich habe genug von Blue Jacket. Ich gebe meinen Claim auf. Molefe kann ihn haben, doch wie ich ihn kenne, wird er mich nicht allein losziehen lassen.«

»Aber warum, Dan?« Sidney sah ihn verständnislos an.

Weil es ihn verrückt machte, Alice jeden Tag zu sehen und daran erinnert zu werden, was sie ihm geschenkt und dann so grausam wieder entrissen hatte. Weil er nicht täglich gegen das Verlangen ankämpfen wollte, ihr Gesicht zu berühren, über ihr Haar zu streichen und ihre Lippen zu küssen. Und weil er nicht wollte, daß sich seine Liebe zu ihr langsam, aber unaufhaltsam in Haß und Bitterkeit verwandelte. Doch das Sidney zu gestehen, brachte er nicht über sich. Er konnte und mochte mit keinem darüber sprechen. Aber er brauchte einen vernünftigen Grund, warum er seinen Claim auf den Diggings von Blue Jacket aufgeben wollte. Gott sei Dank kursierten in den Camps entlang des Vaal genug Geschichten und Gerüchte, die einen guten Vorwand abgaben.

»Ich habe mich entschlossen, mein Glück mal auf den Dry Diggings zu versuchen«, antwortete Daniel und war froh, daß er Sidney nicht gänzlich belog, denn es reizte ihn schon seit langem, sich auf den sogenannten Diamantenfarmen eingehender umzusehen. »Es heißt, daß die Claims auf BULTFONTEIN und DUTOITSPAN mittlerweile bessere Erträge abwerfen als die River Diggings. Es sollen sogar auf VOORUITZIGT, der Farm der Gebrüder de Beer, Diamanten gefunden worden sein.«

»Und wenn schon, einen richtigen Rush hat es aber noch nicht gegeben, und das sagt genug, wie ich finde«, hielt Sidney ihm

entgegen. »Außerdem ist das Leben da draußen um einiges strapaziöser, entbehrungsreicher und vor allem teuer. Hier dagegen sind wir bereits so weit, daß wir jede Woche schon etwas weglegen können, wenn es auch nicht gerade ein Vermögen ist.«
»Das ist mir egal, Sid. Ich gehe lieber aufs Ganze, als hier hängenzubleiben. Mein Entschluß ist gefaßt. In ein paar Tagen ziehe ich los.«
Sidney gab einen schweren Seufzer von sich. »Also gut, wie du meinst. Ich halte es zwar nicht für vernünftig, aber was hat Vernunft schon mit unserem Leben hier zu tun, richtig? Ich denke, wenn man Diamanten sucht, ist es letztlich gleichgültig, ob man sich in einem Camp am Vaal oder auf einem der Dry Diggings zum Narren macht.«
Daniel ließ überrascht seine Pfeife sinken. »Hör mal, ich habe doch nicht gesagt, daß du mitkommen mußt. Vielleicht ist es wirklich sinnvoller, wenn du mit Alice hier in Blue Jacket bleibst, während ich für einige Zeit ...«
Sidney ließ ihn erst gar nicht ausreden. »Das kommt überhaupt nicht in Frage, Dan! Ich denke, wir sind Freunde!« Er klang regelrecht verletzt.
»Natürlich sind wir das«, versicherte Daniel. »Aber ...«
»Nein, kein Aber, Dan!« widersprach Sidney ihm mit leidenschaftlichem Nachdruck. »Wir bleiben zusammen und werden gemeinsam abstoßend reich oder zu Pechvögeln. Da mache ich keine Kompromisse. Diamanten findet man allemal leichter als einen guten Freund. Und zum Teufel mit unseren Claims hier. Du hast völlig recht. Wir sind nicht zum Vaal gekommen, um uns mit Brosamen abzugeben. Setzen wir alles auf eine neue Karte. Vielleicht ist es ja der Joker!«
Daniel war tief gerührt. Sidney war bereit, seinen Claim aufzugeben, um ihn nicht allein losziehen zu lassen. So teuer war ihm ihre Freundschaft. Und wie stand es mit ihm, Daniel? Mit welchen Augen sah er ihre Freundschaft? Und was war er bereit, dafür zu geben – oder zu unterlassen?
Plötzlich schämte Daniel sich für seinen Egoismus und sein

Selbstmitleid. Er hatte nur an sich und an seine verletzten Gefühle gedacht und alles andere außer acht gelassen. An Sidney und Molefe hatte er keinen Gedanken verschwendet, und diese Erkenntnis erfüllte ihn mit Bestürzung und heißer Scham. Ja, sie waren Partner *und* Freunde, eine Gemeinschaft, zu der auch Alice gehörte, sosehr ihm diese Einsicht mißfallen mochte. So war es, und er tat besser daran, sich danach zu verhalten. Er war den anderen etwas schuldig, und daß er von ihnen wegrannte, gehörte mit Sicherheit nicht dazu.

»Danke, Sid«, sagte Daniel und berührte kurz den Arm seines Freundes.

»Nicht der Rede wert«, brummte dieser. »Hauptsache, wir bleiben zusammen. Schätze sogar, daß Alice etwas fehlen und sie womöglich krank werden würde, wenn du plötzlich nicht mehr da bist, um sie gegen den Strich zu bürsten. Na, das mit den Dry Diggings wird ihr ja nicht sehr gefallen, aber das biege ich schon hin.«

»Laß mal, Sid«, sagte Daniel schnell. »Vielleicht überlege ich mir es noch einmal. Die Diamantenfarmen laufen uns ja nicht weg, oder?«

»Heißt das, wir bleiben erst mal noch hier?« fragte Sidney hoffnungsvoll.

»Ja, ich denke, genau das heißt es.«

Sidney stöhnte auf, doch es war ein Stoßseufzer großer Erleichterung. »Heiliges Salzfaß, diese Wechselbäder mit dir sind ja nicht zum Aushalten!« beklagte er sich, lachte jedoch dabei. »Du nimmst Molefe ständig mit seinem kleinen Harem auf den Arm, den er sich zulegen will. Aber ich gehe jede Wette ein, daß ein Dutzend Kaffernfrauen nicht halb so anstrengend ist wie du!«

Daniel lachte, klopfte seine Pfeife auf einem Stein aus und stand auf. »Müde?«

»Frisch wie eine Nachteule.«

Sie sahen sich an und dachten beide dasselbe.

»WARDEN'S CANTEEN?« fragte Sidney, denn das war das einzige

Schankzelt, das um diese Nachtstunde noch geöffnet hatte und nur einen Fußmarsch von zehn Minuten entfernt lag.
Daniel nickte. »WARDEN'S CANTEEN. Ich zahle.«
»Versteht sich von selbst. Gehen wir!«
Daniel legte seinen Arm um Sidneys Schulter, als sie am Ufer entlanggingen. Eine warme Woge der Dankbarkeit strömte durch seinen Körper und vertrieb die nervöse Anspannung und allen Groll, der in ihm gesessen hatte. Schmerz und Zorn würden zurückkehren, aber irgendwie würde er lernen, damit zu leben. Das Wissen, in Sidney einen unerschütterlichen Freund zu haben, würde ihm dabei helfen.

21

Es vergingen keine zwei Tage, da bereute Sidney schon aus ganzem Herzen, ein gutes Wort für Florence Ashburn eingelegt und Alice beigepflichtet zu haben, sie nicht aus dem Camp zu jagen, sondern dieser verzweifelten Frau Hilfe zukommen zu lassen und ihr bei ihnen vorübergehend Unterschlupf zu gewähren.
»Das heulende Elend!« Das war der Name, den Sidney ihr am zweiten Tag genervt verpaßte, und weitere zwei Tage später klang unverhohlener Ärger aus seiner Stimme, als er noch vernichtender über sie urteilte: »Ihr ständiges Geflenne und Gejammer ist die reinste Zumutung, Alice. Das bringt mich noch um den Verstand. Hoffentlich ersäuft sie bald an ihren Tränen, denn hier bei uns im Camp ist sie so nutzlos und fehl am Platz wie ein Leuchtturm in der Wüste.«
Alice machte eine gequält gute Miene dazu, obwohl auch sie innerlich die Wände hochging und mehr als einmal versucht war, »das heulende Elend« aus ihrem Zelt zu werfen. Doch das brachte sie nicht über sich – noch nicht.
Florence Ashburn merkte selbst gar nicht, zu welch einer Plage sie sich für die Menschen entwickelte, deren Mitgefühl und

Hilfsbereitschaft sich immer mehr in Verärgerung und Geringschätzung verwandelten. Florence hatte alle Selbstkontrolle über sich verloren. Mit dem letzten Funken Hoffnung, den Julian auf der Stoep des Whitman-Geschäfts ausgetreten hatte, schien auch jede Kraft und jeder Wille, zu kämpfen und sich gegen die Widrigkeiten des Lebens zu behaupten, von ihr gewichen zu sein. Sie war in ein tiefes, dunkles Loch der Verzweiflung gestürzt und unternahm nicht die geringsten Anstrengungen, sich daraus zu befreien. Sie grub sich im Gegenteil immer tiefer in ihren Schmerz und ihr Selbstmitleid ein. Und diese jammervolle Kapitulation ohne die geringste Gegenwehr, das war es, was Sidney, Daniel, Alice und auch Molefe von Tag zu Tag weniger mitansehen konnten.

»Das heulende Elend tut den ganzen Tag nichts anderes, als zu weinen und sich selbst zu bemitleiden!« machte Sidney seinem aufgestauten Ärger Luft. »Sie rührt nicht mal den kleinen Finger. Verdammt noch mal, sie könnte doch wenigstens Brennholz sammeln oder sonstwie helfen, allein schon um auf andere Gedanken zu kommen. Aber nein, das heulende Elend sitzt tatenlos herum, drückt diese Bibel an ihre Brust und murmelt so etwas wie reuevolle ›Hätte-ich-doch-bloß-nicht‹-Beschwörungen vor sich hin! Ich kann das nicht länger mitanhören, Freunde.«

Alice seufzte. »Gib ihr noch etwas Zeit.«

»Und an wie viele Jahre denkst du da?« fragte Sidney sarkastisch.

»Mein Gott, sie ist am Boden zerstört, hat nicht einen Penny in der Tasche und ist dazu auch noch schwanger«, sagte Alice.

Doch ihrem Eintreten für Florence fehlte das Engagement der ersten Nacht. Ihr eigenes Leben war bisher alles andere als ein beschaulicher Spaziergang durch einen gepflegten Rosengarten gewesen, es war voll Entbehrungen, Schmerzen und Erniedrigungen. Deshalb vermochte sie auch immer weniger Verständnis für Florence aufzubringen. Selbstmitleid stieß sie ab, und für Selbstaufgabe angesichts verhältnismäßig lächerlicher Umstände hatte sie nur Verachtung übrig. Es fiel ihr daher von Tag zu Tag schwerer, Florence in ihrer Nähe zu erdulden, ohne die Beherrschung zu verlieren und sie mit eigenen Händen aus dem Camp zu prügeln. Sie riß sich jedoch zusammen, denn sie hatte das Gefühl, als würde Daniel, der sich kaum zu Florence äußerte und sich wie ein unbeteiligter Beobachter benahm, nur darauf warten, daß sie explodierte.

Es war am Mittwoch abend, als die Situation für alle unerträglich wurde. Sie bereitete gerade das gemeinsame Abendessen zu, und wie immer trug jeder mit seinen Handreichungen dazu bei, daß sie nach einem langen, erschöpfenden und hungrig machenden Arbeitstag so rasch wie möglich zu einem herzhaften Essen kamen. Nur Florence rührte mal wieder keinen Finger.

Sie saß im Zelteingang und redete mit gesenktem Kopf mit sich selbst, aber doch noch laut genug, daß die anderen mitbekamen, was sie da in ihrem Katzenjammer von sich gab: »... meine Strafe, daß ich nicht auf Tante Liz gehört habe. Mein Gott, wie soll ich mit dieser Schande leben ...? Mein Leben ist verpfuscht ... für immer ... Wozu soll ich überhaupt noch leben ...? Es hat doch alles keinen Sinn mehr ... Ich habe alles verspielt ... meine Ehre, meine Unschuld ... meine Zukunft. Ich könnte ebensogut tot sein ... Oh, ich wünschte, ich würde nicht mehr leben ...«

Molefe kam in dem Augenblick mit einem Armvoll Brennholz an ihr vorbei. Er stockte kurz, ging dann zu Daniel, Sidney und Alice hinüber und warf die trockenen Zweige mit den grimmigen Worten zu Boden: »*Magtig*, worauf wartet sie denn noch, Baas?«

»Genau, warum läßt sie sich denn nicht gleich lebendig begraben?« stimmte Sidney ihm erbost zu. »An genügend tiefen aufgegebenen Claims besteht kein Mangel. Sie hat die freie Wahl. Aber vielleicht zieht sie es ja vor, ins Wasser zu gehen und auf diese Weise melodramatischen Abschied von der Welt zu nehmen. Doch bevor sie das tut, sollten wir sicher sein, daß sie auch nicht schwimmen kann!«

»Ich wäre schon heilfroh, wenn sie Abschied von Blue Jacket nehmen würde«, gestand Alice, längst auch am Ende ihrer Geduld.

Molefe schenkte Sidney ein breites Grinsen. »Vielleicht weiß sie nicht, wie sie es anstellen soll und wo der Vaal ist.«
Sidney schnaubte wütend und blickte mit verkniffener Miene zu Florence hinüber. »Dem kann ganz leicht abgeholfen werden!«
Daniel hatte schweigend zugehört. Nun sagte er so grimmig, wie sein Freund Florence fixierte: »Das ist es, Sid! Es wird Zeit, daß wir ihr auf die Sprünge helfen. Wenn sie nicht mehr leben will, soll sie nicht länger damit warten.«
»He, was hast du vor?«
»Laßt mich nur machen!« Daniel begab sich mit energischen Schritten in sein Zelt und kam Augenblicke später mit einem Revolver zurück.
Mit Erschrecken sahen Alice, Sidney und Molefe, wie Daniel zu Florence ging.
Daniel blieb vor ihr stehen. »Florence, wir haben jetzt lange genug angehört, daß Sie nicht mehr leben wollen. Wir möchten Ihnen helfen, damit Sie endlich Ihren Willen bekommen«, sprach er sie mit trügerischer Freundlichkeit an.
Florence beachtete ihn überhaupt nicht.
Daniel richtete den Revolver rechts von sich auf einen Busch und drückte ab. Florence zuckte unter dem scharfen Knall zusammen und schaute nun verstört zu ihm auf. »Was ... was wollen Sie?«
»Ihnen helfen! Sie wollen nicht mehr leben? Gut, dann nehmen Sie sich das Leben. Hier, mit einem Revolver geht es am besten«, sagte Daniel mit sarkastischer Liebenswürdigkeit. »Ist ein Kinderspiel, sich damit umzubringen. Sie brauchen nur hier abzudrücken, und schon sind Sie all Ihre Sorgen los. Im Bruchteil einer Sekunde wird Sie die Kugel von Ihrem ja so schrecklichen Leben befreien, das für Sie zu einem unerträglichen Jammertal geworden ist. Am besten stecken Sie sich den Lauf tief in den Mund. Dann können Sie ganz sicher sein, daß die Kugel Sie auch augenblicklich tötet. Aber tun Sie uns den Gefallen und machen Sie das zwischen Büschen, sonst versauen Sie das ganze Zelt, und das wollen Sie Alice doch bestimmt nicht antun, nicht wahr? Und noch etwas: Schieben Sie es bitte nicht länger auf, damit wir nicht

länger Ihr Gejammer und Geheule ertragen müssen. Am besten bringen Sie es noch heute abend hinter sich. Damit würden Sie uns allen einen großen Gefallen tun. Daß Sie gleichzeitig auch Ihr Kind mit umbringen müssen, das in Ihnen heranwächst, ist zwar eine Schande, kann es doch nichts für die Dummheit und Feigheit seiner Mutter, aber so ungerecht spielt nun mal das Leben, und sich für eine Ungerechtigkeit mit einer anderen Ungerechtigkeit zu revanchieren, paßt doch wunderbar zu einem solch lebensüberdrüssigen Jammerlappen, wie Sie einer sind, finden Sie nicht auch? Also vergeuden Sie keinen Gedanken mehr an das unschuldige Baby, sondern jagen Sie sich eine Kugel durch den Schädel, und Sie sind Ihre Probleme los – und wir auch.«

Entsetzt starrte Florence ihn an.

»Nun nehmen Sie doch schon!« Daniel versuchte ihr den Revolver in die Hand zu drücken.

»Nein!« stieß Florence mit weit aufgerissenen Augen aus.

»Oh, ich verstehe, Ihnen fehlt der Mut, es selbst zu tun? Sie möchten lieber, daß Ihnen jemand das abnimmt? Kein Problem, Florence. Stehe Ihnen gerne zu Diensten. Was halten Sie davon, wenn ich Ihnen eine Kugel durch die Schläfe jage!« Er packte mit der Linken ihr feuerrotes Haar, um ihren Kopf festzuhalten, und setzte ihr mit der Rechten den Revolver an die Schläfe. Mit dem Daumen zog er den Schlaghammer zurück.

Florence schrie auf. »Nein! Nein! Tun Sie es nicht!«

»Aber warum denn nicht? Sie reden doch seit Tagen von nichts anderem!« herrschte er sie nun kalt an. »Sie jammern und heulen und haben sich doch schon aufgegeben – und Ihr Baby. Sie tun keinen Handschlag, als wollten Sie hier auf den Tod warten. Also warum sind Sie dann nicht konsequent genug, Ihrem unerträglichen Selbstmitleid die Krone aufzusetzen und sich mit einer Kugel umzubringen?«

»Bitte nicht!« flehte sie, und Tränen rannen ihr über das Gesicht. Er ließ sie los und warf ihr den Revolver in den Schoß. »Tun Sie endlich etwas, Florence! Sie haben zwei Möglichkeiten: Entweder akzeptieren Sie Ihr Leben so, wie es ist, und versuchen, für sich und Ihr Kind das Beste daraus zu machen und die Verantwortung für Ihr Handeln zu übernehmen. Dann muß Schluß sein mit Ihrem nervtötenden Gejammer, Ihrem feigen Selbstmitleid und Ihrer Untätigkeit. Oder aber Sie kapitulieren vor den Folgen Ihrer Fehler, die gar nicht so einmalig sind, wie Sie sich einzureden versuchen, scheuen den harten vor Ihnen liegenden Weg und wählen die Lösung des verantwortungslosen Feiglings, indem Sie sich und Ihr Kind umbringen. Ob es nun mit dem Revolver geschieht oder dadurch, daß Sie sich innerlich aufgeben, macht letztlich keinen großen Unterschied.« Er legte eine Pause ein. »Entscheiden Sie sich, Florence.«

»Ich ... ich ... will nicht sterben«, schluchzte Florence. »Und ... ich will auch nicht ... mein ... mein Baby umbringen. Aber was soll ich denn tun ...? Ich habe nichts gelernt außer Sticken und Nähen ... Klavierspielen ... Ich weiß, wie man Rosen beschneidet und ein ... ein Trockenblumenalbum anlegt ... ich lese ganz gut vor ... und war im Kirchenchor ... Aber was kann ich denn mit all dem hier in Afrika anfangen?«

»Nichts, jedenfalls vorerst nicht«, gab Daniel zu.

Florence nickte weinend.

»Aber Sie sind gesund, und Sie sehen mir auch nicht so aus, als ob der Wind Sie so leicht umpusten könnte«, fuhr Daniel fort. »Arbeiten Sie auf den Diggings. Sie können die Cradle bedienen, den Rubbish vom Sortiertisch in die Schubkarre schaufeln, Feuerholz sammeln ... mein Gott, Sie können mehr Arbeiten verrichten, als Sie sich vermutlich träumen lassen.«

Ihre Tränen begannen zu versiegen, und so etwas wie vorsichtige Hoffnung zeigte sich in ihren Augen. »Aber ich bin doch ... in ... in anderen Umständen?«

»Ist das eine Krankheit?«

Verwirrt sah sie ihn an. »Nein, das nicht, aber ...«

»Sie bekommen ein Kind, und wohl nicht vor einem halben Jahr«, sagte Daniel, denn noch konnte man ihr die Schwangerschaft nicht ansehen. »Warum sollten Sie also nicht in der Lage sein zu arbeiten? Die Farmersfrauen, die ich kenne, arbeiten oft bis zum Tag ihrer Niederkunft. Also überlegen Sie sich, was Sie mit Ihrem Leben anzufangen gedenken. Wollen Sie es wegwerfen – oder haben Sie Charakter und Courage genug, um zumindest an das Kind zu denken, das da in Ihnen heranwächst?« Damit wandte er sich um und kehrte zu Alice, Sidney und Molefe zurück.

Keiner sagte etwas. Eine atemlose, erwartungsvolle Stille herrschte. Dann griff Florence nach dem Revolver, der in ihrem Schoß lag.

»O mein Gott!« flüsterte Alice und wollte zu ihr.

»Nein, nicht!« sagte Daniel leise, doch mit scharfer Stimme, und hielt sie zurück.

Florence starrte auf die Waffe, legte sie nach einer Weile ganz vorsichtig in den Sand und richtete sich auf. Einen Moment stand sie unschlüssig vor dem Zelt. Dann drehte sie sich um und entfernte sich.

»Ob wir sie noch einmal wiedersehen?« fragte Sidney und klang zu seiner eigenen Verwunderung dabei gar nicht so, als würde ihm ein Stein vom Herzen fallen, daß sie Florence nun endlich los waren.

Er hätte sich auch zu früh gefreut. Denn zwanzig Minuten später, als Alice gerade die Bohnen zum Speck in die schwere Eisenpfanne tat, tauchte Florence wieder zwischen den Zelten auf. Sie hatte Brennholz gesammelt. Viel war es nicht, was sie da zögernd zu ihnen ans Feuer trug.

»Feuerholz«, sagte sie überflüssigerweise und mit unsicherer Stimme. »Soll ich noch mehr holen?«

Für einen Moment war es ganz still.

Alice hatte plötzlich Tränen in den Augen. »Nein, das reicht für heute. Molefe, gib Florence einen Teller.«

Sidney räusperte sich. »Heilige Makrele«, murmelte er und fuhr sich durch seinen dichten schwarzen Bart.

Daniel blickte mit scheinbar ausdrucksloser Miene ins Feuer. Doch wer ihn gut kannte und genau hinschaute, konnte in seinen Augenwinkeln das Lächeln entdecken.

Alice sah es.

22

Etwa sechs Wochen später saßen Sidney und Daniel an einem Sonntagabend in der MIDNIGHT CRADLE an einem der primitiven Tische, deren Platten aus unbehandelten Baumstammscheiben bestanden.

Verschütteter Alkohol und Tabaksasche sowie Schweiß und Dreck unzähliger Diggerarme hatten dem rohen Holz im Laufe der Monate eine ganz eigene Politur und Patina verliehen.

Ryk hatte zwar ganz gut zu tun, doch Daniel fiel erneut auf, daß die Canteen seines Freundes längst nicht mehr so überlaufen war wie in der ersten Zeit. Dabei wuchs Klip Drift zusehends, und in den Camps entlang des Flusses standen mit dem ungebrochenen Zustrom neuer Diamantensucher aus aller Herren Länder die Zelte von Woche zu Woche dichter.

Als Ryk sich auf ein Glas zu ihnen setzte, sprach Daniel ihn auf den sichtlichen Rückgang seines Geschäfts an. »Sitzt den Diggern das Geld nicht mehr so locker?« wollte er wissen.

Ryk hustete und winkte müde ab. »Das kommt noch dazu.«

»Wozu?« fragte Sidney.

»Daß die Ausbeute an Diamanten auf den Diggings nicht mehr so üppig ausfällt«, antwortete Ryk. »Zwar werden mehr Steine als je zuvor gefunden, aber nicht mehr pro Kopf. Je mehr Männer sich auf den Diggings drängen, desto geringer sind die Chancen für den einzelnen, den großen Treffer zu landen.«

Daniel nickte. »Bei uns in Blue Jacket geht es allmählich auch reichlich gedrängt zu. Das merkt man schon allein daran, daß kaum noch Feuerholz zu finden ist.«

»Tja, und wer es leid ist, von einem mageren Claim zum anderen zu wandern und sich den Rücken krummzuschuften, nur um mit den Erträgen gerade so seinen Lebensunterhalt zu bestreiten, der kommt dann fast zwangsläufig auf die originelle Idee, Spitzhacke, Cradle und Sortiertisch ade zu sagen und eine Canteen aufzumachen«, fuhr Ryk verdrossen fort. »Wenn das so weiter geht, kommt bald auf jeden Digger eine Canteen. Zum Glück habe ich

Iwan und das Piano, sonst sähe es bei der großen Konkurrenz bei mir noch leerer aus.«

»Also von einer leeren Canteen kann bei dir ja keine Rede sein. Am Hungertuch wirst du schon nicht nagen«, meinte Sidney. »Aber irgendwie mitgenommen schaust du in letzter Zeit schon aus, Ryk.«

Daniel pflichtete Sidney bei. »Ja, stimmt. Du siehst gar nicht gut aus.«

Ryk verzog das blasse Gesicht. »Es ist dieser elende Husten, den ich mir da eingefangen habe und nicht mehr loswerde. Mir bekommen die frostigen Nächte einfach nicht. Aber das wird schon wieder«, sagte er zuversichtlich, wechselte das Thema und fragte: »Was macht denn euer heulendes Elend? Ist der Rotschopf noch immer bei euch?«

Daniel und Sidney lachten.

»Vergiß, daß ich ihr diesen Namen mal gegeben habe«, antwortete Sidney ein wenig verlegen. »Seit Daniel ihr gehörig den Kopf gewaschen hat, ist sie wie verwandelt. Sie hat sich wirklich gut eingefügt, und es gibt keinen Grund mehr, sich über sie zu beklagen.«

Daniel bestätigte das. »Florence hat uns alle überrascht. Sie hat sich gewaltig zusammengerissen und ihr Leben wieder in die eigenen Hände genommen.«

»Und wir hatten sie schon so gut wie abgeschrieben«, gab Sidney zu. »Jetzt teilen Alice und Florence sich nicht nur das Zelt, sondern auch die Arbeit auf dem Claim. Sie sind eine Partnerschaft eingegangen.«

»Das war auch vernünftig, für beide«, sagte Daniel und behielt für sich, wie froh er mittlerweile war, daß Florence ihren Lebensweg gekreuzt hatte und nun zu ihrer Gemeinschaft gehörte. Ihre Gegenwart machte es ihm ein wenig leichter, mit seinen Gefühlen für Alice fertig zu werden. Es half, nicht mehr allein auf sie fixiert zu sein, sondern noch eine andere Frau in seiner Nähe zu haben. Es löschte zwar nicht seine Liebe zu Alice aus, aber es lenkte ihn doch oft genug von seiner verzehrenden Sehnsucht nach ihr und seinem Schmerz ab. Denn wie sich zu ihrer aller Überraschung gezeigt hatte, besaß Florence eine sehr angenehme, gelegentlich sogar reizvolle Ausstrahlung und erfrischend natürliche Aufgeschlossenheit allem Neuen gegenüber. Und seit sie Vertrauen zu ihnen hatte, war die Unterhaltung mit ihr für sie alle eine angenehme Bereicherung ihres Camplebens. Florence war frei von Geziertheit, Streitsucht oder Verbissenheit, und kühle Berechnung gehörte gleichfalls nicht zu ihrer Natur. Ein Gespräch mit ihr war auch frei von der Bissigkeit und der unterschwelligen aggressiven Abwehr, die so bezeichnend für fast jede Unterhaltung zwischen Alice und ihm waren.

Florence war fünf Tage, nachdem er sie auf so drastische Weise aus ihrem Zustand der Selbstaufgabe gerissen hatte, zu ihm gekommen, um ihm zu danken. Das war ihm richtig unangenehm gewesen.

»Da gibt es nichts zu danken«, sagte er. »Ich habe es aus Eigennutz getan.«

»Das glaube ich Ihnen nicht.«

»Und weshalb nicht?«

»Wenn Sie wirklich so eigennützig wären, wie Sie behaupten, hätten Sie mich nicht so lange ertragen und für mich gesorgt, sondern mich entweder schon lange davor weggejagt oder ...«

Er hob die Augenbrauen.

»... oder Sie hätten als Mann Ihren Vorteil daraus zu ziehen versucht«, beendete sie ihren Satz ohne Verlegenheit und sah ihn dabei offen an. Sie war schwanger und würde ihr Kind unehelich zur Welt bringen. Affektierte Schamhaftigkeit stand ihr da denkbar schlecht zu Gesicht.

»Hätten Sie das denn zugelassen?« fragte er provokativ und voller Neugier.

»Nein!« Ihre Antwort kam ohne Zögern und mit einer Schärfe, die sie selbst verblüffte.

Er lächelte. »Sehen Sie, das habe ich wohl geahnt und es deshalb lieber bleibenlassen.«

»Ich weiß nicht, was geschehen wäre, wenn Sie nicht eingegriffen hätten, Daniel. Ich stand wirklich kurz davor, mich innerlich aufzugeben. Wenn ich heute daran denke, erfüllt es mich mit Entsetzen, daß ich fast vergessen hätte, was ich mir und meinem Kind schuldig bin.«

»Wer glaubt, am Ende zu sein, ist am Ende«, bestätigte er schlicht.

»Gott sei Dank waren Sie selbst noch nicht ganz davon überzeugt.«

»Sie haben mich davor bewahrt, Daniel. Dafür werde ich Ihnen nie genug danken können.«

Etwas in ihrem Gesichtsausdruck löste eine Ahnung in ihm aus.

»Kommen Sie aber bloß nicht auf die Idee, Ihr Kind deshalb nach mir benennen zu wollen!« warnte er sie.

Florence errötete leicht und bestätigte damit seinen spontanen Verdacht. »Was haben Sie gegen Daniel oder Daniela? Sind das denn nicht schöne Namen?«

»Lassen Sie mich aus dem Spiel, Florence«, sagte er freundlich, aber doch mit Nachdruck. »Ich bin sicher, Sie werden einen Namen finden, der mindestens ebenso schön, wenn nicht gar noch schöner ist als Daniel oder Daniela.«

Sie seufzte. »Sidney paßt so schlecht, wenn es ein Mädchen wird, und welcher Junge will schon Alice heißen?« sagte sie im Scherz, als müßte sie sich bereits jetzt auf einen Namen festlegen.

»Wie wäre es denn mit Molefe?«

Sie mußten beide lachen, und damit war die Sache erledigt. In der Woche darauf überraschte Florence ihn damit, daß sie ihn fragte, ob sie gelegentlich eines der Pferde reiten dürfe.

»Sie haben Freude am Ausreiten?«

Florence nickte. »Ich liebe Pferde. Als meine Eltern noch lebten, bin ich oft mit meinem Vater ausgeritten.« Ihre Augen leuchteten in Erinnerung an die sorglose Zeit ihrer Jahre in Bath. Doch dieses Leuchten erlosch schnell, und traurig fügte sie hinzu: »Als ich dann zu meinen Verwandten nach Dunster kam, war es mit dem Reiten vorbei. Es gab da zwar ein Mädchen in meinem Alter, deren Eltern Pferde hatten und mit dem ich manchmal hätte ausreiten können, aber Tante Liz war strikt dagegen. Sie meinte, das würde mir nur Flausen in den Kopf setzen und mich vergessen lassen, auf welchen Platz in der Gesellschaft mich das Schicksal sehr nachdrücklich verwiesen habe, nämlich auf den einer mittellosen Bittstellerin, die dem Elend des Waisenhauses nur dank der Barmherzigkeit ihrer Verwandten entkommen sei. Und als sie mich erwischt hat, wie ich doch einmal heimlich mit diesem Mädchen ausgeritten bin, hat sie mir von da an jeden auch nur flüchtigen Umgang mit ihm verboten und mir als zusätzliche Strafe eine Woche strengstes Fasten auferlegt und mich dazu in meine eiskalte Dachkammer eingesperrt.«

»Tante Liz scheint ja nicht gerade die Liebenswürdigkeit in Person gewesen zu sein.«

Florence zuckte mit den Schultern. »Ich nehme an, auf ihre Weise hat sie es nur gut gemeint. Ihr ist wohl niemals in den Sinn gekommen, daß sie mir jeden Tag meines Lebens in ihrem Haus, in dem ich fast acht Jahre verbracht habe, bitter schwergemacht hat, und wenn es ihr doch bewußt gewesen ist, so war sie bestimmt davon überzeugt, daß ich es verdient und sie dazu Gottes Segen hätte.«

Dies war ein weiterer biographischer Mosaikstein, den Florence mit ihrer Erwähnung von Tante Liz hergegeben hatte, und Daniel vermochte sich allmählich ein vages Bild von dem Leben zu machen, das Florence Ashburn in jenem fernen Land namens England geführt und das sie dazu gebracht hatte, auf einen charmanten Blender hereinzufallen und sich mit ihm auf den Weg zum Vaal zu machen.

»Reiten Sie, wann immer Sie wollen, Florence«, bot er ihr an. »Sie werden ja wohl selbst am besten wissen, ob Sie sich das in Ihrem Zustand zumuten können oder nicht.«

»Nun hören Sie aber mal!« rief sie mit belustigter Empörung. »Wenn ich den ganzen Tag lang Sand und Steine schaufeln und die Cradle bedienen kann, dann werde ich mir doch ab und zu mal einen Ausritt *zumuten* können. Gegen die Arbeit unter der Woche ist das doch die reinste Erholung.«

Er fand, daß das eine überaus zutreffende Einschätzung und

vernünftige Einstellung war, und nickte mit einem anerkennenden Schmunzeln. »Gut, ich habe, wie gesagt, nichts dagegen. Aber bitte nicht allein.«

So kam es, daß Daniel gelegentlich mit Florence an seiner Seite ausritt, und er fand regelrecht Gefallen daran. Florence besaß die Gabe, schweigen und sich ganz ihren eigenen Gedanken und Empfindungen hingeben zu können, während sie über das Veld ritten. Manchmal unterhielten sie sich eine Zeitlang, und sie hatten nie Schwierigkeiten, Gesprächsstoff zu finden. Aber nach einer Weile fielen sie wieder zu beidseitiger Zufriedenheit in ein längeres Schweigen. Zuweilen sah er ihr förmlich an, wie die Verzweiflung, die sie gewöhnlich mit aller Willenskraft bekämpfte, sämtliche Barrieren in ihr niederriß und sie überwältigte. Er bemerkte ihre Tränen, wenn sie schweigend weinte, und er fühlte sich ihr dann ganz besonders nahe und verbunden. Wie gut konnte er ihren Schmerz, ihre Bitterkeit und ihre Verständnislosigkeit gegenüber dem höhnischen Schicksal verstehen. Er bewunderte sie dafür, wie sehr sie in diesen ersten Wochen an sich arbeitete, um verflogenen Träumen nicht länger mutlos nachzuhängen, sondern die harte Wirklichkeit zu bewältigen und die Verzweiflung in ihr zu bekämpfen und ihr nur Raum zu lassen, wenn die Nacht ihre Qualen vor den anderen verbarg. Aber er hütete sich, ihr mehr als sein schweigendes Mitgefühl anzubieten.

Manchmal, wenn Sidney genug vom Campleben hatte und mit ihnen reiten wollte, liehen sie sich ein drittes Pferd aus.

Dann ging es meist recht fröhlich zu, und ihre Ausflüge erhielten den Charakter von sonntäglichen Vergnügungen voll Unbekümmertheit und kurzweiliger Geselligkeit.

Alice und Molefe zogen es aus unterschiedlichen Gründen vor, an diesen Ausritten, egal in welcher Besetzung, nicht teilzunehmen. Molefe begab sich manchmal auf die Jagd, und wenn Daniel oder Sidney oder beide mitkommen wollten, war ihm das sehr recht, und er freute sich. Aber nur so zum Vergnügen auszureiten, und dazu auch noch in Gesellschaft einer weißen Frau, war seine Sache nicht. Und Alice vermochte dem Rücken eines Pferdes sowieso nichts Verlockendes abzugewinnen. Nicht einmal Florence konnte sie überreden, es doch zumindest einmal zu versuchen.

»Wenn Gott gewollt hätte, daß wir uns auf dem Rücken von Tieren fortbewegen sollen, hätte er uns dafür längere Beine und weniger Schwindelgefühl und den Tieren gleich Sattel und Zaumzeug mitgegeben«, sagte sie einmal spöttisch. »Gott hat vielmehr gewollt, daß wir das Rad erfinden und alle Sorten von Wagen, was ja auch geschehen ist, und mit dieser Einteilung bin ich wunschlos zufrieden. Zum Dompteur fühle ich mich weder geschaffen noch berufen.«

Manchmal hatte Daniel den Eindruck, als hoffte Alice, daß sein Herz für Florence entflammen und er darüber vergessen würde, was noch immer zwischen ihnen stand. Und er fragte sich in schmerzlicher Ohnmacht, ob Alice mit Florence über ihn redete und sie ihm sozusagen auf geschickte Weise in die Arme zu spielen versuchte. Dann zeigte er sich im ersten gedankenlosen Zorn und Schmerz Florence gegenüber von einer mürrischen, kurzangebundenen Seite. Doch diese gereizte Stimmung war nie von langer Dauer, denn sein Groll verrauchte schnell, wenn ihm zu Bewußtsein kam, wie unrecht er damit Florence tat – und in gewisser Weise auch Alice. Sie mochte sich mit der *Hoffnung* tragen, daß Florence und er sich voneinander angezogen fühlten und zueinanderfanden, denn das würde zweifellos ihr Gewissen erleichtern und auch das, was immer sie noch zu tun plante. Aber Alice würde doch niemals mit *irgendeinem* Menschen, wie nahe er ihr auch stehen mochte, über das reden, was zwischen ihnen vorgefallen und für ihr angespanntes Verhältnis verantwortlich war.

Ich mag Florence, dachte Daniel, während Ryk und Sidney über die unsichere politische Lage der Diamantengebiete und darüber, wer diesen Teil des Griqualandes nun seinem Staat einverleiben werde, diskutierten. Aber wenn Alice meint, ich würde mich von Florence über sie hinwegtrösten lassen, dann kennt sie mich nicht. Doch vermutlich rede ich mir das alles bloß ein, und wer

das am wenigsten verdient hat, ist Florence. Und ohne daß es ihm bewußt wurde, setzte er seine Gedanken laut fort: »Florence ist eine nette, ansprechende Person und wird eines Tages schon einen passenden Mann finden, der ihrer wert ist.«
Sidney und Ryk verstummten bei seinem überraschenden Einwurf, der so gar nicht zu ihrem Thema paßte, wann denn nun die Briten dem Streit zwischen dem Freistaat und dem Transvaal mit imperialistischer Faust ein Ende bereiten würden, und sahen ihn merkwürdig an.
Daniel ging auf, daß seine Freunde schon längst nicht mehr bei Florence und er wohl bereits eine geraume Zeit seinen eigenen Gedanken nachgehangen hatte. Es war ihm peinlich, und er hoffte bloß, daß ihm nun nicht auch noch das Blut ins Gesicht schoß, als hätten sie ihn dabei ertappt, wie er sich in Gedanken an Florence verlor.
Glücklicherweise blieb die Hitzewelle aus, und er räusperte sich. »Scheint so, als hätte ich ein wenig den Anschluß an euer Gespräch verloren«, sagte er trocken und griff zu seinem Bierglas.
»Ja, um ein gutes Dutzend Meilen, grob geschätzt. Aber daß man als Mann irgendwo auf der Strecke bleibt, sollen manche Frauen ja an sich haben. Hätte nur nicht gedacht, daß Florence dazugehören könnte«, meinte Sidney scherzhaft und grinste anzüglich.
»Keine Sorge, es besteht absolut kein Anlaß, daß du dich an neue Vorstellungen gewöhnen müßtest«, versicherte Daniel gelassen.
»Da kommt der Colonel ja!« rief Ryk mit Blick auf den Eingang seiner Canteen.
»Wer?« fragte Daniel, ganz dankbar für die Ablenkung von seinem peinlichen Ausrutscher.
»Na, dieser ehemalige Rotrock, Cockney und Hans Dampf in allen Gassen, von dem ich euch erzählt habe. Der Colonel ist . . .« Aufsteigender Husten zwang Ryk, den Satz abzubrechen, und dieser Husten klang gar nicht gut.
»Meinst du diesen Burschen aus London, der einen Investor für ein Unternehmen sucht, über das er dich bisher im dunkeln gelassen hat?« erinnerte sich Sidney.

Ryk hustete noch immer und nickte bloß.
»He, warum weiß ich davon nichts?« fragte Daniel vorwurfsvoll. Sidney hob entschuldigend die Hände. »Ryk hat mir vorgestern von dem Kerl berichtet, als ich ihn unten bei der Flußfähre traf. Habe ganz verschwitzt, dir davon zu erzählen; vermutlich weil gar nicht viel zu erzählen war. Ich weiß weder, um was für ein Geschäft es sich handelt, noch, wie der Bursche heißt.«
»Ich kann euch auch nichts darüber sagen, zumindest nichts über das Geschäft, für das der Colonel einen finanzkräftigen Partner sucht, denn für solche Sachen interessiere ich mich prinzipiell nicht«, erklärte Ryk kurzatmig und mit vom Husten geröteten Augen. »Ich weiß noch nicht einmal, ob er wirklich im Rang eines Colonel aus der Armee ausgeschieden ist. Eher unwahrscheinlich bei seinem Alter von höchstens dreißig Jahren. Vielleicht hat er es bis zum Captain gebracht. Aber wen interessiert es auch, richtig? Auf jeden Fall habe ich gleich an euch gedacht, als er mir erzählte, daß er auf der Suche nach einem zuverlässigen Partner ist. Ich hole ihn mal zu euch an den Tisch und mache euch miteinander bekannt. Dann kann er euch selbst sagen, was er anzubieten hat.«
»Hat der geheimnisvolle Colonel auch einen Namen?« fragte Sidney.
»Byron«, antwortete Ryk und winkte den Mann heran. »Byron Croft.«

23

Byron Croft war im Eingang stehengeblieben und ließ seinen Blick über Tische und Theke der Canteen schweifen, ohne jedoch den Eindruck zu machen, daß er jemanden suchte. Es war vielmehr ein gewohnheitsmäßiger prüfender Rundblick, wie der eines Feldmarschalls, der sich kurz vor der entscheidenden Schlacht von dem Kuppe eines Hügels aus noch einmal jedes

Detail des Geländes einprägt, auf dem er seine Truppen in die Schlacht zu führen gedenkt.
Auch ohne Uniform sah man seiner Haltung und seiner ganzen äußeren Erscheinung irgendwie an, daß er auf eine militärische Vergangenheit zurückblicken konnte. Wenn ihm mit seiner mittelgroßen und eher sehnig schlanken als robust kräftigen Gestalt auch das beeindruckende Maß des Gardeoffiziers fehlte, so gab ihm der schmale und akkurat geschnittene Oberlippenbart sehr wohl eine militärische Note, ganz besonders in einer Gesellschaft von fast ausnahmslos vollbärtigen Männern, die wenig bis keine Aufmerksamkeit der Pflege ihres Äußeren widmeten. Sein schwarzes Haar lag glatt und sorgfältig nach hinten gekämmt am Kopf. Nicht eine Strähne tanzte bei ihm aus der Reihe. Er trug zu übel zugerichteten Lederstiefeln von rehbrauner Farbe, die trotz ihres Zustandes noch immer die Maßanfertigung eines ehemaligen Offiziers erkennen ließen, Hosen und Hemd aus derbem Khakistoff und darüber eine alte, dick gefütterte und ärmellose Jacken mit aufgesetzten Taschen und Patronenschlaufen für den Jäger auf der Pirsch.
Sein Blick erfaßte Ryk, der ihn heranwinkte, und zum Zeichen, daß er den Wirt bemerkt und verstanden hatte, hob er kurz seinen rechten Arm. Doch seine Augen beendeten den Rundblick auch auf der Seite, wo Daniel und Sidney mit Ryk an einem Tisch saßen. Erst dann bahnte er sich zielstrebig und mit geschmeidigen Bewegungen einen Weg durch die Reihen der Zecher.
»Ihm fehlt ja der linke Arm!« stellte Sidney überrascht fest, und auch Daniel bemerkte nun, daß der linke Hemdärmel leer und nutzlos von der Schulter herabhing.
»Wird wohl der Grund gewesen sein, warum er aus der Armee ausgeschieden ist«, meinte Ryk.
Byron Croft blieb vor ihrem Tisch stehen. Seine graublauen Augen musterten Daniel und Sidney aufmerksam, während Ryk sie einander vorstellte und ein paar nette Bemerkungen über sie machte. Daniel kam insgeheim zu der Einschätzung, daß Byron Croft trotz seiner etwas herb männlichen Gesichtszüge ein gut-

aussehender Mann war und es bei Frauen vermutlich leicht hatte. Wenn man ihm ins Gesicht schaute und seinem intensiven Blick begegnete, dann vergaß man, daß ihm ein Arm fehlte.

»Ich lasse euch allein, damit ihr euch ungestört über eure Geschäfte unterhalten könnt, die mich nicht die Bohne interessieren.« Mit diesen Worten begab sich Ryk hustend hinter die Bar.

»Gentlemen, ich freue mich, Ihre Bekanntschaft zu machen, Mister Fairchild ... Mister Lundquist«, sagte Byron Croft, ohne dabei steif und gestelzt zu klingen, und setzte sich auf den Stuhl, den Ryk frei gemacht hatte.

»Ich habe nichts dagegen, wenn mich jemand unbedingt Gentleman nennen will«, erwiderte Sidney mit freundlichem Spott. »Aber in diesem Aufzug und in dieser Canteen kommt mir das so wenig passend vor, wie einem alten Zugochsen den Namen Queen Victoria zu geben. So wie ich das sehe, sitzen hier der Yankee Sidney und der Bure Daniel mit einem Tommy an einem Tisch, der sich aussuchen kann, ob er Byron, Croft oder Colonel genannt werden will. Alles, was darüber hinausgeht, erscheint mir so unnütz wie Staubputzen in meinem Zelt, und ich denke, ich rede damit auch im Namen meines Partners Daniel.«

»Du denkst richtig, Sid«, bestätigte Daniel mit einem vergnügten Schmunzeln. Er mochte es, wie sein Freund dem Fremden sogleich auf den Zahn fühlte.

Byron Croft machte keine beleidigte Miene, sondern lächelte belustigt. »Dann schlage ich vor, daß wir uns auf Byron einigen, Gentlemen.«

Seine Reaktion gefiel Daniel und Sidney. Ryk brachte »Colonel« Byron Croft ein Glas Whisky und zog sich gleich wieder zurück. Aber Sidney war mit seinen provokativen und auf die Probe stellenden Fragen noch nicht zu Ende. Er deutete auf den herabhängenden linken Ärmel und fragte wie beiläufig: »Wer hat Ihnen denn das zugefügt, Byron?«

Byron zuckte nicht mal mit der Wimper. »Indische Rebellen, die mir und meinen Männern bei Raniganj einen Hinterhalt gelegt hatten.« Und trocken fügte er hinzu: »Ich habe damals einen Arm verloren, diese indischen Dummköpfe ausnahmslos ihr Leben.«

»Aber es hat Sie Ihre Karriere gekostet.«

»In der Tat. Als Krüppel ist es mit der Karriere im Soldatenrock vorbei, wenn man es nicht schon zum General gebracht hat – nur geraten Generäle selten in ausreichend gefährliche Situationen, die zu einer Verwundung führen können«, erwiderte er schlagfertig und sarkastisch.

Sidney beugte sich vor. »Sagen Sie, haben Sie es wirklich bis zum Colonel geschafft?«

Byron ließ sich mit seiner Antwort Zeit. Er griff in die Innentasche seiner Weste, holte ein längliches, mit fleckigem, abgegriffenem Krokodilleder überzogenes Etui hervor, öffnete es und entnahm ihm eine fingerdicke Zigarre, deren unteres Ende er abbiß und neben sich auf den Boden spuckte. Dann riß er ein Streichholz an und setzte die Zigarre in Brand.

»Ob ich es wirklich bis zum Colonel gebracht habe, will er wissen«, sagte Byron scheinbar nachdenklich, nachdem er die Spitze zum Glühen gebracht und Sidney und Daniel mit dichtem Rauch eingenebelt hatte. »Und ich dachte, jeder mit einigermaßen gesunden Augen und ein bißchen Verstand müßte wissen, daß ich es in meinem Alter noch nicht einmal bis zum Major gebracht haben kann.« Er schüttelte, als wäre er verwundert, den Kopf, drehte die Zigarre zwischen seinen Fingern und betrachtete höchst interessiert die Glut. »Und dabei hat Ryk doch so lobend über Sie gesprochen. Ich fürchte, ich werde mich nicht mehr auf sein Urteil verlassen können. Es sei denn ...« Und jetzt nahm er seinen Blick von der Zigarrenspitze und richtete ihn mit vorgetäuschter Verblüffung auf Sidney. »Es sei denn, Ihre Frage war gar nicht ernst gemeint, sondern sollte mich nur auf die Probe stellen, ob ich nicht vielleicht ein Aufschneider oder Hochstapler oder gar beides bin. Und das würde ich gar nicht freundlich finden, nachdem wir uns doch schon so gut kennen, daß wir uns auf Ihren ausdrücklichen Wunsch hin beim Vornamen nennen.«

Sidney machte eine verdattertes Gesicht und schien nicht zu

wissen, ob er sich über Byron Crofts bissigen Spott ärgern oder darüber lachen sollte.
Daniel dagegen brauchte nicht lange zu überlegen. Er lachte schallend, und Sidney stimmte nach kurzem Zögern in das Lachen ein. Doch es kam bei weitem nicht so von Herzen wie das seines Freundes.
»Kompliment, Byron«, sagte Daniel mit ehrlicher Anerkennung. »Das war eine ausgezeichnete Parade.«
Byron lächelte. »Ich habe nichts gegen Scharmützel. Nur dachte ich, Sie hätten mehr Interesse an einem lukrativen Geschäft als an Wortgefechten.«
»Tut mir leid, Byron«, sagte Sidney etwas säuerlich. »Ihr Drink geht auf meine Rechnung.«
Byron Croft nahm seine Entschuldigung an, ohne ihm etwas nachzutragen.
»Wenn Sie für jede indiskrete Frage einen Drink springen lassen, können Sie mich auch ruhig danach fragen, ob ich eine Schwäche fürs Glücksspiel habe und deshalb so abgebrannt und auf der Suche nach einem Partner mit Geld bin«, sagte er launig, und sie lachten gemeinsam.
»Also gut, kommen wir zur Sache. Um was für ein Geschäft handelt es sich, und was haben Sie anzubieten, Byron«, wollte Daniel wissen.
Der ehemalige Offizier zögerte.
»Sollten wir kein Interesse an einer Partnerschaft haben, so bleibt das, was jetzt an diesem Tisch besprochen wird, unter uns«, versicherte Daniel. »Sie haben unser Ehrenwort.«
Byron sah Sidney fragend an, und dieser bestätigte, daß auch er darüber schweigen würde.
»Ich beabsichtige, eine Pumpe zu kaufen«, eröffnete ihnen Byron mit gedämpfter Stimme. »Dafür brauche ich zweihundertfünfzig Pfund. Möglich, daß ich sie auch für zweihundert bekomme. Ich suche einen oder mehrere Partner, die zusammen mindestens zweihundert Pfund aufbringen können.«
»Eine Pumpe?« Sidney klang deutlich enttäuscht, hatte er doch

irgend etwas Sensationelles erwartet, etwa die Ausbeutung eines nur ihm bekannten Diamantenfeldes. Und nun stellte sich heraus, daß es ihm nur um die Anschaffung einer ordinären Pumpe ging.

Daniel empfand nicht anders. Auch er war von Byrons Eröffnung überrascht und enttäuscht. »Pumpen gibt es doch genug, Byron«, sagte er desinteressiert. »Man braucht dafür nicht zweihundertfünfzig Pfund, sondern kriegt sie schon für ein paar Pfund. Und was soll das für ein Geschäft sein?«

Byron lächelte nachsichtig. »Ich rede nicht von diesen läppischen Handpumpen, die allenfalls dazu taugen, eine kleine Pfütze Wasser aus einem Claim zu pumpen, der nur ein paar Fuß tief ist«, entgegnete er. »Ich spreche von einer Pumpe, die von einer *Dampfmaschine* angetrieben wird und mit der Kraft von mindestens drei, vier Pferdestärken Wasser aus jedem noch so tiefen Claim pumpt.«

Daniel und Sidney horchten nun auf.

»Welche sind die begehrtesten Claims auf den direkt am Fluß gelegenen Diggings?« fuhr Byron mit einer rhetorischen Frage fort.

»Natürlich die erste Reihe gleich am Ufer«, antwortete Daniel, was jedes kleine Kind in den Camps wußte. »Aber es sind auch die gefährlichsten, weil ...« Er stockte, denn ihm dämmerte, was Byron vorschwebte.

»... weil die Schutzdämme und Trennwände zum Fluß hin immer wieder einbrechen, die Digger unter Tonnen von Erdreich begraben und weil das eindringende Wasser besonders die tiefen Claims überflutet und ein weiteres Arbeiten unmöglich macht«, fuhr Byron nickend fort. »Denn die gewöhnlichen Pumpen sind nicht in der Lage, diese Claims trockenzupumpen. Damit sind diese Claims von heute auf morgen so gut wie wertlos, obwohl sie den besten Ertrag gebracht haben und wahrscheinlich noch voller Diamanten stecken.«

»Stimmt«, sagte Sidney verblüfft.

»Was meinen Sie, was jemand wohl zahlen würde, wenn ich nach einem solch katastrophalen Wassereinbruch mit einer starken, dampfbetriebenen Pumpe erscheine und ihm die Möglichkeit biete, seinen Claim trockenzulegen? Würde er da lange zögern, wenn ich fünfzig Pfund verlange und eine Beteiligung von, sagen wir mal zehn, zwanzig Prozent – oder von dreißig Prozent, wenn er die fünfzig Pfund nicht zahlen kann? Meinen Sie nicht auch, daß er sich im schlimmsten Fall sagen wird, daß siebzig Prozent von einem ertragreichen Claim immer noch ein Segen sind gegenüber hundert Prozent von einem Claim, der gar nichts mehr abwirft, weil er zwanzig Fuß und mehr voll Wasser steht?«

Sidney lachte kehlig auf. »Himmel, Sie könnten ihm siebzig Prozent abnehmen und ihn mit den restlichen dreißig Prozent noch glücklich machen, wenn der Claim bisher einen guten Ertrag gebracht hat!«

»Ich würde es vorziehen, bei meinen Kunden nicht als der einarmige Krüppel in Erinnerung zu bleiben, dem man bei der Amputation seines linken Arms vermutlich auch noch ein Großteil von seinem Herzen herausgeschnitten hat«, erwiderte Byron mit trockenem Humor.

Daniel war von der Idee begeistert und fragte sich, warum er nicht darauf gekommen war. Er glaubte die Antwort zu kennen.

»Das klingt wirklich nach einem erfolgversprechenden, ja, sehr lukrativen Geschäft. Leider hat Ihr Vorschlag einige bedauerliche Haken.«

Byron schnippte Asche von der Zigarrenspitze auf den Bretterboden. »Und die wären, Daniel?«

»Solch eine dampfbetriebene Pumpe müßten Sie erst ordern und aus Übersee kommen lassen. Mit ihrem Eintreffen hier am Vaal wäre nicht vor einem Jahr zu rechnen, und wer weiß, was dann ist. Aber selbst wenn sie irgendwo in Kapstadt oder Port Elizabeth eine Pumpe auftreiben könnten, was ich bezweifle, müßten Sie für den Transport allein schon drei Monate ansetzen – und mit Sicherheit keine zweihundertfünfzig Pfund, sondern ein Mehrfaches von dieser Summe. Damit wären dann zumindest mein Freund und ich schon mal als mögliche Partner aus dem Rennen.«

»Alles richtig, was Sie da sagen, Daniel«, pflichtete Byron ihm bei. »Und doch geht die Diskussion geradezu diametral an der tatsächlichen Sachlage vorbei, ohne daß Sie das jedoch zu verantworten hätten. Denn die Pumpe, die ich ins Auge gefaßt habe, brauchen wir nicht aus Übersee kommen und auch nicht auf diesem elenden, siebenhundertfünfzig Meilen langen Weg von Kapstadt per Ochsenwagen heranschaffen zu lassen. Die Pumpe, von der ich rede, befindet sich weniger als einen Tagesritt von hier entfernt.«

»Nein!« sagten Daniel und Sidney ungläubig und wie aus einem Mund. »Unmöglich!«

Byron genoß sichtlich ihre Verblüffung. Er sog mit einem breiten Grinsen an seiner Zigarre und meinte dann: »Gentlemen, im Augenblick müssen Sie sich mit meinem Wort zufriedengeben, daß es so ist, wie ich sage: Die Pumpe kann innerhalb weniger Tage hier sein. Aber haben Sie Verständnis dafür, daß ich weitere Details vom Ausgang unserer Verhandlungen abhängig mache – vorausgesetzt, Sie haben überhaupt Interesse, mit mir eine Partnerschaft einzugehen.«

»Das kommt auf die Beteiligung an, Byron«, erwiderte Daniel mit mehr Zurückhaltung, als er wirklich empfand. Innerlich war er Feuer und Flamme für dieses Unternehmen.

»Ich biete Ihnen bei einer finanziellen Beteiligung von zweihundert Pfund vierzig Prozent meiner Einnahmen als Ihren Anteil an. Bei einem halben Dutzend ausgepumpter Claims haben Sie Ihren Einsatz schon zurück.«

Sidney schüttelte den Kopf. »Sie riskieren bloß fünfzig Pfund, was nur einem Fünftel der Kaufsumme entspricht, wollen dafür aber satte drei Fünftel der Einnahmen kassieren? Nein, das läuft nicht, Byron.«

Daniel stimmte ihm zu. »Ohne eine faire Beteiligung sehen Sie sich besser nach finanzkräftigen Partnern um, die nicht rechnen können, was Ihnen in dieser Kombination aber einige Schwierigkeiten bereiten dürfte.«

»Sie mögen eine Menge von Diamanten verstehen, aber haben

Sie auch von Dampfmaschinen eine Ahnung?« hielt Byron ihnen vor und gab sich selbst gleich die Antwort. »Nein! Ich dagegen verstehe nichts von Diamanten und der Bedeutung der verschiedenen Erdschichten und all diesen Dingen, aber dafür kenne ich mich mit diesen komplizierten Dampfmaschinen aus. Und ich denke, das ist ein Extrafünftel wert.«

»Und wofür verdienen Sie Ihrer Meinung nach das andere Extrafünftel?« fragte Sidney.

»Für das Wissen, wo sich die Dampfmaschine befindet, und für die Idee, sie zu kaufen und hier einzusetzen«, lautete Byrons selbstbewußte Antwort.

Daniel machte Ryk ein Zeichen, ihnen noch eine Runde zu bringen, und sagte dann: »Sehen Sie mir meine Offenheit nach, Byron, aber ohne das nötige Kapital ist Ihr Wissen nicht einen müden Penny wert. Und was die Idee betrifft, so kann allein ihre Umsetzung zeigen, was sie wirklich wert ist, womit wir wieder bei der Finanzierung wären.«

»Geniale Ideen werden in jeder Canteen für einen Drink das Dutzend gehandelt«, warf Sidney derb ein, was eine genauso maßlose Übertreibung war wie das, was Daniel gerade gesagt hatte. Ihnen war beiden klar, daß die Idee und das Wissen, wo man eine solche Maschine auftreiben konnte, sehr wohl einen Wert darstellte. Aber wenn man miteinander feilschte und die Bedingungen einer Partnerschaft aushandelte, war die eigene Hälfte von einem Pfund Sterling naturgemäß zuerst einmal um einiges mehr wert als die des Verhandlungspartners.

Byron ließ sich nicht anmerken, was er dachte. Er blickte mit der ausdruckslosen Miene eines Pokerspielers von einem zum anderen, drehte die Zigarre zwischen seinen Lippen und nickte Ryk zu, als dieser zwei Gläser mit Bier und ein Glas Whisky brachte.

»Ich finde, daß die Gewichte, so wie ich es vorgeschlagen habe, in einer Partnerschaft sehr gerecht verteilt wären«, erwiderte er dann. »Zumal ich ja auch noch die ganze Arbeit zu leisten habe, während Sie sich nur finanziell an meinem Unternehmen beteiligen und ...«

»Irrtum«, fiel Daniel ihm spontan ins Wort und überraschte damit auch Sidney. »Wenn wir ins Geschäft kommen sollten, bin ich auch beim Einsatz der Pumpe mit von der Partie.«
Sidney hob nur schweigend die Augenbrauen.
Byron warf ihm einen schwer zu deutenden Blick zu. Dann zuckte er mit den Schultern und sagte scheinbar gleichgültig: »Die Fairneß verlangt es wohl, daß ich mir zumindest anhöre, was Sie mir anzubieten haben, Gentlemen.«
»Für jeden genau ein Drittel!« verlangte Sidney.
Byron seufzte, und als wäre Sidneys Vorschlag so aus der Welt, daß er noch nicht einmal einer ausdrücklichen Ablehnung bedurfte, holte er ein paar Münzen aus der Tasche und fragte, als ob für ihn jetzt nur noch die Begleichung seiner Zeche von Interesse wäre: »Mein erster Drink ging freundlicherweise auf Ihre Rechnung, nicht wahr?«
Sidney nickte.
Byron lächelte zuvorkommend, als wäre alles gesagt worden und nun die Zeit für ein paar höfliche Abschiedsfloskeln gekommen. »Es war nett, Ihre Bekanntschaft gemacht zu haben, Gentlemen.«
»Vierzig Prozent für Sie, jeweils dreißig für Sidney und mich«, besserte Daniel ihr Angebot auf.
Byron schüttelte den Kopf. »Bedauerlich, wie sehr Sie den Wert meines Einsatzes unterschätzen«, sagte er mit einem mitleidig ablehnenden Lächeln und leerte das Glas in einem Zug.
Daniel warf Sidney einen unsicheren Blick zu, als Byron Anstalten machte, sich zu erheben und zu gehen. Doch dieser malte mit dem Zeigefinger gelangweilt Kreise in einer Bierlache auf der Tischplatte.
»Ist das Ihr letztes Wort, Gentlemen?« fragte Byron, als sollten sie noch eine letzte Chance bekommen.
Daniel war versucht, sich mit zwanzig Prozent zufriedenzugeben, doch Sidney kam ihm zuvor. »Das ist es, Byron, und es ist das beste Angebot, das Sie zwischen Vaal und London für Ihr Vorhaben kriegen werden. Aber lassen Sie sich nicht aufhalten, das selbst herauszufinden.«

Byron gab einen Stoßseufzer von sich – und lachte sie dann im nächsten Moment an. »Also gut, Sie sollen Ihren Willen und Ihre sechzig Prozent bekommen, Gentlemen.« Er streckte ihnen die Hand über den Tisch hin. »Wir sind im Geschäft, Partner!«
Sidney grinste, während Daniel ein Stein vom Herzen fiel und er als erster die Abmachung mit Byron Croft durch einen kräftigen Händedruck besiegelte.
Sie feierten ihre Partnerschaft gebührend in Ryks Canteen und kamen spät in der Nacht überein, ihrer gemeinsamen Firma den Namen VAAL RIVER SALVAGE COMPANY zu geben.

24

Daniel spannte am nächsten Morgen die Pferde vor den Wagen und machte sich auf den Weg, Byron Croft abzuholen und mit ihm zu jener Farm zu fahren, wo sich die Dampfmaschine befinden sollte. Sidney und Molefe setzten die Arbeit auf den Claims fort.
»Einer von uns muß ja zusehen, daß wieder Geld in die Kasse kommt, falls unsere VAAL RIVER SALVAGE COMPANY nicht das abwirft, was wir uns von ihr versprechen«, meinte Sidney, dem am kühlen Morgen und bei klarem Kopf leichte Bedenken kamen. Zweihundert Pfund waren eine Menge Geld, besonders wenn man sich eine Woche nach der anderen auf dem Claim abrackerte, ohne auf einen wirklich lohnenswerten, lupenreinen Stein zu stoßen.
»Paßt bloß auf, daß sich euer sauer verdientes Geld nicht in heißen Dampf auflöst«, spottete Alice, die von dem ganzen Unternehmen nicht viel hielt.
Florence dagegen war zuversichtlicher und machte ihnen Mut.
»Man kann nicht immer auf Nummer Sicher gehen, sondern muß auch mal was riskieren.«
»Daß wir hier am Vaal im Dreck wühlen, ist ja wohl schon Risiko genug«, erwiderte Alice.

Daniel hatte ein mulmiges Gefühl, als er das Camp verließ und nach Klip Drift fuhr, wo Byron Croft zu ihm auf den Wagen stieg. Daß dieser aufgekratzt und voll großer Pläne war, trug nicht dazu bei, ihm das Gefühl zu nehmen, sich mit Sidney in eine höchst riskante Sache eingelassen zu haben. Byrons Begeisterung nährte vielmehr seine Zweifel. Und mit wachsender Verwunderung fragte er sich, wie sie sich bloß darauf hatten einlassen können. Sie vertrauten einem völlig Fremden einen Gutteil ihres Geldes an – und hatten dabei diese Dampfmaschine noch nicht einmal zu Gesicht bekommen.

»Kater?« fragte Byron, als Daniel immer stiller und einsilbiger in seinen Antworten wurde.

»Nein. Mir geht so einiges durch den Kopf«, sagte Daniel vage.

Byron durchschaute ihn und lächelte. »Wenn Sie sich nicht an Ihr Wort gebunden fühlten, würden Sie am liebsten umkehren und aus dem Geschäft aussteigen, nicht wahr?«

»Stimmt«, antwortete Daniel und hoffte, Byron würde Sidney und ihn von ihrer Vereinbarung befreien.

Doch Byron dachte gar nicht daran, sondern klopfte ihm aufmunternd auf die Schulter. »Das würde ich mir nie verzeihen, Daniel«, sagte er fröhlich. »Ich halte mir später lieber etwas darauf zugute, daß ich Sie und Ihren Freund Sidney zu Ihrem Glück gezwungen habe.«

»Ich hoffe, wir werden Ihre noble Geste auch richtig zu schätzen wissen«, meinte Daniel selbstironisch.

Ihr Ziel war die Burenfarm Roode Spruit, die am Ostufer des Hart River lag, etwa fünf Meilen oberhalb der Stelle, wo der Fluß in den Vaal mündete. Die Pferde mußten sich ordentlich ins Geschirr legen, damit sie die Strecke noch vor Einbruch der Dunkelheit schafften.

Die Sonne berührte im Westen schon den Horizont, als sie auf Roode Spruit eintrafen. Die Farm unterschied sich in ihrer Armseligkeit in nichts von all den anderen Gehöften in diesem kargen Landstrich. Der Hof war staubig, das Farmhaus sowie Scheune, Schuppen und Viehkraals waren denkbar primitiv aus

getrocknetem Lehmschlamm errichtet, und dasselbe galt für die Hütten der Kaffern.
Willem Kasterop, der Farmer, war vor einigen Wochen gestorben. Er hatte seine Frau Jakoba und fünf Kinder, zwei Söhne und drei Töchter, zurückgelassen. Ludovica war mit ihren dreizehn Jahren die älteste.
Jakoba Kasterop hieß sie mit der gebotenen burischen Gastfreundschaft willkommen. Sie war eine untersetzte Frau mit breiten Hüften, eisengrauem Haar und einem grobflächigen Gesicht, in das die Jahre harter Arbeit und vieler Entbehrungen und die Trauer um den Verlust ihres Mannes tiefe Linien gegraben hatten Doch ihr Wesen strahlte eine geduldige Wärme aus.
Daniel war überrascht, als er hörte, wie ausgezeichnet Byron die *taal*, die Sprache der Buren, beherrschte, und je länger er ihm zuhörte, desto besser verstand er, warum dieser ihn gebeten hatte, sich zurückzuhalten und ihm die Kaufverhandlungen zu überlassen.
Byron besaß das unbezahlbare Talent, schon mit wenigen Worten Vertrauen zu erwecken. Diese Fähigkeit hatte bei Sidney und ihm gewirkt und zeigte sich auch bei Jakoba Kasterop.
Byron drückte ihr sein Beileid aus und erzählte, er habe in Klip Drift durch den Freund eines Bekannten ihres verstorbenen Mannes vom Tod von Mijnheer Kasterop erfahren. Und geduldig hörte er sich von Jakoba Kasterop an, wie ihr Mann von Jahr zu Jahr schwächer geworden sei und alle Muskelkraft verloren habe, und er ließ auch zu, daß ihr Gespräch vom Tod des Farmers zu ihrer Sorge um die Zukunft von Roode Spruit und die ihrer Kinder und von da zu alltäglichen Belanglosigkeiten abschweifte. Dann, endlich, kam er auf den Grund ihres Besuchs zu sprechen, verstand es aber, es so auszudrücken, als sei die ganze Angelegenheit doch nur von zweitrangiger Bedeutung für ihre lange Fahrt gewesen.
»*Magtig*, ja, die Dampfmaschine«, sagte sie mit einem müden Lächeln. »Was hatte Willem nicht für große Pläne! Damals hat er all unsere Ersparnisse in den Kauf und den Transport dieses

Monstrums gesteckt. Wissen Sie, er wollte das Wasser vom Fluß auf unser Land pumpen und war überzeugt davon, aus Roode Spruit so etwas wie einen Garten Eden machen zu können.«
»Wann war das, damals?« fragte Daniel, plötzlich hellhörig geworden.
»Vor gut fünf Jahren, Mijnheer.«
»Und seitdem steht diese Dampfmaschine hier irgendwo auf Roode Spruit herum?« Daniel war nun in höchstem Maß beunruhigt.
»Ja, ein unnützes Ding, das einst doch so viel Geld gekostet hat«, bedauerte Jakoba Kasterop.
»Fünf Jahre unbenutzt und ungewartet!« stöhnte Daniel und hatte jetzt schon kein Interesse mehr, sich die Maschine überhaupt noch anzusehen.
Byron lächelte ihn an, als gäbe es nichts, worüber sie sich Sorgen zu machen hätten, und sagte dann zur Farmersfrau: »Ich bin überzeugt, Ihr Mann hat die Dampfmaschine in all den Jahren wie seinen Augapfel gehütet.«
»Nun ja, soweit es ihm möglich war. Denn als die Maschine auf Roode Spruit eintraf, da ging es ihm schon nicht mehr so gut. Willem, mein seliger Mann, der Herr gebe ihm ewige Ruhe und das Licht der Herrlichkeit, mein Mann hat immer wieder davon gesprochen, seine ehrgeizigen Pläne endlich in Angriff zu nehmen. Aber dazu ist es nie gekommen. Es gab stets andere Dinge, die im Augenblick wichtiger waren, und dazu sein fortschreitender Muskelschwund.« Sie seufzte. »Die Dampfmaschine im Schuppen war sein Traum, und er hat diesen Traum bis zu seinem Tod in seinem Herzen getragen. Diese Maschine war eine Verschwendung, aber auch ein Segen. Ich glaube, ohne sie wäre er schon viel eher gestorben. Doch das weiß natürlich einzig und allein der Allmächtige.«
Byron nickte verständnisvoll. »Ich nehme an, daß Sie keine Verwendung für eine Dampfmaschine haben, die schon seit so vielen Jahren irgendwo ungenutzt herumsteht.«
»Ich wüßte nicht, wofür«, bestätigte Jakoba Kasterop. »So wichtig

sie für meinen seligen Mann auch war, so froh bin ich doch, daß ich sie endlich los bin und noch ein hübsches Sümmchen dafür bekommen habe. Die Zeiten waren nie einfach, aber jetzt werden sie noch härter werden, und da . . .«
»Sie haben die Dampfmaschine schon verkauft?« fiel Byron ihr ungläubig und bestürzt ins Wort.
Die Witwe nickte. »Mijnheer Stewart hat sie mir abgekauft. Er hat sie damals auch von Kapstadt zu uns nach ROODE SPRUIT gebracht. Nächste Woche wird er sie abholen. Wenn sein Wagen nicht schon so beladen gewesen wäre, hätte er den Kessel und all den anderen Kram gleich mitgenommen.«
Byron war blaß geworden. »Wann haben Sie ihm die Maschine verkauft, Mevrouw Kasterop? Und was hat er Ihnen geboten?«
»Gestern, und er will mir hundertachtzig Pfund für das alte Ding zahlen, was bedeutend mehr ist, als ich erwartet habe. Ich hätte es auch für fünfzig weggegeben.«
»Gestern!« Byron schlug sich mit der flachen Hand auf die Stirn, faßte sich dann aber schnell wieder. »Hören Sie, Mevrouw Kasterop, wir bieten Ihnen siebzig Pfund mehr. Verkaufen Sie uns die Maschine für zweihundertfünfzig Pfund. Wir zahlen auch hier und jetzt bar auf die Hand.«
Die Farmerswitwe schüttelte mit einem bedauernden Lächeln den Kopf. »Es tut mir sehr leid, daß Sie die lange Fahrt vergebens gemacht haben und daß ich Sie so enttäuschen muß, aber ich habe das Geschäft gestern mit Mijnheer Stewart abgeschlossen, und ein Vertrag ist ein Vertrag.«
Daniel atmete innerlich auf. Damit war ja die Sache Gott sei Dank erledigt und die VAAL RIVER SALVAGE COMPANY aufgelöst. Byron bemühte seinen ganzen Charme und seine Überredungskunst, jedoch ohne Erfolg. Jakoba Kasterop blieb ebenso mitfühlend freundlich wie unbeirrt dem Fuhrmann Stewart verpflichtet. Ein Wort war ein Wort, und wenn schon der Anstand es ihr verbot, ihren mündlichen Vertrag mit Mijnheer Stewart zu brechen, so schloß ihr strenger Glaube bereits den Gedanken an solch eine unchristliche Tat kompromißlos aus.

Es kostete Byron Mühe, aber er bewahrte in Gegenwart der Witwe Fassung, und mit unterschiedlich großer Dankbarkeit nahmen er und Daniel ihr Angebot an, die Nacht auf der Farm zu verbringen.

Doch als Byron mit Daniel draußen beim Wagen stand, kannten sein Ärger und seine Enttäuschung keine Grenzen. Er machte seinen Gefühlen gehörig Luft. Wütend trat er gegen die Wagenspeichen und ließ sich über die aberwitzige Laune des Zufalls aus, die sie um *ihre* Dampfmaschine gebracht hatte. Einen verdammt lausigen Tag waren sie zu spät gekommen. Zum Teufel noch mal, das war einfach nicht gerecht.

»Mäßigen Sie sich, Byron«, sagte Daniel gutgelaunt, als Byron recht deftige Flüche von sich gab. »Nicht, daß mir Ihre Flüche den Abend verderben würden, aber wenn Missis Kasterop Sie so ungesittet reden hört, können wir die Nacht unter freiem Himmel verbringen. Lasterhafte und unzüchtige Reden vertragen sich so gut mit ihrem strengen Glauben wie Feuer und Wasser.«

Byron verzog das Gesicht zu einer entschuldigenden Miene. »Jaja, ich weiß, die Bibel ...« Plötzlich stutzte er. Sein Gesicht nahm einen Ausdruck freudiger Verblüffung an, als wäre ihm ein überraschend genialer Gedanke gekommen, und erstrahlte im nächsten Augenblick in einem triumphierenden Lächeln.

»Das ist es, Daniel!« Er boxte ihn vor Freude in die Rippen. »Warum ist mir das denn nicht gleich eingefallen.«

»Was?«

»Na, die Bibel natürlich! Kommen Sie. Dieser Stewart hat einen schweren Fehler begangen – und ist aus dem Rennen. Die Dampfmaschine ist unser!«

Daniel verstand kein Wort und folgte Byron gespannt zurück ins Farmhaus, wo Jakoba Kasterop gerade mit ihrer ältesten Tochter das Abendessen zubereitete.

»Mevrouw Kasterop«, begann Byron mit ernster Miene und Stimme. »Ich sage es Ihnen ja nicht gerne, aber der Vertrag, den Sie gestern mit Mijnheer Stewart geschlossen haben, ist nicht gültig – denn Sie haben ihn am Tag des Herrn geschlossen.«

Die Witwe sah ihn erschrocken an. »*Magtig*, ja ... das ist wahr!« Sie schlug die Hand vor den Mund, und auch Ludovica machte eine bestürzte Miene, daß ihrer Mutter so eine Verfehlung hatte unterlaufen können.

»Am Sabbat dürfen keine Geschäfte getätigt werden. Alle Arbeiten haben zu ruhen, so steht es geschrieben«, rieb Byron Salz in die Wunde der strenggläubigen Calvinistin. »Ein Vertrag, der am Sabbat geschlossen wird, versündigt sich gegen Gottes Gebot. Er ist nichtig vor dem Herrn. Und damit ist auch Ihr Wort, das Sie Mijnheer Stewart, dessen Gedankenlosigkeit unverzeihlich ist, gegeben haben, ohne jeden Wert. Ja, Sie müssen den Vertrag sogar für von Anfang an ungültig vor sich selbst und vor Mijnheer Stewart erklären, wenn Sie Gott nicht noch mehr erzürnen und schwere Schuld auf sich laden wollen.«

Jakoba Kasterop sank verstört auf einen Schemel, und Daniel hatte Mitleid mit ihr, sosehr er Byron auch für seine Cleverneß bewunderte.

Byron gab ihr keine Chance. Er verstand es, ihr das Feuer der ewigen Verdammnis vor Augen zu führen, wenn sie an ihrem gottlosen Sabbat-Vertrag festhielt. Und er überzeugte sie davon, daß sie ihre schwere Verfehlung nur dadurch aus der Welt schaffen konnte, indem sie an einen anderen als an Mijnheer Stewart verkaufte.

»Sie können mit ihm keinen neuen Vertrag an einem Wochentag abschließen. Das wäre nur Augenwischerei, ein allzu billiges und leicht zu durchschauendes Täuschungsmanöver. Aber Gott läßt sich auch von dem Geschicktesten nicht täuschen. Er weiß, daß es um ein und dieselbe Dampfmaschine geht und daß Mijnheer Stewart bekommt, was er Ihnen an einem Sabbat wider das göttliche Gesetz abgeschwatzt hat. Nein, an Mijnheer Stewart können Sie die Maschine nicht mehr verkaufen, wenn Sie Ihr Seelenheil nicht aufs Spiel setzen wollen. Und ist es das wert?«

»Nicht alle Reichtümer der Welt wären das wert«, flüsterte die Witwe bestürzt über das, was sie getan hatte.

»Tja, und wenn Mijnheer Stewart somit nun ein für allemal als

Käufer nicht mehr in Frage kommt«, fuhr Byron mitfühlend fort, »warum tun Sie dann nicht ein gutes Werk, das den Allmächtigen mit Ihrer Gedankenlosigkeit vielleicht versöhnt, und lassen uns nicht mit leeren Händen nach Klip Drift zurückkehren?«

Jakoba Kasterop verkaufte ihnen die Dampfmaschine. Byron hatte Anstand genug, bei seinem Angebot von zweihundertfünfzig Pfund zu bleiben, und schloß das Geschäft sofort ab. Er blätterte ihr das Geld hin und brachte sogar einen vorbereiteten Kaufvertrag zum Vorschein, den die Witwe mit einem schweren Seufzer unterschrieb.

»Möge der Herrgott mir verzeihen – und auch Mijnheer Stewart«, sagte sie und rief ihren ältesten Sohn, den zehnjährigen Andries, damit dieser sie zur Dampfmaschine führte. Mit zwei hell leuchtenden Sturmlaternen bewehrt, folgten sie dem aufgeweckten Jungen über den Hof, der die halb offenstehende Tür eines Schuppens ganz aufzog, einige ärgerlich gackernde Hühner aus dem Weg scheuchte und dann sagte: »Das ist es, Mijnheer.«

Byron strahlte wie ein siegreicher König, als er vor der Dampfmaschine stand. »Daniel, wir sind im Geschäft! Das hier ist die wirkliche Geburtsstunde unserer VAAL RIVER SALVAGE COMPANY!«

Daniel sank das Herz in die Hose, und er fragte sich, ob Byron dasselbe sah wie er. Ihm wurde ganz flau im Magen und trocken der Mund. Auf der offenen Feuertür des rostigen Kessels hockte ein Huhn und starrte sie herausfordernd an.

»Zweihundertfünfzig Pfund für einen großen Haufen Schrott!« stöhnte er. »Sidney wird uns für verrückt erklären, und das zu Recht!«

Aber Byron hörte ihn nicht. Mit einem verträumten Lächeln trat er zum fast brusthohen Kessel und strich liebevoll über das häßlich verfärbte Metall. »Dir ist ein wenig der Dampf ausgegangen, Mädchen. Aber das kriegen wir schon hin, Molly.«

»Molly?« fragte Daniel säuerlich.

Byron beachtete ihn gar nicht. Er war ganz versunken in den Anblick der Dampfmaschine, die mit Hühnermist und Rost bedeckt war.
Daniel sank auf einen Hauklotz und hätte sich am liebsten selbst geohrfeigt. Die zweihundert Pfund hätten sie ebensogut ins Feuer werfen können.

25

Es war ein schweres Stück Arbeit, die Dampfmaschine auf den Wagen zu bekommen, und sie brauchten für den Rückweg volle zwei Tage, da das Gewicht kein flottes Tempo erlaubte. Aber noch schwerer trug Daniel an dem Spott von Alice, in den sogar Florence einstimmte, und den Vorwürfen, die Sidney ihm machte. Und daß ausgerechnet Molefe, sein treuester Gefährte und Freund von Kindesbeinen an, beim Anblick ihrer teuren Errungenschaft in ein schallendes Gelächter ausbrach, setzte allem die Krone auf.
Daniel hatte zwei Tage Zeit gehabt, sich auszumalen, was die anderen sagen und wie der Empfang in Blue Jacket aussehen würde. Die Wirklichkeit übertraf jedoch seine schlimmsten Befürchtungen. Er schämte sich vor Sidney in Grund und Boden, daß er ihre sauer verdienten zweihundert Pfund für einen mit Hühnerkot verschmierten Haufen Schrott vergeudet und sich die Dampfmaschine erst *nach* dem Kauf angeschaut hatte, anstatt sich vorher anzusehen, wofür er sein und Sidneys Geld auszugeben gedachte.
An Byron perlten Spott, Verständnislosigkeit und gereizte Vorhaltungen ab wie Wasser von einer Ölhaut. Er war stolz auf Molly, wie er die Maschine getauft hatte, und zeigte diesen Stolz mit scheinbar naiver Unbekümmertheit. »Das alte Mädchen ist ein wenig in die Jahre gekommen, aber das ist kein Anlaß, so wenig Vertrauen in sie zu setzen. Sie mag nicht mehr die Schönste im Lande sein, doch sie zählt noch lange nicht zum alten Eisen,

das auf den Schrott gehört«, versicherte er mit ungebrochener Zuversicht. »Gebt mir und Molly nur ein bißchen Zeit, und sie kommt schon wieder in Gang.«

»Entweder ist dieser Byron Croft ein naiver Träumer oder ein ausgemachter Dummkopf mit der Überzeugungskraft eines genialen Hochstaplers«, sagte Alice, als Byron sie nicht hören konnte. »Vermutlich ist er beides zusammen.«

»Oder aber er sieht und kann mehr, als wir uns vorzustellen vermögen«, meinte Florence, und zumindest Daniel war ihr in seinem Herzen dankbar, daß sie dies immerhin für möglich hielt.

Alice lachte spöttisch auf. »Ich gehe jede Wette ein, daß er seine Rost-Molly nicht mal dazu kriegt, einen letzten müden Atemzug zu machen!«

»Es ist auch unsere Molly!« grollte Daniel.

Sidney schüttelte den Kopf. »Vergiß Molly oder wie immer der zweihundert Pfund teure Rosteimer auch heißen mag, Dan. Laßt uns arbeiten gehen. Wir haben schon genug Geld verloren.«

Alice war nicht die einzige, die Byron nicht den Schimmer einer Chance einräumte und darauf zu wetten gewillt war. Als Byron außerhalb des Camps vier neun Fuß hohe Pfähle in den Boden rammte, eine alte, vielfach geflickte Plane als primitives Dach an den vier Pfosten befestigte und die Dampfmaschine darunterstellte, machten sich viele Digger einen Spaß daraus, Wetten abzuschließen. Ganz wenige Wetten hatten zum Inhalt, ob er die Maschine wieder zum Laufen bringen würde. Bei den meisten ging es allein darum, wie lange er wohl an Molly herumbasteln würde, bis er schließlich das Handtuch warf. Wer ihm drei Wochen und länger zubilligte, konnte im Falle, daß Byron wirklich so lange durchhielt, für jeden riskierten Shilling einen fünfzehnfachen Gewinn erwarten – was deutlicher als alles andere zum Ausdruck brachte, für wie unwahrscheinlich man ein solch langes Beharren auf einer so offenkundig aussichtslosen Sache hielt.

Sidney schrieb seine hundert Pfund ab, machte um Byron einen großen Bogen und wollte auch nicht mehr an die Dampfmaschine erinnert werden. Dagegen stellte Daniel zu seiner Verwunderung fest, daß er Byron nicht lange gram sein konnte und ihn trotz dieser kostspieligen Narretei mochte. Deshalb besuchte er ihn gelegentlich.

Byron war auch nach zwei Wochen noch von ungebrochener Zuversicht erfüllt. »Wir machen große Fortschritte«, sagte er fröhlich und meinte mit *wir* sich und Jai, einen jungen gutaussehenden Inder, der von ebenso großer Schweigsamkeit wie wortloser Höflichkeit war. Laut Byron verstand Jai genausoviel von Dampfmaschinen wie er, was nicht unbedingt eine Empfehlung darstellte, wie Daniel im stillen befand, denn von Fortschritten vermochte er nicht die geringsten Anzeichen festzustellen. Molly sah für ihn noch immer so verrottet und rettungslos jenseits jeder Hoffnung auf Wiederbelebung aus wie an jenem Abend auf Roode Spruit.

Der Digger, der in einer Alkohollaune fünf Shilling auf den »verrückten Colonel und die Auferstehung von Molly Dampflos« gesetzt hatte, gewann seine Wette und kassierte einen Tag nach Ablauf der dritten Woche fünfundsiebzig Shilling, was mehr war, als er in derselben Zeit an Diamanten aus seinem Claim geholt hatte.

Byron riß das ganze Camp und vermutlich noch viele andere entlang des Flusses zwei Stunden vor Sonnenaufgang aus dem Schlaf, indem er den Dampf unter lautem Pfeifen aus dem Überdruckventil entweichen ließ.

Die Digger von Blue Jacket stürzten aus ihren Zelten und Erdhöhlen und versammelten sich vor der von Laternen beleuchteten Dampfmaschine, als gälte es, Molly wie das Goldene Kalb in der Wüste anzubeten.

Daniel traute seinen Augen nicht, als Byron und Jai ihnen vorführten, daß Molly sehr wohl noch eine Menge Leben in sich hatte, auch wenn ihr rostiges Äußeres wenig Vertrauen erweckte.

Sidney bekam seinen Mund kaum zu. Dann schüttelte er den Kopf, lachte und fand ohne Zögern und Verlegenheit die richti-

gen Worte der Entschuldigung, daß er Byrons Urteil und Fähigkeiten so sehr unterschätzt hatte.
Byron nahm die Entschuldigung grinsend an. »Manchmal gilt es, mit der Stärke seiner Truppen zu protzen. Etwa wenn man es erst gar nicht zu einem Kräftemessen kommen lassen möchte. Gelegentlich ist es aber von größerem Vorteil, aus einer Position scheinbarer Unterlegenheit in die Schlacht zu ziehen und den Gegner kalt zu überraschen und ihm keine Möglichkeit zu geben, seine Streitkräfte darauf einzustellen.«
»Byron, Sie haben mich quasi im Handstreich genommen«, gab Sidney zu. Ihre VAAL RIVER SALVAGE COMPANY war also doch kein totgeborenes Kind und ihre Investition alles andere als verloren.
Florence war wie Molefe ganz aus dem Häuschen. Sie freute sich ohne Vorbehalt und fand es buchstäblich wunderbar, daß Byron die Maschine doch noch zum Leben erweckt hatte. Alice war so fassungslos wie alle anderen, und obschon auch sie sich für Daniel und Sidney freute, besaß die nächtliche Überraschung für sie doch einen leicht säuerlichen Beigeschmack.
Die Digger bewunderten die Leistung, die Byron mit seinem indischen Helfer Jai vollbracht hatte, und es hätte nicht viel gefehlt und sie hätten ihn auf ihren Schultern durch das Camp getragen. Aber das war nicht gleichbedeutend damit, daß sie auch Vertrauen in die Leistungskraft und Ausdauer von Molly setzten. Statt mit Aufträgen überschüttet zu werden, mußten Byron und Daniel sich redlich bemühen, um die Funktionsfähigkeit ihrer Dampfmaschine im Einsatz unter Beweis stellen zu können. Niemand war bereit, fünfzig Pfund zu riskieren und dafür nichts weiter als einen berstenden Kessel oder ein kapitulierendes Röcheln der Pumpe geboten zu bekommen.
Byron brachte das nicht aus der Ruhe. »Ein Dutzend alte Jungfern könnte nicht mißtrauischer sein als diese Burschen«, erklärte er spöttisch und doch gelassen. »Aber ich sage Ihnen, Daniel, mit unserer VAAL RIVER SALVAGE COMPANY ist es wie mit einem sechzehnköpfigen Ochsengespann, das zwölf Tonnen Fracht zu

ziehen hat: Es kostet eine Menge Schweiß und Zeit, die Ochsen ins Joch zu spannen und in Bewegung zu bringen. Doch sowie der Wagen erst einmal rollt, ist so ein Gespann unschlagbar.«

»Was aber nichts daran ändert, daß wir die ersten zwei, drei Claims wohl kostenlos und zu Demonstrationszwecken auspumpen müssen«, erwiderte Daniel trocken.

Byron grinste. »Sehen Sie es als lohnende Investition in eine goldene Zukunft.«

Sie pumpten in Klip Drift nacheinander drei unter Wasser stehende Claims aus, ohne daß Molly auch nur einmal außer Atem und die Pumpe ins Stocken geriet. Es hatten sich viele Digger als Zuschauer eingefunden. Einige von ihnen waren sicher, Zeuge zu werden, wie die Dampfmaschine ächzend aus den Nieten platzte, und hielten entsprechenden Abstand. Doch eine nicht geringe Anzahl Männer, deren Uferclaims überflutet waren, setzten große Hoffnungen in die noch immer belächelte VAAL RIVER SALVAGE COMPANY.

Der Besitzer des letzten und dritten Claims, den sie kostenlos trockenlegten, war der allseits angesehene Paddy Kilpatrick, ein Fels von einem Mann. Er gehörte dem Diggers-Komitee von Klip Drift an, und sein Wort besaß Gewicht in den umliegenden Camps.

Kilpatrick hatte nicht für möglich gehalten, daß Byron und Daniel in der Lage sein würden, seinen Claim, der mit vierundzwanzig Fuß der tiefste der drei war, leerzupumpen. Doch als Molly ratternd und zischend das hochgepumpte Wasser in einem stetigen Strom in die hölzerne Abflußrinne spuckte und sich der Wasserspiegel immer mehr senkte, verwandelte sich seine Skepsis in Staunen und wachsende Begeisterung. Denn die Erträge seines Claims hatten sich sehen lassen können.

Das Gemurmel unter den Zuschauern wurde lauter. Und immer mehr Digger traten näher und blickten hinunter in den tiefen Schacht, dessen Boden bald bloß noch knietief mit Wasser bedeckt war.

»Teufel, ihr habt wirklich nicht zuviel versprochen!« rief Paddy

Kilpatrick freudestrahlend. »Auf eure Dampfmaschine ist tatsächlich Verlaß!«
Wenige Augenblicke später, als alle in den Claim starrten, kam von Byron plötzlich das verwirrende Kommando: »Pumpe abstellen! Sofort die Pumpe abstellen!«
Daniel legte erschrocken den Hebel um, der das Antriebsrad freigab, und sprang zum Druckanzeiger. Er befürchtete irgendein Unheil.
Kilpatrick und all die anderen Zuschauer wichen ebenso erschrocken vom Schacht und von der Dampfmaschine zurück. Auch sie nahmen an, daß etwas nicht in Ordnung war.
Doch die Nadel stand beruhigend weit unter der roten Marke, die gefährlichen Überdruck anzeigte. Und dann sah Daniel, daß Byron der Dampfmaschine gar keine Beachtung schenkte, sondern über das lange Sieb aus feinmaschigem Draht gebeugt stand, das er in den vorderen Teil der Abflußrinne gehängt hatte. Erdklumpen und Steine, vom Ansaugstutzen aufgewühlt und vom Sog mit nach oben gerissen, hatten sich im Sieb angesammelt.
»Wußte doch, daß auf meine Augen noch Verlaß ist!« rief Byron. »Mister Kilpatrick, Ihr Claim wirft wieder Diamanten ab.« Damit wandte er sich zu ihm um und hielt in jeder Hand mit Daumen und Zeigefinger einen Diamanten hoch, so daß sie jeder sehen konnte. »Schätze, der rechte bringt um die drei Karat auf die Waage, während der linke um die fünf Karat hat. Kein schlechter Anfang.« Und zu Daniel sagte er: »Du kannst die Pumpe jetzt wieder einschalten. Wer weiß, was in der Schlammsuppe vom Grund nicht noch alles steckt. Gott sei Dank, daß ich an dieses Sieb gedacht habe.«
Nicht nur Paddy Kilpatrick machte große Augen. Aufgeregtes Stimmengewirr setzte ein. Die Männer drängten sich um Kilpatrick, Byron und Daniel.
»Colonel, ich gebe zu, daß ich zu Ihrer rostigen Molly nicht für fünf Pfund Zutrauen gehabt habe, geschweige denn für fünfzig«, erklärte Paddy Kilpatrick, nachdem er die beiden Steine kurz

begutachtet und ihren Wert eingeschätzt hatte. »Und es war verdammt anständig, daß Sie und der Schwede mir angeboten haben, meinen Claim kostenlos trockenzulegen. Das ist geschehen, und der Teufel soll mich holen, wenn ich nicht klar und deutlich anerkenne, wer hier der ungläubige Thomas war.«

In der Menge wurden zustimmende Rufe laut.

»Ihre Maschine ist jeden Penny der fünfzig Pfund und der Beteiligung wert, den Sie in Rechnung stellen«, fuhr Paddy Kilpatrick ehrlich fort. »Sie und Ihren Partner nach Ihrer großartigen Arbeit daher ohne Bezahlung davonziehen zu lassen, wäre nicht fair. Nehmen Sie deshalb diese beiden Diamanten.«

Byron gab sich dankbar und ein wenig verlegen, während die Digger stürmisch applaudierten, ihm und Daniel auf die Schultern klopften und Paddy Kilpatrick gratulierten.

Und ein Digger, dessen Claim hundert Yards weiter flußabwärts lag, drängte sich zu Byron und Daniel durch, stellte sich vor und beauftragte sie, seinen Claim auszupumpen.

»Wir verlangen fünfzig Pfund, zahlbar bei Aufstellung der Dampfmaschine, sowie eine fünfzehnprozentige Beteiligung für die Dauer eines Jahres«, erinnerte Daniel ihn.

»Damit bin ich einverstanden«, sagte der Digger und zahlte gleich zwanzig Pfund an, um sicherzugehen, daß er auch der nächste auf ihrer Liste war. Eine kluge Entscheidung, denn noch bevor sie Molly auf den Wagen geladen hatten, erhielten sie sieben weitere Aufträge.

Das war der Durchbruch. Vorbei war die Zeit, als sie sich vergeblich um Aufträge bemüht hatten. Jetzt kamen die Männer zu ihnen. Die Skeptiker waren zum Schweigen gebracht, und nicht nur Paddy Kilpatrick lobte die VAAL RIVER SALVAGE COMPANY und insbesondere die Ehrlichkeit des Colonel über den grünen Klee. Die Geschichte mit den beiden Diamanten, die Byron gefunden hatte und mit Sicherheit unbemerkt hätte einstecken können, machte überall in den Camps und in den Canteens die Runde. Diese Mund-zu-Mund-Propaganda war unbezahlbar.

»Daß er uns diese beiden Diamanten geschenkt hat, war wirklich eine noble Geste«, meinte Daniel, als sie Molly endlich verladen hatten und auf dem Kutschbock saßen.
Byron schmunzelte. »Ja, die Geste war nobel, aber die Steine sind nicht viel wert. Zu viele Einschlüsse. Wenn wir für beide zusammen zwanzig Pfund bekommen wollen, müssen wir schon einen Händler finden, der noch nicht ganz trocken hinter den Ohren ist oder was mit den Augen hat. Cornelius Dewitt würde uns keine zehn Pfund geben.«
Daniel sah ihn verblüfft an. »Woher wissen Sie das denn so genau? Sie haben doch noch gar keine Gelegenheit gehabt, sie eingehend zu begutachten.«
»Sie irren, Dan. Ich hatte vier Wochen Zeit, mich an ihre mindere Qualität und ihren geringen Wert zu gewöhnen. Denn so lange trage ich sie schon mit mir herum – sozusagen als meinen letzten Notpenny.«
Daniel bekam große Augen. »Wollen Sie damit sagen, daß die Steine gar nicht aus Kilpatricks Claim kamen, sondern daß Sie die Diamanten ins Sieb geschmuggelt haben?« stieß er ungläubig hervor.
»Sie haben es erfaßt«, bestätigte Byron. »Das war ein kleiner Trick, den ich mir erlaubt habe, um das Vertrauen der Digger in uns zu stärken.«
»Ein Trick? *Magtig,* das war betrügerische Täuschung!«
»So würde ich es nicht sehen«, erwiderte Byron mit munterer Gelassenheit. »Von Betrug kann schon gar keine Rede sein. Ich habe Kilpatrick die beiden Diamanten quasi geschenkt. Daß er sie mir zurückschenken würde, konnte ich ja nicht wissen.«
»Aber Sie haben damit gerechnet!«
Byron grinste. »Ja, ich gebe zu, das habe ich. Ein Risiko war es aber dennoch. Und was die angebliche Täuschung angeht, so weiß ich wirklich nicht, wen ich wie getäuscht haben soll«, gab er sich ganz frei von Gewissensbissen. »Ich wollte mit dieser kleinen ... Einlage doch nur das Vertrauen der Digger in uns und unsere Ehrenhaftigkeit stärken und ihnen das sichere Gefühl

geben, daß sie sich bei uns in den allerbesten Händen befinden. Oder wollen Sie etwa sagen, daß wir keine ehrenhaften Geschäftspartner sind und kein Vertrauen verdienen?«
»Nein, natürlich nicht.«
»Na also!« fiel Byron ihm mit entwaffnender Unschuldsmiene und Unbekümmertheit ins Wort. »Dann ist der Zweck meines kleinen Tricks, der keinem Schaden gebracht hat, uns aber von großem Nutzen sein wird, ja erreicht und alles in bester Ordnung, Dan.«
Daniel sah ihn einen Moment lang zweifelnd an und konnte dann nicht anders, als zu lachen. »Byron, Sie sind gewiefter und raffinierter, als ich mir meine Geschäftspartner gemeinhin wünsche. Sie haben es wirklich faustdick hinter den Ohren !«
»Alles zu einem guten Zweck«, versicherte Byron mit blitzenden Augen und der unbeschwerten Fröhlichkeit des geborenen Schlitzohrs.
Am Abend feierten Byron, Daniel und Sidney den erfolgreichen Durchbruch ihrer VAAL RIVER SALVAGE COMPANY in den Canteens von Klip Drift. Alice und Florence kamen diesmal gerne mit, und gemeinsam verbrachten sie einige ausgelassene Stunden in Schankzelten mit so ausgefallenen Namen wie THE BLUE POSTS, THE SCARLET BAR, THE CAT AND GRIDIRON, THE HARD TIMES, THE PERFECT CURE und THE DUST AND DIRT. Und die Drinks, die in den Pubs aus Brettern, Balken und Segeltuch serviert wurden, hatten nicht weniger ausgefallene Namen. Da gab es den *Reviver,* der wahrhaftig stark genug war, um Tote zum Leben zu erwecken, den *Pickaxe,* der sich mit seinem feurigen Rum wie eine flüssige Spitzhacke durch die Kehle in den Magen bohrte, das milde *Shandygaff,* ein Ingwerbier, und den *Nectar,* einen leicht süßlichen Drink mit geringem Alkoholgehalt. Der *Nectar* war das Getränk, das Florence bevorzugte. Alice dagegen war mehr für die scharfen Sachen und trank *Pickaxes.*
»Lieber einen richtigen kräftigen Drink und dann nichts mehr als drei verwässerte«, sagte sie. »Ich mag keine halben Sachen.«
Daniel konnte das in Gedanken nur bestätigen. Die sarkastische

Bemerkung, die sich ihm unwillkürlich auf die Zunge drängte, schluckte er jedoch hinunter. Die Stimmung war dafür einfach zu fröhlich und von ernsten Themen unberührt. Er wollte weder sich noch den anderen den Abend durch eine sarkastische und letztlich doch völlig nutzlose Äußerung trüben.

In der MIDNIGHT CRADLE ließen sie ihren feuchtfröhlichen Zug durch das nächtliche Klip Drift schließlich ausklingen. Ryk hatte schon von der Geschichte mit Kilpatricks Claim und den beiden Diamanten gehört, und er freute sich mit ihnen, daß ihr kleines Unternehmen endlich auf die Beine gekommen war.

»Heute gehen die Getränke auf das Haus!« lud er sie großzügig ein. Der trockene Husten quälte ihn noch immer, wie sich auch seine kränklich blasse Gesichtsfarbe noch nicht gebessert hatte.

Alice, die sich den ganzen Abend rege an der Unterhaltung beteiligt und so manche Geschichte aus ihrer Zeit als Tochter eines Wirts zum besten gegeben hatte, zog sich in der MIDNIGHT CRADLE aus dem Gespräch zurück. Sie beobachtete Ryk mit erst sorgenvoller und dann nachdenklicher Miene. Ihre Zurückhaltung fiel jedoch keinem weiter auf – bis auf Daniel, der in ihrer Gegenwart immer noch Mühe hatte, seine Aufmerksamkeit von ihr loszureißen, und auch nachts weiterhin von ihr träumte.

Am nächsten Tag begann für Daniel, Byron und Jai die Arbeit. Daniel war froh, dem Alltag auf dem Claim zu entkommen und mal etwas anderes zu tun. Und zu tun gab es mehr als genug. Molly hatte ja bei den ersten drei Claims tapfer durchgehalten. Doch Byron und Jai mußten zugeben, daß sie zwischen ihren Einsätzen eine Menge technischer Zuneigung bedurfte, bevor sie die nächste große Aufgabe angehen konnte.

Aber dennoch erzielten sie stattliche Gewinne. Schon nach wenigen Wochen hatten sie ihre Investition heraus und machten bei jedem Claim, den sie trockenlegten, satten Profit. Daniel hatte viel Spaß an dieser Tätigkeit. Er lernte eine Menge Neues. Und statt Tag für Tag von morgens bis abends auf seinen Claim von dreißig Fuß im Quadrat beschränkt zu sein, kam er herum. Er lernte viele Leute kennen, bangte bei jedem Einsatz mit Byron und Jai, ob Molly auch durchhielt, freute sich wie ein Kind, wenn die Maschine nach einer größeren Reparatur wieder alles leistete, was man von ihr verlangte, und genoß Byrons Gesellschaft. Er bewunderte ihn, wie geschickt er mit nur einem Arm war, und seine Raffinesse und Schlitzohrigkeit verblüffte und belustigte ihn immer wieder aufs neue. Er wünschte oft, daß auch Sidney so mit ihnen herumzog, und er versuchte mehrmals, seinen Freund dazu zu überreden. Doch Sidney wollte Diamanten finden und nicht die Claims anderer Digger auspumpen.

Daniel gab die Diamantensuche nicht völlig auf. An mindestens zwei Tagen in der Woche griff er zu Spitzhacke und Schaufel, ließ die Cradle rattern und setzte sich hinter den Sortiertisch, schon um zu verhindern, daß jemand seine Parzelle durch *jumping* in seinen Besitz brachte. Denn ein Claim, der acht Tage lang nicht bearbeitet wurde, stand nach dem Gesetz der Digger jedermann zum Jumping frei. Wer nach diesen acht Tagen in den Claim sprang und Anspruch erhob, war der neue Besitzer.

Zwar arbeitete Molefe auch an den Tagen, an denen sein Baas mit Byron unterwegs war, auf dem Claim, doch ein Kaffer, der einen Claim ständig allein bearbeitete, kam schnell in den Verdacht, auf eigene Rechnung zu schürfen, und dafür hatten die Weißen immer weniger Verständnis, je mehr Digger am Vaal erschienen.

Was Daniel aber viel mehr Kopfzerbrechen bereitete, war ihre Beteiligung an den Claims, die sie erfolgreich ausgepumpt hatten.

»Wie sollen wir kontrollieren, daß die Leute die Abmachung auch einhalten und uns wirklich die fünfzehn Prozent von ihren Erträgen auszahlen?« grübelte Daniel laut. »Da steht doch Tür und Tor für jede Art von Betrug offen. Warum erhöhen wir nicht lieber unser Honorar und verzichten auf die fünfzehn Prozent?«

»Weil fünfzig Pfund für die meisten die Grenze dessen ist, was sie ausgeben können und wollen«, antwortete Byron. »Wenn wir höher gehen, werden viele eher dazu neigen, ihr Glück woanders zu suchen, als ihren Schacht auspumpen zu lassen und sich erneut dem Risiko dieser gefährlichen Uferclaims auszusetzen. Natürlich hast du recht, wenn du annimmst, daß viele unredlich sind und versucht sein werden, uns übers Ohr zu hauen.«

»So sehe ich das auch.«

Byron lächelte wissend. »Aber vergiß nicht, daß derjenige, der daran denkt, uns um unseren Anteil zu bringen, seine Umwelt plötzlich mit ganz anderen Augen sieht. Er wird sich von seinen benachbarten Diggern und den Kaffern, die für ihn arbeiten, beobachtet fühlen – auch wenn das gar nicht der Fall ist. Das ist das Mißtrauen und die Angst des Mannes, der kein berufsmäßiger Betrüger ist. Und er wird sich auch fragen, ob er noch weiterhin zu seinem Händler gehen kann, dem er bisher seine Steine verkauft hat. Und wenn er plötzlich nicht mehr zu ihm geht, wird das nicht auch Argwohn und Gerede hervorrufen? All das erzeugt eine Menge Druck, Dan, und die meisten lassen es dann bleiben, weil ihnen das Risiko zu groß ist. Die wenigen, die kaltschnäuzig genug sind, machen den Braten nicht fett.«

»Du hast recht. So habe ich es noch gar nicht betrachtet«, sagte Daniel überrascht und bewunderte seinen Scharfsinn. »Deine Menschenkenntnis ist manchmal beängstigend, Byron. Seit wann lernt man so etwas im Offizierscorps?«

»Das habe ich woanders gelernt.«

»Und wo?«

»Ich bin nun mal viel herumgekommen«, lautete Byrons unbestimmte Antwort, begleitet von einem vieldeutigen Lächeln. Dann kam er auf ihre Prozente zurück. »Was aus unseren Beteiligungen in unsere Kasse fließt, habe ich zudem von Anfang an als Bonus betrachtet.«

Sie einigten sich, Cornelius Dewitt mit der Aufgabe zu betrauen, jede Woche bei ihren Kunden die Runde zu machen und die fünfzehn Prozent zu kassieren – und sie so immer wieder deutlich an ihre Vereinbarung mit der Vaal River Salvage Company zu erinnern.

Alles lief bestens. Sie brachten die Liste für Cornelius Dewitt jede

Woche auf den neuesten Stand, und es kamen tatsächlich ordentliche Beträge ein, die der Mühe lohnten und Cornelius' Entgelt rechtfertigten.
Zu Beginn des Frühlings gab es zum erstenmal seit Jahren wieder heftige Regenfälle, an denen die VAAL RIVER SALVAGE COMPANY auf ihre Art profitierte.
Im Oktober wurden die Nächte wieder wärmer. Der Frühling verzauberte die Ufer des Vaal, ja ganz Griqualand, und verwandelte das Veld für wenige Wochen in einen bunten Garten von ganz eigentümlichem Reiz, wie ihn nur Wüstenlandschaften nach den Frühjahrsregen in ihrer so kurzen Zeit lebensstrotzender Fülle bieten. Die Halbwüste prahlte förmlich mit ihren blühenden Büschen und Sträuchern, Bäumen mit kräftig frischem Blattwerk und zahllosen niedrigen Gewächsen, die in allen Farben leuchteten und das Veld mit großen Blumenkissen und -feldern sprenkelten.
In dieser Zeit der Erneuerung, in der die Wüste ihre verborgene Kraft im ewigen Zyklus der Natur buchstäblich zur Schau stellte, in diesem Wüstenfrühling des Jahres 1870 brachte Florence ihr Baby zur Welt.
Es war ein kräftiger Junge, von der die schwarze Hebamme sie entband. Die lange Nacht der Schmerzen und der Schreie war vergessen, als Florence das winzige und doch so perfekte Geschöpf, dem sie das Leben geschenkt hatte, in ihren Armen hielt. Und als sie ihrem Sohn zum erstenmal die Brust gab, blitzte kurz in ihr die Ahnung auf, daß das, was sie in diesem Moment empfand, etwas war, was sie so nie wieder empfinden würde: wunschloses grenzenloses Glück.
Florence nannte ihren Sohn Lionel, und Daniel wurde sein Pate.

26

Drei Wochen nach Lionels Geburt machten Alice und Florence an einem Sonntagmorgen mit tiefblauem Himmel Daniel, Sidney und Byron eine Eröffnung, wie sie überraschender kaum hätte ausfallen können. Hätten sie erklärt, sie wollten von nun an allem weltlichen Streben entsagen und sich einer Missionsgesellschaft anschließen, Schock und Befremden wären nicht wesentlich größer gewesen.

»*Was* wollt ihr tun?« fragten Daniel und Sidney wie aus einem Mund und mit ungläubiger Miene. Und Byron war derart verblüfft, daß er das brennende Streichholz, mit dem er seine Zigarre anzuzünden beabsichtigte, in seiner Hand vergaß – bis die Flamme seine Fingerspitzen erreichte.

»Ihr habt schon richtig gehört«, sagte Alice und amüsierte sich über ihre fassungslosen Gesichter. Die Reaktion der Männer fiel haargenau so aus, wie sie es Florence gegenüber prophezeit hatte. »Und kommt bloß nicht auf die anmaßende Idee, uns das ausreden zu wollen. Wir haben unsere Entscheidung getroffen, und dabei werden wir auch bleiben.«

Florence schmunzelte. »Ja, wir haben uns das wirklich gut überlegt.«

Sidney machte eine ungehaltene Geste. »Hättet ihr das tatsächlich getan, wärt ihr kaum auf diesen irrwitzigen Einfall gekommen, euch an einer Canteen beteiligen zu wollen!«

Daniel schüttelte verständnislos den Kopf. »Dir traue ich ja eine Menge zu, wenn es um ... Eigenwilligkeiten der besonderen Art geht, Alice«, sagte er säuerlich. »Aber daß du nun ausgerechnet Barmädchen werden und auch noch Florence in diese Geschichte mit hineinziehen willst, setzt allem die Krone auf.«

Alice funkelte sie beide an. »Ihr Männer mit eurer doppelten Moral! Eine Canteen aufzusuchen und dort zu feiern, ist in Ordnung, aber dort zu arbeiten, ist verwerflich, ja? Kommt uns bloß nicht mit dieser verlogenen Sittlichkeit. Wir sind weder eure Ehefrauen noch eure Mündel!« hielt sie ihnen erbost vor. »Außer-

dem ist die MIDNIGHT CRADLE keine üble Spelunke, sondern eine respektable Canteen!«
Florence nickte nachdrücklich. »Eine anständige Canteen zu betreiben, ist genausowenig ehrenrührig wie als Digger in der Erde zu wühlen oder anderer Leute Claims auszupumpen!«
»Touché!« bemerkte Byron trocken, riß ein neues Streichholz an und setzte seine Zigarre in Brand.
»Nun mal langsam!« lenkte Sidney ein. »Es ist ja nicht so, als wollten wir euch zurückhalten. Natürlich könnt ihr machen, was ihr möchtet. Es ist ja nur ...« Er räusperte sich. »Mein Gott, wir sind einfach nur besorgt.«
»Ja, und wenn das nicht mehr erlaubt oder gewünscht ist, braucht ihr es bloß zu sagen«, fügte Daniel gekränkt hinzu.
»Aber so hat Alice das doch gar nicht gemeint und ich auch nicht«, erwiderte Florence, und ihr warmherziger Blick bat um Verständnis.
Byron zuckte mit den Schultern. Er vermochte sich schnell auf veränderte Situationen einzustellen, ja, er liebte und suchte diese ständigen Überraschungen geradezu. »Des Menschen Wille ist sein Himmelreich, und wenn sie unbedingt in das Geschäft einsteigen wollen, sollen sie es tun. Ich nehme an, daß sie mit Ryk van Dyke schon längst handelseinig geworden sind.«
Alice nickte. »Für euch ist es vielleicht etwas sehr überraschend, aber wir haben uns die Sache wirklich reiflich überlegt«, sagte sie mit versöhnlichem Tonfall. »Ryk ist gesundheitlich angeschlagen und ganz begeistert davon, daß wir zu ihm gekommen sind. Ich meine, wir hätten ja auch unsere Ersparnisse nehmen und eine eigene Canteen eröffnen können. Wie man so ein Geschäft zu betreiben hat, ist mir nun wahrlich nicht fremd.«
»Es erübrigt sich wohl zu fragen, wer auf diese glorreiche Idee gekommen ist«, sagte Sidney verdrossen.
Alice lächelte ihn an. »Ja, du darfst ruhig mich dafür verantwortlich machen, Sidney. Die Idee dazu ist mir gekommen, als wir bei Ryk eure ersten Aufträge gefeiert haben. Danach haben Florence und ich uns umgeschaut und Erkundigungen eingezogen. Eine

Canteen, in der zwei junge und nicht gerade unappetitlich aussehende Frauen die Getränke ausschenken, wird mit Sicherheit über Kundenmangel nicht zu klagen haben.«

Sidney und Daniel warfen sich einen vielsagenden, grimmigen Blick zu, war es doch genau das, was sie beide befürchteten und am liebsten verhindert hätten. Eine hübsche, junge und zudem noch weiße Frau in einer Canteen wirkte wie ein Magnet auf Eisensplitter. In den Camps kam noch nicht einmal eine weiße ledige Frau auf hundert unverheiratete Digger.

Byron dagegen lachte belustigt auf. »Ich wette, die Burschen werden euch und Ryk die Bude einrennen.«

Alice lächelte. »Hoffen wir es, denn sonst geht unsere Rechnung nicht auf.«

Daniel wandte sich an Florence. »Und wo bleibt Lionel, während du mit Alice bis tief in die Nacht in der Canteen bist?« Er bemühte sich, nicht zu mißbilligend und vorwurfsvoll zu klingen. Doch er fühlte sich nun mal für das Baby mit verantwortlich. Immerhin war er Lionels Pate, und er nahm diese Aufgabe ernst.

»Natürlich bei mir«, antwortete Florence. »Ich kann die Wiege, die du mir gebaut hast, in den kleinen Raum hinter der Theke stellen. Lionel schläft ja doch die meiste Zeit des Tages.«

»Du willst, daß er in einer Canteen aufwächst?!«

»Daniel! Er wird nicht *in* einer Canteen aufwachsen.« Ihre Rüge war sanft und klang eher amüsiert. »Lionel ist ein Baby und noch keinen Monat alt. Es wird mehr als ein Jahr vergehen, bevor er zu laufen beginnt und ich mir darüber Gedanken machen muß.«

»Die staubigen Diggings sind auch kein besserer Ort für ein Baby«, warf Alice nüchtern ein. »Florence wird so tagsüber viel mehr Zeit für ihr Kind haben.«

»Heißt das, ihr gebt eure Claims auf?« wollte Sidney wissen.

Alice verneinte. »Wir werden täglich noch zwei, drei Stunden weitermachen. Im Augenblick ist die Ausbeute reichlich mager, und das Glück scheint ja immer den anderen vorbehalten zu sein, aber wer weiß, vielleicht gehören auch wir eines Tages zu den

Glücklichen, die unverhofft auf eine Handvoll lupenreiner Diamanten stoßen.«
»Dein Wort in Gottes Ohr!« seufzte Sidney. Ihre Anteile an VAAL RIVER SALVAGE COMPANY brachten ihm und Daniel jede Woche ein Mehrfaches von dem ein, was sie an Diamanten aus ihren Claims holten. Die grauschwarze Kiesschicht hatte sich als äußerst mager erwiesen.
Lionel erwachte aus dem Schlaf und schrie hungrig nach seiner Mutter. Florence sprang auf und lief ins Zelt. Daniel lächelte unbewußt, als das Schreien Augenblicke später aufhörte.
»Alice und Florence werden als Ryks Partnerinnen vermutlich mehr Geld machen als wir mit der guten alten Molly«, prophezeite Byron.
Er behielt recht. Ryk van Dyke sorgte dafür, daß sich die Nachricht von seinen beiden hübschen, ledigen Barmädchen schon Tage vor ihrem Beginn in Klip Drift und den umliegenden Camps verbreitet hatte. Daß Alice und Florence zu je einem Viertel an seinen Einnahmen beteiligt waren, wußten nur Daniel, Sidney und Byron. Die MIDNIGHT CRADLE war zwar als respektable Canteen bekannt, in der die Drinks nicht gepanscht wurden und wo Digger, die sich nicht zu benehmen wußten, im Handumdrehen an die frische Luft gesetzt wurden, doch Ryk kannte seine Kunden gut genug, um zu wissen, daß auch für sie »Barmädchen« um einiges aufregender und verlockender klang als »Geschäftspartnerinnen«. Alice und Florence hatten ihm darin zugestimmt und ihm nach einem Tag Bedenkzeit erlaubt, in dieser Form Werbung zu betreiben.
Daniel, Sidney und Byron fanden am ersten Abend kaum noch Platz in der MIDNIGHT CRADLE, so brechend voll war die Canteen. Alle wollten die beiden Barmädchen sehen und sich mit eigenen Augen davon überzeugen, ob Ryk van Dyke nun maßlos aufgeschnitten oder die Wahrheit gesagt hatte, als er Alice und Florence als die »hübschesten Barmädchen nördlich von Kapstadt« angepriesen hatte. Das Gelächter und Gedränge, das auch Stunden später nicht abnahm, ließ darauf schließen, daß die

meisten Ryk beipflichte. Zumindest konnten sie sich wohl an keinen hübscheren Anblick erinnern.

Den drei Freunden blieb fast der Atem weg, als sie Alice und Florence sahen. Beide trugen schulterfreie und in der Taille eng geschnürte Kleider mit kurzen, gebauschten Ärmeln aus glänzendem smaragdgrünen Taft mit schwarzen Paspelierungen. Im Haar hatten sie Bänder aus demselben grün-schwarzen Taft. Die Kleider waren zweifellos neu und speziell für diesen Zweck angefertigt worden. Sie brachten die körperlichen Vorzüge der beiden jungen Frauen nachdrücklich zur Geltung.

Zu nachdrücklich, wie Daniel und Sidney fanden. Daniel hatte das Gefühl, als legte sich eine kalte Eisenkralle um sein Herz, als er Alice in dem Kleid erblickte. Ein raffiniert geschnittenes und sehr freizügiges Dekolleté betonte ihre herrlichen Brüste. Brüste, die er einmal mit Händen, Lippen und Zunge liebkost hatte. Ein einziges Mal nur. Der Schmerz, den diese Erinnerung in ihm wieder auslöste, wurde fast unerträglich. Er hatte geglaubt, nach nun fast einem Jahr über seine unglückliche Liebe zu Alice hinweggekommen zu sein, aber wie ihm nun bewußt wurde, waren die Wunden noch längst nicht alle verheilt.

Daß auch Sidney Anstoß nahm und sich neben ihm wortreich über diese schamlose Entblößung und Zurschaustellung körperlicher Reize entrüstete, tröstete Daniel ein wenig.

Byron teilte ihre Entrüstung dagegen ganz und gar nicht. »Ich weiß überhaupt nicht, worüber ihr euch so aufregt, Freunde«, wunderte er sich. »Alice und Florence zeigen doch nicht mehr als andere ehrbare Frauen. Missis Jardine, deren guter Ruf ja wohl über jeden Zweifel erhaben ist, trägt Kleider mit viel freizügigerem Ausschnitt. Mein Gott, Alice und Florence sehen wirklich hinreißend aus. Sie sind ein irrer Erfolg!«

Doch genau das war das Problem, wie sich Daniel insgeheim zerknirscht eingestand. Er wollte einfach nicht, daß andere Männer Alice so sahen und sie mit begehrlichen Blicken bedachten. Er wußte, daß dieser Wunsch unsinnig und lächerlich war, aber das änderte nichts an seinen Gefühlen.

27

Die MIDNIGHT CRADLE erlebte mit Florence und Alice einen Aufschwung, der alles übertraf, was Ryk an geschäftlichem Erfolg jemals erlebt hatte. Wochen später, als der Reiz des Neuen längst vergangen war, stand fest, daß keine andere Canteen in Klip Drift so beliebt und so gut besucht war wie die MIDNIGHT CRADLE.
Alice empfand Genugtuung und Freude über ihren Erfolg. Für sie war es jedoch in erster Linie ein geschäftlicher Erfolg, den sie sich Abend für Abend hart erarbeiten mußten. Florence dagegen nahm die harte Arbeit gern in Kauf, weil sie an ihrer neuen Tätigkeit großen Gefallen fand.
»Nie im Leben hätte ich gedacht, daß ich einmal mit richtiger Begeisterung Barmädchen sein würde«, wunderte sich Florence. »Tante Liz und Missis Barnfork würde der Schlag treffen, wenn sie mich so sehen würden.«
»Ihr seid mehr als nur Barmädchen, und ihr wißt das auch«, erwiderte Daniel. »Und du verstehst dich wunderbar darauf, mit Menschen umzugehen.«
Daniel konnte sich ein Urteil erlauben. In den ersten zwei Wochen waren er und Sidney jeden Abend in der Canteen anzutreffen gewesen. Eine namenlose Eifersucht hatte ihn förmlich hingetrieben. Zu Sidney hatte er jedoch gesagt, daß er sich Sorgen mache und sich davon überzeugen wolle, daß die beiden Frauen sich nicht zuviel vorgenommen haben und in der Lage seien, sich auch gegenüber zudringlichen Kunden zu behaupten.
Schon nach wenigen Abenden stand fest, daß Alice und Florence sich mehr als nur zu behaupten vermochten. Sie hatten die Digger fest im Griff, auch wenn sie angeheitert waren und mal aus der Rolle fielen, was jedoch nur selten geschah. Mit Witz, Schlagfertigkeit und unverbindlicher Liebenswürdigkeit, aber auch mit kühler Bestimmtheit behielten sie jederzeit die Kontrolle. Und daß Florence ein natürliches Talent im Umgang mit Menschen besaß und in ihrer neuen Tätigkeit förmlich aufging, sah sogar Byron bei seinen gelegentlichen Stippvisiten. Denn er

bevorzugte eine andere Art von Canteen. Er war dort zu finden, wo dem Glücksspiel mit Karten und Würfeln gefrönt wurde und wo die Tonart um einiges rauher war.

Byron brachte Daniel und Sidney schließlich auch dazu, sich nicht mehr jede Nacht in der MIDNIGHT CRADLE um die Ohren zu schlagen. »Also langsam wird es Zeit, daß ihr aufhört, euch wie schreckhafte, überängstliche Kindermädchen aufzuführen«, spottete er. »Alice und Florence machen ihre Sache ganz wunderbar, und dem kleinen Lionel geht es prächtig. Aber wer wüßte das nicht besser als unser hingebungsvoller Pate und Wiegenbauer, der schon bei jedem Schluckauf des Kleinen eine lebensgefährliche Erkrankung befürchtet.«

Daniel machte eine grimmige Miene. »Was verstehst du denn schon davon«, brummte er, errötete dabei jedoch.

»Die einzige Sorge«, fuhr Byron mit einem anzüglichen Lächeln fort, »die ihr euch zu machen braucht, ist die, warum ihr euch über die beiden überhaupt Sorgen macht.«

Von dem Tag an zwang Daniel sich dazu, seine abendlichen Besuche in der MIDNIGHT CRADLE auf höchstens zweimal in der Woche zu beschränken. Sidney tat es ihm gleich.

Im November bekam Daniel Alice und Florence fast anderthalb Wochen nicht zu Gesicht. Das Auftragsbuch der VAAL RIVER SALVAGE COMPANY war noch immer gut gefüllt. Mehrere Aufträge führten sie jedoch weit flußaufwärts, bis zu den Diggings von Hebron, wo Byron einige Bekannte besaß. So kam es, daß sie nun immer öfter für einige Tage fern von Blue Jacket waren. Einerseits war Daniel ganz froh darüber, doch andererseits fehlten ihm auch Alice und Florence und Lionel, und er wünschte sich mehr als einmal, Sidney und Molefe wären bei ihm. Wie zwiespältig seine Gefühle auch waren, irgendwie empfand er ihre Gemeinschaft als so etwas wie eine Wahlfamilie, und von den anderen getrennt zu sein, schmerzte ihn – so wie es ihn schmerzte zu sehen, wie Alice anderen Männern zulachte.

»Wenn die beiden so weitermachen, wird aus ihnen eines Tages noch mal eine richtig gute Partie«, meinte Byron, als sie eines

Abends in einer Canteen von Hebron über Alice und Florence sprachen.

»Auch ohne einen einzigen Penny wäre jede von ihnen heute schon eine gute Partie«, entgegnete Daniel fast leidenschaftlich. »Jeder Mann kann sich glücklich schätzen, wenn er jemanden wie Alice ... oder wie Florence zur Frau bekommt!«

Byron schmunzelte. »Du weißt, ich mag die beiden. Aber eine ledige Frau mit Kind kann man ja wohl kaum eine gute Partie nennen. Eine Mutter ohne Trauring gilt nun mal als zweite Wahl.«

»Florence ist eine wunderbare Frau!« verteidigte Daniel sie impulsiv.

»Persönliche Ambitionen?« fragte Byron spöttisch.

»Ach was!« wehrte Daniel heftig ab. »Ich mag nur nicht, wenn man so über Florence spricht.«

»Ich denke, du weißt, wie ich es gemeint habe, Daniel«, sagte Byron mit der ihm eigenen Unbekümmertheit. »Florence könnte meinetwegen drei Kinder von drei verschiedenen Männern haben. Das würde nichts daran ändern, daß ich sie mag und gern in ihrer Gesellschaft bin. Aber bei meiner zukünftigen Frau ...«

»... legst du andere moralische Maßstäbe an, ja?«

»Nein, mir geht es nicht um Moral, Daniel. Mir geht es um eine hübsche Frau mit einer möglichst großen Mitgift«, gab Byron unumwunden zu. »Meinetwegen kann sie auch ein, zwei uneheliche Kinder mitbringen, wenn die Mitgift nur groß genug ist. Ich meine, alles hat doch seinen Preis, nicht wahr?«

»Ich finde das sehr berechnend, gelinde gesagt. Wo bleiben Liebe und Leidenschaft?«

Byron zog spöttisch die Augenbrauen hoch. »Seit wann sind denn Liebe und Leidenschaft auf die Ehe beschränkt? Ist nicht sogar das Gegenteil der Fall, mein Freund? Meiner Beobachtung und Überzeugung nach ist die Ehe der ärgste Feind aller heißblütigen Gefühle. Nein, ich ziehe eine auf Vernunft und solide Mitgift gegründete Ehe vor. Da weiß jeder von Anfang an, was er vom anderen zu erwarten hat, und damit bleiben dann auch die

Enttäuschungen, die gegenseitigen Vorwürfe und die Verbitterungen aus. Ehen, die vom Verstand geschlossen werden, haben eine herrliche innere Beständigkeit. Für das andere gibt es außerhalb der Ehe genügend Möglichkeiten der Befriedigung.«

»Vielleicht solltest du dich mit Alice zusammentun«, entfuhr es Daniel sarkastisch. »Sie denkt über die Ehe nicht viel anders als du.«

Byron grinste und sagte mit entwaffnender Offenheit: »Noch fehlt ihr das nötige Kleingeld, um mein Interesse zu wecken. Einnahmen von fünfzig, ja nicht einmal von hundert Pfund die Woche machen sie für mich noch lange nicht zu einer guten Partie. Aber wenn sie es wirklich zu was bringt, werde ich deinen Vorschlag sorgfältig überdenken.«

Diese berechnende Seite an Byron gefiel Daniel ganz und gar nicht. Aber er hielt ihm zugute, daß er niemanden darüber zu täuschen suchte, sondern sich zu dieser Lebenseinstellung offen und ehrlich bekannte. Manchmal schien es ihm, als betrachtete Byron das ganze Leben als ein einziges aufregendes Spiel, bei dem man wie am Pokertisch Können mit Schlitzohrigkeit, Kaltschnäuzigkeit mit Waghalsigkeit und Umsicht mit Unbekümmertheit verbinden mußte. Als ein Spiel, bei dem der Sinn und der Spaß darin bestanden, die anderen auszutrumpfen und zu bluffen und gegebenenfalls auch noch mit dem schlechtesten Blatt den fetten Pott einzustreichen und die Mitspieler mit leeren Taschen vom Tisch aufstehen zu lassen. Es gab eigentlich nichts, was er wirklich ernst nahm – ausgenommen Freundschaft.

Byron stellte das eindrücklich unter Beweis, als er Daniel keine zwei Wochen später, Anfang Dezember, das Leben rettete und dabei sein eigenes riskierte.

Es geschah in den frühen Morgenstunden. Sie hatten Molly zwei Meilen unterhalb von Hebron zu einer Digging transportiert, wo gleich drei hintereinanderliegende Uferclaims überflutet waren. Den ganzen Tag hatten sie hart gearbeitet und bei der Errichtung der neuen Schutzmauer kräftig mit Hand angelegt.

Daniel, Byron und Jai schliefen tief und fest neben der Dampfmaschine in ihrem Zelt, als sich der Vaal innerhalb weniger Nachtstunden von einem träge dahinfließenden Fluß in ein schäumendes, reißendes Gewässer verwandelte, das durch sein Flußbett schoß und mit seinen anschwellenden Fluten weit über die Ufer hinaus nach allem griff, was nicht fest in der Erde verankert war. Die starken Regengüsse des Frühlings, die auch in den fernen Bergen im Nordosten niedergegangen waren, wo der Vaal entsprang, hatten den Fluß immer stärker ansteigen lassen. Und nun erreichten diese Fluten den unteren Lauf des Vaal, begleitet von Sturmwinden, Regen und Hagel.

Daniel hörte das Rauschen von Wasser sowie das Bersten und Krachen von Holz. Als ihn gellende Schreie vollends aus dem Schlaf holten und er mit Byron und Jai aus dem Zelt lief, sah er die heranstürzenden schäumenden Fluten.

»Zurück!« schrie Byron und rannte mit Jai den Hang hinauf.

Daniel wollte ihnen nach, doch da verfing sich sein Fuß in einer Leine.

Was dann passierte, ging entsetzlich schnell. Die Flutwelle unterspülte die Dampfmaschine, warf sie um und zerrte sie mit sich. Fast gleichzeitig packte das wirbelnde, tosende Wasser den dahinter stehenden Pferdewagen und spülte ihn mit sich fort.

»Dan!« brüllte Byron und blieb auf halbem Weg stehen.

Daniel befreite sich von der Leine und sprang auf. In dem Moment erfaßte ihn die erste Welle, umspülte ihn bis zu den Knien und ließ ihn um sein Gleichgewicht kämpfen. Er ruderte mit den Armen wild durch die Luft, als der Kastenwagen herantrieb – direkt auf ihn zu.

Verzweifelt versuchte er sich in Sicherheit zu bringen, doch dafür war es schon zu spät. Der Wagen prallte mit dem linken Vorderrad gegen ihn, riß ihn von den Beinen und zerrte ihn mit sich.

Daniel klammerte sich halb betäubt an die Speichen, während er sich mit dem Wagen immer mehr vom Ufer entfernte. Er schluckte Wasser und verlor völlig das Gefühl, wo oben und unten war. Jeden Moment konnte er hinaus auf den Fluß getrieben werden, und dann war er verloren, denn er hatte nie schwimmen gelernt.

Doch plötzlich tauchte Byron an seiner Seite auf. Das Wasser schäumte um seine Hüften, um die er ein Seil gebunden hatte.

»Laß los!« brüllte Byron. Das Haar klebte ihm klatschnaß am Kopf, und der Wind peitschte sein Gesicht mit Regenböen und Hagelkörnern.

Daniel sah benommen zu ihm auf und kämpfte gegen die drohende Bewußtlosigkeit an.

»Laß die verdammten Speichen los, wenn du nicht ersaufen willst! Und ich habe nur eine Hand, um dir zu helfen!« schrie Byron und schlug ihm mit der flachen Hand ins Gesicht. »Laß los, und halt dich an mir fest! Jai hilft uns, wieder auf sicheren Boden zu kommen! Nun mach schon, sonst sind wir gleich beide erledigt!«

Daniel begriff, was Byron von ihm wollte, faßte mit einer Hand nach dem Seil und packte mit der anderen den ausgestreckten Arm seines Freundes.

Byron zerrte ihn mit Jais tatkräftiger Unterstützung aus dem Sog zurück ans trockene Land. Wellbleche, Sortiertische und Cradles trieben währenddessen an ihnen vorbei und waren so gefährlich wie Geschosse.

Endlich befanden sie sich in Sicherheit. Benommen saß Daniel mit keuchendem Atem gegen einen Baumstamm gelehnt und starrte auf das Bild der Zerstörung, das sich ihnen im schwachen Licht des Mondes darbot. Tage später sollten sie erfahren, daß halb Klip Drift und halb Pniel sowie zahlreiche andere Ufercamps von dieser gewaltigen Flutwelle und schwerem Hagelschauer zerstört worden waren. Die Zahl der Menschen, die dabei den Tod gefunden hatten, vermochte niemand genau zu benennen, denn noch gab es keine offiziellen Stellen, die über Geburten, Sterbefälle und derlei Dinge Buch führten.

»Danke, Byron ... du hast mir das Leben gerettet«, stieß Daniel hervor. »Was du heute nacht für mich riskiert hast, werde ich dir nie vergessen.«

Byron winkte ab. »Wenn Molly weiter oben gestanden hätte und von dieser elenden Flut verschont geblieben wäre, hätte ich es mir bestimmt noch mal überlegt, das kannst du mir glauben. Aber da sie übel zugerichtet im Fluß liegt, konnte ich es nicht zulassen, daß du dich einfach so verdrückst und uns allein die verdammte Arbeit überläßt, Molly zu bergen und wieder in Schwung zu bringen.«

»Und du bist sicher, das ist der einzige Grund, warum du dein Leben da unten für mich riskiert hast?« fragte Daniel mit einem Lächeln der Dankbarkeit und großer freundschaftlicher Zuneigung.

»Nimm dich bloß nicht so wichtig, Schwede!« sagte Byron trokken, doch seine Augen erwiderten Daniels Lächeln.

28

Die Zerstörung in den Camps und größeren Orten wie Klip Drift, Pniel und Hebron war gewaltig, bestanden die Unterkünfte, Geschäfte und Canteens doch überwiegend aus primitiven und hastig errichteten Zeltkonstruktionen. Die Wellblechhütten hielten diesen Kräften der Natur auch nicht viel besser stand. Einzig die Gebäude aus Lehm und die wenigen solide gebauten Häuser überstanden Sturmböen, Hagel und Überschwemmung einigermaßen unbeschadet. Die MIDNIGHT CRADLE erlitt das Schicksal unzähliger anderer Canteens und Geschäftslokale. Sturmwinde zerfetzten im Handumdrehen die Markise über der Vorderfront, und der Hagel verwandelte das Dach aus Zeltstoff in unzählige Fetzen.

Die Digger hegten jedoch keinen Groll. Sie akzeptierten die Unberechenbarkeit und Gewalttätigkeit der Natur als einige der Risiken, die das Schürfen nach Diamanten mit sich brachte. Die Halbwüste und der Vaal River teilten gelegentlich schwere Schläge aus, zeigten sich aber auch von verschwenderischer Großzügigkeit im Verteilen ihrer Reichtümer. An ein und demselben Tag fand der eine Digger eine Handvoll Diamanten, die ihn schlagartig zu einem reichen Mann machte, während ein anderer in seinem einbrechenden Claim zu Tode kam. Das war nun mal das Leben auf den Diggings.

So wie Daniel, Byron und Jai keine Zeit verloren, um Molly aus dem Fluß zu bergen und mit der Reparatur zu beginnen, so unverzüglich machten sich die Digger und Geschäftsleute überall in den Camps und Siedlungen an den Wiederaufbau. Die Preise für Zeltstoff, Latten und Balken schossen buchstäblich über Nacht in die Höhe.

Auch Ryk van Dyke nahm den Wiederaufbau der MIDNIGHT CRADLE schon am Morgen nach der Katastrophe in Angriff. Zumindest traf er die entsprechenden Vereinbarungen und kümmerte sich um die finanzielle Abwicklung, denn seine angegriffene Gesundheit erlaubte es ihm nicht, selbst Hammer, Säge und Pinsel in die Hand zu nehmen. Alice und Florence beteiligten sich dafür um so intensiver an den verschiedenen Arbeiten. Und wie Pilze, die nach einem warmen englischen Sommerregen mit verblüffender Schnelligkeit aus dem Waldboden wachsen, wuchsen Balken- und Lattengerüste zu Hunderten an den Orten der Zerstörung empor und wurden mit neuer Zeltplane bespannt. Wer sich neues Segeltuch nicht leisten konnte, nähte sich eine Plane aus vielen verschieden großen Flicken. Einige Geschäftsleute nahmen die Gelegenheit aber auch zum Anlaß, eine solidere Bauweise als Segeltuch auf dünnen Latten und Balken für den Wiederaufbau ihres Geschäfts zu wählen.

Auch der Field Store von Charles Whitman war von dem Sturm schwer in Mitleidenschaft gezogen worden. Er überbot in einer der ersten Auktionen, bei denen Zeltplane versteigert wurde, alle anderen. Er heuerte ein Arbeitskommando an, und mit saftigen Prämien für jeden Tag, den sie eher fertig wurden, sorgte er dafür, daß die Männer Tag und Nacht arbeiteten und sein Geschäft mit Lager und angrenzenden Privaträumen in weniger als zweiundsiebzig Stunden aufgebaut hatten. Dabei ging es Charles Whitman weniger darum, seine Geschäfte so rasch wie möglich wieder im vertrauten Rahmen aufnehmen zu können. Er machte auch inmitten zerfetzter Leinwand und gesplitterter Balken weiterhin prächtige Umsätze. Alle Ladenbesitzer, Diamantenhändler und Schankwirte setzten ihre Geschäfte nach der Zerstörung in ihren Ruinen und unter freiem Himmel fort. Er wollte vielmehr, daß seine hochschwangere Tochter Mabel nicht in dieser unwürdigen Atmosphäre ihr erstes Kind zur Welt brachte.

Das neue Dach war gerade einen Tag alt, als bei Mabel Jakes kurz nach dem Frühstück die Wehen einsetzten. Als die Dunkelheit hereinbrach, war das Kind noch immer nicht da. Das Warten und das stundenlange Stöhnen und Schreien seiner Frau machten Julian fast verrückt. Er versuchte seine Angst mit Brandy zu betäuben. Erst kurz vor Mitternacht hatte Mabels Qual ein Ende. Unter großen Schmerzen und starken Blutungen brachte sie einen Jungen zur Welt. Tagelang sah es so aus, als sollte Mabel die Geburt ihres Sohnes nicht überstehen. Ihr Leben hing an einem seidenen Faden. Dann begann sich die Waage von Leben und Tod ganz allmählich zu ihren Gunsten zu neigen. Als der Arzt, den ihr Vater gerufen hatte, ihr mitteilte, daß sie vermutlich keine weiteren Kinder bekommen könne, nahm sie diese Nachricht mit einem Gefühl der Dankbarkeit auf. Sie wollte sich ihrem Mann auch weiterhin gern und in getreuer Erfüllung ihrer ehelichen Pflichten hingeben, doch sie wollte nie wieder solche Schmerzen ertragen müssen. Um nichts auf der Welt. Keine Kinder mehr empfangen zu können, war in diesem Licht keine Strafe, sondern ein Segen.

Mabel bat den Arzt, weder ihrem Vater noch ihrem Mann etwas davon zu sagen, denn sie wußte, daß Julian sich viele Kinder wünschte – wie sich ihr Vater auf viele Enkelkinder freute. Später würde Zeit genug sein, um Julian darauf vorzubereiten, daß ihr Sohn, den sie auf den Namen Christopher tauften, niemals Geschwister haben würde. Jetzt wollte sie nichts als Ruhe und die Bewunderung und Aufmerksamkeit genießen, mit der Julian und ihr Vater sie verwöhnten. Und als sie ihr Baby zum erstenmal im Arm hielt, dachte sie: Ist es denn für eine Ehefrau nicht mehr als genug, ein solches Wunder in ihrem Leben zu vollbringen? Welcher Mann darf es wagen, mehr zu erwarten?

Während Mabel langsam wieder zu Kräften kam, mühten sich Byron und Jai mit Molly ab. Die Dampfmaschine hatte beträchtlichen Schaden erlitten und war zudem so voller Sand, daß Sie ganz auseinandergenommen und jedes Teil gesäubert werden mußte. Daniel war ihnen dabei keine große Hilfe. »Du hilfst uns am meisten, indem du uns aus dem Weg bleibst«, sagte Byron. »Wenn wir dich brauchen und unsere Arbeit wiederaufnehmen können, geben wir dir schon Bescheid. Bis dahin kannst du gern nach Blue Jacket zurückkehren und deinen Claim bearbeiten.«
Daniel ließ sich das nicht zweimal sagen. Er freute sich, wieder mehr Zeit mit Sidney und Molefe und Alice und Florence zu verbringen. Und als Lionel seine Ärmchen nach ihm ausstreckte und ihn anlachte, da merkte er erst, wie sehr er das Campleben in den letzten Wochen vermißt hatte.
Es war Sidneys Idee, den Sonntag mal wieder gemeinsam zu verbringen, nur sie beide, und auf die Jagd zu gehen. Im Morgengrauen schwangen sie sich auf die Pferde und ritten weit nach Norden. Im Umkreis von ein, zwei Reitstunden um die Camps war so gut wie kein Wild mehr anzutreffen. Die stark angewachsene Zahl der Digger und die dementsprechend angestiegenen Lebenshaltungskosten hatten dazu geführt, daß Weiße wie Schwarze alles erlegten, was ihnen vor den Lauf kam und gerade noch eßbar war.
Dreieinhalb Stunden nach ihrem Aufbruch von Blue Jacket stießen sie auf eine kleine Antilopenherde. Sie begnügten sich damit, zwei Böcke zu schießen und den Rest der Herde unbehelligt ziehen zu lassen.
Nachdem sie die Tiere ausgenommen hatten, gönnten sie sich im Schatten eines Kameldornbaums eine Rast von einer Pfeifenlänge.
»Das war mal wieder etwas anderes«, sagte Daniel zufrieden und freute sich, daß sie den weiten Ausritt unternommen hatten.
Sidney hörte etwas aus der Stimme seines Freundes heraus, was diesem gar nicht so bewußt war. »Sag mal, bist du dieser Pumpenarbeit nicht allmählich überdrüssig?«

Daniel sah ihn etwas überrascht an. »Na ja, sie wirft immerhin einen ganz netten Profit ab.«
»Aber bist du deshalb zum Vaal gekommen? Ich meine, einen ›ganz netten Profit‹ hättest du auch mit deinem Ochsenwagen machen können.«
Daniel nickte. »Du hast recht, und ich muß zugeben, daß es auf die Dauer tatsächlich nicht die aufregendste Arbeit der Welt ist, unter Wasser stehende Gruben auszupumpen. Am Anfang war es eine Abwechslung und hat wirklich Spaß gemacht. Davon ist, wie du richtig erkannt hast, nach so vielen Monaten kaum noch was übrig. Aber unsere Claims in Blue Jacket sind ja auch alles andere als eine Offenbarung und Ansporn.«
Sidney lachte spöttisch auf. »Wem sagst du das. Die Arbeit lohnt fast nicht mehr. Im neuen Jahr sollten wir unser Glück mal an einer anderen Stelle versuchen.«
»Habe nichts dagegen.«
Sidney zögerte. »Im nächsten Jahr wird überhaupt einiges anders sein«, fuhr er mit veränderter, irgendwie angespannter Stimme fort.
Daniel sah ihn aufmerksam an. »Inwiefern?«
Sidney räusperte sich und grinste halb stolz, halb verlegen. »Alice und ich werden heiraten.«
Daniel war, als bliebe ihm das Herz stehen. Er blickte seinen Freund an und war unfähig, etwas zu sagen. Alice wurde Sidneys Frau! Die Frau seines besten Freundes. Wie sie es in jener Nacht am Fluß mehr oder weniger schon angekündigt hatte.
Sidney lachte nervös. »Ich weiß, du stehst mit Alice nicht gerade auf dem besten Fuß und wirst über meine Wahl deshalb auch nicht in Begeisterung ausbrechen, aber ich … ich liebe sie nun mal.«
In Daniel wallte plötzlich eine Hitze auf, die ihm den Schweiß aus allen Poren trieb. Sein Magen krampfte sich zusammen, und seine Hand mit der Pfeife begann zu zittern, als hätte er Schüttelfrost. Schnell preßte er sie gegen seinen Oberschenkel. Unter

keinen Umständen durfte Sidney seinen Schwächeanfall bemerken und mißtrauisch werden.
Sidney seufzte. »Ich wußte, daß du mich nicht verstehen würdest.«
Daniel riß sich zusammen. Er mußte etwas sagen, sonst machte er alles nur noch schlimmer. »So, du liebst sie«, brachte er mühsam hervor. »Davon habe ich bisher nichts mitgekriegt.« Und im selben Augenblick kam ihm zu Bewußtsein, wie dumm diese Bemerkung war. Hatte denn Sidney auch nur den Schimmer einer Ahnung von *seinen* wahren Gefühlen für Alice? Nicht einmal im Traum! Er war vielmehr überzeugt davon, daß er Alice nicht ausstehen konnte und umgekehrt. So gut hatten sie ihre Sache gemacht. Also warum nahm er an, daß sein Freund seine Gefühle offen zur Schau zu stellen hatte?
»Es ist nun mal nicht meine Art, viel Worte darüber zu verlieren. Außerdem bist du in den letzten Monaten selten bei uns im Camp gewesen.«
»Ich bin wirklich überrascht ... und auch wieder nicht. Du willst also Alice heiraten.« Daniel hatte noch immer Schwierigkeiten, die Kontrolle über sich zurückzugewinnen. Der Kloß in seiner Kehle wollte einfach nicht weichen. »Und was ist mit ihr? Bist du dir sicher, daß sie deine Liebe auch erwidert?«
»Na ja, es ist vielleicht nicht die Liebe, die ich für sie empfinde«, räumte er widerstrebend ein, »aber Alice mag mich sehr und respektiert mich und ist mit Herz und Verstand gewillt, meine Frau zu werden.«
»Hat sie das so gesagt, mit Herz und Verstand?« fragte Daniel sarkastisch.
Sidney nickte. »Ja, als ich sie gefragt habe, ob sie mich heiraten würde, hat sie gesagt, daß sie nicht an die glühende Liebe als beste Grundlage für eine gute Ehe glaube.«
»Und das reicht dir?«
»Ich liebe sie, Daniel!« Sidney sah ihn fast beschwörend an. »Und sie wird gern meine Frau. Ich bin sicher, daß wir miteinander glücklich werden.«

Daniel schämte sich auf einmal. Sidney war ahnungslos, wie sehr er, Daniel, sich nach Alice verzehrt hatte, und sein bester Freund. Er hatte es nicht verdient, daß er sein Glück so zu trüben versuchte.

»Du hast recht. Was rede ich da für ein dummes Zeug. Ich bin auch überzeugt davon, daß ihr miteinander glücklich sein werdet«, sagte er und legte Sidney seinen Arm um die Schulter.

»Meinst du das ehrlich?«

»Ganz und gar ehrlich«, versicherte Daniel.

Sidneys Gesicht hellte sich wieder auf und zeigte Freude und Erleichterung. »Danke, Daniel. Das bedeutet mir mehr, als du vielleicht glaubst.«

Daniel hatte das Gefühl, weinen zu können. »Vergiß, daß ich dir statt mit Gratulationen mit so dummen Bemerkungen gekommen bin. Ich war einfach überrascht und ... und wohl auch eifersüchtig.«

»Du und eifersüchtig?« Sidney lachte auf. »Jetzt willst du mich aber auf den Arm nehmen!«

Daniel schüttelte den Kopf und brachte ein schiefes Lächeln zustande. »Überhaupt nicht. Ich mag Alice nämlich eigentlich sehr gern, auch wenn mir einiges an ihr nicht paßt«, gestand er und kam der Wahrheit damit gefährlich nahe.

»Das hätte ich wirklich nicht vermutet, doch es freut mich sehr«, sagte Sidney, der die verborgene Tiefe von Daniels Eingeständnis nicht ahnte.

»Und wann werdet ihr heiraten?«

»Am letzten Tag des Jahres.«

Daniel hatte auf dem langen Ritt zurück ins Camp Zeit genug, seine Gefühle unter Kontrolle zu bekommen. Deshalb war er äußerlich sehr gefaßt, als er Alice gegenübertrat und ihr seine Glückwünsche aussprach.

Am nächsten Morgen fand er eine Gelegenheit, kurz mit ihr allein zu reden.

»Gestern habe ich dir zur baldigen Hochzeit gratuliert«, sagte er und konnte nicht verhindern, daß Bitterkeit und Vorwurf seine

Stimme beherrschten. »Heute möchte ich dir dazu gratulieren, daß du deinen Plan so geschickt und zielstrebig ausgeführt hast. Gott sei Dank weiß Sidney nicht, daß du ihn so geschickt in die Ehe mit dir manipuliert hast!«

»Ich habe ihn nicht manipuliert!« widersprach sie ihm heftig. »Er liebt mich, und ich mag und respektiere ihn, und das genügt uns beiden, um eine Ehe einzugehen.«

Daniel packte sie in seinem ohnmächtigen Zorn und seiner Qual hart am Arm. »Sag mir, daß du mich nicht mehr liebst, Alice!«

»Du tust mir weh!«

»Sag es!«

»Ich kann es nicht!« stieß sie mit schmerzverzerrtem Gesicht hervor.

»Und warum nicht?«

»Daniel, bitte!« Tränen schimmerten in ihren Augen. Doch welche Schmerzen hatten sie verursacht?

»Sag es!«

»Du weißt doch, warum!« keuchte Alice.

»Weil du mich noch immer liebst, so wie ich dich liebe?« fragte er und lockerte seinen Griff.

»Ja, aber ich lasse nicht zu, daß dir dies Macht über mich gibt, Daniel!« sagte Alice und riß sich los. Sie rieb über ihren schmerzenden Arm. »Kein Mann wird meine Schwäche ausnutzen und Macht über mich besitzen. Dies habe ich mir geschworen, und nichts wird mich davon abbringen.«

Daniels Zorn verrauchte und machte einer seelischen Erschöpfung Platz. »Der arme Sidney. Ich wünschte, ich könnte ihm die Augen über dich öffnen, ohne ihm weh zu tun. Er hat das nicht verdient, Alice.«

»Nicht ich habe ihn zur Ehe gedrängt, sondern er hat mich gefragt«, stellte sie erregt richtig. »Und ich tue ihm nichts an, Daniel. Dafür mag ich ihn zu sehr, das müßtest du wissen. Sidney wird bei mir glücklich sein. Ich enthalte ihm nichts vor. Ich werde ihm alles geben, was er sich von einer Frau nur wünschen kann.

Wir werden eine Ehe führen, so wie er und wie ich sie mir wünsche.«
Er sah sie stumm an.
»Daniel ...« Ihre Stimme war sanft und bittend.
»Was willst du noch? Meinen Segen?«
»Sei unser Trauzeuge, bitte. Es bedeutet Sidney viel.«
»Und dir?«
»Wir werden einander nie aus den Augen verlieren. Es gibt da ein Band zwischen uns, das wohl nie zerreißen wird. Denn was einmal war, werde und will ich nicht vergessen«, sagte sie mit leiser, unsicherer Stimme. »Liebende können wir nicht sein. Aber ich möchte, daß wir dafür Freunde werden.«
»Freunde«, wiederholte er dumpf.
»Ja, Freunde fürs Leben. Mach mir dieses Geschenk.«
Er konnte ihren Anblick und den inständigen Ausdruck ihrer Augen nicht länger ertragen. Und was sollte er ihr auch erwidern? Es war jetzt alles ohne jede Bedeutung. In ein paar Tagen würde sie Sidney heiraten. Deshalb nickte er nur, drehte sich um und ging schnell davon.
Am Silvestertag wurde Alice Missis Fairchild. Die Trauung fand am späten Nachmittag im Zelt der Anglikanischen Kirche statt. Die primitiven Bänke waren bis auf den letzten Platz besetzt. Sogar Ryk, dem es gar nicht gutging, hatte sich ins Zelt geschleppt, weil er sich dieses Ereignis nicht entgehen lassen wollte. Die Mehrzahl der Anwesenden besuchte weit weniger regelmäßig den Gottesdienst als die MIDNIGHT CRADLE. Aber daß jeder die Schuhe auf die Rückkante der Vorderbank stellte, hatte nichts damit zu tun, daß die meisten von ihnen mehr mit den Vergnügungen einer Canteen als mit der Liturgie eines Gottesdienstes vertraut waren. Der Grund dafür waren vielmehr die Flöhe, die in den Sommermonaten den sandigen Boden bevölkerten. Und es waren die regelmäßigen Kirchgänger, die – aus Erfahrung klug geworden – ihre Füße zuerst anzogen und die Stiefel auf die Kante der Vorderbank setzten. Zwar gab das ein äußerst merkwürdiges Bild ab, aber das

erschien allen weniger bedeutsam als die Flöhe, die im Sand nur darauf warteten, sie anzuspringen.
Sidney stand das Glück offen ins Gesicht geschrieben, von dem man an diesem Tag ein gutes Stück mehr zu sehen bekam als in den vergangenen anderthalb Jahren. Denn tags zuvor hatte er sich nicht nur das Haupthaar, sondern auch den dichten, verfilzten Bart ganz kurz schneiden lassen. Die neue Frisur stand ihm gut, wie auch der perlgraue Anzug, den er zusammen mit einer halbwegs weißen Hemdbrust und einer maronenfarbenen Krawatte in einem Geschäft aus zweiter Hand gekauft hatte. Er schritt als strahlender Bräutigam durch den sandigen Mittelgang zum Altar, der aus einer alten Farmtür auf zwei Sägeböcken und einer Decke darüber bestand.
Alice strahlte ebenfalls, und wenn ihr Strahlen auch von verhaltener Art war, so stimmte man später doch allgemein darin überein, daß man ihr ihre tiefe Freude und Ergriffenheit angesehen habe und daß sie in dem fliederfarbenen Taftkleid die hübscheste Braut gewesen sei, die je ihren Fuß an den Vaal gesetzt hatte.
Niemand lobte Daniel für seine Selbstbeherrschung und die aufgesetzte Freude, die er all den Menschen um sich herum als Sidneys bester Freund vortäuschen mußte. Einzig Alice konnte nachempfinden, wie ihm zumute war, als er Zeuge wurde, wie Sidney ihr den Ehering an den Finger steckte und der Priester sie vor Gott und dem Gesetz zu Mann und Frau erklärte. Doch sie mied wohlweislich jeden Augenkontakt mit ihm. Auch als er ihr nach der Trauung als ihr Trauzeuge den von allen erwarteten Gratulationskuß auf die Wange gab, wich sie seinem Blick aus.
Die Hochzeitsfeier fand selbstverständlich in der MIDNIGHT CRADLE statt und war noch Wochen später Gesprächsstoff in den Camps.
Als kurz vor Mitternacht alle ins Freie strömten, um sich das Feuerwerk nicht entgehen zu lassen, mit dem sich Klip Drift und Pniel gegenseitig auszustechen versuchten, nutzte Daniel die Gelegenheit, sich unauffällig abzusetzen. Und während die

Feuerwerkskörper am Himmel zu buntem Sternenregen und feurigen Schweifen zerplatzten und sich in das Bersten der Raketen die Schüsse von zahllosen Revolvern und Gewehren mischten, begab er sich zu einer Stelle am Fluß, wo er allein sein konnte. Alice war verheiratet und jetzt die Ehefrau seines besten Freundes. Damit konnte er endgültig jede noch so kleine Hoffnung, an die er sich insgeheim bis dahin geklammert hatte, aufgeben.
Alice war für ihn verloren.
Tabu.
Von nun an Missis Fairchild.
Sie teilte Sidneys Bett.
War vielleicht bald Mutter von seinen Kindern.
Tabu. Unerreichbar für seine Liebe, seine Hände, seine Lippen.
Freunde fürs Leben.
Es war vorbei. Endgültig. Keine lächerlichen Hoffnungen mehr.
Schluß mit der Illusion.
Es war gut so, daß die Ungewißheit endlich ein Ende gefunden hatte und sie nun mit seinem besten Freund verheiratet war. Das schützte ihn vor jeglicher Versuchung. Es war endgültig aus und vorbei.
Er war frei.
An diesem Tag hatte er seine Freiheit zurückgewonnen. Die Gestaltung der Zukunft lag nun wieder ganz allein in seiner Hand, frei von inneren Bindungen und Spekulationen, was Alice betraf. Er mußte dankbar und erleichtert sein, und auf eine Art war er es auch.
Aber warum weinte er dann?

Teil III

Colesberg Kopje

29

Drei Wochen nach Neujahr starb Ryk van Dyke. Der Tod kam in den frühen Morgenstunden. Sein schwarzer Diener Ngaue hörte ihn rufen und laut aufstöhnen. Als Ngaue in die Schlafkammer seines Herrn trat, blickte dieser ihn mit weit aufgerissenen, leblosen Augen an.

Für eine Ankündigung der Beisetzung in der Zeitung *The Diamond Fields* von Klip Drift und ihrem erbitterten Konkurrenzblatt, der in Pniel erscheinenden *The Diamond News*, blieb keine Zeit. Die große Hitze verlangte es, daß der Canteenbesitzer noch am selben Tag beerdigt wurde. Der Trauerzug hätte jedoch kaum beeindruckender sein können, wenn die Beisetzung in den Zeitungen angekündigt gewesen wäre und erst eine Woche nach Ryks Ableben stattgefunden hätte. Die Nachricht, daß Ryk van Dyke seinem Lungenleiden erlegen war, machte in Windeseile auf beiden Seiten des Vaal River die Runde. Wer es sich irgendwie leisten konnte, seinen Claim zu verlassen, tat es. Es waren über dreihundert Digger, die Ryk van Dyke die letzte Ehre erwiesen.

Das Grab mußte nicht erst ausgehoben werden. Digger hatten es schon vor über einem Jahr gegraben. Als Friedhof diente eine Digging, die sich als unergiebig erwiesen hatte und bereits vor vielen Monaten aufgegeben worden war. Ryk wurde in einem ehemaligen Claim begraben, und das fanden alle eine passende Beerdigung.

Der Tod war in den Camps am Vaal alles andere als ein seltener Gast, doch für Daniel und seine Freunde bedeutete Ryks Ableben nicht nur einen schmerzlichen menschlichen Verlust, sondern auch eine geschäftlich einschneidende Zäsur.

Der ältere Bruder und einzige Erbe des Toten, der Farmer Andries van Dyke, reiste aus dem Hinterland von Hope Town an und dachte gar nicht daran, die einträgliche Partnerschaft, die sein Bruder mit Alice und Florence eingegangen war, fortzuführen. Und da aus gegenseitigem Vertrauen ihre Vereinbarungen nicht schriftlich festgehalten worden waren, gab es auch kein Papier, aus dem Florence und Alice irgendwelche Rechte hätten ableiten können.

Florence wandte sich nach ihrem ersten schockierenden Gespräch mit Andries van Dyke hilfesuchend an Daniel. »Er hat uns wie lästige Küchenmädchen behandelt und ist mit uns auf eine Weise umgesprungen, wie ich es dir gar nicht zu beschreiben vermag. Er hat uns abgekanzelt wie dumme Gören. Nicht mal Alice hat sich bei ihm Gehör verschaffen können. Sie ist fast geplatzt vor Wut«, klagte sie ihm ihr Leid. »Weißt du, was er uns mit unverschämter Dreistigkeit ins Gesicht gesagt hat? ›Mit Weibern mache ich keine Geschäfte! Eher lasse ich zu, daß mein Sohn eine Kaffernfrau in mein Haus bringt, als daß ich einen Weiberrock und Uitlander zu meinem Partner mache!‹ Er will uns die MIDNIGHT CRADLE auch nicht verkaufen. Kannst du nicht mal mit diesem sturen Burenschädel reden?«

»Ist das auch in Alices Sinn?« wollte Daniel wissen.

»Sicher.«

»Also gut, ich werde tun, was ich kann.«

Daniel hätte sich die Mühe sparen können. Andries van Dyke ließ nicht mit sich reden. Er gehörte zu jenen stockkonservativen Burenfarmern, denen Diamantenfunde und Uitlanders gleichermaßen verhaßt und die umwälzenden Entwicklungen der letzten Jahre ein Dorn im Auge waren. Und er ließ keinen Zweifel daran, daß er den frühen Tod seines Bruders als gerechte Strafe Gottes für ein lasterhaftes Leben hielt.

Andries van Dyke fertigte ihn kurz und bündig ab und wies ihm schließlich mit den Worten die Tür: »Wenn Sie mir ein Angebot machen wollen, tun Sie das auf der Auktion, Mijnheer!«

Zu der Auktion, auf der Andries van Dyke die MIDNIGHT CRADLE versteigern ließ und bei der er selbst nicht in Erscheinung trat, waren nur Männer zugelassen. Kaffern, Farbige und

Frauen, in dieser Reihenfolge auf dem Plakat aufgezählt, waren ausdrücklich ausgeschlossen. Daniel, Sidney und Byron nahmen daran teil, ohne sich jedoch große Chancen auszurechnen. Die erstklassige Lage der Canteen hatte auch andere Geschäftsleute, die investieren wollten, auf den Plan gerufen.

»Das können wir gleich vergessen«, stellte Byron nach einem raschen Rundblick, wer sich als möglicher Mitbieter eingefunden hatte, nüchtern fest. »In dieser Gesellschaft sind wir schnell aus dem Rennen.«

Und so war es auch. Schon auf halber Strecke hatten sie das Limit, das sie mit Alice und Florence vereinbart hatten, erreicht und wurden überboten. Der Preis für die Canteen kletterte rasch in eine für sie unerreichbare Höhe. Am Schluß stritten sich ein Kaufmann aus Kapstadt und ein nicht weniger finanzstarker Diamantenaufkäufer aus England um den Zuschlag. Der Kaufmann gab das letzte Angebot ab, und als der Auktionator ihm die Canteen zuschlug, bedeutete dieser Schlag gleichzeitig das Ende der MIDNIGHT CRADLE.

»Was nun?« fragte Florence bedrückt, als die Männer mit der traurigen Nachricht ins Camp zurückkehrten. »Sollen wir irgendwo eine eigene Canteen aufmachen?«

Alice wechselte einen schnellen Blick mit Sidney. »Die MIDNIGHT CRADLE wäre es wert gewesen. Aber irgendwo am Rand von Klip Drift eine Canteen aufzumachen ...« Sie beendete den Satz indirekt durch ein Kopfschütteln.

Sidney legte seine Hand in einer Geste der Vertrautheit und der liebevollen Zustimmung auf ihren Arm, und Daniel sah schnell weg. Seit Alice mit seinem Freund verheiratet war und damit unumstößliche Tatsachen geschaffen hatte, fühlte er sich von vielen geheimen Qualen befreit. Doch gelegentlich erwies sich die Mauer, die er in seinem Innern um seine verletzten Gefühle errichtet hatte, noch als lückenhaft. Es waren zumeist kleine, unauffällige und eigentlich ganz alltägliche Dinge wie diese liebevolle Berührung oder der Anblick, wie die beiden morgens aus ein und demselben Zelt kamen, die ihn betroffen machten.

Es war jedoch kein Neid oder gar Mißgunst, die er deshalb Sidney gegenüber empfand. Das offenkundige Glück seines Freundes bedeutete ihm vielmehr eine merkwürdige Art von Trost.
Alice war für ihn, Daniel, verloren, womit er sich abfinden mußte. Sie blieb aber als Ehefrau seines besten Freundes weiterhin ein fester Bestandteil seines Lebens, wofür er dankbar war. Und seit Alice den Ehering am Finger trug, war sie ihm gegenüber freundlicher, weicher und unbefangener geworden. Jetzt konnte er auch ihr Freund sein, und er hoffte und bemühte sich zu lernen, dieser neuen Rolle gerecht zu werden. Aber dann und wann gab es leichte Rückfälle, die jedoch nur Alice und er bemerkten.
»Wir haben uns überlegt, die Claims hier aufzugeben«, sagte Sidney. »Sie werfen schon seit Monaten immer weniger ab. Und die Steine, die wir noch finden, sind von immer schlechterer Qualität.«
Molefe nickte zustimmend. »Auf eine Tonne Stuff kommen im Schnitt noch nicht einmal zwei Karat«, bemerkte er. »Und diese zwei Karat sind voller Einschlüsse und bringen nur ein paar Pfund.«
»Wir buttern schon seit Wochen zu. Ein Spaten kostet mittlerweile sieben Shilling, für ein neues Sieb muß man fast ein Pfund hinblättern, und Zeltplane bekommt man nicht unter anderthalb Pfund den Yard«, fuhr Sidney fort.
»Molly hält euch noch gut über Wasser«, warf Byron mit einem stolzen, selbstzufriedenen Lächeln ein.
»Ja, Gott sei Dank«, gab Alice zu.
»Du beabsichtigst also, Blue Jacket den Rücken zu kehren«, stellte Daniel fest und war nicht überrascht, daß Sidney weiterziehen wollte. Diese Entwicklung hatte sich schon in den letzten zwei, drei Monaten abgezeichnet. Die Digging wies inzwischen bereits mehr verlassene Claims auf als solche, die noch bearbeitet wurden.
»Hätten Florence und Alice die MIDNIGHT CRADLE übernehmen können, hätte ich vielleicht noch abgewartet oder mein Glück

anderswo hier um Klip Drift gesucht«, erwiderte Sidney. »Da aber nun die Canteen nicht mehr zur Debatte steht, bin ich dafür, daß wir einen radikalen Ortswechsel vornehmen und unser Glück ganz woanders am Vaal suchen.«
Sie ließen sich mit der Entscheidung, wohin sie sich wenden wollten, eine gute Woche des Nachdenkens und Diskutierens Zeit. Ohne daß es jemand aussprach, stand für alle fest, daß der Entschluß einstimmig ausfiel und sie zusammen weiterziehen würden.
Die Wahl fiel letztlich auf Hebron, wo sich in letzter Zeit mehrere neue Diggings und Camps gebildet hatten. Daniel und Byron waren über diesen Entschluß sehr froh, denn in Klip Drift und Umgebung gab es nicht mehr genug Arbeit für ihre Dampfmaschine. Viele Uferclaims waren verlassen worden, weil ihr Ertrag das gewaltige Risiko nicht mehr rechtfertigte. Und wenn es auch noch keine Massenbewegung war, so begannen doch immer mehr Digger, den Camps am Fluß den Rücken zu kehren, um weiter landeinwärts im kargen Veld nach Diamanten zu schürfen.
Sie setzten als Termin für ihren gemeinsamen Aufbruch den zweiten Montag im Februar fest. Vier Tage vorher trat Molefe mit einer ausgefallenen Bitte an Daniel heran.
»Baas, ich möchte die nächsten drei Tage freihaben. Ich habe hier noch etwas zu erledigen, bevor wir nach Hebron aufbrechen.«
Daniel konnte sich schon denken, worum es dabei ging, und schmunzelte. In den letzten Monaten war Molefe nach der Arbeit seine eigenen Wege gegangen. Er hatte nicht darüber gesprochen, und Daniel hatte das respektiert und auch nicht gefragt. Er war jedoch sicher, daß die Wege Molefe in die nahe gelegenen Kraals der Schwarzen führten, die in immer größerer Zahl aus allen Himmelsrichtungen zum Vaal strömten und außerhalb der Diggings ihre eigenen Camps errichtet hatten.
»Die drei Tage will ich dir gerne gönnen, Molefe. Hauptsache, du bist am Montag morgen wieder pünktlich zum Aufladen zurück«, sagte Daniel.
»Ich bin zurück, bevor die Sonne aufgeht, Baas!« versprach Molefe.

Daniel wußte, daß er ihm vertrauen und auf sein Wort bauen konnte. Er wurde auch diesmal nicht enttäuscht. Mit der Überraschung, die ihn erwartete, hatte er jedoch nicht gerechnet. Als Molefe im ersten grauen Licht des neuen Tages zwischen den Zelten von Blue Jacket auftauchte, war er nicht allein. Er kam mit geschwellter Brust und in Begleitung einer jungen, nur spärlich bekleideten Schwarzen, die mit gesenktem Kopf zwei, drei Schritte hinter ihm ging und zwei schwere Bündel trug.
Daniel stand mit Sidney beim Pferdewagen, als die beiden auf sie zutraten. »Denkst du, was ich denke?« raunte Sidney ihm belustigt zu.
Daniel nickte. »Ich schätze mal, daß die hübsche Schwarze sein erster Streich ist«, antwortete er in Anspielung auf die Zahl der Ehefrauen, die Molefe sich wünschte.
»Baas, das ist Mahala, die ich am Freitag zu meiner Frau genommen habe«, stellte Molefe ihnen das hellhäutige Mädchen vor, das vom Stamm der Griquas und noch keine sechzehn war. Ihre Brüste, fest und voll wie zwei schokoladenbraune Birnen, waren nackt und eine wahre Augenweide. »Nächsten Frühling bringt sie meinen Sohn zur Welt.«
Daniel schmunzelte. Molefe hatte sich natürlich *vor* der Hochzeit davon überzeugt, daß die Frau seiner Wahl auch fruchtbar war. Mahala war also schwanger. »Und du bist dir jetzt schon sicher, daß es ein Junge wird?« neckte er ihn.
Molefe nickte und zeigte auf seinem Gesicht eine Mischung aus Stolz, Ernst und Selbstgefälligkeit. »Sie weiß, was sie mir schuldig ist«, erwiderte er, von keinen Zweifeln geplagt, und zu seiner Frau gewandt, sagte er mit gestrengem Ton: »Das ist unser Baas Daniel Lundquist, von dem ich dir ja schon zur Genüge erzählt habe. Du bist ihm denselben Gehorsam schuldig wie mir. Was er sagt, hast du zu tun!«
Mahala schlug den Blick noch mehr nieder und murmelte eine unterwürfige Entgegnung, in der sowohl der Name Molefe als auch das Wort Baas vorkamen.
Molefe schenkte ihr weiter keine Beachtung, während er Daniel

und Sidney nun weitschweifig von dem dreitägigen Fest berichtete, mit dem er seine Hochzeit gefeiert hatte. Er berichtete auch voller Stolz, daß er den unverschämt hohen Brautpreis, den Mahalas Vater von ihm verlangt hatte, ohne mit der Wimper zu zucken gezahlt hatte.
Daniel und Sidney und auch Byron, der sich indessen zu ihnen gesellt hatte, beglückwünschten Molefe zu seiner zweifellos hübschen Ehefrau und machten Komplimente und scherzhafte Bemerkungen, über die Molefe selbst am meisten lachte. Stolz und Glück sprangen ihm aus den Augen.
Florence bemühte sich, voller Mitgefühl für das junge Mädchen, das nun die Last einer Ehefrau und baldigen Mutter zu tragen hatte, Mahala ein wenig aus der Reserve zu locken und ihr die Scheu zu nehmen, jedoch ohne großen Erfolg.
Alice begrüßte Molefes Frau auf ihre ganz eigene, praktisch ausgerichtete Art. Sie reichte Mahala ein altes, schon arg verschlissenes Hemd.
Verständnislos blickte die junge Griquafrau auf das Tuch, das Alice ihr hinhielt.
»Damit kannst du deine Blöße bedecken«, sagte Alice. Dabei klang sie nicht etwa unfreundlich, aber doch bestimmt. Und unausgesprochen schwang in ihren Worten mit, daß sie eine Schwarze mit nackter Brust in ihrem Lager nicht zu dulden gedachte, schon gar keine so junge und hübsche.
Zwei Stunden später brachen sie nach Hebron auf.

30

Die heißen Westwinde brachten im März und Anfang April noch einmal den Gluthauch der Kalahari in die Camps der Digger. An dem Tag, als Daniel und Byron schon am frühen Nachmittag Molly abstellten und in den Schatten der Schirmakazien von BENNIGAN'S CANTEEN flüchteten, führte eine Laune des Schicksals die drei Prospektoren George Rex, Harry Collins und Richard Jackson, die Byron von früher her kannte, zu eben derselben Stunde in dieselbe Canteen. BENNIGAN'S CANTEEN bot seinen Gästen nicht nur ein geräumiges Schankzelt, sondern auch einige einfache Tische und Bänke im Freien unter einer kleinen Gruppe von Akazien. Die Schankwirtschaft lag am Rand von Hebron, das mit den beiden großen Zeltstädten Klip Drift und Pniel zwar nicht mithalten konnte, aber auch von sehr geschäftigem Leben erfüllt war und beständig wuchs.

Byron winkte die drei bärtigen Männer, die aus dem Transvaal stammten, zu ihnen an den Tisch. Und wie immer, wenn Digger zusammenkamen und sich unterhielten, drehte sich früher oder später alles nur um ein Thema: Diamanten und wo man sie finden konnte.

»Vielleicht sollten wir uns mal den merkwürdigen Burschen ansehen, der als Digger so was wie ein Eremitendasein führt, und uns mit eigenen Augen davon überzeugen, was nun wirklich an dem Gerede der Kaffern dran ist«, sagte Harry Collins und wischte sich Bierschaum vom Mund.

Daniel horchte auf. »Meinen Sie vielleicht diesen Mann, der da draußen ganz für sich allein nach Diamanten schürft und angeblich mehr Steine findet, als der beste Riverclaim hergibt?« fragte er, und jeder halbwegs erfahrene Digger wußte, was mit »da draußen« gemeint war. Dies war die allgemein gebräuchliche Bezeichnung für die Dry Diggings etwa auf DUTOITSPAN und BULTFONTEIN.

Richard Jackson, ein kräftiger junger Mann in den Zwanzigern, nickte. »Koranakaffern haben mir schon vor einiger Zeit von dem Einsiedler-Digger erzählt, der da auf VOORUITZIGT auf einem Zipfel Farmland im Dreck wühlt und einen Stein nach dem anderen finden soll. Aber ich habe bisher nicht viel drauf gegeben. Ihr wißt ja selbst, wie viele derartige Geschichten in den Camps kursieren und wie blühend die Phantasie der Kaffern ist.«

»Bei ihren Geschichten vermehren sich die Diamanten so rasant wie Zuchtkaninchen im Freigehege«, warf George Rex spöttisch ein.

»Aber von meinem Schwager, Ernest Struben, habe ich gestern erfahren, daß er von anderen Kaffern genau dasselbe über diesen Einsiedler gehört hat«, gab Richard Jackson grübelnd zu. »Wer weiß, vielleicht ist ja doch was an der Sache dran.«
»Das läßt sich nur feststellen, wenn man sich das mal selber ansieht«, sagte Harry Collins unternehmungslustig.
»Wie weit ist es denn überhaupt bis zu dieser Farm VOORUITZIGT?« wollte Byron wissen.
»Nicht mehr als fünfundzwanzig, dreißig Meilen. Mit vier Ochsen vor dem Wagen kann man es gemütlich in zwei, drei Tagen schaffen«, antwortete Richard Jackson.
Byron überlegte kurz. Dann schlug er vor: »Warum gönnen wir uns alle nicht mal eine Woche Pause von der Arbeit und verbinden die Fahrt nach VOORUITZIGT mit einem unterhaltsamen Jagdausflug?«
Sein Vorschlag stieß bei allen auf Begeisterung, auch bei Daniel. Sie hatten Zeit. Ihre VAAL RIVER SALVAGE COMPANY war längst nicht mehr so gefragt wie im Frühling. Der heiße, trockene Sommer hatte dazu geführt, daß Molly nur noch sehr sporadisch zum Einsatz kam. Obendrein ging ihr zusehends die Puste aus. Reparaturen fielen in immer kürzeren Abständen an und stellten Jai und Byron vor immer größere Probleme. Molly war so gut wie am Ende und reif für die Verschrottung. Sie hatten sich deshalb bei ihrer Ankunft in Hebron auch jeder einen Claim abgesteckt und wieder die Arbeit mit Spitzhacke, Cradle und Sortiertisch aufgenommen. Aber die Erträge der Claims waren auch hier alles andere als berauschend. Allein die Tatsache, daß immer mal wieder ein besonders großer und reiner Diamant gefunden wurde, wenn auch nicht auf ihren Parzellen, hielt sie, wie auch Sidney und die Frauen, bei der Stange.
Als Sidney erfuhr, daß Daniel mit Byron und dessen Bekannten nach VOORUITZIGT fahren und sich eine Dry Digging ansehen wollte, machte er seine Scherze darüber. Und als Daniel ihn aufforderte, doch mitzukommen, lehnte Sidney lachend ab. »Mir reicht der Dreck und Staub, den ich hier schlucken muß, Dan.

Keine zehn Pferde kriegen mich zu den Dry Diggings, schon gar nicht bei dieser Hitze. Außerdem weiß doch jeder, daß die Diamanten, die da draußen gefunden werden, von bedeutend minderer Qualität sind als die Steine hier am Vaal.«

Drei Tage waren Daniel und Byron mit den Prospektoren unterwegs, bis sie VOORUITZIGT mit ihren beiden, von je vier Ochsen gezogenen Wagen erreichten. Es waren glühend heiße Tage, und obwohl ihre gelegentlichen Jagdausflüge recht erfolgreich waren und sie miteinander fröhliche Stunden verbrachten, wünschte Daniel manchmal doch, Sidneys Beispiel gefolgt zu sein. Wie heiß es in Hebron auch war und wie mühselig die Arbeit im Claim auch sein mochte, der breite Vaal und die Bäume sorgten in den Flußcamps doch immer noch für ein einigermaßen erträgliches Leben.

Die öde Trockenheit von VOORUITZIGT war alles andere als einladend. Aber sie hatten den langen Weg ja aus einem ganz bestimmten Grund gemacht und waren nun gespannt darauf, was es mit diesem Einsiedler-Digger auf sich hatte.

Der Vorname des Mannes war Corneilsa, und niemand sollte je erfahren, wie er mit Familiennamen hieß, bevor er im Dunkel der Geschichte verschwand.

Richard Jackson hatte sich von den Koranas den Weg zu ihm beschreiben lassen, und sie fanden ihn vor seinem fleckigen, sandverkrusteten Zelt, das er in der Nähe von einigen Dornensträuchern aufgespannt hatte, am Sortiertisch sitzen. Das von Wind und Wetter gegerbte Gesicht trug die Spuren von gut fünf Jahrzehnten Lebenskampfes und lag im Schatten eines breitkrempigen Burenhutes.

Etwas abseits von seinem Zelt hielt Corneilsa eine kleine Herde Schafe und einige Ziegen, für die er aus Ästen und dornigem Gestrüpp einen primitiven Kraal errichtet hatte. Um seine Parzelle und seinen Lagerplatz erstreckte sich das Land in staubiger graubrauner Dürre flach und scheinbar endlos in alle Himmelsrichtungen bis zum Horizont und weit darüber hinaus. Nur hier und da unterbrachen einige Kopjes und ein paar armselige Akazien oder Kameldornbäume die Eintönigkeit der Halbwüste.

Daniel hatte sich gefragt, wie der Einsiedler wohl reagieren würde, wenn sie bei ihm auftauchten und ihn mit allerlei Fragen belästigten. Er hatte mit einem unfreundlichen Empfang und abweisendem Verhalten gerechnet. Um so angenehmer war die Überraschung, als sich Corneilsa als ein einfacher, ruhiger und sehr umgänglicher Mann erwies. Bereitwillig gab er ihnen Auskunft auf all ihre Fragen.

»Johannes Nicolaas de Beer und sein Bruder sind Besitzer der Farm. Aber Nicolaas de Beer und sein Schwiegersohn, dessen Namen ich vergessen habe, kümmern sich um die geschäftlichen Belange. Sie haben mir erlaubt, auf seinem Land nach Diamanten zu suchen.«

»Nimmt Mijnheer de Beer dafür eine monatliche Gebühr?«

»Nein, obwohl er gegen eine gelegentliche Spende für seine Kirche nichts einzuwenden hat. Er gehört mit seinem Bruder nämlich dem sehr puritanischen *Dopper*-Zweig der Reformierten Niederländischen Kirche an. Aber Geld verlangt er nicht. Wir haben ausgemacht, daß er ein Viertel von allem erhält, was ich auf seinem Land finde, und das ist nur fair.«

»Wie ist es denn hier mit Diamanten?«

Endlich war die Frage, die allen auf der Zunge gelegen hatte, heraus.

Corneilsa hatte während ihrer Unterhaltung seine Arbeit nicht eingestellt, sondern weiterhin den Blick auf seinen Sortiertisch gerichtet, das graue Gestein mit dem *scraper* durchgekämmt und alles Wertlose mit einer knappen, routinierten Bewegung vom Tisch gefegt. Nun hielt er inne, legte den Scraper aus der Hand und sagte mit einem vergnügten Auflachen: »Ich denke, das hier beantwortet Ihre Frage besser als jedes Wort von mir.« Dabei griff er nach einem kleinen Diamanten, rieb ihn über sein Hemd und reichte ihn nach kurzer Prüfung Richard Jackson.

»Jesus, Maria und Josef!«

Jemand brachte eine Diamantenwaage und eine Lupe, die man sich ins Auge klemmen konnte, zum Vorschein. Das Gewicht des Steins betrug zweieinhalb Karat, und er war fast fehlerlos.

»Und wie häufig kann man hier solch gute Steine finden?« wollten die Männer vom Vaal mit wachsender Erregung wissen.
»Man muß seine Knochen schon recht ordentlich bewegen und darf nicht zimperlich sein, aber für die Plackerei wird man dann auch ganz anständig belohnt«, antwortete Corneilsa bereitwillig und holte eine gelbe Vesta-Streichholzschachtel aus seiner Hosentasche. Als er sie aufschob, entfuhr den Männern wie einem Chor ein scharfer Laut ungläubiger Überraschung.
Die Streichholzschachtel war mit Diamanten der verschiedensten Größen randvoll gefüllt. Keiner von ihnen hatte jemals solch eine Sammlung von Rohdiamanten bei irgendeinem Digger gesehen. Was Corneilsa da in einer Streichholzschachtel mit sich herumtrug, war ein Vermögen.
Richard Jackson und seine Freunde redeten aufgeregt durcheinander und konnten sich nur schwer beruhigen. Daniel und Byron waren nicht weniger fassungslos und erregt. Sie warfen sich bedeutsame Blicke zu. Von wegen Phantasiegeschichten der Kaffern! Hier gab es tatsächlich Diamanten – und zudem in einer offensichtlichen Fülle, der die Claims am Vaal nichts entgegenzusetzen vermochten.
»Himmel, ich schlage vor, wir suchen sofort diesen Nicolaas de Beer auf und handeln was mit ihm aus«, sagte Richard Jackson begeistert, und auch seine Begleiter wollten nun keine Minute mehr vertrödeln, sondern so schnell wie möglich die Erlaubnis von den de Beers erlangen, sich auf VOORUITZIGT einen Claim abzustecken.
Corneilsa riet ihnen jedoch davon ab, zum Farmhaus zu fahren und dort vorstellig zu werden. Er teilte ihnen mit, daß sie Glück und den Tag ihres Erscheinens bei ihm zufällig gut gewählt hätten. »Nicolaas de Beer und sein Bruder sind recht eigensinnige Gesellen und auf Fremde nicht gut zu sprechen. Sie werden euch bestimmt keine Erlaubnis zum Schürfen geben. Aber der Schwiegersohn von Nicolaas de Beer ist recht umgänglich und läßt sicher mit sich reden. Und wie der Zufall es will, ist heute der Tag, an dem der junge Mann zu mir kommt, um den wöchentlichen

Anteil seines Schwiegervaters abzuholen. Wenn ihr also noch ein bißchen wartet, habt ihr bessere Chancen, euch auf VOORUITZIGT auch einen Claim abstecken zu können.«
Sie beherzigten den Ratschlag von Corneilsa und fuhren gut damit. Anderthalb Stunden später kam der Schwiegersohn von Nicolaas de Beer angeritten. Anfänglich zeigte er sich zwar abweisend und mißtrauisch, ließ sich aber doch überreden, ihnen die gewünschte Erlaubnis zu denselben Bedingungen zu erteilen, die mit Corneilsa vereinbart worden waren. Sie handelten sogar aus, auch noch für einige Freunde Claims abstecken zu dürfen.
Daniel und Byron markierten für Sidney, Alice und Florence je eine Parzelle von dreißig Fuß im Quadrat. Dann machten sie sich gemeinsam mit den anderen auf den Rückweg. Sie hatten es eilig. Sogar Daniel und Byron waren wieder vom Diamantenfieber erfaßt und konnten es nicht erwarten, ihren Freunden die aufregende Nachricht zu überbringen, ihre Zelte abzubauen, Gerätschaften aufzuladen und wieder zurück nach VOORUITZIGT zu kommen, um mit der Suche nach Diamanten zu beginnen.
Sie legten die Strecke diesmal in der halben Zeit zurück. Kurz vor Hebron hielten sie eine letzte Besprechung ab.
»Denkt daran, was ich euch gesagt habe!« ermahnte Byron sie noch einmal. »Zu keinem ein Wort über das, was wir da draußen gesehen und getan haben. Holt eure Freunde zusammen und bemüht euch, euren Aufbruch so unauffällig wie nur möglich aussehen zu lassen. Und wenn euch jemand fragt, wohin ihr wollt, dann antwortet, daß ihr weiter flußabwärts zieht oder was weiß ich, doch kein Wort über VOORUITZIGT!«
Richard Jackson nickte nachdrücklich. »Genau, Byron. Wenn das nämlich jemand spitzbekommt, bevor wir uns abgesetzt haben, dürfen wir möglicherweise als Nachzügler den Staub von einem Rush schlucken, der alles übertrifft, was wir bisher am Vaal erlebt haben.«
Sie schworen sich gegenseitig, strengstes Stillschweigen zu bewahren und Umsicht walten zu lassen, setzten über den Fluß und trennten sich dann, denn Richard Jackson und seine Männer

hatten ihre Zelte in einem anderen Camp aufgeschlagen als der Schwede und der Colonel.
Als Daniel und Byron in ihrem Camp in Lower Hebron eintrafen, mußten sie ihre ganze Selbstbeherrschung aufbieten, um nicht Sidney, Alice, Florence und Molefe ihre sensationelle Nachricht freudig und lauthals zuzurufen.
Byron nahm Sidney und Alice beiseite, während Daniel mit Molefe ein paar Sätze wechselte und dann zu Florence ging, den kleinen Lionel auf den Arm nahm und so tat, als würde er sich mit seiner Mutter über ihn unterhalten. In Wirklichkeit berichtete er ihr, was sich auf VOORUITZIGT ereignet hatte, während Byron dasselbe zwei Claims weiter Sidney und Alice mitteilte.
»Und ihr seid sicher, daß der Boden da reich an Diamanten ist?« fragte Florence zwischen Zweifel und Hoffnung hin und her gerissen. Sie sah sehr erschöpft aus.
»Du hast mein Wort drauf, Florence. Und wir haben für jeden von euch einen Claim abgesteckt«, sagte er, während Lionel auf seinem Arm lachte und ihm unbedingt seine kleinen Finger in die Nase stecken wollte.
»Dein Wort in Gottes Ohr«, seufzte sie. »Die Ausbeute ist auch hier so mager, daß ich schon versucht gewesen bin, notfalls ganz allein eine Canteen aufzumachen. Denn Alice hat ja leider kein Interesse mehr an so einem Unternehmen, seit sie mit Sidney verheiratet ist und man uns aus der MIDNIGHT CRADLE gedrängt hat. Aber ich verstehe sie schon. Hebron ist nun mal nicht Klip Drift.«
»Vergiß vorerst das mit der Canteen. Da draußen warten jede Menge Diamanten nur darauf, daß wir sie einsammeln«, versichert Daniel mit ansteckender Begeisterung. »Und wenn du später immer noch Lust hast, ein solches Geschäft zu betreiben, kannst du das ja tun. Jetzt geht es erst einmal nur darum, so unauffällig und doch so schnell wie möglich unsere Zelte hier abzubrechen und nach VOORUITZIGT zu kommen.«
Florence lachte. »Ist das alles, was du an Zaubertricks erwartest?«

»Was machen wir mit Molly?« wollte Byron wissen, nachdem alles geklärt war.
»Wir lassen sie hier. Mit der Dampfmaschine haben wir keine Chance, schnell genug voranzukommen«, sagte Daniel, was Byron auch einsah. »Wir lassen sie hier und holen sie später ab. Jai wird schon gut auf sie achtgeben.«
Sie beschlossen, sich im Schutz der Nacht aus dem Camp zu schleichen, und zwangen sich, ihre alltäglichen Gewohnheiten beizubehalten.
Was sie vorher im Zelt schon packen konnten, lag nach Einbruch der Dunkelheit zum Aufladen bereit. Endlich erloschen die letzten Lagerfeuer. Byron drängte zum Aufbruch, doch Daniel erinnerte ihn daran, daß sie mit Richard Jackson und dessen Freunden vereinbart hatten, in der Stunde vor Tagesanbruch, wenn alles in tiefstem Schlaf lag, Hebron zu verlassen.
Keiner von ihnen bekam in der Nacht ein Auge zu. In fieberhafter Unruhe warteten sie auf den Morgen. Endlich war es soweit. In Windeseile brachen sie ihre Zelte ab und beluden den Pferdewagen mit allem, was sie mitnehmen mußten. Es war eine Sache von wenigen Minuten, und sie vermieden jedes unnötige Geräusch. Doch einige erfahrene hellhörige Digger, die schon so manch »heimlichen« Rush erlebt oder nur knapp verpaßt hatten, waren schnell wach und bereits in ihren Stiefeln, als Daniel zu Zügel und Peitsche griff.
Richard Jackson und seine Freunde hatten sich auch an ihre Absprache gehalten. Eine Laune des Schicksals fügte es, daß sie mit ihren acht Wagen fast gleichzeitig die Furt erreichten.
Neun Wagen, die es eilig hatten, Hebron hinter sich zu lassen und bei Nacht über den Vaal zu kommen, das holte selbst das schläfrigste Camp aus dem Schlaf und verriet auch dem unerfahrensten Digger, daß er drauf und dran war, einen verheißungsvollen Rush zu verpassen, wenn er sich nicht sputete und schnell Anschluß gewann.
Hebron erwachte mit einem Schlag und wie elektrisiert zum Leben und bot ein Bild ungeheurer Hektik und lärmenden

Durcheinanders. Die Mehrzahl der Zelte fiel in Minutenschnelle wie unter einer Sturmböe zusammen, und die meisten verfügbaren Ochsen waren schon eingespannt, kaum daß die neun Wagen den Fluß überquert hatten und sich so schnell wie möglich nach Südwesten entfernten.
Peitschen knallten in der Morgenluft wie heftiges Gewehrfeuer, und unzählige Stimmen riefen sich in allen Sprachen Kommandos, Warnungen und Flüche zu. Auf breiter Front stieg der Staub unter den Hufen der Zugtiere in den sich aufhellen den Himmel. Keiner wollte den Anschluß verlieren.
Das Rennen nach VOORUITZIGT hatte begonnen.

31

Die Farm der de Beers wurde regelrecht überrannt. Daniel und seine Freunde sowie die Gruppe um Richard Jackson konnten ihren knappen Vorsprung mit Müh und Not bis nach VOORUITZIGT halten. Doch schon Minuten später, nachdem sie von ihren Claims Besitz genommen und hastig ihre Zelte errichtet hatten, fiel die Meute ihrer Verfolger wie ein hungriger Schwarm Heuschrecken über das umliegende Land her. Niemand dachte daran, die de Beers um Erlaubnis zu fragen. Pflöcke wurden rings um die Schürfstelle des völlig sprachlosen Corneilsa und die anderen schon bestehenden Claims der Vorhut in den Boden gerammt. Innerhalb weniger Stunden war ein Gelände von vielen Morgen ausgedörrten Farmlandes zu einer Dry Digging geworden, auf der in fieberhafter Betriebsamkeit die Erde aufgerissen und auf die Cradles gekippt wurde.
Die Nachricht von dem neuen Rush im Landesinneren verbreitete sich von Hebron aus wie ein Lauffeuer zu allen anderen Camps am Vaal, und innerhalb von wenigen Tagen strömten die Digger zu Tausenden auf das Land der völlig hilflosen Brüder de Beer, deren Drohungen genausowenig Eindruck auf die Männer machte, wie ihre Bitten und Beschwörungen. Die Digger igno-

rierten die Farmer. Sie schufen kraft ihrer erdrückenden Präsenz Tatsachen und verwandelten die Farm in eine öffentliche Digging. Gleichzeitig verödeten die Camps entlang des Flusses.
Als Corneilsa sah, was über ihn und VOORUITZIGT hereingebrochen war, packte ihn das nackte Entsetzen. Nach der langen Zeit der Arbeit in Stille und Einsamkeit hatte er nun das Gefühl, von der Invasion der Digger erdrückt und um seinen Frieden gebracht zu werden. Nie und nimmer hatte er geahnt, welche Folgen seine freundlichen Auskünfte und guten Ratschläge haben konnten. Zudem fürchtete er um seine kleine Herde. Ihn hielt es nicht länger auf der Farm, die für ihn zu einem unerträglichen Irrenhaus geworden war. Deshalb verkaufte er seinen Claim schon Tage für hundertzehn Pfund und machte, daß er möglichst viele Meilen zwischen sich und VOORUITZIGT brachte.
Die de Beers hielten es nicht viel länger aus. Bereits nach wenigen Wochen verkauften sie ihre Farm an ein Syndikat finanzstarker Geschäftsleute aus Port Elizabeth für sechstausend Guineen und ließen sich auf einer Farm im Freistaat nieder. Das Syndikat erhob von jedem Digger eine monatliche Schürfgebühr von zehn Shilling pro Claim und sollte ein paar Jahre später unter dem Druck der britischen Regierung gezwungen werden, diesen Grundbesitz für hunderttausend Pfund an die Kronkolonie zu verkaufen.
Zwei Tage nach ihrer Ankunft fand Florence ihren ersten lupenreinen Stein. Er wog fast vier Karat. Vor Freude fiel sie Daniel um den Hals und tanzte mit ihm im knöcheltiefen Dreck sortierten Erdreichs.
»Diesmal packen wir das Glück mit beiden Händen am Schwanz und halten es fest!« verkündete Sidney, als tags darauf auch er einen hübschen Zweikaräter auf dem Sortiertisch entdeckte.
»Wir machen es zu unserem ganz persönlichen Haustier!« erklärte Byron, der gleichfalls in den ersten Tagen einige kleine Diamanten fand und sofort zwei Schwarze für zwei Shilling pro Tag anstellte, um ihm die schwere Arbeit abzunehmen. Er wich nun nicht mehr vom Sortiertisch.
Es sah tatsächlich so aus, als hätten sie diesmal an genau der

richtigen Stelle ihre Claims abgesteckt, denn auch Alice und Daniel war das Glück in Form von mehreren kleinen Diamanten in der ersten Wochen hold. Daß die Steine Einschlüsse aufwiesen und deshalb nicht viel einbrachten, machte ihnen in der Begeisterung nichts aus. Sie hatten ja gerade erst damit begonnen, die obere Erdschicht abzutragen, und die Erfahrung hatte ja gelehrt, daß die an Diamanten reiche Schicht mit dem *pay dirt* erst jenseits von zehn, fünfzehn Fuß Tiefe anzutreffen war.
Und während der Streit um das Griqualand mit seinen Diamantenvorkommen zwischen den beiden Burenrepubliken und England sich immer mehr zugunsten des britischen Empires entwickelte, wurden die Claims auf VOORUITZIGT tiefer und tiefer. Doch statt mit zunehmender Tiefe mehr Diamanten zu fördern und somit die hochgesteckten Erwartungen der Digger zu erfüllen, wurde die Ausbeute von Woche zu Woche geringer – und die Gesichter länger.
Schon im Mai änderte der Treck der Wagen seine Richtung. Es war wie bei einem Gezeitenwechsel. Die Digger gaben ihre Parzellen auf und fluteten enttäuscht zum Vaal zurück. Immer mehr besannen sich darauf, daß die Camps am Fluß einladender waren als das Leben inmitten dieser staubigen Ebene, wo im Winter eisige Winde und Sandstürme über die Digger herfielen und im Sommer Gluthitze bei extremem Wassermangel herrschte. Und die Erträge der Flußclaims waren gar nicht so schlecht gewesen, als daß man sie für dieses entbehrungsreiche Leben einer Dry Digging hätte aufgeben müssen.
Auch im Lager von Daniel verwandelte sich die anfängliche Begeisterung und Zuversicht rasch in Enttäuschung und dann in Mißmut. Mehr als einmal mußten sich Daniel und Byron von Alice sagen lassen, daß sie sie ja in eine schöne Misere gelockt hätten. Byron haderte mit sich selbst und wußte nicht, ob er nicht auch besser wieder zum Vaal zurückkehren und Molly erneut unter Dampf setzen sollte. Er war häufig gereizt, und auch Sidney machte eine immer verdrossenere Miene, während Florence sehr still wurde. Ihre Ersparnisse schmolzen dahin wie Butter in der

Sonne, denn das Leben war hier noch teurer als am Vaal. Allein schon für Wasser und Brennmaterial mußte man ein kleines Vermögen ausgeben.

»Es soll eben nicht sein«, seufzte Florence eines Abends, von der ergebnislosen Arbeit völlig erschöpft. »Das Glück hat uns nur mit einem Zipfel flüchtig berührt und ist dann auf und davon. Aber wie habe ich auch etwas anderes annehmen können? Seit dem Tod meiner Eltern ist es doch nicht anders gewesen.«

Immer häufiger suchte Florence Zuflucht und Trost in der Bibel. Wenn es die Zeit erlaubte, las sie in der alten Reisebibel ihrer Mutter, an der sie wie an einem unersetzlichen Schmuckstück hing. Byron lächelte darüber. Er hielt nichts davon, Zeit mit dem Studium der Heiligen Schrift zu vergeuden.

»Wer darauf wartet, daß Gott ihm hilft, kann noch im Grab darauf warten«, sagte er einmal spöttisch, ja fast verletzend. »Hilf dir selbst, dann hilft dir auch Gott. Seines eigenen Glückes Schmied zu sein, ist der beste Segen. Und wenn das Glück sich nicht hier in die richtige Form hämmern läßt, dann nehmen wir es eben anderswo unter Hammer und Amboß!«

Doch Florence verübelte ihm seine despektierlichen Äußerungen nicht, sondern sah es ihm mit trauriger Großmut nach. »Wer Gott aus seinem Leben verbannt und meint, alles komme aus ihm allein, der ist blind für Gottes Schöpfung und unsere Aufgabe in seinem Plan. Wir schaffen es ja noch nicht einmal, allein und ohne fremde Hilfe auf die Welt zu kommen. Wer Gott leugnet, leugnet sich selbst.«

Daniel versuchte optimistisch zu bleiben, vermochte jedoch nicht mal sich selbst davon zu überzeugen, daß es Sinn machte, noch länger auf VOORUITZIGT auszuharren und den harschen Lebensbedingungen zu trotzen. Aber er konnte sich auch nicht dazu entschließen, zum Vaal zurückzukehren. Und da Sidney trotz aller Enttäuschung fest zu ihm hielt und sich auch nicht von Alice zur Aufgabe bewegen ließ, solange er, Daniel, nicht gewillt war, VOORUITZIGT mit ihnen zu verlassen, richtete sich ihr Ärger bald auf ihn. Einzig Molefe blieb die Gelassenheit in Person und

bewahrte bei der Arbeit ein fröhliches Pfeifen und Singen, was zweifellos mit seiner jungen Frau Mahala und ihrem schwellenden Leib zusammenhing.
Die Stimmung in ihrem Camp rund um Corneilsas ehemaliges Eremitenlager hatte einen absoluten Tiefpunkt erreicht. Niemand wußte, wie es weitergehen sollte.

32

Alice machte Daniel und Byron für ihre desolate Lage verantwortlich. Sie sprach diesen Vorwurf nicht mehr aus, weil Sidney gleich beim erstenmal ungeheuer zornig geworden war und sie so zusammengestaucht hatte, wie das niemand von ihm erwartet hätte, doch jeder wußte, was sie dachte. Und wann immer Daniel ihren Blick auffing, las er in ihren Augen ihren ohnmächtigen Zorn über Sidneys sture Loyalität und ihre bitteren Vorwürfe ihm gegenüber.
Byron schüttelte das alles mit einem Achselzucken ab und sorgte sich mehr darum, woher er bloß neue Zigarren bekommen und wie er sie bezahlen sollte, wenn er die letzte geraucht hatte. Dagegen schmerzte es Daniel sehr, daß ausgerechnet Alice ihn für ihre Pechsträhne verantwortlich machte. Und an jenem Samstagabend, es war der 17. Juli 1871, ertrug er es einfach nicht, mit ihr am Feuer zu sitzen und ihre stumme Anklage zu spüren, während Florence ihre Traurigkeit und ihre Sorge um Lionels Zukunft zu überspielen versuchte und Byron eine Unbekümmertheit zeigte, die allmählich sogar Sidney allergisch reagieren ließ.
»Wo willst du hin?« wollte Byron wissen, als Daniel kurz vor Einbruch der Dunkelheit eines ihrer Pferde sattelte.
»Mal sehen, wie es Fleet geht.«
Byron lachte. »Aller wahrscheinlichkeit nach mies. Erst holt er ein kleines Vermögen an Diamanten aus dem Boden, und dann verspielt er alles am Kartentisch, sogar seinen Claim, wie ich

gehört habe. Ich weiß gar nicht, wo Fleet mit seinen Kameraden im Augenblick überhaupt steckt.«

»Er ist mit seinen Freunden nach Gilfillans Kop gegangen, ein paar Meilen von hier«, sagte Daniel und zog den Sattelgurt fest.

»Ich bezweifle, daß er außer billigem Kafferntabak noch was wegzugeben hat, aber falls er zufällig noch ein paar von seinen exzellenten Zigarren besitzt und ein, zwei davon entbehren kann ...« Byron führte den Satz nicht zu Ende und zwinkerte ihm zu. »Na, du weißt schon.«

»Ja, tue ich«, erwiderte Daniel trocken und stieg auf.

»Sag ihm, daß dafür die ersten zehn Fuß kostenlos sind, wenn er mal einen Claim auspumpen lassen muß!« rief Byron ihm noch nach.

Fleet hieß eigentlich Fleetwood Rawstorne und war der Sohn des Ersten Magistrats von Colesberg. Er und seine Freunde waren schon vor drei Jahren am Vaal eingetroffen. Diese Gruppe junger, hochgewachsener und ausnahmslos vollbärtiger Männer aus Colesberg und Umgebung war in den Flußcamps und auf den Dry Diggings als die RED CAP COMPANY bekannt, denn jeder von ihnen trug als unübersehbares Erkennungszeichen eine rote Lederkappe. Allgemein bekannt war auch, daß der von Freunden nur Fleet genannte Anführer der RED CAP COMPANY sich den Luxus eines farbigen Dieners und Kochs vom Kap leistete. Damon hieß der Schwarze, auf den Fleet große Stücke hielt, solange er nüchtern war. Denn Damons Schwäche war der Alkohol, und wenn der ihn in seinen Klauen hatte, war er unerträglich und zu den unglaublichsten Sachen fähig. So manche Geschichte kursierte darüber in den Camps der Digger.

Daniel sah das große glockenförmige Zelt der RED CAP COMPANY, der acht unbeschwert fröhliche Glücksritter angehörten, schon von weitem. In dieser Nacht lag Frost in der Luft. Der Himmel war klar und das Mondlicht ließ die Zeltplane hell vor dem Dunkel des Veld aufleuchten. Rechter Hand vom Lagerplatz erhob sich ein kleiner Hügel mit niedrigen Büschen und einigen Kameldornbäumen.

Als Daniel vor dem Zelt vom Pferd stieg und die Zügel um eine der straff gespannten Zeltleinen wickelte, hörte er vom Hügel her grabende Geräusche. Verwundert blickte er hinüber und begab sich dann ins Innere des Zeltes, wo Fleet mit seinen Freunden beim Kartenspiel saß.

»Ah, der Schwede!« rief Fleet erfreut. »Orlando, Theodore, rückt mal zusammen! Schnapp dir einen von den Schemeln, und setz dich zu uns, Dan. Fred, gieß ihm einen Drink ein. Dieser Kapbrandy schmeckt zwar nicht viel besser als Kaffernfusel, aber er wärmt, und die Nacht ist verdammt kalt. Wenigstens ist mein Blatt so gut, daß sogar Damon nicht mal volltrunken damit verlieren könnte.«

»Alter Bluffer!« meinte Orlando Giddy, der Sohn eines Missionars der Wesleyan Society.

Daniel setzte sich zu ihnen. »Wo steckt Damon überhaupt?« fragte er, nachdem er Fleet und den anderen zugeprostet hatte und sie mit ihrem Spiel zu Ende waren.

Fleet verzog das Gesicht. »Mir ist es ein Rätsel, wie er es angestellt hat, aber der Kerl hat es doch tatsächlich fertiggebracht, hier draußen im Veld irgendwie Alkohol aufzutreiben und sich vollaufen zu lassen.«

»Diesmal ist Fleet wirklich der Kragen geplatzt«, sagte Theodore Maeder, der mit seinem Bruder Robert aus dem Haus eines französischen Missionars im Basutoland kam.

Fleet bestätigte das mit einem grimmigen Nicken. »Ich habe Damon vor die Tür gesetzt.«

»Er hat ihn auf den Colesberg Kopje verbannt«, warf Orlando spöttisch ein.

»Colesberg Kopje?« wiederholte Daniel mit einem fragenden Blick.

Fleet grinste und deutete mit einer vagen Kopfbewegung hinter sich, wo jenseits des Zeltes der kleine Hügel aus der Ebene auf stieg. »Wir haben diesen Erdbuckel zu Ehren unserer Heimat so umbenannt.«

»Und da schläft Damon jetzt seinen Rausch aus?«

»Von wegen schlafen!« sagte Theodore mit einem Auflachen. »Fleet hat ihn regelrecht ausgesetzt, mit einem Sack Lebensmittel und Kochzeug sowie Spitzhacke und Schaufel. Er soll sich da die Seele aus dem Leib schuften. Und er soll sich nicht eher wieder bei uns blicken lassen, bis er nicht einen anständigen Diamanten gefunden hat.«

»Na, da wird er aber lange buddeln müssen«, meinte Daniel amüsiert und verstand nun, was die grabenden Geräusche auf der Kuppe des Hügels zu bedeuten hatten. Und er war dankbar, daß Molefe zu jener Minderheit unter den Schwarzen gehörte, die sich nichts aus Alkohol machte.

»Das ist ja auch der Sinn der Sache«, sagte Fleet verdrossen. »Soll er ruhig Schweiß und Blut schwitzen und Angst haben, daß ich ihn nicht mehr aufnehme. Vielleicht wird ihm das eine heilsame Lehre sein, die ihn dazu bringt, in Zukunft die Finger vom Alkohol zu lassen. Ich habe seine Eskapaden nämlich gründlich satt. Und jetzt laßt uns von angenehmeren Dingen reden, und du kannst endlich aufhören, dich tot zu mischen, Henry!«

Sie spielten eine ganze Weile Karten, und die unbeschwerte Atmosphäre, die im Zelt der RED CAP COMPANY herrschte, ließ Daniel vorübergehend seine Sorgen und Kümmernisse vergessen. Fleet lachte nur schallend, als Daniel ihm von Byrons Anfrage berichtete.

»Warum, meinst du, machen wir hier unsere Einsätze mit Pennies und nicht mit halben Kronen oder Guineen? Habe mich wieder an das stinkende Pfeifenkraut gewöhnen müssen, das man für einen Sixpence den Beutel kriegt. Aber ich sage euch, es kommen auch wieder bessere Zeiten.«

»Wollt ihr zum Vaal zurück?« fragte Daniel.

Alle sahen zu Fleet hin, der ihr unbestrittener Anführer war. Dieser zuckte die Schultern und fächerte dabei sein Blatt auf. »Vielleicht, vielleicht auch nicht. Im Augenblick spiele ich Karten, Schwede. Wie soll ich da wissen, ob wir morgen zum Vaal zurückziehen oder uns mal auf DUTOITSPAN umsehen.«

Sie machten gerade ihre Einsätze, als die Zeltplane vom Eingang

zurückgeschlagen wurde und Damon erschien, so nüchtern, wie man nur sein konnte, und das Gesicht ganz Reue und Unterwürfigkeit.
»Fleet, ich muß mit dir sprechen.«
Dieser fuhr mit grimmiger Miene herum. »Was hast du hier zu suchen?« herrschte er ihn an. »Hast du schon vergessen, was ich gesagt habe? Diesmal lasse ich keine Gnade vor Recht ergehen!«
»Ich habe ihn.«
»Was hast du?« knurrte Fleet.
»Den Stein, ohne den ich doch nicht zurückkehren durfte«, antwortete Damon. »Ich habe sogar mehrere. Darf ich also hereinkommen?« Er streckte seine rechte, zur Faust geballte Hand aus und öffnete sie.
Auf seiner hellen Handfläche lagen drei kleine Diamanten.
Für einen ganz kurzen Augenblick waren die Männer am Tisch wie gelähmt, und die plötzliche Stille war von einer ungläubigen, atemlosen Anspannung erfüllt.
Dann aber, wie auf ein lautloses Kommando hin, sprangen alle auf und stürzten zu Damon, und das so ungestüm, daß dabei der Tisch ins Wanken geriet.
»Wo hast du die Steine gefunden?« stieß Fleet aufgeregt hervor.
»Oben auf dem Hügel, gleich neben dem Baum, in etwa vier Fuß Tiefe«, berichtete Damon und sonnte sich im Lob, das ihm nun von allen Seiten zuteil wurde.
»Holt eure Pfähle, Männer!« rief Fleet dann. »Wir wollen keine Zeit damit verlieren, unsere Claims abzustecken, bevor hier der große Rush einsetzt!«
Daniel hatte eine Gänsehaut auf den Armen, als er sich aus dem Sack mit kurzen Holzpfählen bediente und den Männern der Red Cap Company auf den Hügel folgte, dem Fleet in Erinnerung an seine Heimatstadt den Namen Colesberg Kopje gegeben hatte. War dies die Stunde seines Glücks, die seinem Leben eine neue große Wende gab?
Er versuchte sich von der Begeisterung der anderen nicht völlig mitreißen zu lassen, obwohl auch er von einer ungeheuren Erre-

gung gepackt war. Er mahnte sich selbst zu gesunder Skepsis, während sie im Mondlicht durch das hohe Gras liefen. Wie oft hatte er in den letzten Jahren nicht schon geglaubt, das Glück gefunden zu haben. Und ob es nun Alice betraf oder verheißungsvolle Claims, jedesmal war ihm von dem Glück, das er sich gewünscht hatte, nicht mehr als eine Ahnung vergönnt gewesen.
Nach den Gesetzen des Orange Freistaats, auf dessen Territorium VOORUITZIGT und die anderen Dry Diggings noch immer lagen, standen Fleetwood Rawstorne vier Claims zu. Denn nicht der schwarze Diener Damon galt rechtlich als Entdecker dieses neuen Diamantenfeldes, sondern sein weißer Herr. Jeder andere hatte Anspruch auf zwei Claims.
Das größte Kopfzerbrechen bereitete Daniel und der RED CAP COMPANY die Frage, in welcher Richtung von Damons Schürfstelle, die Fleet als seinen ersten Claim markierte, sie ihre Pflöcke in die Erde schlagen sollten. Das fahle Mondlicht reichte nicht aus, um die Bodenbeschaffenheit unter dem Gestrüpp und dem zottigen Gras auch nur erahnen zu können. Es blieb ihnen nichts anderes übrig, als ihre Claims auf gut Glück abzustecken.
Sowie Daniel seine beiden Claims ausgewählt hatte, ritt er ins Lager zu seinen Freunden zurück. Als er ihnen von Damons Fund erzählte, zeigten sie dieselbe Mischung aus tiefer Skepsis und aufflammender Hoffnung, wie sie Daniel auch empfand. Und Alice konnte es sich nicht verkneifen zu fragen, ob er sie denn wirklich ein zweitesmal überreden wollte, ihre Hoffnungen auf eine Digging zu setzen, die vermutlich so viel Diamanten hergab wie eine Sternschnuppe Licht am Nachthimmel.
Darauf reagierte Byron mit Unverständnis und Ärger. »Mein Gott, was redest du denn bloß für ein dummes Zeug, Alice? Natürlich packen wir sofort unsere Sachen zusammen und machen uns auf den Weg zu diesem Colesberg Kopje – du auch! Oder hat hier irgend jemand von euch etwas zu verlieren? Ich jedenfalls habe nichts dagegen, einen Ortswechsel vorzunehmen und mein Glück auf eine neue Karte zu setzen.«
Damit sprach er Sidney und auch Florence aus der Seele, und

selbst Alice mußte zugeben, daß ihre Situation schlechter gar nicht mehr werden konnte.
Sie brachen ihr Lager ab und beeilten sich, daß sie so schnell wie möglich zum Colesberg Kopje kamen, und diesmal scherten sie sich nicht darum, daß ihr plötzlicher Aufbruch bei den anderen Diggern zu einer Kettenreaktion führte. Bei Anbruch des Tages hatte es sich schon bis nach DUTOITSPAN und BULTFONTEIN herumgesprochen, daß es einen neuen Rush auf den Dry Diggings gab. Die Nachricht vom New Rush, wie er anfänglich bezeichnet wurde, sollte auch im Handumdrehen die Camps am Vaal erreichen und dann hinaus in alle Länder der Welt dringen.
»Gestern noch ein einsamer, unscheinbarer Hügel irgendwo im Veld – und heute schon ein Ort, wo Hunderte von Menschen wie die Ameisen zusammenströmen und Claims abstecken«, wunderte sich Daniel, als die Sonne aufging und die hektische Szenerie auf und um den Colesberg Kopje in goldenes Morgenlicht tauchte.
Sidney lachte kurz auf und sagte dann nachdenklich: »Was für ein Leben, das wir führen. Vor wenigen Stunden waren wir noch voller Ratlosigkeit, Groll und Zweifel, und jetzt schweben wir auf einer Wolke von freudiger Erregung und grenzenloser Zuversicht. Was für ein Wechselbad!«
»Wenn man nur wüßte, ob wir diesmal ...« Daniel ließ den Satz unbeendet.
»Ja«, sagte Sidney nur.
Sie standen auf der Kuppe und schauten über das Veld, ohne zu ahnen, daß dieser Ort sowie der Name de Beer in kürzester Zeit auf der ganzen Welt in aller Munde und auch noch hundert Jahre später gleichbedeutend mit dem unvorstellbaren Diamantenreichtum des südlichen Afrika sein würde.
Sie ahnten auch nicht, daß sie an diesem Tag Zeuge der Geburtsstunde einer Stadt wurden, die hier in der Halbwüste zwischen Vaal und Modder River entstehen sollte:
Kimberley.

33

Daniel hatte vom Goldrausch in Kalifornien und in Australien gehört, war aber fest davon überzeugt, daß die Welt nichts gesehen hatte, was sich mit dem New Rush von Colesberg Kopje auch nur annähernd vergleichen ließ. Ihm war, als wäre rund um ihn der reine Wahnsinn ausgebrochen und zur Norm erhoben worden.

Der erste Rush, der vor wenigen Monaten die Digger nach Vooruitzigt geführt und schon beachtliche Ausmaße gehabt hatte, fiel im Vergleich zu dem New Rush in die Bedeutungslosigkeit zurück wie ein klägliches Rinnsal neben einer gewaltigen Flut. Und wie eine mächtige Brandung, der sich nichts in den Weg zu stellen vermochte, rollte auch eine Welle Digger nach der anderen heran und überspülte das Land.

Täglich wuchs die Zahl der Digger, die auf der Farm der de Beers eintrafen und um jeden Preis so nahe wie möglich an der ersten Fundstelle einen Claim für sich abstecken wollten. Eine gute Meile vor Colesberg Kopje gab es mit den schweren Fuhrwerken schon bald kein Durchkommen mehr. Hunderte von Wagen aller Art versperrten einander den Weg zu dem neuen Diamantenfeld. Die meisten ließen daraufhin ihr Gefährt einfach stehen, griffen sich vier Holzpflöcke und rannten durch das Gewirr verkeilter Wagen und Gespanne, um möglichst schnell zu einer Parzelle zu gelangen. Diejenigen, die niemanden hatten, der ihren Claim durch seine physische Gegenwart vor rücksichtslosen Konkurrenten verteidigen konnte, und die sich auch nur kurz von ihrer Parzelle entfernten, erlebten bei ihrer Rückkehr häufig, daß andere Digger einfach ihren Claim besetzt hatten und jeden Meineid zu leisten bereit waren, sich dieses Stück Land eigenhändig abgesteckt zu haben. Claim-Jumping war an der Tagesordnung, und erfahrene Digger, die ihrem Gefolge vorausgeeilt waren, rührten sich nicht von der Stelle, wenn sie einen Claim ergattert hatten. Sie nahmen Hunger, Durst und Kälte in Kauf und warteten zum Teil tagelang, bis Freunde, Familienangehörige oder ihre schwarzen Arbeiter nachgekommen waren und sie in diesem Irrenhaus auf freiem Veld gefunden hatten. Einige von ihnen wurden für ihre Umsicht, Ausdauer und Entbehrungen mit einem Vermögen belohnt. Schon in den ersten Tagen lag seltsamerweise so etwas wie eine Ahnung in der Luft, daß diese Dry Digging sich bedeutsam von allen anderen Diamantenfeldern unterscheiden würde.

Das Chaos war unbeschreiblich und der Andrang so groß, daß der Orange Freistaat beschloß, diesmal bei der Verteilung der Claims und der Transportwege durch die Digging für ein Mindestmaß an Ordnung und Planung zu sorgen. Ein blitzschnell verkündeter Erlaß verbot jede Arbeit auf einem Claim, der nicht vom offiziellen Claim-Inspektor ordnungsgemäß vermessen, eingetragen und per schriftlicher Lizenz rechtmäßiger Besitz eines Diggers geworden war.

Auf diesen Erlaß reagierten die Digger mit großem Unmut, ja mit zornigem Aufbegehren, und diese Wut bekam Albert Ortlepp, dem der Freistaat die undankbare Aufgabe der Vermessung und Registrierung übertragen hatte, zu spüren. Nur von zwei Gehilfen unterstützt, mußte er sich in die Menge der gereizten, streitbaren Digger begeben und sich den übelsten Beschimpfungen und Drohungen aussetzen.

Albert Ortlepp zeigte in diesem Hexenkessel jedoch Mut und Unbeirrbarkeit. Er ließ sich von keinem einschüchtern und wich keinen Inch zurück, was immer man ihm auch androhte. Fast jeder Digger verfluchte und beschuldigte ihn, andere zu bevorzugen, ihn endlos lange warten zu lassen und ihm dann auch noch seinen Claim zu beschneiden. Denn Albert Ortlepp nahm es mit der Vermessung nicht nur sehr genau, sondern er bestimmte zudem, daß ein Netz paralleler Wege durch New Rush führen sollte. Die Erfahrung aus anderen Diggings hatte nämlich gezeigt, welch ein Chaos und wieviel Streitereien ohne gesicherte und für jeden zugängliche Zufahrtswege entstanden. Albert Ortlepp legte fest, daß vierzehn Straßen von jeweils fünfzehn Fuß Breite durch das Herzstück von Colesberg Kopje führen sollten,

und zwar so aufgeteilt, daß immer zwei Reihen von Claims zwischen zwei Straßen lagen. Auf diese Weise konnte jede Parzelle auf kürzestem Weg und sicher von jedem erreicht werden, zumindest der Planung nach. Daß diese Wege in weniger als einem Jahr zu einer lebensgefährlichen Bedrohung für die Digger werden und viele das Leben kosten würden, konnte zu diesem Zeitpunkt niemand voraussehen, nicht einmal Albert Ortlepp.
Da man nun für diese Zugangs- und Transportwege, die auch breit genug für Fuhrwerke sein sollten, claimfreies Land benötigte, war fast jeder gezwungen, von seiner Parzelle an der Außenkante einen Streifen von dreißig Fuß Länge und siebeneinhalb Fuß Breite an die Allgemeinheit abzutreten. Und obwohl alle die Nützlichkeit dieser Wege einsahen, gab es deswegen doch eine Menge Streit, böses Blut und nicht wenig Gewalttätigkeiten unter den Diggern. Die Verzögerung, die durch die Vermessung und Registrierung der einzelnen Claims entstand, brachte viele Digger in Rage und entfachte in ihnen die Angst, das Nachsehen zu haben. Jeder wollte so schnell wie möglich mit der Arbeit beginnen. Wer konnte auch ahnen, daß beinahe ein halbes Jahrhundert später, wenn die meisten von ihnen schon gar nicht mehr am Leben waren, noch immer Minenarbeiter an dieser Stelle Diamanten zutage förderten?
Innerhalb nur einer Woche wuchs rund um Colesberg Kopje eine Stadt aus Zelten, Wellblechhütten und einigen hastig zusammengezimmerten Holzbaracken aus dem Boden. Seit den Zeiten des *Großen Trecks* der Buren, der seinen Höhepunkt Mitte der dreißiger Jahre erlebt hatte, waren nicht mehr so viele Wagen im südlichen Afrika auf ein Ziel konzentriert gewesen. Und als die Arbeit auf immer mehr Claims aufgenommen und der Fund eines Diamanten schon bald so alltäglich wurde, daß man ihn nicht mehr wie früher mit einem Jubelschrei verkündete, da gingen die Meldungen von immer neuen sensationellen Funden in die ganze Welt hinaus und veranlaßten Zehntausende, ihr Land zu verlassen und sich auf den Weg nach Colesberg Kopje in Afrika zu machen.

Aber nicht nur Buren, Engländer, Kontinentaleuropäer, Amerikaner und Australier strömten auf das Land der völlig verstörten Gebrüder de Beer. Die Kunde, daß die verrückten Weißen die wegen dieser klaren Kiesel die Erde aufwühlten und dabei allerlei Gefahren und Entbehrungen in Kauf nahmen, daß diese Weißen Arbeiter brauchten und sie gut bezahlten, drang im Umkreis von tausend Meilen und mehr zu allen Schwarzen und bis in die entlegensten Dörfern, und Schwarze von über hundert verschiedenen Stämmen trafen nach manchmal monatelangen Wanderungen in Colesberg Kopje ein. Es sollte nicht lange dauern, und auf jeden Weißen – ob nun Digger, Fuhrmann, Schankwirt oder Kaufmann – kamen mindestens zehn Schwarze.

Dutoitspan und Bultfontein und die erste Digging von de Beer, die nun den Namen Old De Beers erhielt, da es auf Vooruitzigt ja nun eine zweite Digging gab, waren gleich zu Beginn des New Rush von den Diggern aufgegeben worden und so verödet gewesen wie die Camps am Vaal. Doch diese Zeit der Ruhe währte auf diesen älteren Diamantenfarmen nicht lange. Schon bald setzte auch auf diesen drei Diggings wieder intensive Schürfarbeit ein. Denn wer in Colesberg Kopje keinen Claim ergattern konnte, und das waren mit jeder Woche immer mehr Leute, versuchte sein Glück zumeist auf den benachbarten Diggings. Auch in die Camps am Vaal kehrte wieder das Leben zurück, doch es sollte dort niemals mehr so zugehen wie in den ersten beiden Jahren des Diamantenrausches. Von nun an standen die Flußcamps im Schatten des Wunders von Colesberg Kopje.

Aber nicht allen, die sich dort einen Claim hatten abstecken können, war es vergönnt, an dem unglaublichen Diamantenreichtum teilzuhaben. Innerhalb weniger Wochen kristallisierte sich heraus, daß nur die Claims innerhalb eines Rundes von etwa zweihundertfünfzig Acres Grundfläche wirklich reich mit kostbaren Steinen durchsetzt waren. Harter Fels, der nach den ersten Grabungen schnell zum Vorschein kam, umschloß diesen magischen Kreis, von dem noch keiner ahnte, daß es sich dabei um den Rand eines Kraters handelte, der vor Jahrmillionen erkaltet war und in seinem mit zunehmender Tiefe immer enger werdenden Trichter Millionen von Diamanten in seinem Gestein eingeschlossen hielt. Eine Meile betrug der Durchmesser dieses diamantenen Kreises.

Die Claims, die außerhalb der felsigen Barriere lagen, wurden schon bald mangels Ertrag aufgegeben, und die meisten der enttäuschten Digger begaben sich nach OLD DE BEERS, BULTFONTEIN oder DUTOITSPAN. Doch auch die Parzellen, die zwar innerhalb dieses felsigen Kreises, aber leider zu nahe am Kraterrand lagen, trugen keine reichen Früchte. Sowie die Digger in zehn, zwanzig Fuß auf das harte Felsgestein stießen, fand ihr Traum, mit ihrem Claim am Reichtum von Colesberg Kopje teilzuhaben, sein jähes Ende.

»Gott sei Dank, daß wir unsere Claims westlich von denen der RED CAP COMPANY abgesteckt haben!« sagte Sidney voller Dankbarkeit, als bekannt wurde, daß Richard Jackson und einige seiner Freunde mehrere Claims aufgeben mußten, weil sie auf Fels gestoßen waren.

»Ja, wir haben Glück gehabt, daß wir ein gutes Stück von dieser Felsbarriere entfernt liegen«, stimmte Daniel ihm zu.

»Dennoch sollten wir alles dransetzen, um Claims in unseren Besitz zu bringen, die noch mehr in der Mitte liegen«, schlug Byron vor.

»Warum denn das?«

Byron zuckte mit den Schultern. »Ich weiß nicht, ich habe einfach so ein Gefühl, daß in der Mitte die Musik am lautesten spielt.« Er grinste. »Bei einem Glücksspiel befindet sich der Pott immer in der Mitte, und keiner soll sagen, daß das hier kein Glücksspiel wäre.«

»Gut möglich«, erwiderte Alice. »Aber du hast doch schon zwei schwarze Arbeiter eingestellt, und die kosten mit zwei Shilling pro Tag zusätzlich zu den monatlichen Claimgebühren nicht gerade wenig. Außerdem sind mehr als zwei Claims doch keinem erlaubt. So lautet nun mal das Gesetz.«

Byron verzog das Gesicht zu einem spöttischen Lächeln. »Es gibt immer Mittel und Wege, um so ein Gesetz elegant zu umschiffen. Mir wird schon eine Idee kommen. Auf jeden Fall sollten wir jeden Penny, den wir entbehren können, in den Ankauf von Claims verwenden. Ich habe das Gefühl, daß heute noch billig zu kriegen ist, was schon in naher Zukunft unbezahlbar sein wird.«
»Du hast kaum mit der Arbeit auf deinem Claim begonnen und planst schon den Ankauf von weiteren Claims?« Florence schüttelte ungläubig und belustigt zugleich den Kopf. »Und von wegen billig. Unter fünfhundert Pfund ist im Innenfeld kein Claim zu haben.«
»Was sind schon fünfhundert Pfund?« fragte Byron unbeeindruckt.
»Etwa vierhundertsechzig Pfund mehr, als ich zur Zeit besitze«, warf Alice trocken ein.
Byron tat das mit einer lässigen Handbewegung ab. »Geld ist nicht das Problem, Freunde. Man muß etwas nur wirklich wollen, dann tun sich einem auch die entsprechenden Wege auf, die ans Ziel führen.«
»Na ja, du hast es ja schon immer vorgezogen, irgend etwas auszutüfteln, was Geld einbringen kann, als harte körperliche Arbeit zu leisten. Die hast du in deiner Großzügigkeit immer anderen überlassen«, bemerkte Florence sarkastisch und in Anspielung auf Jai, dem er in der kurzen Glanzzeit der Vaal River Salvage Company die Hauptlast der Arbeit aufgebürdet hatte und der sich jetzt mit den beiden Schwarzen auf Byrons Claim abschuftete.
Byron nahm ihr diese Spitze jedoch nicht übel. »Einer ist nun mal für die Muskelkraft zuständig, während der andere seine Gehirnzellen anstrengt. Und mit nur einem Arm sehe ich für mich bessere Chancen, wenn ich mich mehr auf meine Kopfleistungen verlasse als auf die meiner Muskeln.«
Sidney grinste und rieb sich seine kalten Hände. Schon seit Tagen herrschte eine frostige Kälte, und es hätte niemanden überrascht, wenn es geschneit hätte. »Gut aus der Schlinge gewunden, Byron.

Aber jetzt schon daran zu denken, Claims aufzukaufen, scheint mir doch um einiges verfrüht.«

»Man muß nicht nur an morgen denken, sondern auch an übermorgen«, antwortete Byron selbstbewußt. »Stillstand ist schon Rückschritt. Und wer es zu was bringen will, muß der Meute um einiges voraus und wach sein, wenn die anderen schlafen. Ich werde mir jedenfalls Geld leihen, um noch einige Claims aufkaufen zu können.«

Alice lachte ihn halb bewundernd, halb spöttisch an. »Ich glaube, wenn du nicht ständig ein neues Geschäft aushecken kannst, geht es dir nicht gut.«

»Es hält mich zumindest von anderen dummen Gedanken ab«, scherzte er und zwinkerte ihr zu.

»Warten wir erst einmal ab, wie die Ausbeute auf unseren Claims ausfällt und ob wir überhaupt ein paar Pfund riskieren können«, meinte Daniel.

Es war Florence, die von ihnen den ersten Stein fand. Er hatte fünf Karat und war fehlerfrei. Noch am selben Tag entdeckte sie zwei weitere bei der Arbeit am Sortiertisch. Ihre Freude kannte keine Grenzen, und Lionel lachte mit ihr, ohne zu wissen, was der Grund für die Ausgelassenheit seiner Mutter war.

Als Alice zwei Tage später einen prächtigen Zwölfkaräter vom Sieb der Cradle nahm und noch mehrere kleine Diamanten fand, die sie und Sidney auf der Stelle um fast vierhundert Pfund reicher machten und sie erst einmal aller finanzieller Sorgen enthob, da fiel Daniel ein Stein vom Herzen. Ihre Funde waren ihm wichtiger als die seinigen, die auch seine Barschaft innerhalb einer Woche um mehrere hundert Pfund aufbesserten. Erst jetzt wurde ihm richtig bewußt, wie sehr er doch darunter gelitten hatte, daß Alice ihn für die Pleite auf der Digging von OLD DE BEERS verantwortlich gemacht hatte.

»Wir werden hier noch reich!« rief Sidney überschwenglich, als er einen walnußgroßen Stein von über sechzig Karat beim Sieben in der Cradle entdeckte. Daß er wegen mehrerer Einschlüsse nur knappe zweihundertzwanzig Pfund dafür bekam, während er ihm als lupenreiner Stein ein Vermögen von mindestens zehntausend Pfund gebracht hätte, trübte seine Begeisterung in keinster Weise. »Mein Gott, wir haben doch gerade erst angefangen. Der Claim ist ja nicht mal zwölf Fuß tief. Die dicken Brocken werden noch kommen!«

Es verging fast kein Tag, an dem nicht einer von ihnen einen Diamanten fand. Aber es war ein hartes Leben auf der Dry Digging vom New Rush, für den sich immer mehr der Name Colesberg Kopje durchsetzte. Das Wetter fiel mit eisigen Winden und Sandstürmen über die Digger her, und der Mangel an Wasser sowie an Feuerholz und ausreichend Lebensmitteln setzte allen zu. So beeindruckend die Funde auch waren, so ging doch ein Großteil davon für den täglichen Unterhalt drauf. Und das Leben in den wenig Schutz und Komfort bietenden Zelten forderte so viel strenge Genügsamkeit wie die Arbeit auf den Claims vollen körperlichen Einsatz bei Wind und Wetter.

Mitte September, als die bittere Kälte nachließ und die Tage am Mittag ihre ersten angenehm warmen Stunden brachten, schenkte Mahala einem Sohn das Leben. Molefe gebärdete sich wie ein Pfau und sprach schon vom nächsten Kind. Daniel gab ihm die Woche frei.

»Lange wird er wohl nicht mehr bleiben«, sagte Sidney und sprach damit aus, was auch Daniel schon seit geraumer Zeit beschäftigte.

Daniel nickte. »Molefe wird nicht zulassen, daß sein Sohn in einer Zeltstadt von Diggern aufwächst. Er hat seinen Anteil all die Jahre eisern gespart und genug Geld zusammen, um sich Land und Vieh zu kaufen.«

»Aber er hängt sehr an dir.«

»Ja, und ich an ihm, Sid«, sagte Daniel wehmütig. »Doch da er nun eine Frau und einen Sohn hat, wird sein Stolz es nicht länger zulassen, mit all den anderen Schwarzen in dieser riesigen Grube zu arbeiten und neuerdings von Weißen als Nigger beschimpft und herumgestoßen zu werden, zumal er es gar nicht mehr nötig hat, den Rücken krumm zu machen. Und daß er jetzt als Schwar-

zer ohne schriftliche Erlaubnis seines Herrn nach Einbruch der Dunkelheit nicht mehr auf den Straßen der Zeltstadt unterwegs sein darf, empfindet er ebenfalls als persönliche Kränkung. Auch daß der Ausschank von Alkohol an Schwarze verboten ist sowie der Verkauf von Feuerwaffen, beleidigt ihn. Er hat dem Alkohol zwar nie etwas abgewinnen können, aber er sieht nicht ein, warum er sich keine Flasche Brandy kaufen darf, wenn er das Geld dafür ehrlich verdient hat. Und was Waffen betrifft, so hat er immer eine Flinte besessen.«
Sidney seufzte. »Die Sitten werden spürbar rauher, das ist wahr. Mir gefällt es auch nicht, daß durch die Amerikaner die Schwarzen nun Nigger geschimpft werden. Leider setzt sich das durch.«
»Aber was diese Verbote betrifft«, bemerkte Byron nun, »so machen sie meiner Meinung nach schon Sinn, Daniel. Denn bei den Zigtausenden von Kaffern, die in dieses Gebiet strömen, ist ein wenig Kontrolle schon angebracht. Du weißt doch selbst, wie maßlos die meisten im Umgang mit Alkohol sind.«
»Ja, aber ...«
»Außerdem hält sich so gut wie kein Canteenbesitzer an die Vorschrift. Die vielen betrunkenen Kaffern, die man überall in der Stadt antrifft, legen davon doch wohl ein sehr beredtes Zeugnis ab. Kaffern können keinen Alkohol vertragen, und da sie offenbar nicht Grips genug haben, um das endlich einzusehen und die Finger von dem Zeug zu lassen, muß man sie eben per Gesetz zur Vernunft zwingen. Ich finde das mehr als in Ordnung so.«
»Es gibt auch genug betrunkene Weiße. Die Canteens sind voll davon, Tag und Nacht!« erwiderte Daniel ungehalten, der mit Byron eigentlich nur dann Streit bekam, wenn sich ihr Gespräch den Rechten, Pflichten und der allgemeinen Stellung der Schwarzen in der Welt der Weißen zuwandte.
Sidney bog die drohende Auseinandersetzung ab, indem er jedem einen Arm um die Schulter legte und sagte: »Apropos Alkohol. Ich möchte euch heute abend in der Blue Post Bar oder auch in Stafford Parker's Club zu einer feuchtfröhlichen Feier einladen.«

»Und du zahlst die Zeche?« fragte Byron grinsend.
»Bis zum Abwinken!« versicherte Sidney.
»Das ist ein Wort.«
»Und was feiern wir?« wollte Daniel wissen, den bei Sidneys glücklichem Gesichtsausdruck auf einmal eine dunkle Ahnung beschlich.
Sidney strahlte sie an. »Daß ich im Herbst nächsten Jahres Vater werde! Es ist Nachwuchs im Hause derer von Fairchild im Anzug!«
Ein scharfer Schmerz ging durch Daniels Brust. Alice trug das Kind seines Freundes in ihrem Leib. Das Kind, das sein Kind hätte sein können, wenn sie nicht diese absurde Angst vor ihren eigenen Gefühlen gehabt und die Liebe nicht für einen Fluch gehalten hätte. Seine Kehle war für einen Moment wie zugeschnürt.
Glücklicherweise fiel es Sidney nicht auf, denn Byron boxte ihn freundschaftlich in die Seite, beglückwünschte ihn und flachste: »Wurde ja auch langsam Zeit, daß du deine Qualitäten als Ehemann in dieser Hinsicht unter Beweis stellst, alter Knabe! Werden das natürlich gebührend begießen, mit Champagner, versteht sich.«
Daniel bekam sich wieder unter Kontrolle. »Meinen Glückwunsch euch beiden. Ich freue mich für dich und Alice«, sagte er, und es war wenigstens keine ganze Lüge, denn er hing zu sehr an Sidney und liebte Alice noch immer genug, um das sagen zu können.
Im Oktober machte die britische Krone dem Streit um die Frage, wem das Griqualand mit seinen reichen Bodenschätzen gehörte, auf gewohnt imperialistische Weise ein Ende. Die Regierung in London ignorierte die Ansprüche der beiden Burenstaaten, einigte sich unter der Hand mit dem Häuptling der Griquas und annektierte mit dessen bezahlter Zustimmung das Gebiet. Es erhielt den offiziellen Namen Griqualand-West und gehörte nun zum britischen Empire. Der Orange Freistaat, auf dessen Gebiet die Diamantenfarmen ja eigentlich gelegen hatten, wurde mit

diplomatischer Gewalt dazu gedrängt, mit knirschenden Zähnen eine Entschädigung in Höhe von neunzigtausend Pfund anzunehmen und sich in ohnmächtiger Wut damit abzufinden, daß die Engländer ihnen das reichste Stück Land des südlichen Afrika gestohlen hatten.

Die Digger waren über die Annexion alles andere als erfreut, und das galt auch für diejenigen, die aus England kamen und den Union Jack sonst mit Stolz und Freude wehen sahen. Doch auf den Diggings wollten auch sie nicht die Flagge ihres Heimatlandes. Sie waren mit ihren gewählten Diggers-Komitees, die sich um alles gekümmert und ihnen quasi eine unabhängige Diggers-Republik im Niemandsland ermöglicht hatten, und der laschen Verwaltung des Freistaates bestens zurechtgekommen.

Sie fürchteten jetzt nicht allein um ihre Selbstverwaltung, sondern vor allem um den Status der Schwarzen. Denn wenn nun die Gesetze der Engländer auch für das Gebiet der Diamantenfarmen Geltung erhielten, bedeutete das eine Gleichsetzung der Kaffern mit den Weißen. Und dann waren alle bisherigen Verbote und Vorschriften, die die Schwarzen betrafen, null und nichtig. Dann durften Kaffern Claims besitzen, und genau an diesem Punkt stießen sich auch viele sonst sehr aufgeschlossene Digger. Denn eines der größten Probleme, mit denen die Claimbesitzer zunehmend zu kämpfen hatten, war das *illicit diamond buying*, von allen bald nur noch im Kürzel als I.D.B. bezeichnet. Mit jedem Tag wuchs das Heer der schwarzen Arbeiter auf den Diggings, und die Erfahrung hatte gelehrt, daß die Schwarzen ein bedeutend besseres Auge für Diamanten besaßen als die Weißen. Häufig erkannten sie einen Stein schon beim Graben im Claim oder beim Ausleeren der Eimer in die Cradle, also bereits lange bevor der Stein vor ihrem weißen Herrn auf dem Sortiertisch landete. Charakterlose Gestalten, von denen aus aller Welt auch mehr als genug zu den Diamantenfarmen strömten, hatten es nicht schwer, viele Schwarze zum Diebstahl zu animieren. Es lockten ein Monatslohn für einen Moment der Angst sowie Alkohol und auch Waffen. Es ging nämlich längst um zuviel

Geld, als daß sich die Schattenwelt skrupelloser Geschäftemacher fernhalten ließ. Immer mehr Diamanten wurden gestohlen und von illegalen Diamantenhändlern zu einem Spottpreis aufgekauft. I.D.B. und die Annexion durch die britische Krone waren in den letzten Wochen das beherrschende, explosive Thema überall dort, wo zwei oder mehr Weiße zusammenkamen.

In dieser spannungsgeladenen Zeit gegen Ende des Jahres traf Gerrit Badenhorst in Colesberg Kopje ein.

»Irgendwie habe ich nie daran gezweifelt, daß ich Sie eines Tages wiedersehen würde! Und ich wußte auch in meinem Herzen, daß Sie noch immer frei sein würden!« waren die ersten Worte, mit denen er eine gänzlich verblüffte Florence begrüßte. »Haben Sie noch meinen Stein?«

Lachend sagte sie ja.

34

Der Market Square, umschlossen von einem Geviert aus dicht gedrängt stehenden, hastig errichteten Gebäuden aus Holz, Wellblech und Zeltstoff, lag auf der Ostseite von Colesberg Kopje. In weiser Voraussicht war der staubige Platz so großzügig angelegt worden, daß sogar drei Dutzend und mehr schwere Fuhrwerke mit zwölfköpfigen Ochsengespannen zur selben Zeit aufgereiht stehen und ihre Waren den Kunden anbieten konnten. Diese fanden sich hier jeden Morgen zu Hunderten ein, um sich mit Lebensmitteln, Feuerholz und anderen Produkten einzudecken, die es entweder gar nicht oder nur zu einem entschieden höheren Preis in den General Trading Stores der festansässigen Kaufleute gab.

Da die Nachfrage das Angebot bei Grundnahrungsmitteln, Feuerholz, Baumaterial und Diggerausrüstung bei weitem überstieg, wurden fast alle Waren vom Wagen weg versteigert. So auch an diesem warmen Sommermorgen im Januar des neuen Jahres, als Byron seine Freunde gedrängt hatte, ihn zu der morgendli-

chen Auktion auf dem Market Square zu begleiten. Alice hatte abgelehnt, weil sie mal wieder unter heftigen Übelkeitsanfällen litt, doch Daniel, Sidney und Florence waren seiner Aufforderung gern gefolgt, wußten sie ihre Claims doch unter der Aufsicht von Molefe in besten Händen.
Die Sonne stand schon gut drei Handbreit im Osten über dem Veld, und ihr Schein tauchte den Platz in warmes Morgenlicht, lief dann die gewundene, von zahlreichen Spurrillen gefurchte Main Street hinunter nach Westen zu der Digging und vertrieb die letzten Schatten aus dem unregelmäßig gezackten, buckelreichen Sockel des aus Rubbish bestehenden Berges. All die ungezählten Tonnen Erde und Gestein wanderten hierhin, nachdem sie die Siebe von Tausenden von Cradles und ebenso vielen Sortiertischen passiert hatten. Die Digger hatten dem von ihnen aufgekippten Berg den Namen Mount Ararat gegeben.
Gedankenverloren schaute Florence zu dieser graubraunen Halde hinüber, während sich die Händler auf ihren Wagen bei der Auktion ihrer Waren gegenseitig an Lautstärke zu übertönen versuchten.
»... zehn Shilling ... elf Shilling ... elf Shilling und Sixpence ... zwölf Shilling«, rief der Händler, der frisch aus der Kapregion kam und seinen Wagen mit Fässern voll Kapbrandy, Madeira, Port und Champagnerkisten beladen hatte. »Zwölf Shilling die Gallone! ... Höre ich dreizehn? ... Gentlemen, ich bitte Sie, tun Sie es mir nicht an, daß ich diesen edlen Tropfen unter meinen Selbstkosten verkaufen muß. Meine Tiere brauchen Futter!«
Höhnisches Gelächter der Schankwirte, die sich um seinen Wagen geschart hatten, erhob sich. Noch vor wenigen Wochen hatten sie den Brandy für sechs bis neun Shilling die Gallone kaufen können.
Jemand hob die Hand. »Zwölf und sechs!«
»Zwölf Shilling und Sixpence!« verkündete der Händler auf dem Wagen. »Wer faßt sich ein Herz und bietet mehr?« Es gab kein höheres Gebot, und dem Wirt der SCARLET BAR wurde der Brandy zugeschlagen.

Einige Wagen weiter versteigerte ein junger Fuhrmann Feuerholz. Daniel wunderte sich, daß Byron daran Interesse zeigte und mitbot.
»Warum tust du das?« fragte er, als die Gebote zwanzig Pfund erreichten und Byron erneut die Hand hob. »Du hast doch mehr als genug Feuerholz in deinem Zelt aufgestapelt.« Holz war mittlerweile so teuer geworden, daß niemand es mehr im Freien aufzubewahren wagte – aus berechtigter Angst vor nächtlichen Dieben.
Byron lächelte verschmitzt. »Ganz einfach: weil es den Preis hochtreibt.«
»Und was hast du davon?« wollte Sidney wissen, nicht weniger verwundert.
»Mir gehören der Wagen, die Ochsen und das verdammte Holz«, raunte Byron ihnen zu und weidete sich an ihren erstaunten Gesichtern.
Daniel wollte es nicht glauben. »Das kann nicht dein Ernst sein!«
»Ist es aber«, versicherte Byron, während das Holz für sechsundzwanzig Pfund einen Käufer fand. »Und nicht nur dieser Wagen. Es fahren noch drei weitere Gespanne für mich. Und sie bringen mir einen hübschen Profit.«
Seine Freunde fielen aus allen Wolken.
»Kommt, gehen wir rüber zum TIFFANY'S DINING PARLOR. Ich lade euch zu einem handfesten zweiten Frühstück ein«, sagte Byron lachend, als sie ihn nun mit Fragen bedrängten.
TIFFANY'S DINING PARLOR war eines der zahlreichen Lokale, die im Handumdrehen neben Canteens, General Trading Stores, Hotels, Werkstätten und anderen Kleinunternehmen fast über Nacht in der typischen Billigbauweise von Diggercamps aus dem Boden gewachsen waren. Die Einrichtung war dementsprechend einfach, doch der Koch verstand sein Handwerk. Und die mollige Besitzerin warb vor ihrem Lokal mit einem großen Plakatschild zu Recht voller Stolz damit, daß bei ihr die Bedienung garantiert wurde. Denn das konnte nicht jedes Zeltrestaurant bieten.
»Jetzt erzähl endlich, wie du bloß auf die verrückte Idee gekom-

men bist, dich im Fuhrgeschäft zu engagieren«, drängte Sidney auf eine Erklärung, nachdem Byron für sie alle Omeletts, Gemüse und kleine Lammkoteletts bestellt hatte. Es war ein teures Frühstück, denn mittlerweile zahlte man auf den Dry Diggings fast soviel für ein Ei wie andernorts für ein ganzes Huhn.

»Das lag doch nahe, Freunde«, erklärte Byron vergnügt. »Es gibt hier genügend junge Männer, die keinen Penny mehr in der Tasche haben, nachdem sie gemerkt haben, daß ihre teuer erworbenen Claims nichts als Erde und wertloses Gestein hergeben. Da habe ich kurzentschlossen einige hundert Pfund in Ochsen und Wagen investiert, ein paar dieser mittellosen Burschen auf Provision angestellt und sie zu den Farmen und nach Bloemfontein geschickt. Die Waren, die sie da für ein paar Pfund aufkaufen, gehen hier für das Vierfache und mehr weg. Ich dachte mir, daß ich mir dieses kleine Nebengeschäft nicht entgehen lassen sollte, und der Erfolg hat mir recht gegeben. Meine Investition habe ich in den ersten vier, fünf Wochen wieder eingespielt.«

Florence, Daniel und Sidney konnten nicht umhin, ihm ob seiner Geschäftstüchtigkeit Bewunderung zu zollen.

»Wirklich clever«, sagte Sidney. »Aber warum hast du denn Gerrit Badenhorst nicht angesprochen? Der hat doch auch ein Fuhrwerk und ein prächtiges Ochsengespann.«

»Habe ich, aber der Junge hat seinen Stolz. Er hat mir erklärt, daß er lieber auf eigene Rechnung fährt, bis er genug Geld zusammen hat, um sich irgendwo an einem Viertel-Claim zu beteiligen«, antwortete Byron. »Und ich muß sagen, daß mir diese Haltung gefällt.«

Daniel bemerkte, daß Florence Farbe in die Wangen bekam, als der Name Gerrit Badenhorst fiel. Der Farmerssohn, der vor zwei Monaten bei ihnen aufgetaucht war und sich seitdem auf seine sympathisch zurückhaltende, aber beharrliche Art um Florence bemühte und dabei auch immer Zeit für ihren Sohn Lionel fand, hatte unverkennbar in zweifacher Hinsicht ein klares Ziel vor Augen: Er wollte es aus eigener Kraft zu etwas bringen und gleichzeitig das Herz von Florence Ashburn erobern. Und so wie Daniel die Sache sah, hatte Gerrit keine schlechten Chancen. Florence hielt sich mit Äußerungen über Gerrit Badenhorst zwar sehr zurück, aber doch so auffällig, daß dieses Verhalten gewisse Deutungen zuließ. Daß auch sie ihn sympathisch fand, daran herrschte zumindest kein Zweifel. Sie hätte ihm sonst schon längst zu verstehen gegeben, daß ihr seine regelmäßigen Besuche nicht sehr willkommen waren. Und warum hatte sie sich auch ausgerechnet jetzt zwei neue hübsche Kleider gekauft, war sie doch bisher so extrem sparsam gewesen? Anders als Alice hatte sie nichts für neue Kleider ausgegeben, von den besonderen Kostümen für ihre Arbeit in der MIDNIGHT CRADLE einmal abgesehen. Stets hatte sie den sturen Standpunkt vertreten, daß ihre alten Sachen für das Campleben noch gut genug seien. Und sie hatte sich selbst nicht nur nichts an neuer Garderobe gegönnt, sondern sie hatte auch alle Männer, die sich für sie interessiert hatten, ausnahmslos und mit einer unmißverständlichen Deutlichkeit abgewiesen, die keinen Platz für auch nur einen Funken Hoffnung gelassen hatte. Dagegen wirkte ihre zurückhaltende, aber doch offensichtliche Freude an Gerrits Besuchen wie ein seelischer Sonnenaufgang nach einer langen dunklen Nacht.

»Ja, mir gefällt Gerrit Badenhorst auch«, pflichtete Sidney nun Byron zu und lächelte Florence über den Rand seines Kaffeebechers hinweg vielsagend an. »Der Bursche ist aus dem richtigen Holz geschnitzt. Vielleicht sollten wir ihm bei uns eine Beteiligung anbieten.«

»Das ist nicht nötig«, wies Florence dies mit einer für sie ungewöhnlichen Ruppigkeit zurück. »Er schafft es auch allein.«

Daniel unterdrückte ein vergnügtes Auflachen und tauschte mit Sidney und Byron vielsagende, wissende Blicke.

Florence bemerkte das, und ihr Gesicht lief nun knallrot an. Sie straffte mit einem Ruck ihre Schultern und hob wie im Trotz das Kinn. »Ihr braucht euch gar nicht solche wichtigtuerischen Blikke zuzuwerfen!« sagte sie mit ärgerlicher Verlegenheit und brennenden Wangen. »Und eure hintersinnigen Anspielungen auf

Gerrit könnt ihr euch gefälligst auch sparen. Zwischen ihm und mir ist nichts!«

Byron sah sie mit einem entwaffnenden Lächeln an. »O Florence, wenn du dich jetzt bloß selbst hören und sehen könntest«, entgegnete er amüsiert.

Sidney nickte lachend. »Ja, dann würdest du dich selbst fragen, für wann ihr denn nun das Aufgebot bestellen wollt, anstatt zu versuchen uns weiszumachen, daß dir Gerrit Badenhorst nichts bedeutet.«

Das Rot auf ihrem Gesicht wurde noch intensiver. Gleichzeitig wich die gespielte Empörung aus ihren Augen, und ihr Blick wurde weich und verletzlich.

»Ich glaube, Florence will weniger uns etwas vormachen als sich selbst«, bemerkte Daniel nun verständnisvoll. »Natürlich mag sie Gerrit. Aber so wie ich Florence kenne und einschätze, ist sie sich noch nicht sicher, ob sie ihren eigenen Gefühlen auch trauen kann. Ich denke mal, sie möchte einfach nichts überstürzen und sich Zeit lassen, was Gerrit und sie betrifft, bevor sie ... nun ja, gewisse Konsequenzen näher ins Auge faßt.«

Florence warf ihm einen dankbaren Blick zu und räumte mit entschuldigendem Tonfall ein: »Ich mag Gerrit. Vielleicht ist es sogar mehr als nur mögen ... vermutlich. Er hat eine so offene, warmherzige Art, und Lionel ist ganz verrückt nach ihm. Aber es ist so, wie Daniel gesagt hat. Ich will mir mit allem Zeit lassen. Ich bin nun mal ein gebranntes Kind.«

Dieses Eingeständnis bewirkte nun bei Sidney und Byron Verlegenheit, denn nichts lag ihnen ferner, als Florence zu verletzen und alte Wunden in ihr aufzureißen. Ihnen wurde klar, daß es gewisse Dinge gab, die man besser nicht ansprach, so offensichtlich sie auch erscheinen mochten. Denn Worte, wie gut auch gemeint, hatten es seltsamerweise oftmals an sich, daß sie plötzlich ganz eigene Wege gingen und eine Wirkung erzielten, die gar nicht beabsichtigt gewesen war.

Einen Moment herrschte an ihrem Tisch ein etwas betretenes Schweigen. Byron rieb sich mit Daumen und Zeigefinger über seinen bleistiftschmalen Oberlippenbart, Daniel griff zu seiner Pfeife und kaute auf dem Mundstück, und Sidney polierte die Klinge des Messers auf dem derben Segeltuch nach, das als Tischdecke diente, an den Rändern aber immerhin mit einem Saum geblümten Gardinenstoffs verziert war. Zu ihrer aller Erleichterung kam Augenblicke später ihr opulentes Frühstück.

»Sei doch so gut und schneid mir die Koteletts in kleine Stücke«, bat Byron und schob Florence seinen Teller hin, und jeder, der ihn kannte, wußte, daß dieses Eingeständnis seiner reduzierten Fähigkeiten wegen seines fehlenden linken Armes Seltenheitswert besaß; in dieser Situation kam die Bitte um Hilfe einer Entschuldigung gleich. Byron bat sonst nie jemanden um Hilfe, und wer es wagte, ihn für einen Krüppel zu halten und ihm Hilfe anzubieten, der zog sich seinen Zorn, ja manchmal sogar seinen unversöhnlichen Haß zu.

Sidney brachte ihr Gespräch geschickt auf die rasante Entwicklung von Colesberg Kopje und erwähnte dann, daß die Digger auf OLD DE BEERS mittlerweile auch recht ansehnliche Erträge aus ihren Claims erzielten.

»Sie können sich zwar weder in Qualität noch in Quantität mit uns hier messen, aber mancher bringt es doch zu einem beachtlichen Vermögen«, schloß Sidney seine Ausführungen.

»Daß auch wir uns auf dem besten Weg befinden, ein Vermögen aus der Erde zu holen, kommt mir noch immer wie ein Traum vor«, meinte Florence. »Allein gestern habe ich am Sortiertisch drei Diamanten gefunden, und der größte von ihnen ist mit seinen achteinhalb Karat sogar lupenrein.«

»Ja, und jetzt wird es allerhöchste Zeit, daß wir aktiv werden und die Chancen, die sich uns bieten, auch rechtzeitig beim Schopf packen«, sagte Byron, spießte drei Lammstücke auf und zog sie mit den Zähnen von der Gabel.

»Du bist also noch immer entschlossen, andere Claims aufzukaufen?« folgerte Daniel, der dieser Idee prinzipiell nicht abgeneigt war. Je tiefer sie in ihren Claims gruben und je reicher der Ertrag

an Diamanten wurde, desto stärker wurde in ihm das Gefühl, daß Byron recht hatte.
»Entschlossener denn je«, bestätigte Byron. »Und ich werde jedes Pfund, das ich besitze *und* mir irgendwo leihen kann, in Claims anlegen.«
Sidneys Miene wurde bedenklich. »Aber was macht dich denn bloß so sicher, daß sich die Investition auch auszahlen wird? Unsere Claims sind jetzt schon fast fünfunddreißig Fuß tief, und andere, die mehrere Schwarze beschäftigen, sind sogar schon bei vierzig Fuß angelangt. Da bleibt dann doch nicht mehr viel. Denn die Erfahrung hat uns ja gelehrt, daß die Claims jenseits von fünfzig, sechzig Fuß Tiefe keine nennenswerten Erträge mehr abwerfen.«
»Wenn ein paar Körbe voller Äpfel leer sind, bedeutet das, daß die Apfelbäume der Obstplantage keine Äpfel mehr tragen werden?« fragte Byron rätselhaft.
Florence sah ihn verwirrt an. »Versuchst du dich als das Orakel von Colesberg Kopje?« neckte sie ihn.
»Ich gebe zu, mein Vergleich hinkt sehr, aber es steckt wohl doch ein Kern Wahrheit in ihm.« Byron schob nun seinen leergegessenen Teller von sich in die Tischmitte, beugte sich vor und fuhr dann mit gedämpfter Stimme fort: »Die River Diggings sind eine Sache, Sidney. Colesberg Kopje und vermutlich auch OLD DE BEERS ist eine völlig andere. Ich bin fest davon überzeugt, daß wir hier auf ein einmaliges und reiches Diamantenvorkommen von ganz besonderer Art gestoßen sind.«
Sidney schüttelte verständnislos den Kopf. »Möglich ist alles, aber ehe ich auf eine vage Vermutung hin mein Geld in fremden Claims anlege ...«
Byron fiel ihm engagiert ins Wort. »Das ist mehr als eine Vermutung, Sidney! Schau dir doch mal die Digging an. Was ist an Colesberg Kopje die geologische Besonderheit?«
»Natürlich dieser breite Felsring, der das Diamantenfeld umschließt«, beantwortete Florence seine Frage.
»Ja, das ist in der Tat eine sehr gewichtige Besonderheit, die sich

nirgendwo am Vaal findet«, bestätigte Byron. »Aber da ist noch ein weiteres Faktum, das euch zu denken geben sollte.«

»Und das wäre?« fragte Sidney.

»Denkt doch mal an die Claims *außerhalb* des Felsenrings und an diejenigen, die zwar innerhalb des gewaltigen magischen Kreises liegen, aber doch nahe an der Felsenbarriere«, forderte Byron sie leise auf, damit an den Nebentischen niemand etwas von ihrem Gespräch mitbekam. Doch das allgemeine Stimmengewirr in TIFFANY'S DINING PARLOR war so laut, daß es dieser Vorsichtsmaßnahme eigentlich nicht bedurft hätte.

»Nun, die außerhalb liegenden Claims sind so unergiebig an Diamanten wie ein Haufen Mist«, sagte Daniel. »Und die nahe am Innenrand stoßen schon nach zehn, zwanzig Fuß auf Felsen.«

»Und was ist mit denen in der zweiten und dritten Reihe von außen?«

Sidney zuckte mit den Schultern. »Die reichen vielleicht ein bißchen tiefer, aber einige von ihnen sind auch schon aufgegeben worden, weil der nackte Fels dem Schürfen ein Ende gesetzt hat.«

Byron nickte. »Richtig, und ist das nur so bei uns auf der Westseite?« wollte er wissen.

»Nein, das ist überall der Fall«, sagte Florence.

»Und was schließt ihr daraus?« fragte Byron. »Ich meine, wenn ihr das alles unter geologischen Gesichtspunkten betrachtet?«

Im Gegensatz zu Byron, dessen Steckenpferd schon vor seiner kurzen Karriere als Berufssoldat die Geologie gewesen war, hatte sich keiner von ihnen je mit diesem Wissensgebiet beschäftigt, und was sie auf den Diggings am Vaal über Erdschichten und Gestein gelernt hatten, hatte sich nur auf einige ganz wenige, besondere Eigenheiten beschränkt und reichte nicht einmal aus, um behaupten zu können, einen schwachen Schimmer von dieser Wissenschaft zu haben. Sie wußten daher nicht, worauf er hinauswollte, und blieben ihm die Antwort schuldig.

»Erleuchten Sie uns, Colonel, mit Ihrem geologischen Geistesblitz!« forderte Sidney ihn munter auf.

»Dieses Felsgestein rund um die Digging ist nicht eine Art von Oberflächenring aus hartem Gestein, sondern er setzt sich in die Tiefe fort und verengt sich dabei, und so etwas nennt man einen Trichter!« klärte Byron sie mit aufgeregt funkelnden Augen auf. »Und wenn man ein wenig Grips im Kopf hat, dann ist es doch bloß noch ein kurzer Schritt zu der logischen Folgerung, daß es sich bei diesem Felsentrichter um den *Krater* eines vor Jahrmillionen erkalteten Vulkans handeln muß.«

»*Magtig*, du hast recht!« entfuhr es Daniel verblüfft.

Auch Sidney und Florence zeigten sich überrascht und gaben zu, daß an dieser Theorie etwas daran sein konnte.

»Und ob etwas dran ist!« sagte Byron mit der Kraft felsenfester Überzeugung. »Bisher lautete die allgemeine Theorie doch, daß der Vaal die Diamanten mit sich geführt und auf seinem Weg an gewissen Stellen abgelagert hat. Und was die Dry Diggings angeht, so nehmen noch heute die meisten Digger an, daß die Diamanten während einer großen Überschwemmung oder durch Veränderungen des Flußlaufs in diese Regionen gekommen sind. Colesberg Kopje spricht aber eine ganz andere Sprache, Freunde. Ich gehe jede Wette ein, daß wir auf einem ehemaligen Vulkan sitzen, in dessen erkaltetem Gestein Unmengen von Diamanten eingeschlossen sind. Und wenn ich damit recht habe, dann werden wir hier noch Diamanten zutage fördern, wenn die am Vaal kritische Marke von sechzig Fuß längst überschritten ist. Die Digger, deren Ergiebigkeit ihrer Grube mit zunehmender Tiefe schwindet, werden die großen Verlierer sein, egal was sie auf den ersten sechzig Fuß an Diamanten gefunden haben.«

Seinen Worten folgte ein langer Moment nachdenklichen Schweigens. Dann sagte Daniel: »Also, mich hast du mal wieder überzeugt, daß es sich lohnt, auf deine verrückten Eingebungen mein sauer verdientes Geld zu riskieren.«

»Und was ist mit euch?« fragte Byron Sidney und Florence.

»Was Daniel wagt, wage ich auch – damit wir uns im Notfall gegenseitig trösten können«, meinte Sidney spöttisch.

Florence zögerte etwas. »Von welch einer Summe sprechen wir

überhaupt? Ich möchte mich auf keinen Fall finanziell total entblößen. Ihr wißt, daß ich andere Pläne habe.«
»Du bist also immer noch entschlossen, dir eine eigene Canteen oder sogar ein richtiges Hotel zuzulegen?« fragte Byron.
Florence nickte. »Ja, ich habe damals erkannt, daß mir so etwas sehr liegt, und ich bin fest entschlossen, mir diesen Wunsch auch zu erfüllen. Eigentlich könnte ich es ja jetzt schon. Ich bin mir bloß nicht sicher, ob es Colesberg Kopje auch noch im nächsten Jahr gibt und ob es sich daher lohnt, das Geld hier anzulegen.«
»Du kannst mir glauben, daß es Colesberg Kopje noch lange, sehr lange sogar geben wird«, sagte Byron. »Und ich sehe keinen Grund, warum du nicht das eine tun kannst, ohne das andere zu lassen. Du mußt doch mittlerweile schon einen schönen Batzen Geld zurückgelegt haben.«
Florence lächelte stolz. »Ja, Gott sei Dank.«
»Freunde, ich will keinen überreden, ich möchte euch nur die Augen öffnen. Es soll ja auch keiner seinen letzten Penny hergeben«, sagte Byron. »Aber wenn wir einen Teil unserer Erträge unauffällig für den Aufkauf von Claims verwenden, sind wir bestimmt auf dem besten Weg.«
»Damit könnte ich mich anfreunden«, meinte Sidney. »Doch dazu sollte auch Alice ihre Stimme abgeben.«
»Natürlich werden wir sie nicht übergehen«, versicherte Byron. »Aber da ist noch etwas, was wir schnellstens ändern sollten.«
»Mute uns mal nicht zuviel für ein freies Frühstück zu!« warnte Daniel ihn scherzhaft.
»Sag schon, worum es geht!« drängte Sidney.
»Um die Claims, die wir jetzt seit einem guten halben Jahr jeder auf eigene Rechnung und mit eigener Crew ausbeuten, und darum, daß wir dabei unsere Kräfte nicht optimal genug einsetzen, sondern uns eigentlich gegenseitig behindern«, erklärte Byron. »Jeder von uns hat ein paar Schwarze angestellt und muß sich um alles kümmern. Dabei arbeiten wir nicht nur Rücken an Rücken, sondern stehen uns gegenseitig buchstäblich im Weg.

Was wir tun, ist nicht nur extrem unwirtschaftlich, sondern auch von Tag zu Tag gefährlicher.«
Sie pflichteten ihm bei, daß die Situation auf den Claims mit jeder Woche komplizierter in der Organisation des Abbaus und gefährlicher in der täglichen Arbeit wurde. Die Parzellen – von denen mittlerweile schon viele in halbe, Viertel- und Achtel-Claims unterteilt und somit von immer mehr Diggern und Schwarzen auf engstem Raum besetzt waren – wuchsen unterschiedlich schnell in die Tiefe, was allmählich zu einem Chaos führte.
Während Byron inzwischen fünf Schwarze auf seiner Lohnliste und seinem Claim stehen hatte, arbeiteten für Sidney und Alice nur vier Schwarze. Daniel und Molefe kamen mit drei zusätzlichen Baralongs aus, und Florence begnügte sich mit zwei schwarzen Hilfskräften. Dementsprechend unterschiedlich tief reichten ihre Claims auch. Byron hatte mit gut vierzig Fuß am tiefsten gegraben, während Florence und ihre Arbeiter etwa fünfzehn Fuß über Byron auf ihrer Plattform aus Erde und Gestein Schicht für Schicht abtrugen. Dabei wuchsen die anderen Claims um sie herum schneller in die Tiefe als ihre Parzelle, so daß diese mehr und mehr wie ein Turm über allen aufragte und zu einer wachsenden Gefahr für sie und alle anderen wurde. Immer häufiger sah man Wände und diese Claims, die wie Säulen aus dem unebenen Schachbrett der Digging von Colesberg Kopje hervorstachen, instabil werden und einstürzen. Und die vierzehn parallelen Wege, die durch die riesige runde Grabung von Nord nach Süd führten, verwandelten sich ebenso in gefährlich auf ragende Wände, die man verzweifelt durch hölzerne Geländer und Stützkonstruktionen vor dem Einsturz zu bewahren suchte. Doch je tiefer die Digger gruben, desto riskanter wurde allein schon ihre Existenz für die Männer und Frauen, die sich mit Schubkarren, Ochsenwagen oder auch zu Fuß auf diese Wege wagten, sowie für alle, die tief unter den brüchigen Mauern der Wege auf den Claims arbeiteten. Es war schon zu zahlreichen Unfällen gekommen. Doch niemand machte sich die Mühe, die Toten zu zählen.

Jeder war zu sehr damit beschäftigt, Diamanten aus der Erde zu holen, solange sie diese kostbaren Steine noch hergab.
Florence stieß einen tiefen Seufzer aus. »Ich sage euch ganz offen, daß ich lieber heute als morgen aufhören würde. Es ist schon sehr mühevoll für mich, morgens diese primitiven und so steilen Leitern hinunterklettern zu müssen.«
»Es wäre wirklich besser, wenn wir den Abbau so organisieren könnten, daß wir alle stets auf einer Höhe bleiben«, meinte Sidney. »Denn dann hätten wir ein großes und damit bedeutend sichereres Arbeitsfeld für uns und unsere schwarzen Helfer.«
»Ja, das würde uns eine Menge Vorteile bringen«, stimmte Daniel ihm zu, der sich darüber auch schon verstärkt Gedanken gemacht hatte.
»Es gibt eine Möglichkeit«, sagte Byron, »und zwar, indem wir unsere Claims zusammenlegen, eine Partnerschaft eingehen und jedem einen eigenständigen Aufgabenbereich zuteilen. Einer kann dann den Abbau in der Grube überwachen, ein anderer den Abtransport, der dritte ist für die Cradles zuständig, und wieder ein anderer übernimmt die Arbeit am Sortiertisch. Man könnte sich zudem auch abwechseln.«
»Eine Partnerschaft? Das klingt ganz vernünftig«, erwiderte Sidney. »Wir würden dann bestimmt auch einige Schwarze weniger als jetzt brauchen, da jeder jedes macht und man sich häufig in die Quere kommt.«
Daniel nickte. »Wir könnten Kosten sparen und vermutlich dennoch den Ertrag steigern.«
»Mit Sicherheit«, bekräftigte Byron.
»Und wie steht es mit den Diamanten?« wollte Florence wissen. »Wer bekommt von welchen Funden was?«
»Wir sind zu fünft, also teilen wir auch durch fünf«, antwortete Byron, »sowohl die laufenden Kosten als auch den wöchentlichen Ertrag aus der Gesamtzahl unserer zusammengelegten Claims.«
Sidney kratzte sich am Kinn. »Das kommt dann ja eigentlich der Gründung einer Minengesellschaft gleich, an der jeder von uns zu einem Fünftel beteiligt ist.«

Byron nickte. »Richtig, und warum auch nicht? Wir werden damit zweifellos besser fahren, als wenn jeder weiterhin auf eigene Faust vor sich hin wurschtelt. Und was spricht dagegen, es zumindest mal für ein paar Monate auszuprobieren, ob die Sache funktioniert?«

»Ich bin dafür«, sagte Daniel.

»Ich auch«, schloß sich Florence ihm an.

Sidney nickte. »Mein Einverständnis habt ihr, und Alice wird sich den Argumenten sicher auch nicht verschließen, aber der Ordnung halber sollten wir sie erst einmal fragen.«

Damit stimmten alle zu. Byron zahlte, und wenig später machten sie sich auf den Weg zur Digging. Der kleine Hügel, auf den Fleetwood Rawstorne seinen schwarzen Diener Damon vor gut einem halben Jahr geschickt und den er nach seiner Heimatstadt benannt hatte, hatte sich schon längst unter Tausenden von Spitzhacken und Schaufeln aufgelöst. An seine Stelle war eine gewaltige, fast kreisrunde Grube getreten, ein immer tiefer werdendes Amphitheater von Claims.

Kurz vor dem Mount Ararat begegnete ihnen Gerrit mit seinem Fuhrwerk. Florence lachte, als seine Stimme sie rief und herumfahren ließ, und mit strahlendem Blick wechselte sie ein paar Worte mit ihm.

»Schauen Sie heute abend doch mal ins PIKE AND SHOVEL in der Upper Street rein«, rief Byron ihm gutgelaunt zu, denn er war sicher, daß Alice ihren Plänen zustimmen würde. Es sprach ja auch wirklich alles für die Gründung einer Gesellschaft mit fünf gleichberechtigten Teilhabern. »Sie sind herzlichst zu einem Drink oder auch mehreren eingeladen.«

»Gibt es was zu feiern?« Gerrit nahm nur für einen kurzen Moment seinen Blick von Florence.

Sidney grinste. »Gut möglich.«

»Werden auch Sie dasein, Miss Ashburn?« fragte Gerrit.

Florence errötete leicht. »Ich glaube schon«, antwortete sie, und zu Daniel sagte sie schnell: »Alice wird sich schon fragen, wo wir nur bleiben. Wir sollten uns jetzt wirklich sputen. Und auch

Lionel wird froh sein, mich wiederzusehen. Dieses neue schwarze Mädchen ist ja sehr willig, aber Lionel hat sich noch nicht richtig an sie gewöhnt, und deshalb lasse ich ihn deshalb vorerst auch nur ungern für viele Stunden mit ihr allein.«

»Dann bis heute abend, Gentlemen«, rief Gerrit, zog den speckigen Hut und sagte zu Florence mit der Andeutung einer respektvollen Verbeugung: »Ich freue mich schon, Miss Ashburn.«

Alice hörte sich Byrons Vorschlag an, dachte kurz darüber nach und gab dann auch ihr Einverständnis, ihre Claims zusammenzulegen und eine Minengesellschaft zu gründen.

»Jetzt brauchen wir nur noch einen passenden Namen für unsere Gesellschaft«, meinte Sidney.

»Der wird uns schon einfallen«, entgegnete Byron mit der ihm eigenen Zuversicht. »Spätestens heute abend im PIKE AND SHOVEL.«

35

Der Abend in der Zeltcanteen PIKE AND SHOVEL, deren Balkengerüst mit bunt angestrichenen Gerätschaften der Digger behängt war, wurde so lustig wie selten einer zuvor. Die Suche nach einem passenden Namen für ihre zu gründende Gesellschaft trug dabei sehr zu ihrer aller Erheiterung bei. Auf die ernsthaft gemeinten Vorschläge, über die aber keine Übereinstimmung erzielt werden konnte, folgten bald die verrücktesten und spaßigsten Namen. Und das schallende Gelächter, das sie hervorriefen, bewirkte, daß jeder den anderen mit seinen Einfällen zu übertreffen suchte.

Gerrit Badenhorst stieß schon bald zu ihnen, und Florence saß mit einem warmen Lächeln, in dem sich Freude mit Stolz verbanden, neben ihm und nahm immer wieder Augenkontakt mit diesem Farmerssohn auf, der fest daran glaubte, daß sie füreinander bestimmt waren, ohne ihr jedoch seine Überzeugung aufzudrängen. Daniel hatte aber in seinen Gesprächen mit ihm erfahren, daß Gerrit die einsam gelegene Farm seiner Eltern in dem festen Glauben verlassen hatte, die Frau, die ihn auf Buffelshoek verzaubert und sein Herz im Sturm erobert hatte, noch immer unverheiratet am Vaal oder auf den Dry Diggings vorzufinden. Florence hatte zwar vorgegeben, verheiratet zu sein, doch weder er noch seine Eltern und ihre Nachbarn hatten ihr das abgenommen. Wer eine Frau wie Florence einfach in der Fremde zurückließ, so hatte er sich damals gesagt, der verfolgte auch keine ernsthaften Absichten. Und während der ganzen Zeit, in der er darauf gewartet hatte, von seinen Pflichten auf der Farm entbunden zu sein und nach Florence suchen zu können, hatte er sich den Glauben daran bewahrt, so etwas wie göttliche Fügung werde schon dafür Sorge tragen, daß sie noch nicht die Frau eines anderen Mannes war, wenn sie sich wiedertrafen. Und so war es dann auch gekommen. Daß Florence ein uneheliches Kind hatte, betrachtete er nicht als Makel. Er wollte es wie sein eigenes annehmen, wenn er Florence eines Tages den Ehering an den Finger steckte und sie vor Gott und dem Gesetz zu seiner Frau nahm, und allein das machte Gerrit Daniel schon so sympathisch. Dabei besaß der zielstrebige junge Farmerssohn noch viele andere ansprechende Seiten.

Es war schon elf, als sie schließlich zu einem zweiten ernsthaften Versuch starteten, sich auf einen Namen zu einigen.

Es schien aussichtslos. Plötzlich sagte Gerrit, der sich bei dieser Namensfindung als Unbeteiligter respektvoll zurückgehalten hatte: »Fünf Partner, fünf Sterne, wie das Kreuz des Südens. Five Star Diamond Mining Company. So würde ich es machen.«

Das Stimmengewirr an ihrem Tisch brach schlagartig ab, und fünf verblüffte Augenpaare richteten sich auf Gerrit Badenhorst. Dieser lehnte sich schnell zurück und hob beide Hände mit den Handflächen nach außen in einer entschuldigenden Geste. »*Magtig,* ich wollte damit keinem zu nahe treten!« sagte er hastig und in der Annahme, sich unaufgefordert in etwas eingemischt zu haben, was ihn nichts anging. »Mir ist dieser Gedanke nur ganz spontan gekommen. Natürlich müssen Sie wissen, welchen Namen ...«

Im nächsten Moment sprach alles auf ihn ein, denn sein Vorschlag stieß bei ihnen nicht auf Ablehnung oder gar Ärger, sondern auf uneingeschränkte und einstimmige Begeisterung. Das war ein Name, auf den sie sich einigen konnten.

FIVE STAR DIAMOND MINING COMPANY.

»Gerrit, das war voll ins Schwarze getroffen!« rief Sidney begeistert.

Und Byron schlug ihm mit den etwas gönnerhaften, aber doch nett gemeinten Worten auf die Schulter: »Wirklich schade, daß das Kreuz des Südens nur fünf Sterne hat. Einen sechsten wie Sie hätten wir in unserer Runde noch ganz gut gebrauchen können.«

»Manche Sterne leuchten für zwei«, erwiderte Gerrit vieldeutig und sah dabei zu Florence.

Florence wurde rot bis unter die Haarspitzen.

Mit Champagner stießen sie dann auf die Namensfindung ihrer Gesellschaft an. Nach dem zweiten Glas drängte Alice zum Aufbruch, und mit einem bedauernden Blick zu Daniel und Byron kam Sidney dem Wunsch seiner Frau auch unverzüglich nach. »Es ist ganz schön spät geworden«, sagte er lahm.

»Kommst du ins Alter?« stichelte Byron.

Daniel verkniff sich eine ähnliche Bemerkung. Er wollte weder Sidney noch Alice weh tun, doch auch er bedauerte, daß Sidney nicht mehr soviel Zeit mit ihnen verbrachte wie früher.

Florence hielt noch eine halbe Stunde länger durch, was gewiß kein Zufall war. Denn als sie kurz vor Mitternacht erklärte, nun doch auch recht müde zu sein, da ergriff Gerrit natürlich sofort die Gelegenheit und bot ihr an, sie zu ihrem Zelt zu bringen.

»Wäre sie mit Alice und Sidney aufgebrochen, wäre sie um ihren Spaziergang mit Gerrit gekommen. So wandeln sie nun in trauter Zweisamkeit im Mondlicht«, sagte Byron vergnügt, als die beiden die Canteen verlassen hatten. »Ich höre schon die Blecheimer, die wohl als Hochzeitsglocken herhalten müssen, scheppern.«

»Ich würde es ihnen beiden gönnen«, entgegnete Daniel. »Es wird aber wohl noch etwas dauern. Florence ist entschlossen, sich damit viel Zeit zu lassen. Und wenn ich sie richtig verstanden habe, will sie zuerst einmal den Bau ihres Hotels in Angriff nehmen.«

Byron zuckte mit den Schultern. »Jeder so, wie er kann und wie er will. Wie sieht es denn mit dir aus, alter Knabe? Wann beginnst denn du, auf Freiers Füßen zu wandeln? Wird es für einen halben Buren wie dich nicht bald Zeit, mit dem Kindersegen zu beginnen?« neckte er ihn und leerte den Rest der Champagnerflasche in ihre Gläser.

Sein Liebesleben, besser gesagt sein nicht vorhandenes Liebesleben war etwas, worüber Daniel nicht gern sprach. Dabei beschäftigte ihn der Gedanke an Heirat in letzter Zeit immer häufiger. Alice und Sidney verheiratet und in Erwartung ihres ersten Kindes zu sehen und zu verfolgen, wie Florence und Gerrit sich näherkamen, führte ihm seine innerliche Einsamkeit klarer denn je vor Augen. Und das Vergnügen in den Armen der hübschesten Freudenmädchen war nichts weiter als eine kurzzeitige Flucht in eine Leidenschaft, die in Wirklichkeit nur eine bezahlte Illusion mit garantierter Ernüchterung war. Er hatte wunderbare Freunde, doch auch tausend gute Freunde waren kein Ersatz für den einen Menschen, mit dem man Liebe und Leidenschaft teilte und eine Familie gründete. Doch wer konnte schon in seinem Leben den Platz einnehmen, den er eigentlich allein Alice vorbehalten hatte?

»Die Freiheit des Junggesellenlebens für eine Frau aufzugeben, ist ein hoher Preis. Es muß sich also schon sehr lohnen, bevor ich vor der Ehe kapituliere«, erwiderte Daniel scherzhaft, um sich vor einer ernsthaften Beantwortung der Frage zu drücken, und spielte ihm den Ball zurück, indem er seinerseits wissen wollte: »Und wie steht es bei dir?«

Byron zuckte breit grinsend mit den Schultern. »Ich finde, eine Ehefrau stünde mir nicht schlecht zu Gesicht, zumal ich jetzt drauf und dran bin, es zu etwas zu bringen. Als verheirateter Mann und Familienvater genießt man im Geschäftsleben nun mal mehr Respekt und Seriosität. Ich bin daher jederzeit bereit, mich in den Hafen der Ehe lotsen zu lassen, besonders wenn meine Zukünftige mir den Abschied vom Junggesellenleben durch eine substanzielle Mitgift versüßt.«

»Du Wolf im Schafspelz!« tadelte Daniel ihn, lachte aber.

»Komm, trink aus, Schwede!« forderte Byron ihn stark angeheitert auf. »Hier leert sich der Laden ja auf erschreckende Weise, als wäre die Pest ausgebrochen. Die Kundschaft besteht offenbar aus verdammt anständigen, pflichtbewußten Diggern, die fürchten, morgen früh den Hahnenschrei zu verpassen, wenn sie sich noch einen genehmigen. Gleich sind wir die letzten. Es wird Zeit, daß wir eine andere Canteen aufsuchen, wo nicht schon um Mitternacht Zapfenstreich ist!«

Byron war nicht davon abzubringen, daß sie die Gründung ihrer FIVE STAR DIAMOND MINING COMPANY noch mit ein paar weiteren Drinks in anderen Canteens zünftig begießen müßten, wenn sie nicht das Unglück herausfordern wollten, und Daniel zog mit ihm.

Sie schauten jeweils auf einen Drink in die SCARLET BAR und den ELDORADO SALOON hinein und landeten dann im DIGGERS' ARMS, wo gerade so etwas wie eine Prügelei stattfand.

»Na prächtig! Nicht nur 'ne volle Bude, sondern auch noch 'ne Schlägerei!« rief Byron mit schwerer Zunge, die es mit der Artikulation schon nicht mehr so genau nahm. »Hier ist ja wenigstens was los. Hier stecken wir uns 'n Claim an der Theke ab.«

Dort hinzukommen, war leichter gesagt als getan, denn gut zwei Dutzend Digger blockierten den Weg zum Tresen. Sie hatten genau im Mittelgang der Canteen einen Kreis um die beiden Männer gebildet, die eine Meinungsverschiedenheit mit ihren Fäusten auszutragen gedachten. Zumindest hatte es auf den ersten Blick diesen Anschein.

Als Daniel sich an der Seite durch den Ring der Schaulustigen gedrängt hatte, sah er, daß es sich bei dieser Schlägerei um eine sehr einseitige Angelegenheit handelte. Denn ein hagerer, körperlich zweifellos schwächlicher Mann in einem eingestaubten, blankgewetzten Anzug aus schwarzem Tuch stand einem muskulösen, breitschultrigen Widersacher mit grobschlächtigem Gesicht gegenüber, dessen rostbraune Cordhosen in erstklassigen Stiefeln steckten und der auch sonst einen recht begüterten Eindruck machte. Er war dem anderen so überlegen, daß er es noch nicht einmal für nötig gehalten hatte, die Zigarre wegzutun. Nur der Bequemlichkeit halber hatte er sie in die linke Hand genommen.

Daniel sah, wie der bullige Mann den anderen mit einem lässigen Faustschlag in die Magengegend aufschreiend zu Boden schickte.

»Was hast du gesagt?« höhnte er. »Ich habe deinen Namen noch immer nicht verstanden.«

»Du mußt ihm auch mal Luft zum Atmen lassen, Welsh!« rief jemand dem Schläger mit der spöttischen Belustigung derjenigen zu, die sich an den Schmerzen und Demütigungen von Außenseitern und Schwachen weideten.

»... hannes ... Johannes«, stieß der Mann am Boden mühsam hervor. »Johannes Beringer.«

»Ich wette, das ist einer von diesen Juden, die wie die Heuschrecken über uns hergefallen sind und sich mit jedem Tag breiter machen, Welsh«, sagte jemand voller Gehässigkeit und Geringschätzigkeit.

»Ja, scheint mir auch so, Sanders«, pflichtete ihm der Schlägertyp namens Welsh bei, steckte sich die Zigarre zwischen die Zähne und beugte sich zu Johannes Beringer. Mit der linken Hand packte er ihn an der Jacke und zerrte ihn grob hoch. »Und du Judenbengel wagst es, mich der Lüge und des Betrugs zu bezichtigen?«

Mit vor Angst und Schmerz verzerrtem Gesicht hob Johannes Beringer abwehrend die Arme. »Nein, Mister! Sie haben mich falsch verstanden!« stieß er beschwörend und hastig hervor. »Ich habe weder zu Ihnen noch von Ihnen gesprochen. Und ich wußte doch auch überhaupt nicht, daß Sie Diamantenhändler sind.«

»So, das hast du angeblich nicht gewußt, als du deinen Mund so voll genommen und von Ausverkaufspreisen gesprochen hast, die Leute wie ich für Diamanten zahlen, ja?« Welsh schlug ihm die Faust leicht, aber doch schmerzhaft genug ins Gesicht.

Johannes Beringer schrie auf, unternahm aber keinen Versuch, sich zu wehren. Er wußte wohl, daß es zwecklos war und seinen Peiniger nur noch zu größerer Brutalität ermuntert hätte. »Ich schwöre auf die Bibel oder worauf immer Sie wollen, daß es die Wahrheit ist!« beteuerte er mit schriller, zitternder Stimme.

»Warum nicht auf dein Blut?« höhnte Welsh und schlug wieder zu, diesmal kräftiger.

Blut schoß aus Johannes Beringers Nase. Das Gejohle der Digger, die sich bisher köstlich amüsiert hatten, fiel in sich zusammen. So manch einem wurde trotz alkoholumnebelten Geistes klar, wie billig und schändlich das war, was Welsh sich vor ihren Augen leistete.

Nur Welsh selber merkte nichts davon. Im Gegenteil, in ihm wuchs der Ärger auf diesen Johannes Beringer mit jeder Minute, und zwar gerade weil er sich nicht wehrte und ihm so keine Rechtfertigung gab, ihn richtig zusammenzuschlagen.

»Was ist denn, Großmaul? Hast du keinen Mumm in den Knochen, dich zu verteidigen?« hetzte er ihn auf und schlug erneut zu, ließ ihn dabei aber los.

Johannes Beringer taumelte zurück und stieß gegen einen Stützbalken. »Ich will mich nicht mit Ihnen prügeln ... Ich ... ich habe ... keinen Grund ...« stammelte er, während ihm das Blut über das anschwellende Gesicht lief. »Ich habe auch niemals etwas gesagt, daß ...«

Welsh drosch ihm die Faust zwischen die Rippen, daß Beringer mit einem atemlosen, röchelnden Schrei nach vorn auf die Knie kippte.

Daniel konnte nicht länger tatenlos dabeistehen und zusehen, wie dieser Sadist sich einen Spaß daraus machte, den fremden Mann zu quälen.

»Das reicht!« sagte er mit scharfer Stimme. »Lassen Sie den Mann gefälligst in Ruhe. Sie sehen doch, daß er kein Gegner für Sie ist

und Ihnen nichts entgegensetzen kann, was einen einigermaßen fairen Kampf garantieren würde.«
Welsh drehte sich überrascht zu ihm um. »Misch dich nicht in meine Angelegenheiten ein, wenn du nicht selber Ärger haben willst!« fuhr er ihn drohend an.
»Den Ärger werden Sie bekommen, wenn Sie diesem abstoßenden Schauspiel nicht augenblicklich ein Ende bereiten!« bot Daniel ihm mit wachsendem Zorn die Stirn. »Nur ein Feigling und ein Sadist vergreift sich an einem Wehrlosen.«
Zustimmendes Gemurmel erhob sich im Kreis der Zuschauer. Und jemand fragte verwundert: »Ist das nicht der Schwede Lundquist?«
»Ja, zeig's ihm!« rief Byron, sich die Hände reibend.
Mit einer Mischung aus Wut und Freude im Gesicht trat Welsh kurz nach Johannes Beringer, den der Stiefeltritt auf die Bohlen warf, und sagte dann großspurig zu Daniel: »Ich werde dich von hier bis zum Mount Ararat prügeln, du Klugscheißer!« Und im selben Moment stürzte er mit geballten Fäusten auf Daniel los.
Byron wandte sich an seine Nebenmänner. »Ich setze zehn zu eins auf den Schweden!« rief er laut, während Daniel dem Angriff auswich und einen Konter landete. »Wer hält mit? Wer setzt dagegen? Zehn Pfund? In Ordnung!«
Daniel hatte Schlägereien nie herausgefordert und sie vermieden, wenn es möglich war. Aber nicht immer war es nach seinem Willen gegangen, und wenn es sich nicht hatte vermeiden lassen, hatte er sich auch nicht lange geziert. So hatte er denn im Laufe seines schon in der Jugend sehr bewegten Lebens mehr Erfahrungen im Faustkampf gesammelt, als er sich selbst gewünscht hatte. Die harte Arbeit der letzten Jahre hatte seinen Körper zusätzlich gestählt, und das bekam Welsh jetzt zu spüren.
Daniels Schnelligkeit und Kraft vermochte er schon bald nichts mehr entgegenzusetzen. Er geriet heftig ins Schwitzen und außer Atem, und als Daniel einen Körpertreffer nach dem anderen landete, liefen seine blindwütigen Angriffe immer öfter ins Leere und wurden zunehmend kraftloser. Er vernachlässigte seine Dek-

kung mehr und mehr, weil ihm die Kraft fehlte, die Arme oben zu behalten. Er war für Daniels Fäuste so offen wie ein Scheunentor mit ausgehängten Türen.
Daniel fehlte jegliches Interesse daran, den Kampf unnötig hinauszuziehen. Er bereitete das Ende mit zwei wuchtigen Haken rechts und links unter die Rippenbögen vor. Als Welsh keuchend und mit rotunterlaufenen Augen nach vorn kippte, setzte Daniel mit einer sauber plazierten und kraftvoll ausgeführten Dreierkombination an den Kopf nach.
Der letzte Faustschlag traf Welsh genau auf den Punkt, riß den Kopf nach hinten und raubte ihm das Bewußtsein. Mit jäh erschlafften Gliedern stürzte er zu Boden.
Johannes Beringer lehnte mit blutverschmiertem Gesicht am Stützbalken. Seine Miene zeigte keine Schadenfreude, sondern Verwunderung und auch Beschämung.
Mit unsicheren Schritten kam er auf Daniel zu. »Mister, es tut mir leid, daß Sie wegen mir Unannehmlichkeiten hatten«, redete er ihn auf englisch an, längst die erste Sprache auf den Diggings, und obwohl er nur einen schwachen Akzent besaß, verriet dieser ihn doch als Europäer, dessen Muttersprache vermutlich Deutsch war.
»Machen Sie sich darüber keine Gedanken«, beruhigte ihn Daniel und rieb sich seine schmerzenden Knöchel. »Niemand hat mich dazu gezwungen. Dieser Kerl da hat die Lektion erhalten, die er herausgefordert hat. Und jetzt machen Sie besser, daß Sie von hier verschwinden, bevor er zu sich kommt und Sie sich in seiner Wut noch einmal zur Brust nimmt.«
»Dürfte ich erfahren, wem ich diese freundliche Hilfe zu verdanken habe?«
»Daniel Lundquist.«
Johannes Beringer streckte ihm die Hand hin. »Verbindlichsten Dank, Mister Lundquist. Vielleicht ergibt sich einmal die Gelegenheit, mich für Ihren Mut und Ihre Freundlichkeit erkenntlich zu zeigen.«
Daniel schüttelte ihm die Hand. Dann hob Johannes Beringer

seinen verbeulten Bowler auf, der unter einem Tisch lag, und eilte aus der Canteen.

»Laß uns gehen«, forderte Daniel Byron auf, der noch damit beschäftigt war, seinen Wettgewinn einzukassieren. »Für heute haben wir genug gefeiert.«

Draußen auf der Straße drückte Byron ihm mehrere Geldscheine in die Hand. »Dein Anteil, Schwede, satte fünfundvierzig Pfund«, sagte er vergnügt. »Du siehst, ich habe sogar in die Durchschlagskraft deiner Fäuste blindes Vertrauen.«

»Und was hast du dafür eingesteckt, daß ich mir wunde Knöchel geholt habe?«

Byron grinste. »Nur die üblichen zehn Prozent Provision des Buchmachers. Immerhin habe ich mein Geld riskiert. Und fünfundvierzig Pfund für ein paar wunde Knöchel sind doch kein übles Ergebnis, findest du nicht auch?«

Lachend steckte Daniel das Geld ein. »Du bist ein ausgemachtes Schlitzohr, Byron!«

»Darauf und auf unsere FIVE STAR DIAMOND MINING COMPANY sollten wir noch einen Absacker heben«, erwiderte Byron unbekümmert fröhlich und zog ihn über die Straße in den THE PIG AND WHISTLE SALOON. »Junge, von dieser Nacht werden wir noch unseren Enkelkindern erzählen!«

36

Vier Tage später sahen sie Johannes Beringer wieder. Byron bemerkte ihn zuerst, als er einen vollen Ledereimer mit Stuff an den Haken des Flaschenzugs hängte, mit dessen Hilfe das diamanthaltige Gestein aus den immer tiefer werdenden Claims nach oben und dann per Schubkarre oder Fuhrwerk an den Ort transportiert wurde, wo es Cradle und Sortiertisch zu passieren hatte.

»Dan, sieh mal, wer sich da drüben in die Leiter wagt! Unser verhinderter Preisboxer aus dem DIGGERS' ARMS!« rief Byron

spöttisch und deutete auf das Gewirr von Leitern aus Seilen, Brettern und Ketten, die zu den Claims zwischen dem zweiten und dritten Transportweg hinabführten.
Daniel schaute von seiner Arbeit auf, folgte der Blickrichtung seines Freundes und lachte. Johannes Beringer machte bei der Hitze in seinem schwarzen Anzug mit Weste und kragenlosem Hemd und dem kurzkrempigen Bowler eine etwas seltsame Figur, wie er sich da linkisch hinabhangelte. Dabei schien er mehr Sorge um seinen Hut zu haben als Angst vor der Tiefe oder vor herabstürzendem Gestein.
Sidney beobachtete verwundert und belustigt zugleich, wie der schmächtige Mann auf etwa halber Höhe innehielt, um erneut den Sitz seines Bowlers zu korrigieren. »Das scheint mir ja ein rechter Komiker wider Willen zu sein.«
»Aber er hat Mut«, meinte Daniel anerkennend.
»Ja, das muß man ihm lassen«, räumte auch Byron ein, runzelte die Stirn und sagte dann ahnungsvoll: »Ich habe das Gefühl, unser Champion im Fliegengewicht will zu uns.«
Und so war es auch.
»Woher kennt ihr ihn überhaupt?« wollte Sidney wissen.
Daniel und Byron erzählten es ihm, während Johannes Beringer von Claim zu Claim kletterte, bis er bei den drei Männern und ihren schwarzen Helfern angelangt war. Alice und Florence arbeiteten nicht mehr auf den Claims. Sie hatten die Kontrolle über die Cradles und die Sortiertische übernommen, während Molefe den Abtransport des Gesteins überwachte. Die Neuorganisation der Arbeitsbereiche im Zuge der Gründung ihrer FIVE STAR DIAMOND MINING COMPANY steckte zwar noch in den Kinderschuhen, zeigte jedoch schon erste Fortschritte.
»Gentlemen, welch Vergnügen und Erleichterung, daß ich Sie nach drei Tagen aufrichtiger Suche endlich gefunden habe«, begrüßte Johannes Beringer sie atemlos, doch mit einem ansteckend glücklichen Lächeln auf dem schmalen Gesicht, das noch einige Blessuren und Verfärbungen des einseitigen Faustkampfes im DIGGERS' ARMS aufwies.

»Sie suchen uns seit drei Tagen?« fragte Daniel, genauso überrascht wie Byron und Sidney.
»In der Tat«, bestätigte Johannes Beringer, nahm seinen Hut ab und zog ein Taschentuch hervor, mit dem er zuerst seine schweißfeuchte Stirn abtupfte und dann das Hutband abwischte.
»Eine stolze Leistung«, spottete Byron, »wenn man bedenkt, daß ein Gang ins Büro des Inspektors und dort ein Blick ins Claimregister ausreicht, um innerhalb von längstens dreißig Minuten jeden gesuchten Claimbesitzer zu finden.«
»Ich gebe Ihnen recht, dümmer als ich es getan habe, kann man sich kaum anstellen«, räumte der Deutsche verlegen ein. »Es ist mir selbst ein Rätsel, wieso mir das mit dem Claimregister erst heute morgen eingefallen ist.«
»Wie lange sind Sie denn schon hier, Mister Beringer?« wollte Sidney wissen.
»Dies ist mein fünfter Tag«, antwortete Johannes Beringer freimütig.
»Und was führt Sie zu uns?« fragte Byron.
»Ich bin gekommen, um meine Schuld bei Ihnen abzutragen.«
Daniel winkte ab. »Reden Sie doch keinen Unsinn. Sie stehen bei keinem von uns in der Schuld, Mister Beringer, das habe ich Ihnen doch schon in der Canteen gesagt.«
»Nein, das sehe ich anders, Gentlemen«, widersprach Johannes Beringer. »Es ist mir ein echtes Bedürfnis, mich für Ihr selbstloses Eingreifen an jenem … äh, unseligen Abend auf meine Weise erkenntlich zu zeigen.«
»Und wie sieht die aus?« fragte Byron.
Der Deutsche räusperte sich. »Ich verstehe eine ganze Menge von Diamanten, Gentlemen, und habe die Absicht, mich hier in diesem Geschäft zu etablieren. Der Wahrheit halber muß ich jedoch eingestehen, daß ich noch über kein eigenes Büro verfüge.«
»Sie sind also einer von den zahlreichen *kopje wallopers*«, stellte Byron nüchtern fest.
Im Gegensatz zu den Diamantenhändlern, die rund um die

Digging von Colesberg Kopje in Zelten und Wellblechhütten ihre Geschäfte abwickelten, waren Kopje Wallopers, was soviel wie »Hügellatscher« bedeutete, die Klinkenputzer der Diamantenfelder. Ohne großes Kapital zogen sie von Claim zu Claim und bemühten sich in mühseliger Kleinarbeit, mit den Diggern ins Geschäft zu kommen, die nicht ganz so wertvolle Steine zu verkaufen hatten und sich das Feilschen bei den Etablierten ersparen wollten. Es war ein hartes Leben, und viele von ihnen verschwanden so schnell wieder, wie sie aufgetaucht waren, besonders die unerfahrenen, die sich leicht von den alten Hasen unter den Diggern übers Ohr hauen ließen.
Johannes Beringer nickte. »Ja, ich glaube, diese Bezeichnung trifft auf meine augenblickliche Tätigkeit zu«, gestand er unumwunden ein. »Ich bin jedoch sicher, daß ich Ihnen von Nutzen sein kann und schon bald ein eigenes, respektables Geschäft haben werde.«
»Ihre Zuversicht ehrt Sie wie auch Ihr Angebot«, sagte Sidney freundlich. »Doch wir arbeiten schon seit Jahren sehr zufriedenstellend mit einem Diamantenhändler zusammen, so daß wir keinen Bedarf an einer neuen derartigen Verbindung haben, Mister Beringer.«
»Zufriedenstellend, ja?« fragte der deutsche Kopje Walloper nach.
»Ja, das kann man sagen«, bestätigte Daniel, der genausowenig wie Sidney oder Byron jemals Grund gehabt hätte, sich über die Preise zu beklagen, die ihnen Cornelius Dewitt für ihre Steine zahlte.
»Dürfte ich Sie bitten, mir mal einige Steine zu zeigen und mir die jeweilige Summe zu nennen, die Sie bei diesem gewiß ehrenwerten Kollegen erzielen?« erwiderte Johannes Beringer.
Sidney und Byron zögerten, doch Daniel zuckte mit den Schultern und sagte: »Sicher, warum nicht.« Er zog seinen Lederbeutel heraus, in dem er seine wöchentliche Ausbeute sammelte, reichte ihm vier Steine unterschiedlicher Qualität und nannte ihm die entsprechenden Preise.
Johannes Beringer holte aus der Innentasche seiner Jacke eine Präzisionswaage sowie eine Juwelierlupe und prüfte die Steine

eingehend. Dann sagte er: »Wenn ich Sie recht verstanden habe, erwarten Sie für diese vier Diamanten bei Ihrem Aufkäufer einen Erlös von siebenhundertvierzig Pfund.«

»Wir erwarten ihn nicht nur, wir bekommen ihn auch«, warf Byron ein.

»Dann verschenken Sie, ganz vorsichtig gerechnet, mindestens noch einmal denselben Betrag, Gentlemen«, erklärte Johannes Beringer.

Ungläubig sahen ihn die drei Freunde an.

»Wollen Sie behaupten, daß unser Aufkäufer uns betrügt?« fragte Sidney mit einem deutlichen Anflug von Ärger in der Stimme ob dieser Unterstellung.

»Gott bewahre!« beteuerte der Deutsche hastig. »Er zahlt Ihnen sicher einen fairen Preis, für seine Verhältnisse. Doch der liegt nun mal um ein Vielfaches unter dem, was die Steine wert sind und in London, Paris, Amsterdam und Antwerpen erzielen.«

»Wir sind hier aber nicht in London oder Amsterdam, sondern in Colesberg Kopje«, hielt Byron ihm vor. »Und da gelten diese Preise.«

»Richtig«, sagte Johannes Beringer, »allerdings nur deshalb, weil die Steine von hier aus noch durch die Hände von mindestens zwei weiteren Diamantenhändlern gehen, bevor sie die großen Diamantenhäuser in Europa erreichen. Ihr Händler verkauft an einen Großhändler aus Kapstadt, der seine Ware wiederum an einen Aufkäufer in Europa weitergibt, und jeder macht dabei einen beachtlichen Profit.«

»Während Sie als Kopje Walloper direkt an diese mächtigen Diamantenhäuser in Europa verkaufen, ja?« spottete Byron.

»So ist es«, bestätigte der Deutsche ruhig.

Seine gelassene Antwort blieb nicht ohne Eindruck auf Daniel, Sidney und Byron. Und sie forderten ihn nun auf, wenn auch immer noch sehr skeptisch, ihnen das bitte etwas genauer zu erklären.

Johannes Beringer berichtete ihnen, daß er vor zweiunddreißig Jahren in Köln geboren und dort aufgewachsen war und nach einer Ausbildung als Diamantenschleifer in großen Häusern in Amsterdam und Antwerpen gearbeitet hatte. Dort hatte er auch persönliche Kontakte zu anderen renommierten Häusern in Paris und London bekommen. Als sein Vater vor einem halben Jahr gestorben war und ihm ein bescheidenes Erbe hinterlassen hatte, hatte er den Entschluß gefaßt, sich selbständig und sein Glück in Afrika als Diamantenhändler zu machen. Auf dem Weg von Kapstadt nach Colesberg Kopje war er jedoch Opfer eines nächtlichen Überfalls geworden und hatte seine gesamte Barschaft verloren.

»Das war ein schwerer Schlag, Gentlemen, doch meine guten Verbindungen sind das Tausendfache dessen wert, was man mir geraubt hat«, beendete er seinen nüchternen Bericht, dem jede Wichtigtuerei fehlte. »Wenn Sie mir eine Chance geben, werde ich Ihnen zu Ihrem und gewiß auch meinem Vorteil beweisen, daß ich für Ihre Steine das Doppelte und Dreifache dessen erzielen kann, was man Ihnen hier in Colesberg Kopje zahlt.«

Das war etwas, was keiner der drei Freunde leichtfertig als leeres Gerede abtun wollte. Denn auch ihnen war bekannt, daß insbesondere lupenreine Diamanten in Europa für ein Vielfaches von dem gehandelt wurden, was man ihnen hier zahlte.

»Darüber sollten wir uns noch einmal unterhalten, wenn Alice und Florence zugegen sind«, sprach Daniel aus, was auch Byron und Sidney dachten. »Setzen wir uns doch heute abend bei uns im Zelt zusammen und reden in aller Ruhe über Ihr Angebot.«

Nichts hätte Johannes Beringer mehr erfreuen können.

Vor diesem abendlichen Treffen im neuen Zelt von Sidney und Alice, das sich wegen seiner Geräumigkeit für diese Zusammenkunft anbot, zeigten die beiden Frauen dieselbe anfängliche Skepsis, die auch Daniel, Sidney und Byron gehabt hatten. Doch als sie Johannes Beringer kennenlernten, blieben seine Aufrichtigkeit und bescheidene Natürlichkeit sowie seine Höflichkeit und Umgangsformen, die von einem etwas spröden, aber nichtsdestotrotz einnehmenden Charme geprägt waren, auch auf sie nicht ohne Wirkung.

Nach Stunden beschlossen die Teilhaber der Five Star Diamond Mining Company, Johannes Beringer Vertrauen zu schenken und das Risiko einzugehen, ihm eine kleine Auswahl ihrer Steine zu überlassen. Sie besaßen in Colesberg Kopje einen Wert von immerhin zweitausend Pfund. Johannes Beringer sollte mit dieser Auswahl nach Europa reisen und im Namen ihrer Gesellschaft mit den entsprechenden Häusern geschäftliche Kontakte aufnehmen.

Er sicherte ihnen zu, daß sie danach über ihn direkt und auf Dauer mit diesen Häusern Geschäfte machen konnten, sofern ihre Claims weiterhin in so reicher Zahl Diamanten abwarfen.

»Bei diesen Claims wird es nicht bleiben«, raunte Byron Daniel zu, denn er hatte über Strohmänner schon damit begonnen, Claims in Old de Beers aufzukaufen, da diese zur Zeit noch billig zu haben waren.

»Es gibt da nur noch eine kleine Schwierigkeit«, sagte Johannes Beringer dann und machte eine etwas bedrückte und verlegene Miene.

»Sie haben sich aber lange Zeit gelassen, um endlich mit dem großen Haken herauszukommen«, grollte Sidney.

»Es ist kein Haken«, versicherte Johannes Beringer. »Es ist bloß so, daß ich alles, was mir nach dem Raubüberfall geblieben ist, am Leib trage, und neben der Kleidung sind das nur noch ärmliche sechs Pfund und vier Shilling. Das reicht nicht einmal, um bis nach Kapstadt zu kommen, geschweige denn nach Amsterdam.«

»Wir sollen Ihnen also auch noch die Reise finanzieren?« folgerte Byron und hätte fast laut aufgelacht. »Das ist wirklich ein einmaliges Angebot, das Sie uns da machen, Mister Beringer!«

Nach einigem Hin und Her entschieden sie jedoch, auch noch die Reisekosten in Höhe von zweihundert Pfund vorzustrecken und darauf zu hoffen, daß Johannes Beringer sich dieses Vertrauens auch als würdig erwies. Johannes Beringer nahm diesen Vertrauensbeweis mit einer Mischung aus Beschämung und Freude entgegen.

»Ich werde mich gleich morgen auf die Reise begeben. Und Sie werden es nicht bereuen!« versicherte er ihnen feierlich, als er die Diamanten und das Geld einsteckte und sich verabschiedete.
»Sagt mal, haben wir da wirklich einem uns völlig Fremden Diamanten für zweitausend Pfund und dazu auch noch zweihundert in bar anvertraut?« fragte Sidney mit einem ungläubigen Gesichtsausdruck, als Johannes Beringer gegangen war, und schaute auf Quittung und Schuldschein, die der Deutsche ihnen zurückgelassen hatte.
Byron lachte. »Ja, das haben wir tatsächlich. Aber was soll's, Freunde? Ich habe mein Geld schon mal auf ein viel weniger vertrauenerweckendes Blatt gesetzt. Und wenn dieser Trumpf sticht, dann haben wir heute einen echten Coup gelandet.«
»Ob wir ihn je wiedersehen werden?« fragte Alice, der nun im nachhinein doch recht mulmig ob ihres blinden Vertrauens wurde.
Das fragten sich auch die anderen.

37

So rasant, wie das weite Rund der Diamantenmine in die Tiefe und darum herum die Siedlung von Colesberg Kopje in alle Himmelsrichtungen wuchs, so rasant und umwälzend waren die Veränderungen, die sich aus der Zusammenlegung ihrer Claims ergaben, für die fünf Freunde und nun auch Geschäftspartner. Obwohl Daniel und Sidney wahrhaftig nicht untätig blieben, entwickelte sich doch Byron als die aktivste und treibende Kraft bei der Neuorganisation der verschiedenen Arbeitsabläufe.
»Wir sollten die Aufgaben intern auf drei klar abgegrenzte Bereiche aufteilen«, schlug Byron bei einer ihrer Besprechungen vor. »Ich erkläre mich bereit, mich um die Beschaffung und Entlohnung unserer schwarzen Arbeitskräfte zu kümmern und auf den Claims die Überwachung vor Ort zu übernehmen. Sidney, du hast mir gesagt, daß du nichts dagegen hättest, dich der immer

komplizierter werdenden Transportaufgaben von der Mine zu unserem Arbeitslager sowie der Beschaffung notwendiger Gerätschaften, Fuhrwerke und so weiter anzunehmen.«

Sidney nickte.

Byron blickte nun zu Daniel. »Und daß die Überwachung der Arbeiten an den Cradles und am Sortiertisch bei dir in den allerbesten Händen liegt, bedarf ja wohl auch keiner besonderen Erwähnung. Also, was haltet ihr davon, wenn wir die Aufgabenbereiche so unter uns aufteilen?«

Damit waren alle einverstanden, ganz besonders Alice und Florence, denn beide wollten nicht länger aktiv auf den Claims oder an Cradle und Sortiertisch arbeiten. Alice, mittlerweile zwei Monate vor ihrer Niederkunft und von allerlei Schwangerschaftsbeschwerden geplagt, war allein physisch nicht mehr dazu in der Lage. Sie befand sich aber auch psychisch nicht gerade im allerbesten Zustand. Man konnte ihr kaum etwas recht machen, an allem hatte sie was auszusetzen, ganz besonders an sich selbst. Sie hielt sich für abstoßend aufgequollen und reagierte ausgesprochen unleidlich, wenn man sie vom Gegenteil überzeugen oder ihr Trost zusprechen wollte.

Auch Florence hatte beschlossen, nur noch stiller Teilhaber zu sein und sich ihren Wunschtraum von einem eigenen Hotel zu erfüllen. Das Geld, das sie während der letzten sieben Monate gespart hatte, reichte für den Bau, wie sie mit Daniel und Sidney errechnet hatte. Sie wollte nun nicht länger damit warten. Eine glückliche Verkettung mehrerer Zufälle hatte sie zu einem noch erschwinglichen Kaufpreis in den Besitz einer großen Parzelle am Marktplatz gebracht. Eine bessere Lage hätte sie sich für ihr Hotel, dessen Name noch täglich wechselte, gar nicht wünschen können. Sie steckte voller Pläne und Tatendrang, und hier und da gab es in ihren begeisterten Reden Andeutungen, daß sie wohl am Tag der Hoteleröffnung eine frisch verheiratete Mrs. Badenhorst sein würde. Doch wenn einer von ihren Freunden sie direkt darauf ansprach und einen Termin wissen wollte, wich sie geschickt aus und sagte mit einem verschmitzten Lächeln und strahlenden Augen: »Eines nach dem anderen. Erst die Arbeit. Niemand deckt das Dach, bevor er den Dachstuhl errichtet hat, richtig?« Und Gerrit war, was dieses eine Thema anging, noch verschlossener als sie. Entweder tat er so, als hätte er entsprechende Fragen gar nicht gehört, oder aber er überging sie mit einem Achselzucken, begleitet von einem freundlichen, doch unverbindlichen Lächeln.

Byron wurmte das am meisten. »Diese kindische Geheimniskrämerei!« grollte er einmal. »Mein Gott, wenn sie heiraten wollen, können sie es uns doch wohl sagen, oder? Was soll dieses Getue? Florence ist doch keine dieser vom Leben unbeleckten und verträumten Debütantinnen, sondern eine gestandene Frau und weiß doch sonst so genau, was sie will.«

»Eben«, sagte Daniel und lachte, als Byron diese Entgegnung noch viel weniger verstand als Florences Zurückhaltung in ihren Herzensangelegenheiten.

Ein primitives Gebäude aus einem Lattengerüst und Zeltplane kam für Florence jedoch nicht in Frage. Sie setzte ihren ganzen Ehrgeiz darein, ein richtiges Haus mit soliden Böden, Wänden und einem festen Dach zu errichten.

»Ich will nicht, daß meine Gäste beim ersten Sandsturm im Freien stehen oder Schattenspiele an ihren Zimmerwänden haben, wenn sich der Nachbar im Lampenlicht vor der Leinwand hin und her bewegt. Bei mir werden nur Gardinen und Tischtücher aus Stoff sein, nicht aber Zwischenwände und Dach«, erklärte sie mit fester Entschlossenheit.

»Wenn du im Gebäude nur Holz verwenden willst und für das Dach einzig Wellblech, dann wird dich der Bau aber ein Vermögen kosten – und zwar um einiges mehr, als du im Augenblick zur Verfügung hast«, warnte Sidney sie.

»Ich will ein Hotel, das zwischen den Balken mit richtigen Ziegeln ausgemauert ist, und ich will im Obergeschoß eine Veranda wie unten, und die Einrichtung soll der eines guten Hotels in Kapstadt oder Bath in nichts nachstehen.«

»Bist du verrückt!« rief Alice entsetzt. »Da mußt du ja jeden Stein

aus der Kapregion ankarren und die halbe Einrichtung aus England kommen lassen. Das kostet nicht nur ein Heidengeld, sondern es wird auch noch endlos dauern, bis dein Hotel steht, mindestens ein halbes Jahr, wenn nicht noch länger !«
Florence zuckte mit den Schultern. »Und wenn schon, ich habe keine Eile. Wenn ich erst im Dezember mit einer Weihnachtsgala aufmachen kann, ist das doch ganz in Ordnung. Und was die Kosten angeht, so vertraue ich darauf, daß unsere Claims auch weiterhin so gute Profite abwerfen, vielleicht sogar noch bessere als bisher, nachdem wir doch nun die Gesellschaft gegründet haben«, erwiderte sie zuversichtlich und voll Vertrauen in die Fähigkeiten von Daniel, Sidney und Byron. »Einmal im Leben möchte ich etwas vom ersten Augenblick an richtig machen. Nichts Halbes und nichts Überstürztes mehr, das habe ich mir hoch und heilig geschworen!«
Die FIVE STAR, wie der Name ihrer Gesellschaft bald von benachbarten Claimbesitzern und anderen Geschäftsleuten abgekürzt wurde, enttäuschte weder Florences Erwartungen noch die der anderen Partner. Die Zusammenlegung der Claims hatte augenblicklich einen kostendämpfenden Effekt. Hatten sie vorher insgesamt achtzehn Schwarze in der Grube beschäftigt, von denen sich einige immer im Weg gewesen waren, konnten sie die Zahl der Helfer nun auf zwölf reduzieren. Die Arbeit wurde leichter und effektiver, als der Level der Claims angeglichen wurde und es dadurch eine großes Arbeitsfeld ohne interne Höhenunterschiede mehr gab. Auch was den Abtransport des steinigen Erdreichs und die Arbeit an den Cradles und den Sortiertischen betraf, konnten sie durch die Zusammenlegung die Hilfskräfte um ein halbes Dutzend verringern. Allein dadurch sparten sie schon etliche Pfund pro Woche an Lohnkosten.
»Und uns werden von den Kaffern eine Menge Diamanten weniger gestohlen«, versicherte Byron. »Ich betone das ›weniger‹, Freunde. Denn beklaut werden wir immer noch. Erst gestern habe ich einen erwischt, wie er einen schönen Fünfkaräter in den Mund stecken und hinunterschlucken wollte, um ihn dann

später in seinem Kraal auszuscheiden und einem Hehler zu verkaufen. Ich wünschte, wir könnten diesen verfluchten Bastarden, weißen wie schwarzen, das Handwerk legen. Dieses I.D.B. kostet uns Digger wöchentlich ein Vermögen. Ich bin dafür, daß wir die tägliche Durchsuchung der Schwarzen nach der Arbeit noch erweitern.«

Mit gefurchter, ahnungsvoller Miene fragte Sidney: »Und wie soll das geschehen? Mehr als durchsuchen, wie du es ja jetzt schon tust, können wir sie ja wohl schlecht, oder?«

Byron sah ihn fest an. »Doch, Sid, wir können *alle* ihre Körperöffnungen nach versteckten Diamanten untersuchen, statt uns nur auf Leibesvisitation und einen Blick in ihren Mund zu beschränken!«

Daniel und Sidney machten bestürzte Gesichter.

»Du willst, daß sie sich splitternackt ausziehen und zulassen, daß du Ihnen ...« Sidney zögerte, »... daß du bei Ihnen die Fingerprobe machst?«

»Das kann wirklich nicht dein Ernst sein!« sagte Daniel, dem die Vorstellung schon Abscheu bereitete.

»Und ob es mein Ernst ist!« erwiderte Byron grimmig. »Ihr braucht mich auch gar nicht so angewidert anzusehen. Mir gefällt das genausowenig wie euch, und ich habe selbstverständlich nicht vor, persönlich diese Untersuchung vorzunehmen. Es ist jedoch ein Vorschlag, der Sinn macht und schon längst unter anderen Claimbesitzern ernsthaft besprochen wird. Ich bin da nicht der Vorreiter. Mir wäre es auch lieber, wir könnten auf diese peinliche Leibeskontrolle verzichten. Aber die Kaffern zwingen uns doch zu dieser Maßnahme. Oder wollt ihr vielleicht bestreiten, daß I.D.B. zu einem immer größeren Problem wird und wir dadurch eine Menge Geld verlieren?«

Nein, das konnte und wollte niemand, nicht einmal Daniel.

Was dieses Thema betraf, so war die Stimmung unter den Diggern ohne Übertreibung als geradezu explosiv zu bezeichnen. Diebstähle waren an der Tagesordnung. Immer wieder wurden Schwarze dabei erwischt, wie sie gestohlene Diamanten, manchmal im halben Dutzend und mehr, an skrupellose Canteenbesitzer und Händler verkaufen wollten. Daß die Schwarzen einen viel schärferen Blick für Diamanten besaßen und zudem bei der Arbeit auch mehr als genug Gelegenheit hatten, einen solchen unbemerkt an sich zu nehmen, war eine längst vielfach bewiesene Tatsache, vor der niemand die Augen verschließen konnte. Es war zur vorrangigen Aufgabe der Polizei geworden, dieses Illicit Diamond Buying, das ausschließlich über das Heer der schwarzen Arbeiter gespeist wurde, zu bekämpfen. Doch es war beinahe nach Art des Don Quichotte ein Kampf mit hölzernen Lanzen gegen gewaltige Mühlenflügel, denn das Heer der Schwarzen zählte Zehntausende, während nur einige wenige Dutzend Männer im Dienst der Polizei standen, und manche von ihnen auch nur zeitweise.

Diese Nachlässigkeit der neuen britischen Verwaltung sowie die Angst, den Schwarzen könnten unter der liberalen britischen Gesetzgebung dieselben Rechte zugebilligt werden, die ihnen in der Kapkolonie zugesprochen worden waren und die damals die Buren zur Auswanderung bewogen hatten, schürten den Zorn gegen die britische Annexion von Woche zu Woche mehr – und bezeichnenderweise waren sich darin alle Digger einig, egal welcher Abstammung und Herkunft sie waren. In diesem Punkt standen alle Weißen geschlossen gegen das Ansinnen, den Schwarzen in bezug auf Claims und Diamantenhandel auch nur einen Hauch von Rechten zuzusprechen.

»Denn wenn es dahin kommt, daß auch ein Schwarzer einen Claim besitzen darf, dann kann niemand mehr den Diebstahl von Diamanten nachweisen und weder Dieb noch Hehler überführen. Jeder Kafferndieb wird dann behaupten, die Diamanten auf seinem eigenen, in Wirklichkeit trockenen Claim gefunden oder von einem anderen schwarzen Claimbesitzer zu haben!« lautete die übereinstimmende Befürchtung der Digger.

Byron gehörte nun zu denjenigen, die sich nicht scheuten, dieser Epidemie mit drakonischen Maßnahmen entgegenzutreten.

Daniel und Sidney wurden von zwiespältigen Empfindungen

und Überlegungen beherrscht, und daß sie die endgültige Entscheidung auf einen späteren, unbestimmten Zeitpunkt vertagten und erst einmal abwarten wollten, welche Schritte andere Claimbesitzer unternahmen, wertete nicht nur Byron als einen Etappensieg. Denn auch Daniel und Sidney wußten, daß sie wohl nicht umhinkämen, früher oder später dem Beispiel anderer kleiner Gesellschaften, die sich zu formen begannen, zu folgen.

Als Molefe zu Ohren kam, was Byron vorgeschlagen hatte und durchzusetzen entschlossen war, wurde sein Verhältnis zu diesem merklich kühler. Und daß Byron ihm zudem auch noch einen Basuto namens Nelson Bambatha, einen wahren Hünen von einem Mann und so schwarz wie das dunkelste Ebenholz, als Aufseher zur Seite stellte, wertete er als persönliche Beleidigung. Er empfand die Einstellung von Bambatha als Zeichen des Mißtrauens und spürte sehr wohl, daß Byron ihm dadurch faktisch das Heft über die anderen Schwarzen aus der Hand zu nehmen gedachte.

»Habe ich meine Arbeit bisher nicht immer zu eurer vollen Zufriedenheit getan, Baas?« beklagte er sich bei Daniel. »Bambatha soll mich entlasten, so jedenfalls behauptet das Baas Byron. Aber in Wirklichkeit hat er ihn zum Aufseher gemacht und mich degradiert.«

Daniel versuchte Molefe zu besänftigen und war über Byrons Vorgehen nicht eben erfreut. Aber er konnte nichts dagegen tun, denn sie hatten abgemacht, daß keiner dem anderen in seinen Aufgabenbereich hineinredete, solange es dafür nicht wirklich gewichtige geschäftliche Gründe gab, und die gab es nun mal nicht. Das einzige, was er für Molefe tun konnte, war, ihn von den Claims zu holen und bei sich als Aufseher über die Cradles und Sortiertische einzusetzen. Daß Byron mit dieser Lösung mehr als zufrieden war, ja sie möglicherweise sogar von Anfang an beabsichtigt hatte, störte Daniel. Aber Sidney wies nicht zu Unrecht darauf hin, daß Byron nun mal nicht die persönlichen Interessen von Molefe, sondern ihrer Gesellschaft im Auge haben mußte, und was die betraf, machte er seine Sache ausgezeichnet. Während andere Claimbesitzer und Gesellschaften über eine starke Fluktuation unter ihren schwarzen Arbeitern klagten, gelang es Byron sehr schnell, einen festen Stamm aufzubauen.

Da Molefe ihm in seinem Arbeitsbereich etliche Aufgaben abnahm, fand Daniel in den folgenden Wochen viel Zeit, Florence bei ihrem Unternehmen zur Hand zu gehen.

Eines Tages begleitete er sie zur Baustelle am Marktplatz. Der Boden aus schweren Balken gab schon eine erste Vorstellung von der Großzügigkeit, mit der die Räumlichkeiten ihres Hotels angelegt waren. Die Zimmerleute waren damit beschäftigt, die ersten Stützbalken zu errichten und die Bohlen des Fußbodens zu vernageln. Mit der Anlieferung genügend guter Ziegelsteine gab es Schwierigkeiten, aber Florence war überzeugt, das Problem auch noch rechtzeitig lösen zu können. Es ging zwar alles noch viel langsamer, als sie gedacht hatte, aber das entmutigte sie nicht, ganz im Gegenteil, sie nahm diese Herausforderung mit wahrer Begeisterung an.

Florence zeigte ihm voller Stolz, wo sich der Eßsaal, die Bar, der Aufenthaltsraum und die geräumige Empfangshalle befanden und wie sie die Räume einzurichten gedachte. Vieles davon hatte sie schon geordert.

»Wenn alles wie abgesprochen hier eintrifft, dann kann ich mein Hotel wirklich noch zu Weihnachten eröffnen«, sagte sie.

»Vorausgesetzt, das Geld fließt auch weiterhin so munter herein«, erwiderte Daniel.

Sie lächelte ihn an. »Im Notfall habe ich ja immer noch meine Privatbank, die fest an mich und das Hotel glaubt«, entgegnete sie und spielte darauf an, daß Daniel ihr ein Gutteil seines Geldes zum Bau vorgestreckt hatte. Einen anderen Teil hatte er, wie mit Sidney und Alice abgesprochen, Byron zum Ankauf neuer Claims zur Verfügung gestellt, eine Aufgabe, die dieser mit viel Geschick und Geschäftstüchtigkeit in Angriff genommen hatte.

Als Florence Daniel zu seinem Einspänner begleitete, hörte sie das Weinen eines kleinen Kindes. Vor dem großen Zeltladen eines Weinhändlers, der sich zur Linken von der Hotelbaustelle niedergelassen hatte, wartete ein schmucker Landauer mit fransengesäumtem Sonnendach und zwei prächtigen Rotfüchsen im Geschirr. Ein kleiner Junge von vielleicht zwei Jahren in einem Matrosenanzug stand auf der gepolsterten Rückbank, beugte sich über den Rand und blickte weinend zu der bunten Rassel hinunter, die er wohl zu munter geschwungen hatte und die nun dort im Sand lag.

Florence ging zu ihm, hob die Rassel auf und drückte sie ihm in das Händchen. »Na, jetzt ist die Welt doch wieder in Ordnung, kleiner Kapitän«, sagte sie liebevoll.

In dem Moment traten Julian Jakes und seine Frau Mabel aus dem Geschäft. Mabel, in einem wunderschönen Kleid aus altrosa Taft, eilte sofort von der hölzernen Veranda zu ihrem Kind.

»Was ist passiert?« rief sie, denn ihr Sohn weinte noch immer. »Was ist denn, mein kleiner Liebling?«

Florence wich zurück, und Daniel sah, daß sie plötzlich ganz bleich im Gesicht wurde. »Die Rassel ... Er hatte seine Rassel in den Sand geworfen«, sagte sie mühsam und blickte zu Julian, der elegant gekleidet war und besser denn je aussah.

Mabel stutzte. »Kennen wir uns nicht? Ich glaube, wir sind uns schon mal begegnet, Missis.«

Mit versteinertem Gesicht kam Julian zu ihnen. »Man kann sich nicht an jeden erinnern, der einem begegnet, Mabel«, sagte er barsch. »Steig jetzt bitte ein, wir müssen noch zum Anwalt.«

Leicht verwirrt folgte Mabel der Aufforderung ihres Mannes, der ihr den Schlag aufhielt, drehte sich dann noch einmal zu Florence um und sagte: »Besten Dank für Ihre Freundlichkeit.«

Florence stand noch immer wie gelähmt von dieser Begegnung da, als der Landauer davonfuhr und in die nächste Seitenstraße einbog.

Daniel legte ihr eine Hand auf den Arm, denn er ahnte auf

einmal, was es mit diesem Mann, den sie so bestürzt angesehen hatte, auf sich haben konnte. »War er das?« fragte er leise und mitfühlend. »Lionels Vater?«
Sie nickte. »Ja«, flüsterte sie und hatte Tränen in den Augen. »Er ... er heißt Julian Jakes, und wegen dieser Frau hat er mich und Lionel sitzenlassen.« Dann schüttelte sie, als ärgerte sie sich über sich selbst, den Kopf. »Ach was, er hätte mich auch für jede andere gute Partie sitzenlassen!«
»Wenn dieser Julian Jakes nicht gewußt hat, was er an dir hatte, dann hatte er dich auch nicht verdient, Florence.«
Sie lächelte schwach über seinen Versuch, sie aufzumuntern. »Ach Daniel«, sagte sie nur und drückte dankbar seine Hand.
Anfang Mai, als die ersten kalten Nächte den Winter ankündigten und die Preise für Feuerholz in astronomische Höhen schnellen ließen, war die Zeit für Alice gekommen. Sie lag nur wenige Stunden in den Wehen, doch sie hatte große Schmerzen zu ertragen, denn sie brachte Zwillinge zur Welt – zwei Mädchen, gesund und rosig, die auf die Namen Delia und Deborah getauft werden sollten.
Alice war erleichtert und Sidney ein überglücklicher Vater. »Die Söhne folgen schon noch«, sagte er aufgekratzt und ohne Bedauern, als Byron ihn neckte, weil er statt eines Stammhalters nun zwei Töchter bekommen hatte.
Als Daniel bei Alice am Bett stand und ihr zur Geburt der Zwillinge gratulierte, da trafen sich ihre Blicke für einen langen Moment stummer Zwiesprache. Und Daniel sah ihr an, daß sie wußte, was er in diesen Sekunden dachte: Ich hätte der Vater deiner Kinder sein können, ja, ich hätte es sein sollen, Alice!
Daniel trank selten mehr, als er vertrug. Doch an diesem Abend, als Sidney mit seinen Freunden seine Vaterschaft voller Stolz und Glück feierte, kippte er den Champagner wie Wasser in sich hinein, bis Schmerz und Selbstmitleid von körperlichem Elend abgelöst wurden.

38

Die starken Winde waren eine große Plage. Häufig genug wuchsen sie sich zu verheerenden Sandstürmen aus. Dann schlugen sie Schneisen der Vernichtung durch die Zeltlager und rissen so manche Plane vom Dachgestühl schnell errichteter Gebäude. Aber sogar an schönen, klaren Tagen trug der ebenso himmelwärts wachsende wie in die Breite gehende Mount Ararat eine graubraune Fahne aus verwehendem Staub. Die Diamanten waren der Segen des Landes. Der Fluch bestand aus Staub, Fliegen und Wassermangel.

Es war an einem Tag im Juni, als Daniel, Sidney und Byron von einem Ausflug zur Mine von OLD DE BEERS zurückkamen. Sie hatten sich dort mehrere Claims angesehen, die zum Kauf standen.

Sidney war ganz stolz, bei einem der Claims sofort entdeckt zu haben, daß er »gesalzen« gewesen war. Der Besitzer hatte die Erde vor der Besichtigung mit einigen kleinen Diamanten präpariert, um so einen besonders reichen Claim vorzutäuschen, während er in Wirklichkeit nur armselige Erträge brachte.

»Mit den drei anderen Claims haben wir vermutlich ein gutes Geschäft gemacht«, sagte Sidney nun, während sie über die Old De Beers Road nach Colesberg Kopje hineinkamen. Zelte und Häuser waren nur schemenhaft zu erkennen, denn der Wind hatte zugenommen, und dichte Staubschleier trieben wie Nebel durch die Luft. »Aber ich verstehe immer noch nicht, warum du darauf bestanden hast, auch den Claim dieses Betrügers aufzukaufen.«

»Du hast ihn ja so fix und fertig gemacht, daß der Arme kaum noch seinen Namen gekannt und uns den Claim für ein Butterbrot überlassen hat«, meinte Byron spöttisch.

»Erzähl mir doch nicht, daß du aus Mitleid mit dem Burschen auch nur einen Penny für seinen Claim gegeben hättest, wenn du dir nicht einen Vorteil davon erwarten würdest«, erwiderte Sidney trocken, und Daniel lachte auf, denn Byron hatte wirklich nur noch Geschäfte im Kopf.

Byron entgegnete hustend: »Der Claim mag im Augenblick den Wochenlohn von zwei Kaffern nicht wert sein, aber vielleicht sind die tieferen Schichten ergiebiger. Außerdem liegt er einfach strategisch gut.«
»Ich weiß, du hast schon mehrfach davon gesprochen, Byron, aber ich habe es noch immer nicht so ganz begriffen, von was für einer Strategie du immer redest«, sagte Sidney.
Daniel, der das Gespann über die Straße in Richtung Marktplatz lenkte, nickte. »Um ehrlich zu sein, bin auch ich aus deinen sogenannten strategischen Überlegungen noch nicht recht schlau geworden, Byron.«
»Vermutlich, weil ich mir meiner Sache selbst noch nicht so ganz sicher bin«, räumte Byron ein.
»Aha!« machte Sidney und spuckte ein Sandkorn aus, das ihm in den Mund geflogen war.
»Ich habe so das Gefühl, daß in den Minen von Colesberg Kopje und OLD DE BEERS und vermutlich auch von BULTFONTEIN und DUTOITSPAN früher oder später ein Machtkampf unter den einzelnen Minengesellschaften entbrennen wird«, mutmaßte Byron. »Und wer dann nicht genügend Claims hat, wird an die Wand gedrückt.«
»Warum soll es denn einen Machtkampf geben?« fragte Daniel.
»Ihr wißt doch selbst, daß immer neue Minengesellschaften gegründet werden, große wie kleine«, sagte Byron. »Und seit wir sogar jenseits von sechzig Fuß Tiefe noch auf Diamanten in großer Zahl und bester Qualität stoßen, strömt auch das Kapital der ganz Großen aus Europa und Amerika zu uns.«
Sidney nickte. »Das ist richtig.«
»Und sowie die mächtigen Banken und millionenschweren Unternehmer sich für ein Geschäft interessieren, ist es mit dem kameradschaftlichen und vielfältigen Nebeneinander von vielen Kleinen, genügend Mittleren und einigen Großen schnell vorbei – das hat die Erfahrung gelehrt«, versicherte Byron. »Und das wird hier nicht anders sein.«
»Und deshalb überredest du uns, auch miese Claims zu kaufen«,

sagte Sidney, denn sie hatten ausgemacht, daß wichtige Beschlüsse, wie etwa die FIVE STAR durch Ankauf von weiteren Claims zu vergrößern, stets einstimmig gefaßt werden mußten.
Byron nickte. »Weil es zu unserem Besten ist, auch Claims zu besitzen, die im Augenblick zwar nicht viel abwerfen, aber aufgrund ihrer Lage den sich entwickelnden Gesellschaften der Konkurrenz den Zugang zu anderen Claimfeldern unmöglich machen oder doch sehr erschweren.«
»Wenn du mit deiner Prognose recht hast, dann macht diese Politik natürlich Sinn«, räumte Sidney ein.
»Außerdem können wir es uns leisten, in die Zukunft zu investieren«, fügte Byron hinzu. »Wir haben unseren Wochenertrag nun schon zum sechstenmal in Folge erheblich gesteigert.«
»Dafür ist uns insbesondere Florence auch sehr dankbar«, bemerkte Daniel. Die Kosten für ihr Hotel waren sprunghaft in die Höhe gegangen. Alle Baumaterialien mußten auf langen, teuren Transportwegen herbeigeschafft werden, einiges aus dem Transvaal und dem Freistaat, das meiste jedoch aus der Kapregion. Die ursprüngliche Kalkulation war längst zu Makulatur geworden.
Ihr Gespräch wurde Augenblicke später unterbrochen, als sie vor sich einen Wagen sahen, der mit einem Hinterrad in einer tiefen Bodenspalte festsaß. Der Fahrer, der die Gefahr bei der trüben Sicht nicht erkannt hatte, mühte sich vergeblich ab, sein Gefährt freizubekommen.
»Ich glaube, da ist unsere Hilfe nötig«, sagte Daniel, zog die Bremse an und sprang mit seinen Freunden vom Wagen, um mit anzupacken.
Der junge schlaksige Mann war ihnen für ihre spontane Hilfe überaus dankbar, denn Muskelkraft gehörte ganz offensichtlich nicht zu seinen Stärken. Gemeinsam hoben sie den Wagen an, der mit Gerätschaften beladen war, und befreiten ihn aus seiner prekären Lage.
Er dankte ihnen, und als Sidney sich erinnerte, ihn schon auf den Claims gesehen zu haben, stellte er sich ihnen vor. »Mein Name

ist Rhodes, Gentlemen«, sagte er mit deutlich britischem Akzent. »Cecil John Rhodes.«
Sie schüttelten einander die Hände, und Daniel, Sidney und Byron vergaßen die Begegnung mit dem jungen Mann. Als Daniel und Sidney ihn einige Tage später zufällig in der Stadt wiedersahen, nahmen sie seine Einladung zu einem Drink in der SCARLET BAR gerne an und verbrachten einen netten Abend in seiner Gesellschaft.
Wie sie erfuhren, war Cecil Rhodes gerade neunzehn Jahre alt und konnte trotz seiner Jugend schon auf eine kleine, aber beachtliche Karriere in Afrika zurückblicken. Er hatte England mit siebzehn wegen seiner kränklichen Gesundheit verlassen und war auf Anraten seiner Ärzte nach Natal gereist, wo sein älterer Bruder im Begriff stand, eine Baumwollfarm aufzubauen.
»Statt die Universität zu besuchen und eine akademische Laufbahn einzuschlagen, mußte ich mich in Natal mit Baumwolle und allerlei Plagen von Ungeziefer herumschlagen«, berichtete er. »Und mein lieber Bruder Herbert fand es auch noch ganz in Ordnung, schon kurz nach meiner Ankunft seinem Abenteuertrieb nachzugehen, sich auf den Weg zu den Diamantenfarmen zu machen und mir die Leitung der Farm zu überlassen. Die anderen Farmer haben gleich Wetten abgeschlossen, wie lange ich wohl brauchen würde, um zu scheitern und die Flinte sozusagen in die Baumwolle zu werfen. Aber denen habe ich es gezeigt, Gentlemen. Ein Rhodes läßt sich nicht so leicht in die Knie zwingen, schon gar nicht, wenn es um Ungeziefer und andere Plagen geht, die in Natal jedes Jahr die Ernten bedrohen. Ich habe aus der verlotterten Farm meines Bruders in weniger als zwei Jahren ein profitables Unternehmen gemacht.«
»Aber Sie sind doch bestimmt nicht nach Colesberg Kopje gekommen, um diesen Erfolg hier zu wiederholen«, sagte Sidney scherzhaft.
Cecil Rhodes lachte. »Nein, daß ich hier bin, habe ich wieder einmal der Unruhe meines Bruders Herbert zu verdanken. Er hat sich hier nämlich drei Claims zugelegt und mich mit sanftem

Druck dazu überredet, ihm Gesellschaft zu leisten, was nichts anderes bedeutet, als daß er mir die ganze Arbeit aufgebürdet hat. Denn kaum war ich in Colesberg Kopje eingetroffen, da ist er zu einer monatelangen Jagdexpedition ins Hinterland aufgebrochen. Davon endlich zurückkehrt, fand er es dann an der Zeit, mal wieder in die Heimat zu reisen.«

»Solche Brüder sind wirklich eine unbezahlbare Bereicherung fürs Leben«, spottete Daniel.

»In der Tat!« stimmte Cecil Rhodes zu. »Ich muß jedoch gestehen, daß ich inzwischen gar nicht mal so traurig darüber bin. Ohne mich selbst zu sehr loben zu wollen, kann ich doch sagen, daß ich unsere Familieninteressen hier um einiges besser im Griff habe als mein werter Bruder. Wenn ich nur daran denke, daß er einen Claim aufgegeben hat, auf dem schon am nächsten Tag ein prächtiger Stein von achtzehn Karat gefunden wurde, könnte ich ihm heute noch sonstwohin treten.«

Zwangsläufig wandte sich ihr Gespräch nun den vielfältigen Aspekten der Förderung und dem Verkauf der Diamanten zu sowie dem I.D.B., der Politik und der gereizten Stimmung unter den Claimbesitzern und legalen Händlern. Zur Sprache kam auch die täglich wachsende Gefahr in der Mine durch die immer instabiler werdenden Transportwege, die quer durch die Mine führten und mittlerweile an manchen Stellen bereits über siebzig Fuß aufragten. Schon mehrfach war es zu Einstürzen mit tödlichen Folgen für die Arbeiter unten auf den Claims und diejenigen gekommen, die diese Wege benutzen mußten. Zwar hatte man versucht, an kritischen Stellen mit Hilfe von Stützbalken und brückenartigen Geländern für mehr Sicherheit zu sorgen, doch man war sich allgemein einig, daß dies kaum mehr als ein Notbehelf war. Auch Cecil Rhodes plädierte dafür, diese todbringenden Wege abzubauen und ein neues System zu entwickeln, wie die Claimbesitzer im Mittelbereich der Mine Zugang zu ihren Parzellen finden und das Gestein herausschaffen konnten. Er selbst war schon mehrfach bei der Minen-Kommission vorstellig geworden, damit diese endlich tätig wurde. Aber bisher

existierte noch kein praktikabler Plan, der alle Interessen unter einen Hut brachte. Doch er hatte Ideen, die auf einem System von Seilwinden basierten und die Daniel und Sidney für vielversprechend hielten. Als sie sich am späten Abend trennten, versprachen sie einander, in Kontakt zu bleiben und gemeinsam für die Sicherheit ihrer Claims und ihrer Arbeiter zu kämpfen.
»Ein erstaunlich zielstrebiger junger Mann«, sagte Sidney auf dem Rückweg zu ihrem Lager zu Daniel. »Wenn man bedenkt, daß er noch nicht einmal zwanzig ist und was er schon alles geleistet hat.«
»Ja, wirklich beachtlich«, pflichtete Daniel ihm bei.
Sidney traf in den folgenden Wochen mehrfach mit Cecil Rhodes zusammen und besuchte ihn auch in seiner Wellblechunterkunft, die er mit elf anderen jungen, unternehmungslustigen Männern teilte und die wegen ihres kameradschaftlichen Zusammenhalts in Colesberg Kopje bald unter dem Namen »Die zwölf Apostel« bekannt wurden.
Tief beeindruckt kehrte Sidney von seinem ersten Besuch bei Cecil Rhodes zurück. »Du müßtest mal seine Unterkunft sehen, Daniel. Spartanisch wie eine Mönchszelle, aber vollgestellt mit unzähligen Büchern; hauptsächlich Lehrbücher über Griechisch, Latein, Mathematik, Philosophie, Geschichte und solche akademischen Fächer. Er ist nämlich fest entschlossen, trotz allem noch irgendwann zwischendurch in England zu studieren, ohne jedoch seine Minengesellschaft links liegenzulassen.«
»Na, irgendwann zwischendurch zu studieren und hier alles unter Kontrolle zu haben, das dürfte ihm schwerfallen«, zweifelte Daniel.
»Ihm traue ich es zu«, sagte Sidney, der voller Begeisterung für Cecil Rhodes war. Und wie ernst Cecil Rhodes es mit seinem Vorsatz nahm, sollten sie in den folgenden Monaten und Jahren daran ablesen können, daß es in der Mine ein gewohntes Bild wurde, den jungen Engländer bei der Aufsicht seiner Schwarzen auf einem umgedrehten Eimer sitzen und stets dabei ein Buch lesen zu sehen. »Er ist übrigens derselben Meinung wie Byron,

was das Aufkaufen von Claims betrifft. Er glaubt an eine große Zukunft der Minen, nicht nur der hier von Colesberg Kopje, und ist ebenso wie wir dabei, in der Mine von OLD DE BEERS Claims zu erwerben.«

Daniel grinste. »Na, ob ihn das bei Byron so sympathisch macht, weiß ich nicht. Ihm wäre es bestimmt lieber, wenn ein paar clevere Männer weniger deine glorreiche Zukunftsvision teilten.«

»Ach was, noch ist Platz für uns alle.«

Molefe war da anderer Meinung, was ihn privat betraf. Er kam zu der Überzeugung, daß Colesberg Kopje für ihn und seine Familie nicht länger der rechte Ort war. Und insgeheim mußte Daniel ihm zustimmen. Das Verhältnis zwischen Schwarzen und Weißen war schon längst nicht mehr so entspannt, wie es in den Camps am Vaal und zu Beginn des New Rush auf den Diamantenfarmen gewesen war. Immer häufiger hörte man das geringschätzige Wort Nigger für die schwarzen Arbeiter, und mit dem I.D.B. wuchsen gegenseitiges Mißtrauen, Abgrenzung und die Beschneidung von Rechten. Auch wurden die Leibesvisitationen verschärft, so wie Byron es vorausgesagt und gefordert hatte. Hinzu kam, daß Bambatha von Byron immer mehr zum Oberaufseher aller Arbeiter, die FIVE STAR beschäftigte, gemacht wurde und darauf bestand, daß auch Molefe sich dieser entwürdigenden Leibesvisitation unterzog. Byron argumentierte, leider nicht ganz zu Unrecht, daß es schon vom Gleichheitsprinzip her nicht angehen könne, auch nur eine einzige Ausnahme zu machen, ohne dadurch bei allen anderen Schwarzen Mißgunst und noch größeren Unmut herauszufordern. Dieser Punkt war wahrscheinlich ausschlaggebend.

Daniel hatte bisher noch nicht dieser verschärften Kontrolle zugestimmt, weil er dies Molefe einfach nicht antun konnte und wollte, doch er wußte, daß er dem Drängen der anderen Partner auf Dauer nicht würde widerstehen können.

Molefe erlöste ihn aus seinem Dilemma, indem er sich entschloß, mit seiner Familie in das Land seiner Väter zu ziehen und da eine Farm aufzubauen. Mit dem Geld, das er all die Jahre eisern gespart hatte, würde er dort ein vermögender und einflußreicher Mann sein.

»Vielleicht bin ich schon König von meinem Stamm, wenn du mich einmal besuchen kommst«, sagte Molefe am Morgen seines Aufbruchs fröhlicher, als er in Wirklichkeit war.

Der Abschied von seinem schwarzen Freund, mit dem er zweieinhalb Jahrzehnte Freud und Leid geteilte hatte, ging Daniel nahe.

»Du wirst mir fehlen, Molefe«, sagte er traurig.

»Wir hatten gute Jahre, Baas, die besten, als wir auf dem Treck waren«, erwiderte Molefe voll wehmütiger Erinnerung.

»Ich bin dein Freund, Molefe, nicht dein Baas. Wann wirst du das mit dem Baas also endlich lassen?«

»Auf dem Treck waren wir Freunde«, entgegnete Molefe mit tiefer Einsicht in das, was sie verband und was sie trennte. »Hier ist jeder Weiße ein Baas.«

»Ich werde es immer anders sehen.«

»Komm mich eines Tages besuchen. Du weißt ja, wo du mich finden kannst«, verabschiedete sich Molefe. »Dann werden wir wieder Freude sein können.«

Mit Tränen in den Augen sah Daniel ihm wenig später nach, wie er mit seinem beladenen Fuhrwerk, das von einem stolzen vierzehnköpfigen Ochsengespann gezogen wurde, aus seinem Blickfeld entschwand – und aus seinem Leben.

39

Am 16. Juli kam es in Colesberg Kopje zu einem Ausbruch blindwütiger Gewalt. Es war nicht der erste Aufruhr der Digger gegen die britische Verwaltung von Griqualand-West, doch es war der bei weitem schwerste, der um ein Haar dazu geführt hätte, daß die Diggerstadt rund um die Mine in ein Flammenmeer aufgegangen wäre.

Die Digger hatten, von politischen Ärgernissen ganz abgesehen, guten Grund zur Unzufriedenheit. Die lächerlich geringe Präsenz der Diamond Fields Police Force und die lasche Ausübung ihrer Pflichten reizte die Digger schon seit Monaten bis aufs Blut. Ein spektakulärer Raub von fast dreitausend Diamanten, die im Postamt zur Verschickung nach Kapstadt verpackt lagen, löste eine erste Welle der Empörung und Proteste aus. Nicht wenige Canteenbesitzer verkauften, allen Verboten zum Trotz, zudem nicht nur ungehindert Alkohol und Waffen an die Schwarzen, sondern machten auch noch durch I.D.B. mit ihnen blühende Geschäfte. Und niemand unternahm den ernsthaften Versuch, ihnen das illegale Handwerk zu legen. Andere Vorfälle, die ein grelles Licht auf die Inkompetenz und Nachlässigkeit der Polizei warfen, folgten beinahe täglich. So war es nicht verwunderlich, daß kaum ein Digger Vertrauen in die Ordnungskräfte setzte.

Der Aufruhr am 16. Juli begann damit, daß sich am Tag zuvor ein Mob aus wütenden Diggern zusammenrottete und das Zelt eines indischen Canteenbesitzers niederriß. Bei der Durchsuchung wurden Diamanten gefunden. Die aufgebrachte Menge zerrte dem Inder die Kleidung vom Leib, peitschte ihn aus und trieb ihn aus der Stadt.

Am nächsten Abend rottete sich eine noch größere Menschenmenge aus Hunderten von Diggern zusammen, die entschlossen waren, ein für allemal mit den Schmarotzern und Hehlern abzurechnen, deren verbrecherische Geschäfte sie ein Vermögen kosteten. Eine rasch zusammengestellte Band zog vorweg und brachte die Menge mit martialischer Marschmusik noch mehr in Lynchstimmung.

Der Mob fiel in wilder Vergeltungswut über die Ladenlokale von schuldigen wie unschuldigen Schankwirten und anderen Geschäftsleuten her. Es reichte schon ein beschuldigender Ruf aus der Menge, um die Männer zu veranlassen, den Laden eines Schlachters oder eines Kaufmanns in Brand zu stecken. Und wer ihnen dabei in den Weg kam, wurde ohne lange zu fragen verprügelt und mit Peitschenschlägen in die Flucht getrieben. Im Handumdrehen brannten Dutzende von Läden und Häusern. Und so mancher nahm die Gelegenheit wahr, auf diese Weise einem lästigen Konkurrenten das Geschäft über dem Kopf anzustecken. Als die Polizei endlich eintraf, war es schon viel zu spät, den Aufruhr noch unter Kontrolle zu bekommen. Die Menge umlief die bescheidene Phalanx berittener Polizisten einfach und steckte in ihrem Rücken sogleich die nächsten Zeltläden an. Die Flammen loderten in allen Richtungen in den Himmel.

Und in dieser Stunde mordlüsterner Gewalt und blinder Zerstörungswut stolperte Harriet Walton, in Tränen aufgelöst und einer Panik nahe, Daniel in die Arme.

Als Daniel zu Ohren gekommen war, daß sich halb Colesberg Kopje in Aufruhr befand, hatte er sein im Westen liegendes Lager sofort verlassen und war zum Marktplatz geeilt, um Florence im Notfall beizustehen, sollte sich der Mob auch an ihrem Hotel vergreifen wollen. Florence hatte in der Woche zuvor Richtfest gefeiert, und wie Daniel wußte, war ihr Baukommando an diesem Tag damit beschäftigt, das Dach mit Wellblechplatten einzudecken, um das Gebäude vor den kommenden Regenfällen zu schützen.

Gerrit war ebenfalls zur Stelle, während Byron in Dutoitspan Kaufverhandlungen führte und Sidney irgendwo mit Cecil Rhodes zusammensaß, wo sie vermutlich über die Zukunft Afrikas und über Cecil Rhodes' Lieblingsthema, nämlich die Schaffung eines großafrikanischen Kolonialreiches von Kapstadt bis nach Kairo, natürlich unter britischer Vorherrschaft, diskutierten.

Glücklicherweise verschonte der Mob das Viertel um den Marktplatz, und als die Gefahr hier gebannt war, machte sich Daniel auf den Heimweg. Dabei nahm er eine Abkürzung durch gewundene Nebenstraßen, die durch das labyrinthische Colesberg Kopje führten.

Lodernde Flammen erhellten die einbrechende Nacht, und Daniel hörte das wilde Geschrei der marodierenden Digger. Die Gestalt, die ihn fast umgerannt hätte, kam aus einer kleinen Seitengasse, als er ganz in Gedanken die Straßenecke passierte. Harriet Walton wäre bei dem Zusammenprall gestürzt, wenn

Daniel sie nicht an den Schultern gepackt und festgehalten hätte. Erst jetzt bemerkte er, daß es sich bei der Gestalt in dem dunklen Wollumhang um eine junge Frau handelte. Als er ihre Tränen sah und ihr Schluchzen hörte, fragte er bestürzt, was ihr denn geschehen sei und wie er ihr helfen könne.
Es war schwer zu verstehen, was sie stammelnd und mit tränenerstickter Stimme antwortete, doch dann beruhigte sie sich ein wenig, und er erfuhr, daß sie eine Freundin besucht hatte und auf dem Rückweg vor der brandschatzenden Menge Reißaus nehmen mußte. Dabei war sie in die Irre gelaufen und wußte nicht mehr, wie sie zur Unterkunft ihres Vaters zurückkommen sollte.
»Wir sind erst seit einer Woche hier, und ich finde mich in diesem Gewirr der Straßen einfach nicht zurecht«, brachte sie verstört hervor, während ihr die Tränen über das Gesicht liefen. »Und dann diese gräßlichen, gewalttätigen Menschen. Ich hatte so entsetzlich Angst, sie würden mir etwas antun. Ich hasse dieses Colesberg Kopje!«
»Nun, wir sollten uns jetzt erst einmal darauf konzentrieren, Ihr Zuhause wiederzufinden, Miss ...«
»Harriet ... Harriet Walton«, sagte sie schniefend.
»Mein Name ist Daniel Lundquist, Miss Walton, und ich werde dafür Sorge tragen, daß Sie sicher zu Ihrer Familie zurückkommen ...«
»Ich habe bloß noch meinen Vater«, warf sie ein.
»... aber dafür brauche ich einige Hinweise«, fuhr er mit fester, ruhiger Stimme fort. »Wissen Sie denn wenigstens, in welchem Stadtviertel sich Ihr Vater mit Ihnen niedergelassen hat?«
»Es gibt dort mehr Zelte und Wellblechhütten als richtige Häuser.«
Daniel lächelte. »Das trifft wohl auf alle Viertel von Colesberg Kopje zu wie auch auf die drei anderen Minensiedlungen und die Camps am Vaal. Ich brauche da schon etwas genauere Angaben«, sagte er geduldig. »Wie ist es mit dem Mount Ararat?«
»Was soll mit ihm sein?«
»Der Ararat überragt alle Gebäude um ein Vielfaches. An ihm

orientiert man sich. Sie haben ihn täglich bestimmt viele Male bemerkt. Versuchen Sie sich daran zu erinnern, in welcher Himmelsrichtung er von Ihrem Zuhause aus gesehen aufragt.«

»Direkt vor unseren Augen natürlich.«

»Sicher«, sagte Daniel geduldig und insgeheim belustigt von ihrer Naivität. Wenn man auf einen Berg schaute, befand sich dieser nun mal immer direkt vor den Augen des Betrachters. Entscheidend waren die Entfernung und die Himmelsrichtung des Blicks. »Aber sehen Sie dann dabei nach Osten, Westen, Norden oder Süden?«

»Darüber habe ich noch nie nachgedacht, Mister Lundquist. Und mit einem Kompaß kann ich schon gar nicht umgehen«, antwortete sie bedrückt und fügte mit einem Anflug mädchenhafter Koketterie hinzu: »Mein Vater sagt immer, ich würde nur das Schöne im Leben sehen. Und da es hier so gar nichts Schönes gibt, habe ich auf das mit dem Ararat und den Himmelsrichtungen wohl auch nicht so recht achtgegeben.«

»Geht die Sonne in dieser Richtung auf, oder geht sie dort eher unter?«

Sie zog ihre volle Unterlippe zwischen ihre gleichmäßig geformten Zähne. »Auf geht sie da auf keinen Fall. Ich würde eher sagen, sie geht da so irgendwo unter ... Ich glaube, rechts vom Berg ... Das heißt, nein, es ist wohl eher links.« Hilfesuchend sah sie ihn an.

Daniel lächelte aufmunternd. »Damit kommen wir schon weiter«, versicherte er. Immerhin wußte er jetzt, daß die Waltons östlich der Mine und dort irgendwo zwischen dem Mount Ararat und dem Marktplatz wohnten. Und in dieser Gegend kannte er sich recht gut aus.

Daniel bat sie zu versuchen, sich doch an die Namen von Geschäften, Lokalen oder Diamantenhändlern zu erinnern, deren Schriftzüge ihr in ihrem Wohnviertel besonders ins Auge gefallen waren.

Ihr bedrücktes Gesicht nahm auf einmal einen zuversichtlichen Ausdruck an. »Und ob mir da was ins Auge gefallen ist!« rief sie, plötzlich ganz lebhaft. »Und zwar das SALMON'S HOTEL.«

»Jetzt kommen wir der Sache schon näher«, sagte Daniel erleichtert, denn das SALMON'S HOTEL lag im Südosten der Stadt, wobei die Mine stets den Mittelpunkt bei derartigen Ortsangaben bildete.
»Und da ist noch PARKER'S in der Nähe, und einmal hat mich mein Vater auch in COLE'S SUPPER ROOMS ausgeführt«, sprudelte es nun aus Harriet hervor, »und das Lokal liegt gleich um die Ecke.«
»Dann dürften Sie ganz in der Nähe der Landstraße nach DUTOITSPAN wohnen, und das ist von hier gar nicht mehr so weit, Miss Walton. Kommen Sie, in ein paar Minuten sind Sie zu Hause«, sagte Daniel, bot ihr seinen Arm und paßte sich ihrem Schritt an.
Es waren mehr als nur ein paar Minuten Weges hinüber zur Dutoitspan Road, und um Harriet Walton von dem Flammenschein und dem weithin schallenden Gebrüll des Mobs abzulenken, fragte er sie, woher sie komme und was ihren Vater dazu bewogen habe, sich in Colesberg Kopje niederzulassen. Daß die Antwort auf der Hand lag, denn wer an diesen Ort kam, wollte entweder als Digger oder durch Geschäfte mit ihnen sein Glück machen, war dabei ohne Bedeutung.
Harriet antwortete bereitwillig, wenn auch mit einer nervösen Munterkeit, auf seine Fragen, und er erfuhr, daß sie mit ihren Eltern vor zehn Jahren, als sie gerade sieben gewesen war, Bristol verlassen hatte und nach Kapstadt übergesiedelt war. Dort hatte ihr Vater für eine Reederei im Kontor gearbeitet. Als das Diamantenfieber ausbrach, wollte ihr Vater, William Walton, seine Arbeit aufgeben und sich ebenfalls als Digger versuchen. Doch die angegriffene Gesundheit ihrer Mutter ließ dies nicht zu.
»Mom ist im Mai gestorben, und da wollte Vater von Kapstadt weg, obwohl ich lieber dortgeblieben wäre«, sagte sie traurig. »Aber er meinte, es sei nur zu meinem Besten. Hier könne es ein Mann noch zu etwas bringen. Und so habe ich letztlich zugestimmt. Mein Vater hat eine kleine Eisenwarenhandlung eröff-

net, und sie geht auch nicht schlecht, wie er mir versichert. Aber ich weiß nicht, ob ich mich je an dieses ... primitive Leben gewöhnen werde. Und dann all diese Kaffern, die halb nackt herumlaufen ...«

»Das werden Sie bestimmt, Miss Walton«, erwiderte er, denn was sollte er sonst auch sagen. »Colesberg Kopje wächst mit jedem Monat und wird bald eine richtige Stadt sein mit all den Annehmlichkeiten.«

»Ich hoffe, Sie haben recht«, murmelte sie, doch aus ihrer Stimme klangen Zweifel.

Wenig später gelangten sie zur Dutoitspan Road, und nun wußte Harriet wieder, wo es zum Haus ihres Vaters ging. Es war ein länglicher Wellblechschuppen, in dessen hinterem Teil sich die privaten Wohnräume der Waltons befanden.

»Wie kann ich mich nur bei Ihnen für Ihren Beistand bedanken, Mister Lundquist?« sagte sie. »Gott allein weiß, was mir ohne Ihre Hilfe zugestoßen wäre.«

»Aber das ist doch nicht der Rede wert. Es war mir nicht nur eine Ehre, sondern auch ein Vergnügen, Ihnen beizustehen, Miss Walton«, versicherte er.

Einen Augenblick stand sie zögernd vor der Tür. »Nochmals ganz herzlichen Dank, und vielleicht sehen wir uns ja irgendwann einmal wieder.«

»Das würde mich freuen«, entgegnete er, wünschte ihr eine gute Nacht und wartete, bis sie im Haus verschwunden war. Als er zu seinem Zelt zurückkehrte, dachte er über Harriet nach. Er konnte sehr gut verstehen, daß sich eine junge Frau wie sie sich in Colesberg Kopje recht verloren vorkam. Und als er auf seiner harten Feldpritsche lag, hatte die Vorstellung, Harriet Walton wiederzusehen und sie mit den angenehmen Gesichtern dieses Landes vertraut zu machen, etwas sehr Verlockendes. Mit ihrem Bild vor Augen schlief er ein.

40

In jener Nacht des Aufruhrs wollte der Mob, von den Polizeikräften endlich aus Colesberg Kopje hinausgedrängt, kurzerhand nach DUTOITSPAN ziehen und auch in der dortigen Siedlung mit Peitsche und Brandfackel Terror verbreiten und mit dem weißen Abschaum kurzen Prozeß machen. Es waren nicht ganz drei Meilen bis dahin, doch schon auf halber Strecke ließ die Begeisterung der Menge nach, zumal ihr nun auch aus DUTOITSPAN, von einem Polizeireiter alarmiert, bewaffnete Truppen entgegenkamen. Und so löste sich die Menge rasch auf, während in Colesberg Kopje die zahlreichen Brandstellen bekämpft wurden. Glücklicherweise gelang es, ein Übergreifen der Flammen und somit ein Feuerinferno zu verhindern.

Tags darauf ruhte die Arbeit in der Mine, und der Commissioner lud eiligst eine Gruppe von einflußreichen Diggern und Geschäftsleuten zu einer Krisensitzung ein und appellierte an sie, alles in ihrer Macht Stehende zu tun, um zu verhindern, daß sich solch ein blindwütiger Gewaltausbruch wiederholte. Er versprach seinerseits, die Polizeikräfte zu verstärken, zielstrebiger gegen den illegalen Diamantenhandel vorzugehen und sich auch mit allem Nachdruck für Verbesserungen in anderen kritischen Bereichen einzusetzen. Daß Schwarze nicht das Recht erhielten, Claims zu besitzen und Diamanten zu verkaufen, war bei den Verhandlungen eine zentrale Forderung der Digger wie auch die Durchsetzung radikaler Leibesvisitationen nach der Arbeit. Anschließend gab es eine große Versammlung auf dem Marktplatz, auf der Vertreter aller Interessengruppen zu Ruhe und Ordnung aufriefen. All dies trug dazu bei, die angespannte Lage zu entschärfen.

Daniel hatte mit Sidney und Byron an den Versammlungen teilgenommen, war mit seinen Gedanken jedoch nicht ganz bei der Sache gewesen.

»Ich habe mich mit Cecil noch auf einen Drink in der SCARLET BAR verabredet«, sagte Sidney hinterher. »Kommt ihr mit?«

Byron verzog das Gesicht. »Danke, kein Bedarf. Mir ist es ein Rätsel, was du an der Gesellschaft dieses arroganten jungen Schnösels Cecil Rhodes bloß findest.«
»Du beurteilst ihn falsch, Byron. Er hat vielleicht hochgesteckte Ziele und einige politische Visionen, die bei einem Mann seines Alters gewöhnlich nicht zu finden sind, aber er ist alles andere als arrogant«, verteidigte Sidney ihn. »Er denkt nun mal über den Rand der Minengrube hinaus.«
»Das tue ich auch!« erwiderte Byron verdrossen.
»Cecil meint übrigens genau wie du, daß jedes Pfund, das in Claims von OLD DE BEERS angelegt ist, satte Profite bringen wird.«
Byron warf ihm einen gereizten Blick zu und blaffte: »Das habe ich schon gewußt, als der Kerl noch Baumwolle in Natal gepflückt hat, Sidney! Sonst hätte ich mir ja auch nicht das Maul fusselig geredet, um euch dazu zu bringen, dort zu investieren. Aber wie beruhigend, daß dein Visionär und Freizeitstudent Cecil Rhodes seinen Segen dazu gegeben hat. Nun wirst du ja endlich überzeugt sein, daß ich euch nicht zu falschen Investitionen gedrängt habe.«
Sidney sah ihn verblüfft an. »Mein Gott, warum bist du denn bloß so gereizt? Er hat dir doch gar nichts getan.«
»Ich bin überhaupt nicht gereizt«, antwortete Byron, und allein sein Tonfall strafte seine Worte Lügen. »Und es ist sein Glück, daß er mir noch nichts getan hat. Bestell ihm einen schönen Gruß, und sag ihm, er soll der FIVE STAR bloß nicht in die Quere kommen, sonst zerquetsche ich ihn wie eine Kakerlake unter meinem Stiefelabsatz!« Damit stapfte er grimmig dreinblickend davon.
»Kannst du mir verraten, was das eben sollte?« fragte Sidney fassungslos. »Byron ist ja richtig ausgerastet! Was hat er bloß?«
»Er hat heute wohl einen schlechten Tag«, sagte Daniel unaufmerksam.
»Und du hast heute wohl deinen abwesenden Tag, ja?« grollte Sidney.

»Wieso?« fragte Daniel und versuchte sich gleichzeitig in Erinnerung zu rufen, ob Harriets Augen nun grau oder eher grünlich gewesen waren. Im spärlichen Licht der Laternen hatte er es nicht so genau feststellen können.
»Weil du schon den ganzen Tag kaum auf das reagierst, was man zu dir sagt, und wenn doch einmal, dann scheint da bloß so etwas wie ein Nachtwächter deines Bewußtseins zu antworten«, warf Sidney ihm vor.
Daniel hörte nur mit halbem Ohr hin. »Wohl dem, der einen hat. Also, bis später, Sid.«
»He, wo willst du hin?«
»Mal sehen, wie es ihr geht?« antwortete Daniel ganz in Gedanken.
»Meinst du Florence?«
Daniel sah ihn verwirrt an. »Wie kommst du auf Florence?«
»Von wem redest du dann?«
Daniel zögerte. »Ach, vergiß es. Muß nur einen kurzen Höflichkeitsbesuch machen«, sagte er leicht verlegen, winkte ihm zu und tauchte schnell in der Menge der sich auflösenden Versammlung unter.
Kopfschüttelnd sah Sidney ihm nach, dann kam ihm eine Ahnung, und er grinste. »Soso, Höflichkeitsbesuch. Das kann ja spannend werden«, murmelte er fröhlich vor sich hin, doch als er später Alice von seiner Vermutung berichtete, reagierte sie zu seiner Verwunderung ausgesprochen ungehalten und wie persönlich angegriffen.
»Ach was, das bildest du dir bloß ein! Daniel kennt doch nur seine Arbeit und hat weder Zeit, um einer Frau den Hof zu machen, noch Interesse daran, eine Familie zu gründen. Ihm ist es lieber, den Patenonkel bei Lionel zu spielen und gelegentlich an unseren Familienfreuden teilzuhaben, als sich all die Arbeit und Verpflichtungen einer eigenen Familie aufzubürden. Ich sage dir, Daniel wird ewig Junggeselle bleiben.«
»Woher willst du das denn wissen, Alice?«
»Weil ich es nun mal weiß!« erwiderte sie schroff und fast zornig,

um dann etwas beschwichtigender hinzuzufügen: »Frauen haben dafür einfach ein untrügliches Gefühl. Wir spüren so etwas. Aber wage es ja nicht, Daniel davon zu erzählen, was ich gesagt habe!«
»Ich werde mich hüten«, brummte Sidney leicht verwirrt und machte, daß er an die frische Luft kam. Ihre merkwürdige Reaktion schrieb er ihren rosigen Zwillingen Delia und Deborah zu, die Alice ganz schön in Atem hielten, aber zugleich ihrer beider Augenstern waren. Und warum sollte nach Byron nicht auch Alice einen schlechten Tag haben?
Daniel indessen verbrachte dank seines Wiedersehens mit Harriet Walton einen ausgesprochen angenehmen Tag. Daß sie ihm mit einem Einkaufskorb am Arm entgegenkam, als er die Straße hinunterging, die zur Eisenwarenhandlung ihres Vaters führte, war ein glücklicher Zufall, den sie beide insgeheim als Fingerzeig des Schicksals deuteten. Zudem enthob er Daniel der Qual, sich einen halbwegs unverfänglichen Grund einfallen zu lassen, wieso er das Geschäft ihres Vaters aufsuchte und sich nach ihrem Befinden erkundigte. Denn das war seine Absicht gewesen, ohne bis zu diesem Moment zu wissen, wie er das am besten anstellen sollte.
»Mister Lundquist, welch ein reizender Zufall!« begrüßte sie ihn freudestrahlend, und er sah, daß ihre Augen die Farbe teurer Smaragde hatten. Hellblonde Locken schauten unter ihrem Strohbonnet hervor und kräuselten sich wie goldene Korkenzieher. Ihr Gesicht hatte er als hübsch in Erinnerung gehabt, doch im Sonnenlicht des Tages betörte ihn die Schönheit ihrer gleichmäßigen Züge. Die Fülle ihrer Lippen zog seinen Blick an, und als der Wind ihren Umhang kurz öffnete, kam darunter ein vollschlanker, sehr weiblich geformter Körper in einem dunkelblauen Baumwollkleid zum Vorschein, dessen gelbe Paspelierungen die Rundungen ihrer Brüste und den Schwung ihrer Hüften noch besonders zu betonen schienen.
Harriet bestand darauf, ihn ihrem Vater vorzustellen. »Vater war todkrank vor Sorge um mich. Und als ich ihm erzählte, in welch großer Gefahr ich mich befunden habe und was Sie für mich

getan haben, da hat er schrecklich bedauert, keine Gelegenheit gehabt zu haben, Ihnen persönlich für Ihren so großzügigen und beherzten Beistand zu danken«, versicherte sie. »Es würde ihm viel bedeuten, wenn Sie einen kurzen Augenblick von Ihrer zweifellos kostbaren Zeit opfern könnten.«

»Wenn es Ihr Wunsch ist, Miss Walton, tue ich es gern«, sagte Daniel, der nicht groß überredet zu werden brauchte, es sich aber nicht anmerken lassen wollte.

»Sie würden nicht nur meinem Vater einen großen Gefallen tun«, sagte sie und warf ihm ein halb scheues, halb kokettes Lächeln zu.

»Es wird mir ein Vergnügen sein, die Bekanntschaft Ihres Vaters zu machen.«

William Walton, ein kleiner stämmiger Mann mit einer Halbglatze und einem fülligen Gesicht mit zahlreichen geplatzten Äderchen unter der Haut, brachte sich fast um vor Dankbarkeit und bestand darauf, daß er mit ihnen in ihrem äußerst bescheidenen Wohnraum eine Tasse Kaffee und ein Glas von seinem besten Port trank. Dabei redete er ohne Unterlaß, doch auf amüsante Weise. Er verstand es, seine Zuhörer zu unterhalten, während er dem Port ebenso munter zusprach.

»Papa, wir dürfen Mister Lundquist nicht die Zeit stehlen. Er ist ein vielbeschäftigter Geschäftsmann, so wie ich das gestern abend verstanden habe«, ermahnte Harriet ihren Vater, als dieser Daniel das Glas erneut füllte und dabei vom Hölzchen aufs Stöckchen kam. »Du darfst ihn doch nicht so nötigen!«

Daniel ließ sich gern nötigen, doch er bekam nur die Hälfte von den Erzählungen und spaßigen Anekdoten mit, die William Walton erzählte. Immer wieder schaute er Harriet verstohlen an, und mehrfach trafen sich ihre Blicke. Dann senkte Harriet sofort den Kopf.

Als Daniel sich schließlich erhob, geschah es allein aus dem Grund heraus, daß es die Schicklichkeit gebot, nun zu gehen.

William Walton schüttelte ihm die Hand mit beiden Händen und ließ ihn nicht fort, ohne ihm vorher das Versprechen abgenommen zu haben, sie möglichst bald wieder zu besuchen.

»Papa, du bist unmöglich. Wie kannst du Mister Lundquist nur so bedrängen?« protestierte Harriet mit geröteten Wangen, lächelte jedoch dabei.
Die Augen ihres Vaters blitzten fröhlich und verschmitzt, als er erwiderte: »Wer hat mir denn so überschwenglich von diesem reizenden Gentleman vorgeschwärmt?«
Sie errötete erneut, und als sie mit Daniel das Haus verließ, um ihre Einkäufe zu tätigen, sagte sie entschuldigend: »Er ist manchmal wirklich ganz unmöglich. Wir kennen hier noch nicht viele Leute, und seit Mutter tot ist, fühlt er sich sehr einsam. Bitte sehen Sie es ihm nach, Mister Lundquist, und nehmen Sie es mir nicht übel, daß ich Sie dazu verleitet habe, mit ins Geschäft zu kommen.«
Er lächelte. »Das muß ich mir aber erst noch reiflich überlegen, Miss Walton. Doch vielleicht findet sich ja eine Möglichkeit, wie Sie das gutmachen können.«
»Ich stehe in Ihrer Schuld. Was immer ich tun kann, um sie ein wenig abzutragen, werde ich mit Freuden tun«, versicherte sie.
Er nahm sich ein Herz. »Dann bitte ich Sie, mich zum Pferderennen zu begleiten, Miss Walton. Am Wochenende wird hier der DIAMOND FIELDS TURF CLUB eingeweiht. Das wird bestimmt eine rechte Volksbelustigung.«
»Gerne.« Sie nahm seine Einladung mit einem freudigen Lächeln an.
Die Einweihung der Pferderennbahn war ein wahres Volksfest und wurde nicht nur für die Veranstalter ein großer Erfolg, sondern auch für Daniel und Harriet. Sie verbrachten den ganzen Tag zusammen, und Daniel stellte sie seinen Freunden vor. Sidney und Byron sparten nicht mit Komplimenten, und auch Florence und Gerrit begegneten ihr mit großer Freundlichkeit und Sympathie.
Byron boxte Daniel kameradschaftlich in die Seite, als Florence mit Harriet redete. »Junge, da hast du ja einen ansehnlichen Fang gemacht«, raunte er ihm anerkennend zu. »Und womit, hast du gesagt, verdient sich ihr Vater Brot und Butter?«

»Ich habe noch gar nichts darüber gesagt, aber ich will deine Neugier gern befriedigen, damit du erst gar nicht auf dumme Gedanken kommst. Mister Walton hat eine kleine Eisenwarenhandlung nahe der Dutoitspan Road.«

»Nicht vielleicht doch eine große?«

»Nein, eine kleine.«

Byron hob die Augenbrauen. »Sonst nichts? Keine Beteiligungen, keine Claims, nicht mal einen kleinen Diamantenhandel?« fragte er ihn flehentlich, als hoffte er, doch noch einer bitteren Enttäuschung entgehen zu können.

Daniel grinste. »Nein, sonst nichts, Colonel. Tut mir außerordentlich leid, dich enttäuschen zu müssen, aber Harriet ist genau das Gegenteil von dem, was *du* unter einer guten Partie verstehst.«

»Schade, welch eine Vergeudung von vorzüglichen Anlagen«, sagte Byron scheinbar betroffen und mit einem langen Blick auf Harriet, die ihnen ihr reizvolles Profil darbot, lachte dann und schlug ihm auf die Schulter. »Aber sei du nur froh, daß sie bloß hübsch und jung ist. Denn mit einer halbwegs akzeptablen Mitgift hätte ich ihr auf der Stelle einen Antrag gemacht, und dann hättest du selbstverständlich das Nachsehen gehabt.«

Daniel lachte ebenfalls. »Träum nur weiter, Byron.«

Alle waren freundlich zu Harriet und zogen sie ganz selbstverständlich ins Gespräch, bis auf Alice. Sie legte vom ersten Moment an eine kühle Zurückhaltung an den Tag, beschränkte sich auf eine höfliche Begrüßung und tat dann so, als wäre sie Luft für sie.

»Vielleicht verrätst du mir mal bei Gelegenheit, was du an diesem naiven Püppchen findest!« raunte Alice Daniel geringschätzig zu, bevor sie Sidney lange vor dem letzten Rennen drängte, sie nach Hause zu bringen, weil sie angeblich starke Kopfschmerzen hatte.

Diese bissige Bemerkung wurmte Daniel, auch wenn er zu wissen glaubte, warum sie das gesagt hatte. Aber Alice hatte ja nun wahrlich kein Recht, eifersüchtig zu sein und ihm etwas vorzuwerfen. Wer hatte denn ihre Liebe verraten, wenn nicht sie?

Eine Woche später führte er Harriet zum erstenmal zum Tanz aus. Sie fuhren in seinem Einspänner nach DUTOITSPAN und verbrachten einen wunderschönen Abend in STAFFORT PARKER'S ASSEMBLY ROOMS. Er genoß es, mit ihr über die Tanzfläche zu gleiten, den Stoff ihres flaschengrünen Taftkleides rascheln zu hören, sie in seinen Armen über die Dielenbretter zu wirbeln und dabei immer wieder ihren verliebten Blick aufzufangen. Wie bei allen derartigen Veranstaltungen kamen auch hier auf jede Frau mehrere Dutzend Männer, und es steigerte seinen Stolz und seine Freude zu sehen, wie neidisch alle auf seine hübsche Harriet warfen, die jedoch nur Augen für ihn hatte.
Am schönsten vom ganzen Abend war jedoch die Rückfahrt, als sie sich in scheinbarer Müdigkeit an ihn lehnte. »Es war wunderbar, Mister Lundquist. Ich kann mich nicht erinnern, wann ich mich das letztemal so amüsiert ... und mich dabei so wohl und geborgen gefühlt habe«, sagte sie leise. »Ich bin himmlisch müde. Ich hoffe, es macht Ihnen nichts aus, wenn ich mich etwas an Sie lehne.«
»Im Gegenteil«, sagte er mit belegter Stimme.
»So könnte ich noch stundenlang durch die Nacht fahren«, flüsterte sie mit einem seligen Seufzer.
»Ja«, sagte er nur, nahm die Zügel in die linke Hand, legte seinen rechten Arm um ihre Schulter und ließ das Pferd in einem mehr als gemächlichen Tempo zurück nach Colesberg Kopje trotten.
Vor dem Wellblechschuppen ihres Vaters angekommen, lösten sie sich widerstrebend voneinander, und er half ihr vom Sitz.
Er hielt ihre Hand noch immer, als sie schon längst sicher neben dem Wagen stand.
»Danke für alles, Harriet.«
»Ich danke Ihnen ... Daniel«, erwiderte sie zärtlich flüsternd und gab ihm einen flüchtigen Kuß auf die Wange.
Mit klopfendem Herzen sah er sie an. Ihr Mund lud ihn geradezu dazu ein, sie zu küssen. Doch er beherrschte sich, diesmal noch, und sagte: »Schlafen Sie gut, Harriet, und haben Sie schöne Träume.«

Sie lächelte ihn verliebt an. »O ja, die werde ich ganz bestimmt haben, Daniel.«
Als er ins Lager zurückkehrte, störte er sich zum erstenmal an der Kargheit und Primitivität seiner Unterkunft. Warum lebte er noch immer in einem Zelt? Er war doch längst ein vermögender Mann. Erst letzte Woche hatten sie wieder Diamanten im Wert von über zehntausend Pfund aus den Claims geholt. Mit der FIVE STAR ging es steil bergauf. Sogar die Claims in der OLD-DE-BEERS-Mine warfen mittlerweile einen anständigen Profit ab. Welchen Sinn hatte es, sein Geld auf der Bank anzuhäufen? Es wurde wirklich Zeit, daß er ein wenig die Früchte seiner Arbeit genoß. Er konnte es sich leisten, ein ansehnliches Haus zu bauen. Es wurde auch Zeit, daß er heiratete und eine Familie gründete. Immerhin war sein dreißigster Geburtstag nicht mehr fern.
Sechs Wochen später bat er Harriet, seine Frau zu werden, und mit Tränen des Glücks fiel sie ihm um den Hals und erwiderte voller Hingabe seinen Kuß.

41

Der afrikanische Frühling hatte seine erste Blütenpracht über das Veld gestreut, als Daniel und Harriet Mitte September ihre Hochzeit auf ALEXANDERSFONTEIN feierten. Die Farm, nur wenige Meilen außerhalb von Colesberg Kopje gelegen, war zu einem beliebten Ausflugsort für Verliebte und Familien geworden, die am Wochenende fern der staubigen Diggings ein Picknick veranstalten wollten – und zu einem Ort für Hochzeitsfeiern. Denn der geschäftstüchtige Besitzer hatte das geräumige Farmhaus zu einem Landhotel umgebaut. Es besaß einen sehr rustikalen Charme, schnitt aber im Vergleich mit all den anderen sogenannten Hotels aus Lattengerüst, Zeltplane und Wellblech blendend ab.
Daniel hatte an eine kleine Feier im Kreis seiner Freunde gedacht, doch nachdem Byron noch fast zwei Dutzend Namen von wich-

tigen Geschäftsleuten auf die Liste der Gäste gesetzt und Harriet sie noch um diejenigen ergänzt hatte, die sie gerne dabeihaben wollte, wurde die Hochzeit zu einer in jeder Hinsicht aufwendigen Angelegenheit.

Doch Daniel ließ sich gern dazu überreden, denn immerhin ging es ja nicht um ein gewöhnliches Fest, sondern um ihre Hochzeit, und es gab wirklich keinen Grund, knausrig zu sein und diesen Tag nicht zu einem unvergeßlichen Erlebnis für alle Beteiligten zu machen. Harriet hatte ihn verzaubert, und was sie sich wünschte, wollte er ihr gerne schenken. Harriet liebte schnelle Pferde und elegante Wagen, wie er herausgefunden hatte. Am Morgen nach der Hochzeit würde ein schmucker Wagen, der aus der Werkstatt des besten Wagenbauers von Potchefstroom kam, mit zwei rassigen Rotfüchsen auf dem Hof von ALEXANDERSFONTEIN zur ersten Ausfahrt auf sie warten. Es war ein sehr teures Hochzeitsgeschenk, aber das war ihm Harriet allemal wert – wie auch das aufwendige Fest.

Die Trauung fand im Freien unter einem herrlich geschmückten Baldachin statt, und Daniel schwoll das Herz vor Freude und Glück, als William Walton seine Tochter in einem mit Blüten bestickten Seidenkleid zum Altar geleitete. Es war ihm ein Rätsel, wie es Harriet gelungen war, diesen Traum aus Seide in Colesberg Kopje aufzutreiben.

Nach der Trauung wurden sie umringt von Gratulanten. Daniel schwebte auf einer Woge der Glückseligkeit. Der einzige Wermutstropfen an diesem Tag war das eisig gefrorene Lächeln von Alice – und ganz besonders ihr sarkastischer Glückwunsch.

»Ich hätte doch wohl eine würdigere Nachfolgerin verdient als so eine unbedarfte Krämerstochter«, zischte sie ihm ins Ohr, als sie ihn umarmte und ihn dabei ihren Körper nachdrücklich spüren ließ. »Aber dein Herz gehört ja immer mir, denn das hast du mir ja am Vaal geschworen, nicht wahr?« Er kam nicht dazu, etwas zu erwidern, denn sie küßte ihn auf den Mund und entzog sich ihm danach schnell.

Daniel war verwirrt und wütend, schob diese Empfindungen

jedoch rasch beiseite. Er wollte sich von ihrer unverständlichen Mißgunst nicht seine Hochzeitsfeier trüben lassen, und die fröhliche Stimmung half ihm, diese unschöne Begebenheit aus seinem Bewußtsein zu verdrängen.

Daß sein Schwiegervater ihn zu schon vorgerückter Stunde zur Seite nahm und ihn um zweihundert Pfund anpumpte, störte Daniel weit weniger als das, was Alice getan hatte. Er war auch nicht überrascht, hatte er im Laufe der vergangenen Wochen doch Gelegenheit genug gehabt, sich sein eigenes Bild von William Waltons mangelhafter Geschäftstüchtigkeit zu machen. Er hegte den Verdacht, daß der Erfolglosigkeit seines Schwiegervaters mehr ein Mangel an Tüchtigkeit und an allzu großer Spielleidenschaft als an Geschäftsmöglichkeiten zugrunde lag.

»Zweihundert Pfund?« fragte Daniel.

»Nur ein kurzfristiges Darlehen, Schwiegersohn«, versicherte William. »Die Geschäfte laufen im Augenblick nicht so gut. Aber das kriege ich schon wieder hin.«

Daniel versprach, ihm die zweihundert Pfund am nächsten Tag zu geben, hatte aber die ungute Ahnung, daß er das Geld nie wiedersehen, womöglich aber als der reiche Schwiegersohn noch häufig derartige Bitten um ein »kurzfristiges Darlehen« zu hören kriegen würde. Doch auch daran mochte er an diesem Tag nicht länger als notwendig denken, und er beeilte sich, wieder zu seinen Gästen und zu Harriet zu kommen, die nicht einen Tanz auslassen wollte.

Auch Byron, der wohl am elegantesten gekleidete Mann auf dem Fest, kam kaum einmal vom Tanzboden herunter. Er war wie üblich bei den Frauen Hahn im Korb.

»Ich möchte bloß wissen, wie Byron das anstellt«, sagte Sidney, als er bei Daniel stand und sich mit einem Glas Champagner erfrischte, während Byron geradezu unermüdliche Energie besaß und auch nach Stunden ausgelassenen Feierns noch immer einen frischen Eindruck machte.

»Daß die Frauen auf ihn fliegen wie die Mücken zum Licht?« fragte Daniel amüsiert.

»Ja, das auch. Die Frauen hatten wohl schon immer eine Schwäche für ihn. Daß ihm ein Arm fehlt, hat seinem umwerfenden Charme und seinem Erfolg bei den Frauen nie einen Abbruch getan.«
»Er ist nun mal eine attraktive Erscheinung.«
»Und er weiß sich zu kleiden. Mein Gott, ich kann den schönsten Abendanzug, die teuerste Hemdbrust und die edelste Krawatte anziehen – und mache darin letztlich doch nur einen mittelprächtigen Eindruck. Und er kann tragen, was er will, er sieht immer umwerfend elegant aus«, sagte Sidney ein wenig neidvoll. Daniel pflichtete ihm bei.
Gegen zwölf verließ Harriet die Hochzeitsgesellschaft unauffällig, um sich oben im Hochzeitszimmer für die erste Nacht mit ihrem Ehemann vorzubereiten. Dort wartete Tabita auf sie, ein vierzehnjähriges Hottentottenmädchen, das schon in einem angesehenen Haushalt in Bloemfontein Erfahrung als Kammermädchen gesammelt hatte und damit eine echte Rarität in Colesberg Kopje war. Byron, der eine ganz eigene Vorstellung von persönlichen Geschenken besaß, hatte dieses schwarze Kammermädchen aufgetrieben und es Harriet bereits eine Woche vor der Hochzeit sozusagen zum Geschenk gemacht. Den Lohn hatte er ihr schon für zwei Jahre im voraus gezahlt. Während Harriet vor Freude ganz aus dem Häuschen gewesen war, hatte Daniel nicht gewußt, ob er über den Einfall seines Freundes lachen oder ärgerlich sein sollte. Er hatte sich schließlich dazu entschlossen, es mit Belustigung aufzunehmen, zumal er Harriet mit Tabita offensichtlich einen Herzenswunsch erfüllt hatte.
Daniel gab seiner Frau eine gute halbe Stunde Zeit, sich von Tabita aus Kleid und Korsett helfen, die Haare ausbürsten und sich für ihre erste Nacht mit ihm fertigmachen zu lassen. Dann folgte er ihr nach oben.
In einem weißen Musselingewand mit rosa Satinschleifen erwartete sie ihn im Zimmer, das im schwachen Licht einer einzigen Kerze lag.
Daniel hatte mehr als einmal darüber nachgedacht, wie es wohl

sein mochte, Harriet in seinen Armen zu halten, ihren nackten Körper zu berühren, ihre Brüste, ihre Schenkel und ihren Schoß, und sie zu lieben. Er ging davon aus, daß sie noch Jungfrau war, und ebendieser Gedanke ließ sein Herz vor Aufregung schneller schlagen, als er sich nun hastig entkleidete. Er hatte genügend Erfahrungen mit Frauen gesammelt und sich damit beruhigt, daß seine Erfahrung ihm helfen würde, in der Hochzeitsnacht das Richtige zu tun. Doch nun war er ebenso von leidenschaftlichem Begehren nach seiner frisch angetrauten Ehefrau wie von Unsicherheit und Zweifel erfüllt.

»Soll ich die Kerze ausmachen, mein Liebling?« fragte er mit belegter Stimme und wünschte, doch etwas mehr getrunken zu haben.

»Nur wenn du es möchtest«, kam es leise vom Bett.

»Hast du Angst?« fragte er und schämte sich plötzlich, das letzte Kleidungsstück vor ihren Augen abzulegen. Wenn er doch bloß nicht gefragt, sondern die Kerze einfach ausgeblasen hätte. Er kam sich so linkisch und unerfahren wie ein junger Bursche vor, der nicht wußte, was beim erstenmal von ihm erwartet wurde.

»Ein bißchen ... aber es ist nicht wirklich Angst«, flüsterte sie und versuchte zu lächeln. »Ich habe noch nie ... ich meine ... Ach, du weißt schon, was ich meine.«

»Ja«, sagte er, schlüpfte schnell zu ihr unter das Laken, streifte seine Unterhose ab und nahm Harriet in seine Arme. Und sowie er ihren Körper durch den dünnen Stoff des Nachthemds hindurch spürte, drückte sein augenblicklich ersteiftes Glied hart und voller Verlangen gegen ihre Hüfte.

Er küßte sie und wagte dann, eine Hand auf ihre Brust zu legen. Ihm entging nicht, wie verkrampft sie war. Doch als er sie behutsam streichelte, ohne ihre Lippen freizugeben, da wich die ängstliche Anspannung langsam von ihr, und sie wandte sich ihm zu, schmiegte sich an ihn.

Er ließ sich Zeit, obwohl es ihn viel Beherrschung kostete. Nach einer Weile löste er die Satinschleifen, streifte das zarte Musselingewebe von ihrem Körper und küßte ihre Brüste. Als er hörte, wie sie schwer atmete, hielt es ihn nicht länger zurück, und er kam zwischen ihre Schenkel.

»Ich werde so sanft wie nur möglich sein«, flüsterte er erregt. »Aber für eine Frau ist es beim erstenmal ...«

»Ich weiß, ich weiß, komm nur! Komm nur!« stieß sie hastig hervor, als wollte sie, daß es endlich geschah.

Er drang in sie ein, und sie bäumte sich kurz auf und gab einen erstickten Laut des Schmerzes von sich.

Es war schnell vorbei. Schon nach wenigen Bewegungen überkam es ihn mit Macht, und er preßte seinen Mund auf ihre Lippen, als sich sein Samen in ihrem Schoß ergoß.

»Es tut mir leid«, sagte er hinterher.

»Es ist schon gut«, erwiderte sie mit kaum vernehmbarer Stimme und berührte ihn zaghaft an der Hüfte. »Ich werde lernen, was ich zu machen habe.«

Er huschte aus dem Bett und löschte das Kerzenlicht. Als er wieder neben ihr lag, überfielen ihn plötzlich Erinnerungen an jene Nacht am Vaal, als Alice und er sich leidenschaftlich geliebt hatten. Ganz deutlich sah er das Bild vor sich, wie sie sich, ineinander verschlungen, in grenzenloser Lust vereinigt hatten. Wie anders, wie berauschend und unersättlich ihre Leidenschaft gewesen war.

»Du bist enttäuscht, nicht wahr?«

Harriets bedrückte Stimme aus der Dunkelheit zerstörte das wollüstige Bild vor seinen Augen wie Glas, das plötzlich in tausend Scherben zerbarst, und er schämte sich, daß er in ihrer Hochzeitsnacht an Alice gedacht hatte. Seine Erinnerungen durften seinem Glück mit Harriet nicht im Wege stehen! Nie! Nie! Nie!

Schnell wandte er sich ihr zu und zog sie an sich. »Aber was redest du denn da für einen Unsinn, mein Schatz. Du hast keinen Grund zu glauben, ich sei enttäuscht. Ich bin glücklich, dich zur Frau zu haben«, versicherte er unter Küssen. »Ich muß vielmehr mir Vorwürfe machen, daß ich dir nicht mehr Zeit gelassen habe zu spüren, wie wunderschön die ... die körperliche Liebe ist.«

»Muß ein Mann ...« begann sie zaghaft, brach jedoch mitten im Satz ab.

»Muß ein Mann was?« fragte er liebevoll und strich ihr über das Gesicht.

»Nun, muß er sich eine lange Ruhezeit gönnen, bevor er ... nun, bevor er es wieder tun kann?« fragte Harriet hörbar verschämt und doch mit angespannter Erwartung.

Er lachte leise auf. »Das kommt darauf an.«

»Worauf denn?«

»Zum Beispiel auf die Frau«, sagte er und spürte schon, wie die Erregung zurückkehrte. »Wenn sie es wünscht, daß er wieder ... zu ihr kommt, dann kann sie ihm dabei helfen.«

»Und wie?« hauchte sie, und er war sicher, daß ihre Wangen jetzt glühten.

»Indem sie ihn beispielsweise küßt und streichelt ... und da berührt«, antwortete er flüsternd, nahm ihre Hand und ließ sie unter das Laken gleiten.

»Oh!« entfuhr es ihr, als sie spürte, wie erregt er wieder war, und zaghaft legte sie ihre Hand um seine erneute Erektion. »Wie soll ich denn da noch helfen, Daniel?«

Er lachte heiser auf und drang wenig später in sie ein. Diesmal erhielt sie mehr als nur eine schwache Ahnung von ihrer eigenen Sinnlichkeit, die in ihr schlummerte und nur darauf wartete, aus ihr herauszubrechen und sie mit heißen Wellen glückseliger Erfüllung zu überfluten.

Am Morgen, eine Stunde vor Sonnenaufgang, liebten sie sich zum drittenmal. Mit einem tiefen Stöhnen bäumte sie sich unter ihm auf, als sie die Kontrolle über ihre Empfindungen und sich in Wogen purer Lust verlor.

Danach schlief sie mit einem verklärten Lächeln an seiner Brust ein.

Erschöpft und glücklich wie schon seit Jahren nicht mehr lauschte Daniel ihrem tiefen, gleichmäßigen Atem. Die Schatten der Vergangenheit waren endgültig vertrieben. Die Dämonen seiner Erinnerungen konnten ihm von nun an nichts mehr anhaben.

42

Es war ein sonniger, warmer Oktobertag, und auf dem Marktplatz herrschte wie üblich ein geschäftiges Treiben. Daniel hatte sich gerade von Florence verabschiedet, als die Postkutsche aus Hope Town eintraf, und der erste Passagier, der aus dem schweren Gefährt stieg, war Johannes Beringer.

Daniel glaubte im einen Moment, seine Augen spielten ihm einen Streich. Seine Freunde und er hatten den deutschen Kopje Walloper längst abgeschrieben und mit ihm ihre Diamanten sowie die zweihundert Pfund Reisevorschuß, die sie ihm anvertraut hatten.

»Johannes Beringer fällt unter die Rubrik ›Jeder zahlt sein Lehrgeld für blindes Vertrauen‹«, hatte Sidney einmal mit einem Achselzucken gesagt. »Ein guter erster Eindruck macht aus einem Mann eben noch lange keinen ehrlichen Geschäftsmann.«

»Zwischen dem Kap der Guten Hoffnung und Hamburg fließt nun mal eine Menge Wasser«, hatte Byrons vieldeutige Erwiderung darauf gelautet. »Und wer sich nie aus der Sicherheit der Küste wagt, muß sich mit dem Vertrauten bescheiden und findet nie den Weg nach Eldorado, Freunde.«

»Was man von diesem Beringer kaum sagen kann«, hatte Alice grimmig entgegnet. »Einen hübschen Anteil unseres Eldorados hat er auf jeden Fall mitgehen lassen!«

Damit hatten sie das scheinbar enttäuschende Kapitel Johannes Beringer und sein verlockendes Angebot abgeschlossen und die zweitausendzweihundert Pfund als verloren abgeschrieben.

Und nun stand er dort vor der staubbedeckten Kutsche, tadellos in einen hellbraunen Anzug gekleidet und mit dem für ihn typischen Bowler, schüttelte sich die von der Fahrt verkrampften Glieder aus und schlug mit einem Taschentuch Staub von Hosenbeinen und Jacke.

Die Freude überwog die Scham, dem Deutschen unrecht getan zu haben, und Daniel eilte über den Platz. Was würden seine

Freunde für Augen machen. Er war gespannt, was Beringers Bemühungen in Europa ergeben hatten.

»Mister Beringer!«

Der Deutsche hob den Kopf, und ein fröhliches, verschmitztes Lächeln trat auf sein Gesicht. »Mister Lundquist. Wie reizend von Ihnen, mich hier gleich in Empfang zu nehmen«, begrüßte er ihn und schüttelte ihm herzlich die Hand, um dann mit einem Augenzwinkern hinzuzufügen: »Ich will jedoch nicht hoffen, daß Sie all die Monate jemanden abgestellt haben, um hier beim Eintreffen jeder Kutsche nach mir Ausschau zu halten. Das wäre wirklich zuviel der Ehre gewesen.«

Daniel lachte. »Ach was, wir haben längst geglaubt, daß Sie andernorts vollauf damit beschäftigt sind, anderen Gutgläubigen das Fell über die Ohren zu ziehen.«

Johannes Beringer stimmte in das Lachen ein, doch dann nahm sein Gesicht einen ernsten, schuldbewußten Ausdruck an. »Ich hatte etwas Ähnliches vermutet, Mister Lundquist, und ich muß gestehen, daß ich Vorwürfe verdient habe. Ich hätte Ihnen schreiben sollen. Doch es hat auf der Reise einige Komplikationen gegeben. Ein Malariaanfall hat mich ein paar Wochen außer Gefecht gesetzt.«

»Sie leiden unter Malaria?« fragte Daniel betroffen.

Johannes Beringer verzog das Gesicht und nickte. »Ein übles Mitbringsel einer kurzen Geschäftsreise nach Brasilien, als ich bei einem kleinen Haus in Antwerpen tätig war und glaubte, das Angebot meines wohlmeinenden Arbeitgebers, ihn zu den dortigen Minen zu begleiten, nicht ausschlagen zu können. Aber diese heimtückischen Anfälle sind in den letzten Jahren seltener geworden, Gott sei Dank, und jeder hat so sein eigenes Kreuz zu tragen. Sprechen wir lieber von den angenehmen Seiten des Lebens«, sagte er und blickte sich um.

»Ich merke, es hat sich während meiner Abwesenheit viel getan. Colesberg Kopje ist ja kaum wiederzuerkennen.«

»Warten Sie, bis Sie die Mine sehen!«

Johannes Beringer nahm die beiden schweren Reisetaschen entgegen, die der Bedienstete der amerikanischen FREEMAN COBB'S COACH COMPANY ihm reichte und ging mit Daniel zu dessen Einspänner, der vor Florences Hotel stand. Die Außenarbeiten an dem zweistöckigen Gebäude mit der umlaufenden und von kunstvoll geschmiedeten Eisengittern verzierten Veranda im Obergeschoß waren abgeschlossen. Das Ziegelwerk zwischen den mächtigen Balken leuchtete im Sonnenlicht in einem warmen Dunkelrot. Jetzt begann für Florence und ihre Arbeitskolonne der Innenausbau. Fast täglich trafen Wagenladungen mit teuren Hölzern für die Innenverkleidungen der Wände ein sowie Kisten mit Gardinenstoffen, Bett- und Tischwäsche, Porzellan, und Bestecken, Möbelstücken und was ein gutes Hotel sonst noch alles zur Einrichtung benötigte.

»Und wie ist es Ihnen in den vergangenen Monaten ergangen, Mister Lundquist?« wollte Johannes Beringer wissen, als sie im Wagen saßen und den Marktplatz in Richtung Mine verließen.

»Ich bin verheiratet!« Mit einem glücklichen Lachen hob Daniel seine rechte Hand, an dem sein goldener Ehering steckte. »Seit drei Wochen.« Und am liebsten hätte er noch hinzugefügt: Und jeder Tag mit Harriet ist schöner als der vorangegangene. Er hätte nie geglaubt, daß er einmal so wunschlos glücklich sein würde, nicht nach jener Nacht am Vaal River, als Alice seinen Traum von einem gemeinsamen Glück mit ihr so gnadenlos zerstört und ihn in tiefe Verzweiflung gestürzt hatte. Wie weit und unwirklich kam ihm das jetzt vor.

»Meine herzlichste Gratulation. Ich kann es nicht erwarten, die Glückliche kennenzulernen, die aus Ihnen einen Ehemann gemacht hat.«

»Das Glück ist beiderseitig, Mister Beringer«, versicherte Daniel mit einem Lächeln, aus dem seine Liebe und seine Dankbarkeit für das Wunderbare sprachen, das ihm mit Harriet vergönnt war.

»Ja, dazu ist kein zweiter Blick nötig«, sagte der Deutsche schmunzelnd.

»Und? Was hat Ihre Reise ergeben?« Daniel vermochte seine Neugier nicht länger zu zügeln, als sie sich der Mine näherten.

Der beständige Lärm von zigtausend Spitzhacken, Spaten, knarrenden Winden, quietschenden Flaschenzügen, der von Sonnenaufgang bis Sonnenuntergang mit dem Gesang der Schwarzen und einer babylonischen Kakophonie von rufenden, fluchenden und lachenden Stimmen vermischt aus der Mine schallte, war schon von weitem zu hören und tagsüber an fast jedem Ort in Colesberg Kopje zu vernehmen. Er schwoll an, je näher sie der gewaltigen Grube kamen.
»Ich nehme an, Sie werden mit dem Ergebnis nicht unzufrieden sein, Mister Lundquist«, antwortete der Deutsche vage und lächelte dabei.
Die letzte Reihe aus Zelten, Holzbuden und Wellblechschuppen wich zurück und gab den Blick auf die Mine frei.
Scharf sog Johannes Beringer die Luft ein. »Heilige Drei Könige!« rief er überwältigt. »Das ist ja ...« Er brach ab, weil ihm die passenden Worte fehlten, und schüttelte fassungslos den Kopf.
»Ja, ein nicht eben alltäglicher Anblick«, sagte Daniel in maßloser Untertreibung, wie ihm wohl bewußt war. »An vielen Stellen reichen die Claims schon fünfundsiebzig Fuß und mehr in die Tiefe.«
Das Bild der riesigen, fast kreisrunden Grube mit ihren immer noch verschieden tiefen Claims ließ Johannes Beringer erschauern. Ihm war, als blickte er in einen Vorhof der Hölle. Unwillkürlich kam ihm der Gedanke an die Apokalypse. So mußte es sein, wenn man zu höllischer Arbeit verdammt wurde. Er hatte mal einen Steinbruch gesehen, in dem Sträflinge unter dem Joch härtester Arbeit mit den primitivsten Gerätschaften gelitten hatten. Aber gegen die Grube von Colesberg Kopje war der Steinbruch geradezu ein erholsamer, gefahrloser Ort gewesen. Die Schwarzen, die so gut wie nackt und zu Tausenden auf den Claims arbeiteten, erschienen vom Rand der Mine wie ein wild durcheinanderlaufendes Heer von schwarzen Ameisen. Und über dieses infernalische Gewimmel führten in schwindelerregender Höhe die schmalen Transportwege hinweg. Es existierten schon längst nicht mehr alle. Einige waren vollends eingestürzt, einige

waren noch völlig intakt und ragten in trügerischer Stabilität als glatte Steilwände aus der Tiefe auf. Die meisten jedoch hatten gefährliche Beschädigungen, denen man mit immer neuen Brükken- und Stützkonstruktionen entgegenzuwirken versuchte. Johannes Beringer konnte nicht begreifen, daß auf diesen gefährlichen Wegen noch immer ein reger Verkehr schwerbeladener Fuhrwerke, Eselskarren und Fußgänger herrschte.

»Ja, die Gefahr wird von Tag zu Tag größer«, gestand Daniel besorgt. »Erst vor kurzem ist es drüben an der Südseite zu einem schweren Einsturz gekommen. Eine ganze Wand ist abgebrochen, und die dortigen Claims sind unter Tausenden von Tonnen Gestein begraben worden. Glücklicherweise geschah der Erdrutsch an einem Sonntag, sonst hätte es eine Katastrophe mit hundert Toten oder mehr gegeben.«

»Aber da muß man doch endlich etwas tun!«

»Wenn das so einfach wäre. Das Komitee der Digger arbeitet nicht erst seit gestern an einer Lösung, um diese Gefahr zu bannen. Nur stehen hier viele unterschiedliche Interessen gegeneinander. Jeder Digger braucht Zugang zu seinen Claims. Die Gesellschaften, die sich mittlerweile gebildet haben, verlangen, daß die Wege abgetragen werden. Doch noch ist man sich nicht einig, wie man es organisieren soll, daß auch von den Claims im Zentrum das Gestein aus der Mine hochgebracht werden kann, ohne die Rechte anderer Claimbesitzer durch den Abtransport in Mitleidenschaft zu ziehen«, erklärte Daniel. »Hier geht es um viel Geld, Mister Beringer. Es gibt eine Erhebung unter den Diamantenhändlern, nach der in diesem Jahr und aus dieser Mine allein schon Diamanten im Wert von über einer Million Pfund gefördert worden sind. Hier werden Vermögen gemacht, die sich keiner erträumt hätte. Und nur deshalb nehmen die Leute es in Kauf, daß ständig über ihnen das Damoklesschwert einer einbrechenden Wand oder eines einstürzenden Weges hängt.«

»Dem Herrn sei Dank, daß ich nicht mehr als Kopje Walloper arbeiten muß«, sagte Johannes Beringer mit einem Stoßseufzer. »Sidney und Byron sind heute unten auf unseren Claims in der

Südsektion zwischen dem siebten und achten Weg. Wollen Sie ...«

»Aber waren Ihre Claims nicht auf der Westseite?« fiel der Deutsche ihm mit einem irritierten Stirnrunzeln ins Wort.

»Ja, die ursprünglichen, und sie liegen noch immer dort. Mittlerweile gehören der FIVE STAR aber auch noch über ein Dutzend Claims auf der Südseite«, sagte Daniel voller Stolz.

»Wir haben sie preiswert aufgekauft, als dort viele an die Sechzigfußmarke herankamen und sie aufgaben, weil sie überzeugt waren, daß in größerer Tiefe keine Diamanten mehr zu finden sein würden. Ein Irrtum, der uns ein Vermögen gebracht hat.«

»Kompliment! Ich glaube, ich habe mit Ihnen auf die richtige Karte gesetzt.«

»Wagen Sie es, mit mir zu Sidney und Byron hinunterzusteigen?«

Johannes Beringer zögerte. »Ein letztesmal, weil ich Ihnen mehr als nur eine gute Nachricht schuldig bin. Aber danach bekommt mich niemand mehr über den Rand dieses Höllenlochs hinaus.«

Sie ließen den Wagen stehen und setzten ihren Weg zu Fuß fort. Daniel führte ihn über den achten Transportweg, wo sie ständig Fuhrwerken und Schwarzen ausweichen mußten, die mit Stuff beladene Schubkarren vor sich herschoben und von einem Weißen begleitet wurden, dessen Aufgabe es war, den Diebstahl von Diamanten auf dem Weg von der Mine zum Cradle- und Sortiertischplatz zu unterbinden.

Als Johannes Beringer aus schwindelerregender Höhe auf das nicht gerade vertrauenerweckende Gewirr der Leitern aus Seilen, Ketten und Balken hinabblickte, war er einen Moment lang versucht, sich eines anderen zu besinnen. Doch als er Daniels spöttisches Lächeln sah, gab er sich einen Ruck.

»Ich hasse Mutproben, und dies wird die letzte sein, so wahr ich Johannes Beringer heiße!« schwor er grimmig und stieg mit Daniel hinab.

Sidney und Byron standen am Rand des Claims der FIVE STAR und diskutierten mit zwei Diggern, deren Claims aus Mangel an Arbeitern zu langsam abgebaut wurden und daher für die

Schwarzen auf den benachbarten Parzellen zu einer zusätzlichen Gefahr wurden. Byron war entschlossen, sie aufzukaufen, und er wußte, daß die beiden Besitzer auch zum Verkauf bereit waren. Ihre Ehefrauen, die Schwestern waren und aus der Kapregion kamen, wollten unbedingt in ihre Heimat zurück und setzten ihre Männer, denen das Glück in reichem Maße hold gewesen war, zunehmend unter Druck.

Als sie jedoch Daniel in Begleitung des als Betrüger verdächtigten Johannes Beringer kommen sahen, vergaß sogar Byron seinen Entschluß, die Angelegenheit an diesem Tag endlich unter Dach und Fach zu bringen. Er und Sidney brachen das Gespräch mit einer hastig gemurmelten Entschuldigung ab und gingen Daniel und Johannes Beringer entgegen. Ihren Gesichtern war abzulesen, wie sehr auch sie von der Rückkehr des Deutschen überrascht und beschämt waren, als sie an ihre Bezichtigungen dachten.

Nach der fröhlichen Begrüßung kam Byron sofort zur Sache.

»Was haben Sie in Europa für unsere Steine bekommen, Beringer? Und spannen Sie uns bloß nicht auf die Folter!« forderte er ihn geradeheraus auf.

»Ja, sonst verordnen wir Ihnen täglich einen Abstieg ins Höllenloch!« warnte ihn Daniel spaßhaft.

Johannes Beringer blickte mit einem zurückhaltenden Lächeln in die Runde. »Erwarten Sie bitte keine Wunder, Gentlemen«, sagte er, während er einen Umschlag aus seiner Jackentasche zog und ihn Daniel reichte. »Das ist der Erlös abzüglich meiner Provision. Ihr Reisekostendarlehen habe ich mit fünf Prozent per anno verzinst.«

Byron verdrehte ungeduldig die Augen. »Himmel, Beringer! Jetzt ist keine Zeit zum Zählen. Raus mit der Sprache: Wieviel steckt im Umschlag für die zweitausend Pfund in Steinen, die wir Ihnen überlassen haben?«

Johannes Beringers Lächeln wurde eine Spur breiter. »Ich habe mehrere Angebote eingeholt und mich dann entschlossen, dem Haus VOORSANGER in Amsterdam den Zuschlag zu erteilen. Sie haben zwar etwas weniger geboten als ...«

»Den Preis, Beringer!« rief Byron.
Dieser war nicht aus der Ruhe zu bringen. Er nahm seinen Bowler ab, fuhr mit dem Daumen über den Krempenrand und sagte dann wie beiläufig: »Einhundertachtundzwanzigtausend deutsche Goldmark, Gentlemen.«
»Und wie steht die deutsche Goldmark zum Pfund Sterling?« wollte Sidney aufgeregt wissen.
Beringer tat, als überlegte er. Dabei hatte er den Umrechnungskurs so genau im Kopf wie jeder Digger den Wochenlohn für seine Kaffern. »Im Augenblick bekommt man für ein Pfund zwanzig Goldmark.«
Byron rechnete blitzschnell – und wurde fast bleich vor ungläubiger Freude. »Mein Gott, das sind ja sechstausendvierhundert Pfund!« stieß er hervor. »Über das Dreifache von dem, was wir hier vom ehrlichsten Händler bekommen hätten!«
»Ich glaube, ähnliches sagte ich Ihnen ja schon vor geraumer Zeit«, bemerkte Beringer auf seine manchmal sehr komisch-verschrobene Art der Formulierung.
Daniel, Sidney und Byron konnten es kaum fassen, und sie bestürmten Johannes Beringer mit Fragen. Dieser nahm auf einer Kiste Platz und berichtete ihnen nicht ohne Stolz von seiner Vereinbarung, die er mit VOORSANGER, einem der ersten Diamantenhäuser Amsterdams und damit der Welt, getroffen hatte.
»Der Vertrag, den ich mit ihnen geschlossen habe, sichert mir die Abnahme meiner Steine zu, sofern sie lupenrein sind und über fünf Karat haben. Alle anderen Steine mit weniger Karat oder Einschlüssen, auch wenn sie noch so minimal sind, können sie ablehnen oder, sofern ich damit einverstanden bin, an einen Zwischenhändler weitergeben, der kleinere Betriebe mit Rohdiamanten beliefert. Sogar bei diesen Steinen wird der Erlös noch fast doppelt so hoch ausfallen, wie wenn sie hier verkauft würden. Diese Vereinbarung ist vorerst auf zwei Jahre befristet und verlängert sich danach jeweils um ein Jahr, wenn nicht sechs Monate vor Ablauf des Vertrags eine Kündigung erfolgt.«

Einen Augenblick war es still, und die drei Freunde sahen sich an, als wagten sie nicht auszusprechen, was dieser unglaublich gewinnträchtige Vertrag für weitreichende Folgen für sie alle haben mußte. Jeder von ihnen wußte, was die FIVE STAR im Schnitt pro Monat an Diamanten hergab. Nun verdreifachten sie diese Summe in Gedanken, und ihnen schwindelte bei dem Geld, das hereinfließen würde, sofern der Strom der Diamanten nicht plötzlich versiegte.
Sie wußten nicht, wie sie Johannes Beringer danken sollten. Doch der wehrte bescheiden ab. »Ich mache das ja nicht ganz kostenlos, Gentlemen. Denken Sie an meine Provision, die ich gefahrlos einstreiche. Außerdem hätte ich solch einen Vertrag nie aushandeln können, wenn Sie mir nicht Ihr Vertrauen geschenkt und mir die Diamanten überlassen hätten. Zudem haben Sie meine Reise finanziert. Ich denke, die Vorteile dieses Geschäfts sind damit mehr als gerecht verteilt.«
»Beringer, wir ernennen Sie hiermit zum Ehrendirektor der FIVE STAR DIAMOND MINING COMPANY – und zwar auf Lebenszeit!« verkündete Byron spontan, und Daniel und Sidney nahmen diese Ernennung mit Begeisterung auf.
»Freunde, gibt das heute ein Fest!« freute sich Byron.
Aus der Feier wurde nichts.
Denn in diesem Moment geschah der schreckliche Unfall.

43

Die Katastrophe kündigte sich mit einem dumpfen Laut an, der fast wie das Ächzen eines gequälten Riesen klang. Es war ein Geräusch, das die erfahrenen unter den schwarzen und weißen Diggern trotz des alltäglichen Grubenlärms mehr mit dem Unterbewußtsein wahrnahmen, als daß sie es hörten. Es war für sie der fürchterlichste Laut, den sie sich vorstellen konnten und der viele sogar bis in den Schlaf verfolgte.
Auch Daniel und die anderen bemerkten diesen unheimlichen

Laut. Alarmiert fuhren sie herum, während sich ihnen die Nackenhaare aufstellten und sich auf ihren Körpern eine Gänsehaut bildete.
»O Gott, nein!« stieß Sidney entsetzt hervor.
»Was ist?« rief Johannes Beringer verstört.
»Die Acht stürzt ein!« brüllte Byron.
Im nächsten Moment übertönte ein Schrei des Entsetzens und der Warnung aus unzähligen Kehlen alle anderen Geräusche.
Etwa hundert Yards weiter südlich von der Stelle, wo Daniel mit seinen Freunden und Johannes Beringer stand, brach die Mauer des Transportweges Nummer acht auf einer Länge von mindestens sechzig, siebzig Yards ein. Mehrere beladene Ochsenfuhrwerke, ein Eselskarren sowie ein halbes Dutzend Männer zu Fuß befanden sich zum Zeitpunkt des Einsturzes auf dem Abschnitt. Für sie gab es keine Rettung. Nach einem kurzen, zögerlich scheinenden und von diesem gräßlichen Ächzen begleiteten Rukken glitt der Boden blitzschnell unter ihnen weg und riß sie mit in die Tiefe.
Die Todesschreie von Tier und Mensch gellten durch die Luft, begleitet von berstendem Holz und polterndem tonnenschweren Gestein. Es klang wie Donner, als es auf die Claims in der Tiefe hinunterprasselte und dort noch mehrere Arbeiter erschlug, die sich nicht schnell genug in Sicherheit hatten bringen können. Eine mächtige Staubwolke wirbelte auf und zog durch das riesige klaffende Loch des Weges Nummer acht. Am nördlichen Ende hing ein Fuhrwerk mit den Hinterrädern über der Abbruchkante.
»Nehmt euch Schaufeln und Spaten!« schrie Byron.
Alles rannte auf die Unglücksstelle zu, wo hier und da aus dem Berg aus Erde und Gestein die zerschmetterten Leiber von Ochsen und Menschen herausragten. Niemand glaubte, daß jemand den Sturz aus über siebzig Fuß Höhe überlebt hatte. Doch manchmal geschahen Wunder.
Nicht an diesem Tag.
Die fünfte Leiche, die freigeschaufelt wurde und unter den

Trümmern eines der Fuhrwerke begraben lag, war die von Gerrit Badenhorst.
Daniel erschauerte und wich mit einem Aufschrei des Entsetzens zurück, als ein Schwarzer die schrecklich zugerichtete Gestalt auf den Rücken drehte.
Sidney wurde blaß wie ein Leichentuch. »Nein, nicht Gerrit!« stieß er hervor und schüttelte den Kopf, als wollte er nicht wahrhaben, was seine Augen sahen. »Es darf nicht Gerrit sein! ... Sie wollten doch nächsten Monat heiraten!«
»Es ist Gerrit«, murmelte Byron.
Erschüttert standen sie vor der Leiche des Mannes, der so geduldig um Florence geworben hatte und den sie alle in ihr Herz geschlossen hatten.
»Es ist nicht gerecht«, sagte Daniel mit tonloser Stimme.
»Es ist nicht gerecht, daß es ausgerechnet ihn getroffen hat. Mein Gott, wie sollen wir es Florence nur beibringen?«
Niemand gab eine Antwort. Ratlosigkeit, Schmerz und Verzweiflung standen auf ihren bleichen Gesichtern. Wer sollte nur diese schreckliche Aufgabe übernehmen, Florence vom Tod ihres Verlobten zu unterrichten?
»Ich werde zu ihr gehen und es ihr sagen«, brach Johannes Beringer das entsetzte Schweigen. »Ich stehe ihr nicht so nahe wie Sie. Das wird ihr helfen, die Fassung zu bewahren.«
»Warum sollte sie die Fassung bewahren, wenn der Mann, den sie geliebt hat und in ein paar Wochen heiraten wollte, auf diesen gottverfluchten Wegen umgekommen ist?« fuhr Byron ihn unbeherrscht und mit wildem Blick an, als hätte sich Johannes Beringer einer Blasphemie schuldig gemacht.
Der Deutsche sah ihn ruhig an. »Weil sie eine stolze Frau ist, Mister Croft. Und ich habe gelernt, daß jemand wie Miss Ashburn sich später dafür schämt, wenn sie vor ihren Freunden ihre Haltung verloren hat. Den Schmerz kann ihr keiner nehmen, das weiß ich auch. Aber wenn es Ihnen anders lieber ist, ziehe ich mein Angebot nur allzugern zurück. Ich dränge mich wirklich nicht danach, ihr diese Hiobsbotschaft zu überbringen.«

Byron starrte ihn an, als wüßte er nicht, was er dazu sagen sollte.
»Er hat nicht ganz unrecht«, meinte Sidney.
Daniel nickte. »Ich gehe mit Mister Beringer zu Florence. Ihr seht inzwischen zu, daß ihr Gerrits Leiche aus der Mine und zu einem Bestatter bringt, der sein Handwerk versteht. Florence wird ihn noch einmal sehen wollen.«
»Ja«, sagte Byron, senkte den Blick und fuhr sich über die Augen.
Es war kein weiter Weg von der Mine zum Marktplatz. Daniel wünschte, es wären viele Meilen gewesen. Er hatte Angst vor dem Moment, wenn sie vor Florence standen und ihr sagen mußten, was passiert war. Er suchte schon jetzt nach Worten des Trostes, doch es kamen ihm keine in den Sinn. Es gab keine, weil Gerrits Tod ohne jeden Sinn war. Er war schlicht eines der vielen tragischen Opfer einer nachlässigen Politik des Diggers-Komitee. Ein junger lebensfroher Mann, der mitten aus dem Leben gerissen worden war, das ihm gerade jetzt so viel Glück verheißen hatte.
Sie sprachen kein Wort. Als sie das Hotel erreichten, sagte Johannes Beringer: »Überlassen Sie mir die ersten Sätze. Es ist immer besser, solch eine entsetzliche Nachricht aus dem Mund eines Menschen zu hören, der einem nicht so nahe steht wie Sie ihr. Sie wird sonst nie vergessen, daß Sie es gewesen sind, der ihr die schreckliche Todesnachricht überbracht hat.«
Daniel verstand sehr gut, was er damit meinte, und rechnete es ihm hoch an, daß er ihnen in dieser schrecklichen Situation half.
»Danke, das werde ich Ihnen nie vergessen, Johannes.«
Johannes Beringer nickte nur und trat durch die offenstehende Tür in den Rohbau des Hotels. Sie kamen an einem Raum vorbei, in dem Handwerker damit beschäftigt waren, die edle Wandvertäfelung anzubringen.
Sie fanden Florence in einem der hinteren Räume, wo sie mit James Atkinson, ihrem Architekten, vor einem langen Tisch stand und verschiedene Stoffe, die vor ihnen ausgebreitet lagen, prüfte.
»Aber das ist ja Mister Beringer!« rief sie freudig, als sie sah, in

wessen Begleitung Daniel gekommen war. »Na, wenn das nicht eine Überraschung ist!«

»Mister Lundquist ... Mister Beringer.« Der Architekt deutete eine höfliche Verbeugung an.

Daniel räusperte sich, doch der Kloß in seiner Kehle wollte einfach nicht weichen. Er fühlte sich elend. »Würden Sie bitte die Freundlichkeit haben, uns mit Miss Ashburn allein zu lassen?« sagte er.

»Ja, natürlich«, erwiderte James Atkinson höflich. »Ich werde dann draußen warten, Miss Ashburn.«

Daniel zog ihn zur Seite, als er an ihm vorbeikam. »Miss Ashburn wird heute keine Zeit mehr für Sie haben, vermutlich auch in den nächsten Tagen nicht. Sagen Sie den Handwerkern, sie möchten das Haus verlassen. Fragen Sie jetzt nicht. Ich komme nachher zu Ihnen und erkläre Ihnen alles.«

»Natürlich, wie Sie meinen«, sagte James Atkinson verwirrt und ging.

Daniel schloß die Tür hinter ihm.

»Was gibt es denn, das Mister Atkinson nicht hören soll?« fragte Florence noch immer lächelnd. Sie trug ein Tageskleid aus himmelblauem Baumwollstoff, der einen reizenden Kontrast zu ihrem rotblonden Haar bot.

Wie hübsch und strahlend sie aussieht, voller Lebensfreude und Glück über ihre bevorstehende Hochzeit, ging es Daniel durch den Kopf. Und nun wird sie an seinem Grab stehen, statt mit ihm vor den Traualtar zu treten.

Johannes Beringer nahm ihre Hand. »Miss Ashburn, wie auch immer ich es auszudrücken versuche, es werden nicht die richtigen Worte sein für das, was ich Ihnen mitzuteilen habe. Vermutlich gibt es diese richtigen Worte gar nicht.« Er machte eine kurze Pause. »Sie müssen jetzt stark sein.«

Ihr Lächeln erstarb und wich einem verstörten, ahnungsvollen Ausdruck. »Was ... was ist passiert?« stieß sie hervor.

»Es hat einen schweren Einsturz in der Mine gegeben. Ein großer Teil vom Transportweg Nummer acht ist weggebrochen und in die Tiefe gestürzt«, berichtete Johannes Beringer mit der ruhigen Stimme eines Mannes, der sich bewußt auf die reinen Fakten beschränkte und dabei jede persönliche Emotion vermied. »Der Erdrutsch hat unter anderem auch mehrere Fuhrwerke mitgerissen. Auf einem von ihnen befand sich Mister Badenhorst. Er war sofort tot.«

Daniel hatte mit einem Schrei des Schmerzes und ungläubigen Entsetzens gerechnet, doch dieser blieb aus. Florence war wie gelähmt.

Johannes Beringer hielt noch immer ihre Hand.

»Florence ...« begann Daniel.

Sie wich ruckhaft vor Johannes Beringer zurück und preßte ihre Hand auf die Wange, als hätte er ihr eine Ohrfeige gegeben. Sie stieß gegen den Tisch mit den Stoffen und umklammerte mit beiden Händen die Kante. Ihr Gesicht schien von einer Sekunde auf die andere blutleer, es war fahl wie Wachs.

»Gerrit ist tot?« Ihre Stimme zitterte.

»Ja«, sagte Daniel, trat zu ihr und nahm sie in seine Arme. Und nun kamen ihm, ohne daß er zu überlegen brauchte, die richtigen Worte über die Lippen. Worte, die auch seinen Schmerz und seine Fassungslosigkeit ausdrückten.

Einen Moment spürte er, wie sich ihre Hände schmerzhaft durch seine Jacke in seinen Rücken krallten, und er rechnete damit, daß sie jeden Moment ihren unbändigen Schmerz hinausschreien würde.

Doch Florence tat nichts dergleichen. Im Gegenteil, sie stemmte sich Augenblicke später von ihm ab, fuhr sich mit fahrigen Gesten über das Gesicht und sagte dann mit einer abwesenden, abgehackten Stimme, die Daniel einen Schauer über den Rücken jagte: »Gerrit ist also tot ... Ich habe ihm wohl nicht viel Glück gebracht ... Seine Eltern wollten nie, daß er die Farm verließ ... Sie wußten, warum ... Habe ich dir schon von meiner Zeit auf BUFFELSHOEK erzählt, Daniel? ... Es ist eine ganz ansehnliche Farm ... Gerrit hätte auf seine Eltern hören sollen ... Das hier ist kein Ort für ihn ... Zu laut, zu hektisch und zu viele Menschen ...«

Ihre Reaktion entsetzte Daniel mehr, als wenn sie einen Wein- und Schreikrampf bekommen hätte und zusammengebrochen wäre. »Florence!«
Sie entzog sich ihm und trat schnell hinter den Tisch. »Oh, habe ich dir schon die Stoffe gezeigt, aus denen ich die Gardinen anfertigen lassen will? Atkinson meint, der königsblaue Samt, abgesetzt mit goldenen Borten und mit goldenen Bändern gerafft, würde sich am besten machen ... Blau und Gold, das paßt doch zu einem ROYAL DIAMOND HOTEL, nicht wahr? Ich habe mich jetzt übrigens endgültig zu diesem Namen durchgerungen, nachdem wir doch nun unter britischer Krone stehen.« In einem gehetzten, fast atemlosen Schwall kamen ihr die Worte über die Lippen, als wollte sie sich hinter einem Schutzwall aus Belanglosigkeiten vor der grauenhaften Wahrheit verschanzen.
»Eigentlich hätte ich ja noch gerne eine kleine Krone mit einem Diamanten in ihrer Mitte überall aufgestickt, aber das kostet ein Vermögen extra, und ich glaube nicht, daß ich mir diese zusätzlichen Ausgaben im Augenblick leisten kann.«
Johannes Beringer warf Daniel einen bestürzten Blick zu.
»Florence, Gerrit ist tot«, sagte Daniel sanft, aber mit Nachdruck und ging um den Tisch herum zu ihr. »Ich werde mich mit Sidney und Byron um die Beerdigung kümmern.«
Florence sah ihn an, also könnte sie sich nicht erinnern, wer er war. Dann nickte sie. »Ja, ja ... Gerrit ist tot. Ich habe dich schon verstanden. Er ist tot.«
Daniel faßte sie an den Schultern. »Du brauchst nicht dagegen anzukämpfen«, sagte er und hielt mit Mühe die Tränen zurück.
Florence schüttelte seine Hände ab. »Hat es noch mehr Tote gegeben?« fragte sie, als interessierte sie Gerrits Tod nur am Rande.
»Mindestens ein Dutzend«, sagte Johannes Beringer.
»Ein Glück, daß euch nichts passiert ist. Salene hat gerade frischen Kaffee aufgebrüht«, redete Florence hektisch weiter. »Ihr könnt jetzt bestimmt eine Tasse vertragen.«

»Florence, hör um Gottes willen auf, uns etwas vorzumachen!« Daniel schrie sie fast an.
Es war, als wiche alle Kraft aus ihr. Ihre Schultern sackten herab, sie ließ die Arme hängen, und ihre Gesichtszüge schienen von einer bleiernen Schwere nach unten gezogen zu werden. »Ja, ich weiß, Gerrit ist tot. Nichts und niemand wird ihn mir zurückbringen. Er ist tot«, flüsterte sie. »Laßt mich allein.«
»Ich glaube, es ist besser, wenn ich bei dir bleibe«, entgegnete Daniel besorgt.
Sie sah ihn an. »Das ist lieb von dir, Daniel. Aber willst du vielleicht bis an mein Lebensende bei mir bleiben und mich zu trösten versuchen? Bitte geht. Ich habe ein Recht darauf, allein zu sein.«
Daniel zögerte.
»Kommen Sie«, sagte Johannes Beringer leise und zupfte ihn am Ärmel. »Wir haben das zu respektieren.«
Sie hatten die Tür hinter sich geschlossen und waren schon vorn am Hotelportal, als sie Florence schreien hören. Ihr gellender Schrei schallte durch den ganzen Bau und ging ihnen durch Mark und Bein.
Daniel wollte zu ihr zurück, doch Johannes Beringer hielt ihn davon ab. »Nicht jetzt! Ich weiß, es klingt hartherzig, aber Sie würden es nur schlimmer für sie machen. Sie täten ihr damit keinen Gefallen, glauben Sie mir. Kommen Sie später wieder, aber lassen Sie ihr ein paar Stunden.«
Daniel begab sich auf direktem Weg in die Jones Street, wo er mit Harriet ein kleines Wellblechhaus bezogen hatte. Es war nur eine Übergangslösung, bis das Haus gebaut war, das er zusammen mit Harriet entworfen hatte.
Auch Harriet war über Gerrits Tod bestürzt und konnte es erst nicht glauben. »Mein Gott, die arme Florence«, sagte sie voller Mitgefühl.
Daniel zog seine Frau an sich. Er hatte plötzlich das unbändige Verlangen, sie ganz nah und intensiv zu spüren, so als müßte er sich seiner eigenen Lebendigkeit und seines ehelichen Glücks sofort durch einen Akt leidenschaftlicher Vereinigung versichern.

»Daniel!« rief sie, unschlüssig, was sie davon halten sollte, als er ihr Kleid hochschlug und ihr Gesäß umfaßte und an sich preßte. »Komm ins Schlafzimmer«, sagte er, drängte sie durch die Tür und schloß sie mit einem Stiefeltritt. »Ich brauche es jetzt, dich ganz zu spüren.«

Sie lachte verlegen, erwiderte jedoch seine leidenschaftlichen Küsse und öffnete seinen Gürtel.

Unter Küssen knöpfte er ihr das Kleid auf, streifte es ihr mit dem Unterrock vom Körper und entledigte sich hastig seiner Sachen. Dann zog er die Schleife des Bandes auf, das ihre knielange Unterwäsche in der Taille hielt. Er drang in sie, ohne sich die Mühe zu machen, sich mit den vielen Haken und Ösen ihres leichten Mieders aufzuhalten.

Er liebte sie mit einer ungestümen Leidenschaft, die kein Ende zu nehmen schien, und Harriet umschlang ihn mit Armen und Beinen, als wollte sie ihn nie wieder freigeben. Hinterher fühlte er eine merkwürdige Scham und Schuld, als hätte er etwas Schändliches wie einen Verrat begangen.

Harriet spürte, was in ihm vorging, und zärtlich strich sie über seine schwitzige Brust. »Es ist schrecklich, was passiert ist, und Florence hat diesen Schicksalsschlag nicht verdient. Aber können wir daran etwas ändern?«

»Wer bekommt denn schon, was er verdient?« murmelte Daniel niedergeschlagen.

»Ich weiß es nicht, und ich weiß auch nicht, warum es so ist, aber so ist das Leben nun mal. Jeder muß mit seinem eigenen Schicksal fertig werden.«

»Soll ich das Florence sagen, wenn ich nachher zu ihr gehe?« fragte er bitter und wußte schon jetzt, wie elend er sich fühlen würde, wenn er ihren Schmerz sah und dann bestimmt daran denken würde, welches Glück ihm mit Harriet vergönnt war und wie leidenschaftlich sie sich so kurz nach Gerrits Tod geliebt hatten.

Am Tag der Beerdigung vergoß Florence nicht eine einzige Träne. Ihr Gesicht war ausdruckslos und wie aus weißem Marmor

gemeißelt. Lionel, den sie an der Hand hielt, begriff nicht, worum es ging, doch er weinte.
Florence wehrte den Beistand ihrer Freunde ab und schloß sich nach der Beerdigung in ihrem Zimmer ein. Sie ließ sich von ihrem schwarzen Kindermädchen Salene nur Tee und Suppe durch die Tür reichen, ohne jedoch viel davon zu essen. Niemand durfte zu ihr, nicht einmal ihr Sohn, und alle Versuche, sie mit gutem Zureden aus ihrer Selbstisolierung herauszuholen, scheiterten.
Nach zwei Wochen platzte Daniel der Kragen. Er war nicht länger bereit, untätig zuzusehen, wie sich Florence selbst zugrunde richtete.
»Es gibt nur noch ein Mittel, mit dem wir sie erreichen und sie vielleicht vor ihrer Selbstzerstörung bewahren können«, sagte Daniel eines Morgens. »Ich hoffe bloß, es ist dafür nicht schon zu spät.«
Er begab sich hinüber ins Hotel, holte Lionel, der die Welt nicht mehr verstand und ein weinendes Häufchen Elend war, und hämmerte an die Tür des Zimmers, in dem sich Florence eingeschlossen hatte.
»Florence, ich bin es, Daniel!«
»Ich möchte keinen sehen! Auch dich nicht!«
»Gut, ganz wie du willst, Florence!« rief Daniel wütend. »Aber vielleicht möchtest du dich doch noch von deinem Sohn verabschieden.«
Einen Augenblick herrschte Stille hinter der Tür. Dann fragte Florence: »Verabschieden? Was soll das?«
»Ich bin gekommen, um Lionel abzuholen und zu uns zu bringen. Du hast deinen Sohn ja offensichtlich völlig vergessen. Was er zu leiden hat, interessiert dich, wie es scheint, überhaupt nicht. Doch ich werde nicht zulassen, daß du deinen Schmerz, wie verständlich er auch ist, an Lionel ausläßt. Ich bin sein Pate, und ich werde dafür sorgen, daß man mich zu seinem Vormund erklärt. Dann kannst du dich getrost bis in alle Ewigkeit hier einschließen und dein Unglück bejammern. Ich weiß zwar heute

noch nicht, wie ich ihm eines Tages sagen soll, warum seine Mutter so egoistisch und herzlos gewesen ist, ihm so etwas anzutun, aber mir wird schon etwas einfallen, damit er dich dafür nicht zu sehr haßt.«

Kaum hatte er das gesagt, wurde die Tür aufgerissen.

Florence sah fürchterlich aus. Sie trug einen Morgenmantel, der mit Flecken übersät war. Ihr Haar hing ihr wirr und fettig ins Gesicht, das grau und eingefallen war.

»Niemand nimmt mir Lionel weg!« schrie sie und schlug ihm ins Gesicht.

Er packte ihren Arm und schüttelte sie. »Wach auf, Florence!« herrschte er sie an. »Komm zur Vernunft! Gerrit ist tot! Nichts wird ihn zurückbringen. Trauer um ihn, doch wirft nicht dein Leben und das deines Kindes weg! Lionel braucht dich. Du trägst Verantwortung für ihn. Das Leben gehört den Lebenden. Lies die Bibel, Florence! Willst du dich versündigen durch das, was du dir und Lionel antust?«

»O Gott, mein Gott«, schluchzte sie und klammerte sich weinend an ihn.

Daniel hielt sie fest und weinte mit ihr, während Lionel sich an sie schmiegte. Er wußte, daß dieses herzerschütternde Weinen für Florence der erste Schritt zurück ins Leben war.

44

Das ROYAL DIAMOND HOTEL eröffnete am Silvestertag mit einem glanzvollen Ball. Wer in Colesberg Kopje und in den Siedlungen der anderen Minen Rang, Namen und das nötige Geld besaß, bemühte sich um eine Karte. Schon zwei Tage nach der Ankündigung waren alle Plätze vergeben, wie Frederick Kendall, den Florence als erfahrenen Hotelmanager aus Kapstadt eingestellt hatte, seiner Chefin stolz mitteilen konnte.

Der Eröffnungsball zu Silvester wurde ein grandioser Erfolg und machte das ROYAL DIAMOND HOTEL buchstäblich über Nacht

zur ersten Adresse. Florence hatte auch keine Kosten gescheut, um ihren Gästen in allem das Beste vom Besten zu bieten.
Daniel hatte mehr als einmal die Hände überm Kopf zusammengeschlagen ob der enormen Schulden, die sie sich auflud, und sie bei ihren Ausgaben zu mehr Zurückhaltung gedrängt. Doch weder seine noch Frederick Kendalls Besorgnis hatte sie davon abhalten können, ihren Kopf durchzusetzen. Sie wollte es so und nicht anders. Daniels Sorge, daß Florence sich mit ihrer Finanzierung auf eine gefährliche Gratwanderung begab, wurde jedoch von seiner Erleichterung darüber übertroffen, daß sie sich nach Gerrits tragischem Tod wieder gefangen und Halt in ihrer Arbeit gefunden hatte. Sie hatte sich mit einer unglaublichen Energie in die tausend kleinen und großen Schwierigkeiten gestürzt, die bis zum Tag der Eröffnung noch zu bewältigen gewesen waren. Vor ihrer fast schon erschreckenden Arbeitswut, mit der sie ihren Schmerz zu betäuben versuchte, hatte sogar ein tatkräftiger Mann wie Frederick Kendall häufig genug kapitulieren müssen. Ihm fielen mehr als einmal zu nächtlicher Stunde die Augen vor Müdigkeit zu, wenn er mit Florence über dicken Stößen von Einrichtungslisten und Lieferantenrechnungen saß – um sie dann noch immer konzentriert an der Arbeit vorzufinden, wenn er vom Klappern ihrer Teetasse aus kurzem Schlaf erwachte. Und dann kam er sich, ein gestandener Mann von zweiundvierzig Jahren, wie ein schwächlicher Lehrjunge vor, wie er Daniel einmal anvertraute.
Florence zeigte niemandem, wie es in ihrem Innern aussah, und sie erwähnte Gerrit auch nicht mehr. Als sein Name einmal in ihrer Gegenwart fiel, bat sie ihre Freunde mit kühler Stimme, ihr derartige Erwähnungen in Zukunft zu ersparen.
»Sie ist in manchen Dingen erschreckend hart geworden«, stellte Byron einmal bestürzt fest. »Härter als ein Diamant.«
Daniel mußte ihm zustimmen, doch er wußte auch, daß sie nur auf diese Art diesen zweiten schweren Schicksalsschlag zu überwinden vermochte, ohne am Leben zu verzweifeln. Er tat, was er nur konnte, um ihr mit seinen Kräften und Finanzen zu helfen,

denn das Hotel war zum alles beherrschenden Mittelpunkt ihres Daseins geworden.

Am Abend des Balls fühlte auch Daniel ein wenig Stolz auf das, was Florence da auf die Beine gestellt hatte. Das ROYAL DIAMOND wurde seinem anspruchsvollen Namen mehr als gerecht.

Auch Sidney, Byron, Alice und Harriet waren gebührend beeindruckt und sparten nicht mit bewunderndem Lob, als Florence sich die Zeit nahm, sie kurz durch die Räume zu führen, während draußen eine Kutsche nach der anderen vornehm gekleidete Ballgäste vor dem Hotel entlud.

»Ein wahrer Solitär, dein Hotel!« rühmte Sidney.

Byron, in einem eleganten Seidenfrack und mit der längsten Zigarre in der Hand, die Daniel je zu Gesicht bekommen hatte, pflichtete ihm begeistert bei. »Wenn ich es mir erlauben könnte, hier länger als eine Woche zu nächtigen, würde ich glatt Dauergast bei dir werden. Aber ich denke doch, daß ich mir noch dann und wann ein Glas Champagner bei dir erlauben und dabei die anderen Gäste beneiden kann.«

Alles lachte.

Florence, die ein Kleid aus königsblauem Samt trug, dessen schlichter klassischer Schnitt an ihr wahre Wunder wirkte, lächelte stolz. »Danke, eure Anerkennung bedeutet mir von allen Komplimenten am meisten. Doch jetzt entschuldigt mich bitte. Ich muß zu Mister Kendall in die Halle, um dort die Gäste zu begrüßen.«

»Natürlich, die Arbeit geht vor«, sagte Harriet. »Wir sind ja nur hier, um uns zu amüsieren.«

»Findet ihr nicht auch, daß sie wie eine Königin aussieht?« fragte Sidney und blickte ihr bewundernd nach.

»Ja, wie eine Eiskönig«, bemerkte Byron trocken, und sein breites Grinsen, mit der Zigarre zwischen den Zähnen, nahm seinen Worten ein wenig von ihrer bissigen Kritik.

Unter den Gästen, die sich die Gala nicht hatten entgehen lassen, befand sich auch Julian Jakes mit seiner Frau Mabel, die üppig mit Schmuck behängt war.

Florence traf auf die beiden, als sie auf dem Weg zurück zu Frederick Kendall war.
»So sieht man sich wieder!« rief Mabel mit ahnungsloser Freundlichkeit. »Entschuldigen Sie, daß ich Ihren Namen vergessen habe.«
»Miss Ashburn, wenn ich mich recht erinnere«, sagte Julian Jakes steif.
Florence zuckte nicht mit der Wimper. »Sie erinnern sich richtig, Mister … Barclay, nicht wahr?«
Julians Lippen wurden schmal.
Mabel lachte. »Nein, Jakes, Julian und Mabel Jakes, Miss Ashburn.«
Florence schüttelte in gespieltem Bedauern, daß sie sich so hatte irren können, den Kopf. »Wie bin ich bloß auf Barclay gekommen«, sagte sie.
»Aber das kann doch jedem mal passieren, Miss Ashburn«, versicherte Mabel fröhlich und ließ ihren Blick bewundernd durch den Raum schweifen. »Ist das nicht ein wunderbares Hotel? Langsam werden wir hier richtig eine kleine Stadt, die sich sehen lassen kann. Mein Mann wollte eigentlich gar nicht zu dieser Gala gehen, denn er ist heute morgen erst von einer Reise nach Kapstadt zurückgekehrt. Er hatte dort geschäftlich zu tun. Ich habe ihn mit den Karten zu diesem Silvesterball überrascht.«
»Ich nehme an, diese Überraschung ist Ihnen gelungen«, erwiderte Florence und bedachte Julian mit einem süffisanten Lächeln.
»Mabel, ich glaube, wir sollten Miss Ashburn jetzt nicht länger aufhalten«, sagte Julian von oben herab und sichtlich genervt.
»Aber ich bitte Sie, Mister Jakes«, entgegnete Florence gönnerhaft. »Ich bin doch gern für meine Gäste da, und es ist mir ein Vergnügen, daß Sie mir bei der Eröffnung meines Hauses die Ehre Ihres Besuches geben.«
Mabel sah sie verwundert an. »Ihre Gäste? Ihr Haus?« fragte sie.
Florence genoß diesen Moment der süßen Rache. »Ja, Sie haben richtig verstanden, Missis Jakes. Ich bin die Besitzerin des ROYAL DIAMOND.«

Julian fiel der Unterkiefer herab.
Aus Mabels Augen leuchtete Bewunderung. »Donnerwetter!« entfuhr es ihr, und in naiver Offenheit fügte sie hinzu: »Das muß Sie ja ein Vermögen gekostet haben!«
Florence konnte der Versuchung nicht widerstehen, Julian, der sie wegen dieser guten Partie namens Mabel Whitman mit Lionel sitzengelassen hatte, noch eins auszuwischen. »Gewiß, aber irgendein Hobby muß man sich ja gönnen. Und was nutzt mir das ganze Geld, das aus meinen Claims fließt, wenn es nur auf dem Konto liegt?«
Julian wurde regelrecht blaß, als sie von ihrem sündhaft teuren Hotel als »Hobby« sprach. Er schluckte schwer. Und als Mabel nun noch mit staunender Bewunderung sagte: »Meine Hochachtung, Miss Ashburn. Sie müssen wirklich eine außergewöhnliche Frau sein!«, da vermochte er sich nur noch mit großer Mühe zu beherrschen.
»Ich denke mal, Sie können jetzt bestimmt einen Drink gebrauchen«, sagte Florence regelrecht beschwingt und winkte einen Kellner heran, der auf seinem Silbertablett mit Champagner gefüllte Gläser trug. »Ich wünsche einen unvergeßlichen Abend!«
»Was für eine faszinierende Frau«, hörte Florence Mabel in ihrem Rücken ganz beeindruckt sagen. »Sie muß ja im Geld förmlich schwimmen. Ein Glückspilz der Mann, den sie erhört und einmal heiratet.«
Julian gab ein wütendes Schnauben von sich, und als Florence einen Blick über die Schulter zurückwarf, sah sie, wie er das erste Champagnerglas auf einen Zug leerte und sofort nach einem zweiten griff.
Ein Lächeln grimmiger Genugtuung huschte über ihr Gesicht. Was immer noch kommen mochte, für sie persönlich war die Eröffnung ihres Hotels schon jetzt ein einmaliger Erfolg.
Die Eröffnungsgala war auch in jeder anderen Hinsicht ein grandioser Erfolg und noch im neuen Jahr lange Gesprächsstoff unter den Geschäftsleuten und ihren Frauen. Bis auf ganz wenige

Ausnahmen, zu denen zweifellos Julian Jakes zählte, vergnügten sich alle Gäste bis weit in den Morgen.
Die Freundesclique der FIVE STAR machte da keine Ausnahme. Sie feierte ausgelassen ins neue Jahr hinein, dessen Beginn mit einem herrlichen Feuerwerk über Colesberg Kopje begrüßt wurde.
Als sie alle mit Champagner auf das neue Jahr anstießen und auf dem Marktplatz in der milden Sommernacht das Feuerwerk bewunderten, überraschte Alice sie mit der freudigen Nachricht, daß sie wieder schwanger war.
Stolz nahmen Sidney und Alice ihre Glückwünsche entgegen, und dann wandte sich Alice an Harriet und fragte: »Na, ist es bei euch nicht auch langsam Zeit, daß sich Nachwuchs ankündigt?«
Harriet, die wie alle anderen nur zu genau wußte, wie sehr sich Daniel Kinder wünschte, brachte mit Mühe ein gequältes Lächeln zustande. »Danke für deine Besorgnis, Alice, aber der wird sich schon noch einstellen.«
Daniel hörte aus der Stimme seiner Frau heraus, wie verletzt sie sich von Alices reichlich taktloser Bemerkung fühlte, denn auch sie konnte es nicht erwarten, schwanger zu werden, und schnell sagte er betont fröhlich: »Mein Gott, wir befinden uns noch immer in den Flitterwochen, Alice. Laß uns noch etwas Zeit mit Kindergeschrei und vollen Windeln. Wenn unser Haus erst einmal steht, ist es dafür noch früh genug.« Und zärtlich drückte er Harriet an sich.
Alice lächelte scheinbar verständnisvoll. »Du hast recht, Daniel. Kinder sind nun mal ein Geschenk Gottes, das man nicht erzwingen kann. Sie kommen, oder sie kommen nicht.«
»Kinder sind ja schön und gut«, mischte sich Byron angeheitert ein, »aber verschieben wir das doch auf einen späteren Zeitpunkt, Freunde. Jetzt ist es viel wichtiger, daß wir zum nächsten vollen Tablett mit Schampus kommen.«
Der kurze Moment der Spannung zwischen Alice und Harriet löste sich in der allgemeinen Heiterkeit auf, und Daniel führte

Harriet zurück in den Saal, um mit ihr zu tanzen. Doch vergessen war der Wortwechsel nicht.

Als Daniel und Harriet kurz gegen Morgen in ihr Haus in der Jones Street zurückkehrten, erklärte sie plötzlich: »Sie hat das mit Absicht gesagt.«

»Ach was, Alice hat es bestimmt nicht so gemeint, wie du es empfunden hast«, versuchte er die Sache herunterzuspielen.

»Nein, sie hat genau gewußt, was sie gesagt hat und daß sie mir und dir damit weh tun würde«, beharrte Harriet. »Sie mag mich nicht.«

»Das bildest du dir nur ein. Mach es nicht schlimmer, als es ist, mein Schatz.«

Sie schüttelte den Kopf. »Es ist lieb von dir, daß du es mir auszureden versuchst, aber sie hat mich von Anfang an nicht gemocht. Ich weiß nicht, warum, aber es ist so.«

Er zog sie in seine Arme. »Vergiß Alice. Wichtig ist doch nur, was wir füreinander empfinden. Die Kinder werden schon noch kommen.« Und zärtlich fügte er hinzu: »Wenn du nicht zu müde bist, können wir ja noch etwas dafür tun ... du weißt schon.«

Sie lachte leise. »Mein Gott, was macht dich bloß so unersättlich?«

»Schau bei Gelegenheit mal in den Spiegel«, antwortete er. »Und müssen wir das neue Jahr nicht auch in der Liebe gebührend begrüßen?«

Das taten sie dann auch voller Hingabe.

45

In der zweiten Januarwoche traf Richard Southey, der frühere Kolonialminister, in Colesberg Kopje ein, um hier sein neues Amt als Vizegouverneur von Griqualand-West anzutreten. Der Tag seiner Ankunft war heiß und staubig und gab ihm gleich einen Vorgeschmack von dem, was ihn erwartete. Die Probleme, mit denen er sich konfrontiert sah und die er zu lösen hatte, waren zahlreich – und wurden mit jedem Tag mehr. Denn die Minenstadt wuchs noch immer in einem rasanten Tempo, dem die total überforderte Verwaltung beim besten Willen und Einsatz nicht gewachsen war. Ein Ende der unaufhörlich steigenden Preise für den Lebensunterhalt war nicht abzusehen; das Ausufern der wild angelegten und labyrinthischen Zeltstädte rings um die Minenstadt, in denen sich wegen der unablässigen Veränderungen bald auch die länger Ansässigen kaum noch zurechtfanden, verlangte nach einer zentralen Stadtplanung mit drastischen Eingriffen für ein überschaubares Netz aus Straßen, Gassen und Wegen; der Wassermangel wurde für die wenigen Brunnenbesitzer und Wasserhändler zu einem goldenen Geschäft und für den Rest zu einem Alptraum; die sanitären Verhältnisse vermochten mit dem wild wuchernden Wachstum der Stadt nicht einmal halbwegs Schritt zu halten und stanken in manchen Bezirken im wahrsten Sinne des Wortes zum Himmel. Zu diesen und vielen Problemen, die aus dem Eldorado der Diamantendigger erwuchsen, gesellten sich noch die des I.D.B. und eine Unzahl anderer, die nach administrativer wie politischer Tatkraft schrien.

»Es ist nicht gerecht, daß jetzt von allen Seiten auf Southey herumgehackt und er für alles verantwortlich gemacht wird, was es hier an Problemen gibt«, verteidigte ihn Sidney eines Abends, als er mit Daniel, Byron und Johannes in einer Ecke der Bar des Royal Diamond saß, um die blendend laufenden Geschäfte ihrer Minengesellschaft zu besprechen. »Der arme Kerl sieht sich doch einer wahren Legion von Schwierigkeiten gegenüber, und man müßte schon ein einzigartiges Genie mit einem Mitarbeiterstab von der Stärke einer halben Armee sein, um diese Dinge auch nur halbwegs in den Griff zu bekommen. Außerdem hat er sich auch noch mit der Feindseligkeit der beiden Burenrepubliken herumzuschlagen.«

Es war nicht allein der Verlust der reichen Diamantenfelder, der die Feindschaft zwischen Briten und Buren schürte, sondern auch der Verlust von Zehntausenden schwarzer Arbeitskräfte.

Immer mehr Schwarze verließen die Farmen der Buren, um in den Minen zu arbeiten. Was für die Weißen der freien Republiken jedoch noch alarmierender war und sie in Rage versetzte, war, daß man den Schwarzen in Griqualand-West skrupellos Waffen verkaufte und sie damit zurück ins Land der Buren ziehen ließ. Zorn und Haß waren mittlerweile so groß geworden, daß bewaffnete Schwarze kurzerhand und ohne Warnung erschossen wurden. Das führte dazu, daß zu ihren Stämmen zurückkehrende Schwarze sich nur noch in starken Gruppen und auf Umwegen heimwärts wagten.

»England hätte eben die Finger von Griqualand lassen sollen«, meinte Daniel. »Aber hier mußte ja unbedingt der Union Jack wehen.«

Sidney wandte sich ihm zu. »Bei allem Respekt für die Buren, Daniel, doch ich bin davon überzeugt, daß wir eine bessere und sicherere Zukunft als britische Kronkolonie haben.«

»Das hätte so auch aus dem Mund unseres verehrten Cecil Rhodes und seiner Apostelfreunde stammen können, in deren Gesellschaft du ja reichlich viel Zeit verbringst«, sagte Byron spöttisch, der sich noch immer nicht besonders mit dem jungen Engländer verstand. Doch sogar er mußte zugestehen, daß Rhodes sich durch Zielstrebigkeit, Voraussicht und beachtlicher Tüchtigkeit innerhalb kürzester Zeit einen ausgezeichneten Ruf in der Geschäftswelt verschafft hatte. Er war ein Mann, mit dem zu rechnen war.

»Cecil hat die Zeichen der Zeit erkannt«, verteidigte ihn Sidney. »Er sieht auch, daß wir ernste Probleme bekommen werden, wenn die Diamanten weiterhin in so großer Menge und unkontrolliert auf den Weltmarkt drängen.«

Johannes pflichtete ihm mit ernster Mine bei. »Das wird in der Tat zu erheblichen Schwierigkeiten führen und zwangsläufig einen Verfall der Diamantenpreise zur Folge haben.«

»Mal bloß nicht den Teufel an die Wand!« sagte Daniel.

»Das wird uns aber drohen, wenn es nicht zu irgendeiner Form der Kontrolle kommt«, versicherte Johannes. »Im vergangenen

Jahr haben allein die beiden Minen von Colesberg Kopje und OLD DE BEERS Diamanten im Wert von mehr als anderthalb Millionen Pfund abgeworfen. Auf Dauer kann das nicht ohne Auswirkung auf den Preis bleiben, denn es ist nun mal die Rarität, die einen Diamanten so kostbar macht. Wird der Markt damit überflutet, fällt auch zwangsläufig sein Wert.«

»Du wirst schon den besten Preis bei VOORSANGER für uns herausholen«, zeigte sich Byron optimistisch, denn Johannes wollte in den nächsten Tagen zu einer neuen Reise nach Amsterdam aufbrechen, um dort Diamanten im Wert von über hundertfünfzigtausend Pfund abzuliefern.

Die Preise begannen tatsächlich zu fallen, wie die Reise ihres deutschen Diamantenhändlers ergab, aber glücklicherweise noch nicht in dramatischem Ausmaß.

Florence war darüber ganz besonders erleichtert, war sie auf den guten Erlös ihres Anteils doch ganz besonders angewiesen, wollte sie nicht von ihren Schulden erdrückt werden.

Denn so blendend das ROYAL DIAMOND auch lief, so reichten die Einnahmen doch noch längst nicht aus, um daraus all ihren finanziellen Verpflichtungen nachzukommen, die sie sich aufgebürdet hatte.

Im März fand Florence sich und ihr Hotel in einen Skandal verwickelt, der von einer Zeitung in dubioser Weise hochgespielt wurde. Man warf ihr vor, der Prostitution in ihrem Haus Vorschub zu leisten, ja, sie sogar zu fördern. Zwei Frauen, die diesem Gewerbe nachgingen und sich im ROYAL DIAMOND einquartiert hatten, sagten bei ihrer ersten Vernehmung aus, einen Teil ihrer Einnahmen an Florence abgegeben zu haben.

Merkwürdigerweise verschwanden sie jedoch über Nacht aus der Stadt, bevor diese Vorwürfe näher untersucht und durch Beweise erhärtet werden konnten.

Die Untersuchung verlief danach rasch im Sande, und die Empörung über diese häßlichen Unterstellungen, mit denen man Florence hatte schaden wollen, war bei weitem größer als der Verdacht, die Besitzerin des ROYAL DIAMOND könnte sich tatsächlich auf solch einen letztlich doch wirklich nur lächerlichen Handel mit zwei Dirnen eingelassen haben.

»Ich kann es nicht beweisen, aber ich bin sicher, daß Julian Jakes hinter dieser Gemeinheit steckt«, erklärte Florence, als ihr zu Ohren kam, daß jemand der Zeitung, die den Skandal hochgespielt hatte, ein anonymes Schreiben mit diesen aus der Luft gegriffenen Anschuldigungen zugeschickt hatte.

Daniel versuchte sie zu beruhigen. »Ein kleiner Skandal, auch wenn nichts an ihm dran ist, wird dem Ruf deines Hotels eher nützen als schaden. So etwas lockt geradezu an.« Und damit behielt er recht.

Womit niemand gerechnet hatte, war die Schicht harten Gesteins, auf die die ersten Digger Mitte des Jahres stießen und die sich der bisher gewohnten Abbauweise widersetzte. Die Digger waren bislang daran gewöhnt gewesen, jene diamantenreiche gelbgraue Schicht relativ leicht Fuß um Fuß abzutragen. Nun jedoch verwehrte ihnen dieses Gestein, wegen seiner Farbe *blue ground* genannt, scheinbar jeden weiteren Abbau.

In der Mine brach fast so etwas wie Panikstimmung aus. Mit dem Blue ground schien vielen das Ende des reichen Diamantensegens gekommen. Die Preise für die Claims rasten nach den ersten Meldungen über Nacht in den Keller, denn jeder wollte so schnell wie möglich verkaufen.

Auch auf den Claims der FIVE STAR stieß man auf dieses harte, bläulich schimmernde Gestein, und die Bestürzung und Ratlosigkeit war groß, bei Florence sogar gepaart mit Entsetzen.

Denn wenn die erwarteten Einnahmen ausblieben, drohte ihr der Ruin.

Am Morgen des vierten Tages nach den ersten Schreckensmeldungen kam Daniel gerade aus dem winzigen Waschkabinett, als er Byrons aufgeregte Stimme und Tabitas Proteste hörte.

»Warten Sie! Das können Sie unmöglich tun, Baas! Missis und Mister Lundquist sind noch nicht soweit, um Besuch zu empfangen. Ich habe ihnen doch gerade erst den Morgentee ans Bett gebracht.«

»Aus dem Weg, Tabita!« rief Byron. »Ich bin kein Besuch! Von mir aus können sie jetzt da drin herumtanzen, wie Gott sie geschaffen hat!«
Im nächsten Augenblick flog die Tür auf, und Byron stürzte zu ihnen ins Schlafzimmer. Erschrocken fuhr Harriet zu ihm herum. Sie saß nur mit einem dünnen, fast durchsichtigen Gewand, das viel von ihren körperlichen Reizen durchschimmern ließ, vor ihrer dreiteiligen Frisierkommode und war so perplex über sein ungehöriges Eindringen, daß sie nicht daran dachte, zu ihrem Morgenmantel zu greifen.
»Bist du verrückt geworden?« fuhr Daniel ihn ärgerlich an.
Byron lachte und gönnte sich einen kurzen Blick auf Harriets reizvolle Blöße, bevor er sich Daniel zuwandte. »Jawohl, das bin ich. Verrückt vor Erleichterung. Und ihr solltet es auch sein. Seht mal, was ich euch hier mitgebracht habe.« Er hielt einen Stein von der Größe einer Kokosnuß in der Hand.
»Blue ground, na und?« knurrte Daniel und warf seiner Frau schnell den Morgenmantel zu.
»Na komm, heb mal den oberen Teil ab!« forderte Byron ihn auf und glühte im Gesicht, als hätte er hohes Fieber. Kopfschüttelnd hob Daniel die obere Hälfte ab. »Heiliger Strohsack!« entfuhr es ihm, als er die beiden herrlichen Diamanten sah, die darunter im Gestein eingebettet lagen und jeweils gut und gern vierzig Karat haben mußten.
»Von wegen im Blue ground stecken keine Diamanten!« rief Byron begeistert. »Das Gestein ist damit genauso reich durchsetzt wie die Schicht darüber, wenn nicht sogar noch mehr!«
»Ich werd verrückt! Wie hast du das herausgefunden?« wollte Daniel wissen.
»Ich konnte nicht einschlafen, und da bin ich in die Mine runter und habe in wilder Wut mit einem Hammer auf so einen Klumpen Blue ground eingeschlagen und – heureka! – da entpuppte sich das wahre Geheimnis dieses verdammten blauen Gesteins«, sprudelte es aus Byron hervor. »Es wird zwar bedeutend schwerer abzubauen sein, aber es steckt voller Diamanten! Weißt du, was das bedeutet?«

»Daß die Five Star und das Royal Diamond gerettet sind!« rief Harriet lachend.

»Ja, das auch«, stimmte Byron ihr zu. »Aber in erster Linie bedeutet es, daß wir auf der Stelle so viele Claims wie möglich aufkaufen müssen, bis es sich herumgesprochen hat, daß die Mine noch längst nicht all ihre Schätze hergegeben hat. Los, zieh dich an, Daniel! Jetzt wird jeder Mann, der ein Angebot abgeben kann, gebraucht.«

»Tabita, meinen Anzug!« schrie Daniel und warf seinen Morgenrock ab, ohne sich darum zu kümmern, daß Tabita ihn nur in Leibwäsche zu sehen bekam.

Binnen eines Tages kauften sie mehr als drei Dutzend Parzellen zu Spottpreisen auf.

Wenige Wochen später folgte Southey der Aufforderung von Gouverneur Henry Barkly, der in Kapstadt residierte, den Orten in Griqualand-West anständige und verständliche Namen zu geben, die ein vernünftiger Mensch aussprechen und auch behalten konnte, und so wurde aus Klip Drift Barkly-West und aus Colesberg Kopje zu Ehren seiner Lordschaft, des neuen Kolonialministers, Kimberley.

Damit und mit der Entdeckung des Blue ground, für das sich bald die Bezeichnung Kimberlite einbürgern sollte, begann eine neue Ära.

Teil IV

Kimberley

46

Der erste Schneeball zerplatzte neben Daniel am Stützpfeiler der Veranda des ROYAL DIAMOND. Der zweite fand sein Ziel. Er traf ihn an der Schulter und spritzte ihm Schnee ins Gesicht. Auch Florence, die neben ihm stand, bekam etwas ab.

»Na warte, Lionel! Das können wir auch!« rief er lachend und beantwortete den Beschuß der beiden Jungen. Der sechsjährige Lionel und Elliott, der fast gleichaltrige Sohn des benachbarten Händlers, gingen nun rasch auf der anderen Seite hinter einigen Kisten in Deckung, die unter dem Vordach des Kaufmannsladens aufgestapelt standen.

»Ich sorge für frische Munition!« rief Florence ausgelassen und formte aus dem Schnee, der über einen Fuß hoch lag, dicke Schneebälle. Es schneite noch immer, und die Flocken, die sich auf ihrem rotblonden Haar niederließen, funkelten wie geschliffene Diamantsplitter.

Die Schneeballschlacht, die zwischen Daniel und Florence auf der einen und Lionel und Elliott auf der anderen Seite entbrannte, war bei weitem nicht die einzige, die an diesem Sonntag morgen, dem 25. Juni 1876, auf dem Marktplatz zu beobachten war. Überall auf den Straßen von Kimberley flogen Schneebälle hin und her, und die Erwachsenen hatten daran einen ebenso großen Spaß wie die Kinder.

Ganz Griqualand-West lag unter einer dichten Schneedecke und bot ein wundersames winterliches Bild. An diesen Tag, der als »Der Große Schneesturm« in die Annalen der Stadtgeschichte einging, sollten sich die Menschen noch Jahrzehnte später erinnern. Es hatte kurz nach Mitternacht heftig zu schneien begonnen, und seitdem hatte der Schneefall nicht aufgehört.

Schon im Winter des vergangenen Jahres hatte die launische

Natur die Halbwüste eines Nachts mit Schnee überrascht. Damals hatte sich die weiße Pracht jedoch schon am Morgen wieder in Matsch aufgelöst. In diesem Jahr aber blieb der Schnee liegen und verwandelte die Minenstädte und ihr Umland in eine zauberhafte Winterlandschaft.

Daniel und Florence hatten ihre wahre Freude an dieser ausgelassenen Schneeballschlacht mit den beiden Jungen, die wenig später mit einem kleinen Vorrat an fertigen Schneebällen hinter ihrer Deckung hervorstürmten und einen mutigen Angriff wagten.

Ein Ball klatschte Daniel an die Brust, und zwei trafen Florence, die fröhlich kreischte, als ihr Schnee unter den Kragen ihres warmen Wollumhangs drang. Daniel revanchierte sich mit einem guten Treffer, der Lionel fast die Mütze vom Kopf riß.

»Ich kapituliere!« rief Florence und hob die Arme. Ihr Gesicht war von Kälte und Vergnügen gerötet, und ihre Augen leuchteten in einer unbeschwerten Fröhlichkeit, wie Daniel sie so schon lange nicht mehr bei ihr gesehen hatte. In den fast vier Jahren, die seit dem tragischen Tod von Gerrit Badenhorst vergangen waren, hatte sich Florence kaum einmal Zeit für Vergnügen, welcher Art auch immer, gelassen.

Mit einer Hingabe, die manche ihrer Freunde schon verbissen nannten, widmete sie sich von morgens bis tief in die Nacht den vielfältigen Aufgaben, die ein Hotel wie das ROYAL DIAMOND nun einmal mit sich brachte. Für anderes blieb da kaum Zeit. Vor einem Jahr hatte sie sich zudem in gutem Einvernehmen von Frederick Kendall getrennt, so daß nun alles auf ihren Schultern ruhte. Aber sie wollte es so. Nicht einmal Daniel und Johannes, mit denen sie den engsten Kontakt pflegte, hatten sie dazu überreden können, Kendall zu behalten.

Lionel machte ein trauriges Gesicht. »Kannst du denn nicht noch ein bißchen bleiben, Mom?« fragte er bittend, denn es geschah nicht häufig, daß seine Mutter Zeit fand, mit ihm zu spielen.

Florence schlug sich den Schnee vom Umhang. »Tut mir leid, aber das geht wirklich nicht. Ich muß zurück an die Arbeit, mein Junge.«

»Nur noch eine halbe Stunde!« bettelte Lionel. »Laß uns wenigstens einen Schneemann zusammen bauen.«
»Wenn ich dir sage, daß es nicht geht, dann geht es nicht!« Streng sah sie ihren Sohn an. »Ich muß mich um die Vorbereitungen für die Abendgesellschaft kümmern.«
»Ich helfe euch, einen Schneemann zu bauen«, sagte Daniel, dem die enttäuschte Mine seines Patenkindes ans Herz ging. In Momenten wie diesen wünschte er, daß Florence sich ein wenig mehr den kindlichen Bedürfnissen ihres Sohnes widmete. Allerdings verstand er auch, daß sie nicht aus ihrer Haut konnte. Seit Gerrits Tod war das Hotel ihre Fluchtburg geworden.
Daniel half den beiden Jungen, dicke Kugeln im Schnee zu rollen und den Schneemann zwischen Hotel und Kaufmannsladen aufzustellen. Sie machten ihm aus Steinen Augen, Nase, Mund und Knöpfe auf der Brust. Elliott besorgte einen alten Besen, den sie dem Schneemann in die plumpe Hand steckten, und als lustige Kopfbedeckung banden sie ihm aus Stroh einen Hut.
»Na, für einen Kimberley-Schneemann schaut er wirklich nicht schlecht aus«, meinte Daniel, als sie ihr Werk begutachteten.
»Er sieht aus wie eine fette Vogelscheuche, die in der Mehlkammer herumgestanden hat!« sagte Elliott vergnügt und wurde dann von seinen Eltern ins Haus gerufen.
»Und was machen wir jetzt, Onkel Daniel?« fragte Lionel erwartungsvoll.
Daniel überlegte kurz. Als er am Morgen aufgestanden war und sich für den sonntäglichen Kirchgang fertiggemacht hatte, hatte Harriet noch geschlafen. Er bedauerte, daß sie ihn wieder einmal nicht zum Gottesdienst begleitet hatte. Aber das war ja nichts Neues. Seit mehr als einem Jahr stand sie kaum noch am frühen Morgen mit ihm auf. Sie hatte es sich zur ärgerlichen Gewohnheit gemacht, bis in die Puppen zu schlafen und erst gegen zehn, halb elf das Bett zu verlassen. Er hatte es längst aufgegeben, sich darüber wie auch über einige andere Eigenheiten, die sie sich zugelegt hatte, mit ihr zu streiten. Es brachte nichts und machte sie bloß noch gereizter.

»Was hältst du davon, wenn wir zum Ararat gehen und sehen, ob wir da rodeln können?« schlug Daniel vor.
»O ja!« rief Lionel mit strahlenden Augen und runzelte dann die Stirn. »Aber womit?«
»Ich glaube, ich weiß schon, womit. Komm, wir gehen erst einmal zu mir. Vielleicht haben wir Glück, und deine Tante begleitet uns«, sagte er und nahm ihn an der Hand.
Als Daniel Hand in Hand mit Lionel durch die verschneiten Straßen ging, wurde ihm wehmütig ums Herz, denn er dachte daran, daß ihre Ehe noch immer kinderlos war. Er bedauerte es sehr, doch noch mehr litt Harriet darunter. Daß sie nach vier Jahren Ehe noch immer nicht schwanger geworden war, nahm sie sehr mit – und war für ihr Zusammenleben zu einer wachsenden Belastung geworden. Nicht, weil er sie deshalb weniger geliebt oder ihr gar irgendwelche Vorwürfe gemacht hätte. Ganz im Gegenteil, er bemühte sich redlich, ihr das Gefühl zu nehmen, als hinge ihr Glück vom Kindersegen ab. Doch was immer er auch versucht hatte, es hatte nichts gefruchtet. Sie glaubte mehr und mehr, als Frau zu versagen und ihn bitter zu enttäuschen. Daß Alice mittlerweile ihr drittes Kind, den Stammhalter Edward, zur Welt gebracht hatte und keine Gelegenheit ausließ, die Freuden der Mutterschaft zu preisen und immer wieder betonte, wie stolz und vernarrt Sidney in ihre drei Kinder sei, trug auch nicht dazu bei, Harriet von ihren Komplexen zu befreien.
Daniel seufzte schwer. Harriet war so schrecklich launisch geworden, und sie stritten sich immer häufiger wegen lächerlicher Kleinigkeiten. Dazu kamen noch die Probleme mit ihrem Vater. William Walton lebte bei ihnen im Haus, denn vor zwei Jahren hatte er seine kleine Eisenwarenhandlung, mit der er eigentlich nie recht auf die Beine gekommen war, am Kartentisch verspielt. Aber das war ihm keine Lehre gewesen. Immer wieder steckte er wegen seiner Spielleidenschaft und seiner wachsenden Vorliebe für Brandy in Schwierigkeiten. Er hatte ja einen vermögenden Schwiegersohn, der mit jedem Tag reicher wurde, wie er überall verkündete, wenn er Kredit benötigte. Und Harriet hatte dafür

jedesmal nicht nur Entschuldigungen parat, sondern erwartete zu allem Übel, daß er ihrem Vater auch immer wieder aus der Klemme half. Das machte ihn wütend. Dabei ging es ihm nicht um die achtzig oder hundert Pfund, die sein Schwiegervater irgendeinem Spieler schuldete, obwohl sich diese Beträge im Laufe der Jahre zu einer beachtlichen Summe addierten, sondern ums Prinzip – und darum, daß sie mehr Verständnis für ihren Vater als für die Position ihres Ehemanns zeigte.

All diese Probleme und Mißstimmungen in ihrer Ehe waren jedoch vergessen, wenn sie nachts im Bett zueinanderfanden und sich liebten. Was diese Seite ihrer Ehe betraf, harmonierten sie noch immer wunderbar miteinander. Und wie ärgerlich oder ratlos Daniel manchmal auch war, so gab er doch die Hoffnung nicht auf, daß sich auch sonst alles andere wieder zum Guten wenden würde.

»Onkel Daniel!« riß Lionel ihn aus seinen trüben Gedanken, die so gar nicht zu diesem wundervollen Tag paßten, als sie um die Ecke kamen, wo das neue Haus der Lundquists stand. Es war nicht gerade das, was sich jemand in Kapstadt unter dem Haus eines vermögenden Mannes vorstellte, der an einer erfolgreichen Diamanten-Minen-Gesellschaft beteiligt war, aber in Kimberley galten nun mal andere Maßstäbe. Es war ein geräumiger Ziegelbau mit Wellblechdach, der mehr gekostet hatte als manches vornehme Herrenhaus in der Kapregion. Allein der Dielenboden eines jeden Dienstbotenzimmers hatte unverschämte vierzig Pfund gekostet, von den anderen Baumaterialien, Gardinen, Möbeln und sonstigen Einrichtungsgegenständen ganz zu schweigen.

»Da kommt Tante Harriet!« rief Lionel und winkte ihr freudig zu. Vor dem niedrigen Zaun des kleinen Vorgartens wartete Harriets Zweispänner. Pigwane, einer ihrer fünf schwarzen Bediensteten, hielt Harriet den Wagenschlag auf.

Bei Lionels Ruf drehte sich Harriet um. Sie sah in dem Umhang aus veilchenblauem Gabardine, unter dem ein elegantes Kleid aus seegrünem Samt hervorschaute, und mit dem kecken Hut auf

dem sorgfältig frisierten Haar hinreißend aus. Allein ihre verschlossene Miene, die auf ihr Gesicht trat, als sie Daniel Hand in Hand mit Lionel sah, störte den reizenden Anblick.
Daniel ließ Lionel los und machte seiner Frau ein Kompliment, das von Herzen kam. Dann fragte er, ob sie nicht vielleicht mit ihnen zum Ararat gehen wolle. »Es ist ein so wundervoller Tag, und ein Spaziergang wird dir bestimmt guttun, Harriet.«
»Das mag sein«, erwiderte sie kühl, »aber wie du siehst, bin ich auf dem Weg zu einer anderen Verabredung.«
»Wo willst du denn hin?« fragte er verwundert.
»Natürlich in den BELGRAVIA CLUB! Ich habe dir doch gestern erzählt, daß ich mich für heute Mittag mit Liz und Betty verabredet habe«, antwortete sie vorwurfsvoll. »Aber das hast wohl vergessen.«
»Ja, das habe ich«, räumte er ein.
»Das zeigt mal wieder, wie wenig du mir zuhörst!« sagte sie spitz.
»Tut mir leid. Es wäre bestimmt schön gewesen, wenn du uns hättest begleiten können«, bedauerte Daniel, der sich nicht mit ihr streiten wollte. »Der Schnee wird kaum lange liegenbleiben, und Lionel möchte so gern rodeln.«
»Er ist bei dir ja in den besten Händen. Vielleicht solltest du Florence fragen, ob wir ihn adoptieren können. Sie wird ihn kaum vermissen«, erwiderte Harriet bissig und stieg in den Wagen.
»Harriet!« Daniel sah sie bestürzt und verletzt an.
»Außerdem mache ich mir nichts aus Schnee!« sagte Harriet ungnädig, drehte sich zum Haus um und rief ärgerlich: »Tabita? Was trödelst du nur wieder herum? Wo bleibst du mit meiner Decke?«
Tabita kam mit einer warmen Wolldecke aus dem Haus gerannt und legte sie ihrer Herrin, eine Entschuldigung murmelnd, über Schoß und Beine.
»Ich bin am Nachmittag zurück«, sagte Harriet über die Schulter zu Daniel und forderte dann Pigwane voller Ungeduld auf: »Laß uns endlich fahren, sonst komme ich noch zu spät!«

Bedrückt sah Daniel seiner Frau nach.

»Onkel Daniel?«

»Ja?«

»Was bedeutet adoptieren?«

Daniel zwang sich zu einem Lächeln. »Ach, das war nur ein Scherz von deiner Tante.«

»Aber ein Scherz, den ich nicht verstehe, ist doch kein Scherz, oder?«

Daniel legte ihm seinen Arm um die Schulter. »Zerbrich dir darüber mal nicht den Kopf, junger Mann. Auch ich verstehe längst nicht jeden Scherz, den andere machen, und deine Tante hat manchmal sowieso eine ganz eigene Art zu scherzen. Aber jetzt wollen wir mal sehen, was wir als Rodeluntersatz benutzen können«, lenkte er Lionel ab, was ihm auch recht gut gelang. Doch seine eigene Bedrücktheit vermochte er nicht so leicht zu überwinden. Wie einen bitteren Nachgeschmack trug er sie an diesem Tag noch lange mit sich herum.

47

Seit Anfang des Jahres gehörte Johannes Beringer nicht nur als Freund, sondern auch als stimmberechtigtes Mitglied zum Kreis der Männer, die über die Geschicke der FIVE STAR entschieden. Florence hatte ihm ihre Beteiligung an der Gesellschaft verkauft, was Byron eine Zeitlang sehr verärgert hatte. Dabei hatte er allen Grund, sich bedeckt zu halten, denn er hatte die Sache ins Rollen gebracht, als er Florence ein Übernahmeangebot gemacht hatte – ohne sich vorher mit den anderen Partnern darüber abzusprechen. Besonders Sidney hatte es ihm übelgenommen, daß er sie hinter ihrem Rücken hatte austricksen und durch die Übernahme von Florences Anteilen stärkeren Einfluß auf die Gesellschaft hatte nehmen wollen. Dem hatte Byron gereizt dagegengehalten, daß Sidney an jeder Entscheidung ja auch mit zwei Stimmen teilnahm, da Alice ihm ihr Stimmrecht übertragen hatte. Und in einem privaten Gespräch mit Daniel hatte er erklärt, daß er nur aus Sorge um den Bestand der Gesellschaft Florence zum Verkauf hatte bewegen wollen. Denn seiner Meinung nach ließ sich Sidney zu sehr von Cecil Rhodes und dessen Vorstellungen beeinflussen.

»Der Bursche ist ein verdammt cleverer und mit allen Wassern gewaschener Geschäftsmann, und über kurz oder lang ist die FIVE STAR auch vor dessen Unersättlichkeit nicht sicher«, hatte Byron sein Vorgehen verteidigt.

»Cecil Rhodes tut nichts anderes als wir auch«, hatte Daniel den Mann in Schutz genommen. »Er sieht genau wie wir, daß die Zeit der kleinen, unabhängigen Digger ihrem Ende zugeht.«

»Aber ich möchte nicht, daß auch wir von Rhodes und seiner Clique geschluckt werden, Daniel!«

Daniel teilte weder Byrons Befürchtung noch seine Abneigung. Er hegte im Gegenteil großen Respekt für Cecil Rhodes, der in den vergangenen Jahren nicht nur seinen Einfluß in der Mine von Kimberley und OLD DE BEERS enorm gesteigert, sondern nun auch tatsächlich damit begonnen hatte, seine akademische Ausbildung in Oxford am Oriel College mit der ihm eigenen Zähigkeit in Angriff zu nehmen. Eine Ausbildung, die jedoch immer wieder von Krankheiten und längeren Aufenthalten in Afrika unterbrochen wurde. 1874 war er nach einer Ruderpartie in Oxford schwer erkrankt, und die Ärzte hatten ihm kein halbes Jahr mehr gegeben. Doch Cecil Rhodes hatte ihre Prophezeiungen widerlegt und war zur Genesung nach Kimberley zurückgekehrt. Er hatte jedoch fast zwei Jahre warten müssen, bis er seine Studien am Oriel College wieder hatte fortsetzen können. Die Zeit hatte er intensiv dazu genutzt, um seine hiesigen Geschäfte auszuweiten. Rhodes war zweifellos ein Mann, mit dem in Zukunft zu rechnen war. Und Daniel fand, daß Kimberley weitsichtige Männer wie ihn gut gebrauchen konnte.

Daß Byron bei seinem klammheimlichen Versuch, Florence zum Verkauf zu bewegen, seine ganz privaten Interessen im Sinn gehabt hatte, war allen klar. Es wurmte ihn einfach, daß Sidney bei Abstimmungen doppelt soviel zu sagen hatte wie er. Doch dieser Konflikt war mittlerweile zwischen ihnen beigelegt, zumindest gab sich jeder Mühe, das Thema nicht weiter zu verfolgen, und daß Johannes Florence als Partner ersetzt hatte, fand nun auch Byrons Billigung.

Am frühen Abend dieses wundersamen Wintertages kamen die vier Männer im CRAVEN CLUB, der vielen zahlungskräftigen Geschäftsleuten in Kimberley als beliebter Treffpunkt diente, zu einer geschäftlichen Besprechung zusammen.

»Freunde, uns steht eine Menge Arbeit ins Haus«, eröffnete Sidney ihre Sitzung und präsentierte ihnen die Abschrift eines Telegramms, das aus dem Vorzimmer des Gouverneurs in Kapstadt kam und an Mayor William Owen Lanyon gerichtet war. Dieser war nach der Pensionierung von Vizegouverneur Southey als Administrator über Griqualand-West eingesetzt worden und hatte nun über die Minenstädte das Sagen. Eine Rebellion von mehreren hundert Diggern im vergangenen Jahr, die sich politisch wie persönlich gegen Southey gerichtet und unter dem Namen »Black Flag Rebellion« landesweit Schlagzeilen gemacht hatte, hatte das Ende von Southeys Amtszeit eingeleitet. Glücklicherweise war die Rebellion unblutig ausgegangen, und der Kolonialminister hatte Southey wenig später in Pension geschickt. Die feierliche Inbetriebnahme der Telegraphenlinie, die ein großer Meilenstein in der Entwicklung der Stadt war und Kimberley nun endlich mit der Außenwelt verband, hatte schon Mayor Lanyon im Februar dieses Jahres vorgenommen.

»Mach es nicht so spannend, Sidney! Was steht in dem Telegramm?« forderte Daniel ihn auf.

»Die sturen Verwaltungsköpfe haben endlich eingesehen, daß die Ordinance 10 aus dem Jahre '74, die einen Besitz von mehr als zehn Claims pro Person verbietet, bei den erschwerten Abbaubedingungen in den Minen nicht länger Sinn macht. Sie soll in Kürze außer Kraft gesetzt werden«, teilte Sidney ihnen mit und ließ die Abschrift kreisen, die er seinen guten Beziehungen zum bestechlichen Vorsteher des Telegraphenamtes verdankte.

»Das wurde ja auch höchste Zeit!« meinte Byron mit grimmiger Genugtuung.
Die Nachricht löste bei allen große Erleichterung aus, waren sie bisher doch gezwungen gewesen, Strohmänner einzusetzen, um diese Ordinance zu umgehen. Das war gelegentlich nicht nur riskant gewesen, sondern hatte auch erhebliche Kosten verursacht. Denn in Kimberley gab es nichts umsonst, das Schweigen von Strohmännern schon gar nicht.
»Jetzt können wir endlich damit anfangen, alle Claims offiziell unter dem Dach der FIVE STAR zu vereinigen«, sagte Daniel.
»Und mit geballter Kraft expandieren!« fügte Byron hinzu.
Es gab an diesem Abend eine Menge zu besprechen, und gelegentlich wurde die Diskussion hitzig, denn sie waren sich in verschiedenen Punkten über ihre Vorgehensweise nicht einig. Doch schließlich fand sich ein Konsens, zu dem die bedächtige, ausgleichende Art von Johannes nicht unwesentlich beitrug. Johannes setzte auch durch, daß sich die FIVE STAR mit einer Spende am Wiederaufbau des abgebrannten Hospitals beteiligte. So geschäftstüchtig er auf der einen Seite auch war, so engagiert und großzügig gab er sich, wenn es um wohltätige Zwecke ging. Er saß mittlerweile in einer ganzen Reihe von Komitees, die sich tatkräftig dafür einsetzten, daß auch die Kultur bei der allgemeinen Jagd nach schnellem Reichtum nicht zu kurz kam. Ob es sich nun um die erste öffentliche Bibliothek von Kimberley handelte, die Förderung anspruchsvoller Theaterprogramme, das Waisenhaus oder den Bau einer jüdischen Synagoge, Johannes Beringer war mit Rat und Tat und seinem Geld in diese Aktivitäten intensiv involviert.
Ihr Gespräch wandte sich schon persönlichen Belangen zu, als ein Angestellter des Clubs Daniel eine Mitteilung überbrachte. Harriet hatte sie ihm durch Pigwane in den Club geschickt.
Ihr Schreiben war kurz und lautete: »Schade, daß ich Dich heute nachmittag nicht zu Hause angetroffen habe. Es tut mir leid, daß ich etwas spät dran war. Bitte sei doch so lieb und kümmere dich um Vater. Er ist schon den ganzen Tag weg. Du weiß ja vermut-

lich, wo Du ihn finden kannst. Bitte komm heute nicht zu spät. Ich warte auf dich. Harriet.«

»Ist etwas passiert?« fragte Sidney besorgt.

Daniel faltete den Brief zusammen und steckte ihn mit einem versonnenen Lächeln ein. »Nein, ich soll nur mal wieder meinen Schwiegervater vor größeren Dummheiten bewahren«, antwortete er und freute sich über Harriets Zeilen, mit denen sie auf ihre Art zum Ausdruck gebracht hatte, daß sie den unschönen Wortwechsel am Vormittag bereute und ihn um Verzeihung bat. Sie wußte, daß er nicht nachtragend war.

»Du solltest den Alten entmündigen lassen«, schlug Byron burschikos vor. »Das erspart dir auf die Dauer ein Vermögen.«

»So wild ist es nun auch nicht«, wiegelte Daniel ab und entschuldigte sich, daß er schon so früh aufbrach.

»Laß dich nicht aufhalten«, sagte Johannes. »Außerdem muß ich jetzt auch los. Ich habe Florence versprochen, mit ihr noch einige Papiere durchzugehen.«

Byron warf ihm einen spöttischen Blick zu. Johannes verbrachte viel Zeit bei Florence, doch Byron war der einzige in ihrer Runde, der etwas anderes als auf richtige Freundschaft zwischen den beiden vermutete.

Auch Sidney erhob sich. »Ich muß ebenfalls nach Hause. Alice beklagt sich schon, daß sie mich angeblich seltener zu Gesicht bekommt als ich fünfzigkarätige Diamanten.«

»Du hast uns ja noch gar nicht erzählt, was deine politischen Ambitionen machen?« zog Byron ihn mit dessen neuestem Steckenpferd, der Politik, auf. »Was ist denn nun, wirst du bei der nächsten Wahl wirklich für den Stadtrat kandidieren?«

»Das ist noch nicht spruchreif«, antwortete Sidney ausweichend.

Byron gab sich verwundert. »Ach nein? Findet dein Busenfreund Cecil Rhodes das plötzlich nicht mehr so erstrebenswert für dich?« fragte er spitz.

Sidney schoß ihm einen ärgerlichen Blick zu. »Zerbrich dir mal nicht deinen Kopf über meinen Busenfreund und meine Entscheidungen, Byron. Ich weiß schon noch selbst gut genug, was ich zu tun und zu lassen habe.«

»Oh, wir sind heute wohl etwas empfindlich«, meinte Byron spöttisch. »Dabei ist dir doch meine Stimme sicher, wenn du in unserem Bezirk kandidierst.«

»Laß es gut sein«, sagte Daniel und trat wenig später hinaus in die Nacht. Er fand schnell eine freie Mietdroschke.

Dieser Geschäftszweig hatte, wie so viele andere, in den letzten Jahre einen enormen Aufschwung genommen. Allein zwischen Kimberley und der Siedlung um OLD DE BEERS, die längst mit ihrem großen Bruder zusammengewachsen war, fuhren tagsüber mehr als vierzig Mietdroschken hin und her. Was der Stadt nun noch fehlte, war eine Anbindung an das Schienennetz der Eisenbahn. Aber an diesen Plänen wurde mittlerweile auch schon gearbeitet. In wenigen Jahren brauchte man sich wohl nicht mehr dieser wochenlangen Tortur mit der Kutsche zu unterziehen, um nach Kapstadt zu gelangen oder von dort zu den Minenstädten.

»Fahren Sie mich in den Westen, und halten Sie zuerst vor dem DOUBLE JOKER«, sagte Daniel zum Kutscher und stieg ein.

Harriet hatte in ihrem Schreiben sehr richtig angenommen, daß er vermutlich wußte, wo er seinen spielsüchtigen Schwiegervater finden konnte. Ihm waren die einschlägigen Spielclubs, in denen William Walton mit Vorliebe verkehrte, längst so vertraut wie die Claims der FIVE STAR.

Er brauchte auch nicht lange zu suchen. Bei seinem dritten Stop fand er ihn im SIXPENNY SALOON an einem der Spieltische, stark angetrunken. Wie üblich hatten ihm die Karten kein Glück gebracht.

William machte aus der Vorstellung seines Schwiegersohns eine peinlich prahlerische Angelegenheit. »Ich sage euch, ihm und seinen Freunden von der FIVE STAR wird bald die halbe Mine gehören!« gab er lautstark an.

»Laß es gut sein, William«, sagte Daniel beherrscht.

»Kannst du mir mal kurz zwanzig Pfund vorstrecken?« pumpte

William ihn wie erwartet und ohne jede Scham an. »Hatte heute 'ne dumme Pechsträhne. Ich geb dir das Geld zu Hause zurück, Junge.«

»Natürlich«, erwiderte Daniel sarkastisch. Er hatte von seinem Schwiegervater nie auch nur einen Penny von dem Geld, das er sich zur Begleichung seiner Spielschulden »mal kurz ausgeliehen« hatte, wiedergesehen.

Er legte vier Fünfpfundnoten auf den Tisch und sah zu, daß er William aus der üblen Kaschemme bekam. Dabei mußte er ihn stützen.

Draußen im Freien sog William genießerisch die kalte Luft ein. »Ah, was für 'n Abend«, lallte er. »Fast hätt ich die Burschen auf 'n Rücken gelegt. Ich sag dir, ich war ganz nah dran. Ich lag mit zwölf Pfund im Plus. Doch dann ist mir das verdammte Glück durch die Finger gerutscht. Wenn ich Jim und die andern nich gut kennen würde, hätt ich glauben können, daß sie mir irgendwie immer nur miese Blätter ausgeteilt hab'n.«

»Du schaffst es auch ohne fremde Hilfe ganz ausgezeichnet, *mein* Geld zu verlieren!« sagte Daniel zornig.

William lachte kehlig. »Nun mach mal nich so 'n finsteres Gesicht, Junge. Die paar Pfund wirst du für dein alt'n Schwiegervater doch wohl noch übrig hab'n, oder?« Dabei zog er einen Flakon aus seiner Jackentasche, schraubte ihn auf, trank schwankend einen Schluck und hielt ihn dann Daniel hin.

»Nimm 'ne kleine Stärkung. Die Nacht ist kalt und die Reise lang.« Und wieder lachte er in trunkener Unbeschwertheit.

Daniel war einen kurzen Moment lang versucht, ihm den Flakon aus der Hand zu schlagen, so wütend war er über Williams Spiel- und Trunksucht. Doch er riß sich zusammen und stieß ihn zum Wagen. »Steig endlich ein. Ich habe schon genug Zeit und Geld für dich zum Fenster hinausgeschmissen.«

William grinste den Kutscher an und zog den Kopf in angeblicher Demut ein. »Wenn der Junge so übel gelaunt is, dann is Vorsicht geboten, Mister. Da tut man besser, was er sagt. Also dann«, lallte er und stolperte mehr in das Wageninnere, als daß

er einstieg. Er kicherte dabei. »Komm wohl schwer ins Alter. Brauch wohl noch ’ne Stärkung.« Wieder setzte er den Flakon an die Lippen.
Daniel knallte den Schlag zu. Er ertrug es nicht, mit William in der Kutsche zu sitzen und sein dummes Gerede und Gekicher anzuhören. Da ging er lieber zu Fuß nach Hause. Er gab dem Kutscher Anweisungen, wo er seinen Fahrgast absetzen sollte, fügte dem Fahrpreis ein großzügiges Trinkgeld hinzu und war erleichtert, als sich das betrunkene Gebrabbel seines Schwiegervaters sich rasch von ihm entfernte.

48

Die Hände tief in die Taschen seines Mantels vergraben, stapfte Daniel in Gedanken versunken durch die Straßen. Gegen Mittag hatte es zu schneien aufgehört, doch der Schnee lag noch überall knöchelhoch und setzte Pfosten, Giebeln und Vordächern weiße Hauben auf. Die Nacht war klar und kalt, und der Mond hing wie eine polierte Silberscheibe über Kimberley.
Ohne daß es ihm bewußt wurde, lenkten ihn seine Schritte zur Mine, die mehr oder weniger auf seinem Rückweg lag. Schon bei Tag, als er mit Lionel zum Rodeln zum Ararat gegangen war, hatte die eingeschneite Mine einen phantastischen Anblick abgegeben. Doch nun bei Nacht und im Licht des Mondes war der Eindruck, den dieser gigantische Krater bot, noch überwältigender.
Die todbringenden Transportwege waren längst verschwunden. Man hatte ein verwirrendes System aus Hunderten von Seilzügen entwickelt, mit dem man nun jeden Claim erreichen konnte und das die mittlerweile fast zweihundert Fuß tiefen Mine wie mit einem Spinnengewebe dicker Seile überzog. Auf der Nord- und Südseite erhoben sich dicht an dicht dreistöckige Gerüste. Auf jeder Plattform eines solchen Gerüstes war eine Winde vertikal eingehängt. Die unteren Winden bedienten die Claims, die in

den Außenrändern lagen, während man von den oberen Winden die Parzellen in der Mitte der Mine erreichte. Dieses Gewebe aus Tausenden von Seilen, die hin und her liefen, erschien jedem Fremden wie ein chaotisches Durcheinander. Und doch funktionierte es. Der Schnee, der auf diesem unglaublichen Gewebe dicker Taue lag, glitzerte im Mondschein und ließ Daniel an ein Bild aus einem phantastischen Märchen denken, das erst noch geschrieben werden mußte.
Ein Märchen, das an diesem Ort Wirklichkeit geworden war, ging es ihm durch den Sinn.
Er fuhr aus seinen Gedanken auf, als er hinter sich Schritte hörte. Stiefel knirschten im Schnee. Er drehte sich um und sah eine schlaksige Gestalt auf sich zukommen. Seine Überraschung hätte kaum größer sein können, als er erkannte, mit wem ihn der Zufall zu dieser nächtlichen Stunde am Rand der wohl reichsten Diamantenmine der Welt zusammenbrachte.
»Mister Rhodes!«
»Mister Lundquist?« kam es nicht weniger überrascht von Cecil Rhodes. Er lachte und tauschte einen freundschaftlichen Händedruck mit Daniel. »Es treibt den Täter eben immer wieder an den Ort seiner Tat zurück, nicht wahr?«
»Ich habe gar nicht gewußt, daß Sie wieder in Kimberley sind.«
»Seit gestern. Ich bleibe auch nur ein paar Wochen, um mit meinem Partner Charles Rudd einige wichtige Entscheidungen abzuklären. Er hat mir zwar telegraphisch versichert, daß alles zum Besten steht, aber wenn man in Oxford so weit vom Schuß ist, dann macht man sich doch so seine Gedanken. Irgendwie habe ich wohl geahnt, daß sich auch eine kurze Reise lohnen würde. Allein dieser Anblick war die Überfahrt wert«, sagte er und deutete auf den Krater. »Als hätte eine Riesenspinne ein Netz aus Schneefäden über die Mine gewoben.«
Daniel nickte. »Ja, faszinierend.«
Ihr Gespräch wandte sich rasch den geschäftlichen Aspekten der Diamantenförderung zu, und Daniel stellte belustigt fest, daß der Vorsteher des Telegraphenamtes nicht allein von Sidney Geld

annahm. Auch Cecil Rhodes hatte schon davon erfahren, daß die Ordinance 10 nun bald ersatzlos gestrichen wurde.
»Wir haben ja auch lange genug dafür gekämpft«, sagte Cecil Rhodes. »Die Zeiten, in denen ein Digger einen halben Claim besaß und den Abbau allein betreiben konnte, sind längst vorbei. Das schwere Gerät, die Maschinen, die gebraucht werden, übersteigen die finanziellen Möglichkeiten des einzelnen, ja sind auch bald von kleinen privaten Holdings nicht mehr zu finanzieren.«
»Ja, der Zwang zu größeren Zusammenschlüssen ist unabwendbar.«
»Ich sage Ihnen, in spätestens fünf, sechs Jahren, wenn nicht gar schon früher, werden sich die vier Minen nicht mehr wie jetzt im Besitz von vielen tausend Diggern befinden, sondern nur noch von wenigen hundert Männern, die dann an einer Handvoll großer Gesellschaften beteiligt sind«, prophezeite Cecil Rhodes. »Viele mögen das bedauern und den alten Zeiten nachtrauern, aber die Entwicklung ist nicht aufzuhalten. Denken Sie doch nur an '74, als nach einem Jahr der Dürre plötzlich schwere Regenfälle die Minen unter Wasser gesetzt haben. Wie viele kleine Claim-Digger haben schon damals aufgeben müssen.«
Daniel erinnerte sich sehr gut an diese katastrophale Überschwemmung. Es hatte fast neun Monate gedauert, bis die Mine trockengelegt war und die Arbeiten wieder aufgenommen werden konnten. Wer in jener Zeit nicht ein gutes Finanzpolster besessen hatte, war zur Aufgabe und zum Verkauf gezwungen worden. Dagegen war die Five Star dank ihrer erheblichen Rücklagen ebenso wie Rhodes' Gesellschaft gestärkt aus dieser Katastrophe hervorgegangen.
»Ich nehme an, Sie und Ihre Partner werden nun, da die leidigen Restriktionen endlich fallen und man sehr viel freier disponieren kann, Ihre Beteiligungen hier und in Old De Beers ausbauen«, sagte Cecil Rhodes.
»Und ich nehme an, daß Sie nichts unversucht lassen werden, uns dabei respektable Konkurrenz zu machen«, erwiderte Daniel.
Rhodes lachte. »Ohne Zweifel. Glücklicherweise teilen wir die-

selben Ansichten über die Zukunft der Minen, wie ich von Sidney weiß. Und vielleicht sollten wir uns einmal zusammensetzen, um eine gemeinsame Strategie zu überdenken.«
»Ist das ein verdecktes Übernahmeangebot?«
»Bei aller Bescheidenheit erlaube ich mir, Ihre Frage als Kompliment zu werten, Mister Lundquist. Aber nein, so weit bin ich noch nicht«, versicherte Rhodes. »Doch über eine Zusammenarbeit sollten wir nachdenken. Sie dürfte sich zu unser beider Gunsten auswirken, denn solange hier jeder jedem Konkurrenz macht und der Strom der geförderten Diamanten unkontrolliert auf den Markt gelangt, schneiden wir uns doch nur ins eigene Fleisch.«
»Was genau schwebt Ihnen denn vor?« fragte Daniel interessiert, der dieses Problem schon oft mit seinen Freunden diskutiert hatte.
»Ein Monopol, Mister Lundquist«, antwortete Rhodes.
Daniel zog die Brauen hoch. »Nicht gerade ein bescheidenes Ziel, das Sie sich da gesteckt haben«, hielt er ihm spöttisch vor.
Rhodes zuckte mit den Schultern. »Wer sich beim Start eines Wettrennens das bescheidene Ziel setzt, nur auf einen mittleren Ehrenplatz zu kommen, der wird weit abgeschlagen über die Ziellinie gehen. Man muß gewinnen wollen, Mister Lundquist, und den Blick nicht von der Siegestrophäe nehmen. Nur dann setzt man die notwendigen Energien frei.«
»Es wird interessant sein zu verfolgen, welche Energien Sie auf dem Weg zum Monopol freizusetzen vermögen«, sagte Daniel.
»Das wird es in der Tat. Aber dieses Monopol wird es eines Tages geben, ungeachtet meiner Person«, war Rhodes überzeugt. »Die Einsicht, daß der Marktwert der Diamanten nur durch eine monopolistische Politik zu sichern ist, wird früher oder später über alle Schwierigkeiten, Machtkämpfe und persönliche Querelen obsiegen. Denn niemand, der in den Minen sein Geld investiert und ein unvorstellbares Vermögen in seinen Händen weiß, wird sich selbst finanziell das Grab schaufeln. Ich sage Ihnen, so etwas wie ein Zusammenschluß aller mächtigen

Minengesellschaften wird eines gar nicht so fernen Tages kommen.«

»Ja, das ist gut möglich.«

»Und darauf sollte man vorbereitet sein, Mister Lundquist, wenn man in diesem Rennen, das sicher nicht nach den Regeln des Fair play ablaufen wird, nicht zum hinteren Feld gehören will. Eine große, kapitalkräftige Gesellschaft hat mehr Chancen, die Regeln zu bestimmen, als zwei kleine, die sich gegenseitig behindern. Nicht daß es im Augenblick eilt. Aber wenn es zwischen uns zu einer lockeren Absprache über eine für beide Seiten lohnende Zusammenarbeit käme, wären wir schon auf dem richtigen Weg.«

»Ich werde Ihre Überlegungen meinen Partnern bei Gelegenheit unterbreiten«, versprach Daniel.

Rhodes schüttelte ihm die Hand. »Das ist erheblich mehr, als ich mir von diesem nächtlichen Spaziergang erhofft hatte«, sagte er mit trockenem Humor, bat ihn zum Abschied, Harriet seine Empfehlung auszurichten, und ging dann seines Weges.

Daniel hatte auf seinem Heimweg über eine Menge nachzudenken, und er kam erneut zu der Feststellung, daß Cecil Rhodes ein faszinierender Mann mit ebenso großen Visionen wie Ehrgeiz war, so jung er auch noch war. Aber das Alter hatte in den Minenstädten wahrlich nichts zu sagen. Kimberley, das innerhalb von nicht einmal sechs Jahren wie ein Phoenix aus der Asche zur zweitgrößten Stadt Südafrikas aufgestiegen war, verdankte diesen einzigartigen Aufschwung in erster Linie dem unbändigen Tatendrang und Ehrgeiz der jungen Männer, die aus aller Welt an diesen Ort geströmt waren. Und unter ihnen nahmen Cecil Rhodes und einige andere zweifellos eine herausragende Rolle ein. Seine Freunde und sich selbst schloß er in diesen Kreis mit ein. Natürlich war das Quentchen Glück, das man haben mußte, dabei auch nicht zu unterschätzen. Aber mit Glück allein konnte man sich mittlerweile nicht mehr behaupten. Rhodes hatte mit seinen scharfsinnigen Überlegungen mit Sicherheit ein Bild der Zukunft umrissen, das so oder ähnlich Wirklichkeit werden würde. Und über seine Anregungen zu einer Zusammenarbeit mit seiner Gesellschaft mußte man gründlich nachdenken und reden.

Tabita, die sich zu einer bildhübschen jungen Frau mit großem Überblick im Haushalt entwickelt hatte, empfing ihn, als er nach Hause kam. »Ist Mister Walton schon eingetroffen?« fragte er, während sie ihm Mantel, Schal und Hut abnahm. Er fragte nicht ohne Grund, denn seinem Schwiegervater war sehr wohl zuzutrauen, daß er dem Kutscher andere Instruktionen erteilt und noch eine weitere Canteen aufgesucht hatte.

»Ja, Mister Lundquist. Scipio hat sich um ihn gekümmert«, sagte Tabita.

Daniel hörte das mit Erleichterung, denn ihm stand wahrlich nicht der Sinn danach, sich noch einmal auf die Suche nach ihm zu machen. »Gut, und wo ist meine Frau?«

»Sie hat sich schon vor einer geraumen Weile in ihr Schlafzimmer zurückgezogen.«

Daniel nickte. Harriet würde wohl schon schlafen, denn es war nun doch später geworden, als er beabsichtigt hatte. »Du kannst dann auch zu Bett gehen.«

Tabita deutete einen Knicks an, wie Harriet es ihr beigebracht hatte, und zog sich zurück.

Es war dunkel, als Daniel ins Schlafzimmer kam. Vom Bett hörte er ein Rascheln. »Schläfst du schon?« fragte er leise.

»Nein«, antwortete Harriet ihm mit wacher Stimme.

Er dachte an ihre entschuldigenden, versöhnlichen Zeilen, die sie ihm in den Craven Club geschickt hatte. »Tut mir leid, daß ich nicht früher kommen konnte.«

»Das ist nicht schlimm«, sagte sie. »Warte! Mach bitte kein Licht.«

Verwundert blieb er stehen und hörte, wie sie aus dem Bett schlüpfte. Im schwachen Mondlicht, das durch die Gardinen ins Zimmer fiel, sah er, daß sie splitternackt war. Augenblicklich packte ihn Verlangen.

Sie schmiegte sich an ihn. »Sag, daß ich ein launisches Biest bin.«

Er zögerte, lachte dann leise auf und sagte, während sie sich an

seinem Gürtel zu schaffen machte: »Du bist ein launisches Biest – manchmal.«
»Sag, daß du mir verzeihst.«
»Ich verzeihe dir.«
»Sag, daß du mich immer noch liebst«, raunte sie und schob ihre Hand durch den Schlitz seiner Unterhose.
Er stöhnte unter ihrer Berührung auf und wurde hart in ihrer Hand. »Und wie ich dich liebe.«
»Und jetzt sag mir, was du damit machen wirst«, flüsterte sie und streichelte ihn lustvoll.
Er ließ seine Hände über ihren Rücken gleiten und umfaßte ihr Gesäß. »Laß dich überraschen, du verführerisches, geliebtes Biest«, erwiderte er, trug sie zum Bett und konnte nicht schnell genug aus seinen Kleidern kommen, um ihr zu zeigen, wie sehr es ihn nach ihr und ihrer Liebe verlangte.

49

Im November hatte Daniel seinen dreißigsten Geburtstag. Anfangs wollte er von einer großen Feier zu seinen Ehren nichts wissen, denn der Gedanke an diesen Tag, der die Jahre seiner Jugend endgültig abschloß, erfüllte ihn mit gemischten Empfindungen. Zwar gab es so vieles, worauf er mit Stolz zurückblicken konnte, und die Zukunft lockte mit verheißungsvollen Möglichkeiten, doch irgendwie spürte er in sich eine merkwürdige Wehmut, ja Melancholie, wenn er über sein bisheriges Leben nachdachte und ganz für sich Zwischenbilanz zog. Geschäftlich war es mit ihm so steil bergauf gegangen, wie er es sich nie zu erträumen gewagt hatte, und das Ende dieses Aufstiegs war noch lange nicht in Sicht. Aber in seinem privaten Leben war ihm das Glück, das er sich ersehnt hatte, verwehrt geblieben. In stillen, nachdenklichen Momenten, wenn er aufrichtig zu sich selbst war, kam er nicht um das Eingeständnis herum, daß er den tiefen Schmerz, den Alice ihm zugefügt hatte, wohl nie ganz verwinden würde.

Als er Harriet vor vier Jahren geheiratet hatte, war er der festen Überzeugung gewesen, daß ihre Ehe, die so vielversprechend begonnen hatte, der Anfang eines neuen Lebens sein und ihn vergessen lassen würde, was er verloren hatte. Und in den ersten anderthalb, zwei Jahren hatte es auch tatsächlich diesen Anschein gehabt. Er war glücklich mit Harriet gewesen. Doch inzwischen war dieses Glück brüchig geworden. Die anfängliche leidenschaftliche Harmonie war einer gewissen Ernüchterung und Ratlosigkeit gewichen. Harriets zunehmende Launenhaftigkeit und Streitsucht und die beidseitige Bedrückung, daß sich bei ihnen einfach kein Nachwuchs einstellen wollte, hatte in ihrer Ehe deutliche Spuren hinterlassen. Dabei liebte er Harriet noch immer aus ganzem Herzen, aber dieses wunderbare Einverständnis und das Zusammengehörigkeitsgefühl der Anfangszeit bestimmten nicht mehr ihren täglichen Lebensrhythmus. Die Sonne ihres Glücks war zwar nicht untergegangen, hatte jedoch die alles durchwärmende Kraft verloren und leuchtete nur noch dann und wann mit der alten Glut auf. Und diese Momente, in denen sie wieder zusammenfanden und intensiv spürten, daß sie sich liebten und zusammengehörten, beschränkten sich zumeist auf Nächte leidenschaftlicher Liebe in ihrem Ehebett. Doch dieser kurze nächtliche Rausch strahlte nie lange genug in ihren Alltag aus.

Nein, Daniel war nicht gerade versessen darauf, seinen runden Geburtstag mit einem großartigen Fest zu begehen. Aber Harriet beharrte darauf, diesen Tag gebührend zu feiern. Sie begann schon Wochen vorher mit den Vorbereitungen, die hauptsächlich darin bestanden, die Räumlichkeiten ihres Hauses mit mehr Eleganz zu versehen.

»Wir können es uns wirklich leisten, dieses zweckdienliche Mobiliar, mit dem wir uns hier eingerichtet haben, durch ansprechende Möbel zu ersetzen«, redete sie ihm gut zu.

»Wir brauchen einen schönen großen Eßtisch, an dem auch mal zehn Personen Platz finden, sowie bequeme Polsterstühle. Und es wird auch Zeit, daß wir neue Gardinen und ein paar gute

Teppiche ins Haus bekommen. Florence hat in ihrem Hotel mehr Eleganz als wir, und dabei kann sie mit deinem Vermögen doch wahrlich nicht mithalten.«
»Täusch dich da mal nicht. Florence hat ihr Hotel fest im Griff und erwirtschaftet einen beachtlichen Profit«, erwiderte Daniel, der keinen Sinn darin sah, Geld für eine neue kostspielige Einrichtung von Salon und Eßzimmer auszugeben. Die wenn auch schlichten Möbel und Gardinen ihrer Erstmöblierung erfüllten noch sehr gut ihren Zweck.
»Und was unser Barvermögen betrifft, so sieht es damit nicht so toll aus, wie du immer meinst. Du weißt ja, daß wir von jedem Pfund Gewinn gut und gern drei Viertel wieder in die Gesellschaft stecken.«
»Aber auch dann bleibt noch genügend übrig«, beharrte Harriet. »Und ich sehe nicht ein, daß wir es Cecil Rhodes nachmachen und so spartanisch leben müssen wie er. Das haben wir nun wirklich nicht nötig. Das Leben spielt sich nicht nur in den Bilanzen der FIVE STAR ab, Daniel!«
Daniel ließ ihr schließlich ihren Willen, und mit einer Begeisterung, die geradezu ansteckend war, stürzte sie sich in die Arbeit, ihre bescheidene Einrichtung durch ausgesuchte Möbelstücke, schöne Perserteppiche und neue Gardinenstoffe auszuwechseln und ihrem Haus den Glanz zu geben, der einem erfolgreichen Mann wie ihm ihrer Meinung nach gebührte. Und Daniel griff auch nicht ein, als sie es nicht bei diesen Dingen beließ, sondern außerdem noch schöne Kerzenleuchter, ein neues Service, mehrere Landschaftsbilder und einiges andere erstand.
»Diese einmalig günstige Gelegenheit, so etwas in Kimberley angeboten zu bekommen, konnte ich doch nicht ungenutzt verstreichen lassen«, sagte sie einmal, Treuherzigkeit in Blick und Stimme, als sie mit mehreren Kisten voll Kognak-, Wein- und Champagnergläsern aus schwerem Kristall nach Hause kam. »Das siehst du doch bestimmt auch so, nicht wahr, Liebling?«
Daniel blieb fast die Luft weg, als er endlich den Preis für diese

»günstige Gelegenheit« aus ihr herausgelockt hatte. Doch er machte ihr keine Vorhaltungen, denn ihre Freude war zu offensichtlich.

»Nun ja, wenn es dir Freude macht«, sagte er nur. Dabei wußte er sehr wohl, daß Kimberley schon lange keine primitive Diggersiedlung mehr war, in deren Geschäften keine Luxusartikel angeboten wurden. Die Händler aus allen Teilen der Kapkolonie, Natal, den Burenrepubliken und sogar aus England hatten längst erkannt, daß in dieser zweitgrößten Stadt des südlichen Afrika ein wachsender Bedarf an derartigen Waren bestand, und fast täglich trafen Wagenladungen mit allen möglichen Dingen ein, die denjenigen, die dafür das nötige Geld und die Großzügigkeit besaßen, in ihren Häusern ein Leben in gutbürgerlichem, ja exklusivem Stil ermöglichten.

Daniel fand sogar Gefallen an Harriets verschwenderischer Ader und dem neuen, erfolgreich gediegenen Aussehen ihrer Wohnräume. Seine Frau erschien ihm nämlich wie verwandelt. Verschwunden waren ihre häufige Gereiztheit und ihr Hang, sich mit ihm über irgendwelche Lappalien zu streiten und ständig an ihrem Personal herumzumäkeln. Und statt ihm mangelndes Verständnis und Geiz vorzuwerfen, stellte sie sich nun sogar auf seine Seite, wenn es um ihren Vater und dessen Ausschweifungen ging. Auch verbrachte sie bei weitem nicht mehr soviel Zeit mit ihren englischen Freundinnen aus dem Belgravia Club. Sie war emsig im Haus tätig, summte bei der Arbeit fröhlich vor sich, lachte und scherzte mit Tabita und den anderen Bediensteten, interessierte sich wieder für das, was Daniel geschäftlich bewegte, und strahlte vor Glück und Zufriedenheit. Sie wurde wieder zu jener warmherzigen, lebensfrohen Harriet, die ihn vor vier Jahren so verzaubert und sein Herz erobert hatte. Und das war ihm ein Vielfaches von dem wert, was sie in diesen Wochen für die Verschönerung ihres Heims ausgab, obgleich es wahrhaftig nicht wenig war.

Am Morgen seines Geburtstags weckte ihn die kleine Kapelle des Griqualand-West Rifle Volunteer Corps. Die freiwillige Bürgermiliz, auch Kimberley Light Horse genannt, war erst im Juli gegründet worden, worauf sich die Bewohner von DUTOITSPAN beeilt hatten, ihrerseits eine Abteilung mit dem Namen Dutoitspan Husars aufzustellen und fortan in kameradschaftlicher Konkurrenz zu der Kimberley-Truppe zu entbrennen.

Die Musikanten der leichten Kavallerie von Kimberley überraschten Daniel mit schmissiger Marschmusik und einem burischen Lied, das sie zu seinen Ehren einstudiert hatten.

Byron hatte sich diese Überraschung für seinen Freund und Geschäftspartner ausgedacht. In die fesche blaue Uniform der Miliz gekleidet und mit breitem Grinsen stand er vor der Kapelle und schwang den Taktstock, als verstünde er was vom Dirigieren. Glücklicherweise wußten die Musiker auch ohne seine Führung, wie sie im Takt zu bleiben hatten.

»Das ist mal wieder typisch Byron!« sagte Daniel lachend, während er mit Harriet, die sich in seinen Arm schmiegte, am Fenster stand und diese Privatvorstellung genoß, die sofort Zuschauer anzog. »Es muß bei ihm immer etwas besonders Ausgefallenes sein.«

»Freust du dich denn nicht?«

»Und wie ich mich freue!« versicherte er und trat nach dem flotten Geburtstagsständchen im Morgenrock vor die Tür, um sich bei den Musikern mit einem zünftigen Umtrunk und einer Spende zu bedanken.

»Das sollte eine Einstimmung in dein neues Lebensjahrzehnt sein«, sagte Byron aufgekratzt. »Damit du trotz deines gesetzten Alters auch weiterhin mit uns im Marschtempo die nächsten Herausforderungen angehst.«

»Du wirst mich auch so schon in Trab halten«, erwiderte Daniel und stieß mit ihm an.

»Also bis heute abend, Schwede. Bis dahin wirst du dich ja vielleicht schon daran gewöhnt haben, daß du nun scharf auf die Vierzig zugehst.«

»Du kannst mir ja dann erzählen, wie man mit der Bürde so vieler Jahre, die du schon auf dem Buckel hast, zurechtkommt, ohne zu verzweifeln!« rief Daniel ihm vergnügt nach, denn Byron war ihm gute sechs Jahre voraus.

Lachend und mit seinem eleganten Spazierstock mit Silberknauf winkend, eilte Byron die Straße hinunter.

»Mein Geburtstagsgeschenk bekommst du erst später«, sagte Harriet, als Daniel wieder im Haus war.

Der Tag verging in einem ständigen Kommen und Gehen von Freunden, Bekannten, Nachbarn und Geschäftsleuten, die ihm gratulierten und Geschenke brachten. Pigwane und Tabita servierten Getränke, und Daniel mußte sich mit dem Anstoßen sehr zurückhalten, um am Abend nicht schon schwer angeschlagen zu sein. Sein Schwiegervater ließ sich die Gelegenheit jedoch nicht entgehen, dem Alkohol kräftig zuzusprechen. Daniel und Harriet hatten diesmal nichts dagegen, denn auf diese Weise war sichergestellt, daß William bei der abendlichen Feier im Kreise ihrer engsten Freunde nicht durch seine Maßlosigkeit die Stimmung bei Tisch gefährdete. Er hatte sich, ganz wie erwartet, auch tatsächlich lange vor Einbruch der Dunkelheit selber außer Gefecht gesetzt. Als ihre Freunde zur eigentlichen Geburtstagsfeier eintrafen, lang er schon volltrunken im Bett und schlief seinen Rausch aus.

Harriet erhielt viele Komplimente für ihre Neugestaltung der Wohnräume, auf die nun auch Daniel stolz war. Und als Alice den mit Damast, Silber und Kristallgläsern festlich gedeckten Eßtisch mit den gepolsterten Stühlen sah sowie die Gemälde an den Wänden und die schweren Brokatvorhänge, da regte sich bei ihr ein Anflug von Neid.

»Bei euch scheint ja wirklich der Reichtum ausgebrochen zu sein«, meinte sie. »Ich hätte nie gedacht, daß du so verschwenderisch sein könntest, Daniel.«

»Ich gebe zu, daß es ein wenig Überredungskunst gekostet hat«, sagte Harriet fröhlich, deren gute Laune an diesem Tag noch nicht einmal durch Alices Sticheleien getrübt werden konnte. Sie strahlte sichtlich vor Stolz und Glück.

»Ja, jeder hat so seine Talente«, erwiderte Alice hintersinnig und fügte scheinbar zusammenhanglos hinzu: »Delia und Deborah haben dir einen Schal gestrickt, und unser Edward hat dir ein Bild gemalt.«

»Du wirst in der Kutschenremise schon einen Platz finden, wo du sein Gekritzel aufhängen kannst«, nahm Sidney den indirekten Anspielungen seiner Frau schnell die Spitze.

Daniel war überrascht, daß Harriet Alices hämische Bemerkung nicht etwa überging, sondern sich die Zeit nahm, Edwards Bild mit einigen lobenden Worten zu würdigen.

»Nichts gegen Champagner und die Bewunderung eines fürstlich gedeckten Tisches, Schwede«, frotzelte Byron, »aber kriegen wir heute auch noch was zu essen, oder hat es nach all den Ausgaben für diese feudale Einrichtung nicht mehr gereicht?«

Florence sah ihn mit gespielter Empörung an. »Wo hast du denn den Rest deiner Offiziersmanieren gelassen, Colonel? Und hast du Korken in der Nase? Riechst du nicht, was da so köstlich aus der Küche duftet?«

Byron machte ein unschuldig verwirrtes Gesicht. »Und ich dachte, das wäre das Kaffernessen, das da in der Küche zusammengerührt wird.«

»Vorsicht, du bist drauf und dran, dich um die Nachspeise zu bringen!« sagte Johannes und drohte ihm mit dem erhobenen Zeigefinger.

In heiterer Stimmung nahmen sie am Tisch Platz, und es wurde ein wunderbarer Abend von seltener Harmonie. Das ausgezeichnete Essen und die köstlichen Weine trugen das ihre dazu bei, eine allseits fröhliche Atmosphäre zu schaffen. Daniel war von seinen Freunden reichlich beschenkt worden, doch am meisten freute er sich darüber, sie wieder einmal alle an einem Tisch zu haben und ausgiebig über alte Zeiten zu plaudern.

Geduldig und mit liebevoller Anteilnahme hörte Harriet, die die Jahre in den Flußcamps ja nicht miterlebt hatte, ihren Anekdoten zu, was sonst so gar nicht ihre Art war.

Es war schon spät am Abend, als Byron sein Glas wieder einmal zu einem seiner originellen Trinksprüche hob. »Freunde, laßt uns hier an der Tafelrunde der glorreichen Sieben von Kimberley noch einmal auf das spendable Geburtstagskind anstoßen, das zusammen mit seiner immer hübscher werdenden Frau weder Kosten noch Mühe gescheut hat, uns gebührend zu beeindrucken, und den Maßstab für weitere Festivitäten dieser Art gesetzt hat!«

Alle hoben die Gläser, und in die kurze Pause hinein sagte Harriet: »Mach aus der Sieben besser eine Acht, Byron.«

Alle Augen richteten sich verblüfft auf sie.

Sidney begriff zuerst, was Harriet damit gemeint haben könnte. »Willst du etwa sagen, daß du . . .« Er brach ab und blickte Daniel fragend an.

Dessen Herz schlug plötzlich wie verrückt. Das Geschenk, mit dem sie ihn erst später hatte überraschen wollen! »Mein Gott, Harriet!« stieß er hervor, und ein Schauer des Glücks durchfuhr ihn. »Ist es wahr?«

Harriet lächelte ihn mit leuchtenden Augen an. »Ja, es ist endlich soweit. Wir werden Nachwuchs bekommen, so irgendwann Anfang Juni«, sprudelte es aus ihr heraus. »Ich weiß es schon seit einigen Wochen, doch ich wollte mit der freudigen Nachricht bis zu deinem Geburtstag warten, weil ich dachte, daß ich dir kein schöneres Geschenk als das machen kann.«

Daniel stieß einen Jubelschrei aus und hätte in seiner grenzenlosen Freude beinahe sein Glas umgeworfen, als er nun aufsprang, um Harriet in seine Arme zu schließen. Er hatte Tränen in den Augen und flüsterte ihr ins Ohr, wie sehr er sie liebe und daß sie seinen größten Wunsch habe Wirklichkeit werden lassen.

Alle freuten sich mit ihnen über diese wunderbare Nachricht und gratulierten, daß Harriet nun endlich in anderen Umständen war. Alice konnte es sich jedoch nicht verkneifen, eine Spitze anzubringen, und sagte: »Du hast dir damit aber reichlich Zeit gelassen, meine Liebe. Drücken wir bei deinen Schwierigkeiten nun die Daumen, daß es wenigstens auf Anhieb ein Junge wird.« Und ihr Lächeln dabei wie auch ihre Glückwünsche kamen nicht ganz so von Herzen wie bei allen anderen.

»Ob Junge oder Mädchen, das ist mir völlig egal«, tat Daniel ihre Bemerkung mit strahlender Glückseligkeit ab und gab Harriet noch einen Kuß. »Mein Gott, ich werde Vater! Tabita, Champagner!«

»Ich möchte gleich hier und jetzt meinen Anspruch auf die Patenschaft anmelden!« erklärte Byron.

»Das Alter geht vor!« forderte Johannes ihn scherzhaft heraus. »Ich bin ein paar Monate älter als du, außerdem kommt Beringer im Alphabet vor Byron.«

»Du hättest Winkeladvokat werden können!« warf Byron ihm lachend vor.

»Ich habe da auch noch ein Wörtchen mitzureden!« meldete sich Florence. »Ashburn ist im Alphabet ja wohl von keinem von euch zu schlagen!«

So ging es noch eine ganze Weile fröhlich hin und her, und sie feierten bis tief in die Nacht.

Als Daniel endlich mit Harriet im Bett lag, erschöpft von dem langen Tag, aber überglücklich, zog er sie zärtlich in seine Arme und strich über ihren Bauch. Noch verriet keine Wölbung, daß sie ihr Kind unter dem Herzen trug. »Müssen wir uns denn von nun an in der Liebe Zurückhaltung auferlegen, mein Schatz?« fragte er zärtlich.

Sie lachte leise auf. »Ich glaube, es wird vorerst reichen, wenn wir nicht ganz so stürmisch übereinander herfallen und uns mit sanfter Liebe begnügen.«

»Ob wir das wohl schaffen?« neckte er sie und ließ seine liebkosende Hand tiefer wandern.

»Wir können es ja mal versuchen«, entgegnete sie zärtlich und begann seine Liebkosungen zu erwidern.

50

Das Unheil zog an einem stahlblauen Sonntagmorgen in der dritten Woche des neuen Jahres herauf. Es war noch sehr früh, und Daniel hatte gerade mit Harriet am Frühstückstisch Platz genommen, als Pigwane Besuch meldete.

»Wer ist gekommen?« fragte Daniel verwundert.

»Mister Fairchild und Mister Beringer. Sie bitten um Entschuldigung für die Störung zu so früher Morgenstunde, doch es ist sehr dringend, wie sie versichern.«

»Das gefällt mir aber gar nicht«, meinte Harriet mißbilligend.

»Mir auch nicht«, meinte Daniel beunruhigt, legte die Serviette zusammen und erhob sich. »Aber wenn sie sagen, daß es dringend ist, dann handelt es sich wahrscheinlich nicht um eine Lappalie. Bitte entschuldige mich.«

»Laß dich aber nicht zu lange von ihnen aufhalten. Du weißt ja, daß wir nicht zu spät aufbrechen dürfen, wenn wir rechtzeitig am Vaal sein wollen«, erinnerte Harriet ihn mit Nachdruck.

»Ich tue, was ich kann, mein Schatz«, versprach Daniel und eilte aus dem Zimmer zu Sidney und Johannes in die Diele. Ihre ernsten Gesichter verstärkten seine Unruhe.

»Tut uns leid, daß wir so früh bei dir hereinplatzen«, entschuldigte sich Sidney. »Aber wie ich sehe, holen wir dich ja wenigstens nicht aus dem Bett.«

Daniel, der einen hellen Sommeranzug aus bestem englischen Tuch trug, nickte. »Wir sind heute schon früh auf, weil wir zum Pferderennen am Vaal wollen.«

»Ich fürchte, daraus wird nichts, Daniel«, sagte Johannes bedrückt.

»Was ist passiert?« fragte Daniel und bat sie, ihm hinüber in den Salon zu folgen.

»Uns steht Ärger ins Haus, eine Menge Ärger sogar, wenn wir nicht rasch etwas unternehmen«, sagte Sidney mit grimmigem Tonfall. »Byron hat Mist gebaut.«

»Gelinde ausgedrückt«, fügte Johannes hinzu.

Daniel schloß die Tür. »So schlimm, daß wir einen Kognak brauchen?« fragte er.
Sidney nickte mit finsterer Miene. »Einen kräftigen!«
Daniel holte drei Gläser und die Karaffe mit Kognak aus dem Barschrank und schenkte ein, während Johannes berichtete, was geschehen war.
»Du weißt doch, wie versessen die Schwarzen darauf sind, an Waffen zu kommen. Ein eigenes Gewehr zu besitzen, ist für sie noch immer das Nonplusultra, denn es verschafft ihnen mehr Ansehen und Einfluß bei ihrem Stamm als noch soviel Geld.«
»Eine verdammte Unsitte, Waffen an die Schwarzen zu verkaufen, und fast so schlimm wie das I.D.B.«, grollte Daniel und reichte jedem seiner Freunde ein Glas. »Darauf sollten eigentlich noch viel strengere Strafen stehen!«
»Das wünsch dir mal besser nicht, denn Byron hat genau das getan«, sagte Sidney wütend.
»Er hat unsere schwarzen Arbeiter mit Gewehren bezahlt!« erklärte Johannes und kippte seinen Kognak auf einen Zug hinunter. »Und damit hat er die FIVE STAR in eine verdammt brenzlige Situation gebracht, dieser Idiot!«
Daniel sah sie ungläubig an. »Das kann nicht euer Ernst sein!«
»Ich wünschte mir auch nichts lieber, als daß dies nur ein schlechter Scherz wäre«, sagte Sidney düster. »Aber leider ist es die Wahrheit. Und wie es aussieht, hat er die Schwarzen schon jahrelang mit Waffen bezahlt.«
Daniel war einen Augenblick sprachlos vor Bestürzung. Byron sollte sich hinter ihrem Rücken als Waffenhändler betätigt haben? Es erschien ihm noch immer unvorstellbar. »Aber wir haben die Lohnabrechnungen«, wandte er fast hilflos ein. »Er hat doch jede Woche den Schwarzen ihren Lohn ausbezahlt.«
Sidney verzog das Gesicht. »Von wegen. Zwar hat er jede Woche den entsprechenden Betrag zur Auszahlung erhalten, aber er hat das Geld nicht an die Arbeiter weitergegeben. Ich habe mir Bambatha zur Brust genommen und nicht lange gebraucht, um von ihm zu erfahren, wie Byron die Sache gedeichselt hat. Byron

hat die Schwarzen damit geködert, daß sie von ihm ein Gewehr bekommen, wenn sie ein Jahr für uns arbeiten. Wenn sie vor Ablauf ihres Jahres aufhören, für uns zu arbeiten, gehen sie leer aus.«

»Das erklärt jetzt auch, weshalb es bei uns im Gegensatz zu anderen Gesellschaften kaum nennenswerte Fluktuation gegeben hat«, warf Johannes ein. »Er hat sie mit der Aussicht auf ein eigenes Gewehr bei der Stange gehalten.«

Daniel war erschüttert. »Ja, aber das ist ja ...« Er stockte kurz, weil er das Wort einfach nicht über die Lippen brachte.

Sidney jedoch scheute sich nicht. »Betrug!« stieß er zornig hervor. »Es ist gemeiner, skandalöser Betrug! Und wenn das an die Öffentlichkeit dringt, sieht es nicht allein für Byron düster aus. Ich will mir diesen Skandal gar nicht ausmalen.«

Daniel rang um Beherrschung. »Wie habt ihr das überhaupt herausbekommen?«

»Thomas Gray, ein junger Konstabler, hat gestern nacht einen von unseren Schwarzen dabei erwischt, wie er zwei gestohlene Diamanten verkaufen wollte«, berichtete Sidney. »Um seine Haut zu retten, hat er Gray die Sache mit den Gewehren erzählt. Gott sei Dank bin ich gut bekannt mit dem jungen Gray. Er ist unser Nachbar, und ich habe ihm hier und da mal einen Gefallen getan. Gray hat mich benachrichtigt und uns gewarnt. Wir haben heute Zeit, die Sache, so gut es geht, aus der Welt zu schaffen.«

»Ja, buchstäblich«, sagte Johannes. »Wir müssen dafür sorgen, daß die Gewehre verschwinden, die Byron in einem Schuppen drüben bei OLD DE BEERS gelagert hat. Ohne Beweise wird man Byron und damit auch uns nicht viel anhaben können. Außerdem müssen wir uns etwas einfallen lassen, wie wir verhindern können, daß andere von unseren schwarzen Arbeitern die Aussage des Diamantendiebs bestätigen.«

»Das kriegen wir schon«, meinte Sidney. »Hauptsache ist erst einmal, daß keine Gewehre gefunden werden. Ohne Beweise wird es auch kaum zu einer Anklage kommen. Und wenn wir an den richtigen Stellen ein paar großzügige Spenden verteilen, wird es uns wohl gelingen, einen Skandal zu vermeiden. Aber wir müssen die Zeit nutzen!«

Daniel schüttelte verstört und betroffen den Kopf. »Ich kann noch immer nicht glauben, daß Byron uns so hintergangen haben soll.«

»Hat er aber!« erwiderte Sidney aufgebracht. »Byron hat schon immer seine profitablen Nebengeschäfte gepflegt, das ist dir doch bekannt.«

»Wir müssen sofort zu Byron, ihn zur Rede stellen und die Gewehre wegschaffen!« drängte Johannes.

Daniel nickte. »In Ordnung. Ich sage nur Harriet Bescheid, daß ich nicht mit ihr fahren kann. Es wird ihr gar nicht gefallen, denn sie hat sich so sehr auf unseren Ausflug gefreut.«

Harriet war mehr als enttäuscht. »Du hast es mir versprochen, Daniel!« erinnerte sie ihn vorwurfsvoll und verärgert, daß er ihre Pläne nun so plötzlich über den Haufen warf.

»Ich weiß, aber ich kann beim besten Willen nicht.«

»Haben diese dummen Probleme nicht Zeit bis morgen?« insistierte sie.

»Nein, leider nicht. Sie können nicht einmal eine Stunde warten, glaube mir«, versicherte er und versuchten ihren Unmut zu besänftigen, so gut es ging. Schließlich machte er ihr einen Vorschlag, der sie etwas milder stimmte. »Nimm deinen Vater mit. Ich komme dann in ein paar Stunden nach. Vielleicht schaffe ich es ja noch bis zum zweiten oder dritten Rennen.«

Schmollend sah sie ihm hinterher, als er aus dem Zimmer eilte und das Haus in Begleitung von Sidney und Johannes verließ.

»Männer!« zürnte sie und knüllte ihre Serviette zusammen. »Immer haben sie zuerst ihre Geschäfte im Kopf. Alles andere ist ihnen nicht so wichtig!«

Daniel hatte keine Zeit, sich Gedanken über die verständliche Verärgerung seiner Frau zu machen. Jetzt ging es mehr als nur um den guten Ruf der FIVE STAR.

Sidneys Wagen brachte sie in die Church Street, wo Byron ein

Holzhaus bewohnte. Sie überraschten ihn halb angezogen beim Rasieren.

Sidney ließ ihm kaum Zeit, einen Morgenmantel überzuwerfen, bevor er ihn mit den gegen ihn erhobenen Vorwürfen konfrontierte. Und er war alles andere als vorsichtig in der Wahl seiner Worte.

Daniel war erstaunt, wie relativ gelassen Byron darauf reagierte.

»Das ist natürlich eine dumme Sache«, sagte Byron, während sein Gesicht nur ein wenig von seiner frischen Farbe verlor.

»Eine dumme Sache?« polterte Sidney aufgebracht los. »Ist das alles, was du dazu zu sagen hast? Du hast uns jahrelang betrogen! Du hast den Lohn für die Schwarzen einkassiert und sie mit Gewehren bezahlt, die dich nicht einmal ein Drittel des üblichen Jahreslohns eines Arbeiters gekostet haben. Du bist ein elender Betrüger!«

»Das ist nicht wahr!« widersprach Byron heftig, und nun schoß ihm das Blut heiß ins Gesicht. »Ich habe sie mit Gewehren bezahlt und euch das verschwiegen, das ist richtig. Aber betrogen habe ich euch nicht! Nicht um einen lausigen Penny.«

»Das wirst du beweisen müssen!« sagte Sidney, und sein Tonfall ließ erkennen, wie wenig er glaubte, daß Byron dazu in der Lage sein würde.

»Erst einmal zu den Gewehren«, fuhr Byron fort. »Ich habe das in unser aller Interesse getan.«

»Das sagt sich hinterher leicht«, knurrte Johannes.

Byron machte eine ungehaltene Handbewegung. »Mein Gott, ihr habt doch selbst gesehen, daß auf die Schwarzen nie Verlaß war und niemals sein wird. Wenn sie meinen, genug Geld verdient zu haben und es vor Heimweh nicht mehr aushalten zu können, kommen sie einfach nicht mehr zur Arbeit. Der eine hält es fünf, sechs Monate aus, der andere nur vier Wochen. Es war und ist doch ein ständiges Kommen und Gehen auf dem Claimfeld. Und wir haben diesen Schleppern, die für Nachschub an Arbeitern sorgen und die Kaffern herankarren, eine Zeitlang eine Stange Geld gezahlt. Da habe ich sie eben mit dem Versprechen, daß sie ein Gewehr erhalten, geködert, und es hat all die Jahre prächtig funktioniert.«

»Ja, so prächtig, daß du morgen in den Knast gewandert wärst und die FIVE STAR in einen gewaltigen Skandal verwickelt hättest!« hielt Daniel ihm wütend vor.

»Nun führt euch mal nicht wie die unschuldigen Sonntagsschüler auf!« erwiderte Byron gereizt. »Wenn ich sie nicht mit Gewehren bezahlt hätte, hätten sie die Waffen von einem anderen gekauft. Händler, die sich auf dieses Geschäft spezialisiert haben, gibt es genug. Und es ist doch lächerlich zu glauben, daß die Kaffern für gutes Geld nicht an Waffen kommen können. Dieses Verbot ist geradezu ein Witz und so fern der Wirklichkeit wie die Kontrollen gegen I.D.B. Außerdem wart ihr doch immer überaus zufrieden damit, wie ich das mit unseren Arbeitskolonnen geregelt habe.«

»Ja, weil wir von deinem krummen Ding nichts gewußt haben!« konterte Sidney und funkelte ihn an. »Sonst hätten wir dich schon längst zur Rechenschaft gezogen!«

»Apropos Rechenschaft, Byron. Du hast bisher noch kein Wort über die Löhne verloren, die du eingesteckt und nicht ausgezahlt hast«, sagte Johannes.

Byron lachte grimmig auf. »Ihr glaubt also tatsächlich, ich hätte mich an euch bereichert, ja? Ihr seid mir wirklich schöne Freunde!«

»Erspar uns dein gefühlvolles Lamento! Es ist jetzt mehr als unangebracht, Byron. Und weich nicht aus!« fuhr Sidney ihn grob an. »Wir wollen wissen, wo das Geld geblieben ist!«

»Jedes Pfund, das ich nicht gebraucht habe, um die Waffen zu kaufen, ist wieder in die Kasse der FIVE STAR zurückgeflossen«, erklärte Byron, ging zu seinem Sekretär, holte ein schwarzes Kassenbuch heraus. und knallte es vor Sidney auf den Tisch. »Hier ist jeder Penny eingetragen, den ich ausgegeben und den ich wieder zurückgegeben habe.«

Johannes furchte die Stirn. »Zurückgegeben? Wie denn?«

Daniel wußte plötzlich, wie Byron das angestellt hatte, ohne daß sie etwas davon bemerkt hatten. »Der erstaunliche Erlös aus der Haldenverwertung! Darüber hast du es gemacht, nicht wahr?«

Byron lächelte. »Du hast es erraten.«

Bei der sogenannten Haldenverwertung handelte es sich um ein Nebengeschäft, das die FIVE STAR wie jede andere größere Gesellschaft betrieb. Schon vor Jahren hatten einige Männer, die nicht einmal das Geld für eine Achtelbeteiligung an einem Claim aufbringen konnten, herausgefunden, daß die aufgetürmten Halden Gesteins, welches von den Sortiertischen kam, trotz intensivster Prüfung noch immer kleinere Diamanten enthielten. So manch mittelloser Digger hatte aus dem scheinbar wertlosen Rubbish mit der Zeit ein kleines Vermögen herausgeholt. Als sich das herumsprach, gingen die Gesellschaften und Holdings schnell dazu über, ihre Halden einzuzäunen und die Tonnen von Gestein entweder in eigener Regie noch einmal auf Diamanten zu untersuchen oder sie gegen eine meist fünfzigprozentige Beteiligung anderen zum Ausbeuten zu überlassen. Die FIVE STAR hatte sich aus Kostengründen für die Verpachtung entschieden. Und Byron hatte es übernommen, die Einhaltung ihrer Vereinbarung mit dem Pächter zu überwachen und wöchentlich mit ihm abzurechnen.

»Ich habe das Geld, das ich nicht gebraucht habe, einfach auf den wöchentlichen Erlös aus der Haldenverwertung aufgeschlagen«, bestätigte Byron Daniels Vermutung. »Wenn ihr es genau haben wollt, seht im Kassenbuch nach.«

Die Erleichterung, daß sich Byron wenigstens nicht des Betrugs schuldig gemacht und nicht einen Penny unterschlagen hatte, war allen drei Freunden anzusehen.

»Ich glaube dir«, sagte Daniel und schämte sich ein wenig, daß er für kurze Zeit Byron eines solch schändlichen Verrats an ihrer Freundschaft für fähig gehalten hatte. Hätte er Byron nicht besser kennen müssen?

Einen Augenblick herrschte verlegenes Schweigen.

»Tut mir leid, daß ich dir das unterstellt habe, Byron«, sagte Sidney dann etwas betreten, hatte jedoch Charakter genug, sich für seinen vehementen Angriff zu entschuldigen.

»Aber der Verdacht lag nun mal auf der Hand. Eine andere Erklärung bot sich nicht an.«
»Du hättest abwarten und mir die Chance einer Erklärung geben können, bevor du den Stab über mich gebrochen hast«, erwiderte Byron.
Sidney nickte. »Ja, du hast recht. Aber daß es so gekommen ist, hast du dir leider zu einem guten Teil selbst zuzuschreiben.«
Byron schwieg, und Daniel empfand einen tiefen Schmerz, gepaart mit Schuldgefühl, denn er wußte instinktiv, daß Byron es Sidney nie verzeihen würde, was er ihm an Anschuldigungen ins Gesicht geschleudert hatte.
»Niemand von uns ist ohne Fehler«, sagte nun Johannes versöhnlich. »Und laßt uns jetzt nicht gegenseitig aufrechnen, wer was falsch gemacht hat. Gott sei Dank ist diese Sache aus der Welt geschaffen. Und ich glaube nicht, daß irgendeiner von uns Anlaß hat, dem anderen etwas nachzutragen. Deshalb sollten wir uns jetzt auch besser darauf konzentrieren, die Gewehre wegzuschaffen und den Schaden für uns und die FIVE STAR so gering wie möglich zu halten.«
Daniel pflichtete ihm bei. »Genau, machen wir uns an die Arbeit. Vielleicht kommen wir ja noch einmal glimpflich davon.«
»Glimpflich vielleicht, aber mit Sicherheit nicht billig«, grollte Sidney in Anspielung auf die Schmiergelder, die sie würden zahlen müssen. Doch das war das kleinere Übel.

51

Das Fell der beiden Rotfüchse, die Scipio sorgfältig gestriegelt hatte, glänzte im Morgenlicht wie ein Vlies aus polierten feinen Kupferfäden. In einem munteren Trab zogen die rassigen Pferde den Zweispänner über die Landstraße nach Pniel.
»Nun sei doch nicht so nervös«, sagte William, als Harriet zum wiederholten Mal an ihrem leichten Staubumhang herumzupfte,

als müßte sie die kunstvoll gelegten Falten einer Ballrobe in ihre richtige Form bringen.

»Ich bin nicht nervös, nur ärgerlich!«

»Geschäft ist nun mal Geschäft, Mädchen. Und wenn Daniel sagt, daß es dringend ist, dann verhält es sich auch so«, verteidigte er seinen Schwiegersohn.

Sie warf ihm einen gereizten Blick zu. »Er hatte es mir versprochen, und ich habe mich so auf das Pferderennen und das Picknick am Vaal gefreut. Und dann verschwindet er Hals über Kopf, um sich um irgendwelche Geschäfte zu kümmern. Als ob er dafür nicht die ganze Woche Zeit hätte!«

»Ich verstehe dich wirklich nicht, Harriet. Du hast doch allen Grund, froh zu sein, daß du einen so pflichtbewußten und geschäftstüchtigen Mann hast.«

»Halte du ihm jetzt auch noch die Stange!« grollte sie und fügte dann bissig hinzu: »Aber das mußt du ja wohl, so wie du ihm schon all die Jahre die Begleichung deiner Spielschulden überläßt. Daß du dich nicht schämst!«

Nun wurde William ärgerlich. »So redet man nicht mit seinem Vater!« tadelte er sie. »Ich bin nun mal nicht für solch ein knallhartes Geschäftsleben geschaffen, wie es hier in den Minenstädten herrscht. Dafür bin ich einfach zu gutherzig.«

Harriet lachte sarkastisch auf.

»Und was die paar Pfund betrifft, die Daniel mir gelegentlich zukommen läßt, ist das bei seinem Vermögen ja nicht mehr als ein Taschengeld«, fuhr er ungehalten fort. »Meinst du, ich weiß nicht, wie blendend die Geschäfte der FIVE STAR DIAMOND MINING COMPANY laufen? Das Firmenkapital beträgt mittlerweile fast hundertzwanzigtausend Pfund! Das habe ich erst letzte Woche zufällig aufgeschnappt.«

»Von wegen zufällig! Du hast an der Tür gelauscht!« hielt sie ihm vor.

William schüttelte betrübt den Kopf. »Wenn du in solch einer Stimmung bist, ist es besser, sich in vornehmes Schweigen zurückzuziehen, sonst verdirbst du uns noch den ganzen Tag.

Daniel wird schon noch rechtzeitig nachkommen. Er ist ja ein vorzüglicher Reiter«, sagte er, nahm die Zügel in die linke Hand und zog seinen Flakon aus der Brusttasche. Mit der Übung des Gewohnheitstrinkers schraubte er den silbernen Flachmann mit einer Hand auf und setzte ihn an die Lippen.

»Kannst du nicht wenigstens am Sonntag die Finger von dem Fusel lassen!« schimpfte Harriet.

»Nur ein kleiner Schluck gegen den Staub, Mädchen«, erwiderte er.

»Das ist schon dein dritter Schluck, seit wir aus Kimberley raus sind!«

»Nun sei mal nicht so zänkisch, und gönne deinem alten Vater seine bescheidenen Freuden«, sagte er unbeeindruckt und steckte den Flakon wieder weg.

Harriet hüllte sich in grimmiges Schweigen.

Eine halbe Stunde später tauchte vor ihnen ein leichtes Fuhrwerk auf, das von zwei herrlichen Apfelschimmeln gezogen wurde.

»Was trödelst du so herum? Sieh zu, daß du endlich an dem Karren vorbeikommst!« forderte Harriet ihren Vater ungeduldig auf.

William seufzte und trieb die Pferde an. Als der Kutscher, ein sehr hellhäutiger Schwarzer, sie näher kommen hörte, drehte er sich kurz um und ließ nun auch sein Gespann in eine schnellere Gangart fallen.

»He, der will uns wohl ein kleines Rennen bieten«, sagte William überrascht.

»Das kann er haben. Gib mir die Zügel!«

»Harriet, ich halte es in deinem Zustand für besser ...«

»Nun gib schon her!« fiel sie ihm barsch ins Wort und riß ihm die Zügel fast aus der Hand. »Ich bin nicht aus Zucker, und mit den Pferden weiß ich allemal besser umzugehen als du.«

William schüttelte den Kopf und widersetzte sich nicht länger ihrem Willen.

Harriet feuerte die Rotfüchse an. Diese Herausforderung war

genau das, was sie jetzt brauchte. »Diesem unverschämten Kaffer werde ich es zeigen!«

Doch der Schwarze dachte gar nicht daran, sie vorbeizulassen. Er hatte ausgezeichnete Pferde im Geschirr, die sich mit den Rotfüchsen messen konnten, und er verstand sein Handwerk, wie schnell ersichtlich wurde. Was immer Harriet auch versuchte, er hielt sein leichtes Fuhrwerk, das nicht beladen war, so geschickt auf der Landstraße und nutzte die Büsche, Felsen und Akazien rechts und links davon so raffiniert, daß sie ihn nicht überholen konnte.

Harriet geriet in Wut, als sie merkte, daß der Mischling mit ihr spielte. »Na warte!«

»Harriet, um Gottes willen!« rief William ängstlich, als Harriet ganz nahe auffuhr. Mittlerweile donnerten die Hufe der Pferde im Galopp über die staubige Straße. »Mach keine Dummheiten. Das ist es doch nicht wert!«

Harriet würdigte ihn noch nicht einmal einer Erwiderung. Sie sah, daß die Landstraße sich vor ihnen auf einer Strecke von einigen hundert Yards etwas verbreiterte, und riß die Pferde nach rechts hinüber. Gleichzeitig griff sie zur Peitsche und ließ sie über ihren Köpfen knallen.

Der Wagen schien förmlich einen Sprung nach vorn zu machen und war Augenblicke später fast auf einer Höhe mit dem Fuhrwerk. Beide Wagen rasten mit gefährlich hoher Geschwindigkeit nebeneinander her. Der Mischling wandte sich kurz um und lachte, als hätte er noch nie einen größeren Spaß erlebt.

»Dir wird das Lachen noch vergehen, wenn ich mit dir fertig bin, du Bastard!« schrie Harriet ihm zu.

Daraufhin feuerte der Mischling, den Kopf lachend in den Nacken legend, seine Pferde weiter an. Die Apfelschimmel hatten noch Reserven.

»Paß auf!« rief William, als der Kutscher sein Gespann nach rechts lenkte. »Er drängt dich ins Veld ab!«

»Mistkerl! Dreckiger Kaffer!« Harriet schlug nun mit der Peitsche nach dem Kutscher, während ihr Wagen mit den Rädern rechts

von der Landstraße geriet, weil die Rotfüchse instinktiv zur Seite auswichen.
Für einen kurzen, aber folgenschweren Augenblick achtete Harriet nicht auf das Gelände rechts der Landstraße. Sie war ganz darauf konzentriert, dem Schwarzen, der sich unter ihren wütenden Schlägen wegzuducken versuchte, die Peitsche auf Rücken und Schulter niedersausen zu lassen.
»Harriet!« schrie William erschrocken, als er den gut kniehohen Felsen heranfliegen sah, der vor ihnen auf der rechten Seite aus dem Boden wuchs.
Harriet riß den Kopf herum. Im selben Moment krachte das Vorderrad schon gegen das Hindernis und barst. Der Wagen stieg, wie von einer Rampe katapultiert, in die Höhe und kippte dann in voller Fahrt wieder nach vorn. Dort, wo eben noch das Rad gesessen hatte, bohrte sich nun das gesplitterte Ende der Achse in die Erde.
Harriet schrie in Todesangst auf, als die Pferde den Wagen herumrissen. Sie spürte, wie sie hochgehoben wurde. Verzweifelt versuchte sie sich festzuhalten, als der Wagen hinten hochstieg und sich dabei in der Luft auf die Seite drehte. Himmel und Erde wirbelten durcheinander.
Menschliche Schreie vermischten sich mit dem panischen Wiehern der Pferde und dem Bersten von Holz, als der Wagen sich überschlug und schließlich liegenblieb.
Halb bewußtlos lag Harriet, von den Trümmern des Wagens begraben, im Sand. Jemand schien mit glühenden Messern ihr linkes Bein und ihren Unterleib aufzuschneiden. Etwas Warmes floß über ihre Beine. Sie versuchte sich zu bewegen, doch sie konnte nicht.
»Vater!« Sie wollte schreien, doch ihre Stimme war nicht mehr als ein kraftloses Flüstern. »Mein Kind! ... O Gott, mein Baby! ... Mein Baby!«
Mit einem markerschütternden Schrei schickte ein Pferd seine Todesqual in den klaren Sommermorgen und zerrte am verdrehten Geschirr.

Der Wagen ruckte ein wenig. Und im selben Augenblick bohrte sich ein gesplittertes Stück Holz, scharf wie eine Lanze, in Harriets Seite.
Sie schrie vor unerträglichem Schmerz, bäumte sich mit einer letzten, von Todesangst ausgelösten Kraft auf und sackte dann zu Boden.
Das Meer der Nacht, das sich über sie senkte, war so tief und ohne jeden Lichtschimmer wie ein Grab im Veld.

52

Das Carnarvon Hospital, nach dem Kolonialminister Lord Carnarvon benannt, lag an der Dutoitspan Road. Es war ein langgestrecktes Gebäude aus billigen Lehmziegeln und mit einem Dach aus Wellblechplatten. Es ähnelte mehr einem großen Lagerschuppen als einem Krankenhaus. Doch dank des unermüdlichen Einsatzes von Schwester Henrietta Stockdale, die in Kimberley schon zu Lebzeiten zu einer bewunderten Legende wurde, und ihres Mitarbeiterstabs stand es bei den Diggern in einem hervorragenden Ruf.
Daniel wurde in den ersten Tagen nach dem entsetzlichen Unfall jedoch mehr als einmal von der Angst gequält, daß Schwestern und Ärzte diesem Ruf im Falle seiner Frau ganz und gar nicht gerecht wurden. Wenn er einen Moment klar denken konnte, sagte ihm zwar sein Verstand, daß für seine Frau alles nur Mögliche getan wurde. Und doch verdächtigte er Ärzte und Schwestern in seiner Verzweiflung und Angst um Harriet, daß es um ihre ärztliche Kunst wohl nicht so gut bestellt war, denn nach vier Tagen lag Harriet noch immer im Koma, und niemand konnte ihm sagen, ob sie ihre schweren Verletzungen überleben würde.
William war tot. Ihn hatte man mit gebrochenem Genick am Unfallort gefunden. Und wenn in der Kutsche, die zu jener Stunde auf dem Weg nach Kimberley gewesen und nur Minuten nach dem Unglück dort eingetroffen war, nicht ein ehemaliger

Schiffsarzt zu den Passagieren gehört hätte, wäre Harriet an Ort und Stelle verblutet.

Daß Harriet ihr Kind verloren hatte, empfand Daniel als schrecklichen Schicksalsschlag, doch es war nichts im Vergleich zu dem Gedanken, daß er Harriet verlieren könnte. Am ersten Tag war er vom Schock wie benommen gewesen. Nicht eine Minute war er von ihrem Bett gewichen. Und auch in den folgenden Tagen konnte man ihn kaum dazu bewegen, ihr Krankenzimmer zu verlassen. Er bestand darauf, auch nachts bei ihr zu bleiben. Die Pritsche, die man ihm zum Schlafen in den Raum stellte, blieb fast unbenutzt. Er saß Stunde um Stunde an ihrem Bett, hielt ihre Hand und redete mit ihr. Er war überzeugt davon, daß sie ihn hörte, auch wenn sie auf nichts reagierte.

Seine Freunde kamen in diesen Tagen regelmäßig ins Hospital, um ihm beizustehen und ihn auf den Tod seiner Frau vorzubereiten. Dabei war Johannes derjenige, der die meiste Zeit mit ihm am Bett von Harriet verbrachte.

Am siebten Tag erwachte Harriet aus dem Koma, doch sie nahm ihre Umgebung noch immer nicht wirklich bewußt wahr, und William Grimmer, der Arzt, warnte ihn vor zu großen Hoffnungen.

»Ihre Frau hat nicht nur viel Blut verloren, sondern sich auch schwere Verletzungen zugezogen, Mister Lundquist. Es ist fast schon ein Wunder, daß sie noch am Leben ist. Sie befindet sich noch weit davon entfernt, den Tod in seine Schranken gewiesen zu haben«, sagte Grimmer mit ernster Besorgnis, daß Daniel verkannte, an welch dünnem Faden das Leben seiner Frau auch weiterhin hing. »Erst wenn sie die nächsten vier, fünf Tage übersteht, können wir *hoffen*, daß sie genesen wird. Es hängt jetzt alles davon ab, wie stark ihre Widerstandskräfte und ihr Lebenswille sind.«

»Harriet wird kämpfen und leben!« versicherte Daniel, weil er einen anderen Gedanken einfach nicht zuließ.

Am neunten Tag ihres Krankenhausaufenthalts erkannte Harriet ihn zum erstenmal. »Daniel? ... Was ist ... passiert? ... Wo ...

bin ich?« kam es stockend und mit ganz schwacher Stimme über ihre Lippen.
Daniel weinte vor unsäglicher Freude und Erleichterung. Er küßte sie auf die Stirn, umfaßte ihre Hand zärtlich und sagte mit erstickter Stimme: »Es wird alles wieder gut, mein Liebling. Du hast einen schrecklichen Unfall gehabt und dich sehr schwer verletzt. Aber du wirst wieder gesund werden. Du mußt nur selbst fest daran glauben und gegen die Krankheit ankämpfen.«
Ihre Augen flackerten. »Mein ... Baby ... Vater ... Wo ist ...«
»Pscht«, machte Daniel und streichelte ihre Hand. »Du darfst dich nicht anstrengen. Du mußt deine Kräfte sparen, damit du schnell wieder gesund wirst.«
»Unser Kind«, flüsterte Harriet, dann schlossen sich ihre Augen, und sie fiel wieder in einen stundenlangen unruhigen Fieberschlaf.
Drei Tage später, als das Fieber zu sinken begann und nun endlich Grund zur Zuversicht bestand, konnte Daniel ihren Fragen nicht länger ausweichen.
»Dein Vater hat den Unfall nicht überlebt. Ich weiß, es ist ein schwacher Trost, aber er mußte nicht leiden. Er war auf der Stelle tot, wie der Arzt festgestellt hat.«
»Und unser ... Baby?«
Daniel senkte unwillkürlich den Blick. »Du hast es bei dem Unfall verloren. Aber daran darfst du jetzt nicht denken. Du bist noch jung, und wir können noch viele Kinder haben. Wichtig ist nur, daß du wieder gesund wirst und bei mir bist. Ich liebe dich, Harriet, und ich bin so dankbar, daß ich dich nicht auch noch verloren habe. Alles andere ist dagegen unwichtig.«
Harriet schlug die Hände vors Gesicht und weinte, und nichts, was Daniel sagte, konnte ihren Schmerz mildern und ihre Tränen zum Versiegen bringen.
Am Abend desselben Tages erklärte sie mit merkwürdiger Stimme: »Das, was du mir heute mittag gesagt hast, war gelogen.«
»Wie meinst du das?«
»Wir werden nie wieder Kinder haben!« stieß sie hervor, und ihr

Blick wurde anklagend stechend. »Nie! Weil ich keine Kinder mehr bekommen kann!«

Bestürzung trat auf sein Gesicht. »Aber das läßt sich doch jetzt noch gar nicht …«

»Doch, es läßt sich! Doktor Grimmer hat es gesagt!« fiel sie ihm erregt ins Wort. »Ihr habt gedacht, ich hätte geschlafen, aber das habe ich nicht! Ich habe ganz deutlich gehört, wie er mit dir darüber gesprochen hat. Er hat gesagt, daß es nach der Operation ausgeschlossen ist. Unmöglich! Ohne jeden Zweifel. Das einzige Kind, das wir hätten haben können, ist da draußen im Veld gestorben!« Sie schrie jetzt fast. »Und das ist alles nur passiert, weil es dir an diesem verfluchten Sonntag wichtiger war, dich um deine Geschäfte zu kümmern als mit mir zum Vaal zu fahren.«

»Harriet, bitte!«

»Der Unfall wäre nie passiert, wenn du mitgekommen wärst, wie du es mir versprochen hattest. Dann wäre jetzt auch noch mein Vater am Leben – und unser Kind! Du bist daran schuld, daß jetzt beide tot sind! Tot, tot, tot!«

Daniel war, als hätte sie ihn links und rechts geohrfeigt. Er war erschüttert und fassungslos und konnte einfach nicht glauben, daß es ihr mit ihren ungeheuerlichen Vorwürfen ernst war. Er hörte auch nicht, daß die Tür hinter ihm aufging und Sidney ins Zimmer trat. »Harriet, es war ein Unfall, ein tragischer Unfall! Wie kannst du da von Schuld reden? Was geschehen ist, ist schrecklich, aber …«

»Es ist deine Schuld!« zischte sie.

»Harriet, so nimm doch Vernunft an. Du weißt vermutlich gar nicht, was du sagst«, versuchte Daniel sie zu beruhigen. »Und wenn es wirklich so ist, daß wir keine Kinder mehr bekommen können …«

»Ich kann nicht! Du kannst sehr wohl noch tausend Bälger zeugen!« hielt sie ihm vor.

»… dann können wir doch immer noch Kinder adoptieren«, fuhr Daniel fort und griff nach ihrer Hand.

Sie zog sie zurück, als hätte er eine ansteckende Krankheit. »Faß mich nicht an!«
Er erschauerte, als er den beinahe haßerfüllten Ausdruck ihrer Augen sah.
»Laß mich allein! Du sollst gehen!« stieß Harriet mit bebender Stimme hervor. »Geh!« Dann bemerkte sie Sidney, der betroffen in der Tür stehengeblieben war. »Und du auch! Ich will keinen von euch sehen! Habt ihr gehört?«
Daniel erhob sich leichenblaß von seinem Stuhl. »Harriet, du weißt nicht, was du da von dir gibst. Es ist der Schmerz, der dich so etwas ... Häßliches sagen läßt«, erwiderte er mit belegter Stimme. »Du brauchst noch viel Ruhe.«
»Geh endlich!«
Erschüttert verließ Daniel das Zimmer. »Hast du gehört, was sie gesagt hat?« fragte er, als er mit Sidney auf dem Gang stand.
Sidney nickte. Er war voller Betroffenheit und Mitgefühl. »Es muß so etwas wie ein später Schock sein, Daniel. Gib ihr Zeit, dann wird sie schon darüber hinwegkommen und erkennen, wie unsinnig das ist, was sie dir da vorgeworfen hat. Ihr liebt euch, und Liebe heilt alle Wunden«, versuchte er ihn zu trösten und aufzurichten.
Daniel fühlte sich noch immer wie betäubt. »Ich hoffe es«, murmelte er, von einer dunklen Angst gepackt.

53

Zwei Wochen später brachte er Harriet nach Hause. Sie hatte ihre verletzenden, ungerechtfertigten Vorwürfe nicht wiederholt und erwähnte sie auch nicht mehr. Doch sie entzog sich all seinen Versuchen, mit ihr liebevoll und vernünftig über die tragischen Folgen des Unfalls zu sprechen.
»Ich will nicht mehr mit dir darüber reden«, erklärte sie abweisend. »Wir wissen ja, was geschehen ist und daß es sich nicht

rückgängig machen läßt. Also wozu dieses ständige Gerede, das doch zu nichts führt.«

»Es könnte dazu führen, die Tragik in unserem Leben zu überwinden«, erwiderte er geduldig. »Und zwar gemeinsam.«

»Gemeinsam!« Sie lachte sarkastisch und schlug die Modezeitschrift, in der sie gelesen hatte, demonstrativ wieder auf.

Daniel stellte seine Bemühungen um eine ruhige Aussprache fürs erste ein. Er hoffte darauf, daß sie die Dinge mit der Zeit anders sehen und dann mit ihm vernünftig darüber reden würde. Auch seine Freunde rieten ihm dazu, ihr Zeit zu lassen und ihr nichts aufzuzwingen, was sie so noch nicht verkraften konnte.

»Du mußt Geduld haben. Die Wunden sind einfach zu frisch«, meinte Florence.

Alice zeigte dagegen weniger Verständnis. »Sie macht es sich ziemlich einfach«, rügte sie Harriets Verhalten, das nicht nur gegenüber Daniel sehr kühl und manchmal sogar rüde zu nennen war.

Daniel litt stärker unter dem abweisenden Verhalten seiner Frau, als er seinen Freunden gegenüber eingestehen mochte. Er gab die Hoffnung jedoch nicht auf, daß sie sich mit der Zeit fangen und wieder zu jenem Wesen zurückfinden würde, dem seine ganze Liebe galt.

Er zeigte große Geduld, und Harriet machte es ihm wahrhaftig nicht leicht. Bei Tisch sagte sie manchmal kaum ein Wort und bekundete auch kein Interesse an dem, was er an privaten und geschäftlichen Dingen zu erzählen hatte. Und wenn sie einmal Antwort gab, dann fiel diese denkbar nichtssagend und völlig unbeteiligt aus. Und wenn er vorschlug, irgend etwas gemeinsam zu unternehmen, paßten ihr seine Vorschläge entweder nicht, oder aber sie hatte ganz zufällig etwas anderes vor.

»Sie entzieht sich mir von Tag zu Tag mehr, statt sich zu fangen und unser gemeinsames Leben wiederaufzunehmen«, klagte er Florence sein Leid. »Manchmal fühle ich mich wie ein unerwünschter Gast in meinem eigenen Haus.«

»Das bildest du dir bestimmt nur ein, Daniel«, bemühte sich

Florence, ihm das Gefühl auszureden, doch ohne rechte Überzeugung, denn sie selbst hatte schon oft genug miterlebt, wie abweisend Harriet zu ihm war, auch in Gegenwart anderer. Sie hatte, ohne ihm davon zu erzählen, sogar versucht, Harriet ins Gewissen zu reden. Aber sie hatte sehr aggressiv darauf reagiert und sie angefaucht, sich doch gefälligst um ihre eigenen Angelegenheiten zu kümmern. Sie hatte sich sogar zu der Unverschämtheit verstiegen, ihr mangelnde Mutterliebe vorzuwerfen und daß sie ihr Geschäft weit über ihre Fürsorge für ihren Sohn stelle, nur weil sie ihn nach Kapstadt in ein angesehenes Internat geschickt hatte, damit Lionel dort die gute Schulbildung bekam, die Kimberleys Schulen noch nicht boten. Und nach diesem vehementen Ausbruch hatte Harriet sie einfach im Salon sitzenlassen. »Es kommt zwischen euch schon alles wieder in Ordnung.«

»Ich weiß nicht«, sagte Daniel bedrückt. Denn was war das für ein Zusammenleben, wenn Harriet seine Gegenwart mied und kaum noch ein richtiges Gespräch mit ihm führte? Ihm war manchmal so, als könnte er diese kühle, buchstäblich lieblose Stimmung, die wie ein dunkles, schweres Gewicht auf dem ganzen Haus lastete, förmlich mit Händen greifen. Sogar Tabita, die sonst die Lebensfreude in Person war, wie auch Pigwane und Scipio wurden davon angesteckt und schlichen mit bedrückten Mienen umher. Allein Byron gelang es gelegentlich, Harriet mit lustigen Geschichten zum Lächeln zu bringen und sie ein wenig aus ihrem eisigen Schneckenhaus hervorzulocken, in das sie sich zurückgezogen hatte.

Als Harriet wieder laufen konnte, legte sie eine Geschäftigkeit an den Tag, die Daniel nicht weniger Sorgen bereitete als die Teilnahmslosigkeit in den Wochen, in denen sie sich hatte schonen müssen. Fast täglich traf sie sich mit ihren Freundinnen, ging mit ihnen in den Belgravia Club, lud zu Teegesellschaften ein und versäumte keine neue Vorstellung der zahlreichen Theater, die sich in Kimberley Konkurrenz machten.

Und sie gab eine Unmenge Geld aus. Harriet hatte schon früher nicht gerade zur Bescheidenheit geneigt, wenn es um ihre Garderobe gegangen war. Nun jedoch verstrich kaum eine Woche, in der sie nicht irgend etwas Neues erstand, sei es einen indischen Fächer aus Seide und kunstvoll geschnitztem Elfenbein, ein extravaganter Hut, eine Brosche, teuren Tand als Geschenk für ihre Freundinnen oder sonstwas. Und wenn die neuen Modemagazine aus Kapstadt eintrafen, eilte sie mit den Schnittvorlagen umgehend zu ihrer Schneiderin.

Daniel sagte nichts zu ihrer Verschwendungssucht, oder besser, er ließ es schnell bleiben. Als er einmal vorsichtig gefragt hatte, ob dann das alles auch wirklich nötig sei, hatte sie ihm eine fürchterliche Szene gemacht, ihm Geiz und unerträgliche Bevormundung vorgeworfen und ihn so hingestellt, als hätte er von ihr verlangt, in Lumpen zu gehen. Von dem Tag an verkniff er sich auch die Andeutung von Kritik an ihrem Verhalten. Er hoffte, daß es nur eine vorübergehende Phase sein und ihr guttun würde, im Luxus zu schwelgen. Außerdem konnte er nicht verhehlen, daß es ihn noch immer mit großem Stolz und mit Verlangen erfüllte, wenn er Harriet in diesen wunderbaren Sachen sah. Daß sie ihm keine Gelegenheit bot, ihr seine Liebe durch Zärtlichkeit und Hingabe zu zeigen, schmerzte dabei um so mehr. Und was ihre Ausgaben betraf, so konnte er sich diese glücklicherweise leisten, denn die Geschäfte gingen gut, auch wenn es ständig Probleme in den Minen, bei der Beschaffung von neuem schweren Gerät aus England und auf anderen Gebieten gab. Der Kampf unter den finanzstarken Minengesellschaften um die Vormachtstellung war voll entbrannt. Und er begrüßte diese Probleme sogar, lenkten sie ihn doch von seinem häuslichen Unglück ab.

Von der politischen Krise, die zur selben Zeit im Transvaal heraufzog, bekam Daniel wenig mit. Der zweite freie Burenstaat war bankrott. Nach fast einem Vierteljahrhundert Unabhängigkeit war es den Buren nicht gelungen, so etwas wie eine Verwaltung aufzubauen. Niemand zahlte Steuern, und als der Volksrat eines Tages entdeckte, daß nicht einmal der Schatzmeister über Einnahmen und Ausgaben Buch führte, da regte sich niemand sonderlich auf. Es befanden sich ja sowieso nur zwanzig Goldmark in der Kasse. Der Postdirekter erhielt sein Gehalt in Briefmarken, und die niederen Chargen unter den Beamten bekamen überhaupt keine Entlohnung mehr.

Als die ersten Goldfunde im Norden des Landes entdeckt wurden, erwachte erneut das Interesse Großbritanniens an dieser Region. Unter dem Vorwand, daß einige Hundert britische Siedler und Digger um Schutz gebeten hätten, schickte London einen Sonderbotschafter nach Pretoria und erklärte kurzerhand die Annexion das Freistaates. Die Burenrepublik fiel wie ein Kartenhaus in sich zusammen, ohne daß auch nur ein Schuß abgefeuert worden wäre. Jetzt wehte der Union Jack auch über Pretoria.

Das Stillhalten der Buren erkaufte sich die britische Regierung damit, daß sie von ihren Grundsätzen, die in der Kapkolonie galten, abrückte und die Schwarzen per Proklamation zu Menschen zweiter Klasse degradierte.

»Für Weiße und Farbige gilt gleiches Recht«, hieß es in der Proklamation, die entscheidender Wegbereiter der späteren südafrikanischen Apartheidspolitik sein sollte. »Aber dieses Prinzip beinhaltet nicht die Verleihung gleicher Bürgerrechte wie das Wahlrecht für Wilde oder andere bürgerliche Privilegien, die mit ihrem unzivilisierten Status unvereinbar sind.« Damit erkaufte sich London eine trügerische Ruhe unter ihren burischen Untertanen.

Rhodes, der stärker denn je für seine Idee von einem großafrikanischen Reich von Kapstadt bis nach Kairo eintrat, sah sich in seinen politischen Ambitionen und Auffassungen durch den Fall der Burenrepublik bestärkt und gab eine große Feier.

Johannes tat das alles mit einem resignierenden Achselzucken ab, weil er Politiker ganz allgemein und ungeachtet ihrer Nationalität für selbstsüchtig und machtbesessen hielt und der Meinung war, daß die Menschen die Regierung hatten, die sie verdienten. Sidney begrüßte die Annexion und teilte Cecil Rhodes' Ansichten, wenn auch in einer etwas abgeschwächten Art. Byron hatte nur verächtliche Bemerkungen und Schmähungen übrig – und Daniel quälten andere Sorgen, als daß er sich darüber und über die zunehmenden Differenzen zwischen Sidney und Rhodes auf der einen und Byron auf der anderen Seite hätte Gedanken machen wollen.

Daniel hatte Verständnis gehabt, daß Harriet in den ersten Wochen und Monaten nicht das geringste Interesse daran gezeigt hatte, ihr nächtliches Liebesleben wiederaufzunehmen, das für sie beide doch stets so erfüllend gewesen war. Nachdem er ihr jedoch über ein halbes Jahr Zeit gelassen hatte, wurde sein Verlangen, sie in seinen Armen zu halten und sie zu lieben, mit jedem Tag stärker. Meist richtete sie es so ein, daß sie lange vor oder nach ihm zu Bett ging. Doch wenn er sie morgens in ihren reizenden Gewändern sah oder es der Zufall fügte, daß sie einmal beide zur selben Zeit zu Bett gingen, dann vermochte er sein Verlangen nur mit größter Willenskraft zu beherrschen.

Es war in einer milden Septembernacht, als er sie im Licht der Lampe rasch ins Bett schlüpfen sah und diesen Zustand quälender Enthaltsamkeit nicht länger aushielt.

Nackt kam er zu ihr und berührte sie.

»Ich bin müde«, wies sie ihn zurück.

»Das sagst du nun schon seit Monaten, wenn ich mit dir zusammensein möchte.«

»Ich kann es nicht ändern«, entgegnete sie kühl und rückte von ihm ab.

Er rückte nach, entschlossen, sich diesmal nicht mit solch einer Ausrede zufriedenzugeben. »O doch, das kannst du sehr wohl, wenn du dir nur etwas Mühe gibst. Ich liebe dich, Harriet. Bitte laß uns einen neuen Anfang machen.« Er bettelte fast um ein wenig Zuneigung und Entgegenkommen.

»Ich will jetzt nicht.«

»Wann willst du dann? Möchtest du mit mir einen Termin vereinbaren?« Allmählich wurde er wütend.

»Mach dich nicht lächerlich!«

»Mein Gott, wir sind verheiratet, Harriet! Ich habe dir über ein

halbes Jahr Zeit gelassen. Ich sehne mich nach dir. Himmelherrgott, ich bin dein Mann!«
Er schleuderte wütend die Bettdecke zurück, zog sie fast grob in seine Arme und zwängte sich zwischen ihre Beine. Sie sträubte sich, doch nicht mit aller Kraft, und schließlich gab sie ihren Widerstand auf.
»Also bitte, wenn du mich vergewaltigen willst!«
»Harriet, ich liebe dich!« stieß er ebenso erregt wie wütend hervor und drang in sie ein.
Es war schnell vorbei.
»Ich hoffe, du hast deinen Spaß gehabt«, sagte sie abfällig, als er sich aus ihr zurückzog und auf seine Seite legte.
»Nein, habe ich nicht«, erwiderte er ernüchtert.
Zwei Monate später unternahm er den nächsten Versuch, die sexuelle Leidenschaft erneut in ihr zu erwecken. Obwohl sie diesmal erst gar keine Anstalten machte, ihn von sich zu weisen, war das Ergebnis noch niederschmetternder, ja es war geradezu katastrophal.
»Nun gut, Männer können ihre animalischen Triebe offenbar nicht beherrschen. Dann bedien dich, Daniel. Du hast ja als mein Mann ein Recht darauf, mich nach Lust und Laune zu bespringen«, sagte sie mit eisiger Verachtung und zerrte ihr Nachthemd bis zu den Brüsten hoch. »Aber tu mir den Gefallen und mach es kurz.«
Bei dieser Demütigung erschlaffte seine Erektion augenblicklich. Zutiefst getroffen, zog er sich von ihr zurück. Wortlos kleidete er sich an, verließ das Haus und suchte das teuerste Bordell von Kimberley auf. Dort blieb er bis zum Morgen. Wenn sie sich danach auch nicht trennten, so war das doch das Ende ihrer Ehe

54

Daniel war froh, daß er Pigwanes Rat beherzigt und statt des offenen Wagens die geschlossene Kutsche genommen hatte, denn der heiße Nordwestwind hatte an Kraft gewonnen. Er fegte über das Veld und wirbelte dichte Wolken aus Staub und Dreck durch die Straßen von Kimberley. Die Staubfahnen trübten die Sonne, daß man meinen konnte, der Einbruch der Nacht stünde kurz bevor. Dabei war es erst früher Nachmittag.

Als die Kutsche unweit der Mine von OLD DE BEERS vor dem besseren Barackenbau hielt, in dem einige der Büroräume der FIVE STAR untergebracht waren, brauchte Daniel erst gar nicht auszusteigen. Er war pünktlich, und Johannes wartete schon.

Er eilte aus der Tür und mußte seinen Hut mit einer Hand festhalten, damit ihn der Wind nicht vom Kopf riß.

Daniel stieß den Kutschenschlag auf, und Johannes sprang behende zu ihm ins Innere. »Zum ROYAL DIAMOND!« rief Daniel Pigwane zu.

»Dieser elende Wind!« klagte Johannes und klopfte sich den Dreck von seinem dunklen Anzug. »Als ob wir hier nicht schon unter genügend anderen Plagen zu leiden hätten!«

»Ja, es wird langsam Zeit, daß wir endlich gepflasterte Straßen bekommen«, pflichtete Daniel ihm bei.

»Warum macht sich Sidney nicht stark dafür?« grollte Johannes. »Wofür hat er sich denn letztes Jahr in den Stadtrat wählen lassen?«

»Wie ich von Sidney gehört habe, diskutieren unsere Volksvertreter gerade überaus hitzig darüber, ob man in Kimberley nicht elektrische Straßenbeleuchtung einführen soll.«

»Als ob das so wichtig wäre!« meinte Johannes. »Nicht mal London hat elektrische Straßenlaternen! Pflastersteine und anständige Bürgersteige wären mir zehnmal lieber.«

»Wem sagst du das. Aber Politik ist manchmal nicht weniger rätselhaft als Gottes Wege«, entgegnete Daniel spöttisch.

Johannes seufzte. »Manchmal frage ich mich, warum ich noch

immer in Kimberley bin. Ich könnte es mir längst erlauben, irgendwo in einem idyllischen, landschaftlich reizvollen Ort am Kap zu wohnen, und es mir gut ergehen lassen.«

»Aber da wäre das Leben nicht halb so aufregend wie hier«, hielt Daniel ihm belustigt vor. »Und mit vierzig dürftest du wohl noch einige Jahre zu jung sein, um dich schon aufs Altenteil zu setzen.«

»Da ist was Wahres dran«, räumte Johannes ein. »Aber im Herbst werde ich noch mal eine längere Reise durch die Kapprovinz machen, das ist sicher.«

»Hängt dein Herz noch immer an einem kleinen romantischen Weingut?«

Johannes nickte. »Das ist und bleibt mein Traum, seit ich zum erstenmal das Franschhoek-Tal gesehen habe. Ich sage dir, das ist ein afrikanisches Paradies.«

»Wenn du so versessen darauf bist, dann kauf dir doch ein kleines Gut, such dir einen tüchtigen Pächter, der es bewirtschaftet, und verbringe dort gelegentlich ein paar Wochen. Aber laß dir mit deiner endgültigen Übersiedlung ans Kap noch eine Menge Zeit. Du wirst hier nämlich noch ein paar Jahre gebraucht, und zwar dringender denn je. So einen exzellenten Finanzexperten wie dich zu verlieren, kann sich die FIVE STAR nicht leisten.«

Johannes lachte. »Alter Schmeichler, aber keine Sorge, ich springe schon nicht bei voller Fahrt vom Wagen. Und du hast ja recht, Kimberley ist ein viel zu aufregender Ort, als daß ich bereits jetzt darauf verzichten könnte.«

»Außerdem würdest du Florence damit sehr unglücklich machen, wie du sehr wohl weißt«, sagte Daniel in Anspielung auf die enge Verbundenheit, die er mit Florence hatte.

»Ja«, seufzte Johannes. »Unter ihrer Schale der harten und ruhelosen Geschäftsfrau verbirgt sich eine große Traurigkeit und Einsamkeit.«

»Ihr verbringt so viel Zeit zusammen, läge es da nicht auf der Hand, diesen Bund auch mit einem Ehering zu besiegeln?« fragte Daniel. »Ich möchte dir ja nicht zu nahe treten, aber es ist doch mehr als nur Freundschaft, was ihr füreinander empfindet, nicht wahr?«

Johannes schwieg einen Moment, während die Kutsche durch die Schlaglöcher der Straße rumpelte. »Das will ich nicht leugnen«, antwortete er nach einer Weile bedächtig. »Aber dennoch kommt die Ehe für uns nicht in Frage, Daniel. Florence ist eine bemerkenswerte Frau und auch sehr warmherzig und ... nun ja, sinnlich. Doch sie hält diese Seite ihres Wesens sehr unter Kontrolle. Und die wahre Tiefe ihres Herzens wird mir immer verschlossen bleiben. Das ist nun mal so. Außerdem muß ich zugestehen, daß es auch mir so, wie es ist, lieber ist. Ich bin schon zu lange Junggeselle, als daß mich der Gedanke an eine Ehe in flammende Begeisterung versetzen könnte. Ich bin eher skeptisch, ob es überhaupt funktionieren würde, sogar wenn wir beide es wollten. Nein, ich ziehe mein Leben und meine Freiheit vor, und Florence empfindet nicht anders.«

»Vielleicht nicht die schlechteste Wahl, die ihr beide da getroffen habt«, sagte Daniel und mußte zwangsläufig an seine Ehe denken, obwohl von Ehe eigentlich nicht mehr die Rede sein konnte. Sie lebten wie zwei Partner zusammen, die einige gemeinsame Interessen teilten, in den meisten privaten Angelegenheiten jedoch völlig getrennte Wege gingen und sich darüber auch keine Rechenschaft ablegten. Sie hatten seit jener Nacht, als Harriet ihn so gedemütigt hatte, nicht nur getrennte Schlafzimmer, sondern führten auch getrennte Leben, die sich nur dort verbanden, wo gesellschaftliche Anlässe ein gemeinsames Auftreten erforderlich machten.

Johannes spürte, was Daniel durch den Kopf ging, und mitfühlend fragte er: »Immer noch alles beim alten zwischen dir und Harriet?«

Daniel zwang sich zu einem Lächeln. »Mit den Jahren gewöhnt man sich an alles, Johannes. Und so schlecht habe ich es gar nicht getroffen. Harriet hat den Haushalt perfekt im Griff, gibt bei Gesellschaften eine vielseits bewunderte Begleiterin ab und läßt mir sonst alle Freiheiten, die ein Mann sich nur wünschen kann.«

Johannes warf ihm einen skeptischen Blick zu, denn er wußte, daß Daniel sich diese Freiheiten weder wünschte noch so davon Gebrauch machte, wie es andere Ehemänner an seiner Stelle getan hätten. Daniel hatte keine Geliebte, und seine sporadischen Besuche einschlägiger Etablissements waren für einen Mann seines Alters nicht der Rede wert.

»Harriet ist noch jung«, sagte Johannes, ohne zu präzisieren, was genau er damit meinte, und wechselte dann geschickt das Thema. »Genau wie Cecil Rhodes, mit dem wir gleich zu einem vertraulichen Gespräch zusammenkommen werden. Ein junger Mann mit einer erstaunlichen Energie und Geschäftstüchtigkeit.«

»Und einem krankhaften Machtstreben, wie Byron jetzt hinzufügen würde«, sagte Daniel.

Johannes zuckte mit den Schultern. »Ob es krankhaft oder nur symptomatisch für das britische Empire oder gar beides zusammen ist, wage ich nicht zu beurteilen. Ich sehe nur, was er in den wenigen Jahren in Kimberley erreicht hat.«

»Und in Oxford! Immerhin hat er es doch tatsächlich geschafft, sein akademisches Studium mit Erfolg abzuschließen und gleichzeitig seinen Einfluß in den Minen gewaltig auszubauen.«

»Es heißt, er hätte in den Jahren über zwölftausend Pfund für Schiffspassagen ausgegeben, so oft ist er zwischen Afrika und England hin- und hergefahren«, meinte Johannes nicht ohne Bewunderung.

»Nur zu sagen, daß Rhodes ein Mann ist, mit dem hier jeder rechnen muß, wäre wohl die Untertreibung des Jahres«, gab Daniel unumwunden zu. »Und dabei ist der Bursche gerade mal siebenundzwanzig Jahre alt!«

»Er ist ein außergewöhnlicher Mann, das steht fest!« stimmte Johannes ihm zu. »Ich bin wirklich gespannt, was er mit uns besprechen will.«

»Das liegt doch wohl auf der Hand.«

»Ja, Amalgamation, Verschmelzung aller Holdings und Gesellschaften zu einem Monopol, das ist sein erklärtes Ziel. Aber auf dem Weg dahin liegen ihm noch einige dicke Brocken in der Quere.«

»Einer davon wird Byron sein«, sagte Daniel.

»Und wie stehst du dazu?« wollte Johannes wissen, während die Kutsche vor dem ROYAL DIAMOND hielt.

»Nicht ablehnend, aber doch zwiespältig.«

»Na, hören wir uns erst einmal an, was er zu sagen hat«, meinte Johannes, und sie stiegen aus.

Sidney und Byron warteten schon in dem intimen hinteren Salon, den Florence ihnen für diese Zusammenkunft freigehalten hatte. Seit dem Beinahe-Skandal wegen Byrons illegaler Waffengeschäfte war das Verhältnis zwischen den beiden merklich abgekühlt, obwohl die Affäre glücklicherweise nicht an die Öffentlichkeit gedrungen und dank großzügiger Bestechungsgelder aus der Welt geschaffen worden war. Beide waren froh, als Daniel und Johannes eintrafen und sofort eine entspannte Unterhaltung einsetzte.

Sie brauchten nicht lange auf Cecil Rhodes zu warten. Er trat pünktlich auf die Minute in den Salon. Und wie es seine Art war, kam er sogleich zur Sache.

Knapp faßte er die Lage in den Minen und im Diamantengeschäft zusammen. »Gentlemen, im Augenblick machen sich rund zweiundzwanzig mehr oder weniger finanzstarke private Holdings und siebzehn größere Minengesellschaften gegenseitig erbitterte Konkurrenz und damit nicht nur die Arbeit in den Minen schwer, sondern auch die Preise kaputt. Dagegen gibt es auf lange Sicht nur ein erfolgversprechendes Mittel.«

»Amalgamation«, sagte Sidney, der ein glühender Befürworter von Cecil Rhodes' Plänen war.

Dieser nickte. »Richtig, Verschmelzung aller Gruppen zu einem Monopol, was sowohl die Kosten erheblich reduzieren als auch die Diamantenpreise auf einem hohen Standard stabilisieren würde.«

»Mit Ihnen als Häuptling«, warf Byron respektlos ein.

Cecil Rhodes lächelte. »Ich wäre ein Lügner, würde ich behaupten, ich wäre abgeneigt, Mister Croft. Doch wer eines Tages den Vorsitz führt, wird einzig und allein davon abhängen, wer an dieser noch zu gründenden Gesellschaft die meisten Anteile hält. Und sich darum zu bemühen, ist ja wohl nicht allein auf meine Person beschränkt.«

»Lassen wir doch Mister Rhodes erst einmal seine Pläne und konkreten Vorschläge vortragen«, griff Daniel beschwichtigend ein.

»Gentlemen, ich habe Sie heute um diese vertrauliche Unterredung gebeten, weil ich große Hochachtung vor Ihrer Leistung habe und die Five Star für einen wichtigen möglichen Partner der De Beers Mining Company halte, die meine jetzigen Partner und ich in wenigen Wochen gründen werden – und zwar mit einem Gesellschaftskapital von zweihunderttausend Pfund!« eröffnete ihnen Rhodes.

Sogar Byron war beeindruckt, und Johannes pfiff leise durch die Zähne. »Alle Achtung, das ist ein anständiger Brocken.«

»Darf man erfahren, wen Sie bisher dazu gewonnen haben, sich an dieser Gesellschaft zu beteiligen?« fragte Daniel.

»Die Claims von Charles Rudd und Robert Graham, die Holdings von Runchman, Hoskyns und Puzey, Baxter, Stow, English und Compton, Dunsmore und Alderson werden in der De Beers Mining Company aufgehen«, antwortete Rhodes. »Und Mister Alfred Beit hat uns als Finanzier seine Zusage erteilt.«

Das waren überaus klangvolle, gewichtige Namen im Minengeschäft von Kimberley.

»Das hört sich nicht schlecht an«, sagte Daniel.

»Barney Barnato und die French Company werden nach der Gründung die einzigen sein, die uns dann noch das Wasser reichen können«, fuhr Rhodes fort. »Sollten Sie sich jedoch dazu entschließen, die Five Star in die De Beers Mining Company übergehen zu lassen, wären wir so gut wie unschlagbar.«

Daniel und seine Freunde saßen noch über eine Stunde mit Rhodes zusammen und diskutierten die Konditionen einer solchen Verschmelzung. Dabei ging es selbstverständlich auch um

Positionen, die Rhodes ihnen anzubieten hatte. Byron hielt sich in der Diskussion sehr zurück und beschränkte sich auf wenige kritische Kommentare, die jedoch seine ablehnende Einstellung erkennen ließen.

Als es offensichtlich wurde, daß sie an diesem Abend weder zu einer Einigung pro noch contra kommen würden, sagte Rhodes: »Ich halte es für sinnvoller, wenn Sie mein Angebot erst einmal in aller Ruhe in Ihrem Kreis besprechen, ohne daß ich zugegen bin. Sie haben eine Woche Zeit, sich zu entscheiden. Dann werden die entsprechenden Verträge aufgesetzt und unterzeichnet.« Er dankte ihnen, daß sie ihn angehört hatten, und ging.

Kaum hatte sich die Tür hinter Rhodes geschlossen, da sagte Sidney erbost zu Byron: »Ich verstehe einfach nicht, wie du dich so stur stellen kannst!«

»Ach nein«, erwiderte Byron sarkastisch.

»Mein Gott, hier geht es doch nicht um ein paar lausige Claims mehr oder weniger, sondern um eine geradezu historische Entwicklung, die zudem gar nicht mehr aufzuhalten ist!«

»Das einzige, was ich sehe, ist ein Mann, der von einem unersättlichen Machthunger, gepaart mit politischem Größenwahn, getrieben wird und jeden anderen, der einen Fuß in den Minen hat, schlucken will!« entgegnete Byron gereizt.

Johannes räusperte sich. »Bei allem, was recht ist, Byron, aber ich finde auch, daß Rhodes' Ansichten über die Zukunft der Minen und der Preise Hand und Fuß haben.«

Daniel nickte. »Ja, wir müßten zwar unsere Eigenständigkeit aufgeben, aber ...«

»Genau das ist es, was mir unter anderem nicht gefällt!« unterbrach ihn Byron. »Wir haben die FIVE STAR mit unserer Hände Arbeit buchstäblich aus dem Dreck aufgebaut, und wir können stolz auf das sein, was wir erreicht haben.«

»Aber das steht hier doch gar nicht zur Debatte«, wandte Sidney ärgerlich ein.

»Und ob das zur Debatte steht!« widersprach Byron heftig. »Die FIVE STAR gehört uns. Wir treffen hier jede Entscheidung in

einem kleinen Kreis von vier Mann. Und damit sind wir doch blendend gefahren. Unsere Gesellschaft ist solide, finanziell mehr als gesund, und das Geschäft boomt. Wollt ihr eure Eigenständigkeit gegen einen von vielen Direktorensitzen bei Rhodes eintauschen, wo wir ganz leicht überstimmt werden können? Nein, nicht mit mir!«
»Ich fürchte, du siehst das zu persönlich«, sagte Johannes. »Dir hat Rhodes nie gefallen. Aus irgendeinem Grund hast du eine Antipathie gegen den Mann, und das trübt nun deinen Blick für geschäftliche Entscheidungen.«
Byron lachte grimmig auf. »Du hast recht, Johannes. Ich habe was gegen diesen Rhodes, und zwar heute mehr denn je. Er ist nicht nur rücksichtslos ehrgeizig, sondern auch gefährlich.«
»Spinn doch nicht!« rief Sidney.
»Ich werde euch mal etwas vorlesen, was euch hoffentlich die Augen über den verqueren Charakter und die größenwahnsinnigen Plänen dieses Cecil Rhodes öffnen wird«, sagte Byron und zog ein Blatt aus seiner Jackentasche. »Wißt ihr, was das ist?«
»Zum Hellsehen reicht es bei uns noch nicht«, antwortete Daniel mit mildem Spott.
»Das ist eine Abschrift vom Testament und zugleich vom politischen Vermächtnis, das Cecil Rhodes vor nicht ganz drei Jahren aufgesetzt hat, bevor er wieder nach England gereist ist, um dort am Oriel College zu studieren«, erklärte Byron.
Sidney starrte ihn wütend an. »Wo hast du so ein privates Schriftstück her?«
Byron machte eine wegwischende Handbewegung. »Das tut hier nichts zur Sache. Hört genau hin. Der Mann hat sich in diesen Zeilen selbst entlarvt«, sagte er und faltete das Blatt auf. »Also, zuerst einmal vermacht er sein präsumtives Vermögen einer zu errichtenden ›Geheimgesellschaft‹. Und deren Aufgabe lautet wie folgt.« Er begann vorzulesen: »Die Ausdehnung der britischen Herrschaft über die Welt, die britische Besiedlung ganz Afrikas, des Heiligen Landes, des Euphrattales, ganz Südamerikas, der noch nicht besetzten Pazifikinseln, des ganzen Malaiischen Archi-

pels, der Küsten Chinas und Japans, schließlich die Wiedergewinnung der Vereinigten Staaten von Amerika als integraler Bestandteil des Britischen Empire ...«

Byron ließ das Blatt sinken. »Na, was sagt ihr dazu? Cecil Rhodes will nicht nur Afrika vom Kap bis nach Kairo erobert wissen und tatkräftig daran teilhaben, sondern ihm schwebt die britische Herrschaft über die ganze Welt vor! Und wißt ihr, wen er als Testamentsvollstrecker und Gründer dieser wahnwitzigen Geheimgesellschaft bestimmt hat, ohne diese Gentlemen auch nur gefragt zu haben? Niemand Geringeren als Lord Carnarvon und Sidney Sheppard, den Generalstaatsanwalt von Griqualand-West! Eine Weltherrschaft, angestrebt von einer Geheimgesellschaft! Also wenn dieser Kerl nicht geisteskrank ist!«

»So ein Unsinn! Rhodes hat politische Visionen und Träume, von denen einige vielleicht im Überschwang der Jugend etwas maßlos ausgefallen sind«, verteidigte Sidney seinen Freund. »Aber ihn deshalb gefährlich und geisteskrank zu nennen, ist absolut lächerlich – und bösartig!«

Johannes atmete tief durch. »Ganz schön starker Tobak ist das schon, was er da niedergeschrieben hat«, sagte er mit bedenklicher Miene. »Aber auch ich halte ihn deshalb nicht für geisteskrank. Er hat einfach ungewöhnlich hoch gesteckte Ziele. Was man von diesen Zielen hält, steht auf einem anderen Blatt.«

Der Meinung war auch Daniel, und er äußerte sich entsprechend. »Außerdem geht es hier nicht um politische Zukunftsvisionen, sondern um sehr handfeste geschäftliche Angelegenheiten. Und da hat Rhodes uns ein Angebot unterbreitet, das nicht einfach so vom Tisch zu wischen ist.«

»Das finde ich auch!« sagte Sidney. »Ich bin dafür, daß wir uns an der De Beers Mining Company beteiligen, solange wir noch eine Chance haben, uns dort einflußreiche Positionen zu sichern.«

»Ohne mich!« erklärte Byron mit unnachgiebiger Härte. »Und ich darf euch daran erinnern, daß nach unseren Statuten bei einer

solch gravierenden Entscheidung, die zur Auflösung der FIVE STAR führt, Einstimmigkeit herrschen muß!«
»Dann kaufen wir dich eben aus!« fauchte Sidney ihn wütend an.
Byron lächelte. »Nicht für eine Million Pfund. DE BEERS MINING COMPANY wird ohne die FIVE STAR auskommen müssen, und damit basta. Ich denke, das wäre es für heute abend. Ihr entschuldigt mich. Ich habe noch eine Verabredung, und ein Gentleman läßt eine Dame nicht warten.«
Damit ging er.
Sidney tobte. Doch mit Byrons Veto war die Entscheidung gefallen – gegen Rhodes und seine DE BEERS MINING COMPANY. Vorerst. Denn Sidney schwor, sich nicht damit abzufinden. Er war entschlossen, Byron, wenn nichts anderes fruchtete, notfalls aus ihrer Gesellschaft hinauszudrängen und zum Verkauf seiner Anteile zu zwingen, wie auch immer das geschehen sollte.
Die Zeiten der Gentlemens Diggings waren längst vorbei.

55

Daniel verzog spöttisch das Gesicht, als er sich im Spiegel seines Ankleidezimmers musterte. Er fühlte sich in dem eleganten maßgefertigten Frack zwar wohl, aber auch nach all den Jahren, in denen er sich daran gewöhnt hatte, sich bei besonderen Anlässen seiner gesellschaftlichen Stellung entsprechend anzuziehen, mochte er doch noch immer lieber weniger formelle Kleidung.
»Da hast du mich aber richtig herausgeputzt«, sagte er zu Scipio, der nach Williams Tod auf eigenen Wunsch die Rolle seines persönlichen Dieners übernommen hatte.
»Das muß auch so sein, Baas, wo Sie doch zum Einweihungsball des KIMBERLEY CLUB gehen«, erwiderte der Schwarze stolz und reichte ihm die silberne Krawattennadel mit einer grauen Perle an ihrer Spitze. »Es soll ja ein mächtig feiner Club sein, der vornehmste in ganz Afrika.«

»Na, teuer genug war er ja«, räumte Daniel ein, steckte die Nadel in den Knoten der Krawatte und fügte respektlos und selbstironisch hinzu: »Aber ein Haufen Geld macht aus einer Bande reich gewordener Digger noch lange keine vornehme Gesellschaft, Scipio. Nicht in meiner Generation.«

Sein schwarzer Diener grinste dazu.

Daniel begab sich in den Salon, und nach einem Blick auf seine silberne Taschenuhr, die Florence ihm vor sechs Jahren zu seinem dreißigsten Geburtstag geschenkt hatte, fand er, daß noch genug Zeit für einen kleinen Brandy war. Wie er Harriet kannte, würde sie erst in letzter Minute fertig sein.

Mit dem Glas in der Hand trat er ans Fenster und blickte hinaus in den milden Frühsommerabend des Jahres 1882. Vor wenigen Tagen waren die ersten elektrischen Straßenlaternen angeschaltet worden. Doch so stolz Kimberley auch darauf war, noch vor Weltstädten wie London sich elektrischer Straßenbeleuchtung rühmen zu können, war es mit dem hellen Licht jener glühenden Fäden doch nicht weit her. Ganze sechzehn Laternen waren an zentralen Punkten der Stadt aufgestellt worden. Daß eine davon vor dem KIMBERLEY CLUB stand, war nicht verwunderlich, wenn man wußte, daß das Gründungskomitee ausnahmslos aus Millionären aus dem Kreis der Minenbesitzer und Diamantenhändler bestand.

Daniel nippte an seinem Drink, und es ging ihm durch den Kopf, was sich in den vergangenen Jahren doch alles ereignet hatte. Griqualand-West gab es nicht länger als eigenständige Kronkolonie. Es war im Oktober 1880 von der Kapkolonie sozusagen geschluckt worden und nur noch eine Provinz derselben. Bei den Parlamentswahlen im März des folgenden Jahres waren Sidney und Cecil Rhodes in verschiedenen Wahlbezirken als Kandidaten angetreten und ins Kapparlament gewählt worden. Alice, die ein halbes Jahr davor eine Fehlgeburt gehabt hatte, war von Sidneys politischem Ehrgeiz nicht sehr erbaut gewesen. Doch dieser hatte sich davon nicht abhalten lassen, nach seiner kurzen Mitarbeit im Stadtrat eine größere politische

Bühne zu suchen. Daß Rhodes ihm dabei den Rücken stärkte, verstand sich von selbst.

Dieser Mann hatte ein bewundernswertes Geschick, seine geschäftlichen und politischen Interessen zu verbinden und das eine zum Vorteil des anderen zu nutzen. Rhodes gewann nicht allein mit seiner De Beers Mining Company von Jahr zu Jahr mehr Macht und Einfluß, sondern saß auch noch als Direktor in der Lilienstein Mining Company, die den Abbau in der Bultfontein-Mine dominierte, sowie in der International Diamond Mining Company und der Kimberley Coal Mining Company. Aber damit war sein Appetit auf wirtschaftliche Macht noch längst nicht gesättigt – und auf politische wohl auch nicht.

Wieder einmal fragte sich Daniel, während er auf Harriet wartete, ob er nicht doch mehr Druck auf Byron ausüben sollte, so wie es vor allem Sidney immer wieder verlangte. Sidney und Johannes waren überzeugt, daß es nur ihm, Daniel, gelingen könnte, Byron dazu zu bewegen, seinen Widerstand gegen die Fusion mit De Beers aufzugeben, an der Rhodes noch immer interessiert war. Denn seine großen Konkurrenten, der dandyhafte Barney Barnato, J. B. Robinson und Jules Porges von der French Company blieben nicht untätig und versuchten genau wie Rhodes, den Kampf um die Vormachtstellung zu ihren Gunsten zu entscheiden. Noch war das Rennen nicht gemacht, und eine Gesellschaft wie die Five Star konnte mehr als nur das Zünglein an der Waage sein.

Wenn er auch nicht Sidneys Ambitionen teilte, die denen von Rhodes in gemäßigter Form ähnelten, so stimmte er doch mit ihm und Johannes darin überein, daß früher oder später der Tag kommen würde, da sie gezwungen sein würden, sich für einen der ganz Großen zu entscheiden und die Five Star unter das Dach einer Gesellschaft wie De Beers zu stellen. Aber Daniel mochte Byron nicht die Daumenschrauben anlegen und ihn zu etwas drängen, was ihm aus tiefster Seele widerstrebte. Er wollte nicht, daß ihre Freundschaft zerbrach, die in den letzten Jahren auch so schon starken Belastungen ausgesetzt war und solch ein Ultimatum, wie Sidney es sich vorstellte, sicherlich nicht überleben würde. Er hoffte darauf, daß Byron von sich aus zur Einsicht gelangen und der Stimme der geschäftlichen Vernunft folgen würde. Und da Byron sich an der Gründung einer Gesellschaft beteiligt hatte, die den Bau einer Eisenbahnverbindung zwischen Kapstadt und Kimberley vorantrieb, rechnete er damit, daß er zu gegebener Zeit mehr Geld in dieses Unternehmen investieren und dadurch seine Bindungen zur FIVE STAR freiwillig lockern, wenn nicht gar ganz aufgeben würde.

Das Geräusch raschelnder Seide holte ihn Augenblicke später aus seinen Gedanken. »Ich hoffe, ich habe dich nicht zu lange warten lassen«, sagte Harriet.

Daniel drehte sich um. »Nein, es ist noch Zeit genug. Der Ball ...« Er vergaß bei ihrem Anblick, was er noch hatte sagen wollen.

Harriet sah hinreißend, nein, atemberaubend schön aus. Sie trug ein schulterfreies Abendkleid aus tiefblauer Seide mit blaßgoldenen Säumen an Ärmeln und Dekolleté. Ihr V-förmiger Ausschnitt, von ebenfalls blaßgoldenen Paspelierungen betont, lenkte den Blick auf die glatte Haut ihrer freizügig entblößten Brüste. Darüber funkelte ein mit Diamanten und Saphiren besetztes Halsband. Dazu trug sie die passenden, schweren Ohrgehänge. Den Schmuck hatte er ihr wenige Tage nach seinem dreißigsten Geburtstag geschenkt, an dem er von ihrer Schwangerschaft erfahren hatte. Ihr blondes Haar war in daumenbreiten Streifen ineinander verflochten und nach oben gesteckt.

»Stimmt irgend etwas nicht?« fragte Harriet spöttisch, sich ihrer zauberhaften Erscheinung nur zu bewußt.

»Mein Gott, du siehst wunderschön aus, einfach umwerfend«, gestand Daniel und verspürte einen schmerzhaften Stich, als er daran dachte, welch unglückseligen Verlauf ihre Ehe genommen hatte. Sechs Jahre waren seit dem Unfall vergangen, und noch immer verzehrte er sich nach ihr.

»Wenn du das sagst, kann ich ja beruhigt sein«, erwiderte sie mit einem maliziösen Lächeln.

Daniel kämpfte mit aller Kraft gegen das Verlangen an, sie in seine Arme zu nehmen, sie an sich zu pressen und ihren vollen Mund zu küssen, der in einem verführerischen Rot leuchtete.
»Worauf warten wir noch?« fragte sie ungeduldig.
Er unterdrückte ein gequältes Seufzen und verließ mit ihr das Haus. Pigwane fuhr sie mit der Kutsche zum KIMBERLEY CLUB in die Curry Street.
»Ich hoffe, dieser Club hält auch, was man sich von ihm erzählt. Er hat ja schon eine Menge Vorschußlorbeeren bekommen. Aber wenn ein Mann wie Barney Barnato im Komitee sitzt, dessen exquisiter Geschmack ja außer Frage steht, dann darf man wohl einiges erwarten«, sagte Harriet. »Es wurde allerdings Zeit, daß wir in Kimberley einen Club bekommen, der unseren Ansprüchen gerecht wird und in dem nicht Krethi und Plethi verkehren. Es heißt, daß der KIMBERLEY CLUB mehr Millionäre als Mitglieder hat als jeder andere Club der Welt.«
»Das mag zutreffen, jedoch nicht unbedingt zu seinem Vorteil sein. Geld verdirbt bekanntlich den Charakter«, konnte sich Daniel nicht verkneifen zu erwidern, denn Männer wie Barney Barnato, die nach dem letzten Schrei der Mode und als Dandys durch Kimberley stolzierten, waren ihm ein Graus.
»Entweder bist du ein noch größerer Snob als Barney Barnato oder trotz allem, was du schon erreicht hast, immer noch der Schwede mit dem Ochsenfuhrwerk geblieben«, entgegnete Harriet bissig.
»Das Urteil überlasse ich gern anderen.«
»Das wundert mich nicht – und wenn du mich fragst, ist dieses Urteil sehr leicht zu fällen, trotz deines erstklassigen Fracks!« sagte Harriet spitz, rückte so weit weg von ihm, wie es die Sitzbank erlaubte, und wandte den Kopf von ihm ab. Der Rest der Fahrt zum Club verlief schweigend.
Daniel schalt sich selbst, wie schon so oft seinen Ärger über ihre Oberflächlichkeit und Arroganz bei solchen Themen nicht unterdrückt und eine Verstimmung vermieden zu haben. Gerade an diesem Abend, da sie nach langer Zeit wieder einmal zusammen

eine Veranstaltung besuchten, hätte ihm ein wenig Harmonie gutgetan.

Er war froh, als sie ihr Ziel endlich erreicht hatten. Das Licht der einzigen elektrischen Straßenlaterne ging im Schein der festlichen Fackeln, die die Zufahrt zu beiden Seiten in eine Allee lodernder Flammen tauchten, völlig unter.

Der KIMBERLEY CLUB wurde selbst den höchsten Ansprüchen gerecht, wie Daniel und auch Harriet schon auf den ersten Blick erkannten, als sie im Strom der anderen geladenen Gäste das Clubhaus betraten. Schwere Samtvorhänge, kostbare Perserteppiche, holzgetäfelte Wände, Kristalleuchter und teuerste Möbel aus Englands renommiertesten Einrichtungshäusern, wohin man schaute. Und überall gab es kleine elektrische Klingeln, mit denen man einen der zahlreichen livrierten Bediensteten heranrufen konnte, die überwiegend indischer Herkunft waren. Sogar Daniel war gebührend beeindruckt.

»Na, ist das nicht ein wahrhaft feudaler Schuppen?« rief Sidney und kam mit Alice, die in dunkelroten Atlas gekleidet und wie Harriet eine wahre Augenweide war, zu ihnen herüber.

Daniel hatte gerade zwei Gläser von einem Tablett genommen. »Alice! ... Sidney! Schön, euch mal wieder zu sehen«, begrüßte er sie. »Du hast dich in den letzten Monaten ja reichlich rar gemacht.«

Sidney grinste. »Die Politik, alter Junge!«

Alice verzog das Gesicht. »Wenn wir kein Foto von ihm hätten, würden unsere Kinder längst vergessen haben, wie ihr Vater aussieht.« Und zu Harriet gewandt, sagte sie mit Blick auf den tiefen Ausschnitt spitzzüngig: »Du beschäftigst eine wirklich exzellente Schneiderin, das muß der Neid dir lassen. Aber hast du denn keine Angst, dich bei so wenig Stoff zu erkälten?«

Harriet lächelte trügerisch freundlich und antwortete auf Alices Spitze: »Ich gebe zu, daß nicht jeder einen so ausgefallenen Schnitt tragen und auf Schnürkorsetts verzichten kann. Dein Kleid ist jedoch auch ganz ansprechend.« Sie sagte das im Tonfall eines Trostes. »Aber hast du diesen dunkelroten Atlas nicht schon letztes Jahr auf dem Wohltätigkeitsfest getragen?«

Alices Lippen wurden schmal. »Mit Sicherheit nicht, Harriet. Das kommt dir bloß so vor, weil du den meisten Dingen nur oberflächliche Aufmerksamkeit schenkst.«

»Na ja, man kann denselben Schnitt ja auch zweimal verwenden, wenn einem nichts Besseres einfällt«, erwiderte Harriet mit arroganter Gönnerhaftigkeit. »Für mich jedoch wäre schon dieses Matronenrot nichts. Dazu bin ich noch nicht alt genug.«

Alice wurde nun blaß vor Wut.

Sidney und Daniel warfen sich besorgte Blicke zu und wollten schon eingreifen. Doch das war nicht nötig, da in diesem Moment Johannes und Florence erschienen, wenig später gefolgt von Byron. Daniel fand, daß er mit jedem Jahr besser ausschaute. Er bekam schon graue Schläfen, was ihn noch attraktiver machte, ohne daß man ihm sein Alter von zweiundvierzig Jahren jedoch ansah. Und niemand trug Frack und steife Hemdbrust mit einer solch selbstverständlichen Eleganz wie er. Niemand hatte aber auch mehr Frauenaffären als er. Erst vor zwei Monaten hatte es einen Skandal gegeben, als bekannt geworden war, daß er sich mit einem anderen Exoffizier, der es in Kimberley zu einem erfolgreichen Diamantenhändler gebracht und mit dessen Frau Byron angeblich angebändelt hatte, vor der Stadt mit Pistolen duelliert hatte. Keiner von beiden war dabei verletzt worden, und beide hatten hinterher abgestritten, daß es je ein Duell gegeben hatte. Doch Eingeweihte wußten es besser.

Byron, der schon einige Gläser Champagner intus hatte, verteilte fröhlich Komplimente und lockerte die angespannte Atmosphäre mit seinen lustig-spöttischen Klatschgeschichten aus der Gesellschaft auf.

Als dann später die zwölfköpfige Kapelle im Ballsaal zu spielen begann, sagte Byron anzüglich zu Daniel: »Ich denke, du hast nichts dagegen, wenn ich Harriet auf das Tanzparkett entführe.«

»Keine Sorge, Daniel hat kein Interesse an solch oberflächlichen Belustigungen«, bemerkte Harriet mit beißendem Sarkasmus. »Er hat noch nicht einmal Interesse daran, seine ehelichen Rechte hinter der Schlafzimmertür in Anspruch zu nehmen.«

Betretene Stille setzte ein.
Daniel wich das Blut aus dem Gesicht. »Wenn du das für einen gelungenen Scherz hältst, dann hast du einen schlechten Geschmack!« zischte er.
»Was heißt hier Scherz?« Harriet fühlte sich von den mißbilligenden, vorwurfsvollen Blicken der anderen sichtlich herausgefordert. »Darf man denn noch nicht einmal die Wahrheit aussprechen? Du rührst mich doch schon seit Jahren nicht mehr an. Vielleicht solltest du mal Tabita beehren. So wie sie von dir spricht und dich anhimmelt, wird sie dich kaum von ihrer Bettkante weisen.«
Daniel zuckte wie unter einem unerwarteten Tiefschlag zusammen. Er war unfähig, irgend etwas darauf zu erwidern. Er fragte sich nur, womit er ihre Verachtung, ja ihren Haß verdient hatte.
»Harriet, reiß dich zusammen!« herrschte Florence sie aufgebracht an. »Das ist nicht nur verletzend, sondern auch entsetzlich geschmacklos, was du da sagst!«
Harriet zeigte sich von der Zurechtweisung nicht im mindesten beeindruckt. Sie hängte sich bei Byron ein, der auch konsterniert war, und sagte schnippisch: »Laß uns tanzen, Byron. Ich bin nicht hergekommen, um mich zu langweilen. Das kann ich auch zu Hause haben.«
Daniel sah, wie Byron kurz zögerte, dann etwas ratlos mit den Schultern zuckte und Harriet in den Ballsaal führte.
»Das war ja ... ungeheuerlich!« stieß Sidney bestürzt hervor.
»Es wird ihr bestimmt leid tun«, meinte Johannes.
»Ich habe schon von Anfang an gewußt, daß Harriet nicht die richtige Frau für dich ist«, sagte Alice, und in ihrer Stimme schwang ein Hauch von Genugtuung mit. »Sie ist flatterhaft, oberflächlich und ohne Charakter.«
Daniel fuhr zu ihr herum, das Gesicht eine verzerrte Maske aus Schmerz und ohnmächtigem Zorn. »Untersteh dich, noch einmal so von meiner Frau zu reden!« Und ohne eine Erwiderung abzuwarten, drehte er sich um und verließ den KIMBERLEY CLUB. Sidney und Johannes folgten ihm und bemühten sich, ihn zu beruhigen.

Doch Daniel sagte nicht ein einziges Wort. Er stieg in die nächste Mietdroschke und knallte ihnen den Schlag vor der Nase zu.
Er ließ sich zu einer Canteen im Westen bringen, entschlossen, seinen Kummer im Alkohol zu ertränken. Doch schon nach dem dritten Glas schmeckte es ihm nicht mehr. Er zahlte und ging. Fast zwei Stunden wanderte er ziellos durch die Straßen, und er wußte nicht, was ihm stärker zusetzte – der Schmerz über Harriets häßliche Worte oder seine Wut auf sie und die Ungerechtigkeit des Lebens, das ihn in eine solch unglückliche Ehe geführt hatte.
Als er sich endlich nach Hause begab, schickte er all ihre Bediensteten zu Bett. Und als er mit Tabita sprach, konnte er nicht umhin, an das zu denken, was Harriet über sie gesagt hatte. Stimmte es wirklich, daß sie ihn anhimmelte? Sie war zu einer schlanken schwarzen Schönheit herangewachsen.
Wut und ein merkwürdiges Verlangen tobten in ihm, während er im dunklen Salon ein Glas fast bis zum Rand mit Brandy füllte und ruhelos im Zimmer auf und ab ging.
»Ich muß verrückt sein«, murmelte er verstört, als ihm plötzlich bewußt wurde, daß er sich auf dem Weg zu Tabitas Kammer befand.
Er zögerte, kehrte um – und kam wieder zurück.
»Sie will es ja nicht anders!« sagte er grimmig zu sich selbst. »Dann soll es, zum Teufel noch mal, auch geschehen. Was habe ich mir denn vorzuwerfen?«
Tabita war noch auf. Lichtschein drang unter der Türritze zu ihm in den Flur. Er legte seine Hand auf den Türknauf, und sein Herz schlug plötzlich in einem schnellen Rhythmus der Ungewißheit und des Verlangens.
Daniel öffnete die Tür.
Tabita saß in einem dünnen Nachthemd auf dem Bettrand. Überrascht, aber nicht erschrocken blickte sie ihn an, als er eintrat und die Tür leise hinter sich schloß. Sie machte keine Anstalten, zu ihrem Morgenrock aus geblümtem Kaliko zu greifen.

Einen Augenblick sahen sie sich schweigend an. Dann fragte er: »Soll ich besser wieder gehen?«

Sie schüttelte kaum merklich den Kopf. »Nur wenn Sie es so wollen.«

»Tabita ... weißt du, was dein Name bedeutet?«

Sie nickte. »Gazelle.«

Er lächelte. »Deine Eltern hätten dir keinen passenderen Namen geben können.«

Sie lächelte.

»Du bist schön ... und begehrenswert«, sagte er mit belegter Stimme.

»Ja?« fragte sie leise.

»Ja, sehr.« Er kam langsam zu ihr. »Meine Frau wird nicht vor Morgengrauen zurückkehren.« Mehr brauchte er nicht zu sagen. Tabita wußte besser als jeder andere, wie es um ihre Ehe bestellt war. Erwartungsvoll sah sie ihn an.

»Noch ist nichts geschehen, Tabita. Noch kannst du mich wegschicken, und ich werde es verstehen, und es wird auch zukünftig alles so sein, wie es war.«

»Ich möchte, daß Sie bleiben«, flüsterte Tabita. Sie stand vom Bett auf, hob ihr Nachthemd an und zog es langsam über den Kopf.

Nackt und in ebenmäßiger Schönheit stand sie vor ihm. Er streckte seine Hände nach ihr aus, berührte ihr Gesicht und folgte dann beinahe andächtig den geschwungenen Linien ihres Körpers.

»Wir sollten es nicht tun. Es ist nicht richtig«, sagte er mit rauher, von Begehren schwerer Stimme, als sie ihren Körper in seine Hände schmiegte.

»Nicht reden«, raunte Tabita und begann ihn zu entkleiden. Dann löschte sie das Licht, nahm seine Hand und zog ihn zum Bett.

Daniel sank in ihre Arme, und die wortlose Lust, die sie einander bereiteten, ließ keinen Raum mehr für Gewissensbisse und andere Empfindungen.

56

Tabita weinte, und Daniel versuchte sie zu trösten. Doch die tröstenden Worte entsprangen seiner Vernunft, nicht seinem Herzen. Der Gedanke, daß die Monate heimlicher Zärtlichkeit und Leidenschaft ein Ende haben sollten, schmerzte auch ihn. Zu tief hatten seine Gefühle zu ihr in ihm schon Wurzeln geschlagen, als daß er sich leichten Sinnes von ihr hätte trennen können. Aber gerade weil Tabita ihn mit ihrem sanften, anschmiegsamen und so rückhaltlos sinnlichen Wesen von Woche zu Woche stärker an sich fesselte und seine Liebe zu erringen drohte, gerade deshalb sagte ihm sein Verstand, daß er nicht länger blind für das Unrecht sein durfte, daß er ihr damit antat.

»Ich will es sowenig wie du, Tabita«, sagte er und streichelte die samtweiche Haut ihrer Wange. »Aber es muß einfach sein. Du bedeutest mir zuviel, als daß ich es vor meinem Gewissen verantworten könnte, länger mit dir das Bett zu teilen und dir vielleicht ein Kind zu machen.«

»Ich würde mir nichts lieber als das wünschen!« versicherte sie und fuhr hastig fort: »Ich weiß, daß es ein Mischling sein würde und Sie es niemals als Ihr eigenes anerkennen könnten. Aber das macht mir nichts. Mir reicht es, Ihnen ein Kind geboren zu haben und zu wissen, daß Sie es lieben. Denn lieben würden Sie es, da bin ich sicher.«

Ja, das würde er zweifellos, und niemals empfand er die Rassentrennung in seinem Land so schmerzhaft wie in diesen Wochen. Doch auch er konnte nicht die Augen davor verschließen, daß ein Weißer sich selbst zu einem Ausgestoßenen der Gesellschaft machte, wenn er offen mit einer Schwarzen zusammenlebte, geschweige denn sie heiratete. Die verlogene Moral seiner Welt erlaubte es, daß ein Mann eine schwarze Geliebte hatte, unter seinem Personal oder sonstwo. Allein schon der erhebliche Mangel an weißen Frauen in den ersten Jahren der Diamantendiggings hatte dazu geführt, daß solche Verbindungen zwischen weißen Diggern und schwarzen Frauen gang und gäbe gewesen waren und auch noch in den folgenden Jahren nicht gerade Seltenheitswert bekommen hatten. Aber die äußere Fassade hatte nun doch längst den gesellschaftlichen Ansprüchen der Viktorianischen Zeit zu entsprechen, wenn man nicht gemieden werden wollte. Und er war ehrlich genug, um vor sich einzugestehen, daß er nicht den Mut aufbrachte, diesen ungeschriebenen Gesetzen zu trotzen und ein Leben als Außenseiter zu führen.

Ja, einen Sohn von Tabita zu haben, hätte ihn überglücklich gemacht. Doch der Preis, den sie beide dafür zu bezahlen hätten, war einfach zu hoch. Er durfte auch nicht länger diese heimliche Liebschaft fortführen und dadurch ihr Leben seinem Egoismus opfern. Für ihre Güte und Liebe war er ihr mehr als nur Nächte glühender Leidenschaft schuldig.

»Es darf kein Kind geben, weil es dir gegenüber nicht gerecht wäre«, sagte er deshalb bestimmt.

»Aber ich bin doch all die Jahre nur wegen Ihnen geblieben!« erwiderte sie verzweifelt und unter Tränen. »Wenn ich Sie nicht geliebt hätte, hätte ich es bei Ihrer Frau schon längst nicht mehr ausgehalten.«

»Ich weiß«, sagte er traurig. »Aber ich kann und werde nicht zulassen, daß du wegen mir dein Leben wegwirfst. Ich mache mir schon genug Vorwürfe, daß ich damals schwach geworden und zu dir in die Kammer gekommen bin. Ich möchte nicht, daß du später voll Bitterkeit auf dein Leben zurückblickst. Du bist jung und bildhübsch und kannst jeden anderen Mann haben, der dich nicht nur liebt, sondern auch deine Hautfarbe hat und mit dir eine Familie gründen kann.«

Vier Wochen später packte Tabita ihre Sachen und trat eine Stellung bei der Frau eines wohlhabenden Kaufmanns an. Daniel bestand darauf, daß sie sein Abschiedsgeschenk in Höhe von fünfhundert Pfund annahm. Ein halbes Jahr später erfuhr er von Pigwane, der mit dem Kutscher des Kaufmanns bekannt war, daß Tabita einen Hottentotten geheiratet hatte, der ein kleines Fuhrgeschäft besaß und im Ruf stand, ein verläßlicher und tüchtiger

Mann zu sein. Seine Erleichterung darüber war größer als seine Freude, denn Tabita fehlte ihm schmerzlich. Dagegen hatte Harriet ihr keine Träne nachgeweint, sondern ein sommersprossiges, stämmiges Mädchen schottischer Herkunft namens Mary McGuire eingestellte, deren plapperndes Mundwerk so flink wie ihre Hände waren und die ihre neue Herrin maßlos bewunderte, was Harriet fast so wichtig war wie ihre Fertigkeiten mit Brennschere, Kamm und Nähnadel.

Harriet hatte weder am Morgen nach dem Einweihungsball des KIMBERLEY CLUB noch irgendwann danach auch nur ein Wort über ihre unverzeihliche Entgleisung im Angesicht seiner Freunde fallengelassen. Und er hatte es sich untersagt, sie zur Rede zu stellen. Daß er in derselben Nacht Tabita entjungfert hatte, hatte seinem wilden Schmerz und Zorn nicht nur die Spitze genommen, sondern ihm auch das Recht, ihr bittere Vorwürfe zu machen.

Daß Harriet ihn betrügen könnte, war ihm bis zum Abend der Clubeinweihung nie in den Sinn gekommen. In den folgenden Wochen und Monaten fragte er sich jedoch gelegentlich, was ihn so sicher machte, daß sie ihn nicht hinterging. Ihre verächtliche Bemerkung hatte in ihm den Samen eines Verdachts gelegt, der in seinen Gedanken Wurzeln schlug und immer stärker zu wachsen begann.

Allein die Schwierigkeiten, mit denen sich die FIVE STAR und alle anderen Minengesellschaften gleich in den ersten Monaten des neuen Jahres konfrontiert sahen, verhinderten, daß Daniel seinem unguten Gefühl nachging. Seine Partner und er waren nämlich vollauf damit beschäftigt, mit den Folgen der neuen Gesetze hinsichtlich der Durchsuchung der Minenarbeiter fertigzuwerden, die am 10. Januar 1883 auf Druck der großen Gesellschaften erlassen worden waren – und die zum ersten großen Industriestreik Afrikas führten.

Der Erlaß bestimmte, daß jeder Minenarbeiter vor und nach der Arbeit eine Durchsuchungsstation zu passieren, sich dabei völlig nackt einer erniedrigenden Leibesvisitation zu unterziehen, eine

Arbeitsuniform zu tragen und das Gelände nicht ohne eine schriftliche Erlaubnis zu verlassen hatte.

Ende Februar hatten die Gesellschaften zudem auch noch ihr Minengelände mit hohen Sicherheitszäunen umschlossen, so daß die Arbeiter stärker noch als zuvor von den illegalen Diamantenhändlern, Waffenverkäufern und Schankstubenbesitzern isoliert waren, die bis dahin mit den Schwarzen blühende Geschäfte getätigt hatten.

Byron triumphierte, daß nun endlich Gesetz geworden war, was er und andere schon lange gefordert hatten. »Damit bekommen wir das I.D.B. jetzt besser in den Griff. Jeder Schwarze, der sich nun tagsüber außerhalb der eingezäunten Bezirke aufhält, kann aufgegriffen und zur Rechenschaft gezogen werden.«

»Du vergißt, daß in den Minen nicht nur Schwarze arbeiten, sondern auch eine große Zahl weißer Aufseher, Maschinenführer und Mechaniker«, wandte Johannes skeptisch ein. »Allein wir beschäftigen über zwanzig Weiße in den Minen. De Beers sogar über achtzig. Insgesamt werden es mehrere Hundert sein, und ich fürchte, diese werden sich diesem Striptease und der Prozedur in den Durchsuchungsbaracken nicht unterziehen, auch wenn sie dabei von den Schwarzen getrennt sind.«

»Wenn sie ihren Job behalten wollen, müssen sie«, erklärte Byron kategorisch.

Diesmal war Sidney mit ihm einer Meinung. »Ausnahmen darf es nicht geben, sonst werden die neuen Vorschriften nicht greifen.«

Johannes behielt recht. Die weißen Arbeiter rebellierten gegen die Forderungen der Minenbesitzer, erst mit Petitionen, dann mit Kundgebungen auf dem Marktplatz, an denen auch viele Händler und Schankwirte teilnahmen, die erhebliche Geschäftseinbußen befürchteten, und schließlich mit dem ersten Streik in der Geschichte von Kimberley. Über eine Woche lang kam die Arbeit in den vier Minen völlig zum Erliegen, denn auch die Schwarzen beteiligten sich daran.

Die mehr als zweihundertdreißig Fuß tiefen Gruben, in denen

wegen des eintretenden Grundwassers Tag und Nacht Pumpen laufen mußten, drohten überflutet zu werden. Der finanzielle Schaden, der sich abzuzeichnen begann, zwang die Minenbesitzer zum Einlenken. Es wurde ein Komitee gebildet, dem auch Cecil Rhodes angehörte und das mit den Vertretern der Streikenden in Verhandlungen eintrat. Die »Striptease-Klausel« für Weiße wurde zurückgezogen.

»Eine peinliche Niederlage«, kommentierte Johannes den Verhandlungserfolg der weißen Minenarbeiter.

»Ein ärgerlicher Rückschlag, der aber nichts daran ändert, daß die Durchsuchungsvorschriften für die Schwarzen zu einem für uns günstigeren Zeitpunkt auch ohne Abstriche für weiße Arbeiter durchgesetzt werden«, beharrte Byron.

Die Arbeit in den Minen wurde wieder aufgenommen. Doch die Minenbesitzer vergaßen nicht, wer ihnen einen Strich durch ihre Rechnung gemacht hatte. Sie ließen einige Wochen, manche sogar mehrere Monate passieren, doch dann setzten sie diejenigen, die sie für die Wortführer des Streiks hielten, kurzerhand auf die Straße, insgesamt mehr als fünfzig weiße Aufseher und Maschinisten. Und wenn auch niemand die Existenz einer schwarzen Liste zugab, die verhinderte, daß diese Männer in anderen Minen neue Arbeit fanden, so wies das Ergebnis jedoch sehr wohl auf eine solche hin.

Die neue Unruhe, die durch die Kündigungen unter den weißen Arbeitern entstand, hätte womöglich zu einem zweiten Streik geführt, doch da brach in Klerksdorp im Transvaal eine Pockenepidemie aus.

Klerksdorp lag auf der direkten Handelsroute nach Kimberley, und viele Schwarze wie Weiße gelangten auf diesem Weg zu ihren Arbeitsplätzen in den Minen.

Statt jedoch Kimberley abzuriegeln und weit außerhalb an den Zufahrtsstraßen Quarantänestationen einzurichten, wie es Dr. Sauer verlangte, der schon einmal durch rasche und drastische Maßnahmen in dieser Richtung eine Pockenepidemie von der Stadt abgewendet hatte, zögerten die Verantwortlichen.

Die großen Minengesellschaften fürchteten schweren wirtschaftlichen Schaden, wenn Kimberley von der Außenwelt und damit auch von allem Nachschub an Gerätschaften, Arbeitern und sonstigen Gütern abgeriegelt wurde.
Mit Hilfe von Dr. Matthews und Dr. Jameson, einem Vertrauten von Cecil Rhodes, wurde die Gefahr heruntergespielt und behauptet, es handle sich nur um »Kaffernpocken«, die relativ harmlos seien und an denen insbesondere Weiße nicht erkrankten. Die Friedhöfe sollten schon bald eine ganz andere und sehr eindeutige Sprache sprechen.
Aus Angst vor wirtschaftlichem Ruin wurden nur sehr halbherzige Maßnahmen ergriffen, die zudem viel zu spät erfolgten. Daniel und Johannes bestanden darauf, daß alle Arbeiter der FIVE STAR geimpft wurden, und andere Minengesellschaften folgten dem Beispiel. Doch die schreckliche Krankheit hatte sich längst an vielen Stellen in die Stadt geschlichen und sich in den Siedlungen der Schwarzen, Malaien und Inder ausgebreitet, wo die Menschen in erbärmlicher Enge und unter noch immer erschreckenden sanitären Verhältnissen lebten.
Fast zwei Jahre sollte Kimberley unter der Epidemie leiden, von der auch die Weißen nicht verschont blieben, obwohl von den fast tausend Toten, die offiziell an Pocken starben, weniger als hundert aus der weißen Bevölkerung kamen. Diese offiziellen Zahlen gaben jedoch nur ein geschöntes Bild der tödlichen Wirklichkeit ab, denn vielen Toten wurde aus medizinischer Unkenntnis oder aus Kalkül eine andere Todesursache als Pocken attestiert, wie allein Dr. Sauer in zahlreichen Fällen nachwies. Aber die Profite der Minengesellschaften hatten Vorrang, und der Einfluß ihrer Besitzer war größer als die mahnenden Stimmen von Männern wie Dr. Sauer.
Im Dezember berührte der Pockentod auch das Leben von Florence. Daniel kam am frühen Morgen ins ROYAL DIAMOND, um sein Weihnachtsgeschenk für Lionel abzugeben. Der Junge hatte die Wochen zwischen den Jahren bei seiner Mutter in Kimberley verbringen wollen, doch wegen der Pockengefahr

hatte sie ihm nach Kapstadt telegraphiert, daß er dieses Jahr Weihnachten im Internat bleiben müsse, dafür aber ein besonders großes Paket mit Geschenken erwarten dürfe.
Daniel hätte Florence beinahe verpaßt. »Tut mir leid, daß ich keine Zeit habe, mit dir eine Tasse Kaffee zu trinken und einen kleinen Plausch zu halten, aber ich muß mich sputen, wenn ich nicht zu spät zur Beerdigung kommen will«, bedauerte sie, nachdem sie sich für das Geschenk für ihren Sohn bedankt hatte.
»Wessen Beerdigung?« fragte Daniel.
»Julian Jakes hat seine Frau und seinen Sohn verloren. Sie sind an Pocken erkrankt und gestorben, als er geschäftlich in Bloemfontein war«, teilte Florence ihm mit.
»Mein Gott, was für eine Tragik. Und du willst zu ihrer Beerdigung gehen?«
Florence sah ihn an, und ihr Blick war so hart wie ein Diamant. »Und ob ich das will, Daniel! Du magst es verurteilen, aber ich will sehen, wie er leidet.«
»Geh nicht! Du versündigst dich. Was immer er dir angetan hat, du hast nicht das Recht, die Beerdigung seiner Familie so zu mißbrauchen!« versuchte er sie von ihrem Vorhaben abzubringen. »Das Schicksal hat ihn auch so schon schwer genug gestraft!«
Trotzig erwiderte sie seinen beschwörenden Blick. »Und ob ich das Recht habe, Daniel! Er hat mich ausgenutzt und betrogen, mich geschwängert und dann sitzengelassen. Ich habe zwei Männer verloren, die ich geliebt habe. Und ich will, daß er erkennt, welches Unrecht und welchen Schmerz er mir angetan hat.«
»Aber du kannst doch nicht die Beerdigung für deine persönlichen Rachegelüste mißbrauchen! Damit stellst du dich mit ihm auf eine Stufe. Das ist grausam, was du da vorhast. Florence, um Himmels willen, überleg dir das bitte noch einmal!«
»Denke von mir, was du willst, aber mich wird niemand davon abhalten!« erwiderte sie uneinsichtig. »Und jetzt entschuldige mich!«
Bestürzt sah Daniel ihr nach, wie sie aus dem Hotel eilte und in ihrer Kutsche davonfuhr.

57

Wer mit den großen Gesellschaften nicht Schritt hielt und den harten Konkurrenzkampf nicht mit aller Energie aufnahm, der hatte keine Chance, sich weiterhin in Kimberley zu behaupten.
Das galt auch für die FIVE STAR, die längst nicht nur mehrere hundert Minenarbeiter beschäftigte, sondern in ihrem Verwaltungsgebäude an der Ecke Barkly und North Circular Road auch einen fast dreißigköpfigen Mitarbeiterstab hatte. Neben den Buchhaltern und Schreibkräften gehörten technische Zeichner und Experten auf dem Gebiet des Bergbaus zu den Angestellten der Gesellschaft. Denn die Diamanten wurden nicht mehr nur allein im Tagebergbau gefördert, sondern man ging mittlerweile verstärkt dazu über, Bergwerksschächte niederzubringen und Stollen anzulegen.
Sich in diese neue Materie einzuarbeiten, Pläne für diese unterirdischen Bergwerksanlagen zu entwickeln und ihre Ausführung zu überwachen, nahm viel Zeit in Anspruch. Daniel hatte noch nie so viel Zeit hinter seinem Schreibtisch verbracht wie in den Jahren von 1882 bis 1884. Und da Sidneys politische Karriere es nötig machte, daß er etliche Monate des Jahres in Kapstadt verbrachte, wenn dort das Parlament tagte, und Byron einen Großteil seiner Zeit und Energie der Eisenbahngesellschaft widmete, blieb die Hauptlast der zu bewältigenden Arbeit auf den Schultern von Johannes und Daniel liegen.
Keiner von ihnen beklagte sich darüber, Daniel am allerwenigsten, obwohl er an vielen Tagen sein Büro erst lange nach Einbruch der Dunkelheit verlassen konnte. Arbeit erschien ihm als das denkbar beste Mittel, um die Leere seines privaten Lebens zu füllen.
Die Ahnung, daß Harriet ihn mit einem anderen Mann betrog, war er nie losgeworden. Doch hatte er sich bisher nicht die Mühe gemacht, diesem unbestimmten Gefühl nachzugehen. Er wollte es gar nicht so genau wissen und zog es vor, die Gedanken zu verdrängen, wenn sie ihn in einer ruhigen Stunde beschlichen.

Sein Stolz verbot es ihm, seiner Frau nachzuspionieren. Er redete sich lieber ein, daß Harriet ihm das nicht antun würde. Er hatte sich damit abgefunden, daß sie zwei getrennte Leben führten. Sie verbrachte ihre Tage mit ihren Freundinnen und schmückte sich mit Pöstchen in diversen Wohltätigkeitskomitees, und er hatte seine Arbeit. Er hatte ihr die Entgleisung auf dem Einweihungsball verziehen, denn in den Wochen danach hatte sich ihr Zusammenleben, so wenig Berührungspunkte es auch besaß, doch wieder zum Besseren gewandt. Harriets Sarkasmus und Zynismus war einer unverbindlichen Freundlichkeit gewichen, die vieles leichter machte. Und in Gegenwart anderer vermied sie alles, was bei Daniel Ärger hervorrufen konnte. Dieses stillschweigende Arrangement, sich nicht länger gegenseitig zu verletzen und das Leben schwerzumachen, wollte er nicht gefährden. Doch im Herbst des Jahres 1884 konnte er die Illusion, daß sie ihm treu war, nicht mehr vor sich selbst aufrechterhalten und die Augen nicht länger davor verschließen, daß Harriet eine Affäre mit einem anderen Mann hatte.

Es war während des zweiten großen Streiks der Minenarbeiter im April, in dessen Verlauf es zu schweren gewalttätigen Auseinandersetzungen zwischen den Streikenden und den Polizeikräften kam, die die wenigen Streikbrecher in den Minen vor der Wut der Menge zu schützen versuchten. Sechs Tote sollten nach Beilegung des Streiks zu Grabe getragen werden.

Daß Harriet ihn belog und wohl auch betrog, erfuhr Daniel indirekt von Norman Caldwell, mit dessen Frau Becky Harriet sehr gut befreundet war. Norman erzählte ihm, als sie sich zufällig in der Börse trafen, daß seine Frau sich aus Angst vor dem Mob schon seit Tagen nicht mehr aus dem Haus gewagt habe.

»Aber wohl doch nicht ängstlich genug, um gestern ihren geliebten Bridgeabend im Belgravia Club ausfallen zu lassen«, sagte Daniel, denn er wußte, daß Becky eine leidenschaftliche Bridgespielerin war und daß Harriet den gestrigen Abend mit ihr im Club verbracht hatte.

»Und ob! Keine zehn Pferde hätten sie gestern aus dem Haus bekommen.«
Daniel hatte Mühe, sich seine Betroffenheit nicht anmerken zu lassen. Harriet hatte ihn also belogen, als sie ihm am Morgen in ungewohnter Fröhlichkeit erzählt hatte, wie gut sie gegen Becky gespielt habe.
Von Stund an begann er, Harriets Kommen und Gehen und ihr Verhalten mit wachsendem Argwohn zu beobachten. Und die Hinweise, daß sie ihn mit einem anderen Mann hinterging, häuften sich.
Und dieser Mann war Byron!
Daß Harriet ihn mit seinem eigenen Freund betrog, traf ihn wie ein Schock. Als er seine Frau mehrmals dabei ertappte, wie sie Byron scheinbar flüchtig berührte oder ein Lächeln mit ihm tauschte, das eine intime Verbundenheit verriet, da wurde der ungeheuerliche Verdacht in ihm zur Gewißheit. Alles fügte sich zusammen. Sie hatte schon immer Byrons weltmännische Art bewundert und nie etwas auf ihn kommen lassen.
Daniel beherrschte seine Eifersucht und Wut. Sie zur Rede zu stellen, war sinnlos. Beide würden zweifellos alles empört abstreiten, wenn er sie des Ehebruchs bezichtigte. Er wollte Beweise!
Wann immer Harriet von nun an das Haus verließ, folgte Daniel ihr unbemerkt. Er beobachtete, wohin sie ging und mit wem sie sich traf. Eine ganze Woche lang blieb er ihr auf den Fersen, doch sie führte ihn nicht zu einem heimlichen Treffen mit Byron.
Er begann schon zu zweifeln und sich selbst wegen seiner Verdächtigungen Vorwürfe zu machen, als der Abend kam, an dem er an einer Sitzung der DIAMOND MINING PROTECTION ASSOCIATION im KIMBERLEY CLUB teilnehmen sollte.
»Wir werden bestimmt mal wieder bis spät in die Nacht debattieren«, sagte er zu Harriet, als er sich umzog.
»Da wird das neue Stück im ROYAL THEATER gewiß um einiges unterhaltsamer sein«, erwiderte Harriet. »Ich werde dir erzählen, ob es sich anzuschauen lohnt.«

»Tu das«, sagte Daniel und dachte daran, daß Byron angeblich nicht in der Stadt war.
Er verließ das Haus, fuhr jedoch nicht zum KIMBERLEY CLUB, sondern wies den Kutscher der Mietdroschke an, in der nächsten Seitengasse zu warten.
Wenig später stieg Harriet in ihre Kutsche, die Daniel ihr für den Abend überlassen hatte, und Pigwane fuhr sie tatsächlich zum ROYAL THEATER. Sie ging auch hinein, kam jedoch wenige Augenblicke später wieder heraus und verschwand in einer Mietdroschke, die gerade frei geworden war.
»Also doch!« murmelte Daniel grimmig und trug seinem Kutscher auf, dem anderen Wagen zu folgen.
Minuten später sah er, wie Harriet eine Straße vor Byrons Haus ausstieg, den Kutscher entlohnte und dann die dunkle Gasse hinuntereilte, die an der Hinterfront von Byrons Haus entlangführte.
Daniel sprang aus dem Wagen, warf dem Malaien auf dem Kutschbock eine Münze zu, deren Wert das Dreifache des Fahrpreises betrug, und kam gerade noch rechtzeitig, um zu sehen, wie Harriet durch die Hintertür von Byrons Haus schlüpfte.
In blinder Wut und Eifersucht rannte er um das Haus herum. Auf sein Klopfen hin öffnete ihm Jonas, Byrons schwarzer Hausdiener.
Die Augen des Schwarzen weiteten sich vor Erschrecken, als er sah, wer da vor der Tür stand. »Oh, Mister Lundquist! Ich ... ich bedaure, aber Mister Croft ... er ist leider nicht zu Hause«, stammelte er verstört.
Daniel glaubte fast riechen zu können, wie dem armen Burschen der Angstschweiß ausbrach. »Den Teufel ist er! Geh mir aus dem Weg, Mann!« stieß Daniel hervor und zog den Revolver aus der Innentasche seines Umhangs.
»Baas, um Gottes ...«
»Halt den Mund! Kein Wort mehr, oder du wirst es bitter bereuen!« zischte Daniel, versetzte ihm mit der linken Hand

einen Schlag gegen die Brust und zog die Tür schnell hinter sich zu. »Wo sind sie?«
»Oben!« Todesangst stand in den Augen des Schwarzen.
»Wage es ja nicht, mir zu folgen oder andere Dummheiten zu machen!« warnte Daniel ihn und stürmte dann die Treppe ins Obergeschoß hinauf.
Augenblicke später stieß er die Tür zu Byrons Schlafzimmer auf. Sie krachte wie mit einem Donnerschlag gegen eine Kommode, auf der sich ein silberner Kühler mit einer Flasche Champagner sowie zwei Gläser befanden.
Sein Freund, nur in einen seidenen Morgenrock gekleidet, stand mit Harriet in leidenschaftlicher Umarmung zwischen dem aufgeschlagenen Bett und dem Kamin. Das laute Prasseln der Flammen hatte sie weder die Stimmen unten in der Halle noch die hastigen Schritte auf der Treppe hören lassen.
Entsetzt fuhren die beiden auseinander.
Harriet wurde leichenblaß, wankte zum Kamin und stützte sich dort mit einer Hand ab, während sie mit der anderen ihr an der Brust aufklaffendes Kleid zusammenhielt.
»Entschuldigt bitte mein ungestümes Eintreten. Ich hätte vielleicht doch besser anklopfen sollen«, sagte Daniel mit einer von maßlosem Schmerz und Zorn erfüllten Stimme, die ihm selbst fremd klang. »Aber da ihr es mit den Anstandsregeln offensichtlich auch nicht so genau nehmt, dachte ich, darauf verzichten zu können. Außerdem wollte ich mir meiner Sache mit euch beiden doch ganz sicher sein, bevor ich mich bei meinem unerschütterlichen Freund für seine einzigartige Treue und Hingabe, die er sogar auf meine Ehefrau übertragen hat, gebührend bedanken!« Und damit richtete er den Revolver auf Byron. »Hast du noch etwas zu sagen, bevor ich dir eine Kugel in den Schädel jage, Byron?«
Sein Herz raste. Das Blut rauschte in seinen Ohren. Eine buchstäblich mörderische Wut erfüllte ihn und drohte, seinen Verstand auszuschalten. Er verspürte das kaum bezähmbare Verlangen, die Trommel des Revolvers in den Körper seines Freundes zu

leeren, dem Harriet all die Lust und Leidenschaft gewährt hatte, die sie ihm seit Jahren verwehrte.

Bestürzung und Scham, aber nicht Angst zeigten sich in Byrons Augen. »Es gäbe wahrscheinlich noch eine Menge zu sagen, aber wohl nicht zu dieser Situation«, antwortete er, ohne daß seine Stimme auch nur leicht zitterte oder er auch nur einen Inch von der Stelle wich. »Bring es also hinter dich, wenn es das ist, was du tun möchtest – und wenn du glaubst, damit leben zu können.«

»Und ob ich damit leben kann! Du dreckiger Betrüger und Verräter!« schrie Daniel ihn an, und seine Hand umfaßte den Revolver so fest, daß seine Knöchel weiß wurden.

Harriet löste sich aus ihrer Starre. »Tu es nicht!« stieß sie mit schriller Stimme hervor und stürzte auf ihren Mann zu. »Es ist alles meine Schuld, Daniel! Ich flehe dich an, werde nicht zum Mörder!«

Es war Daniel ein leichtes, sich seiner Frau mit einer kraftvollen Bewegung seiner linken Hand zu erwehren und sie von sich zu stoßen.

Harriet sank auf die Knie. »Bitte!« wimmerte sie. »Bring ihn nicht um für etwas, was ich zu verantworten habe. Hast du denn vergessen, was du ihm schuldig bist? Du hast mir mehr als einmal davon erzählt, wie er dir damals am Vaal beim Hochwasser das Leben gerettet hat!«

Byron hatte diesen kurzen Moment der Ablenkung nicht genutzt, um Daniel die Waffe aus der Hand zu reißen oder sich in Deckung zu bringen Er stand noch immer reglos da und sah scheinbar fatalistisch in den Lauf des Revolvers. »Er ist mir nichts schuldig, Harriet!«

Daniel war, als zöge jemand einen Schleier von seinen Augen. Er sah die Waffe in seiner Hand und blickte dann zu Byron, der nicht um Gnade bettelte, sondern offenbar gelassen darauf wartete, durch die Hand eines Mannes zu sterben, mit dem er anderthalb Jahrzehnte Freude und Leid geteilt hatte – ja, und dessen Leben er einst unter Einsatz seines eigenen gerettet hatte.

Und plötzlich überkam ihn Abscheu vor dem, wozu er sich beinahe hätte hinreißen lassen.
Er senkte die Hand mit dem Revolver. »Doch, ich bin dir noch ein Leben schuldig, Byron. Hiermit sind wir quitt«, sagte er mit heiserer Stimme und schleuderte die Waffe von sich. Sie flog auf das Bett.
Harriet schluchzte.
Daniel fuhr zu ihr herum und zerrte sie hoch. »Geh mir aus den Augen.« Er stieß sie hinaus in den Flur. Sie stürzte, kam sofort wieder auf die Beine und rannte die Treppe hinunter.
»Warte!« sagte Byron. »Laß uns nicht so auseinandergehen!«
Daniel wandte sich zu ihm um, maßlose Enttäuschung und Verachtung in Blick und Stimme, als er fragte: »Glaubst du vielleicht, irgendwelche Worte könnten aus der Welt schaffen, was du und Harriet mir angetan habt?«
»Nein, dafür gibt es keine Entschuldigung, aber vielleicht eine Erklärung.«
»Weder das eine noch das andere!« schrie Daniel ihn an. »Mein Gott, wir waren einmal Freunde und fühlten uns enger miteinander verbunden als viele Brüder! Und du hast unsere Freundschaft verraten und mich mit meiner Frau betrogen. Was für ein mieser, billiger Charakter du doch bist! Und ich habe dich einmal bewundert und mich glücklich geschätzt, dich zum Freund zu haben. Dabei bist du keine drei Pennies wert!«
»Ja, das gefällt dir, nicht wahr? Die Rolle des Selbstgerechten, von Frau und Freund betrogen, paßt dir wirklich wie auf den Leib geschnitten!« schrie Byron nun zurück. »Du hast mich mit deiner Frau auf frischer Tat ertappt, und damit ist für dich alles klar. Aber jetzt, da ein anderer das bekommen hat, was du gern allein für dich gehabt hättest, begreifst du vielleicht endlich einmal, wie ich mich all die Jahre gefühlt habe!«
»Wovon redest du?« fragte Daniel grob und verständnislos.
Byron lachte bitter auf. »Deine Frage sagt schon alles. Du hast nicht einmal eine Ahnung davon gehabt!«
»Ahnung wovon?«

»Daß ich mich neben dir, Sidney, Johannes, Florence und Alice immer wie das letzte Rad am Wagen gefühlt habe!« warf Byron ihm vor. »Ich habe dir alles gegeben, was ich geben konnte – und ich hätte auch jederzeit mein Leben für dich gelassen. Aber das hat mir nicht viel eingebracht, nicht wahr? Denn das bist du ja von allen gewohnt gewesen, Alice vielleicht einmal ausgenommen. Du warst immer ihr Mittelpunkt, der unbestrittene Anführer, der Mann, an dem sich alles orientierte und zu dem alle aufschauten!«

Daniel glaubte seinen Ohren nicht zu trauen und war im ersten Moment sprachlos – über Byrons Verbitterung wie auch über dessen Vorhaltungen. Dann schüttelte er ärgerlich den Kopf.

»Das ist doch dummes Zeug, was du da von dir gibst. Du willst doch bloß vom Thema ablenken. Es existierte bei uns kein Anführer. Wir waren und sind gleichberechtigte Freunde und Partner!«

»Ja, rede dir das nur weiter ein, aber deshalb ändert sich doch nichts an den Tatsachen. Dir ist immer alles zugeflogen, und was du haben wolltest, hast du bekommen!« hielt Byron ihm vor. »Schon damals, als du aus irgendeinem Grund nicht mehr am Vaal bleiben und zu den Dry Diggings nach DUTOITSPAN wolltest, war Sidney sofort bereit, seinen guten Claim aufzugeben und mit dir zu gehen. Wir alle wären dir bis ans Ende der Welt gefolgt, und so war es immer, was du auch vorgeschlagen hast. Und wie hat dich Florence angehimmelt, wenn auch auf ihre zurückhaltende Weise. Sie hätte dich auf der Stelle geheiratet, wenn du sie nur ein wenig ermutigt hättest. Wenn du glaubst, ich wüßte nicht, daß auch Alice dir insgeheim zu Füßen gelegen hat, dann kann ich dich jetzt eines Besseren belehren.«

»Du bist verrückt!« stieß Daniel betroffen hervor. »Sie hat Sidney geheiratet und ...«

»Komm mir doch nicht damit!« schnitt Byron ihm erregt das Wort ab. »Sie hat ihn gemocht, aber nicht geheiratet, weil sie ihn liebte, sondern aus einem anderen Grund. Ich kann es nicht beweisen und habe auch nie versucht, es herauszufinden, doch ich bin sicher, daß ihr etwas miteinander hattet. Es ging mich auch nichts an, aber tu bloß nicht so, als wärst du ein Gleicher unter Gleichen gewesen. Du hattest immer eine Sonderstellung, egal worum es ging. Als Sidney sich der Politik widmete und Aufgaben in unserer Gesellschaft abtreten mußte, kam erst gar keiner auf die Idee, einem anderen als dir die Leitung der FIVE STAR anzutragen.«

»Das stimmt nicht! Wir sind gleichberechtigte Partner!« widersprach Daniel heftig.

»Vielleicht auf dem Papier, aber in Wirklichkeit hast du doch schon seit Jahren das Heft fest in der Hand. Du hast ja auch bewiesen, daß du der richtige Mann an der Spitze bist. Aber darum geht es mir gar nicht. Es geht darum, daß du immer etwas Besonderes warst und alles bekommen hast, was du haben wolltest, ja vielleicht sogar mehr als das!«

»Das ist nicht wahr, Byron. Aber auch wenn es wahr wäre, war das Grund genug für dich, meine Frau zu verführen und unsere Freundschaft aufzukündigen?«

Ein Ausdruck von Schmerz und Trauer legte sich über Byrons Gesicht. »Ich will mich nicht von Schuld freisprechen, Daniel. Wenn ich es nicht zugelassen hätte, wäre es nicht dazu gekommen, das ist sicher. Aber deine Ehe war schon seit Jahren ein Scherbenhaufen, als Harriet mich zu verführen begann und mich an meinem schwachen Punkt traf. Ja, ich gebe zu, es schmeichelte mir, daß sie nun mich dir vorzog. Es war dumm und gewiß auch unverzeihlich, daß ich mich darauf eingelassen habe, als hätte ich keine anderen Frauen gehabt, mit denen ich mich hätte vergnügen können. Aber deine Frau zu haben, war wie eine Genugtuung für all das, was mir versagt geblieben war. Ich wollte nie, daß du es erfährst, und mit Sicherheit hätte ich der unseligen Geschichte bald ein Ende gemacht. Nun bist du mir zuvorgekommen, und damit werde ich leben müssen. Eigentlich hätte ich wissen sollen, daß ich auch darin kein Glück haben würde.«

»Du machst es dir wirklich sehr einfach«, sagte Daniel verächtlich. »Glaube ja nicht, daß dein Selbstmitleid bei mir verfängt!«

Byron machte eine müde Geste. »Ich erwarte keine Absolution, Daniel. Und es überrascht mich auch nicht, daß ich bei dieser Sache mehr verliere als du.«

Daniel sah ihn hart an. »Wir haben uns nichts mehr zu sagen, Byron!« Damit drehte er sich um und ging.

Er war schon unten in der Eingangshalle, als Byron auf der Treppe erschien. »Ich werde morgen meinen Anwalt damit beauftragen, die entsprechenden Papiere zum Verkauf meiner Anteile an der Gesellschaft vorzubereiten. Ich werde Vergil Thompson sagen, daß dir, Sidney und Johannes ein Vorkaufsrecht eingeräumt wird. Ihr habt zwei Wochen Zeit, davon Gebrauch zu machen, was ihr natürlich auch tun werdet. Denn Geschäft ist Geschäft, richtig? Ihr könnt jetzt mit der FIVE STAR machen, was ihr wollt. Der Fusion mit DE BEERS steht nichts mehr im Weg.«

»Erwartest du vielleicht ein Dankeschön?« fragte Daniel kalt.

Byron brachte ein schwaches Grinsen zustande. »Natürlich nicht, denn früher oder später hättet ihr ja so oder so euren Willen bekommen, nicht wahr?«

»Fahr zum Teufel!« zischte Daniel und warf die Tür hinter sich zu.

Erst drei Tage später kehrte Daniel nach Hause zurück. Er fühlte sich so elend wie nie zuvor in seinem Leben, und daran war am wenigsten der Alkohol schuld, mit dem er sich zu betäuben versucht hatte.

In der Eingangshalle standen mehrere Überseekoffer. Als er in den Salon ging, um sich einen Drink zu machen, traf er auf Harriet. Sie war bleich, doch gefaßt.

Einen Augenblick sahen sie sich wortlos an, und Daniel hätte nicht zu sagen vermocht, was er in diesem Moment empfand, wenn man ihn danach gefragt hätte.

»Es tut mir leid, daß es so gekommen ist«, brach Harriet schließlich das Schweigen.

»Das glaube ich dir blind.«

»Du wirst dich scheiden lassen wollen«, sagte sie und hielt seinem

stechenden Blick stand. »Ich werde dir keine Schwierigkeiten machen.«
»Scheidung?« Er hatte darüber noch gar nicht nachgedacht, wie ihm jetzt bewußt wurde. »Ich werde mir überlegen, was zu tun ist.«
Sie nickte. »Ich habe Mister Rickstone bevollmächtigt und beauftragt, meine Interessen zu vertreten. Er wird in meinem Namen akzeptieren, was immer du verlangst, solange du mir genug zum Leben läßt.«
»Sehr großzügig«, sagte er mit beißendem Sarkasmus. »Und wo willst du hin?«
»Ich reise erst einmal mit Mary nach England, zu Verwandten nach Devonshire«, teilte sie ihm mit. »Ich habe dir ihre Adresse auf deinen Schreibtisch im Arbeitszimmer gelegt. Ich reise noch heute ab. Mister Rickstone weiß aber auch, wo ich zu erreichen bin.«
»Gut«, sagte er nur und wandte sich zum Gehen.
»Daniel?«
Er blieb stehen und drehte sich zu ihr um. »Ja, ist noch etwas?«
Harriet zögerte und rang sichtlich mit sich selbst. Dann preßte sie die Lippen aufeinander und schüttelte stumm den Kopf.
Ohne ein weiteres Wort ging Daniel aus dem Salon, begab sich in sein Arbeitszimmer und schloß sich dort ein. Er starrte auf das Gemälde an der Wand, ohne die afrikanische Landschaft zu sehen, die der Maler aus Kapstadt so trefflich auf der Leinwand wiedergegeben hatte. Als die Kutsche eine Stunde später vorfuhr, um Harriet und Mary nach Hope Town zu bringen, das schon an den Schienenstrang der Eisenbahn angeschlossen war, ging sein Blick noch immer ins Leere.
Er gehörte zu den vermögendsten, einflußreichsten und angesehensten Männern von Kimberley – und zugleich zu den unglücklichsten.
Zwei Tage später unterzeichneten Daniel, Sidney und Johannes im Anwaltsbüro von Vergil Thompson den Kaufvertrag über Byrons Anteile. Daß Daniel drei Tage lang wie vom Erdboden

verschwunden gewesen und Harriet nach England abgereist war, ohne daß es ein Abschiedsfest oder eine Erklärung gegeben hatte, und daß Byron sich urplötzlich zum Verkauf entschieden hatte, all das hatte unter den Freunden reichlich Anlaß zu Spekulationen aller Art gegeben. Doch Daniel hatte jeden Versuch, ihm dazu etwas zu entlocken, durch eiserne Verschlossenheit scheitern lassen.

Fünf Monate nach Byrons Ausscheiden aus der Gesellschaft waren die Fusionsbedingungen zwischen der FIVE STAR und der DE BEERS MINING COMPANY ausgehandelt und die entsprechenden Verträge unterschriftsreif.

Daniel, Sidney und Johannes lösten mit ihren Unterschriften ihre Gesellschaft auf und wurden im gleichen Augenblick anteilsstarke und mächtige Mitglieder des Direktoriums von DE BEERS.

Beim anschließenden Festbankett hatte Daniel als einziger Mühe, sich zu freuen. Zwar wußte er, daß die Fusion eine wirtschaftlich richtige und letztlich auch zwangsläufige Entscheidung gewesen war, die sich für jeden von ihnen persönlich auszahlte, aber dennoch trauerte er den alten Zeiten am Vaal nach, wo alles so einfach und überschaubar gewesen war und wo Freundschaft mehr gezählt hatte als Macht und Geld.

Sie hatten so vieles erreicht.

Und so vieles verloren.

58

»Das macht fünfzehn Shilling, Ma'am«, sagte der Angestellte am Schalter des Telegraphenamts, nachdem er die Worte des Kabels nach Kapstadt auf sein Formular übertragen und noch einmal gezählt hatte.

»Fünfzehn Shilling für zwanzig Wörter?« fragte Florence fast empört.

Der kahlköpfige Mann mit den abgescheuerten schwarzen Ärmelschonern bedachte sie mit einem merkwürdigen Blick, aus dem Florence auch einen Vorwurf herauszulesen meinte. »Sie haben richtig verstanden, Ma'am. Fünfzehn Shilling. Was ist nun, wollen Sie das Telegramm so aufgeben, oder möchten Sie noch ein paar Worte herausstreichen? Wenn Sie Ihre Nachricht statt mit ›Deine Dich liebende Mutter‹ einfach mit ›Mutter‹ abschließen, wird es um zwei Shilling billiger.«

Empört blitzte sie ihn an. »Wie ich mein Telegramm abfasse, werden Sie schon mir überlassen müssen! Der Text bleibt so, wie er ist.«

Er zuckte mit den Schultern. »Dann macht es fünfzehn Shilling, Ma'am«, wiederholte er.

Florence knallte ihm das Geld auf den Schalter, verlangte eine Quittung, nahm die Durchschrift ihres Kabels an sich und konnte nicht schnell genug das Telegraphenamt verlassen.

»Hier, George«, hörte sie ihn noch im Hinausgehen mit beißendem Spott zu seinem Kollegen sagen. »Ein richtig schönes Telegramm einer Mutter an ihren Sohn in Kapstadt. Da wird er sich aber bestimmt riesig freuen, daß sie so viel Geld für ihn ausgegeben hat.«

Florence beherrschte ihre Wut und tat so, als hätte sie diese Bemerkung nicht gehört. Was verstand dieser einfältige Kerl schon von den Zwängen, denen eine Geschäftsfrau wie sie ausgesetzt war. Als ob sie nicht lieber nach Kapstadt gereist wäre, statt ihrem Sohn dieses Telegramm zu schicken. Natürlich war es ihr nicht leichtgefallen, Lionel davon zu unterrichten, daß es ihr nicht möglich war, zu seiner Internatsabschlußfeier zu kommen. Die Arbeiten am Anbau ihres Hotels, der die Bettenzahl des ROYAL DIAMOND um ein halbes Dutzend erhöhte, waren bedauerlicherweise noch immer nicht abgeschlossen. Und wenn sie nicht persönlich ein scharfes Auge auf die Handwerker hielt, würde es vermutlich drunter und drüber gehen. Nein, sie konnte es sich jetzt nicht erlauben, nach Kapstadt reisen, so leid es ihr auch tat, Lionel zu enttäuschen. Sie würde ihm noch einen langen Brief schreiben, in dem sie ihm alles genau auseinandersetzte, und er war mit seinen bald fünfzehn Jahren vernünftig genug, um dafür Verständnis zu haben. Immerhin war es ja auch zu seinem Vorteil, wenn sie dafür sorgte, daß sich das ROYAL DIAMOND gegen die Konkurrenz in Kimberley behauptete, die wahrhaftig nicht schlief. Er würde ihr später zweifellos dankbar dafür sein, daß sie ihm das Privileg einer erstklassigen Ausbildung ermöglicht hatte. Aber erstklassige Privatschulen und Colleges kosteten nun mal eine Menge Geld, das erst einmal erwirtschaftet werden mußte. Und als Frau hatte sie dafür härter zu arbeiten als ein Mann.

»Im Leben eines verantwortungsbewußten Menschen kommen eben zuerst die Pflichten!« sagte sie sich energisch und verdrängte die mütterlichen Schuldgefühle, daß ihr Geschäft ihr nicht die Zeit ließ, bei der Schulfeier ihres Sohnes zugegen zu sein.

In Gedanken schon wieder bei ihren geschäftlichen Problemen, lief sie eilig durch die Straßen. Es war ein herrlicher Septembermorgen. Endlich war der Frühling eingekehrt, mit angenehm warmen Tagen und milden Nächten. Es waren die schönsten Wochen des Jahres, bis dann der Sommer mit seiner brütenden Hitze wieder Einzug hielt.

»Florence!«

Sie erkannte die Stimme sofort. Kurz stockte ihr Schritt, doch dann ging sie schnell weiter, ohne den Kopf zu wenden.

»Florence!«

Julian Jakes hatte sie an der nächsten Straßenecke eingeholt

»Bitte renn nicht vor mir weg!« sagte er und verstellte ihr den Weg.

»Was willst du?« fragte sie schroff und musterte ihn kühl.

Der Tod seiner Familie lag fast zwei Jahre zurück. Sie erinnerte sich noch sehr genau an die Beerdigung und mit welch erschreckend eingefallenem Gesicht er am Grab seiner Frau und seines Sohnes gestanden hatte. Er hatte den Eindruck eines über Nacht schwer gealterten, gebrochenen Mannes gemacht. Davon war nun, zwei Jahre später, nichts mehr zu sehen. Er hatte wieder an Gewicht zugenommen, und sogar sie mußte insgeheim einräumen, daß er noch immer eine überaus attraktive

Erscheinung war. Zudem wußte er sich zu kleiden. Der helle Anzug und die fröhlich gepunktete Krawatte ließen ihn jünger als vierzig aussehen. Und wie er so vor ihr stand, rief er in ihr das Bild jenes betörenden jungen Mannes wieder hervor, mit dem sie, scheinbar unsterblich verliebt, in Kapstadt durchgebrannt war und sich auf den Weg zu den Diamantencamps am Vaal River gemacht hatte. Für einen Moment war ihr, als wäre es erst gestern passiert, und doch lag ein ganzes Leben dazwischen.

»Du siehst zauberhaft aus, Florence«, erklärte er voller Bewunderung. »Du bist schöner denn je!«

»Spar dir dein Süßholzgeraspel!« fuhr sie ihn an. »Wenn du mir etwas zu sagen hast, dann sag es endlich. Ich habe keine Zeit für lächerliche Komplimente aus dem Mund eines Charakterlumpen!«

Er zuckte zusammen. »Du darfst nicht so hart mit mir ins Gericht gehen«, sagte er gequält. »Ich weiß, ich habe dir damals sehr weh getan. Aber wenn man jung ist, dann macht doch jeder Fehler und ...«

»Fang nicht damit an!« schnitt sie ihm aufgebracht das Wort ab. »Ich habe mit früher und mit dir seit Jahren abgeschlossen. Und jetzt belästige mich nicht länger! Es ist lächerlich, daß du unsere gemeinsame Vergangenheit heraufbeschwörst. Ich will mit dir nichts zu tun haben!«

»Florence, sei nicht so hart. So bist du doch in Wirklichkeit gar nicht. Tief in deinem Herzen hat es doch zwischen uns nie wirklich eine Trennung gegeben.«

»Du kennst mich nicht, Julian. Du hast mich nie gekannt. Und dabei wird es auch bleiben.«

»Aber noch ist es doch nicht zu spät, um wiedergutzumachen, was damals zwischen uns schiefgelaufen ist!« erwiderte er eindringlich.

»Das einzige, was zwischen uns ›schiefgelaufen‹ ist, war, daß du mir über den Weg gelaufen bist – und daß ich so naiv gewesen bin, dir und deinen Beteuerungen zu glauben!«

»Ich verstehe, daß du mir viel vorzuwerfen und gewiß deine Bedenken hast, mir eine Chance zu geben ...«
»Chance?« unterbrach sie ihn gereizt und verständnislos zugleich. »Wovon sprichst du überhaupt?«
»Nun ja ...« Er druckste kurz herum. »Ich weiß, daß du unverheiratet geblieben bist ...«
»Aber bestimmt nicht wegen dir!«
»... und daß wir ... daß wir in den letzten Jahren keine Verbindung mehr hatten ... Doch ich weiß auch, daß du mich so wenig vergessen hast wie ich dich. Ich habe eigentlich nie aufgehört, dich zu lieben.«
»So, eigentlich!« sagte sie höhnisch. »Und daß du diese Mabel Whitman geheiratet hast, geschah nur aus unerschütterlicher, selbstaufopferischer Liebe zu mir und aus der Einsicht heraus, daß du mir einen Lumpen, wie du einer bist, nicht länger zumuten durftest?«
Er blickte sie beschwörend an. »Florence, bitte sag nicht so etwas Häßliches. Was ich damals getan habe, war ... ein großer Fehler, den ich mir heute nicht mehr erklären kann. Verschließ dich nun nicht vor mir – und vor deinen eigenen Gefühlen, die du tief in dir unter allerlei verständlichem Gram begraben hast. Laß uns nicht mehr über die Vergangenheit streiten, sondern den Blick nach vorn richten – gemeinsam. Es ist dafür doch noch nicht zu spät. Und ich weiß, daß auch du noch viel für mich empfindest, auch wenn du es jetzt noch nicht zuzugeben bereit bist.«
Florence schüttelte ungläubig den Kopf. »Woher nimmst du bloß diese Wahnideen, Julian? Du bist verrückt!« Eine andere Erklärung für seine grotesken Beschwörungen konnte es gar nicht geben.
»Immerhin warst du auf dem Begräbnis von Mabel und Christopher. Das habe ich dir hoch angerechnet. Du hast meinen Schmerz geteilt, und das konntest du nur, weil du mir längst verziehen hattest und mich im Grunde deines Herzens noch immer liebst.«
Florence sah ihn fassungslos an. Nie war ihr in den Sinn gekom-

men, daß er ihre Gegenwart auf dem Friedhof so deuten könnte. Sie war wie vor den Kopf geschlagen. Er hatte ihr Erscheinen doch tatsächlich als Anteilnahme an seinem Leid und als Zeichen ungebrochener Zuneigung gehalten. Fast hätte sie über die totale Verkehrung ihrer Motive laut und höhnisch gelacht.
Aber dieses Lachen blieb ihr im Hals stecken, als er im nächsten Moment hinzufügte: »Und außerdem haben wir ein gemeinsames Kind, das uns verbindet und an das wir denken müssen.«
Ein Schauer lief Florence den Rücken hinunter, und sie wurde kalt wie Eis. »Du hast keinen Sohn mehr, Julian. *Dein* Sohn liegt auf dem Friedhof – wie auch der Vater meines Sohnes. Lionel ist nie dein Kind gewesen und wird es auch nie sein.«
»Aber das ist nicht wahr! Ich bin sein Vater, und er hat ein Recht darauf ...«
Florence ließ ihn erst gar nicht ausreden. »Du widerst mich an, Julian. Nun, da du deine Frau und deinen Sohn verloren hast, besinnst du dich auf einmal auf mich und Lionel, ja? Aber wenn du glaubst, du könntest dir jetzt auf diese Weise Ersatz verschaffen, dann hast du dich geschnitten! Ich will von dir nichts wissen, weil ich dich aus tiefster Seele verabscheue, und Lionel auch nicht. Für ihn ist sein Vater schon vor vielen Jahren gestorben. Und wage es ja nicht, mich in Zukunft noch einmal zu belästigen oder gar *meinen* Sohn!«
»Ich nehme dir deine Worte nicht übel, Florence. Ich verstehe deine Erregung. Aber mit der Zeit wirst du dich schon eines anderen besinnen und auf das hören, was dir dein Herz gebietet«, rief Julian ihr überhaupt nicht bestürzt nach, als sie nun davoneilte.
Kurz darauf bemerkte er, daß Florence einen Zettel verloren hatte. Er hob ihn auf und sah, daß es sich um die Durchschrift eines Telegramms handelte, das an Lionel in Kapstadt gerichtet war. Aufmerksam las er die Nachricht und dachte einen Augenblick nach.
Dann lächelte er.

59

»Danke, Makena, ich mache das schon selbst«, wehrte Daniel freundlich ab, als seine schwarze Köchin die Silberkanne mit frisch aufgebrühtem Kaffee an den sonntäglichen Frühstückstisch brachte und ihm eingießen wollte.
»Sehr wohl, Mister Lundquist«, sagte Makena und vergewisserte sich noch einmal, daß alles so war, wie es ihr Herr zum Frühstück wünschte. Sie fand nichts am gedeckten Tisch auszusetzen. Alles stand an seinem Platz, und das Silber glänzte makellos im frühen Morgenlicht der Dezembersonne. Mit einem zufriedenen Nicken kehrte sie in die Küche zurück.
Augenblicke später trat Scipio ins Eßzimmer. »Die Zeitung und die Post von gestern, Mister Lundquist«, sagte er und reichte ihm einen kleinen Stoß Briefe.
»Ach ja, dazu bin ich nicht mehr gekommen.« Daniel hatte am Samstag noch bis in den Abend in seinem Büro gearbeitet und war von dort gleich in den KIMBERLEY CLUB gegangen, um an einem Treffen mit ausländischen Finanziers teilzunehmen. Es war sehr spät geworden.
»Pigwane läßt fragen, für wann er sich mit dem Wagen bereithalten soll.«
Daniel warf einen Blick auf die Standuhr. Es war zehn vor acht. »Das Kricketspiel beginnt um neun. Es reicht, wenn wir eine Viertelstunde vorher losfahren«, sagte er in Vorfreude auf dieses sonntägliche Vergnügen. Es spielte nämlich die Mannschaft von Kimberley gegen die von Dutoitspan, das offiziell zwar schon längst Beaconsfield hieß, aber von den Alteingesessenen noch immer bei seinem alten Namen genannt wurde. Die Konkurrenz zwischen Kimberley und der »Pan« war von Anfang an von einem starken Lokalpatriotismus auf beiden Seiten geprägt gewesen und hatte in all den Jahren nichts davon verloren. Es würde auch diesmal eine große Menschenmenge zum Spiel kommen und die beiden Teams lautstark anfeuern. Er freute sich außerdem darauf, weil er bei dieser Gelegenheit seine

Freunde wiedersehen würde – und sein Patenkind. Lionel hatte das Internat in Kapstadt verlassen und würde einige Monate bei seiner Mutter in Kimberley verbringen, bevor Florence mit ihm nach England reiste. Denn sie war entschlossen, daß er dort seine schulische Ausbildung auf einem erstklassigen College in Oxford fortführte. Lionel sträubte sich mit dem ganzen trotzigen Aufbegehren, das ein fünfzehnjähriger Junge aufbringen konnte, gegen die ehrgeizigen Plänen seiner Mutter. Er wollte in Kimberley bleiben und bei Onkel Johannes einen Beruf erlernen. Doch Florence würde sich letztlich durchsetzen, dessen war sich Daniel sicher.

Sein schwarzer Diener nickte. »Ich werde es Pigwane ausrichten.«

Daniel blickte Scipio mit einem verdutzten Lächeln an. »Du wirst schon richtig grau, weißt du das?«

Scipio erwiderte das Lächeln. »Ja, wir kommen allmählich ins Alter, Mister Lundquist.«

Daniel lachte über die Antwort des Schwarzen, mit der er ihn geschickt eingeschlossen hatte. »Ich weiß, auch bei mir zeigt sich schon das erste Grau im Haar. Das habe ich davon, wenn ich andere an ihr Alter erinnere. Sag mal, wie lange bist du jetzt schon bei mir?«

»Dreizehn Jahre, Mister Lundquist.«

»Mein Gott, wo ist bloß die Zeit geblieben?« seufzte Daniel.

Da sein Herr offensichtlich keine Antwort darauf von ihm erwartete, zog sich Scipio diskret zurück und überließ ihn seiner Post und seinem Frühstück.

Daniel ging den Stoß Post flüchtig durch – und stockte, als er Harriets Handschrift auf einem der Briefumschläge entdeckte. Ein merkwürdiges Gefühl beschlich ihn. Seit Harriet Kimberley verlassen und in Kapstadt den nächsten Dampfer nach England genommen hatte, waren mittlerweile ein Jahr und acht Monate vergangen. Eine Zeit, in der er als Direktor mit vielen geschäftlichen Herausforderungen zu kämpfen gehabt und sich privat über vieles Gedanken gemacht hatte. Noch immer hatte er sich nicht dazu entschließen können, seinen Anwalt mit der Scheidungsklage zu beauftragen, trotz allem, was passiert war. Daß es im Umgang mit allzu heiratswilligen Frauen recht nützlich war, noch immer ein verheirateter Mann zu sein, war dabei vielleicht ein Grund, nicht aber der wirklich ausschlaggebende. Irgend etwas sträubte sich in ihm dagegen, einen endgültigen Schlußstrich unter seine Ehe mit Harriet zu ziehen.

Er griff zum Messer und öffnete Harriets Brief. Es war der fünfte, den er seit ihrer Abreise erhalten hatte. Den ersten hatte sie ihm gleich nach ihrer Ankunft in England geschrieben, und er war nicht länger als zehn Zeilen gewesen – eine unpersönliche Mitteilung, daß sie gut angekommen war und Aufnahme im Haus ihrer Verwandten gefunden hatte. Ein halbes Jahr später hatte sie ihm erneut geschrieben, diesmal einen etwas ausführlicheren Brief, der viel über das Leben in England, aber wenig von ihr selbst enthalten hatte. Erst in den anderen beiden Briefen, die ihn im Februar und August erreicht hatten, hatte sie auch ein wenig von sich berichtet. Doch in keinem der Briefe hatte sie nach der Scheidung gefragt.

Daniel wunderte sich, wie sehr er sich freute, daß dieser fünfte Brief von ihr sehr umfangreich war. Harriet hatte drei Briefbögen in ihrer klaren, leicht geschwungenen Handschrift beschrieben. Es ging ihr »den Umständen entsprechend gut«, wie er las. Sie hatte im Herbst mehrere Wochen in London verbracht, und er amüsierte sich über ihre geistreiche Schilderung des gesellschaftlichen Lebens mit all seinen Intrigen, an dem sie offenbar mit spürbarer Distanz teilgenommen hatte.

> ... *Kimberley mag eine lange Reise bis zum Kap und eine noch längere auf See von England entfernt liegen,* fuhr sie dann in ihrem Brief fort, *aber dennoch ist der interessierte Zeitungsleser jederzeit über alles recht gut, wenn wohl auch nicht immer objektiv genug unterrichtet, was sich bei Euch im Moment abspielt. Man findet den Namen Cecil Rhodes und De Beers hier häufiger in den Zeitungen als den der hiesigen Größen. Du und Deine Freunde im Direktorium, ihr scheint*

Eure Sache ja recht vielversprechend voranzutreiben, obwohl dieser Barney Barnato, der ja wohl Euer schärfster Widersacher ist, allem Anschein nach auch sehr rührig ist und seine mächtigen Freunde aus der europäischen Finanzwelt offenbar auf die letzte entscheidende Schlacht vorbereitet. Übrigens bin ich letzte Woche in der Times *auf ein Foto gestoßen, das Sidney und Alice mit dem Gouverneur der Kapkolonie zeigt. Wer hätte gedacht, daß ausgerechnet Sidney einmal eine so steile politische Karriere machen würde.*
Ist es nicht seltsam, daß ich, die ich mich früher nie für Politik und Wirtschaft interessiert habe, bei der morgendlichen Zeitungslektüre immer zuerst den Wirtschaftsteil aufschlage und hoffe, irgendwelche Artikel über Kimberley oder die Kronkolonie am Kap zu finden? Wie sehr habe ich mich einmal gefreut, der glühenden Hitze, den heißen Winden und dem roten Staub Afrikas zu entfliehen und ins grüne England zu kommen. Und nun vermisse ich das tiefe Blau des Himmels, das Rot der Erde, das Silber der dornigen Akazien, ja sogar die Hitze und die Kalahari-Winde. All das und so manch anderes vermisse ich mit jedem Tag schmerzlicher, und ich glaube nicht, daß es nur mit den elend langen und kalten Wintermonaten zusammenhängt, die mit ewig grauem Himmel und Wochen endlosen Regens auf das Gemüt drücken und sich die Gedanken in dunkle Labyrinthe der eigenen Seele verirren lassen. Wie herrlich blau muß jetzt bei Euch der Himmel sein und wie warm die Sonne!
Aber ich will Dich nicht länger mit meiner Bedrückung aufhalten. Ich hoffe, Dir geht es gut und Deine Pläne, die Du gemeinsam mit Sidney und Johannes und natürlich mit dem großen Rhodes verfolgst, lassen sich so verwirklichen, wie Ihr es Euch wünscht, aber daran hege ich eigentlich keinen Zweifel.

Es grüßt Dich
Harriet

Daniel las den Brief dreimal. Dann legte er ihn nachdenklich und seltsam berührt neben seinen Teller auf die andere, noch ungeöffnete Post.

Ihm war, als hätte er beim Lesen Harriets Stimme gehört, ihr spöttisches Auflachen bei ihren scharfsinnigen Bemerkungen über die Londoner Gesellschaft, und ihr ernsthaftes Interesse bei ihren Ausführungen über die Machtkämpfe zwischen den großen Minengesellschaften von Kimberley gespürt sowie Trauer und ihre Wehmut, als sie von Afrika geschrieben hatte, dessen Himmel, Sonne und Farben sie vermißte – unter anderem.

Harriet hatte ihn betrogen und ihm tiefere Wunden zugefügt als Alice, aber so irrwitzig es war, sie fehlte ihm, denn sie hatten auch gute, ja ganz wunderbare Zeiten gehabt. Und sogar in jenen Jahren nach dem entsetzlichen Unfall, als sich zwischen ihnen eine tiefe Kluft aufgetan hatte, hatte es noch Tage gegeben, an denen sie beide gefühlt hatten, wie sehr sie trotz allem doch zusammengehörten.

All das hatte in jener Nacht in Byrons Haus ein jähes Ende gefunden, und seitdem hatte sich sein privates Leben in eine freudlose Wüste verwandelt – und sein Zuhause in einen Ort selbstgewählter Einsamkeit und zahlloser Erinnerungen, von denen er sich nicht befreien konnte oder wollte. Statt sich frei von allen ehelichen Verpflichtungen zu fühlen und seine Chancen bei anderen Frauen wahrzunehmen, hatte er sich zurückgezogen und seine ganze Energie und Zeit der Arbeit gewidmet.

Sie bereitete ihm Freude und brachte ihm genügend Erfolgserlebnisse. Aber wenn er spät am Abend nach Hause kam, wo außer seinen Bediensteten niemand auf ihn wartete, dem er sich mitteilen konnte, dann fragte er sich voller Schmerz und Trauer, was er bloß falsch gemacht hatte – und wie er hätte verhindern können, was später geschehen war.

Byron.

Er hatte ihn nach jener Nacht, als er ihn mit Harriet überrascht hatte, nicht wiedergesehen. Nicht einmal bei der Einweihung des Bahnhofs durch den Gouverneur, als der erste Zug in Kimberley eingetroffen war und die Stadt dieses Ereignis eine ganze Woche lang mit allerlei Veranstaltungen ausgelassen gefeiert hatte, war Byron ihm oder einem seiner Freunde irgendwo begegnet. Wie es hieß, hielt er sich im Transvaal auf, wo am Witwatersrand vor kurzem Gold gefunden und ein Rush der Golddigger ausgebrochen war.

Aber auch wenn er ihn nicht wieder zu Gesicht bekommen hatte, so mußte er doch oft an ihn denken – und an das, was er ihm damals voller Bitterkeit vorgeworfen hatte. Vieles davon konnte er nicht als der Wahrheit entsprechend akzeptieren, auch wenn Byron seine Vorwürfe für zutreffend gehalten hatte. Doch manches ließ ihn nicht los, verfolgte ihn und erfüllte ihn mit Gewissensbissen, daß er all die Jahre blind gewesen war für Byrons Gefühl, in ihrem Freundeskreis zurückgesetzt zu sein.

»Das Leben ist die Summe aller Fehler und dessen, was man daraus lernt«, hatte Johannes einmal gesagt, und Daniel erinnerte sich jetzt wieder daran. Doch was nutzte es, einen Fehler zu erkennen, wenn man keine Gelegenheit bekam, ihn gutzumachen?

Scipio trat ins Eßzimmer. »Viertel vor neun. Ihr Wagen wartet, Mister Lundquist.«

Verwirrt fuhr Daniel aus seinen Gedanken auf und schaute ungläubig zur Uhr. Hatte er wirklich fast eine geschlagene Stunde damit verbracht, wehmütigen Gedanken nachzuhängen? Er hatte es tatsächlich.

»Ich komme, Scipio«, sagte Daniel und nahm einen Schluck Kaffee, der längst kalt geworden war.

Er erhob sich vom Tisch und war schon bei der Tür, als er noch einmal zurückging und Harriets Brief an sich nahm. Zwar würde er beim Kricketspiel kaum Gelegenheit finden, ihn ein weiteres Mal zu lesen, aber aus einem ihm selbst unerfindlichen Grund wollte er ihn dennoch bei sich haben.

60

Daniel saß hinter seinem schweren Mahagonischreibtisch im Verwaltungsgebäude von De Beers und ging gerade einige geschäftliche Papiere durch, als Johannes in sein Büro kam und in einem der beiden ledernen Sessel Platz nahm.

»Hast du schon Zeit gehabt, die Berichte von Sauer und Robinson zu lesen, die ich dir auf den Tisch gelegt habe?« fragte Daniel.

Johannes nickte. »Ich habe sie überflogen. Was sie über die Goldfunde am Rand schreiben, klingt wirklich recht vielversprechend.«

»Mehr als das, würde ich sagen. ich verstehe nicht, warum Rhodes immer noch zögert. De Beers sollte auch dort gleich in großem Maßstab einsteigen, solange das Gelände am Rand noch einigermaßen preiswert zu haben ist«, erwiderte Daniel.

Vor wenigen Wochen war der Prospektor George Walker auf ein großes Goldfeld gestoßen, und seitdem tummelten sich die Digger dort wie zu den wilden Zeiten, als die Red Cap Company am Colesberg Kopje auf Diamanten gestoßen war.

Johannes zuckte mit den Schultern. »Er ist nun mal überzeugt, daß die goldhaltigen Adern schnell erschöpft sein werden und der geringe Profit bei dem hohen Aufwand des Abbaus und der Goldgewinnung kostspielige Investitionen nicht wert ist.«

»Da sind aber andere Minengesellschaften, denen man nicht gerade geschäftliche Blindheit nachsagen kann, ganz anderer Meinung.«

»Ich weiß«, stimmte Johannes ihm zu. »Aber er hat nun mal all sein Sinnen und Trachten darauf gerichtet, Barney Barnato in die Knie zu zwingen und De Beers auch seine Gesellschaft einzuverleiben.«

Daniel seufzte. »Ja, dieses Monopol zu erreichen, ist für ihn schon zu einer Besessenheit geworden. Und wenn wir die Millionen bei den Rothschilds und den anderen europäischen Finanziers auftreiben können, um Barnato die Aktienmehrheit bei der Kimberly Central abzunehmen, dann steht der endgültigen Amal-

gamation auch nichts mehr im Weg. Aber darüber darf er nicht die Entwicklung am Rand verschlafen.«
»Ich bin ja ganz deiner Meinung, Daniel, doch die Mehrheit im Direktorium zögert genauso wie er.«
Daniel diskutierte noch eine Weile mit Johannes darüber, wie die Zukunft der Goldfelder am Witwatersrand einzuschätzen war und was sie tun konnten, um sich dort zumindest Optionen zu sichern. Doch er merkte schnell, daß sein Freund nicht bei der Sache war.
»Was ist mit dir?« fragte er verwundert. »Gibt es Probleme mit deinem Ruhesitz BONNE ESPÉRANCE?« Johannes hatte sich seinen Traum, ein Gut im idyllischen Franschhoek-Tal im Hinterland von Kapstadt zu besitzen, im Januar erfüllt und ein kleines, jedoch sehr heruntergewirtschaftetes Weingut namens BONNE ESPÉRANCE erworben.
»Nein, da läuft alles bestens. Jean Armand, mein Verwalter, macht seine Sache ganz ausgezeichnet und hofft sogar, im nächsten Jahr schon einen kleinen Gewinn erwirtschaften zu können«, sagte Johannes, und dabei huschte ein flüchtiges Lächeln über sein Gesicht. »Es ist etwas anderes, was mir Sorgen bereitet.«
»Heraus damit!«
»Es ist Florence. Ich komme gerade von ihr.«
Daniel nickte. Schon seit Jahren nahm Johannes seine Mahlzeiten im ROYAL DIAMOND ein, und so auch an diesem Mittag. »Hat sie mal wieder Ärger mit meinem aufmüpfigen Patenkind Lionel, der sich nicht mit ihren Plänen, ihn nach England aufs College zu schicken, abfinden will?«
Johannes lachte trocken auf. »Der Junge wehrt sich mit Händen und Füßen und bereitet ihr schon eine Menge Kummer, aber das war ja nicht anders zu erwarten. Nein, es ist Julian Jakes, der ihr zusetzt.«
»Wie bitte?« fragte Daniel verblüfft. »Was will der Bursche von ihr?«
»Er macht ihr den Hof und ist entschlossen, sie dazu zu bringen,

sich mit ihm zu versöhnen, ja sogar seine Frau zu werden«, berichtete Johannes grimmig.
»Das ist doch wohl ein Witz!« Daniel war empört und verstand nun, weshalb Johannes so bedrückt war. Florence bedeutete ihm mehr als alles andere, und wenn sie litt, dann litt auch er.
»Leider nicht. Der Kerl belästigt sie bereits seit Monaten, und das macht ihr langsam zu schaffen. Allein schon wegen Lionel. Sie will verständlicherweise nicht, daß Lionel erfährt, wer sein richtiger Vater ist und daß er gar nicht tot ist.«
Daniel verzog das Gesicht. »Ich habe es nie für klug gehalten, daß sie ihm nicht die Wahrheit erzählt, sondern Gerrit Badenhorst zu seinem Vater erklärt hat.«
»Mit einem toten Vater kann ein Junge nun mal leichter leben als mit einem, der seine Mutter wegen einer anderen Frau verlassen und sich nie um ihn gekümmert hat«, widersprach Johannes.
»Und was jetzt?«
»Ich habe mich entschlossen, diesen Julian Jakes aufzusuchen und mit ihm zu reden, daß er mit seinen ungeheuerlichen Nachstellungen endlich aufhört und sich damit abfindet, daß Florence nichts von ihm wissen will. Diese Belästigungen müssen ein Ende haben.«
»Du meinst, du willst ihm drohen«, sagte Daniel ahnungsvoll.
»Das läuft wohl auf dasselbe hinaus.«
»Da gehe ich besser mit!« beschloß Daniel, ohne lange zu überlegen. »Bekomm es bitte nicht in den falschen Hals, aber von der Statur her bist du kaum die geeignete Person, einen Mann wie Julian Jakes einzuschüchtern.«
Johannes lächelte schwach. »Da muß ich dir leider recht geben. Und um ehrlich zu sein, habe ich auch darauf gehofft, daß du mir ein wenig zur Seite stehen würdest.«
Daniel lachte und sprang auf. »Ein wenig? Ich werde dem Mistkerl die Knochen brechen, wenn es notwendig sein sollte. Laß uns gehen und die Sache hinter uns bringen.«
Sie trafen Julian Jakes in seinem Haus an, das seinen Status als ein vermögender Kaufmann deutlich widerspiegelte. Als er sah, um

wen es sich bei dem Besuch handelte, forderte er sie herrisch auf, sein Haus umgehend zu verlassen.
Daniel dachte jedoch gar nicht daran, der Aufforderung Folge zu leisten. »Erst wenn wir mit Ihnen fertig sind! Und ich rate *keinem*, uns bei dieser Unterredung zu stören!« sagte er mit kompromißloser Härte und knallte dem schwarzen Diener, der unschlüssig im Durchgang von der Halle zum Salon stand, die Flügeltüren vor der Nase zu.
Hätte Johannes allein versucht, mit Julian Jakes so umzuspringen, wie Daniel es nun tat, hätte er sich rasch im Vorgarten wiedergefunden, höchstwahrscheinlich mit einer blutigen Nase.
Daniel jedoch war Julian körperlich überlegen, und er scheute sich auch nicht, ihn das spüren zu lassen. Grob stieß er ihn im Raum vor sich her, während er ihm unmißverständlich zu verstehen gab, was ihn erwartete, sollte er zukünftig nicht jeden Kontakt mit Florence meiden.
Julian schäumte vor Wut, war sich seiner Unterlegenheit aber zu sehr bewußt, um die Herausforderung anzunehmen und sich in eine Prügelei mit Daniel einzulassen. Er beschränkte sich auf wütende Proteste, auf die Johannes und Daniel jedoch nichts gaben.
»Ich warne Sie noch einmal, Mister Jakes!« fauchte Daniel ihn an, bevor er mit Johannes das Haus verließ. »Höre ich von Florence noch eine einzige Klage über Sie, werde ich nicht nur mit all meinem Einfluß dafür sorgen, daß Sie hier in Kimberley geschäftlich keinen Fuß mehr auf den Boden bekommen, sondern Ihnen Leute auf den Hals hetzen, die Sie gegen ein gutes Honorar äußerst schmerzhaft daran erinnern werden, daß die Gesundheit ein sehr zerbrechliches Gut ist. Ich wünsche noch einen schönen Tag, Mister Jakes!«
Als Florence hörte, was Daniel und Johannes für sie getan hatten, fiel sie ihnen mit Tränen der Erleichterung um den Hals.
»Ich bete zu Gott, daß dieser Alptraum damit auch wirklich vorbei ist«, sagte sie.
In den ersten Tagen traute sie dem Frieden noch nicht. Doch als

drei Wochen vergangen waren, ohne daß sie Julian auch nur von ferne zu Gesicht bekommen oder einen seiner Briefe erhalten hatte, war sie endlich davon überzeugt, daß er die Lektion gelernt hatte und sie von nun an Ruhe lassen würde. Das tat Julian auch. Dennoch hätte ihr Irrtum nicht größer sein können.

61

Lionel hob den Kricketschläger, spreizte ein wenig die Beine, wie es ihnen ihr Trainer beigebracht hatte, und war klopfenden Herzens bereit zu zeigen, was er konnte. Der Ball flog heran. Lionel schwang den Schläger mit aller Kraft, und unter dem Jubel seiner Mannschaft trieb er ihn weit über das Spielfeld.
»Ausgezeichnet!« rief Henderson, der die Jugendmannschaft des ELECTRIC CRICKET CLUB von Kimberley betreute, und klatschte in die Hände. »Gut, Jungs, das wär's für heute. Übermorgen sehen wir uns wieder.«
Lionel klemmte sich den Schläger unter den Arm und blickte sich zur Tribüne um. Dort hatte jemand bei seinem guten Treffer Beifall geklatscht. Er war gespannt, wer ihm zugeschaut hatte. Seine Mutter konnte es nicht sein. Die fand bei all ihrer Arbeit leider nie Zeit, zu seinen Spielen zu kommen, geschweige denn zum Training. Ob es vielleicht Onkel Johannes war, der mal vorbeigeschaut hatte?
Es war ein Mann, der sich dort nun von der dritten Reihe der leeren Tribüne erhob. Er war gutaussehend, doch niemand, den er auf den ersten Blick erkannte.
Der Fremde kam die Treppe herunter und schien auf ihn zu warten, denn er hob in einer vagen Geste des Grußes die Hand und lächelte ihm zu.
»Ich komme gleich, Rick!« rief Lionel zu seinem Freund hinüber und ging zu dem Fremden.
»Wirklich ein toller Schlag, Lionel«, sagte der Mann anerkennend. »Du wirst immer besser.«

Lionel freute sich über das Lob. »Ja, finden Sie?«
»Ehrenwort. Vielleicht hast du ja das Zeug dazu, später einmal ein ganz Großer zu werden.«
Lionel runzelte die Stirn. Der Mann kam ihm auf einmal gar nicht mehr so fremd vor, wie er zuerst geglaubt hatte. Er war sicher, ihn schon mehrmals gesehen zu haben. Und plötzlich erinnerte er sich. »Sie waren bei der Abschlußfeier meines Internats in Kapstadt, nicht wahr? Und am nächsten Tag auch im Zug nach Kimberley!«
Der Mann lächelte. »Du hast ein gutes Gedächtnis, Lionel. Ich bin extra wegen dir nach Kapstadt gefahren, um bei deiner Abschlußfeier dabeizusein.«
Lionel sah ihn ungläubig an. »Wer sind Sie? Und woher kennen Sie mich?«
»Mein Name ist Julian Jakes, mein Junge. Vielleicht kommt dir der Name nicht ganz unbekannt vor.«
»Jakes? Ich kenne nur JAKES' KIMBERLY EMPORIUM, das große Geschäft auf der Southey Street.«
Julian lächelte. »Richtig, das gehört mir.«
Jetzt wunderte sich Lionel nicht mehr, wieso der Mann so ausnehmend gut gekleidet war. Dieser Julian Jakes gehörte mit dem riesigen Laden ganz sicher zu den erfolgreichsten Kaufleuten der Stadt. »Und wieso wissen Sie, wie ich heiße, Mister Jakes?« fragte er respektvoll.
»Woher ich dich kenne, soll erst noch ein Geheimnis bleiben.«
»Ein Geheimnis? Warum?« Ein Geheimnis war etwas, was Lionel wie jeden Jungen seines Alters reizte.
»Wenn ich dir das jetzt schon sage, ist es ja kein Geheimnis mehr. Aber wenn du versprichst, vorerst mit keinem über unsere Bekanntschaft zu reden, verspreche ich dir, daß ich es dir in ein paar Tagen verrate. Und ich sage dir, es wird sich für dich lohnen, wenn du vorerst niemandem von unserem Treffen erzählst.«
»Sie wollen sich mit mir treffen?« fragte Lionel. Die Sache wurde ja immer rätselhafter – und spannender.
Julian lächelte. »Ja, wenn du möchtest und Zeit hast.«

Lionel verzog das Gesicht. »Klar, warum nicht.« Zeit hatte er mehr als genug, und er war begierig darauf zu erfahren, warum sich ein so erfolgreicher Geschäftsmann wie Julian Jakes für ihn interessierte.

»Das freut mich. Also kein Wort von unserer kleinen Verschwörung, abgemacht?« Lächelnd streckte er ihm die Hand hin.

»Ehrenwort!« versprach Lionel und schlug ein.

Und so begann ihre Freundschaft, die Lionel getreu seinem Versprechen ganz für sich behielt. Er war stolz darauf, einen Mann wie Julian, wie er ihn bald nennen durfte, zum Freund zu haben, der nicht nur viel Zeit für ihn hatte, sondern ihn im Gegensatz zu seiner Mutter auch nicht wie einen kleinen dummen Jungen behandelte. Und wie stolz war er, als Julian ihm zum erstenmal sein Geschäft und das große Lager zeigte und ihm alles erklärte, so von Mann zu Mann.

Es war nicht schwer, viele Stunden mit Julian zu verbringen, ohne daß seine Mutter etwas davon merkte. Das Hotel nahm sie derart in Anspruch, daß sie gar nicht nachfragte, wenn er ihr erzählte, daß er mit diesem oder jenem Freund verabredet sei. Sie zeigte sich vielmehr erleichtert darüber, daß er sich nicht länger mit ihr stritt, weil er nicht nach England aufs College wollte. Dankbar, daß er sich offenbar damit abgefunden hatte, gewährte sie ihm mehr Freiheit, als sie es sonst wohl getan hätte.

Drei Wochen später klagte er Julian, der ihn zu einem Spiel des PIRATES RUGBY FOOTBALL CLUB nach Beaconsfield mitgenommen hatte, bei einem anschließenden Picknick sein Leid.

»Ich will überhaupt nicht nach England auf ein College«, sagte er bedrückt. »Ich will später lieber irgend so etwas machen wie du, Julian, ein großes Geschäft führen oder mit Diamanten handeln, und dazu brauche ich bestimmt kein Latein und Griechisch und all diesen anderen Unsinn, der einem auf so einem feinen College beigebracht wird.«

Julian lächelte verständnisvoll. »Du hast recht. Ich habe es auch ohne Collegeausbildung zu etwas gebracht. Aber laß den Kopf nicht hängen, Lionel. Noch ist nicht aller Tage Abend. Vielleicht kann ich dir aus deinem Dilemma heraushelfen.«

»Du? Aber wie denn?«

Julian sah ihn ernst an. »Ich glaube, jetzt ist der Zeitpunkt gekommen, das Geheimnis, nach dem du mich schon so oft gefragt hast, zu lüften.«

Lionels Augen leuchteten auf. »Wirklich?« rief er erwartungsvoll.

Julian nickte. »Aber es wird schmerzlich für dich sein zu hören, was ich dir mitzuteilen habe.«

Unruhe bemächtigte sich seiner. »Wieso?« wollte Lionel wissen.

»Das wirst du gleich erfahren. Aber sag mir erst, daß du mir vertraust und mich nicht für einen gemeinen Kerl hältst, der dich anlügt.«

»Natürlich vertraue ich dir! Wir sind doch Freunde, und weshalb solltest du mich anlügen?« fragte Lionel verwirrt und noch stärker beunruhigt.

Julian atmete tief durch. »Die Menschen haben es nun mal an sich, daß sie manche Wahrheiten, die sie wie einen schwarzen Fleck auf der Weste ihres Lebens empfinden, verdrängen oder so verdrehen, daß von ihnen letztlich nichts mehr übrigbleibt. Das tun auch solche, die im Grunde ihres Wesens gute und liebenswerte Menschen sind – wie etwa deine Mutter oder dein Onkel Johannes.«

Lionel schlug das Herz vor Aufregung bis zum Hals. »Nun verrat mir endlich, was das Geheimnis ist.«

Julian nahm die Hand des Jungen. »Denk daran, daß ich dich nicht anlüge – und daß ich mehr als nur dein Freund bin«, sagte er und fügte nach einer dramatischen Pause hinzu: »Die schmerzliche Wahrheit, die ich dir jetzt eröffne, ist: Ich bin dein Vater.«

»Nein!« stieß Lionel spontan hervor und zog seine Hand zurück. »Das kann nicht sein. Mein Vater ist tot. Mutter geht oft mit mir zu seinem Grab. Sie wollten heiraten, doch dann ist er bei einem Erdrutsch in der Mine getötet worden! Wie kannst du sagen, daß du mein Vater bist?«

»Weil es die Wahrheit ist, Lionel«, erwiderte Julian ruhig. »Ich weiß, daß deine Mutter und ihre Freunde dich im Glauben erzogen haben, daß Gerrit Badenhorst dein Vater gewesen ist. Doch das stimmt nicht. Gerrit Badenhorst kam erst nach Kimberley, als du schon zwei Jahre alt gewesen bist. ich habe deine Mutter geliebt, Lionel, aber sie wollte nicht, daß du erfährst, daß ich dein Vater bin.«
Lionel war völlig verstört, und das Mißtrauen kämpfte mit seinem Gefühl der Zuneigung und des Vertrauens, das er Julian entgegenbrachte.
»Ja, aber ...« Hilflos brach er ab.
»Ich werde dir erzählen, wie alles war, und du wirst sehen, daß auch ich nicht frei von Schuld bin, daß es so gekommen ist«, sagte Julian und berichtete ihm nun, wie er Florence auf dem Schiff kennengelernt und sich in sie verliebt hatte und wie sie sich auf den Weg zum Vaal gemacht hatten. Er hielt sich peinlich genau an die Wahrheit – bis er zu ihrer Trennung und zu seiner Ehe mit Mabel Whitman kam. Geschickt verstand er es, den Anschein zu erwecken, als hätte Florence ihm das Vertrauen aufgekündigt und ihm keine Chance gegeben, sie zu heiraten.
»Du darfst mich nicht falsch verstehen, Lionel. Ich habe deine Mutter wirklich geliebt und liebe sie noch immer. Aber dann sind Dinge passiert, die ich einfach nicht akzeptieren konnte und die dazu geführt haben, daß ich Trost bei einer anderen Frau gesucht und diese dann geheiratet habe. Ich hatte auch einen Sohn. Doch das Schicksal hat sie mir beide bei der Pockenepidemie vor mehreren Jahren geraubt. Florence dagegen hat immer nur ihr Geschäft im Auge gehabt. In ihrem Leben war nie Platz für einen Ehemann.«
Lionel nickte unwillkürlich. ihm war nicht verborgen geblieben, wie eng die Beziehung zwischen seiner Mutter und Onkel Johannes war, und mehr als einmal hatte er sich gefragt, warum sie nicht heirateten. So ungeheuerlich auch alles war, was Julian ihm erzählte, so glaubwürdig klang es doch, je länger er darüber nachdachte. Und der zunächst schockierende Gedanke, daß Ju-

lian sein leiblicher Vater war, verwandelte sich mehr und mehr in Freude. So einen Vater hatte er sich immer gewünscht!

»Deine Mutter liebt dich gewiß so sehr, wie ich dich liebe, mein Junge«, fuhr Julian mit bewegter Stimme fort. »Ich habe dich all die Jahre nie aus den Augen verloren und zu jeder Zeit gewußt, wo du bist, was du tust und wie es dir geht. Doch ich konnte dein Heranwachsen nur aus der Ferne beobachten, weil ich dein Leben nicht in Unordnung und dich in Konflikte mit deiner Mutter bringen wollte. Allein deshalb habe ich so lange gewartet. Doch jetzt bist du alt genug, um die Wahrheit zu erfahren und sie zu verkraften.«

Lionel schüttelte verstört den Kopf. »Aber warum haben sie mich denn alle angelogen, wenn doch mein Vater noch lebte?«

Julian seufzte schwer. »Deine Mutter und ihre nahen Freunde sind eigentlich ganz wunderbare Menschen, aber doch auch nicht ohne Fehler. Sie haben vor Jahren aus irgendeinem Grund beschlossen, sich ihre eigene Geschichte von der Wahrheit über mich und was damals zwischen deiner Mutter und mir vorgefallen ist zurechtzubiegen. Man hat mich zum Sündenbock gestempelt, mir eine Menge Gemeinheiten unterstellt und mich kurzerhand aus deinem Leben ausradiert. Ich denke, ähnliche Erfahrungen hast du doch auch im Internat gemacht. Da gab es doch bestimmt einige Jungen, die dich nicht mochten, obwohl du ihnen nichts getan hattest, und die gemeine Sachen über dich erzählt haben, die überhaupt nicht stimmten.«

Lionel nickte. »O ja, die hat es zur Genüge gegeben«, bestätigte er, und seine Wut auf all die, denen er bisher so blind vertraut hatte und die ihn dabei doch all die Jahre über seinen Vater belogen hatten, wuchs mit jedem Augenblick.

»Tja, und wenn man diese häßlichen Geschichten nur oft genug wiederholt und fünfzehn Jahre lang pflegt, dann ist man eines Tages tatsächlich davon überzeugt, daß es so und nicht anders war«, baute Julian dem vor, was Florence, Johannes und Daniel ihm später über ihn erzählen mochten.

Lionel war empört.

»Und dabei habe ich nie aufgehört, deine Mutter zu lieben und zu ihr zu stehen, ganz egal, was sie auch tat«, fuhr Julian kummervoll fort. »Sogar damals, als es diesen Skandal um deine Mutter ... nein, das sollte ich besser für mich behalten.«
Er hätte Lionels Neugier gar nicht geschickter wecken können. Natürlich bestand er darauf, von diesem Skandal zu erfahren, in den seine Mutter verwickelt gewesen sein sollte.
Julian gab schließlich scheinbar widerstrebend nach. »Ich hätte es besser gar nicht zur Sprache gebracht, denn es war eine sehr ... nun ja, unappetitliche Affäre, in die sich deine Mutter da verstrickt hatte«, sagte er und erzählte von den Prostituierten, die Florence angeblich in ihrem Hotel beschäftigt hatte. Er tat dabei so, als wollte er die Sache herunterspielen, doch die Entschuldigungen, die er für Florence ins Feld führte, ließen indirekt doch keinen Zweifel daran, daß sie ganz und gar nicht so unschuldig gewesen war, wie sie behauptet hatte.
»Gott sei Dank ist diese leidige Affäre rasch aus den Zeitungen verschwunden, vermutlich dank des Eingreifens von Mister Lundquist, was gewiß nicht ganz einfach gewesen ist, und deine Mutter ist um einen Prozeß herumgekommen. Aber sogar damals hat sich an meinen Gefühlen zu ihr nichts geändert. Es hat mich nur geschmerzt, daß ich nicht helfen durfte.«
Lionel war schockiert und sah seine Mutter, aber auch Onkel Johannes und Onkel Daniel in einem ganz anderen Licht. Noch lange saß er mit Julian zusammen, denn er konnte nicht genug über seine wahre Vergangenheit und die seiner Mutter und deren Freunde erfahren. Und je mehr er hörte, desto zorniger wurde er auf sie.
Als es Zeit wurde, nach Kimberley zurückzufahren, zeigte sich Julian sehr bedrückt. »Vielleicht hätte ich dir das alles nicht erzählen sollen, denn ich habe Angst, daß ich dich wieder verliere, mein Sohn.«
»Das werde ich nie zulassen, Vater!« versicherte Lionel erregt. »Ich lasse mich nicht länger belügen und um meinen Vater bringen. Ich werde zu dir halten, das verspreche ich dir!«

Julian lächelte gerührt. »Ach, es wird bestimmt sehr schwer werden – für uns beide.«
»Das macht mir nichts. Ich bin kein kleiner Junge mehr, den man mit Gutenachtmärchen abspeisen kann«, sagte er mit Tränen in den Augen und umarmte Julian.
Lionel war innerlich so aufgewühlt, als er nach Hause kam, daß er die erste Gelegenheit wahrnahm, seine Mutter zur Rede zu stellen und ihr bittere Vorwürfe zu machen.
Florence war bestürzt und dann entsetzt, als sie erfuhr, daß Julian sich schon seit Wochen mit ihrem Sohn traf und nicht nur sein Vertrauen erschlichen hatte, sondern seine Liebe. Ihre Versuche, ihm die Geschehnisse aus ihrer Sicht zu erzählen, stießen bei Lionel auf vehemente Ablehnung.
»Ich glaube dir kein Wort! Mein Vater ist kein gemeiner Kerl. Du lügst mich an!« schrie er. »Wie du mich all die Jahre über meinen Vater angelogen hast. Ich hasse dich dafür!« Er rannte weg und schloß sich in sein Zimmer ein.
Florence machte die ganze Nacht kein Auge zu. Sie drohte ihren Sohn an Julian zu verlieren.
Am nächsten Morgen suchte sie, von Haß und Verzweiflung getrieben, Julian in aller Frühe in seinem Haus auf. Er war ganz Triumph und Häme, als sie ihn anflehte, Lionel in Ruhe zu lassen.
»Du scheinst vergessen zu haben, daß er genauso mein Sohn ist wie deiner!« hielt er ihr vor. »Und ich denke nicht daran, auf mein Kind zu verzichten, nur weil du kein Herz hast, ihn mit mir zu teilen.«
»Ich werde dafür sorgen, daß du ihn nicht wieder zu sehen bekommst!« stieß sie hervor und wußte doch, daß ihr das kaum gelingen würde – nicht gegen Lionels Widerstand.
Er lachte sie aus. »Gut, versuch es, aber damit wirst du alles nur noch schlimmer machen. Er wird es dir nie verzeihen, daß du mich verteufelst und von ihm fernhältst. Natürlich hast du jetzt noch die Möglichkeit, wenn auch nur in begrenztem Maß, sein Leben zu bestimmen. Doch in ein paar Jahren wird er sich nicht

mehr von dir gängeln lassen. Dann wird er sich für das, was du ihm angetan hast, rächen, indem er dich verlassen und zu mir kommen wird. Was immer du auch tust, Florence, du hast schon jetzt verloren!«

»Du bist ein Teufel!«

Erneut lachte er sie aus. »Ob Teufel oder Heiliger, mich interessiert nur, wer am Schluß Sieger bleibt – und das werde ich sein! Und ich glaube, das ist dir so klar wie mir.«

»O nein! Du wirst Lionel niemals wiedersehen!« schrie sie voller Haß, zog einen zweischüssigen Derringer aus ihrer Tasche und schoß ihm beide Kugeln aus nächster Nähe in die Brust.

62

Daniel war noch beim Frühstück, als Johannes gegen die Haustür hämmerte und Augenblicke später völlig aufgelöst ins Eßzimmer stürmte. Kalkweiß im Gesicht, schloß er die Tür hinter sich.

»Um Gottes willen, was ist passiert?« rief Daniel alarmiert, denn er hatte seinen Freund noch nie in einem solch verstörten Zustand gesehen.

»Florence!« stieß Johannes atemlos hervor. »Sie hat Julian Jakes erschossen!«

»Nein!« Ungläubiges Entsetzen sprach aus seiner Stimme.

»Doch, vor einer halben Stunde. Sie ist Gott sei Dank sofort zu mir gekommen. Florence ist völlig apathisch und will, daß ich sie der Polizei übergebe. Doch das lasse ich nicht zu«, sagte er und berichtete in kurzen, abgehackten Sätzen, was sich ereignet hatte und wie es dazu gekommen war.

Daniels Bestürzung und Zorn kannten keine Grenzen. »Dieser Schweinehund, sich hinterrücks an den Jungen heranzumachen!«

Johannes nickte. »Julian Jakes hat bekommen, was er verdient hat. Ich weine ihm bestimmt keine Träne nach, aber wenn

Florence der Polizei, die vermutlich jetzt schon nach ihr sucht, in die Hände fällt, dann wird sie für den Mord hängen, und das dürfen wir nicht zulassen.«

»Natürlich nicht, aber was sollen wir tun?«

»Wir müssen sie sofort aus der Stadt schaffen.«

»Die Polizei wird jede Kutsche und jeden Zug kontrollieren!« wandte Daniel ein.

»Aber nicht den privaten Pullman-Wagen von De Beers!« sagte Johannes.

»Du hast recht.«

»Kannst du dafür sorgen, daß der Wagen an den Zug angehängt wird, der in vierzig Minuten Kimberley verläßt?«

Daniel nickte. »Das müßte zu machen sein. Ich werde eine wichtige Geschäftsreise vorschützen. Am Bahnhof wird niemand es wagen, mir irgendwelche Fragen zu stellen.«

»Ich bin es, der diese Geschäftsreise unternimmt, Daniel. Du bleibst hier.«

»Nein, ich fahre mit.«

»Das kommt überhaupt nicht in Frage. Das ist meine Angelegenheit, und ich bitte dich als meinen besten Freund, das so zu akzeptieren. Es reicht, wenn ich meinen Kopf riskiere. Es hat keinen Sinn, auch dich noch da hineinzuziehen – allein schon für den Fall, daß nicht alles so klappt, wie ich es mir ausrechne. Dann brauche ich dich mit sauberer Weste, um für uns beide die Kastanien aus dem Feuer zu holen«, beschwor Johannes ihn.

Daniel gefiel das gar nicht. Doch er sah ein, daß die Umsicht es gebot, nicht gleich ihrer beider Reputation aufs Spiel zu setzen. Sollte es zu einem Prozeß kommen, konnte er ihnen mit seinem Einfluß mehr helfen, als wenn er mit ihnen wegen Beihilfe zur Flucht einer Mörderin auf der Anklagebank saß.

»Wo willst du Florence überhaupt hinbringen?«

»Es ist besser, du weißt sowenig wie möglich. Später, wenn die Flucht hoffentlich geglückt und Gras über die Sache gewachsen ist, bleibt noch Zeit genug, dich darüber ins Bild zu setzen«, sagte

Johannes schon im Gehen. »Kümmere du dich nur darum, daß der Wagen rechtzeitig angekoppelt auf dem Gleis steht. Alles andere überlaß mir.«

Daniel hastete Augenblicke später aus dem Haus. Mit dem Ankoppeln des Pullman-Wagens von De Beers gab es keine Schwierigkeiten. Daniel wartete in ihm, bis Johannes mit Florence eintraf. Fast hätte er sie nicht erkannt. Sie war als Mann verkleidet, und ihr langes, auffälliges Haar war der Schere zum Opfer gefallen. Den Rest verbarg ein Hut mit breiter Krempe. Ihr Gesicht schien blutleer und die Augen ohne Leben zu sein. Sie bewegte sich wie in Trance.

Daniel fand nur einen kurzen Moment Zeit, um von ihr Abschied zu nehmen. Er drückte sie an sich. »Wir halten zu dir, Florence. Irgendwie und irgendwann wird alles wieder in Ordnung kommen. Und sorge dich nicht zu sehr um Lionel. Wir werden uns um ihn kümmern. Eines Tages wird er verstehen, was du getan hast – und daß es nur aus Liebe zu ihm geschehen ist«, versicherte er und wußte doch, wie wenig Trost seine Worte bargen.

»Er hätte mir Lionel genommen«, murmelte Florence mit tonloser Stimme. »Das konnte ich nicht zulassen ... alles andere, nur das nicht.«

»Um Himmels willen, nun verschwinde endlich!« rief Johannes besorgt. »Man darf uns nicht zusammen sehen. Geh! Und bete, daß wir es schaffen!«

Mit einem Gefühl schmerzlicher Ohnmacht verließ Daniel den privaten Salonwagen. Doch er blieb auf dem Bahnhof, bis der Zug anfuhr. Als der Pullman-Wagen an ihm vorbeikam, tauchte hinter den zugezogenen Vorhängen ganz kurz die Hand seines Freundes auf, der ihm ein Zeichen gab, daß niemand Florence entdeckt hatte.

Daniel konnte aufatmen. Diese erste, große Gefahr, daß Florence noch in Kimberley von der Polizei aufgespürt und verhaftet wurde, war gebannt. Aber damit war Florence noch längst nicht in Sicherheit. Seit die Telegraphenlinien das Hinterland der

Kolonie erreicht hatten, brauchten auch Fahndungsmeldungen der Polizei nicht mehr Wochen, um Kapstadt oder andere Hafenstädte zu erreichen.
Vier Tage später erhielt er ein Telegramm aus Kapstadt. Der scheinbar unverfängliche Text lautete: »Geschäftsabschluß unter Dach und Fach gebracht. Vertrag wasserdicht. Schließt auch zukünftige Probleme aus. Bleibe noch einige Zeit, um für uns wichtige Debatten im Parlament zu verfolgen und bei unerwartetem Verlauf notfalls tätig zu werden. Grüße von Mister Flower und von mir, Johannes.«
Das Telegramm erlöste Daniel von seinen Sorgen, die ihn in den vergangenen Tagen nicht losgelassen hatten. Nun konnte er davon ausgehen, daß sich Florence in Sicherheit befand. Die Vermutung, daß Johannes Florence auf sein Weingut BONNE ESPÉRANCE gebracht hatte, verwarf er jedoch schnell wieder. Das Risiko, daß man ihn mit Florence doch irgendwo gesehen hatte und auch sein Weingut einer Durchsuchung unterzog, konnte noch nicht ausgeschlossen werden. Er ging eher davon aus, daß Johannes sie außer Landes geschafft hatte. Aber warum blieb er dann noch in Kapstadt, um »notfalls tätig zu werden«, wie er in seinem Kabel geschrieben hatte?

63

Wenige Tage nach dem Telegramm überbrachte ein Kurier Daniel einen notariell beglaubigten Kaufvertrag, wonach Florence ihr Hotel an ihn, Daniel Lundquist, verkauft hatte – und zwar schon vor zwei Monaten. Dieser Kurierpost lag ein kurzer Brief bei, der keine Unterschrift trug, aber ohne jeden Zweifel von Johannes kam.
»Der Kaufvertrag ist hieb- und stichfest. Edward Harrison, der Notar, wird, falls notwendig, unter Eid aussagen, daß der Vertrag zu dem in den Papieren angegebenen Zeitpunkt zustande gekommen ist. Versuche, das Hotel von offizieller Seite zu beschlagnah-

men, sind mit diesem Vertrag aussichtslos«, schrieb ihm Johannes. »Ich habe eine alte Schuld eingetrieben. Habe hier schon einen tüchtigen Geschäftsführer, einen erfahrenen Hotelfachmann namens Richard Calderon, für das ROYAL DIAMOND aufgetrieben und in Deinem Namen engagiert. Er wird in den nächsten Tagen in Kimberley eintreffen und sich bei Dir melden. Ich denke, eine gute Wahl getroffen und die Zukunft von Lionel gesichert zu haben. Vernichte dieses Schreiben bitte *sofort,* wenn Du es gelesen hast. Bis bald, und kümmere Dich um den Jungen!«

»Du hast wahrlich an alles gedacht, Johannes. Du bist wirklich unbezahlbar«, murmelte Daniel bewegt, knüllte den Brief zusammen und warf ihn ins Feuer. »Gott sei gedankt, daß es noch Freunde wie dich gibt!«

Sich um Lionel zu kümmern, war leichter gesagt als getan. Erschüttert vom gewaltsamen Tod seines Vaters, erschossen von seiner Mutter, und voller Haß und Ablehnung, entzog er sich in den ersten Tagen jedem Versuch von Daniel, mit ihm zu reden. Es war Alice zu verdanken, die ihn in ihrem Haus aufnahm und mit unermüdlicher Geduld die steinerne Mauer der haßerfüllten Abweisung zu durchbrechen versuchte, daß er etwa eine Woche nach der Beerdigung von Julian Jakes zumindest nicht mehr aus dem Zimmer rannte, wenn Daniel kam, um ihn mit den wahren Hintergründen, die zum Tod seines Vaters geführt hatten, vertraut zu machen.

Anfangs glaubte Lionel ihm kein Wort. »Du lügst wie meine Mutter! Ihr lügt alle!«

Es waren schreckliche Stunden und Tage, die Daniel durchmachte. Er vermochte sich nur zu gut in Lionels Gefühle hineinzuversetzen. Zudem konnte er sich nicht von der Schuld freisprechen, daß auch er die Lüge vor Lionel aufrechterhalten hatte, sein Vater sei Gerrit Badenhorst gewesen. Es quälte ihn zu sehen, wie sehr Lionel litt. Er wußte, daß er das Vertrauen seines Patenkindes verloren hatte und vielleicht nie wieder zurückgewinnen würde. Dieser Schmerz war jedoch nicht so groß wie seine Angst, Lionel

könnte niemals die Wahrheit begreifen und seine Mutter auf ewig hassen.
Vier Wochen nach dem Mord kehrte Johannes nach Kimberley zurück. Er war in diesem Monat sichtlich um Jahre gealtert.
»Wo ist Florence?« war Daniels erste Frage, als sie sich wiedersahen. »Geht es ihr gut? Hast du sie außer Landes gebracht?«
Johannes schüttelte den Kopf. »Nein, das habe ich nicht gewagt. Ich habe eine bessere Lösung gefunden. Eigentlich war es ihre Idee. Doch frag nicht, wo genau sie sich befindet. Sie ist in Sicherheit, das soll dir vorerst genügen, und es geht ihr den Umständen entsprechend gut.«
»Mein Gott, was wird sie mir fehlen«, sagte Daniel bedrückt.
Johannes sah ihn mit stummem Schmerz an. »Was hast du von der Polizei gehört?« wechselte er rasch das Thema.
»Sie hat mich natürlich aufgesucht und ausgiebig befragt, aber ich habe mich erfolgreich ahnungslos gestellt. Man wird natürlich auch von dir eine Aussage wollen. Aber wie ich über mehrere Ecken herum erfahren habe, gibt es keine Zeugen, die einen von uns am Mordtag mit Florence gesehen haben. Es fehlt ihnen von Florence jede Spur. Sie haben sogar die Sache mit dem Kaufvertrag geschluckt. Übrigens scheinst du mit Mister Calderon einen guten Griff getan zu haben. Er macht seine Sache ganz ausgezeichnet. Wenn wir ihn zu halten vermögen, kann Lionel das Hotel eines Tages als gemachter Mann übernehmen, wenn er will.«
»Mein Gott, Lionel! Wie geht es dem Jungen?«
»Wer kann schon in die Seele eines anderen hineinblicken? In Lionels muß es grausam aussehen, Johannes. Er will noch immer nicht glauben, daß Julian seine Mutter damals skrupellos sich selbst überlassen und dann fünfzehn Jahre später heimtückisch versucht hat, einen Keil zwischen ihn und Florence zu treiben«, berichtete Daniel. »Aber wenigstens hört er jetzt zu, wenn man mit ihm redet.«
»Wird er mich anhören?«
Daniel schüttelte den Kopf. »Das solltest du besser erst gar nicht

versuchen. Es wäre zwecklos und würde den kleinen Fortschritt, den Alice und ich inzwischen erreicht haben, wieder zunichte machen.«

Daniel und Alice brachten Lionel schließlich dazu, auch andere Leute anzuhören, die sich noch sehr gut daran erinnern konnten, was Florence vor seiner Geburt am Vaal widerfahren war. Es gelang ihnen, zumindest Zweifel in Lionel zu säen, was die Geschichten anging, die Julian ihm über sich und Florence erzählt hatte. Es stand jedoch in den Sternen, ob diese Saat auch aufgehen und so weit Früchte tragen würde, daß er die schreckliche Tat seiner Mutter eines Tages verstehen und ihr verzeihen würde. Er bestand nun darauf, Kimberley zu verlassen und nach England aufs College zu gehen.

Daniel und seine Freunde legten ihm keine Steine in den Weg, waren sie doch davon überzeugt, daß ihm der Aufenthalt dort nur helfen konnte, mit den schrecklichen Ereignissen fertigzuwerden und seelisch wieder auf die Beine zu kommen. Und so reiste Lionel an einem kühlen Apriltag in Begleitung von Sidney nach Kapstadt, um dort den nächsten Dampfer nach England zu nehmen.

Wenige Wochen später legte Johannes seine Ämter im Direktorium von De Beers nieder und schied als aktiver Partner aus der Gesellschaft aus.

»Ich kann es mir erlauben. Ich habe mehr Geld gemacht, als ich je verleben kann. Außerdem möchte ich zukünftig mehr Zeit auf meinem Weingut verbringen«, sagte er.

Und in der Nähe von Florence sein, fügte Daniel in Gedanken hinzu. Es erfüllte ihn mit großer Trauer, daß der alte Freundeskreis mehr und mehr auseinanderbrach. Er hatte Byron und Florence verloren und würde nun auch Johannes immer seltener sehen. Und er fragte sich, was die Jahre ehrgeizigen Strebens außer einem großen Vermögen, dem jedoch kein Glück innewohnte, letztendlich gebracht hatten? Bittere Enttäuschungen und ein wachsendes Gefühl der Leere und der Einsamkeit.

64

Daß in seinem Haus ungewöhnlich viel Licht brannte, fiel Daniel zwar auf, als er an einem Frühsommerabend des Jahres 1886 aus der Mietdroschke stieg, doch er dachte sich nichts dabei. Mit seinen Gedanken war er bei geschäftlichen Transaktionen, die ihn wieder einmal bis tief in den Abend in seinem Büro festgehalten hatten. Es frustrierte ihn, daß Cecil Rhodes sich noch immer nicht entscheiden konnte, mit der geballten Macht von De Beers am Witwatersrand einzusteigen und eine Tochtergesellschaft zu gründen, die sich am Goldabbau beteiligte.

Rhodes war zwar im September endlich selbst in den Transvaal gereist, um sich persönlich ein Bild von den Goldfeldern zu machen, doch er hatte dort leider nicht genügend Zeit verbracht, um die Begeisterung der anderen großen Investoren zu teilen. Denn schon kurz nach seiner Ankunft am Rand hatte ihn die Nachricht erreicht, daß sein engster Freund Neville Pickering im Sterben lag. Daraufhin hatte er alles stehen- und liegenlassen und war an das Sterbebett seines Freundes geeilt, mit dem er seit Jahren zusammenwohnte.

Einerseits rechnete es Daniel Rhodes hoch an, daß es ihm, der als eiskalter Geschäftsmann und Machtpolitiker galt, wichtiger war, in den letzten Tagen seines Freundes an dessen Seite zu bleiben als profitable Geschäfte zu machen. Andererseits jedoch wurmte es ihn, daß Rhodes das Potential der Goldfelder so gering schätzte und damit womöglich einen nie wieder gutzumachenden Fehler beging. Denn schon jetzt zahlte man für Farmland, unter dem sich aller Wahrscheinlichkeit nach goldhaltiges Gestein verbarg und das noch vor einem halben Jahr für einige hundert Pfund zu haben gewesen war, Zehntausende von Pfund. De Beers mußte sich endlich am Rand engagieren, wenn sie ihre Stellung als die mächtigste Minengesellschaft behaupten wollte. Und je länger sie damit warteten, desto teurer würde der Einstieg für sie werden.

Scipio öffnete Daniel die Tür. »Einen schönen guten Abend, Mi-

ster Lundquist«, begrüßte er ihn ungewöhnlich schwungvoll und mit einem strahlenden Lächeln, das Daniel stutzig werden ließ.
»Na, du bist ja heute überaus fröhlich gestimmt. Hat deine Freude einen besonderen Grund?« fragte er verwundert über diesen Empfang, denn Scipio neigte sonst mehr zur Zurückhaltung.
Der Schwarze lachte ihn an. »O ja, Mister Lundquist. Ihre Frau ist heute nachmittag angekommen.«
Daniel war wie vom Donner gerührt. Harriet! Sie sollte aus England zurückgekehrt sein? Er konnte es kaum glauben, und dementsprechend fassungslos sah er seinen Diener auch an.
»Guten Abend, Daniel«, kam da die Stimme seiner Frau vom Durchgang zum Salon.
Daniel fuhr zu ihr herum. »Harriet, du bist es wirklich!« entfuhr es ihm in seiner Überraschung. In einem fliederfarbenen Kleid von schlichter Eleganz stand sie vor den geöffneten Doppelflügeltüren des Salons. Sie hatte eine neue, modische Frisur, bei der nicht mehr jene mädchenhaften Korkenzieherlocken vorherrschten, die sie einst so bevorzugt hatte, sondern ein mehr natürlicher Schwung. Eine Flut von Erinnerungen und Gefühlen, die nicht auf einen Nenner zu bringen waren, überfiel ihn bei ihrem Anblick. Und er wußte nicht, was er sagen sollte. Mein Gott, wieviel Zeit war vergangen, und was war nicht alles passiert, seit sie Kimberley verlassen hatte.
»Wie ich sehe, ist mir die Überraschung gut gelungen«, sagte sie mit einem zurückhaltenden Lächeln, in dem auch ein wenig Unsicherheit lag. »Aber vielleicht hättest du es lieber gehabt, wenn ich dir vorher ein Telegramm geschickt hätte. Vielleicht ist es dir nicht recht, daß ich so ohne Vorwarnung hereingeplatzt bin. Ich könnte es dir noch nicht einmal übelnehmen.«
Daniel schüttelte den Kopf. »Du siehst gut aus, Harriet«, sagte er, innerlich aufgewühlt, denn ihre plötzliche Rückkehr rief auch Erinnerungen an Szenen wach, die er lange aus seinen Gedanken verbannt hatte. Er ging auf sie zu, und sein erster Impuls, ihr zur Begrüßung einen Kuß auf die Wange zu geben, erstarb bei diesen Erinnerungen.

»Danke, du auch«, erwiderte sie, und ihre Stimme war so ganz anders, als er sie von früher her kannte. Ihr fehlte die ungeduldige Selbstsicherheit und Schärfe. »Es steht dir gut, dieses Grau an den Schläfen.«

Daniel verzog das Gesicht. »Eine nette Art zu sagen, daß man ins Alter gekommen ist.«

»Du bist nicht alt, Daniel«, widersprach sie. »Du wirst in drei Wochen gerade mal vierzig.«

»Du hast meinen Geburtstag also nicht vergessen.«

»Nein, natürlich nicht. Ich dachte, es sei der richtige Zeitpunkt, nach Kimberley zurückzukommen.«

Harriet war seine Frau und ihm so vertraut wie kein anderer Mensch. Und dennoch empfand er zugleich eine merkwürdige Entfremdung, die zwischen ihnen stand und ihrem Gespräch eine sonderbar künstliche Note gab, als wüßten sie nicht mehr, was sie voneinander zu halten und zu erwarten hatten.

»Möchtest du einen Sherry oder einen Port?« fragte er, um diesen Moment der eigenen Unsicherheit zu überbrücken. »Ich jedenfalls kann einen Drink jetzt ganz gut vertragen.«

Sie nickte. »Sonst bin ich ja nicht für Brandy, aber heute wäre er mir recht genehm.«

Schweigend begaben sie sich in den Salon. Harriet schloß die Türen, während Daniel zum Barschrank ging und zwei Gläser füllte.

Er reichte ihr ein Glas. »Dann bleibt mir ja nur noch zu sagen: Willkommen zu Hause, Harriet.«

»Bin ich das?« fragte sie.

»Es ist noch immer dein Zuhause, ist es immer gewesen«, antwortete er, ohne daß sein Gesicht verriet, wie er das genau verstanden wissen wollte. Er war sich dessen selbst nicht sicher.

»Das ist sehr großzügig von dir«, sagte sie mit einem Anflug von Beschämung und senkte ihren Blick.

Er erwiderte nichts darauf, und sie tranken schweigend.

»Du warst lange fort, Harriet«, sagte Daniel, als die Stille im Raum unerträglich wurde.

Sie nickte. »Über zwei Jahre.«
»Ist es dir gut ergangen in England?«
»Es waren auf jeden Fall keine verlorenen Jahre. Ich hatte Zeit, über vieles nachzudenken und mit mir ins reine zu kommen, und ich habe sie genutzt.«
Das sah er ihr an. Sie hatte das Jungmädchenhafte verloren und an Reife gewonnen. Er las es in ihrem Gesicht, dessen Anmut nun die einer erwachsenen Frau war.
»Hast du meine Briefe bekommen?«
Es war eine offensichtlich rhetorische Frage, um ihr ins Stocken geratene Gespräch wieder in Gang zu bringen. »Ja, ich habe sie mit Interesse gelesen«, lautete seine zurückhaltende Antwort.
»Du hast mir nur zweimal geschrieben«, sagte sie, ohne daß es jedoch wie ein Vorwurf klang. »Im ersten Jahr habe ich von dir überhaupt keine Nachricht erhalten.«
»Ich hatte dafür meine Gründe.«
»Natürlich«, erwiderte sie schnell. »Dein zweiter und letzter Brief, der mich zwei Wochen vor meiner Abreise erreichte, hat mich sehr bestürzt – nicht nur wegen der schrecklichen Dinge, die du mir von Florence und Lionel berichtet hast. Der ganze Ton deines Briefs war so ... ja, traurig.«
Daniel hob die Augenbrauen, war ihm das beim Schreiben doch selbst gar nicht zu Bewußtsein gekommen. Aber er hatte wohl auch allen Grund gehabt, traurig zu sein. »Bist du gekommen, um mich zu trösten?« fragte er spöttisch, um seine Verletzlichkeit vor ihr zu verbergen.
Sie blickte ihm offen ins Gesicht, gefaßt und doch von einer starken inneren Unruhe erfüllt. »Ich habe in England darauf gewartet, daß du die Scheidungsklage einreichst, Daniel. Doch wie mein Anwalt mir mitgeteilt hat, hast du bis jetzt noch keinerlei Schritte in dieser Hinsicht unternommen.«
»Und deshalb bist du gekommen?«
Sie schluckte. »Ja, deshalb bin ich gekommen. Allein schon aus Anstand, denn das bin ich dir und mir schuldig.«
»Möchtest du, daß ich die Scheidung veranlasse?«

Einen Moment lang sah sie ihn mit einem Blick an, der ihre innere Zerrissenheit widerspiegelte. »Ich habe das Recht verwirkt, etwas zu wollen. Aber wenn du mich so deutlich fragst, und um diese Gewißheit zu bekommen, bin ich ja zurückgekehrt, dann kann ich darauf nur sagen: Nein, ich möchte die Scheidung nicht.«
Daniel wußte nicht, ob er sich darüber freuen oder ihre Antwort als völlig bedeutungslos abtun sollte. Was ihn und Harriet betraf, war er sich in gar nichts sicher. Und ihm kam in diesem Moment zu Bewußtsein, daß er sich in den vergangenen zwei Jahren darum gedrückt hatte, zu einer Entscheidung zu gelangen. Er hatte alles in der Schwebe gelassen. Nun jedoch mußte er klare Position beziehen, und das fiel ihm schwer.
»Möchtest du auch wieder hier leben?«
Sie nickte. »Ich habe gesehen, daß du nichts verändert hast. Meine Zimmer sind noch so, wie ich sie verlassen habe. Im ersten Moment hatte ich das Gefühl, ich wäre überhaupt nicht weggewesen. Ja, ich möchte sehr gerne mein Leben hier wieder aufnehmen – zusammen mit dir.«
Daniel dachte einen Augenblick darüber nach. Er hatte Harriet mehr als einmal verwünscht für das, was sie getan hatte, und sich gesagt, daß er ihr das nie würde verzeihen können. Doch das hatte nichts daran geändert, daß er sie schmerzlich vermißt hatte. Ob aus verletztem Stolz, Gewohnheit oder weil er sie noch immer liebte, das vermochte er jedoch nicht zu sagen. Er wußte auch nicht, ob es aufrichtige Freude oder Genugtuung war, die Harriets Rückkehr in ihm hervorrief. Er würde Zeit brauchen, um sich darüber klarzuwerden.
Aber es war gut, daß sie zurückgekommen war. »Wenn das dein Wunsch ist, dann sollten wir es auch dabei belassen, wie es ist, Harriet«, sagte er und achtete darauf, daß seine Erwiderung ihn in seiner Entscheidungsfreiheit nicht einschränkte.
Sie gab sich keine Mühe, ihre Erleichterung vor ihm zu verbergen. »Danke«, sagte sie leise.
»Hast du Mary wieder mitgebracht?«

Sie schüttelte mit einem schwachen Lächeln den Kopf. »O nein, von Mary habe ich mich schon vor anderthalb Jahren getrennt. Sie ist mir mit ihrem ständigen Geplapper schrecklich auf die Nerven gegangen. Ich weiß heute gar nicht mehr, wie ich es bloß so lange mit ihr aushalten konnte. Rose Briggs, meine neue Zofe, ist das genaue Gegenteil von ihr. Sie ist die Ruhe in Person und könnte fast meine Mutter sein, und in einer gewissen Weise hat sie mir auch wirklich meine Mutter ersetzt, die ich schon so früh verloren habe.«

»Das freut mich«, entgegnete er und wußte nicht, wie er ihr Gespräch fortsetzen sollte. Es würde seine Zeit dauern, sich darauf einzustellen, Harriet wieder im Haus zu wissen – und in seinem alltäglichen Leben. Er war von allzu zwiespältigen Gefühlen erfüllt, um eine Prognose zu wagen, in welche Richtung sich ihr Zusammenleben nach über zwei Jahren Trennung entwickeln würde. »Ich werde heute früh zu Bett gehen«, sagte er schließlich. Er hatte das Bedürfnis, jetzt mit sich und seinen Gedanken allein zu sein. »Es war für mich ein langer Tag, der mich sehr beansprucht hat – nicht nur im Büro.«

Sie verstand. »Natürlich. Gute Nacht, Daniel.«

»Gute Nacht, Harriet.«

Wie fremd das klang!

Als er sich in der Tür noch einmal umdrehte, sah er, daß sie ihm mit ernster Miene nachblickte. Ihm war, als wäre sie nie schöner und begehrenswerter gewesen als in diesem Moment. Doch diese Regung wich sogleich einem Anflug von Unmut. Harriet war noch immer seine Frau, aber das war nicht gleichbedeutend damit, daß sie es schafften, in ihrer Ehe noch einmal einen Neuanfang zu machen. Selbst wenn sie es beide wollten, und nicht einmal das stand fest.

Als Daniel in seinem Bett lag und das Licht gelöscht hatte, konnte er keinen Schlaf finden. Unruhig wälzte er sich hin und her. Der Gedanke, daß Harriet von ihm nur durch eine Wand getrennt war, ließ ihn nicht los. Es war seltsamerweise ein ebenso befremdlicher wie tröstlicher Gedanke.

65

Bereits nach wenigen Tagen machte es oberflächlich den Eindruck, als wäre Harriet nie weggewesen, und schon gar nicht für mehr als zwei Jahre. Sie nahm das Heft im Haushalt am Morgen nach ihrer Rückkehr wieder fest in die Hand und führte scheinbar nahtlos dort ihr gemeinsames Leben mit Daniel fort, wo sie es verlassen hatte. Johannes, der für einige Wochen nach Kimberley kam, um an Daniels vierzigstem Geburtstag teilzunehmen, stellte keine Fragen und begrüßte Harriet so unbefangen, als hätte es keine Trennung von so langer Dauer gegeben. Dasselbe galt für Sidney, der ebenfalls pünktlich zum Ehrentag seines Freundes eintraf und sich freute, Harriet an Daniels Seite wiederzusehen. Und sogar Alice verkniff sich jede bissige Bemerkung, obwohl es ihr nicht gerade leichtfiel. Doch sie hatte mittlerweile genug eigene häusliche Probleme, mit denen sie nicht fertig wurde, als daß sie gewagt hätte, über Harriets Rückkehr und Daniels Gutmütigkeit herzuziehen, wie sie es sonst wohl getan hätte. Denn erst vor wenigen Monaten hatte ihre Tochter Deborah, die für ihre vierzehneinhalb Jahre schon sehr frühreif war, mit dem jungen Dompteur eines gastierenden Zirkus durchzubrennen versucht. Und mit ihrem Sohn Edward, der in den letzten Jahren ein starkes Stottern entwickelt hatte und mit dreizehn noch immer das Bett näßte, kam sie genausowenig klar. Zudem hegte sie den Verdacht, daß Sidney sich eine Mätresse hielt, wenn er während der parlamentarischen Sitzungsperiode monatelang in Kapstadt weilte. Ein Verdacht, der gerechtfertigt war, wie Daniel wußte. Denn Sidney hatte ihm in einer schwachen Stunde nach reichlichem Alkoholkonsum gebeichtet, daß er eine Liaison mit einer jungen Schauspielerin habe, die in Kapstadt für ihre recht frivolen Rollen bekannt war. Diese Kümmernisse und ihr wachsendes Gefühl der Unzufriedenheit mit ihrem Leben hatten in Alices Gesicht Spuren in Form von tiefen Linien und einer verhärteten Mundpartie hinterlassen.

Daniels Geburtstag, mit dessen Ausrichtung sich Harriet viel

Mühe machte, verlief in fröhlicher Harmonie und Ausgelassenheit, und Harriet wurde ihrer Rolle als Gastgeberin mit großer Übersicht, Kompetenz und Charme mehr als gerecht. Wer mit den intimen Details, die zuerst zur Zerrüttung der Ehe und später zur Trennung geführt hatten, nicht vertraut war – und das waren die meisten aus Daniels Freundes- und Bekanntenkreis nicht –, der hielt die Beziehung zwischen Harriet und Daniel für die einer völlig normalen Ehe, die im Laufe der Jahre vielleicht ein wenig Glanz verloren, aber sonst bestens intakt war.
Manchmal hatte selbst Daniel den Eindruck, als hätte sich das Rad der Zeit um viele Jahre zurückgedreht und sie wieder an den Beginn ihrer Ehe zurückversetzt, kurz bevor der Unfall passiert war. Und doch stimmte es nicht, denn alles war anders. Harriet hatte sich sehr verändert, ihre Interessen und Bedürfnisse, ja ihr ganzes Wesen. Ihre einstige Flatterhaftigkeit und Neigung zu oberflächlichen Vergnügungen waren einem ruhigen Ernst und einer reifen Gelassenheit gewichen. Sie konnte sich an Dingen erfreuen, die sie früher nicht einmal registriert hatte. Und wenn sie auch nicht gerade ein zurückgezogenes Leben führte, so nahm sie doch nicht den Kontakt mit ihren alten Freundinnen auf, die sich noch immer nur für den netten Klatsch und die neueste Mode aus Europa interessierten. Zwar engagierte sie sich wieder in Wohltätigkeitskomitees, aber es ging ihr nun nicht mehr darum, den Vorsitz einzunehmen, sondern um die Sache, der sich die Organisation verschrieben hatte. Sie zeigte zudem auch ein reges Interesse an den politischen und geschäftlichen Entwicklungen.
Als Daniel eines Abends sein Erstaunen darüber zum Ausdruck brachte, wie gut sie über den fortschreitenden Prozeß der Amalgamation unter dem Druck von De Beers unterrichtet war, sagte sie mit einem stolzen Lächeln: »Ich hatte in Onkel Henry einen ausgezeichneten Lehrmeister und habe mit seiner Hilfe viel von dem nachgeholt, was ich eigentlich schon Jahre früher hätte wissen können. Wie dumm ich war, Politik und Finanzgeschäfte für langweiligen Kram zu halten.«

Harriet hatte sich auch in anderen, scheinbar weniger wichtigen Dingen stark gewandelt. So schlief sie nicht mehr bis in die Puppen, sondern stand früh auf, um gemeinsam mit ihm zu frühstücken. Und abends, wenn er spät von der Arbeit nach Hause kam, fand sie Zeit, um sich anzuhören, was er zu erzählen hatte, und von ihren Aktivitäten des Tages zu berichten.
Aber es war nicht so, daß sie sich ihm aufdrängte oder gar in die Rolle der unterwürfigen, reumütigen Büßerin geschlüpft wäre. Sie hielt sich zurück, war jedoch da, wenn er zu erkennen gab, daß ihm an ihrer Gesellschaft gelegen war – sei es zu Hause, bei Theaterbesuchen, Veranstaltungen der örtlichen Sportclubs oder offiziellen Anlässen, wenn beispielsweise die Direktoren von DE BEERS mit ihren Frauen zusammenkamen. Sie freute sich, wenn er sie fragte, ob sie Lust habe, ihn hierhin oder dorthin zu begleiten. Doch von sich aus schlug sie derartige gemeinsame Unternehmungen nicht vor.
Daniel hatte oft das Gefühl, daß sie auf ein Zeichen von ihm wartete, aber doch nicht Geduld und Hoffnung verlor, als immer mehr Monate ins Land gingen, ohne daß er den Schritt zu einer endgültigen Versöhnung machte.
Er konnte einfach nicht. Der Weg zu seinem Herzen war von zu vielen bitteren Erinnerungen, von unverarbeitetem Groll und Wunden versperrt. Es gelang ihm einfach nicht, zu verzeihen und zu vergessen, was sie getan hatte. Es bedrückte ihn selbst, doch er vermochte nicht über seinen Schatten zu springen. Es war gut so, wie das Zusammenleben zwischen ihnen war. Mehr konnte er ihr nicht geben.
Zudem beanspruchten ihn im folgenden Jahr neue Aufgaben, mit denen er bei DE BEERS betraut wurde. Cecil Rhodes hatte sich endlich dazu durchgerungen, dem Druck seiner Geschäftspartner nachzugeben und am Rand tätig zu werden. Im Februar 1887 wurde die GOLD FIELDS OF SOUTH AFRICA LIMITED gegründet, mit einem Startkapital von hundertfünfundzwanzigtausend Pfund, das innerhalb von wenigen Jahren auf eineinviertel Millionen erhöht werden sollte. Daß Rhodes mit seinem Enga-

gement am Rand ein gutes Jahr gewartet und sozusagen den Startschuß, dem andere große Investoren gefolgt waren, verpaßt hatte, brachte erhebliche organisatorische wie finanzielle Nachteile mit sich, mit denen sich Daniel zusammen mit Rhodes' Partner Charles Rudd viele Tage und Nächte herumschlagen mußte. Die GOLD FIELDS OF SOUTH AFRICA LIMITED sollte es deshalb niemals schaffen, die Konkurrenz am Rand zu überflügeln und jene Vormachtstellung einzunehmen, die Rhodes auf dem Gebiet der Diamantenförderung in Kimberley errungen hatte und die DE BEERS das langersehnte Monopol bringen sollte. Dennoch gelang es ihr, sich mit enormem Aufwand immerhin in die vorderste Reihe der mächtigsten Minengesellschaften im wachsenden Johannesburg einzureihen.

Als es im Wettstreit zwischen Barney Barnato und Cecil Rhodes hinsichtlich der Übernahme der noch immer mächtigen FRENCH COMPANY in die letzte und alles entscheidende Runde ging, sollte Daniel mit nach Europa reisen, um bei Rothschild und anderen europäischen Finanzhäusern an den Verhandlungen um ein Finanzdarlehen in Höhe von über drei Millionen Pfund teilzunehmen. Doch Daniel entschied sich gegen die Reise, die ihn unter Umständen mehrere Monate außer Landes geführt hätte. Der Gedanke, gerade jetzt so lange von Harriet getrennt zu sein, spielte dabei eine entscheidende Rolle, auch wenn er es vor ihr verheimlichte.

An einem Morgen im Mai kam Sidney, der schon auf gepackten Koffern saß, da in einer Woche das Parlament in Kapstadt wieder zusammentrat, zu Daniel ins Büro. Sein Ausdruck war betroffen.

»Sorgen, Sidney?«

»Ich habe gerade ein Telegramm aus Johannesburg erhalten.«

Daniel zog die Augenbrauen hoch. »Mal wieder Ärger mit der GOLD FIELDS LIMITED?«

Sidney schüttelte den Kopf. »Nein, Byron ist tot.«

Seine Bestürzung war stärker als alles andere, was Daniel für Byron empfunden hatte. Sie überraschte ihn selbst am meisten.

»Mein Gott, wie ist das passiert?«

»Du weißt, er war an einer kleinen, aber recht profitablen Minengesellschaft am Rand beteiligt.«
Daniel nickte.
»Es hat in einem der Schächte ein Unglück gegeben, und Byron war zufällig in der Mine und hat sich an den Rettungsarbeiten beteiligt. Dabei war es zu einem zweiten Einsturz gekommen. Er ist vom Gestein erschlagen worden«, teilte Sidney ihm mit.
Daniel schwieg betroffen und dachte, daß es Byron ähnlich sah, für andere sein Leben aufs Spiel zu setzen. Was immer er ihm persönlich vorzuwerfen hatte, so hatte Byron doch seine großartigen Seiten gehabt.
»Sie bringen seine Leiche nach Kimberley«, brach Sidney das Schweigen. »Byron wird übermorgen auf dem West End Cemetery begraben. Er hat es in seinem Testament so bestimmt. Ich werde daher erst nach der Beerdigung abreisen. Kommst du auch?«
Daniel sah ihn an und nickte dann. »Das bin ich ihm schuldig. Einem Toten habe ich nichts nachzutragen.«
Als Daniel Harriet von Byrons Tod und Beerdigung berichtete, sah sie ihm stumm ins Gesicht und wandte dann den Blick ab.
»Ich möchte, daß du mit zur Beerdigung kommst«, sagte Daniel.
»Wenn es dein Wunsch ist, Daniel«, erwiderte sie mit leiser Stimme.
Er nickte nur und ging in sein Zimmer.
Am Tag der Beisetzung fand sich eine große Trauergemeinde auf dem Friedhof ein. Daniel und Harriet hielten sich etwas abseits. Sie hatten an diesem Morgen nur wenige Worte miteinander gewechselt. Merkwürdigerweise fühlte sich Daniel seiner Frau an diesem Tag näher als an irgendeinem anderen Tag seit ihrer Rückkehr.
Byrons Beerdigung ging ihm sehr nahe. Als er ans Grab trat und eine Schaufel rotbrauner Erde auf den Sarg warf, dachte er an jenen weit zurückliegenden Tag, als er und Byron der Farmerswitwe die Dampfmaschine abgekauft und ihre VAAL RIVER SALVAGE COMPANY gegründet hatten.
»Du weinst ja«, sagte Harriet mit bewegter Stimme, als sie in der

Kutsche saßen und in die Stadt zurückfuhren, und legte ihre Hand auf seine.

Er richtete den Blick weiterhin starr aus dem Fenster, ergriff jedoch ihre Hand und hielt sie, bis die Kutsche vor ihrem Haus angelangt war.

Wenige Wochen darauf, als in England die Sommerferien der Colleges begonnen hatten, traf Lionel in Kimberley ein. Er war gewachsen und ein junger Mann von fast achtzehn Jahren. Daniel hatte ihm sporadisch geschrieben und ihn über alles unterrichtet, was das ROYAL DIAMOND betraf, das sich unter der Führung von Richard Calderon noch immer als eine der ersten Adressen in Kimberley behauptete.

Lionel wohnte bei Daniel im Haus, und wenn er sich auch weiterhin standhaft weigerte, mit Johannes zusammenzukommen, so ließ er doch erkennen, daß er die Rolle, die Julian Jakes im Leben seiner Mutter gespielt hatte, mittlerweile mit anderen, kritischen Augen sah.

Daniel wußte von Johannes, daß Florence, wo immer sie sich versteckt hielt, ihrem Sohn mehrfach geschrieben, aber nie eine Antwort von ihm erhalten hatte. Er drängte Lionel, ihr endlich zu schreiben.

Am Tag seiner Abreise überreichte Lionel Daniel am Bahnhof einen Brief. »Für meine Mutter«, sagte er fast schroff. »Du wirst wissen, wie du ihn ihr zukommen lassen kannst.«

Daniel steckte ihn mit dem Gefühl ein, einen großen Sieg errungen zu haben. Das Schweigen war gebrochen, ein Anfang gemacht. »Wirst du zurückkommen und das Hotel übernehmen, wenn du deine Ausbildung abgeschlossen hast?«

»Zurückkommen werde ich mit Sicherheit. Ich bin kein Engländer, sondern Afrikaner, und dies ist meine Heimat. Aber was das Hotel betrifft, so weiß ich es noch nicht. Mir bleibt noch Zeit genug, um darüber nachzudenken.«

»Tu mir den Gefallen, etwas öfter als alle acht, neun Monate und etwas mehr als dünne zehn Zeilen zu schreiben«, bat ihn Daniel beim Abschied.

Ein flüchtiges Lächeln vertrieb für einen kurzen Moment den ernsten Ausdruck auf dem Gesicht seines Patenkindes. »Ich werde auch darüber nachdenken.«
Daniel erwiderte das Lächeln. »Das reicht mir. Gute Reise, Lionel.«
Lionel drückte ihm die Hand und stieg in den Zug.
Am selben Tag sprach Daniel mit Johannes. Als dieser von Lionels Brief an Florence hörte, gab er einen Stoßseufzer dankbarer Erleichterung von sich.
»Meinst du nicht, daß es langsam an der Zeit ist, mir zu sagen, wo du Florence versteckt hältst, Johannes?«
»Möchtest du ihr Lionels Brief persönlich übergeben?« fragte Johannes zurück.
»Mein Gott, natürlich! Wie gern möchte ich Florence wiedersehen. Ich habe es sowieso nicht als gerecht empfunden, daß du mir nie eine Gelegenheit dazu gegeben hast, und jetzt sind schon über zwei Jahre vergangen, seit du sie aus der Stadt geschmuggelt hast.«
»Es war besser so, glaube mir.«
»Bringst du mich zu ihr?«
»Wir reisen nach Kapstadt, wann immer du dich von deiner Arbeit loseisen kannst«, bot sein Freund ihm an.
»Wie wäre es mit morgen?«

66

»Ich werde Schwester Felizitas sagen, daß Sie hier sind, Mister Lundquist. Wenn Sie einen Augenblick warten würden. Es wird nicht lange dauern.« Die Äbtissin, eine kleine Person von kräftiger Gestalt mit einem verblüffend klaren, durchgeistigten Gesicht, lächelte ihn freundlich an.
Daniel war in Gegenwart dieser kleinen Person, die jedoch eine verstörend große innere Ruhe und Güte ausstrahlte, so beklommen zumute, daß er nur ein »Danke« herausbrachte.
Die Äbtissin nickte ihm lächelnd zu, faltete die Hände unter dem

Kreuz, das ihr an einer langen Lederschnur über dem schwarzen Habit um den Hals hing, und kehrte auf dem schmalen Kiesweg zum Klostergebäude zurück.
Hierhin hatte Johannes also Florence gebracht, in das Kloster der Barmherzigen Schwestern Jesu, das einige Meilen außerhalb von Kapstadt lag, umgeben von Obstgärten und Weinbergen. Kein Wunder, daß die Fahndung der Polizei nach ihr ergebnislos geblieben war. Wer hätte sie auch schon bei Nonnen vermutet.
Daniel nahm auf der einfachen Holzbank Platz, die von zwei blühenden Hibiskussträuchern eingerahmt wurde. Ein herrlicher Mimosenbaum, der in voller Blütenpracht stand, beherrschte die Mitte des kleinen rückwärtigen Klostergartens. Die Nachmittagssonne schaffte noch so eben den Sprung über die hohen Mauern und brachte die gelben Blüten vor dem Hintergrund des dunkelgrünen Blattkleides zum Leuchten.
Eine eigenartige Stille lag über dem Kloster. Allein das Zwitschern der Vögel, das Summen der Insekten und das Rascheln der Blätter im milden Wind sowie das Gackern einiger Hühner, das von der anderen Seite des Klostergebäudes gedämpft zu ihm in den abgeschiedenen Garten drang, waren zu hören. Aus dem Gebäude selbst war jedoch kein Laut zu vernehmen. Daniel fühlte sich in eine Oase tiefen Friedens versetzt, die ihn unwillkürlich an die Jahre erinnerte, die er mit Molefe auf dem Kutschbock seines Ochsengespanns verbracht hatte, als sie oft tagelang über das weite afrikanische Veld gezogen waren, ohne einer anderen Menschenseele zu begegnen. Konnte es wirklich sein, daß seit jener Zeit schon fast zwanzig Jahre vergangen waren?
»Florence hat die ganzen Jahre hier in diesem Kloster verbracht?« hatte er Johannes ungläubig gefragt, als dieser ihn vor wenigen Minuten vor der Pforte abgesetzt hatte.
»Ja, und sie hat das Gelände nicht einmal verlassen.«
»Aber sie kann doch nicht für den Rest ihres Lebens hier bleiben, oder?«
»Am besten fragst du sie das selbst.«
»Kommst du nicht mit, Johannes?«

»Die Regeln des Ordens geben ihr nicht viel Zeit für private Besucher. Ich spare mir meine Zeit lieber für eine andere Gelegenheit auf. Heute sollst du Florence für dich allein haben. Ich warte in der Kutsche auf dich. Bestell ihr einen lieben Gruß von mir.«

»Florence in einem Kloster, mein Gott!«

Daniel wußte noch immer nicht, was er davon halten sollte, als Florence durch die Tür, hinter der die Äbtissin vor wenigen Minuten im Haus verschwunden war, zu ihm in den Garten trat. Er hätte sie kaum wiedererkannt, wenn er ihr an einem anderen Ort begegnet und nicht darauf vorbereitet gewesen wäre, sie im schwarzen Habit der Ordensschwester zu sehen. Die weiße Haube verbarg ihr Haar völlig und ließ nur ein schmales Oval von ihrem Gesicht frei.

Er sprang von der Bank auf und lief ihr entgegen. »Florence! Endlich sehe ich dich wieder!« rief er und schloß sie voller Freude und Rührung in seine Arme.

Sie lächelte ihn an. »O Daniel, ich freue mich auch, dich zu sehen. Doch eine Florence gibt es nicht mehr«, sagte sie mit sanfter Stimme. »Ich heiße jetzt Schwester Felizitas, und das ist mehr als nur ein neuer Name. Ich habe ein neues Leben begonnen.«

Ihre Antwort verwirrte ihn. »Felizitas ist ein schöner Name, doch Florence gefällt mir besser.«

Sie lächelte verständnisvoll. »Ich kann verstehen, daß du dich erst daran gewöhnen mußt, denn ich weiß von Johannes, daß er dir bisher verschwiegen hat, wo ich mich seit meiner entsetzlichen Tat aufhalte. Aber den Namen Felizitas habe ich nach langer Selbstprüfung mit Bedacht gewählt. Felizitas war zur Zeit der Christenverfolgung in Karthago eine junge Frau, die erst im Kerker getauft wurde. Man drängte sie, von ihrem christlichen Glauben abzulassen, und stellte ihr einen gnädigen Tod in Aussicht. Doch sie blieb standhaft und nahm den schrecklichen Tod in der Arena, wo wilde Tiere über sie und andere Christen herfielen, auf sich.«

Daniel verzog das Gesicht. »Bitte versteh es nicht als Anmaßung, aber mir wäre lieber, du würdest dir nicht gerade eine Märtyrerin zum Vorbild nehmen. Denn was immer du auch getan hast, so hast du es doch nicht verdient, daß du dich nun selbst zu einem Sühneleben hinter Klostermauern verdammst.«

Sie schüttelte leicht den Kopf, ohne ihr stilles Lächeln zu verlieren. »Ich habe mich nicht selbst verdammt. Gewiß, die Schuld, die ich auf mich geladen habe, werde ich niemals loswerden. Aber dies hier ist nicht mein selbstgewählter Kerker, sondern mir ist ganz unverdient die Gnade zuteil geworden, hinter diesen Mauern die wahre Freiheit gefunden zu haben.«

»Freiheit?« Daniel sah sie skeptisch an.

»Laß uns ein wenig durch den Garten gehen«, schlug sie vor, und sie folgten dem Rundweg. »Hast du schon mal Bilder des heiligen Abtes Antonius gesehen?«

»Nein. Weshalb fragst du?«

»Auf diesen Bildern findet man stets viele kleine Teufel, die ihm beizukommen versuchen«, erzählte Florence scheinbar ohne jeden Zusammenhang. »Solch ein Bild ist wie ein Gleichnis, das das Leben eines jeden von uns beschreibt. Die Dämonen, die hinter uns her sind, tragen viele Namen: Lieblosigkeit, Geld, Macht, Sinneslust, Gewalt und vieles andere mehr. Und diese Dämonen, mit denen wir uns abgeben, ja denen wir uns sogar freiwillig ausliefern, höhlen im Laufe des Lebens unser Herz aus und machen es hart, ohne daß wir uns dessen bewußt werden.«

»Es gibt nun mal gewisse Zwänge im Leben«, wandte Daniel ein.

Sie lachte leise auf. »Ja, das reden wir uns gerne ein, weil wir dann leichter mit unserer Lieblosigkeit und unserem Egoismus leben können. Wie oft habe ich mir früher eingeredet, daß es nur zum Besten meines Kindes ist, wenn ich all meine Energie darauf verwende, ein erstklassiges Hotel in Kimberly zu haben. Ein paar Jahre noch, und dann werde ich mehr Zeit für ihn haben. Opfer müssen nun mal sein, wenn man vorankommen und etwas schaffen will. Nur nicht zimperlich sein. Lionel wird mir eines Tages dankbar sein, was ich als alleinstehende Frau erreicht und ihm hinterlassen habe. Dieses und ähnliches habe ich mir eingeredet, von Jahr zu Jahr. Es waren nichts als Selbsttäuschungen und Entschuldigungen für all das, was ich unterlassen habe, weil mir die Erfüllung meiner ehrgeizigen Pläne wichtiger als alles andere war. In Wirklichkeit war ich Lionel nicht nur eine miserable Mutter, sondern ich habe auch mich um mein Glück betrogen, das ich hätte haben können.«

Ein unbehagliches Gefühl beschlich Daniel. Ihm war, als hätte ihre Beschreibung streckenweise auch Gültigkeit für sein Leben.

»Im nachhinein ist man immer klüger. Wir alle machen Fehler. Das ist nun mal der Lauf der Dinge.«

»Der Lauf der Dinge«, wiederholte sie nachdenklich. »Schaffen wir uns den denn nicht selbst? Die Entscheidungen, die wir gestern getroffen haben, bestimmen das Morgen und Übermorgen. Mit unseren gestrigen Antworten auf Fragen haben wir uns selbst unerbittliche Fesseln für die Zukunft angelegt. Nein, wir können uns nicht mit Schicksal und Zwängen herausreden, Daniel. Ich jedenfalls weiß, daß ich mir mit meinem unerbittlichen Streben nach Erfolg, Macht und Besitztümern um jeden Preis meinen ganz eigenen Kerker gebaut habe.«

»Du gehst sehr hart mit dir und uns ins Gericht«, erwiderte Daniel.

»Ich halte nicht Gericht, Daniel, denn das steht mir am allerwenigsten zu. Ich sage nur, was ich erkannt habe. Spät, aber doch glücklicherweise nicht zu spät.« Sie machte eine kurze Pause. »Ich habe Angst gehabt, Angst vor so vielen Dingen – wieder verletzt zu werden, mit meinem Leben nicht klarzukommen, es nicht wie andere zu etwas zu bringen, ja auch später dann Angst davor, Lionel mit Julian teilen zu müssen. Und aus dieser Angst heraus, die ich einmal fälschlicherweise für Ehrgeiz und Willenskraft gehalten habe, habe ich ein Leben geführt, das ich eigentlich gar nicht war. Es war ein unechtes Leben.«

»Ach, Florence . . .«

»Nein, es stimmt«, fiel sie ihm mit sanftem Nachdruck ins Wort. »Ist es nicht bezeichnend, daß wir im Kreis unserer Familie, in unseren Beziehungen zu Vätern und Müttern und Geschwistern, nicht nur Segnungen, sondern auch die größten Ängste erleben und unsere tiefsten Wunden erfahren, die wir dann mit ins eigenständige Dasein nehmen, um im Zusammenleben mit Menschen, die nicht von unserem Blut sind, auf eine Heilung dieser Wunden zu hoffen? Doch manche Wunden und Ängste gehen so tief, daß wir nie davon geheilt werden.«

Daniel dachte an ihren Sohn, und er mußte innerlich eingestehen, daß Florence etwas sehr Wahres gesagt hatte. Lionel würde vielleicht niemals verwinden, daß Florence nie Zeit für ihn gehabt, ihm seinen Vater all die Jahre verschwiegen und Julian dann auch noch getötet hatte.

»Wir alle tragen im Leben unsere Wunden davon«, seufzte er.

»Und die schlimmsten fügen wir uns in unserer blinden Besessenheit nach weltlichen Gütern selbst zu«, erklärte sie. »Warum tun wir das bloß, statt uns unseres kurzen irdischen Daseins bewußt zu werden und es mit einem Sinn zu erfüllen, der sich nicht an oberflächlichen Werten orientiert. Für die eigenen Sünden ist man wohl leider blind. Aber nun erzähl mir, wie es dir geht, Daniel. Ich habe genug von mir geredet.«

Er berichtete ihr von seinem Leben und daß es DE BEERS gelungen war, beim Machtpoker um die FRENCH COMPANY den Sieg davonzutragen. Barney Barnato hatte sich geschlagen gegeben und würde zukünftig als Direktor auf Lebenszeit von DE BEERS und mit einem großen Aktienpaket ein mächtiger Partner von Cecil Rhodes sein. Aber während er ihr noch davon erzählte, beschlich ihn das beklemmende Gefühl, wie unwichtig das alles doch war und wie wenig es ihn selbst mit Freude erfüllte. Er konnte auf eine steile Karriere zurücksehen und hatte mehr erreicht, als er sich jemals hätte träumen lassen. Doch sein persönliches Glück war dabei auf der Strecke geblieben. So vieles, was Florence zuvor gesagt hatte, traf auch auf sein Leben zu, wenn er ehrlich war.

Er bemerkte, daß Florence ihm gar nicht mehr richtig zuhörte, sondern einen Vogel beobachtete, der im Licht der Nachmittagssonne auf einem wippenden Ast des Mimosenbaums saß und sein Gefieder putzte. Ihr versonnenes Lächeln strahlte einen derartigen inneren Frieden aus, daß es ihn fast neidisch machte. Diese Frau im schwarzen Schwesternhabit war nicht mehr die Florence, die er einmal gekannt hatte.

»Ich habe einen Brief von Lionel für dich.«

Sie sah ihn mit einem tiefen Leuchten in den Augen an. »Gelobt sei Gott! Er hat meine Gebete erhört.«

Er gab ihr den Brief. »Ich weiß nicht, was er dir geschrieben hat.«

Sie drückte ihn an die Brust, wo ihr schlichtes Kreuz hing. »Das ist nicht wichtig, Daniel. Wichtig ist allein, *daß* er mir geschrieben hat. Und ich bete zu Gott, daß er mir eines Tages verzeihen wird, was ich ihm angetan habe, und daß ich ihn einmal wiedersehen darf.«

»Du willst wirklich hierbleiben?« fragte Daniel, dem es schwerfiel, sich mit dem Gedanken abzufinden, daß Florence ihr Leben als Nonne zu beschließen beabsichtigte.

Sie lächelte ihn an, und wieder sprach aus ihren Augen und Gesichtszügen Glück und Ruhe von einer verinnerlichten Tiefe, wie sie ihm nur noch bei ihrer Äbtissin begegnet war. »Es war nicht leichtfertig dahergeredet, als ich vorhin zu dir sagte, daß ich hinter diesen Mauern nicht einen Platz selbstauferlegter Sühne, sondern meine Freiheit gefunden habe – eine Freiheit, wie ich sie in all den Jahren zuvor nie auch nur annähernd so erlebt habe. Nicht jeder ist dafür geschaffen, doch ich bin es, wie ich erkannt habe. Nächstes Jahr werde ich das ewige Gelübde ablegen. Der Glaube und die Berufung zu diesem Leben sind ein Geschenk, und es wird mir immer ein Wunder sein, daß es gerade mir zuteil geworden ist, die ich es doch am wenigsten verdient habe. Ich habe Blut vergossen, auch viel Herzblut, und anderen nicht verziehen. Und nicht verzeihen zu können war wohl meine größte Sünde. Mein Herz war verhärtet. Doch ich bin mit einer zweiten Chance gesegnet worden. Jeder Mensch hat eine zweite Chance in seinem Leben verdient, was immer er getan hat. Nur wird sie nicht jedem gewährt, weil unsere Hartherzigkeit größer ist als die Stärke des Verzeihens.«

Eine Glocke erklang.

»Ich muß jetzt gehen, Daniel. Die Glocke ruft zu den Offizien, unseren Chorgebeten«, sagte Florence mit schon entrücktem Lächeln.

Daniel umarmte sie. »Du fehlst uns allen schrecklich, Florence ... Schwester Felizitas.«

Sie küßte ihn auf die Wange. »Ich bin euch nicht wirklich fern, Daniel. Viele Menschen, die tagtäglich miteinander leben, sind sich viel ferner, als wir es sind. Ich bin in meinen Gebeten unzertrennlich bei euch. Gottes reichen Segen«, sagte sie, berührte flüchtig und doch liebevoll seine Wange und eilte ins Haus.

Daniel fühlte sich wie benommen, als er den Garten durch die hintere Pforte verließ und zu Johannes in die Kutsche stieg. Sein Freund stellte ihm keine Fragen, denn er ahnte, wie sehr ihn die Begegnung mit Florence verstört hatte. In tiefem Schweigen fuhren sie nach Kapstadt zurück.

67

Es war schon sehr spät am Abend, als Daniel nach sechs Tagen wieder in Kimberley eintraf. Er übergab sein Gepäck einem Kutscher, verzichtete jedoch darauf, selbst einzusteigen, sondern machte sich zu Fuß auf den Weg vom Bahnhof nach Hause. Er war müde von der langen Reise und doch voll innerer Unruhe.

»Ist meine Frau bereits zu Bett gegangen?« fragte er, als er ins Haus trat und Rose Briggs in dem Augenblick die Treppe herunterkam.

»Sie hat sich ausgezogen und fürs Bett fertiggemacht, aber ich glaube nicht, daß sie schon das Licht gelöscht hat. Wie ich sie kenne, wird sie noch lesen, Mister Lundquist«, teilte ihm die Zofe mit, die schon auf die Fünfzig zuging und das einnehmende Wesen einer ruhigen, nachsichtigen Mutter besaß.

»Danke, Rose«, sagte Daniel, wünschte ihr eine gute Nacht und begab sich nach oben zu seiner Frau.

Harriet lag nicht mit einem Buch im Bett, sondern saß in ihrem dünnen Musselinnachthemd an ihrem Sekretär und schrieb einen Brief.

»Störe ich?«

»Um Gottes willen, nein!« sagte Harriet und legte schnell den Federhalter aus der Hand. »Komm nur herein. Meinen Brief an Onkel Henry kann ich auch morgen noch beenden. Schön, daß du wieder zurück bist.«

Als er sie im Licht der Sekretärleuchte in ihrem dünnen Gewand und mit ausgekämmtem Haar sitzen sah, kam ihm schmerzlicher denn je zu Bewußtsein, wie sehr er sie noch immer liebte.

Ohne Hast griff sie nach ihrem Morgenmantel, der über der Lehne ihres Polsterstuhls hing, und zog ihn über. Dabei fragte sie: »Wie war es in Kapstadt? Sind deine Geschäfte erfolgreich verlaufen.«

Daniel nickte. »Ja, sehr.« Johannes hatte ihn gebeten, keinem von Florence und ihrem Aufenthaltsort zu erzählen, auch nicht Harriet. Er lebte noch immer in der Sorge, daß durch einen dummen Zufall der Polizei zu Ohren kommen könnte, wo sich Florence befand. Eine Sorge, die Daniel nicht ganz teilte, aber respektierte.

»Das freut mich.«

Daniel wußte nicht, wie er das, was er auf dem Herzen hatte, ansprechen sollte. »Es tut mir leid, Harriet«, sagte er dann bedrückt.

Verwundert und ein wenig ängstlich sah sie ihn an. »Was tut dir leid?«

Er machte eine vage, hilflose Geste. »So vieles, daß ich gar nicht weiß, wo ich beginnen soll. Es tut mir leid, daß alles so gekommen ist ... mit uns, Harriet. Ich glaube, ich bin sehr hartherzig gewesen.«

»Du und hartherzig?« fragte sie mit einem halb gequälten, halb hoffnungsvollen Lächeln. »Nein, das stimmt nicht. Wenn jemand hartherzig war, dann bin ich das gewesen. Daniel, ich wollte schon seit langem mit dir darüber reden, doch ich habe einfach nicht den Mut gefunden.«

»Ja, weil ich dich nicht dazu ermutigt habe«, erwiderte er schuldbewußt. Seit er Florence verlassen hatte, waren ihm ihre Worte über die Hartherzigkeit und die zweite Chance, die jeder Mensch verdiente, nicht mehr aus dem Sinn gegangen. Fast ununterbrochen hatte er darüber nachgedacht und war zu dem Entschluß gekommen, daß es an der Zeit war, sich mit Harriet ohne Wenn und Aber zu versöhnen.

»Das habe ich verstanden«, sagte Harriet und blickte auf ihre Hände, die sie in den Schoß gelegt hatte. »Ich selbst habe lange gebraucht, um mir über mein Tun und meine Gefühle Klarheit zu verschaffen, Daniel. In England habe ich viel Zeit gehabt, darüber nachzusinnen. Der Unfall damals war weder die Schuld meines Vaters, wie ich immer behauptet habe, noch deine. Nein, warte, laß mich ausreden«, bat sie ihn, als er zu einer Erwiderung ansetzte.

Er schwieg abwartend.

»Es war ganz allein meine Schuld«, fuhr Harriet fort und berichtete, wie es wirklich zu dem Unfall gekommen war. »Als ich dann im Krankenhaus zu mir kam und begriff, daß ich nicht nur unser Kind verloren hatte und nie wieder schwanger werden konnte, sondern auch meinen Vater getötet hatte, da wollte ich es einfach nicht wahrhaben, daß ich für all das Schreckliche verantwortlich war. Mit dieser Schuld zu leben war mir unmöglich, und da habe ich jemanden gesucht, den ich für alles verantwortlich machen konnte – und das warst du. Ich habe meine eigene Schuld mit aller Macht verdrängt und auf dich übertragen. Damit glaubte ich, leben zu können. Und je mehr wir uns dabei entfremdeten, desto mehr fühlte ich mich in meiner Schuldzuweisung bestätigt. Ich wollte einfach, daß du mich nicht mehr liebst, sondern haßt und mich verstößt. Allein deshalb habe ich auch Byron verführt. Er hat mich immer wieder abgewiesen, doch ich habe ihm so lange zugesetzt, bis er endlich schwach geworden ist. Dabei ging es mir nicht um eine Liebesaffäre, sondern um meine persönliche

Rache. Er hat dich geliebt, Daniel. Und ich habe ihn benutzt, um mich durch ihn an dir zu rächen und einen endgültigen Bruch zwischen uns herbeizuführen. Mir ist das damals natürlich nicht bewußt gewesen, weil ich jeden Gedanken in dieser Richtung zwanghaft ausgesperrt und unterdrückt habe. Doch in England, wo ich dich mit jedem Monat schmerzlicher vermißt habe, konnte ich der Wahrheit nicht länger ausweichen. Nach und nach ist mir klargeworden, was ich dir und Byron angetan und wie sehr ich mich durch mein Verhalten nach dem Unfall in eine noch größere Schuld verstrickt habe. Ich kann dir nicht sagen, wie verabscheuungswürdig ich mich gefühlt habe, als mir all das aufgegangen ist. Es gab eine Zeit, da wollte ich einfach nicht mehr leben, weil es mir sinnlos erschien. Das Kostbarste, was ich hatte, nämlich unsere Liebe, hatte ich verspielt, weil mir die Kraft gefehlt hatte, zu meiner Schuld zu stehen und damit zu leben. Und dennoch erlosch die Hoffnung, daß du mir eines Tages verzeihen würdest, nie ganz in mir, obwohl ich doch jedes Recht darauf längst verwirkt hatte.«

Daniel sah, daß sie Tränen in den Augen hatte. »Was hat Recht im Zusammenhang mit Liebe und Verzeihen zu suchen, Harriet?« erwiderte er mit belegter Stimme. »Ich hätte verhindern können, was geschehen ist, wenn ich nur mehr Geduld und Verständnis gehabt hätte. Aber all das ist nicht mehr von Bedeutung. Es ist vorbei.«

Sie hob den Kopf und kämpfte mit den Tränen. »Du verzeihst mir?«

Er sah sie an und spürte, wie auch seine Augen feucht wurden. »Ich liebe dich, Harriet. Ich habe nie aufgehört, dich zu lieben.«

Zögernd erhob sie sich vom Stuhl. »Ich ... ich weiß nicht, was ich sagen soll«, erwiderte sie mit erstickter Stimme. »Es ... es ist zu schön ...« Überwältigt von ihren Empfindungen, brachte sie kein weiteres Wort heraus.

Er trat zu ihr und berührte sie zaghaft an der Schulter. »Lassen wir endlich die Vergangenheit und mit ihr unsere gemeinsamen Fehler ruhen, Harriet. Wir haben schon zu viele Jahre dadurch vergeudet, daß wir einander und uns selbst nicht verzeihen konnten«, sagte er und nahm sie in seine Arme.

»Und du meinst, wir ... wir könnten noch einmal von vorn beginnen?«

Er strich ihr zärtlich und mit einem unsäglichen Gefühl des Glücks, das nur jemand zu ermessen vermochte, der es einmal empfunden und dann schon für verloren gehalten hatte, über das Haar. »Nicht von vorn, aber doch neu und viel bewußter. Wenn man sich liebt, ist alles möglich, mein Liebling«, sagte er, und unter Tränen gaben sie sich den ersten Kuß, der nicht nur ihre Lippen vereinte, sondern auch ihr Leben.

Er hatte es zu großem Reichtum und Macht gebracht. Doch die größte und alles bezwingende Macht der Welt, neben der alles andere an Bedeutung verlor, das wurde ihm in diesem Moment bewußt wie nie zuvor, war die Liebe – und würde es immer bleiben.

Nachwort und Danksagung

Die Niederschrift eines solch umfangreichen historischen Romans bedeutet für den Autor eine scheinbar endlose monatelange und insbesondere einsame Reise durch ein fremdes Land. Da heißt es tiefe Täler der Selbstzweifel und der Erschöpfung zu durchstehen und auf den gelegentlichen Gipfeln der Euphorie die Balance nicht zu verlieren. Und wie in den wunderbaren, faszinierenden Ländern des südlichen Afrika selbst, so erstreckt sich, kaum daß man eine Ebene von unermeßlicher Weite durchquert und eine Bergkette erklommen hat, vor einem eine neue Ebene bis an den fernen Horizont, leer und weit und ebenso verlockend wie erschreckend.

Doch keine Reise, auch nicht die am Schreibtisch eines Schriftstellers historischer Romane, hat ohne gründliche Vorbereitung und Hilfe von Experten Aussicht auf Erfolg. Daß ich auf diesem langen Treck des Schreibens nicht ohne Orientierung blieb und mich in die bewegte Kolonialgeschichte sowie die Gefühle und Gedankenwelt der damaligen Siedler und Farmer hineinversetzen konnte, verdanke ich der intensiven Unterstützung von einer Vielzahl von schwarzen wie weißen Afrikanern aus den verschiedensten sozialen Schichten. Archivare, Professoren, Farmer und Safariführer haben mir auf meinen Recherchenreisen durch Südafrika, Zimbabwe (das frühere Rhodesien) und Botswana bereitwillig viele Stunden und manchmal auch viele Tage geopfert, um meine unzähligen Fragen zu beantworten sowie Bücher und Karten aus Archiven herauszusuchen oder mir ihre Familiengeschichte zu erzählen.

Alle zu nennen, die zum Gelingen meiner Arbeit beigetragen haben, würde den mir zur Verfügung stehenden Platz bei weitem sprengen. Einigen bin ich jedoch zu sehr zu Dank verpflichtet, als daß ich ihre Namen ungenannt lassen könnte.

Mich auf langen, unvergeßlichen Pirschgängen in der Waldsavanne am Okavango-Delta und am Rand der Kalahari mit der afrikanischen Wildnis und ihrem Tierreichtum vertraut gemacht zu haben, ist das Verdienst des Safariführers Willy Zingg (Botswana).

Ian Milne vom Krüger National Park vertiefte als Zoologe meine Kenntnisse über afrikanische Wildnis, Ökosystem und Tierverhalten.

Margaret und Douglas McMaster in Ladysmith (Natal) ließen uns an der bewegten Geschichte ihrer Vorfahren teilnehmen, die vor hundertsiebzig Jahren nach Südafrika kamen und mir in Bruchstücken Modell für manche meiner Romanfiguren gestanden haben.

Mary und Peter Terry von Highgrove House bei Whitriver (Eastern Transvaal) machten mir nicht nur das Geschenk ihrer unvergleichlichen Gastfreundschaft, sondern gaben mir großzügig Einblick in ihr Leben als Kleinhoteliers, Farmer und weiße Südafrikaner, die auf einen gewaltlosen Machtwechsel und ein friedliches Miteinander von Schwarz und Weiß hoffen.

Als Schriftsteller historischer Romane, der auf umfangreiches Hintergrundmaterial angewiesen ist, gilt mein Dank insbesondere den Archivaren und Bibliothekarinnen, deren Geduld und hilfreiche Anteilnahme unerschöpflich waren und die mich mit vielen tausend Fotokopien von alten Aufzeichnungen, Tagebüchern, Abhandlungen und Karten versorgt haben.

Strange Library of Africana/Johannesburg: Irene Brendle, Ian Grinkler, Moses Baloyi, Eric Itzkin

Siege Museum/Ladysmith: Elizabeth Spiret

Albany Museum/Grahamstown: Direktor B. Wilmot, Marijke Cosser, Fleur Way-Jones, Gerard Corsane

South African Library/Kapstadt: Arlene Fanarof, Tom Behnisch

McGregor Museum/Kimberley: Fiona Barbour

Africana Library/Kimberley: Mary Brits

De Beers Archiv/Kimberley: Dr. Moonyean Buys, Brenda Feder

Großzügige Hilfe und wertvolle Informationen verdanke ich auch dem Minen- und Diamantenexperten Dennis Knox in Kimberley wie auch Thys und Alminda Grobler sowie Johann und Ingrid Swanepoel in Ladysmith. Ein besonderer Dank gilt dem südafrikanischen Gesandten Johan Paul Schutte für seine Unterstützung.
Sie alle und viele andere haben es möglich gemacht, daß ich schreibend zu dieser langen Reise aufbrechen konnte, die mit dem Abschluß von KÜSTE DER VERHEISSUNG, VERLOCKENDES LAND und BLUT UND DIAMANTEN noch längst nicht ihr Ende gefunden hat. Der Treck durch die Kolonialgeschichte Südafrikas geht weiter.

ASHLEY CARRINGTON
8. Februar 1994
Palm Coast, Florida

Weitere Titel von

ASHLEY CARRINGTON

(60712)

(60713)

(60714)

(60715)

(60716)

(60717)

Gesamtverzeichnis
bei Knaur, 81664 München

Knaur